Zum Buch:

Ob im Beruf oder in der Liebe, Sophie hat die Dinge gern im Griff. Dass andere sie für einen Kontrollfreak halten, ist für sie nur ein Missverständnis. Dann aber verliebt sie sich in den Tai-Chi-Lehrer Dugan und erkennt, dass Vertrauen manchmal das Wichtigste ist. Davon ist ihre Cousine Kristine eigentlich auch überzeugt. Doch als sie ihrem Mann ihren Traum von einer eigenen Bäckerei gesteht, trifft sie auf Widerstand. Genau wie Heather, die entgegen den Wünschen ihrer Mum aufs College gehen möchte.
Wohin der Wind die drei Inselschwestern auch treiben mag, eins steht für sie felsenfest: Solange sie einander Halt geben, finden sie den Pfad zum Glück.

»Herrlicher Strandschmöker!«

Neues für die Frau über »Meeresrauschen und Inselträume«

Zur Autorin:

Die SPIEGEL-Bestsellerautorin Susan Mallery unterhält ein Millionenpublikum mit ihren Frauenromanen voll großer Gefühle und tiefgründigem Humor. Mallery lebt mit ihrem Ehemann und ihrem kleinen, aber unerschrockenen Zwergpudel in Seattle.

Lieferbare Titel:

Die Brombeerschwestern
Glücksfreundinnen
Das Jahr der Rosenschwestern
Die Liebe der Sonnenschwestern
Wo sich die Sterne spiegeln

Blackberry Island
Sommer der Inselschwestern
Meeresrauschen und Inselträume

Susan Mallery

Inselpfade zum Glück

Roman

Aus dem amerikanischen Englisch von
Ivonne Senn

HarperCollins

Die Originalausgabe erschien 2020 unter dem Titel
Sisters by Choice bei MIRA Books, Toronto.

1. Auflage 2022

Ungekürzte Ausgabe im HarperCollins Taschenbuch

Published by arrangement with
HARLEQUIN ENTERPRISES II B.V./SARL
Umschlaggestaltung und -abbildung von www.buerosued.de
Gesetzt aus der Stempel Garamond
von GGP Media GmbH, Pößneck
Druck und Bindung von GGP Media GmbH, Pößneck
Printed in Germany
ISBN 978-3-7499-0357-3
www.harpercollins.de

Klimaneutral
Druckprodukt
ClimatePartner.com/15109-2009-1001

MIX
Papier
FSC FSC® C014496

Für Tarryn –
ich weiß, du liebst meine Bücher,
die auf Black Island spielen,
und ich freue mich, dass ich dir dieses widmen kann.
Ich bin mir sicher,
du wirst Sophie, Kristine und Heather mögen.
Vermutlich auch Amber.
Hoffentlich hast du beim Lesen dieses Romans
genauso viel Spaß, wie ich beim Schreiben hatte!

1. KAPITEL

Acht Jahre nach ihrer Scheidung hatte Sophie Lane den Dreh mit dem Dating immer noch nicht raus. Vermutlich war das allein ihre Schuld – wenn sie sich ein wenig anstrengen würde, wie ihre Cousine Kristine immer sagte, würde sie jemanden finden.

Doch aus Sophies Sicht gab es mit dieser Herangehensweise ein paar Probleme. Zum einen hatte Kristine direkt nach Abschluss der Highschool ihre Jugendliebe geheiratet und war seit sechzehn Jahren glücklich mit ihrem Mann zusammen. Sie war also nicht unbedingt jemand, der Dating-Ratschläge verteilen sollte. Zum anderen fehlte Sophie die Zeit, um sich »anzustrengen«. Ihr gehörte eine Firma, und sie liebte die viele Arbeit, die nötig war, um sie erfolgreich zu führen. Um ehrlich zu sein, fand sie ihr Unternehmen wesentlich interessanter als jeden Mann, was womöglich einer der Gründe für ihr Dating-Problem war. Nun ja, das und das tatsächliche Ausgehen.

Sich zurechtmachen, um sich zum Essen zu treffen und einem Mann drei Stunden lang bei Erzählungen über sich selbst zuzuhören, war nicht die Art, wie sie einen freien Abend verbringen wollte, wenn sie sich nicht gerade um eine Krise in der Firma kümmern musste. Außerdem hatte sie die Regeln nie wirklich verstanden.

Sie war sich ziemlich sicher, dass es nach drei Dates Sex geben sollte, aber so lief das bei ihr nicht. Wenn sie einen Mann mochte und Sex mit ihm haben wollte, warum sollte sie dann warten? Sie hatte viel um die Ohren. Wenn sie beim ersten Date Interesse verspürte, warum sollte sie es nicht einfach tun? Den Kopf freikriegen, sozusagen, und danach fröhlich mit ihrem Leben weitermachen. Denn wenn sie es beim ersten Date nicht tun wollte, war sie beim dritten sicher auch nicht interessiert. Aber bis dahin hatte der Typ ihre Nerven vermutlich bis zum Zerreißen strapaziert.

Deshalb war sie inzwischen auch fest davon überzeugt, dass es ein großer Fehler gewesen war, einem zweiten Date mit Bradley Kaspersky zugestimmt zu haben. Nicht, dass seine sechzigminütige Erklärung an ihrem ersten Abend, wie das Zielen per Laserpeilung funktionierte, nicht faszinierend gewesen wäre ... Unter normalen Umständen hätte sie die Sache beendet, nachdem die Rechnung – auf ihren Wunsch getrennt – bezahlt worden war. Sie hätte Bradley erklärt, dass er nichts für sie war, und es trotz des netten Abends kein zweites Date geben würde. Und nein, er sollte sich nicht die Mühe machen, sie anzurufen oder ihr Nachrichten zu schicken.

Genau das hätte sie getan, nur ... Sie war einsam. CK war weg, und sie konnte es immer noch nicht richtig fassen. In ihr leeres Apartment zurückzukehren tat ihr körperlich weh. In den letzten Wochen war sie dazu übergegangen, auf dem Sofa in ihrem Büro zu schlafen, um den Erinnerungen aus dem Weg zu gehen. Aber zwischendurch musste sie zum Duschen nach Hause, und sobald sie durch die Tür trat, wollte sie jedes Mal in Tränen ausbrechen.

Aus all diesen Gründen hatte sie Bradley *nicht* abblitzen lassen. Und nun war sie hier, beim zweiten Dinner, und lauschte den praktischen Anwendungen der Laserpeilung. Oder waren es Peilungen? Egal, sie hing fest. Vielleicht sollte sie es einfach klaglos ertragen, dann nach Hause gehen und sich vom Schmerz überwältigen lassen. Denn CK hatte es verdient, betrauert zu werden. Vermutlich würde ihre Therapeutin ihr sagen, dass sie dieses Gefühl schon zu lang vor sich herschob. Vorausgesetzt, sie hätte eine Therapeutin. Was nicht der Fall war. Dabei hatten ihr mehrere Leute gesagt, dass sie eine bräuchte. Normalerweise kam dieser Rat von einer gefeuerten Angestellten, die ihn beim

Verlassen des Gebäudes quer durch das offene Foyer der Firma brüllte, und lautete in etwa: »Du bist unmöglich. Du glaubst, du kannst alles. Tja, das kannst du aber nicht. Du bist kein Übermensch. Du *glaubst* nur, dass du besser bist als alle anderen. Du hast ein ernsthaftes Problem, Sophie, und solltest dir dringend Hilfe suchen.« Ungefähr in fünfzig Prozent aller Fälle fiel in diesem Satz dann auch das Wort »Zicke«.

»Sophie?«

»Hm?«

»Dein Handy klingelt.«

»Oh. Tut mir leid. Ich habe vergessen, es auf lautlos zu stellen.«

Sie warf einen Blick auf ihr Handy und bemerkte erst jetzt, dass es klingelnd und vibrierend neben dem Weinglas auf dem Tisch tanzte. Gerade wollte sie die Mailbox rangehen lassen, als sie die Nummer sah.

»Das ist meine Sicherheitsfirma«, erklärte sie. »Das muss ich annehmen.«

Sie schnappte sich Handy und Handtasche und ging in den vorderen Bereich des Restaurants.

»Sophie Lane«, sagte sie knapp. »Benötigen Sie meinen Authentifizierungscode?«

»Ja, Ma'am.«

Sie nannte den Code, dann fragte sie: »Was gibt es für ein Problem?«

»Wir haben die örtliche Feuerwache informiert, dass vor Ort mehrfach Feueralarm ausgelöst wurde. Unsere Sensoren zeigen, dass es brennt, Ms. Lane. Das ist kein Fehlalarm. *CK Industries* steht in Flammen.«

Zwanzig Minuten später, als sie ungeduldig an einer Ampel wartete, die einfach nicht auf Grün umspringen wollte, erinnerte Sophie sich daran, dass sie auf einem Date gewesen war, als der Anruf sie erreicht hatte. Sie schaltete die Freisprechanlage ein und sagte: »Bradley Kaspersky anrufen.«

»Bradley Kaspersky. Handy. Wähle«, bestätigte die automatische Stimme.

Sekunden später hörte sie ein Klingeln, dann: »Du bist einfach gegangen.«

»Bradley, es tut mir so leid. In meiner Firma brennt es. Ich bin gerade auf dem Weg dorthin, um mich vor Ort mit der Feuerwehr zu treffen.«

»Woher weiß ich, dass das stimmt und du mich nicht einfach sitzengelassen hast?«

»Weil ... Ich weiß es nicht, Bradley. Wenn du das wirklich glaubst, wird das mit uns nicht funktionieren. Ich muss jetzt auflegen.«

Sie beendete den Anruf und versuchte, Angst und Grauen zu ignorieren, die in ihr aufstiegen. Wenn es wirklich brannte, könnte sie alles verlieren. Ihr Inventar, ihre Aufzeichnungen, ihre Fotos von CK, die auf ihrem Schreibtisch standen.

Vielleicht ist es nicht so schlimm, dachte sie. Vielleicht ...

Beinahe wäre sie auf den Wagen vor ihr aufgefahren. In letzter Sekunde trat Sophie auf die Bremse und kam Millimeter vor seiner Stoßstange zum Stehen. Sie blickte auf und sah dunklen Rauch in den Himmel steigen. Nein – *steigen* war das falsche Wort. Er schoss in die Höhe und verkündete eine heimtückische Katastrophe.

An der Ecke bog sie ab, dann fuhr sie einmal links und dreimal rechts, bevor sie vor einer Barrikade anhalten musste, die von zwei Mitgliedern der Polizei von Santa Clarita bewacht wurde. Sie fuhr an den Straßenrand, sprang aus dem Wagen, schnappte sich ihren Firmenausweis und zeigte ihn den Officers.

»Das ist meine Firma«, sagte sie. »Ich bin die Besitzerin. Was ist passiert? War noch jemand im Gebäude? Mein Gott, der Reinigungstrupp. Sind alle rausgekommen?«

Die Polizisten winkten sie durch und zeigten auf einen der Feuerwehrmänner. Er sah eher nach Management als nach jemandem aus, der über eine Leiter aufs Dach klettert.

Für einen Moment konnte sie sich nicht bewegen, konnte nichts anderes tun, als das anzustarren, was einst ein großes Lagerhaus mit Büros gewesen war. Jetzt gab es da nur noch Feuer, Rauch und Hitze.

Geh, ermahnte sie sich. Sie musste sich bewegen.

Sie eilte auf den Mann zu und erklärte noch einmal, wer sie war.

Er nickte. »Nach allem, was wir bisher sagen können, haben die Reinigungsleute das Feuer bemerkt. Sie sind alle rausgekommen. Wir haben das Gebäude so gut es ging durchsucht und niemanden gefunden. Wissen Sie von irgendwelchen Angestellten, die heute lang arbeiten?«

Sophie versuchte, sich auf seine Worte zu konzentrieren, aber es gelang ihr nicht. Nie zuvor hatte sie einen echten Brand gesehen – immer nur im Fernsehen oder im Kino. Und diese zweidimensionalen Bilder hatten sie nicht auf die Realität vorbereitet. Die Hitze war unglaublich. Selbst aus dreißig Metern Entfernung wollte sie einen Schritt zurücktreten, um den steigenden Temperaturen zu entkommen.

Noch überraschender waren die Geräusche. Ein Feuer war wirklich lebendig. Es atmete und brüllte und schrie. Ihr Gebäude wehrte sich nach Kräften, war aber kein Gegner für das Monster, das es verschlang. Während sie zuschaute, röhrte das Feuer siegreich auf, als eine Wand in sich zusammenfiel.

»Ma'am, arbeitet jemand noch spät?«

Der Feuerwehrmann schrie ihr die Frage ins Gesicht, und endlich konnte Sophie ihre Aufmerksamkeit von den Flammen losreißen.

»Nein. Niemand arbeitet spät. Nur ich. Ich mag es nicht, wenn noch Leute im Gebäude sind und ich nicht da bin.« Die Reinigungskräfte waren eine Ausnahme. Denen vertraute sie. Außerdem war alles Wichtige weggeschlossen.

Der Mann sah sie mitfühlend an. »Es tut mir leid. Das Gebäude ist vollständig zerstört.«

Sie nickte, weil sie nicht sprechen konnte. Ihre Kehle brannte, und das nicht nur von dem Rauch und der Asche in der Luft, sondern auch von dem Bemühen, sämtliche Gefühle in sich zu behalten.

Alles, wofür sie gearbeitet hatte, alles, wovon sie geträumt hatte, was sie im Schweiße ihres Angesichts aufgebaut und wofür sie gekämpft hatte, war weg. Einfach weg. Ihre Mom hatte sie immer gewarnt: Wenn sie nicht aufpasste, hatte sie gesagt, würden die Menschen ihr das Herz brechen. Aber niemand hatte sie gewarnt, dass ein Gebäude das Gleiche tun konnte.

Sie drehte sich weg und ging auf ihren Wagen zu. Ihre linke Gehirnhälfte sagte ihr, dass sie ihren Versicherungsmakler und vielleicht einige ihrer Angestellten anrufen sollte. Gott sei Dank waren ihre Buchhaltungsunterlagen und Bestellungen alle extern gespeichert, auch wenn *CK Industries* seine Tore nicht so bald wieder öffnen würde.

Das war die linke Seite. Die rechte Gehirnhälfte registrierte nur Schmerz. Erst CK und jetzt das. Sie konnte es nicht. Sie konnte nicht beides verlieren.

Mit zitternden Fingern scrollte sie durch ihre Kontakte, bis sie eine vertraute Nummer fand und wählte.

»Hey du«, sagte ihre Cousine Kristine. »Das ist ja eine Überraschung. Ich dachte, du wärst heute auf einem Date. Ach Sophie, es ist gerade mal acht Uhr. Du hast ihn doch nicht schon abblitzen lassen, oder? Du bist wirklich unmöglich. Was stimmte mit ihm nicht? War er zu groß? Nicht groß genug? Hat er komisch geatmet? Warte eine Sekunde …«

Kristines Stimme klang gedämpft. »Ja, JJ, du musst deine Hausaufgaben in europäischer Geschichte wirklich machen. Der Erste Weltkrieg ist weder dumm noch langweilig, und du wirst die Informationen später im Leben benötigen.«

Dann klang ihre Stimme wieder normal. »Ich weiß, dass er mich mit dreißig darauf ansprechen wird, dass ich mich bezüglich der Relevanz des Ersten Weltkriegs für den Alltag geirrt habe.«

Irgendwie gelang es Sophie, ihre Stimme wiederzufinden. »Kristine, es ist weg.«

»Was? Sophie, was ist passiert? Wo bist du? Geht es dir gut? Hat dein Date dir was getan? Soll ich die Polizei anrufen?«

»Nein. Es geht nicht um mich.« Erst glaubte Sophie, sie würde zittern, doch dann merkte sie, dass sie so heftig weinte, dass sie kaum stehen oder atmen konnte.

»Es brennt. Im Moment steht das ganze Gebäude in Flammen. Es wird nichts übrigbleiben. Alles ist weg, Kristine, einfach weg.«

»O Gott, ist jemand verletzt worden?«

»Nein. So spät arbeitet niemand mehr, und das Reinigungspersonal hat es rechtzeitig rausgeschafft. Ich weiß nicht, was ich tun soll. Ich kann damit nicht umgehen.«

»Natürlich kannst du das. Wenn es jemand kann, dann du, Süße. Das wissen wir beide. Du stehst unter Schock. Hör mal, ich werde gleich morgen früh den ersten Flieger nehmen. Ich schicke dir die Infos. Wir finden einen Weg. Gemeinsam schaffen wir das.«

Sophie starrte die hungrigen Flammen an und wusste, dass sie besiegt worden war. Sie hatte sich auf eine feindliche Übernahme oder einen Aufstand ihrer Angestellten vorbereitet, aber nicht auf diese totale Auslöschung.

»Das ist alles, was ich habe, und nun ist nichts mehr übrig«, flüsterte sie.

»Das stimmt nicht. Du hast deine Familie, und so wie ich dich kenne, bist du besser versichert als nötig. Das Ganze könnte sich als etwas Gutes herausstellen. Du sprichst doch schon seit Jahren davon, dich mit deinem Unternehmen auf die Insel zurückzuziehen. Jetzt kannst du es. Es wird sein wie damals auf der Highschool. Du wirst schon sehen.«

»Ich hasse es, wenn du so optimistisch bist.«

»Ich weiß. Deshalb mache ich es ja. Und morgen bin ich bei dir.«

Sophie nickte und legte auf, dann öffnete sie die Tür ihres Wagens und ließ sich auf den Fahrersitz sinken. Es gab tausend Dinge, die sie jetzt tun musste. Aber sie konnte nichts anderes tun als zuzuschauen, wie ihre gesamte Welt in Flammen aufging.

Die Entfernung zwischen Valencia in Kalifornien und Blackberry Island in Washington betrug ungefähr eintausendeinhundertdreißig Meilen. Theoretisch war es möglich, die Strecke in zwei Tagen zu schaffen. Also hatte Sophie ihre Kleidung, ihren Laptop, zwei Kartons mit Akten, die sie benötigen würde, sowie eine große Tasche voller Bilder, dazu Decken, ein Katzenkörbchen, eine mit Katzenminze gefüllte Stoffmaus und Spielzeug in ihren Wagen gepackt.

Die Möbelpacker würden alles andere einpacken und es in einer Woche bringen. Sie hatte ihr Apartment möbliert verkauft, sodass es nur um zwanzig oder dreißig Umzugskartons mit ihren persönlichen Sachen ging. Bis diese geliefert wurden, würde sie sich mit dem begnügen, was sie bei sich hatte. Was sowieso ihr neues Mantra war.

CK Industries vorübergehend zu schließen war erstaunlich einfach gewesen. Sie hatte eine Firma für Auftragsabwicklungen engagiert, die sich um die Benachrichtigungen der Kunden kümmerte. Diejenigen, die bereit waren, auf eine Ersatzlieferung zu warten, würden sie bekommen. Und diejenigen Kunden, die ihr Geld zurückhaben wollten, würden ausbezahlt werden. Ihren wichtigsten Mitarbeitern hatte Sophie angeboten, mit ihr nach Blackberry Island zu ziehen. Doch bisher hatte keiner das Angebot angenommen. Immer noch zu betäubt, um davon verletzt zu sein, hatte sie Empfehlungsschreiben und großzügige Abfindungen verteilt und die Krankenversicherung ihrer Angestellten für die nächsten vier Monate im Voraus bezahlt.

Ihre einzigen Freunde in dieser Gegend waren Geschäftspartner gewesen, und nun, ohne Arbeit, verschwanden diese schnell aus Sophies Leben. Am Ende hatte es niemanden gegeben, der sie verabschiedet hatte, und so kämpfte sie sich an diesem Freitagmorgen um sieben Uhr in Richtung des Freeways, der nach Norden führte.

Gegen zehn Uhr rief Kristine an.

»Wo bist du?«, wollte ihre Cousine wissen.

»Nördlich von Grapevine.«

»Du hättest zulassen sollen, dass ich runterfliege und mit dir zusammen herfahre.«

»Ist schon gut. Du musst dich um acht Kinder kümmern. Ohne dich würden sie sterben.«

Kristine lachte. »Es sind nur drei.«

»Es fühlt sich bei meinen Besuchen aber immer nach mehr an.«

»Das liegt daran, dass sie so laut sind.« Der Humor verschwand aus ihrer Stimme. »Geht es dir gut?«

»Es ging mir nie besser.« Vor allem, wenn sie ihr gebrochenes Herz und ihren angeschlagenen Optimismus ignorierte.

»Du lügst.«

»Stimmt, aber das ist in Ordnung.«

Kristine seufzte. »Ich bin froh, dass du nach Hause kommst. Ich mache mir Sorgen um dich.«

»Das musst du nicht.«

»Ich glaube, das Lagerhaus ist immer noch zu vermieten. Sobald du hier bist, schauen wir es uns an. Ich meine, das hier ist Blackberry Island, da gibt es nur ein einziges Lagerhaus. Wenn du es dir nicht schnappst, müsstest du deine Firma auf dem Festland ansiedeln. Und da täglich hinzufahren ist nervig.«

Sophie spürte, dass ihre Traurigkeit ein wenig nachließ. »Ist schon erledigt.«

»Wie bitte?«

»Ich habe den Mietvertrag letzte Woche unterschrieben.«

»Ernsthaft?« Kristine kreischte vor Freude. »Aber du hast es doch noch gar nicht gesehen.«

»Ich weiß, aber du hast gesagt, es wäre super. Außerdem hast du recht, die Auswahl auf der Insel ist begrenzt.«

»Als ich sagte, dass es frei ist, wusste ich nicht, was du brauchst. Was ist, wenn es dir nicht gefällt?«

»Dann werde ich sauer auf dich sein.« Sie lächelte. »Hey, ich kriege das schon hin. Im Moment will ich einfach nur nach Hause.«

»Du mietest ein Lagerhaus, das du noch nie gesehen hast. Puh. Als Nächstes wirst du mir noch erzählen, dass du ein Haus ohne vorherige Besichtigung gemietet hast.«

»Na ja, ich habe mir im Internet Fotos angeschaut.«

»Sophie!«

»Es ist doch nur für ein paar Monate, während ich überlege, wie es weitergeht.«

»Das ist verrückt«, erklärte Kristine. »Ich werde dich wohl nie verstehen. Aber gut, jetzt konzentriere dich aufs Fahren. Ich kann es kaum erwarten, dich morgen hier zu haben. Die Jungs freuen sich auch schon auf dich.«

»Und ich mich auf sie. Es sind sechs, oder?«

»Sophie!«

»Ich hab dich lieb.«

»Ich dich auch.«

»Stell es dir als Initiationsritual vor«, sagte Kristine Fielding fröhlich. »Du bist jetzt zwölf und hast es verdient, mehr Verantwortung zu übernehmen.«

»Bei dir klingt das so, als wäre das was Gutes«, grummelte Tommy, ihr mittlerer Sohn. »Ich bin ein echt braves Kind, Mom. Vielleicht habe ich es verdient, die Wäsche *nicht* machen zu müssen.«

»Dir wäre es lieber, wenn ich das für dich tue?«

»Äh, klar. Niemand will im Haushalt helfen.«

Sie standen in Tommys Zimmer vor einem riesigen Berg Wäsche. Kristine hatte ihr Bestes gegeben, um ihren mittleren Sohn davon zu überzeugen, dass es an der Zeit war, ein paar Sachen fürs Leben zu lernen. Doch Tommy hatte sich geweigert – genau wie sein älterer Bruder JJ vor einigen Jahren. Damals hatte Kristine sich schließlich gezwungen gesehen, JJ mit dem Entzug seiner Xbox zu drohen. Eigentlich hatte sie gehofft, diesmal, bei Tommy, nicht auf so drastische Maßnahmen zurückgreifen zu müssen.

»Es ist also in Ordnung, dass ich mich um den gesamten Haushalt kümmere, das Essen koche und deine Wäsche wasche, während du nichts tust?«

Tommy grinste. »Das ist dein Job, Mom. Mein Job ist die Schule. Erinnerst du dich, dass ich in meiner letzten Mathearbeit eine Eins bekommen habe? Ein guter Schüler zu sein erfordert viel Zeit.« Ein listiges Funkeln schlich sich in seine Augen. »Was ist dir lieber? Dass ich meine Wäsche selbst mache, oder dass du ein superintelligentes Kind mit lauter Einsen hast?«

»Das ist keine Entweder-oder-Frage. Du bist jetzt zwölf. Es ist an der Zeit, dass du dich selbst um deine Wäsche kümmerst.«

»Aber ich helfe Dad schon im Garten.«

»Das tun wir alle. Sieh mich an. Ist da irgendetwas in meiner Miene, das dich glauben lässt, ich würde meine Meinung ändern? Erinnern wir uns doch kurz an den traurigen Sommer vor zwei Jahren. Der Sommer, als JJ sich geweigert hat, seine Wäsche zu machen. Denk an die Staubschicht auf seinem Xbox-Controller und daran, wie er geweint und geschmollt und mit dem Fuß aufgestampft hat.«

»Das war für uns alle mehr als peinlich.«

»Stimmt. Du kannst jetzt entweder ein Vorbild für deinen kleinen Bruder sein, oder du kannst für eine lustige Geschichte sorgen, die ich allen erzählen werde, die dich kennen. Am Ende wirst du so oder so deine Wäsche machen. Also, was soll es sein?«

»Vielleicht sollte ich Dad fragen, was er darüber denkt.«

Kristine wusste, dass Jaxsen sich auf Tommys Seite schlagen würde – nicht aus Gemeinheit, sondern weil er in Bezug auf die Kinder der Weichere von ihnen war.

»Das könntest du. Danach müsstest du dich allerdings trotzdem mir stellen.« Sie behielt einen fröhlichen Tonfall bei. »Oder irre ich mich?«

»Nein.« Tommy seufzte schwer. »Ich ergebe mich dem Unvermeidlichen.«

»Sehr schön! Ich bin stolz auf dich, mein Junge. So, jetzt sammle deine dreckigen Sachen ein. Wir treffen uns in der Waschküche, wo ich dir zeige, wie man die Waschmaschine und den Trockner bedient. Dort findest du auch einen Zeitplan. Zu bestimmten Tagen und Uhrzeiten hast du das Privileg, beide Maschinen zu benutzen. Wenn du sie zu anderen Zeiten benutzt, zu denen sie für JJ oder mich reserviert sind, wirst du an den Konsequenzen keine Freude haben.«

»Keine Xbox?«

»Kein Skateboard.«

»Mom! Nicht mein Skateboard.«

Kristine lächelte. Sowohl ihre Mutter als auch ihre Schwiegermutter hatten ihr beigebracht, was der Schlüssel war, um die Kinder zur Kooperation zu bringen: Finde heraus, was *sie* wollen, und benutze das dann als Hebel. Bei JJ war es die Xbox, bei Tommy das Skateboard, und bei Grant draußen zu sein. Natürlich versuchte sie, ihre Macht nur für das Gute einzusetzen, aber das dafür ohne Hemmungen.

»Jeden Samstag wirst du dein Bett neu beziehen und die Bettwäsche waschen«, verkündete sie fröhlich. »Das wird super.«

»Das ist nicht fair.«

»Ich weiß. Ist das nicht toll?«

»Was ist, wenn mir frische Bettwäsche egal ist?«

»Ich denke, dir ist frische Bettwäsche genauso wichtig, wie es mir wichtig ist, dich zum Skatepark in Marysville zu fahren.«

Entsetzt riss Tommy die Augen auf. »Du würdest mich doch trotzdem fahren, oder?«

»Natürlich. Jeder junge Mann von zwölf Jahren, der seine eigene Bettwäsche wäscht, hat es verdient, zum Skatepark gefahren zu werden.«

»Nennt man so was nicht Erpressung?«, fragte er.

»Ich nenne es lieber Überzeugung.«

»Ich will nicht erwachsen werden. Das ist so viel Arbeit.«

»Interessant. Es sollte mal jemand ein Buch über einen Jungen schreiben, der sich weigert, erwachsen zu werden. Das klingt nach einer super Geschichte.«

»Die gibt es schon. Sie heißt *Peter Pan*.«

»Wirklich? Ich bin geschockt.« Sie zeigte auf den Stapel Wäsche auf dem Boden. »In zehn Minuten beginnt die Wäscheinstruktion. Wenn du nicht da bist, fange ich ohne dich an. Und wenn ich ohne dich anfange, werde ich das mit deinem Lieblingsskateboard in meinen Armen tun.«

»Wenn ich mal Kinder habe, lasse ich sie machen, was sie wollen.«

Kristine zog ihren Sohn an sich und gab ihm einen Kuss auf den Scheitel – sie musste die Gelegenheit nutzen, solange Tommy es noch zuließ. JJ überragte sie bereits, und er war erst vierzehn. In ein paar Jahren wäre er größer als sein Vater. Selbst der kleine Grant war nicht mehr so klein. Wenn er draußen beim Betrachten der Sterne einschlief, konnte sie ihn schon nicht mehr ins Bett tragen, sondern musste Jaxsen rufen.

»Ja, da bin ich mir sicher«, erwiderte sie lachend.

»Du glaubst mir nicht.« Tommy schüttelte den Kopf. »Aber du irrst dich. Ich werde der beste Vater aller Zeiten werden.«

»Aha. Ich freue mich schon auf den ersten panischen Anruf.« Sie senkte die Stimme, um ihn zu imitieren: »Mom, das Baby weint. Was soll ich bloß tun?«

»So einen Anruf wird es nie geben. Ich bin dann schließlich bei der Arbeit.«

»Oh, ich denke, du wirst Hausmann und Vater sein«, zog sie ihn auf.

Er wirkte entsetzt bei der Vorstellung.

Bisher hatte sie es geschafft, ihren Söhnen beizubringen, wie man das Badezimmer putzte und in der Küche half. Nun arbeitete sie daran, dass sie ihre Wäsche selbst wuschen. Doch dass Kindererziehung geteilt werden sollte, davon hatte sie sie bisher noch nicht überzeugen können. Vermutlich, weil sie Hausfrau und Mutter war, wie die meisten der Mütter ihrer Schulfreunde. Jaxsen war ein engagierter Vater, aber einer, der mit den Jungs eher zelten ging, als ihnen bei den Hausaufgaben zu helfen oder Schulsachen mit ihnen einzukaufen. Wenn sie ehrlich war, versagte sie als feministisches Vorbild.

Die Jungs benötigten mehr Kontakt zu starken Frauen, die Karriere gemacht hatten. Jetzt, wo ihre Cousine Sophie zurück auf der Insel war, könnten sie doch alle mal gemeinsam zu Abend essen und Sophie könnte davon erzählen, wie es war, ein Imperium zu leiten. Denn ihre Jungs ohne die notwendigen Fähigkeiten im Haushalt in die Welt zu schicken war das eine. Aber sie in dem Glauben rauszuschicken, dass eine Frau nicht alles erreichen konnte, was sie wollte, war etwas ganz anderes.

Aber es waren gute Kinder – freundlich und respektvoll. Zumindest in der Öffentlichkeit und Erwachsenen gegenüber. Miteinander waren sie wie wilde Affen, die die Geduld ihrer Mutter jeden Tag aufs Neue auf die Probe stellten.

»Ich hätte Mädchen bekommen sollen«, sagte sie seufzend.

Tommy verdrehte die Augen. »Du hättest es gehasst.«

»Die sind sauber und hübsch und riechen gut.«

»Jungs riechen wirklich schlecht«, gab ihr Sohn zu. »Und manche Mädchen sind echt klug. Aber du hängst mit uns fest, Mom. Egal, was passiert, du musst uns lieben.«

»Ja, so besagen die Gerüchte. Okay, mittleres Kind. Waschküche in zehn Minuten, oder ich drehe eine Runde mit deinem Du-weißt-schon-was.«

»Du würdest innerhalb von drei Metern runterfallen.«

»Gar nicht. Ich würde mindestens fünf Meter schaffen.«

Er umarmte sie kurz, dann fing er an, die Wäsche in den Wäschekorb zu packen, den sie mitgebracht hatte.

Lächelnd verließ Kristine das Zimmer und ging in die Küche. Das Abendessen hatte sie schon morgens vorbereitet, und nun köchelte es im Schmortopf vor sich hin. Nach einem Blick auf den Kalender – ein gerahmtes Rechteck, das beinahe die ganze Wand füllte, mit Kästchen für jeden Tag und süßen Katzenbildern drum herum – sah sie, dass JJ um vier mit seinem Baseballtraining fertig war und Grant bis um halb fünf bei seinem Freund Evan blieb. Jaxsen würde beide Kinder abholen, sodass sie bis zum Abendessen nur noch Handtücher zusammenlegen, ihre Liste für den Wocheneinkauf erstellen, ein Menü für ihren Cateringkunden überlegen und eine entsprechende Einkaufsliste schreiben sowie ihre Backzutaten überprüfen musste, denn den Donnerstagabend würde sie damit zubringen, Kekse für das kommende Wochenende zu backen. Außerdem musste sie Jaxsen daran erinnern, dass er eine Entscheidung bezüglich der Sommercamps für die Jungs treffen musste. Es war zwar erst April, aber die Camps füllten sich schnell. Und wo sie gerade an April dachte – in zwei Wochen waren Frühjahrsferien und sie musste wissen, ob er immer noch vorhatte, mit den Jungs in die Berge zu fahren. Denn falls ja, musste er die Ausrüstung herausholen und überprüfen, ob alles noch heil war.

Heute Abend, nach dem Essen und den Hausaufgaben, würde sie das Buch für den Buchclub zu Ende lesen und den Kalender für Mai fertigstellen. Dann musste sie noch Tüten für ihre Kekse bestellen und die Buchhaltung vom März für den Keksverkauf machen, denn das hatte sie noch nicht getan, und wenn sie zu sehr zurückfiel, würde sie das nie wieder aufholen. In den fünf Sekunden zwischen Zähneputzen und Einschlafen würde sie wirklich gerne die Zahlen für den kleinen Laden am Island Chic durchgehen, der letzte Woche zur Vermietung angeboten worden war. Denn wenn sie jemals ein wenig Luft zum Atmen hätte und ein wenig Geld zusammenkratzen könnte, würde sie gerne mit Jaxsen darüber sprechen, eine Bäckerei zu eröffnen. Bisher war nie der richtige Zeitpunkt dafür gewesen, aber vielleicht könnte es jetzt klappen. Die Kinder waren älter und …

»Mom, ich bin so weit. Ich habe meine Sachen nach Farben sortiert, wie du gesagt hast. Aber ist es wirklich eine so große Sache, wenn ich das nicht tue?«

»Mädchen«, murmelte sie auf dem Weg zur Waschküche vor sich hin. »Mädchen wären so viel einfacher gewesen.«

2. KAPITEL

Im *Blackberry Island Inn* gab es bequeme Betten, Meeresblick und ein Gänseblümchen-Dekor, von dem Sophie nicht ganz sicher war, ob sie es verstand. Gänseblümchen waren auf der Insel nicht gerade eine große Sache. Wenn ein Geschäft die Touristen ansprechen wollte, dann galt: je mehr Brombeeren, desto besser. Und doch gab es Gänseblümchen im Zimmer, an den Wänden und Hunderte, wenn nicht Tausende, die entlang der Einfahrt des Inns gepflanzt worden waren.

Als Sophie zu ihrem Auto ging, erschauderte sie in der feuchten, kühlen Luft. Sie hatte vergessen, dass es auf der Insel echte Jahreszeiten gab. In Los Angeles herrschte beinahe immer Sonnenschein. Heute war der Himmel grau, und die Wellen in der Bucht waren düster und aufgewühlt.

Unter normalen Umständen wäre Sophie so etwas an einem Montagmorgen nicht aufgefallen. Sie wäre total auf ihre Firma und die anstehenden Aufgaben konzentriert gewesen. Aber – und das würde sie nie jemand anderem gegenüber zugeben – in den letzten Tagen fühlte sie sich ein wenig angeschlagen und desorientiert.

Das liegt am Feuer, sagte sie sich. Ihre Firma zu verlieren und festzustellen, dass keiner ihrer Angestellten umziehen wollte, war ein schwerer Schlag gewesen. Und dazu der Verlust von CK – der bloße Gedanke daran ließ sie noch immer emotional in die Knie gehen. Vielleicht spielte es auch eine kleine Rolle, dass sie vierunddreißig war und ihr Leben nicht besser im Griff hatte als mit zwanzig. Bei ihr drehte sich alles um die Arbeit, und nun, wo nicht klar war, wie es mit *CK Industries* weitergehen würde, kam sie sich verloren vor.

»Aber nach dem heutigen Tag nicht mehr«, flüsterte sie, als sie am Ende der Auffahrt rechts abbog und in Richtung des kleinen Industriegebiets auf der Insel fuhr.

Um neun Uhr würde sie die Immobilienmaklerin am Lagerhaus treffen. Dann bekam Sophie den Schlüssel und konnte sich zum ersten Mal anschauen, was sie für die nächsten fünf Jahre gemietet hatte.

Sie kam an Souvenirläden und Weinkellereien vorbei, bevor sie in Richtung Inselmitte fuhr. Dort gab es ein kleines Shoppingcenter, die Grundschule und ein Ärztehaus. Dahinter folgten ein paar Bürogebäude, eine Handvoll kleiner Werkstätten, die von Autoreparaturen bis Teppichreinigungen alles anboten, und am Ende der Straße stand das große Lagerhaus.

Vor dem Eingang stellte sie den Wagen ab. Sie war früh dran und das Gebäude wirkte noch verlassen, also ging sie einmal darum herum.

Vorne gab es ein Büro und einen Empfangsbereich mit großen Fenstern und ausreichend Parkplätzen für die Angestellten. Die Laderampe war ebenfalls recht groß. Hier würden die Produkte angeliefert und ausgeliefert werden. Angesichts der Tatsache, dass es sich um das einzige Lagerhaus auf der Insel handelte, hatte sie schätzungsweise Glück gehabt, es zu bekommen. Nun musste sie nur dafür sorgen, dass alles wieder ins Laufen kam.

Sie kehrte zu ihrem Wagen zurück und wartete auf die Maklerin. Bei offener Tür saß sie auf dem Fahrersitz und trank ihren Kaffee. Das Frühstück im Inn hatte sie ausgelassen, weil sie einfach keinen Appetit hatte.

Von Westen her blies eine salzige Brise, doch trotz des grauen Himmels glaubte Sophie nicht, dass es heute noch regnen würde. Sie fragte sich, ob ihre Jahre in Los Angeles es ihr wohl schwer machen würden, sich an das Wetter zu gewöhnen, oder ob sie es bei ihren üblichen Sechzehn-Stunden-Tagen gar nicht bemerken würde. Solange das Dach kein Leck hatte, wären ihr so banale Dinge wie das Wetter vermutlich egal.

Ein kleiner SUV bog auf den Parkplatz ein, und Sophie stieg aus, um die Maklerin zu begrüßen. Sobald ich die Schlüssel habe, geht es mir besser, sagte sie sich. Dann konnte sie anfangen, *CK Industries* wieder aufzubauen, und alles wäre gut.

Zwanzig Minuten, zwei Unterschriften und eine kurze Unterhaltung später betrat Sophie das Lagerhaus und wartete auf das Gefühl der Erleichterung. Der Raum war riesig, beinahe doppelt so groß wie der, den sie in Valencia gehabt hatte. Es gab ein Dutzend Büros, ausreichend Waschräume und einen großen, offenen Bereich, in dem sie meterlange Regale aufbauen konnte, um das Frachtzentrum ihrer Träume zu errichten. Es war super. Besser als super, es war …

»Schrecklich«, flüsterte sie und drehte sich einmal im Kreis, um die Leere um sich herum in sich aufzunehmen.

Nachdem die Idee zu *CK Industries* im ersten Semester im Studentenwohnheim geboren worden war, hatte sie die Firma später im Gästezimmer einer Zweizimmerwohnung auf dem College gegründet. Von dort war sie in kleine Räumlichkeiten im Industriegebiet von Culver City gezogen. Zwei Jahre danach hatte sie mehr Platz gebraucht. Der Umzug nach Valencia war nach ihrer Scheidung erfolgt. Damals war sie so aufgeregt gewesen, als würde sie ein neues Leben anfangen.

Dieser Umzug war anders. Er war ihr von fehlerhaften Stromleitungen aufgezwungen worden. Auf die physische und emotionale Zerstörung war sie nicht vorbereitet gewesen. Ehrlich gesagt freute sie sich auch nicht auf die Arbeit, die ihr bevorstand. Dazu war das Ganze zu überwältigend.

Sie wollte mit dem Fuß aufstampfen und verlangen, dass die Zeit zurückgedreht wurde. Aber es gab niemanden, bei dem sie sich beschweren konnte. Das hier war ihr Projekt, und nur sie konnte es zu einem Erfolg machen.

»Anführen, folgen oder aus dem Weg gehen«, rief sie sich in Erinnerung. »Gewinner gewinnen. Ich bin ein Champion. Es liegt an mir. Ich schaffe das.«

Keines der Worte schien zu ihr durchzudringen, aber sie auszusprechen war besser, als sich geschlagen zu geben. Sie ging zu einem der großen Tore an der Laderampe und drückte auf den Knopf an der Wand, um es zu öffnen. Kalte Luft wehte ihr entgegen. Sophie stellte ihren Rucksack auf dem Boden ab, setzte sich im Schneidersitz hin und machte sich an die Arbeit.

Sie brauchte alles. Angestellte, Produkte, Regale, Verpackungsmaterial, Büromaterial, Büromöbel und einen Internetanschluss. Noch in Los Angeles hatte sie alles ausgewählt, was sie benötigte. Doch mit der Bestellung hatte sie gewartet, bis sie die Größe der verschiedenen Räume kannte. Zum Glück befand sich auf ihrem Konto eine große Summe der Versicherung, um alles zu bezahlen.

Sie nahm ihren Laptop heraus, schaltete ihr Handy als Hotspot ein, ging auf die Seite des örtlichen Internetanbieters und bestellte einen Anschluss. Alles andere würde sie aus ihrem Zimmer im Inn machen. Das Haus, das sie gemietet hatte, wurde erst am Ende der Woche frei. Sobald sie sich dort eingerichtet hatte, konnte sie sich voll auf die Firma konzentrieren. In ein paar Monaten würde alles wieder laufen wie am Schnürchen, und es wäre, als hätte es das Feuer nie gegeben. Zumindest hoffte sie das.

»Ist jemand zu Hause?«

Sie schaute auf und sah einen großen Mann mit breitem Brustkorb auf das Lagerhaus zukommen. Er hatte graue Haare, ein gebräuntes Gesicht und trug Jeans und Karohemd. In einer Hand hielt er eine Aktenmappe.

Sophie rappelte sich auf. »Kann ich Ihnen helfen?«

»Sophie Lane?«

Sie nickte.

»Bear Gleason.« Er kam zu ihr und schüttelte ihr die Hand.

Da sie nur einsfünfundsechzig war, überragte er sie um gute zwanzig Zentimeter. Sie schätzte ihn auf Mitte fünfzig.

»Wie kann ich Ihnen helfen, Mr. Gleason?«, fragte sie in der Hoffnung, dass er einen Job suchte und über Kenntnisse verfügte, die sie gebrauchen konnte.

»Bear, bitte. Ich habe gehört, dass Sie mit Ihrem Unternehmen hierherziehen. *CK Industries*, richtig?«

»Richtig.«

»Meine Frau und ich haben unser gesamtes Leben in Eastern Washington verbracht. Dort war ich Manager eines der größten Obstlagerunternehmen des Landes. Letztes Jahr sind wir von einem internationalen Konglomerat aufgekauft worden, das seine eigenen Leute mitgebracht hat. Dann ist unsere Tochter mit Drillingen schwanger geworden und meine Frau wollte hierherziehen, um in ihrer Nähe zu sein und ihr zu helfen.«

Sophie verspürte einen Anflug von Hoffnung und Vorfreude. Vermutlich ging es anderen Frauen so, wenn sie von einem Ausverkauf bei ihrem Lieblingsschuhdesigner hörten. Tja, sollten die sich doch um die Jimmy Choos kloppen – sie hatte vielleicht gerade den Manager für ihr Lagerhaus gefunden.

»Ich dachte, ich versuche es damit, in Rente zu gehen«, fuhr Bear fort. »Aber das habe ich genau zwei Monate durchgehalten. Wenn ich ehrlich sein soll, drehe ich zu Hause durch. Meine Tochter ist im achten Monat und muss strikte Bettruhe einhalten. Meine Frau ist ständig weg, und ich laufe durch unser neues Haus wie ein verlorener Welpe. Inzwischen habe ich alle Heimwerkerprojekte erledigt, die mir eingefallen sind, und meine Frau schwört, wenn ich anfange, an der Küche herumzuwerkeln, bringt sie mich im Schlaf um.«

Er schaute sich um. »Ich bin mir nicht sicher, was Sie kaufen oder verkaufen, aber wenn es erfasst, gelagert und an Kunden verschickt werden muss, bin ich Ihr Mann.«

Er reichte ihr die Mappe. »Mein Lebenslauf und die Referenzen.«

Ja! Sophie musste sich zurückhalten, um keinen Freudentanz aufzuführen.

»Wie haben Sie erfahren, dass ich das Lagerhaus gemietet habe?«, wollte sie wissen.

»Die Stadt ist klein. Hier spricht sich alles rum. Momentan gibt es kaum ein anderes Gesprächsthema. Wenn ich Sie wäre, würde ich schnell einen Termin für Bewerbungsgespräche verkünden. Ansonsten werden die Leute hier zu allen möglichen und unmöglichen Zeiten auftauchen.«

»So wie Sie?«

Er ließ ein Grinsen aufblitzen. »Ganz genau.« Das Lächeln schwand. »Ich habe von dem Feuer gehört. Sie waren doch versichert, oder?«

»Ah, Sie wollen wissen, ob ich die Gehälter zahlen kann.«

»Ich werde ganz sicher nicht für umsonst arbeiten.«

»Das verstehe ich.«

Bevor sie weitere Fragen zu seinen Erfahrungen stellen konnte, bog ein Lastwagen auf den Parkplatz und fuhr langsam rückwärts auf die Laderampe zu.

Bear schaute von dem Truck zum Lagerhaus. »Sie haben noch nicht mal Regale. Oder Schreibtische. Arbeitet außer Ihnen überhaupt schon jemand?«

»Nein, aber bald. Es ist besser, Produkte zu haben und keine Regale, um sie zu lagern, als umgekehrt.«

Bear wirkte nicht überzeugt. Trotzdem ging er zur Rampe und wies den Fahrer ein.

Beinahe eine Stunde benötigten sie, um alles vom Truck abzuladen. Sophie hielt mehrmals zwischendurch inne, um ihre Liste zu vervollständigen. So brauchte sie zum Beispiel Sackkarren, Gabelstapler, Handschuhe, Schutzbrillen und Pylonen.

Als der Truck wieder abfuhr, starrte Bear die gestapelten Kartons an.

»Katzenfutter. Katzenstreu. Katzenspielzeug.« Er funkelte sie an. »Was ist das alles?«

»Unser Angebot. Was hatten Sie denn gedacht, was hier los ist?«

»Ich habe ehrlich gesagt keine Ahnung, was *CK Industries* herstellt.«

Sie grinste. »CK steht für *Clandestine Kitty*. Ich habe die Firma gegründet, als ich noch auf dem College war.«

»Verstecktes Kätzchen?« Bear wirkte entsetzt. »Sie verkaufen Katzenzeug? Und dafür brauchen Sie so viel Platz?«

»Mögen Sie keine Katzen?«

»Nicht wirklich. Ich bin mehr ein Hundemensch. Verdammt. *Clandestine Kitty*. Darauf wäre ich nie gekommen. Ich hoffe, niemand aus meiner alten Heimat findet heraus, dass ich hier arbeite.«

»Noch habe ich Sie nicht angestellt.«

»Aber das werden Sie. Denn auf dieser Insel finden Sie niemanden, der besser qualifiziert ist als ich. Außerdem wohne ich jetzt hier, das hilft. Wenn es einen Notfall gibt, brauche ich nur sechs Minuten.«

Er schaute noch mal zu den Kartons, dann ließ er seinen Blick durch das Lagerhaus schweifen. »Die Sachen kommen an, Sie verpacken sie neu und verschicken Sie an die Kunden. Ich verstehe. Wir brauchen also Regale und eine Verpackungsstation.«

»Ich weiß.«

»Sie müssen mir den momentanen Prozess genau erklären. Vermutlich ist er nicht so effizient, wie er sein könnte. Aber wir fangen erst einmal damit an und verbessern ihn dann nach und nach. Es würde helfen, wenn ich die Bestellungen der letzten sechs Monate sehen könnte, um mir einen Eindruck zu verschaffen, wie viel Platz wir benötigen. Einen Gabelstapler brauchen wir auf alle Fälle. Dazu muss ich für den Anfang einen Computer haben, die aktuellen Bestellungen und eine Firmenkreditkarte.«

»Sie sind immer noch nicht engagiert.«

Er stieß einen schweren Seufzer aus. »Was wollen Sie wissen?«

Seinen Lebenslauf hatte sie. Dem konnte sie entnehmen, was

seine Aufgaben und Verantwortungsbereiche gewesen waren. Doch Sophie interessierte sich mehr dafür, wer Bear war. Man hatte ihr schon oft gesagt, dass es ... nun ja, schwer war, für sie zu arbeiten. Konnte er damit umgehen?

»Erzählen Sie mir von Ihrem besten und Ihrem schlimmsten Tag.«

Sein Blick verengte sich. »Sie reden von der Arbeit, oder? Denn wenn Sie mit mir über meine Gefühle reden wollen, werden wir nicht gut miteinander klarkommen.«

Sie lachte. »Bear, ich schwöre, ich werde Sie niemals nach Ihren Gefühlen fragen. Und ganz sicher werde ich nicht über meine sprechen. Ich will nur wissen, ob Sie in Ihrem Job gut sind und ob Sie ein Problem damit haben, für eine Frau zu arbeiten.«

»Bringen Sie eine Katze mit zur Arbeit?«

Sophie dachte daran, wie CK beinahe achtzehn Jahre lang ein Teil ihrer Welt gewesen war. Ihr leises Miauen und sanftes Schnurren war ihr so vertraut gewesen wie ihr eigener Herzschlag. Sie erinnerte sich, wie sie CK am Ende in den Armen gehalten und nicht hatte glauben können, dass ihr süßes Mädchen wirklich fort war.

»Nein«, sagte sie leise. »Ich werde keine Katze mit in die Firma bringen.«

»Dann ist es mir egal, ob Sie eine Frau oder ein Zombie sind. Führen wir das Bewerbungsgespräch und bringen die Sache in trockene Tücher. Wenn Sie glauben, dass es passt, dann werde ich Ihnen eine Liste mit den Dingen schreiben, die ich benötige.«

»Regale und Schreibtische habe ich schon ausgesucht.«

»Aha. Wie gesagt, ich schreibe Ihnen eine Liste, die wir dann gemeinsam durchgehen können. Bis die Computer für die Firma geliefert werden, nutze ich meinen eigenen. Okay: der schlimmste Tag. Das ist leicht. Irgendein Idiot hat Unmengen an Obst vom Garten seiner Mutter in unser Lagerhaus gebracht, ohne vorher darüber nachzudenken, dass die vielleicht Apfelfruchtfliegen haben könnten. Was sie hatten. Verdammter Trottel. Wissen Sie, was ein paar Dutzend brütende Fruchtfliegen in einem Lagerhaus voll Premium-Obst anrichten können?«

Darüber wollte sie ehrlich gesagt lieber nicht nachdenken. »Das war schlimm, hm?«

»Schlimm trifft es nicht einmal ansatzweise. Wir haben Millionen verloren. Keine Ahnung, wo der Typ jetzt ist, aber für mich wird er definitiv nie wieder arbeiten.« Er dachte eine Sekunde nach. »Der beste Tag … Tja, wenn einem gefällt, was man tut, sind alle Tage gute Tage.«

Sophies Unternehmerherz schlug einen kleinen Salto. »Ich werde mir Ihren Lebenslauf und die Referenzen ansehen«, sagte sie. »Wollen Sie schon mal anfangen, die Kartons auszupacken?«

Seufzend betrachtete er den Kartonstapel. »Katzen. Darauf wäre ich nie gekommen.«

Heather Sitterly trug zwei Teller in den Speiseraum des *Blackberry Island Inn*. Obwohl es ein Montagmorgen war, waren die meisten Tische besetzt. Bei den Frühstücksgästen handelte es sich um eine Mischung aus Touristen und Einheimischen, angelockt von gutem Essen zu vernünftigen Preisen. Besonders die Frittata mit Bacon und Frühlingsgemüse war an diesem Morgen beliebt.

»So, bitte schön«, sagte sie und stellte die Teller vor einem älteren Pärchen ab, das das gesamte Wochenende im Inn verbracht hatte. »Einmal mit Avocado und einmal mit Extrabacon für den Gentleman.« Sie lächelte. »Ich komme gleich wieder, um Ihnen Kaffee nachzuschenken und zu hören, wie es Ihnen schmeckt.«

»Danke, meine Liebe«, sagte die Frau, die ungefähr Mitte sechzig war und graues Haar sowie dunkle Augen hatte. Sie sah Heathers Großmutter mütterlicherseits sehr ähnlich, doch das behielt Heather lieber für sich. Niemand hörte gerne, dass er aussah wie eine Großmutter.

Mit einem Lächeln wandte Heather sich ab und ging zur Kaffeemaschine. Die Kanne mit dem entkoffeinierten Kaffee war beinahe leer, also setzte sie eine neue auf, bevor sie eine Kanne normalen Kaffee nahm und zu den Tischen zurückkehrte. Nachdem sie ein halbes Dutzend Tassen nachgefüllt hatte, erreichte sie wieder den Tisch des älteren Pärchens.

»Wie ist das Frühstück so?«, fragte sie, während sie nachschenkte.

»Wie immer ausgezeichnet«, antwortete die Frau und warf einen Blick auf das Namensschild. »Heather heißen Sie? Sind Sie von hier?«

»Hier geboren und aufgewachsen.«

»Gehen Sie aufs College?«, wollte der Mann wissen.

»Ja, aufs Community College. Das liegt auf dem Festland, nicht weit von hier.«

»Es ist so schön, dass es eine Brücke gibt«, sagte die Frau. »Da müssen Sie nicht auf eine Fähre warten.«

»Das stimmt. Bei schlechtem Wetter fahren die Fähren nicht, aber die Brücke ist immer geöffnet.«

Der Mann zwinkerte ihr zu. »Träumen Sie je davon, woandershin zu flüchten?«, fragte er neckend. »In eine Großstadt?«

Beinahe jeden Tag. Doch den Gedanken behielt Heather für sich. Diese netten Leute wollten nichts über ihre persönlichen Schwierigkeiten wissen oder darüber, wie sehr sie sich danach sehnte, irgendwo anders zu leben, nur nicht hier.

»Ach, Blackberry Island ist ein schöner Ort«, sagte sie stattdessen und erklärte dann entschuldigend, dass sie sich jetzt um die anderen Gäste kümmern musste.

Genau eine Stunde und siebenundvierzig Minuten später endete Heathers Schicht. Sie meldete sich ab, steckte ihr Trinkgeld ein und nahm den Behälter mit dem Essen, den Helen, die Köchin, ihr immer hinstellte. Wie gewünscht, hatte Helen den Namen *Amber* auf den Behälter geschrieben. Anfangs hatte sie Heathers Namen notiert, da sie diejenige war, die die Bestellung aufgab und bezahlte. Aber darüber hatte Amber sich beschwert.

»Das Essen ist für mich. Warum steht da dein Name drauf? Sollte es nicht meiner sein?«

Heather hatte ihrer Mutter sagen wollen, dass es egal war, welcher Name darauf stand. Das Frühstück wurde kostenfrei und köstlich geliefert. Welche Bedeutung hatte da schon ein Name? Aber das war kein Streit, für den es sich lohnte, Energie aufzuwenden.

Nachdem sie den Behälter in den Fahrradkorb an ihrem Lenker gepackt hatte, setzte sie den Helm auf. Sie hatte zwar ein Auto, aber für kurze Strecken war es schneller und günstiger, das Fahrrad zu nehmen. Außerdem war Bewegung gut. Während sie auf das Haus zuradelte, in dem sie aufgewachsen war, plante sie den Rest ihres Tags. Um Viertel nach neun wäre sie zu Hause. Damit hätte sie beinahe zwei Stunden, um für ihre Abschlussprüfungen zu lernen, bevor sie mit ihrer Mutter ein Auto kaufen gehen würde.

Vor drei Wochen war jemand an der einzigen Ampel auf der Insel von hinten auf Ambers Auto aufgefahren. Es war ein Totalschaden gewesen, und Amber hatte einige Verletzungen erlitten, aufgrund derer sie krankgeschrieben worden war. Heather tat es leid, dass ihre Mutter Schmerzen hatte, und sie hoffte, dass sie schnell wieder gesund wurde. Allerdings fragte sich ein kleiner – gemeiner – Teil von ihr, ob Amber wirklich verletzt worden war. Denn krankgeschrieben zu sein war wesentlich leichter, als zur Arbeit zu gehen.

Auf der letzten halben Meile zum Haus ermahnte Heather sich, dass sie nicht urteilen sollte. Es war das Leben ihrer Mutter – da sollte sie sich nicht einmischen. Allerdings war es immer ihre Aufgabe gewesen, auf ihre Mom aufzupassen – und das war die Wurzel aller Probleme.

Vor dem alten Haus im Rancherstil stieg sie vom Fahrrad ab.

Der Vorgarten war groß mit einer schönen Rasenfläche und breiten Beeten. Nach dem langen Winter sah alles im Moment noch etwas traurig aus, aber die Narzissen und Tulpen steckten schon ihre ersten grünen Blätter aus der dunklen Erde. In einer Woche oder so würden die ersten Blumen kommen.

Das Haus selbst brauchte mal wieder einen frischen Anstrich – ganz zu schweigen von einer Renovierung von Küche und Badezimmern. Aber immerhin funktionierte alles, was wesentlich wichtiger war als Äußerlichkeiten.

Sie kettete ihr Fahrrad an der hinteren Veranda an und ging durch die Hintertür hinein.

»Ich bin's!«, rief sie.

»Heather?«, antwortete die schwache Stimme ihrer Mutter. »Bist du das?«

»Ja, Mom. Wer sollte es sonst sein?«

»Man kann nie wissen. Jemand könnte einbrechen und mir die Kehle durchschneiden. So was ist schon passiert.«

»Aber dir nicht«, erwiderte Heather fröhlich, denn Sarkasmus funktionierte bei ihrer Mutter nicht, und sie musste wirklich so schnell wie möglich an ihren Schreibtisch, um zu lernen. »Ich denke, auf der Insel sind wir alle ziemlich sicher.«

»Hast du mir mein Frühstück mitgebracht? Ich habe solche Schmerzen und kann meine Tabletten erst nehmen, wenn ich etwas gegessen habe.«

»Jupp, das Frühstück kommt sofort.«

Heather gab die Frittata auf einen Teller und stellte ihn kurz zum Aufwärmen in die Mikrowelle. Dann schenkte sie eine Tasse Kaffee ein, bevor sie alles in das kleine, schäbige Wohnzimmer trug, wo ihre Mutter auf dem Sofa lag.

Amber machte einen schwachen Versuch, sich aufzusetzen, presste dann aber die Augen zu und wimmerte. Heather half ihr auf und schob ihr ein paar Kissen hinter den Rücken. Sobald Amber bequem saß, reichte Heather ihr den Teller und stellte den Kaffee in Reichweite ab.

»Ich muss jetzt lernen, Mom. Morgen ist meine letzte Prüfung.«

»Aber wir gehen nachher trotzdem Autos angucken, oder?«

»Ja, klar.«

Heather dachte an die Unterhaltung, die sie bisher aufgeschoben hatte, und wusste, dass ihr die Zeit davonlief. Widerstrebend setzte sie sich ihrer Mutter gegenüber in den Sessel.

»Mom, die Versicherung hat neuntausend Dollar gezahlt. Du hast davon gesprochen, dass du ein neueres SUV-Modell haben willst. Aber alle, die du mir gezeigt hast, kosten selbst gebraucht zwanzigtausend. Willst du für den Rest einen Kredit aufnehmen?«

Amber, eine korpulente, dunkelhaarige Frau mit braunen Augen, stellte den Teller ab. »Was sagst du da?«

Sie war erst achtunddreißig, sah aber aus wie Mitte vierzig. Als junge Frau war sie sehr hübsch gewesen, doch ihr gutes Aussehen war zusammen mit ihren Ambitionen verblasst.

»Nun ja, mit Steuern und Zulassungsgebühren werden aus zwanzigtausend Dollar schnell dreiundzwanzig. Damit bräuchtest du einen Kredit über vierzehntausend Dollar. Vielleicht solltest du etwas von deinen Ersparnissen nehmen, um den Kredit niedriger zu halten.«

Tränen stiegen Amber in die Augen. »Ersparnisse? Ich habe keine Ersparnisse. Vielleicht tausend Dollar. Ich habe diesen grauenhaften Job, bei dem ich fast nichts verdiene. Mit den ganzen Ausgaben hier bleibt am Ende des Monats nichts übrig.« Nun liefen die Tränen über. »Ich weiß nicht, was ich tun soll. Es ist nicht fair. Der Mann ist mir draufgefahren und hat meinen Wagen geschrottet, aber ich bin diejenige, die für seine Unvorsichtigkeit bezahlen muss. Die Polizei hat ihm gerade mal einen Strafzettel verpasst. Ich bezweifle, dass sie das getan hätte, wenn ich nicht darauf bestanden hätte.«

»Mom«, sagte Heather sanft und versuchte, den Knoten in ihrem Magen zu ignorieren. »Das Auto?«

Die Unterlippe ihrer Mutter zitterte. »Ich schätze, dann gibt es kein Auto für mich. Ich werde den Bus nehmen müssen. Von der Bushaltestelle zum Haus ist es nur eine Meile. Sobald mein Rücken geheilt ist, sollte ich das schaffen.«

»Du hast wirklich nur tausend Dollar angespart?«

Amber starrte sie an. »Würde ich deswegen lügen?«

Heather war sich ziemlich sicher, dass ihre Mutter das tun würde, aber da Amber ihre Konten alle bei einer Online-Bank hatte, konnte sie nicht nachschauen. Was einen Kredit anging …

Nicht, sagte sie sich, versuch es gar nicht erst.

»Hast du nicht etwas Geld?«, fragte ihre Mutter mit kleiner Stimme. »Das du mir leihen könntest?«

Und da war es. Die Sache, die Heather hatte vermeiden wollen. Die Frage, von der sie gewusst hatte, dass sie kommen würde, sobald sie von dem Unfall gehört hatte. Denn obwohl sie erst zwanzig war, unterstützte sie den Haushalt finanziell schon seit ihrem sechzehnten Lebensjahr.

Sie dachte daran, wie lange sie gespart hatte in der Hoffnung, eines Tages genug zusammenzuhaben, um fliehen zu können. Sie wollte mehr als nur zwei Vorlesungen pro Quartal am Community College hören, sie wollte einen guten Job haben anstelle von drei oder vier Teilzeitjobs. Und am meisten wollte sie eines Tages nicht mehr für ihre Mutter verantwortlich sein.

»Ein Darlehen?«, fragte sie, und es gelang ihr nicht, die Bitterkeit aus ihrer Stimme herauszuhalten.

Amber zuckte zusammen, als wäre sie geschlagen worden. »Wieso sagst du das so? Ich bin deine Mutter. Ich habe mich dein ganzes Leben lang um dich gekümmert. Wenn ich nicht schwanger geworden wäre, hätte ich aufs College gehen und etwas aus mir machen können. Ich bin immer für dich da, Heather. Du hast Glück, mich zu haben.«

Was vielleicht stimmte – vielleicht auch nicht –, aber am Ende des Tages zahlte ihre Mutter das geliehene Geld nie zurück. Egal, wie oft sie sich welches »lieh«.

»Wie viel hast du?«, hakte ihre Mutter nach.

Heather wollte lügen. Wollte verzweifelt einen kleineren Betrag nennen, damit sie etwas für die Zukunft behalten konnte, doch das ging nicht. Das Lügen-Gen fehlte ihr. Sie hatte es versucht, aber ihre Stimme klang dabei immer komisch, also sagte sie die Wahrheit.

»Sechstausend Dollar.«

Ambers Augen leuchteten auf. »Das ist perfekt. Dann muss ich mir nur achttausend leihen. Das ist eine gut zurückzahlbare Summe.« Sie deutete in Richtung von Heathers Zimmer. »Geh nur lernen. Danach kaufen wir mir ein Auto. Ich bin so aufgeregt. Ich hoffe, sie haben den Blauen noch. Der ist so hübsch und hat erst wenige Kilometer runter.«

Aufgeregt zappelte sie auf der Couch herum, als wären ihre Rückenschmerzen auf einen Schlag verschwunden.

Auf dem Weg zu ihrem Zimmer bemühte Heather sich, nicht sauer auf ihre Mutter zu sein, weil sie das Sparbuch ihrer Tochter plünderte und ihr eigenes intakt ließ. Gerade hatte sie den Computer hochgefahren, um sich ihre Notizen anzusehen, als ihr Handy klingelte. Nach einem Blick auf das Display lächelte sie.

»Hey, Sophie«, sagte sie. »Wie läuft es so?«

»Super. Ich stehe in meinem neuen Lagerhaus. Es ist nicht perfekt, aber es wird gehen.«

Sophie, Amber und Kristine waren Cousinen, die gemeinsam aufgewachsen waren. Amber war ein paar Jahre älter. Heather erinnerte sich daran, wie Sophie und Kristine auf sie aufgepasst hatten, als sie klein gewesen war.

»Ich kann immer noch nicht glauben, dass du ein Lagerhaus gemietet hast, ohne es vorher zu besichtigen«, sagte sie.

»Ich musste zugreifen, bevor es mir jemand wegschnappt. Die Alternative wäre etwas auf dem Festland gewesen, und das wollte ich nicht.«

»Wann bist du angekommen?«

»Spät am Samstagabend.«

»Und jetzt bist du schon im Lagerhaus?«

»Das Geschäftliche kommt immer zuerst. *CK Industries* muss wieder aufgebaut und zum Laufen gebracht werden. Zuerst die Mitarbeiter und das Inventar, dann die Welt. Ich fahre gleich los, um das Haus zu suchen, das ich gemietet habe. Ende der Woche kann ich einziehen. Bis dahin wohne ich in einem Inn. Wollen wir Mittwoch zusammen zu Abend essen? Da soll es ein Spezialmenü geben.«

»Klar. Ich habe frei. Und ich glaube nicht, dass Mom etwas vorhat.«

»Dann treffen wir uns um sechs am Inn.«

»Ich freue mich darauf.«

»Ich mich auch.«

Heather legte auf. Sophie zog mit ihrem erfolgreichen Unternehmen auf die Insel. Das bedeutete, sie musste Leute einstellen. Vielleicht, dachte Heather, hat sie auch einen Job für mich. In der Versandabteilung oder so. Wenn sie sich vom Frühlingssemester abmeldete, würde sie die Gebühren zurückbekommen. Hoffentlich hatte Sophie irgendeinen Teilzeitjob zu vergeben, damit Heather ihre Frühstücksschicht im Inn nicht aufgeben musste. Die Trinkgelder dort waren super, und sie war auf sie angewiesen, wenn sie ihr Sparkonto wieder auffüllen wollte. Aber mit Sophie zusammen zu sein brachte immer Spaß. Sophie sah die Welt als einen spannenden Ort mit unzähligen Gelegenheiten an. So wollte Heather irgendwann auch sein.

Lernen, ermahnte sie sich und richtete ihre Aufmerksamkeit wieder auf ihren Computer. Dann das Auto. Später in der Woche Dinner mit Sophie. Und wenn sie irgendwo fünf Minuten Zeit fand, würde sie die Augen schließen und sich vorstellen, wie ihr Leben aussah, wenn sie endlich hier weg war.

3. KAPITEL

Das *Blackberry Island Inn* bot normalerweise nur Frühstück und Mittagessen an. Jeden zweiten Mittwoch wurden allerdings auch abends die Türen für das traditionelle Grillhähnchen-Dinner geöffnet. Sowohl die nette Dame an der Rezeption als auch zwei Frauen, die am Lagerhaus vorbeigekommen waren, »um mal zu gucken«, hatten Sophie versichert, dass das eine Gelegenheit war, die man auf keinen Fall verpassen wollte.

Nach der Zusage von Amber und Heather hatte Sophie einen Tisch für drei Personen reserviert. Das Restaurant besaß keine Schanklizenz, sodass sie schnell noch zu einem der Weinkeller im Ort fuhr und eine Flasche Chardonnay kaufte, bevor sie sich um sechs Uhr mit den beiden Frauen am Empfang traf.

Als Erstes erblickte sie Heather, die gerade ihrer Mutter Amber die Tür aufhielt. Sophie hatte von Ambers Unfall gehört, aber nicht erwartet, dass diese einen Stock benötigen und sich so langsam bewegen würde.

Ansonsten sah Amber noch genauso aus wie immer. Ein wenig zerzaust und mit missbilligender Miene. Ihre Haare waren mausbraun, beinahe die gleiche Farbe wie Kristines, aber ohne die hübschen Strähnchen. Heather war größer als sie alle, und ihre Augen hatten ein helleres Braun. Sophie hatte immer angenommen, dass sie die Augenfarbe ihres Vaters geerbt hatte – ein Rodeo-Cowboy, der Amber laut eigener Aussage zu einem One-Night-Stand verführt und sie dann schwanger und mit einem ruinierten Leben zurückgelassen hatte.

Wo sie jetzt so darüber nachdachte, hätte sie vielleicht besser nur Heather zum Essen einladen sollen.

»Du bist wieder da!« Heather umarmte sie fest. »Ich freue

mich so, dich zu sehen, und kann es kaum erwarten, alles über deine Firma zu hören. Und das Lagerhaus zu sehen. Das ist so aufregend!«

Ambers Umarmung war weniger enthusiastisch. »Nicht zu fassen, wie weit der Parkplatz vom Eingang entfernt ist. Ich hätte mir von meinem Arzt eine Behindertenplakette fürs Auto geben lassen sollen, dann hätten wir näher dran parken können.«

»Mom, ich habe dich am Eingang abgesetzt und dann erst das Auto geparkt.«

»Ja, und ich habe hier allein herumstehen und auf dich warten müssen.« Amber seufzte.

»Jetzt bist du ja hier«, sagte Sophie und berührte Amber leicht am Arm. Sie wusste: Der beste Weg, mit Amber umzugehen, war, sie so schnell wie möglich abzulenken. »Danke, dass ihr gekommen seid. Wollen wir reingehen?«

Amber bewegte sich so langsam, dass es Sophie ganz kribbelig machte. Sie lenkte sich ab, indem sie sich bei Heather unterhakte.

»Wie läuft es mit dem Studium? Und hast du immer noch siebenundvierzig Jobs?«

»Gestern war meine letzte Prüfung, ich sollte also bald meine Noten erfahren. Und ich habe nur drei Jobs.«

»Du arbeitest so hart«, sagte Sophie. »Wann hast du damit angefangen? Mit zwölf? Du musst inzwischen ordentlich Geld gespart haben. Das freut mich.«

Heather warf ihrer Mutter einen kurzen Blick zu. Sofort spürte Sophie, wie die Spannung zwischen den beiden anstieg. Verdammt, dachte sie. Wie hatte sie es nur geschafft, sich innerhalb von nur drei Minuten in so eine Lage zu bringen?

»Das Lagerhaus ist riesig«, wechselte sie schnell das Thema. Normalerweise störte sie sich nicht an den Emotionen ihrer Mitmenschen, aber in letzter Zeit war sie sensibler, was Gefühle anging. Und das hier war wirklich anstrengend.

»Es ist beinahe doppelt so groß wie das vorherige«, erzählte sie. »Zwar gibt es weniger Büroräume, aber das macht nichts. Ich brauche nicht viele Angestellte, und wenn es nötig sein sollte, können wir sicher einen Teil des Lagers abtrennen und in Büros umwandeln. Das muss ich einfach abwarten.«

»Weil du zu erfolgreich bist?«, fragte Amber eher genervt als spielerisch. »Arme Sophie, überwältigt davon, wie großartig alles ist.«

»Mom! Sie musste hierherziehen, weil ihre Firma abgebrannt ist«, schaltete Heather sich ein. »Wir freuen uns, dass sie zurück ist, aber es ist nicht so, als hätte sie sich freiwillig dafür entschieden.«

»Ist schon gut«, beschwichtigte Sophie fröhlich. »Oder das wird es wieder werden. Im Moment ist es ein wenig schwer, alles zu organisieren. Da wartet viel Arbeit auf mich.«

Sie hatten den Speiseraum erreicht und wurden zu einem Tisch mit Blick aufs Wasser geführt. Ein Segelboot fuhr auf die Sonne zu, die am Horizont unterging. Die Kellnerin reichte ihnen einen Zettel mit dem Menü.

»Das Menü ist relativ einfach«, erklärte sie und winkte Heather zu. »Ihr könnt zwei, drei oder vier Stücke Hähnchen bestellen, dazu zwei Beilagen. Zum Nachtisch gibt es verschiedene Obstaufläufe. Eure Bedienung wird gleich kommen, um die Bestellung aufzunehmen und den Wein zu öffnen.« Sie lächelte. »Für dich einen Eistee, Heather?«

»Einfach nur ein Wasser, danke, Molly.«

»Ist das eine Freundin von dir?«, wollte Sophie wissen, denn die beiden wirkten gleich alt.

»Eine Kollegin. Ich kellnere hier morgens. Da ist immer viel zu tun und es gibt großzügige Trinkgelder.«

Sophie zog die Nase kraus. »Tut mir leid. Ich wusste nicht, dass du hier arbeitest, sonst hätte ich ein anderes Restaurant ausgewählt. Du bist das Essen hier bestimmt schon leid.«

»Ich auf jeden Fall«, sagte Amber seufzend. »Jeden Morgen das gleiche Frühstück.«

Heather versteifte sich sichtlich. »Ich wusste nicht, dass du das so empfindest, Mom. Ich nehme immer das Spezialangebot, was auch immer das gerade ist. Aber ich kann gerne damit aufhören, dir nach meiner Schicht ein Frühstück mitzubringen.«

»Nein, nein, schon gut«, erklärte Amber. »Ich komme damit klar.«

Heathers Miene war undurchdringlich. Sie wandte sich an Sophie. »Glaub mir, das Hähnchen-Dinner ist ein echter Genuss. Ich war erst einmal hier, und es war köstlich.«

»Wann hast du denn hier gegessen?«, fragte Amber scharf. »Das wusste ich überhaupt nicht. Ich komme ja nie raus.«

»Jetzt bist du ja hier«, warf Sophie schnell ein und wedelte mit der Menükarte. »Ach, das klingt aber auch alles zu lecker.«

»Ich kann nicht fassen, dass sie nur Obstaufläufe zum Nachtisch haben«, beschwerte Amber sich. »Ich wollte Kuchen.«

Das Auftauchen der Kellnerin rettete sie. Nachdem sie den Wein geöffnet und zwei Gläser eingeschenkt hatte, brachte sie das Wasser für Heather und ein paar Biscuits für den Tisch.

Sophie bestellte einen Salat, Makkaroni mit Käse und zwei Stücke Hühnchen. Heather nahm statt des Salats die gebackenen Bohnen. Amber entschied sich für vier Stücke Hühnchen, was Sophie ein wenig viel vorkam, aber sie nahm an, dass sie den Rest für morgen mit nach Hause nehmen würde.

»Wie läuft es denn bisher?«, wollte Heather wissen. »Kann das Lagerhaus schon benutzt werden, oder musst du noch Regale, Tische und so bestellen?«

»Das Gebäude ist komplett leer. Ich versuche, es als Gelegenheit zu sehen, die Lagerung und den Versand so zu gestalten, wie es für mich am praktischsten ist.«

Das zu sagen war besser, als zuzugeben, wie überwältigt sie sich fühlte.

»Oh, und ich habe einen Manager eingestellt. Er heißt Bear und hat einen fantastischen Lebenslauf. Er ist ein wenig knurrig, aber ich glaube, wir werden gut miteinander klarkommen.

Für die Verpackungs- und Versandstation hat er mir sogar schon einen Vorschlag gemacht. Und ich habe einen Gabelstapler bestellt.«

»Braucht man einen Führerschein, um den zu fahren?«, fragte Heather lachend. »Ich glaube, das würde ich gerne lernen. Wirst du einen Bewerbertag veranstalten?«

»Weil du noch einen Job brauchst?«, zog Sophie sie auf. »Wann hättest du dafür denn Zeit?«

»Ich versuche, mein Beschäftigungsportfolio zu konsolidieren«, erwiderte Heather grinsend.

»Dafür musst du nicht zu einem Bewerbertag«, warf Amber ein. »Sag ihr einfach, was du tun willst.« Sie überlegte kurz. »Ich glaube, ich würde gerne das Telefon bedienen. Das klingt leicht. Ja, das will ich.« Sie sah Sophie an. »Ist das ein Problem?«

»Mom!«

»Was? Sophie, dir ist es doch egal, oder?« Amber sah ihre Cousine durchdringend an.

Sophie spürte den Anflug von Kopfschmerzen. Weit weg zu leben hatte sie vergessen lassen, wie anstrengend Amber sein konnte. »Ich muss eine Rezeptionistin anheuern, also klar. Was ist mit dir, Heather? Was ist dein Traumjob?«

»Ich habe keinerlei Erfahrungen im Büro. Vielleicht was im Lager oder im Versand. Aber ich komme gerne zur Jobbörse.«

»Ich sage Bescheid, sobald ich anfange, Leute einzustellen. Ich hoffe, dass es in wenigen Tagen so weit ist.«

Am Montag, dachte sie. Bis dahin würden die Produkte sich schon stapeln. Sie hatte schon so viel verloren. Auf keinen Fall würde sie zulassen, dass sie ihre Firma auch noch verlor.

Nach einem köstlichen Abendessen verabschiedete Sophie sich von Amber und Heather und ging auf ihr Zimmer. Sie stellte die noch drei Viertel volle Weinflasche auf die Kommode, schaute sich in dem hübschen Raum um und merkte, dass sie nicht ertrug, den Rest des Abends drinnen zu verbringen. Also schnappte sie sich ihre Autoschlüssel und die Weinflasche und ging wieder raus.

Auf dem Weg zu ihrem Wagen schrieb sie Kristine eine kurze Nachricht.

Kann ich vorbeikommen?

Natürlich. Ich freue mich
über Gesellschaft.

Sophie fuhr die kurze Strecke zum Haus ihrer Cousine und parkte am Bürgersteig.

Das zweigeschossige Haus wirkte eher behaglich als elegant. Alle Fenster waren hell erleuchtet, und selbst von der Straße konnte Sophie hören, wie die Jungs durch die Gegend liefen und sich dabei irgendwelche Dinge zuschrien. An der Verandabrüstung lehnten ein paar Fahrräder, und auf der Einfahrt standen zwei SUVs.

Kristine und Sophie waren gleich alt. Sie waren gemeinsam in derselben Kleinstadt aufgewachsen, waren auf die gleichen Schulen gegangen, und doch hätten ihre Leben nicht unterschiedlicher sein können. Kristine hatte direkt nach der Highschool geheiratet. Sie war eine Hausfrau und Mutter, die Kekse backte und die Kinder zum Fußballtraining fuhr. So etwas hatte Sophie nie gewollt. Und doch, als sie jetzt zur Haustür ging, fragte sie sich, ob Kristine nicht diejenige war, die es richtig gemacht hatte.

»Hey du«, sagte Kristine, nachdem sie die Tür geöffnet hatte, und zog Sophie in die Arme. »Was ist los?«

Sophie hielt ihr die Weinflasche entgegen. »Sie ist zwar schon angebrochen, aber noch gut.«

»Zu einem Glas Wein mit dir sage ich nicht Nein. Komm rein und ignorier das Geschrei. Offensichtlich haben sie in der

Schule nicht ausreichend Energie abgelassen. Wir schleichen uns nach unten, denn wenn sie mitkriegen, dass du hier bist, haben wir keine ruhige Minute. Generell werden sie um diese Zeit ruhiger, aber bis es so weit ist, tun wir einfach so, als wären die Geräusche das sanfte Zwitschern der Kraniche über dem Puget Sound.«

»Zwitschernde Kraniche?«

Kristine lachte. »Vielleicht. Ich bin mir nicht sicher.«

Sie gingen in den ausgebauten Keller, wo Kristine auf ein abgesessenes Sofa zeigte. Während Sophie sich setzte, holte Kristine zwei Weingläser aus einem eingebauten Schrank und gesellte sich dann zu ihr.

»Also, was gibt es Neues?«, fragte Kristine. »Wie geht es dir?«

»Ganz gut. Ich lebe mich langsam ein. Heute habe ich mit Amber und Heather zu Abend gegessen.«

Kristine zuckte zusammen. »Absichtlich?« Sie schlug sich eine Hand vor den Mund. »O Gott, ich fasse es nicht, dass ich das gesagt habe. Und ich kann es noch nicht mal auf den Wein schieben. Es ist nur … Amber ist so …«

»So wie sie immer war«, sagte Sophie düster. »Sie ist wirklich ein abschreckendes Beispiel. Aber heute kam sie mir schlimmer vor als sonst. Und zwischen ihr und Heather herrschte eine spürbare Spannung. Ist da was vorgefallen?«

Kristine nahm ihr Weinglas in die Hand. »Da kann ich nur raten. Ambers Auto hat bei einem Unfall einen Totalschaden erlitten. Gestern ist sie vorbeigekommen, um mir ihren neuen fahrbaren Untersatz zu zeigen. Ein schicker Subaru, der weit mehr gekostet haben muss, als sie von ihrer Versicherung bekommen hat.«

»Was hat das damit zu tun?«

»Ich bezweifle, dass sie genug verdient, um einen großen Kredit aufzunehmen. Daher muss sie zumindest einen Teil des Gelds sofort auf den Tisch gelegt haben. Aber du glaubst doch nicht, dass sie Ersparnisse hat, oder? Also hat sie das Geld irgendwoher bekommen, und ich würde sagen, Heather ist das wahrscheinlichste Opfer.«

Sophie ließ sich gegen die Rückenlehne des Sofas sinken und zuckte kurz zusammen. Dann holte sie ein kleines Spielzeugauto zwischen den Kissen hervor.

»Arme Heather«, murmelte sie. »Warum bleibt sie nur bei ihr?«

»Wenn sie geht, würde Amber ihr das nie verzeihen. Noch dazu ist Heather erst zwanzig. Egal, wie schlecht Amber sich benimmt, sie ist ihre Mutter. Außerdem hat Amber ihre Tochter dazu erzogen, sich um sie zu kümmern. Ich bin mir sicher, dass Heather sich gefangen fühlt. Nur kann sie es sich vermutlich nicht leisten wegzuziehen. Sobald sie anfängt, sich ein Polster anzusparen, fällt Amber immer irgendetwas ein, wofür sie dringend Geld benötigt.« Kristine schüttelte den Kopf. »Wenn da was zwischen ihnen war, liegt es meiner Meinung nach daran, dass Heather genervt ist. Und das sollte sie auch sein.«

»Familiendramen. Ich hatte ganz vergessen, dass das zum Nachhausekommen dazugehört.«

»Du liebst uns«, erklärte Kristine. »Also, was ist mit deiner Firma? Läuft es gut? Die ganze Sache muss dich doch überwältigen. Du fängst ja quasi noch mal bei null an.«

»Ich weiß. Ich versuche, nicht an das große Ganze zu denken.« Sie stellte ihr Glas ab und drehte das Spielzeugauto in den Händen. »Ich kann immer noch nicht glauben, dass niemand mit mir kommen wollte. Kein einziger Angestellter wollte hierherziehen.«

»Das liegt daran, dass sie keine Ahnung haben, wie toll es hier ist. Sie stellen sich irgendein Kaff vor anstelle unserer coolen, wunderschönen Insel.«

Sophie verdrehte die Augen. »Wirklich? Das ist deine Geschichte?«

»Okay, Blackberry Island ist klein, aber Seattle ist nur eine knappe Stunde mit dem Auto entfernt. Das ist tausendmal besser als L. A. Die Leute von der Westküste sind Snobs.«

Sophie grinste. »Muss ich dich daran erinnern, dass wir auch an der Westküste leben?«

Kristine riss die Augen auf. »Ups. Ich bin nicht gut im Lästern.«

»Stimmt.«

»Wie auch immer«, fuhr Kristine fort. »Ich stehe zu dem, was ich gesagt habe. Es ist die Angst vor Kleinstädten. Ich bin mir sicher, dass es dafür ein Wort gibt.«

Selbst wenn es das gäbe, war Sophie nicht sicher, ob es wichtig wäre. Sie konnte den Gedanken nicht abschütteln, dass die Weigerung ihrer Angestellten, mit ihr zu gehen, eine wichtige Botschaft war. Wenn sie diese Botschaft doch nur entschlüsseln könnte.

Später, versprach sie sich. In diesem Moment wurden ihre Gedanken von einem lauten »Tante Sophie ist hier?« unterbrochen, gefolgt von dem donnernden Trampeln schneller Schritte auf der Treppe. Kristines drei Jungen stürmten in den Keller und schossen auf das Sofa zu. JJ und Tommy attackierten Sophie von beiden Seiten, während Grant sich ihr in den Schoß warf.

Sophie kam sich ein wenig eingequetscht vor, umarmte und kitzelte die Jungs aber lachend. Dünne Arme schlangen sich um ihre Schultern und ihren Hals.

Technisch gesehen war sie nicht ihre Tante. Kristine und sie waren Cousinen. Da sie aber eher wie Schwestern aufgewachsen waren, machte es die Sache für alle einfacher, wenn die Jungs Sophie als »Tante« bezeichneten.

»Hey ihr«, sagte sie, als die drei sich einigermaßen beruhigt hatten. »Wie läuft's?«

»Ich habe eine Eins im Buchstabieren bekommen«, verkündete Grant stolz.

»Dad geht mit uns in den Frühjahrsferien campen«, sagte JJ. »Wir wohnen in einer Hütte. Mom will aber nicht mitkommen.«

»Drei stinkende Jungs in einer kleinen Hütte?« Kristine zog die Nase kraus. »Ihr werdet mir alle so fehlen.«

Tommy lehnte sich gegen seine Mutter. »Wir stinken nicht, Mom. Du hast nur eine zu sensible Nase.«

»Das stimmt.«

Sophie musterte die braunhaarigen, braunäugigen Jungen. Sie sahen einander so ähnlich, dass kein Zweifel an ihrer Verwandtschaft bestand. Ohne den Altersabstand könnten sie vermutlich als Drillinge durchgehen. Und alle drei sahen genauso aus wie ihr Vater.

»Jaxsen hat eine ziemlich starke DNA«, sagte sie und strich JJ die Haare aus den Augen.

JJ sprang auf. »Dad, Tante Sophie spricht über Sperma.«

Jaxsen kam die Treppe herunter und sah aus wie immer – ein sportlicher Mann in der Blüte seines Lebens. Er grinste sie an. »Eure Tante ist eine ganz Wilde.« Er nickte. »Kinder stehen dir, Soph. Du solltest dir einen Mann suchen und sesshaft werden.«

»Ach bitte. Ich bin eine fabelhafte Tante, aber das war's auch schon.«

»Es ist schön, dich wieder hier zu haben.«

Sie nickte und dachte, dass sie Jaxsen beinahe so lange kannte, wie sie sich zurückerinnern konnte. Er war ein paar Klassen über ihr und Kristine gewesen. Auf der Highschool war er der attraktive, charmante Footballspieler gewesen, bei dem die Mädchen Schlange gestanden hatten. In einer Sommernacht hatte Sophie in einem Auto ihre Jungfräulichkeit an ihn verloren. Das Ganze hatte genau zwei Minuten gedauert und sie so angewidert, dass sie es nie jemandem erzählt hatte. Außerdem hatte sie danach drei Jahre lang einen großen Bogen um Jungs und Dates gemacht. Nun schaute sie ihre Cousine an. Kristine war glücklich – ohne Zweifel war Jaxsen mit den Jahren erfahrener geworden.

»Was ist so lustig?«, fragte Kristine und schob Tommy von sich.

»Ich erinnere mich nur daran, als wir noch jung waren.«

»Ihr wart mal jung?« Grant rutschte auf den Boden, von wo sein Bruder ihn wieder hochzog. »Damals, in der guten alten Zeit?«

»Sehr lustig.« Kristine zeigte auf die Treppe. »Sagt Gute Nacht, Jungs.«

»Gute Nacht, Jungs!«, rief JJ und rannte die Stufen hinauf.

»Ich weiß nicht, wie du das machst«, gestand Sophie. »Die sind ganz schön ermüdend.«

»Eine Firma zu leiten ist bestimmt genauso ermüdend.«

»Ja, aber mein kleines Imperium kann über Nacht allein gelassen werden, und es zählt nicht die Tage, bis es alt genug ist, um Auto zu fahren.«

Kristine warf sich aufs Sofa und stöhnte. »JJ hat dir davon erzählt?«

»Er meint, ich sollte ihm zu seinem sechzehnten Geburtstag ein Auto schenken.«

Sofort richtete sich ihre Cousine auf und starrte sie aus großen Augen an. »Sag mir, dass er das nicht gesagt hat. Das kann nicht sein! Es tut mir so leid. Ich werde ein ernstes Gespräch mit ihm führen.«

Sophie winkte ab. »Ich habe es so aufgefasst, wie er es gemeint hat. Als Wunschtraum. Keine Sorge. Ich werde ihm kein Auto kaufen.«

Einer der Gründe, warum ihre Firma so erfolgreich war, war, dass sie jeden Penny, den sie entbehren konnte, wieder hineinsteckte. Sie zahlte sich ein gutes Gehalt, aber niemand konnte ihr vorwerfen, in Saus und Braus zu leben. Ihr Auto war beinahe fünf Jahre alt, in Valencia hatte sie eine bescheidene Zweizimmerwohnung gehabt, in deren Gästezimmer sie neue Produkte für *CK* ausprobiert hatte. Sie kleidete sich lässig, ging im Schlussverkauf shoppen, und abgesehen von einigen Ausflügen nach Blackberry Island hatte sie nie Urlaub gemacht. Ständig baten die Leute sie um Geld, aber sie wies solche Forderungen generell ab. Ihrem Neffen zu seinem sechzehnten Geburtstag ein Auto zu kaufen kam also überhaupt nicht infrage.

»Danke für dein Verständnis«, sagte Kristine. »Wie geht es dir sonst so?«

»Wenn ich erst in mein Häuschen ziehen kann, wird es mir besser gehen. Es ist möbliert, sodass ich nur meine persönlichen Sachen auspacken muss. Die Umzugshelfer sollen alles morgen Nachmittag liefern.«

»Du brauchst eine Katze.«

Sophie griff nach ihrem Wein. »Nein. Dafür ist es noch zu früh. Ich will keine Katze.«

»Aber du brauchst eine.«

»Hast du das nicht gerade erst gesagt?«

»Tja, aber es stimmt einfach. Du bist ein Katzenmensch. Du führst ein Unternehmen, in dem sich alles um Katzen dreht. Natürlich vermisst du CK, aber du brauchst wirklich eine Katze in deinem Leben. Die erdet dich und gibt dir das Gefühl, ganz zu sein.«

Eine Analyse, die relativ unangenehm gewesen wäre, wenn sie von jemand anderem gekommen wäre. Doch sie und Kristine waren Familie und kannten einander ihr ganzes Leben. Nachdem ihre Mutter gestorben war, war Sophie zu Kristine und ihren Eltern gezogen.

»Ich bin noch nicht so weit.«

Kristine zog einen Zettel aus ihrer hinteren Hosentasche. »Ich wusste, dass du das sagen würdest. Und du hast recht. Es ist noch viel zu früh. Du musst erst trauern und dann weitermachen. Aber das bedeutet nicht, dass du keine Katzen in deinem Leben haben kannst.« Sie wedelte mit dem Zettel. »Pflegestelle. Bald geht die Kätzchensaison los, und die Tierheime der Insel benötigen Leute, die sich um die schwangeren Katzen kümmern.«

Sophie nahm den Zettel und starrte die Telefonnummer an. »Was soll das heißen? Ich weiß nicht, wie man sich um schwangere Katzen kümmert. Ich würde durchdrehen, wenn die Kleinen auf die Welt kommen.«

»So schwer ist das nicht. Das sind erfahrene Katzenmütter. Du gibst der Katze nur einen Ort, an dem sie bleiben kann, bis die Kätzchen da sind, und dann bleiben sie bis zur Vermittlung bei dir. Sie müssen sozialisiert werden, was gut für dich ist. Wenn die Kätzchen alt genug sind, wird eine Familie für sie gesucht. Und für die Mom auch. Sie wird kastriert, zur Vermittlung freigegeben, und schon bist du offiziell wieder katzenfrei. Bis es so weit ist, bist du vielleicht auch wieder bereit für eine eigene Katze.«

»Über so etwas habe ich noch nie nachgedacht. Ich bin viel außer Haus, also ist das mit der Sozialisierung nicht so einfach.«

»Bis sie drei oder vier Wochen alt sind, brauchen die Kleinen nicht viel. Die Jungs würden dir supergerne helfen. Wir stellen einen Zeitplan auf. Heather und ich können auch vorbeischauen. Ich würde ja auch Amber erwähnen. Allerdings würde sie sich dann garantiert wieder über irgendetwas beschweren, und diese Negativität können die Katzen nicht gebrauchen. Aber du brauchst kleine Katzenpfoten und Geschnurre in deinem Leben, Sophie. Du bist einsam.«

Sophie nickte. »Du bist eine gute Mutter. Ich rufe da mal an. Wenn ich sicher bin, dass die Katzenmama weiß, was sie tut, komme ich damit klar. Glaube ich jedenfalls.« Sie wedelte mit dem Zettel. »Danke für die Information.«

»Es tauchte in meinem Facebook-Feed auf und ich dachte sofort an dich.«

»Bin ich wirklich so kaputt?«

Kristine lachte. »Ja, aber du wirst wieder heilen. Du bist der stärkste Mensch, den ich kenne.«

»Im Moment fühle ich mich überhaupt nicht stark, sondern eher wie aus gesponnenem Glas.«

»Natürlich. Aber das geht vorbei, und in ein paar Wochen bist du wieder die selbstbewusste Unternehmerin. Oh, am Sonntag treffen wir uns übrigens um neun Uhr im Park.«

»Was? Nein.« Sonntag war der einzige Tag, an dem Sophie ausschlafen konnte. Danach machte sie meist die Wäsche und ging einkaufen. Für diesen Sonntag hatte sie sich vorgenommen, ihr Haus einzurichten.

»Du musst kommen. Das meine ich ernst. Ich schleppe dich sonst dahin, wenn es sein muss.«

»Ich hasse es, wenn du mich so rumkommandierst. Was passiert denn Sonntagmorgen im Park?«

»Tai Chi.«

»Ist das wie Yoga, oder ist es dieses Alte-Leute-Ding, wo man mit den Armen wedelt?«

»Es geht um Atmung und Bewegung und darum, sich selbst zu zentrieren. Ich liebe es, und das wirst du auch tun. Außerdem ist Dugan, der Lehrer, total heiß. Ich glaube, er ist Single, und du musst mal wieder flachgelegt werden.«

»*Flachgelegt?* Was sind wir – sechzehnjährige Jungs?«

»Egal, wie du es nennst. Es stimmt.«

»Ich will keinen Mann. Dafür bin ich auch noch nicht bereit.«

»Ich sage ja nicht, dass du dich verlieben sollst. Du brauchst nur eine leckere Ablenkung, und das ist Dugan definitiv. Außerdem will ich alle Einzelheiten hören. Ich bin mein gesamtes Erwachsenenleben über verheiratet und muss mir meine Aufregung über andere holen. Du bist da meine beste Wahl.«

»Oh, jetzt fühle ich mich so besonders.«

»Das solltest du auch. Also Sonntag um neun.«

Sophie lachte. »Okay. Danach nehme ich ihn mit zu mir und mache einen Mann aus ihm.«

»So will ich das hören.«

4. KAPITEL

Kristine war sich ziemlich sicher, dass sie nicht mit Organisationstalent auf die Welt gekommen war. Aber drei Kinder innerhalb von knapp fünf Jahren zu bekommen hatte ihr gezeigt, wie wichtig es war, diese Fähigkeit zu entwickeln. Einige Tage waren leichter als andere, aber an den geschäftigsten war es wichtig, einen Plan zu haben. Die für sie anstrengendste Zeit war von Donnerstagnachmittag bis Freitagabend.

Direkt nach dem Mittagessen begann sie mit einer Fahrt zum Großhandel auf dem Festland, um ihren Vorrat an Backzutaten aufzustocken. Als sie nach Hause kam, sah sie nach dem Eintopf, den sie direkt nach dem Frühstück im Schmortopf zubereitet hatte. Dann räumte sie ihre Einkäufe weg. Donnerstags waren keine außerschulischen Aktivitäten gestattet. Die Jungs mussten nach der Schule direkt nach Hause kommen und vor dem Abendessen ihre Hausarbeiten und die Aufgaben im Haushalt erledigen.

Um fünf hatte sie einen Salat zubereitet und die Zutaten für Cheddar-Biscuits auf der Arbeitsplatte zurechtgestellt. Sie trennte die Eigelbe vom Eiweiß und bewahrte sie auf, um sie am Wochenende in einer Vanillesoße zu verwenden. Nachdem sie Frühlingszwiebeln geschnitten sowie Mehl, Butter und geriebenen Cheddarkäse abgewogen hatte, schaute sie auf den Terminplaner am Kühlschrank.

»Grant!«, rief sie die Treppe hinauf. »Zeit, Biscuits zu machen.«

Alle drei Jungs stürmten in die Küche.

»Bist du sicher, dass er dran ist?«, fragte JJ und sah sicherheitshalber noch mal selbst auf dem Terminplan nach. »Er hat schon letztes Mal helfen dürfen.«

»Nein, das war ich«, widersprach Tommy. »Und du warst das Mal davor dran.«

»Ihr alle dürft gleich oft helfen. Aus dem Grund haben wir das Rotationsprinzip. Und jetzt raus mit euch beiden.«

Tommy und JJ zogen sich grummelnd zurück, während Grant sich erst die Hände wusch und sich dann neben den Herd stellte.

»Ich bin so weit, Mom.«

»Das sehe ich.«

Auch wenn sie gerne geglaubt hätte, dass es ihre Autorität war, die die Jungs dazu antrieb, ihr in der Küche zu helfen, wusste sie, dass es an dem Profi-Mixer lag, den sie jetzt auf die Arbeitsplatte wuchtete. Während sie die Verlässlichkeit der Maschine schätzte, liebten die Jungs das Dröhnen des Motors. Sie waren fasziniert davon, wie der Mixer – einem Terminator gleich – alle Zutaten in eine glatte, formbare Masse verwandelte.

Nachdem sie einen Edelstahltopf mit Wasser gefüllt und auf den Herd gestellt hatte, gab sie Butter und Cayennepfeffer dazu. Grant beobachtete die Mischung und rührte ab und zu um.

»Da kommen Blasen, Mom!«

»Ausgezeichnet. Ist die Butter schon geschmolzen?«

»Noch nicht ganz.« Er rührte noch ein wenig. »Jetzt!«

Sie nahm den Topf vom Herd und rührte das Mehl unter. Nachdem sie den Teig in den Standmixer gegeben hatte, lächelte sie Grant an.

»Er gehört ganz dir, junger Mann.«

»O ja. Ich mach das, ich mach das!«

Vorsichtig ließ er die Quirle runter und schaltete den Mixer an. Erst wurden die ganzen Eier eins nach dem anderen zugegeben, dann die Eiweiße. Danach bereitete Kristine zwei Backbleche vor und machte sich dann an die Vorbereitung der Schulbrote für die Jungs.

Grant ließ den Teig zum Abkühlen ruhen und rannte in sein

Zimmer. Tommy kam herein, um den Tisch zu decken, während JJ nach seinem Vater Ausschau hielt.

Was für ein vertrauter Ablauf, dachte sie. An anderen Abenden war es hektischer. Es gab Spiele oder Schultreffen, oder Jaxsen musste noch mal los, um sich mit seinen Jungs zum Bowlen zu treffen. Doch Donnerstage waren ruhiger. Zumindest bis nach dem Abendessen.

»Dad ist da!«, rief JJ. Sekunden später hörte Kristine, wie die Haustür aufging und gegen die Wand schlug. Grant stieß einen Schrei aus und rannte die Treppe hinunter. Tommy legte noch schnell das letzte Besteck aus, bevor er sich zu seinen Brüdern gesellte.

Kristine mischte die Frühlingszwiebeln und den Cheddarkäse unter den Teig und setzte ihn löffelweise auf die Backbleche. Als Jaxsen die Küche betrat, hingen alle drei Jungs an ihm.

»Guck mal, was ich draußen gefunden habe«, sagte er und gab ihr einen Kuss. »Können wir die behalten?«

»Ich weiß nicht. Haben wir ausreichend Platz?«

»Bestimmt. Ach, komm schon. Lass sie mich bitte behalten. Ich kümmere mich auch gut um sie, versprochen.«

Die Jungen lachten lauthals, als hätten sie den Witz nicht schon Tausende Male zuvor gehört. Kristine überlegte kurz, dass es nett wäre, wenn Jaxsen sich wirklich um die Jungs kümmern würde. Sicher, er half, aber ihre Verantwortlichkeiten waren klar aufgeteilt. Jaxsen arbeitete hart in der Straßenbaucrew und brachte das Geld nach Hause. Alles andere lastete auf ihr. Immerhin war sie Hausfrau und Mutter. Was sollte sie sonst mit ihren Tagen anfangen?

Seufzend schob sie die Backbleche in den Ofen.

»Einundzwanzig Minuten, Leute. Wir haben noch einundzwanzig Minuten bis zum Abendessen.«

Die Jungs liefen aus der Küche, und Jaxsen lehnte sich gegen den Tresen.

»Wie war dein Tag?«, fragte sie.

»Gut. Einige meiner Leute sind losgeschickt worden, um am North Cascade Highway zu helfen. Wenn es weiter so warm bleibt, sollte er Mitte Mai eröffnet werden. Bist du schon bei Sophies Lagerhaus gewesen?«

»Nein, bisher noch nicht. Ich weiß, dass sie viel zu tun hat. Leute einstellen, Regale aufbauen und so. Aber ich fahre die Tage mal vorbei.« Sie dachte daran, was ihre Cousine gerade durchmachte. »Sie ist einfach unglaublich. Fängt noch mal ganz neu an. Ich wette, in ein bis zwei Jahren hat sie es geschafft, die Größe ihres Unternehmens zu verdoppeln.«

»Ich finde es traurig.«

»Wieso sagst du das? Sie hat mit nichts angefangen und leitet jetzt eine erfolgreiche Firma. Weißt du, was die Jobs dort für die Insel bedeuten? Außerdem hat sie es als Frau ohne jegliche Hilfe geschafft. Ich finde das beeindruckend.«

Er kam zu ihr und legte seine Arme um sie. »Sie ist ganz allein. Selbst als sie noch mit Mark verheiratet war, wirkte sie immer einsam. Und dann sieh dir die Liebe in diesem Haus an. Du, ich, die Jungs. Sie kehrt in ein leeres Zuhause zurück. Ich wünschte, sie würde jemanden finden und aufhören, so hart zu arbeiten.«

Kristine schaute Jaxsen in die Augen. »Ich weiß nicht, ob das süß ist oder du ein totaler Arsch bist.«

»Ich sage ja nicht, dass eine Frau nicht allein glücklich werden kann. Aber mit einem Mann ist es besser.«

Als sie eine Augenbraue hochzog, fügte er schnell an: »Okay, mit einem Partner egal welchen Geschlechts. Ich sage nicht, dass sie nicht lesbisch sein soll, wenn sie das will. Ich meine, vielleicht könnte ich dann mal zugucken.«

Sie schlug ihm auf den Arm und trat einen Schritt zurück. »Lass ja die Jungs nicht hören, dass du so redest. Und das meine ich ernst.«

»Du weißt, dass ich nur Witze mache. Ich denke einfach, dass Sophie jemanden braucht, den sie liebt und umgekehrt. Sie braucht jemanden in ihrem Bett.« Er zog sie wieder an sich. »Ich würde ohne dich nicht überleben.«

Kristine war sich ziemlich sicher, dass das stimmte. Jaxsen arbeitete hart und war ein guter Dad, aber er war kein Mann, der Dinge tat, die ihm nicht gefielen. Wenn eines der Kinder krank wurde, war er nirgendwo zu finden. Ein Makel, dachte sie, als sie sich von ihm löste, aber einer, mit dem ich leben kann.

»Du backst also heute Abend?«

»Haben wir heute Donnerstag?«

Sie bemühte sich um einen leichten Tonfall. Diese Frage stellte ihr Jaxsen zwei- bis dreimal pro Woche, und sie wusste einfach nicht, warum. Sie backte jeden Donnerstagabend. Nach dem Essen fing sie an und arbeitete dann die Nacht durch, bis sie gegen fünf Uhr am Freitagmorgen fertig war. Sie machte Kekse und Brownies, die sie dann verpackte, um sie übers Wochenende zu verkaufen. Die örtlichen Weinkellereien waren ihre Hauptabnehmer. Im Sommer kauften sie ihr alles ab. Während der Nebensaison verkaufte sie ihre Sachen zusätzlich am Samstagvormittag aus einem kleinen Wagen heraus, den sie am Park stehen hatte. Meistens war gegen Mittag alles verkauft.

»Bist du sicher, dass du in den Frühjahrsferien nicht mit uns kommen willst?«, fragte er weiter.

»Ja, da bin ich mir sicher.«

»Dir wird eine Menge Spaß entgehen.«

Anstatt etwas dazu zu sagen, ging sie zum Herd und schaltete ihn aus. Dann nahm sie den Deckel des Schmortopfs ab und rührte den Inhalt um.

»Wir hatten Glück, dass wir eine Hütte gefunden haben, die wir uns leisten können«, sagte Jaxsen. »Ein Zeltanhänger würde die Sache leichter machen.«

»Jaxsen!«

»Komm schon. Die Jungs würden es lieben. Wir würden das Ding oft benutzen.«

»Darüber haben wir doch schon gesprochen. Die sind teuer.

Wir haben schon genügend Ausrüstung. Drei Zelte, die Quads, Jetskis, Snowboards und was weiß ich noch alles. Die Jungs sind glücklich mit dem, was sie haben.«

»Aber …«

Der Küchentimer piepte. Kristine ging zum Ofen und holte die beiden Backbleche raus. In diesem Moment kamen die Jungs in die Küche gestürmt und rangelten um den besten Platz am Spülbecken, wo sie sich die Hände wuschen. Wie üblich wurde Grant ganz nach hinten geschoben.

Jaxsen scheuchte alle zum Tisch, und Kristine füllte die Teller mit Eintopf. Als alle saßen, nahm sie sich eine Sekunde, um ihre Familie anzuschauen. Das hier habe ich immer gewollt, rief sie sich in Erinnerung. Sie lebte ihren Traum.

Um halb zehn an diesem Abend hatte Kristine ihre fünfte Fuhre im Ofen. Während der Backzeit der Kekse sortierte sie die Zellophanbeutel, die sie benutzte. In jeden würden sechs Kekse kommen. Für die Brownies hatte sie kleine Schachteln. Die kosteten wesentlich mehr als die Tüten, aber sie sahen auch besser aus, und so konnte sie mehr dafür verlangen.

Jaxsen kam zu ihr in die Küche. »Die Kinder sind im Bett«, sagte er. »Also so in der Art.«

»Ich sehe gleich nach ihnen.« Ein Blick auf die Küchenuhr verriet ihr, dass sie noch vier Minuten hatte. Die nächsten beiden Bleche waren bereit, in den Ofen geschoben zu werden. Danach hatte sie genau vierzehn Minuten Zeit, bis sie die Kekse wieder herausholen musste. Im Laufe der Jahre hatte sie ihre Rezepte so verfeinert, dass sie auf die Sekunde genau wusste, wie lange alles in den Ofen und danach abkühlen musste.

Jaxsen zog sie an sich. »Haben wir Zeit für einen Quickie?«

Sie wusste, was er meinte. Eine schnelle, leise Begegnung im Badezimmer, mit dem Ziel, fertig zu werden, bevor einer der Jungs an die Tür klopfte und sie unterbrach. Verlockend, aber nicht bei ihrem heutigen Zeitplan.

»War das Lächeln ein Ja?«, fragte er und knabberte an ihrem Hals.

Der Küchenwecker klingelte.

»Sorry«, murmelte Kristine. »Nächstes Mal.«

In seinen Augen blitzte etwas auf, doch es war so schnell wieder verschwunden, dass sie es nicht entschlüsseln konnte. Und als sie die Backbleche aus dem Ofen geholt hatte, war Jaxsen weg und sie konnte ihn nicht mehr fragen.

Um kurz vor sechs am nächsten Morgen zählte Kristine die Kekse und gab sie vorsichtig in die hübschen Zellophanbeutel. Mit den Brownies war sie um kurz nach Mitternacht fertig geworden. Gegen vier Uhr hatte sie sie verpackt. Brownies gingen schnell – sie konnte eine größere Anzahl gleichzeitig backen und die Nachfrage bei ihren Kunden war etwas geringer. Von den Keksen hingegen hätte sie locker das Doppelte verkaufen können.

Im Hochsommer, wenn die Touristen die Insel stürmten, backte sie die ganze Woche über. Während sie sich um die Jungs kümmerte und den Haushalt schmiss, schob sie immer wieder ein Blech in den Ofen. Sie konnte die Sachen zwar einfrieren, doch das tat sie nur in den supergeschäftigen Zeiten. Frisch waren die Kekse einfach besser. Während des restlichen Jahres kam sie mit einem Backabend pro Woche hin. Es war zwar schwer, so lange aufzubleiben, aber schlussendlich machte es die Woche leichter.

Ach, es musste toll sein, einen Industrieofen oder zwei zu haben, dachte sie sehnsüchtig. Einen, der ein paar Dutzend Kekse gleichzeitig backen konnte. Und einen Rollwagen zum Abkühlen. Das hatte sie alles schon recherchiert, aber selbst wenn sie die Kosten rechtfertigen könnte – was sie nicht konnte –, hatte sie für so etwas keinen Platz. Doch die Idee von echten Industrieöfen war aufregend. Dann müsste sie nicht mehr die ganze Nacht aufbleiben, um für die Wochenendkunden zu backen. Und sie wäre nicht jeden Freitag so todmüde. Sie könnte ...

Bevor ihr Tagtraum sie zu weit davontragen konnte, klopfte es an der Hintertür. Sekunden später kam Ruth, ihre Schwiegermutter, mit zwei großen Isoliertaschen in den Händen herein.

»Guten Morgen«, sagte Kristine und eilte ihr zu Hilfe. »Das sieht schwer aus.«

»Quiches«, sagte Ruth lächelnd. »Die mit Bacon, die die Jungs so lieben.«

»Die Jungs lieben alles, was du kochst.«

Ruth war eine altmodische Köchin. Dinge wie »saturierte Fettsäuren« oder »Light-Produkte« interessierten sie nicht. Sie war mit der Vorstellung aufgewachsen, dass jedes Rezept verbessert oder gerettet werden konnte, wenn man nur genügend Butter dazugab.

Die Quiches waren noch warm. Kristine schüttelte den Kopf. »Wann bist du bitte aufgestanden? Du weißt doch, dass du nicht für sie backen musst, Ruth. Sie sind auch mit Rühreiern zufrieden.«

Ruth, eine kräftige Frau Ende fünfzig, winkte ab. »Es ist doch nur ein Morgen in der Woche. Du bist die ganze Nacht aufgeblieben, um zu backen, da ist das das Mindeste, was ich tun kann.« Sie warf einen Blick auf die Uhr. »Wir haben noch ein paar Minuten, bevor der Wahnsinn losbricht. Hast du das von der *Blackberry Island Bakery* gehört?«

Kristine schenkte Ruth einen Kaffee ein und setzte sich zu ihr an den Küchentisch. Obwohl sie total erschöpft war, verspürte sie einen Anflug von Aufregung.

»Ich habe das Schild gesehen«, sagte sie. »Aber das muss nichts bedeuten.«

»Es könnte sehr viel bedeuten. Der Laden ist perfekt. Bist du mal drin gewesen? Ich frage mich, was für Veränderungen sie vorgenommen haben.«

Die *Blackberry Island Bakery* war so lange, wie Kristine sich erinnern konnte, eine feste Institution auf der Insel. Vor vier Jahren war Yvette, die Besitzerin, mit ihrer Familie weggezogen, weil ihr Mann ein unglaubliches Jobangebot in Paris erhalten hatte. Die Bäckerei war daraufhin an jemanden aus Seattle verkauft worden. Mit der Qualität war es rapide bergab gegangen, und innerhalb eines Jahres war die Bäckerei dichtgemacht worden. Nachdem sie ungefähr genauso lange leer gestanden hatte, war sie als Café wiedereröffnet worden. Wieder einmal hatten schlechtes Management und schlechtes Essen das Unternehmen zum Scheitern verurteilt. Jetzt war die Bäckerei wieder auf dem Markt – oder zumindest die Ladenfläche.

»Ich weiß nicht«, sagte Kristine. »Ich habe gehört, dass die Öfen noch da sind.« Große, wunderschöne Industrieöfen – genau das, wovon sie träumte.

»Du solltest mal hingehen und gucken.«

»Nein. Was hätte das für einen Sinn? Ich könnte nie eine Bäckerei eröffnen. Das wäre zu teuer.«

»Der Laden wird vermietet und nicht verkauft. Aber wie hoch wäre die Miete, wenn das Inventar inklusive ist? Weißt du das?«

Kristine wusste es nicht. Und doch erstellte sie beinahe jedes Jahr einen Businessplan, den sie mit variierenden Miet- und Renovierungskosten immer wieder modifizierte. Aber das würde sie nicht einmal Ruth gegenüber zugeben. Ihr Traum gehörte ihr ganz allein.

»Vielleicht ist da sogar ausreichend Platz, um deine Sachen für den Versand zu verpacken«, fuhr Ruth fort. »Ich weiß, dass die Touristen immer fragen, ob du auch verschickst. Das wäre dann ein weiterer Einkommensstrom.«

Kristine grinste. »Was weißt du denn über Einkommensströme?«

»Ich habe mich im Internet ein wenig schlaugemacht. Vielleicht habe ich nicht studiert, aber ein paar Sachen weiß ich auch.«

Über ihnen erklangen Schritte.

»Da ist jemand aufgewacht«, sagte Kristine und stand auf, um sich zu strecken. Schnell packte sie die letzten Kekstüten in die Transportkiste, dann schaute sie sich in der Küche um. Sie war so makellos sauber wie am Abend zuvor, bevor sie angefangen hatte. Alles war abgewaschen und weggeräumt. Ruth würde die Jungs beim Frühstück betreuen und sie zur Schule bringen, damit Kristine ein paar Stunden schlafen konnte, bevor sie mit ihrem Tag begann.

»Viel Glück mit der Bande«, sagte sie auf dem Weg zur Treppe. Dort blieb sie kurz stehen, um die Jungs an sich vorbeistürmen zu lassen.

»Nana! Nana! Was gibt es heute zum Frühstück?«, riefen sie im Chor.

Ich habe wirklich Glück, dachte Kristine. In ihrem Leben gab es so viel Liebe und Unterstützung. Ein toller Ehemann und Kinder, wundervolle Schwiegereltern, eine Mutter, die weise Ratschläge gab und die Kinder in den Sommerferien zwei Wochen zu sich nahm. Sie war glücklich und vollkommen zufrieden.

Und was die Idee anging, die Bäckerei zu mieten und eine eigene Firma zu gründen … Tja, das war ein alberner Traum, den sie einfach vergessen sollte. Was sie jetzt hatte, war mehr als genug.

Um kurz vor fünf am Nachmittag schloss Sophie das Lagerhaus ab. Sie wäre gerne noch länger geblieben, aber sie musste den Schlüssel für ihr Haus abholen und umziehen. Morgen früh konnte sie sich wieder an die Arbeit machen.

Die Regale waren inzwischen geliefert worden. Bear baute sie zusammen und stellte sie auf. Die Versandstation nahm auch langsam Formen an. Da die Bestellungen sich häuften, hatte Sophie bereits ein paar Pakete gepackt und verschickt. Der Bewerbertag würde am Dienstag stattfinden. Zusätzlich hatte sie eine

Personalvermittlung damit beauftragt, Leute für die spezialisierten Positionen zu finden. Angesichts dessen, dass sie vor nicht mal einer Woche mit einem leeren Lagerhaus angefangen hatte, lief es gut. Nicht so gut wie vorher, aber besser als bei ihrer Ankunft.

Sie fuhr zum Maklerbüro, zeigte ihren Ausweis und nahm die Schlüssel entgegen. Das Haus lag in einem Viertel im Zentrum und war ungefähr so weit vom Meer entfernt, wie man es auf der Insel nur sein konnte. Aber das machte Sophie nichts. Wann würde sie schon mal zu Hause sein?

Vor einem einstöckigen Haus im Rancherstil parkte sie ihren Wagen. Der Garten war klein, aber gepflegt, das Innere des Hauses sauber und schlicht. Eines der drei Schlafzimmer hatte ein angrenzendes Bad, sodass Sophie beschloss, diesen Raum als Schlafzimmer zu nutzen. Alle Räume waren spärlich möbliert.

Sie ging in die Garage und sah, dass ihre persönlichen Habseligkeiten wie besprochen geliefert worden waren. Zwanzig Kartons, säuberlich gestapelt. Sie suchte, bis sie den fand, der mit »Bettwäsche« beschriftet war, und öffnete ihn. Der Anblick ihrer Laken und Decken tröstete sie.

Nachdem sie das Bett gemacht und Handtücher aufgehängt hatte, zwang sie sich, zum Supermarkt zu fahren. Danach würde sie früh ins Bett gehen, um am nächsten Morgen um sechs wieder bei der Arbeit zu sein. Je schneller sie *CK Industries* zum Laufen brachte, desto besser würde sie sich fühlen. Vielleicht würde dann auch das nagende Gefühl, dass nichts wirklich in Ordnung war, endlich verschwinden.

5. KAPITEL

Heather wusste, dass sie eines Tages jemand Besonderen kennenlernen, heiraten und Kinder bekommen wollte. Aber dieses »eines Tages« lag für sie noch weit in der Zukunft. Im Moment fühlte sie sich zu jung dafür. Außerdem hatte sie noch keinen richtigen Plan für ihr Leben, und die Vorstellung, Verantwortung für einen anderen Menschen zu übernehmen – abgesehen von ihrer Mutter, natürlich –, war beängstigend. Doch ihre Freundin Gina hatte genau das getan, ohne auch nur eine Minute zu zögern. Direkt nach der Highschool hatte sie den einzigen Jungen geheiratet, mit dem sie je ausgegangen war. Die beiden hatten sofort Kinder gewollt, und so war Noah ein Jahr nach der Hochzeit auf die Welt gekommen. Jetzt war der kleine Kerl vierzehn Monate alt und kein Baby mehr, sondern ein Kleinkind.

Daphne, Heathers andere Freundin, hatte sich fürs Studieren entschieden. Im Moment war sie in ihrem zweiten Jahr an der University of Washington. Alle paar Wochenenden kam sie nach Hause. Außerdem verbrachte sie die Sommer auf der Insel.

Beide haben etwas aus ihrem Leben gemacht, dachte Heather, als sie ihrer Freundin Gina an deren Küchentisch gegenübersaß. Beide hatten gewusst, was sie wollten, und es einfach getan. Sie selbst hingegen hatte aus den letzten zwei Jahren ihres Lebens wenig vorzuweisen. Sie arbeitete härter als je zuvor und kam doch nirgendwo an. Das einzige Licht am Ende des Tunnels war ihr neuer Job in Sophies Firma.

»Das mit dem College tut dir bestimmt weh«, sagte Gina mitfühlend. »Ich weiß, dass du eigentlich im Frühjahr noch zwei weitere Kurse belegen wolltest.«

Heather sprach nicht mit vielen Leuten über ihre Mutter, aber Gina und Daphne kannten die Wahrheit.

»Ich bin so wütend«, gab sie zu. »Das macht sie immer. Sobald ich ein kleines bisschen vorankomme, taucht sie auf und nimmt sich das Geld.«

»Sie nimmt es nicht, Heather«, murmelte Gina schulterzuckend. »Ich meine ja nur. Du musst die Verantwortung für deinen Teil übernehmen.«

»Du meinst, ich sollte Nein sagen.«

»Ja, und mit der Meinung stehe ich nicht allein da.« Gina sah sie liebevoll an. »Ich weiß, ich habe leicht reden. Sie ist deine Mutter, und du kümmerst dich schon dein ganzes Leben um sie. Das zu ändern ist schwer. Aber ich hasse es, dich so gefangen zu sehen.«

»Ich auch.« Heather wünschte, es gäbe eine positive Seite an ihrer Situation. »Sobald ich meinen Abschluss habe, werden die Dinge sich ändern. Dann habe ich Optionen.« Sie brachte ein Lächeln zustande. »Außerdem, da du im Herbst mit mir studieren willst, muss ich aufs College zurück. Sonst trittst du mir in den Hintern.«

Gina grinste. »Ich sehe mich zwar nicht so sehr als jemand, der anderen in den Hintern tritt, aber für dich mache ich eine Ausnahme.« Ihr Grinsen verschwand. »Ich wünschte, du könntest ausziehen. Du musst von ihr weg.«

»Ich weiß. Aber das ist nicht leicht.«

»Ich verstehe sie einfach nicht. Es ist nicht richtig, wie sie dich behandelt. Ich würde niemals wollen, dass Noah etwas für mich aufgibt. Ich will, dass er ein besseres Leben hat.«

Heather wusste, dass Gina sie nur unterstützen wollte, aber ihre Worte halfen nicht. Solange sie sich erinnern konnte, war Heather der Grund dafür, dass Amber nicht glücklich war. Ihre Mutter hatte immer von all dem gesprochen, was sie hätte tun und sein können, wenn sie nur nicht schwanger geworden wäre.

Lange hatte Heather ihrer Mutter jedes Wort geglaubt. Das Schuldgefühl, überhaupt am Leben zu sein, hatte sie stets begleitet. Im Laufe der Zeit hatte sich ihre Perspektive jedoch ein wenig verändert, und jetzt gab es Tage, an denen sie wusste: Egal, was passieren würde – ihre Mutter würde immer einen Weg finden, um unglücklich zu sein und anderen die Schuld daran zu geben. So war Amber einfach. Aber diese Tage kamen nicht oft genug. Manchmal fragte Heather sich, ob sie wohl das Offensichtliche ignorierte – nämlich, dass sie genau wie ihre Mutter war und einem anderen Menschen die Schuld an ihren Lebensumständen zuschob. Mit sechzehn oder achtzehn auszuziehen war unmöglich gewesen, aber jetzt? Sie war zwanzig. Sie hatte ein Auto. Sie konnte sich irgendwo anders einen Job suchen. Warum fuhr sie also nicht einfach über die Getaway Bridge und immer weiter?

Ein Grund war, dass sie jetzt keine Ersparnisse mehr hatte. Ohne die sechstausend Dollar blieb ihr nur, was sie bei ihrer nächsten Gehaltszahlung kriegen würde. Und dann war da der nagende Verdacht, dass ihre Mutter es ohne sie nicht schaffen würde. Amber bezahlte keine Rechnung, sie kaufte kein Essen ein. Wenn Heather gehen würde, wie sollte Amber dann überleben? Und auch wenn sie sich sagte, dass das nicht ihr Problem war, konnte sie es nicht recht glauben. Was bedeutete, Gina hatte recht: Sie war gefangen und sah keinen Ausweg.

Bei *CK Industries* herrschte reges Treiben. Sophie genoss den Trubel, bedeutete er doch, dass ihre Firma wieder auf die Füße kam. Heute fand der Bewerbertag statt. Zudem würde die Personalvermittlung ihre Kandidaten für die Buchhaltung und die Position als Office-Manager vorbeischicken. Als Sophie ihren Blick jetzt über die fünfundzwanzig oder dreißig Leute schweifen ließ, die auf dem Parkplatz warteten, fragte sie sich, ob sie die Office-Managerin nicht zuerst hätte einstellen sollen. Oder ob sie sich mehr Gedanken über den Bewerbertag hätte machen sollen. Sie war nicht mal sicher, wie viele Leute sie brauchte und für welche Positionen.

Während sie ein Whiteboard in den Hauptbereich des Lagers zog, rief sie nach Bear.

»Wie viele Leute brauchst du und wofür?«, fragte sie und nahm die Kappe von einem Stift. »Du hast was von einem Lagermanager gesagt.«

»Ich sagte Warenwirtschaftsmanager. Das ist etwas anderes. Wir brauchen mindestens drei weitere Personen für das Stapeln und Zusammenstellen der Waren. Du weißt schon, dass du dich für diese Arbeit irgendwann nach Robotern umschauen musst, oder?«

Da sie beide so eng zusammenarbeiteten, waren sie zum Du übergegangen.

»Nicht heute.« Sie schrieb Warenwirtschaftsmanager und Stapler/Packer auf die Liste. »Meinst du wirklich, wir werden über den Bewerbertag jemanden finden, der sich mit Warenwirtschaft auskennt?«

»Wenn nicht, kannst du immer noch der Personalvermittlung Bescheid sagen. Aber wenn wir es erst mal so probieren, müssen wir wenigstens keine Vermittlungsgebühr zahlen.«

Das gefiel Sophie. »Okay. Wen brauchen wir noch?«

»Wir brauchen mehr Leute im Versand«, warf Heather ein. »Also mindestens zwei.« Sie zögerte. »Ich weiß, ich bin erst seit ein paar Tagen hier, aber ich habe aufgeschrieben, wie viele Bestellungen ich in einer Schicht zusammenstellen kann. Selbst wenn ich mit etwas Übung schneller werde, benötigen wir noch zwei weitere Personen.«

Sophie lächelte sie an. »Ich vertraue deiner Einschätzung.« Sie schrieb Kommissionierer auf die Liste.

»Einen Hausmeister. Und Leute, die telefonische Bestellungen aufnehmen.« Bear dachte kurz nach. »Nennt man die Bestellannehmer?«

»Das machen wir alles übers Internet«, erklärte Sophie. »Und der telefonische Kundenservice läuft über ein Callcenter, das ist also abgedeckt. Alle Probleme, die sie nicht selbst lösen können, werden an uns weitergeleitet, aber das sind nicht viele.«

»Trotzdem, jemand muss die Verantwortung dafür übernehmen. Wenn es kein Vollzeitjob ist, muss er eben mit etwas anderem kombiniert werden.« Bear zog die Stirn kraus. »Wie hast du das in Kalifornien gemacht? Hast du kein Organigramm? Daran könnten wir uns doch orientieren.«

»Nein, das habe ich nicht.« Sie sah ihn stirnrunzelnd an. »Ich hatte bisher zu viel zu tun, um Leute anzustellen. Gestern Abend war ich bis zehn Uhr hier und habe Katzenfutter ausgepackt. Wie, glaubst du, kommen die ganzen Sachen in die Regale?«

»Das ist nicht dein Job, Sophie. Du musst dich auf das konzentrieren, was wichtig ist. Nur weil du alle Aufgaben machen kannst, heißt das nicht, dass es ein sinnvoller Einsatz deiner Zeit ist.«

»Aber sonst ist keiner da, der es macht.«

Bear seufzte laut. »Dafür veranstalten wir ja den Bewerbertag.«

Sie funkelten einander an, dann räusperte Heather sich. »Äh, das sind also alle Stellen, die besetzt werden müssen?«

Sophie schaute zu der Liste auf der Tafel. »Für den Moment ja.«

»Wer führt die Bewerbungsgespräche?«

»Ich.«

Bear verdrehte die Augen. »Natürlich übernimmst du das persönlich. Warum auch um Hilfe bitten, wenn du so verdammt kompetent bist? Die Schreibtische werden nachher geliefert. Du kannst sie zusammenbauen und an ihre Plätze schieben, und wenn du schon dabei bist, wie wäre es, wenn du den ganzen Laden neu streichst?«

Sophie verengte die Augen. »Deine Einstellung führt nicht dazu, dass ich dich mehr mag.«

»Gut zu wissen. Ich denke langsam, dass du *trotz* deiner Einstellung erfolgreich warst und nicht deswegen.«

»Das hast du gerade nicht gesagt.«

»Doch, habe ich. Und wir wissen beide, dass es wahr ist.«

Heather trat einen Schritt zurück. »Die Kinder mögen es nicht, wenn Mom und Dad sich streiten.«

Sophie zwang sich zu einem Lächeln. »Wir streiten uns nicht. Bear benimmt sich nur wie ein Idiot. Das ist ein Unterschied.« Der Mann verstand eindeutig nicht, wie viel Arbeit in einer Firma wie der ihren steckte. Niemand kannte das Geschäft so gut wie sie. Und niemandem lag es so sehr am Herzen.

In diesem Moment betrat Amber das Lagerhaus. »Da draußen warten Leute. Sie haben sich in einer Reihe aufgestellt, aber ich denke nicht, dass du von mir erwartest, mich da einzureihen.« Sie hielt erwartungsvoll inne. »Ich bin hier.«

Sophie wünschte, es gäbe eine Alternative und sie müsste Amber nicht einstellen. Aber falls es die gab, fiel sie ihr nicht ein. Zumindest ging ihre Cousine ein wenig schneller und ohne Gehstock.

»Super«, sagte sie. »Du willst das Telefon bedienen, richtig? Warum bist du dann nicht schon vorher gekommen?«

»Du hast mich nicht angerufen und mir gesagt, dass ich anfangen kann.«

»Aber du wusstest, dass ich hier niemanden habe und Hilfe brauche.«

Amber seufzte. »Willst du, dass ich ans Telefon gehe, oder nicht?«

Sophie winkte in Richtung der Büros. Amber betrat das erste und drehte sich wieder um. »Da ist kein Schreibtisch.«

»Stimmt. Aber es gibt ein Telefon.«

Wie auf Kommando fing das Telefon an zu klingeln.

Sophie deutete erneut in die Richtung. »Das wäre dann für dich.«

»Aber da ist kein Tisch. Und kein Stift und Papier oder Computer.«

Das Telefon klingelte weiter. Heather lief hin und hob ab. »*CK Industries*, hier ist Heather. Wie kann ich Ihnen helfen?«

Amber verschränkte die Arme vor der Brust. »Ich arbeite nicht ohne Schreibtisch und Büromaterial. Das ist einfach lächerlich. Warum stellst du Leute ein, wenn du noch gar nicht bereit bist? So kann man eine Firma nicht führen.«

Bear verschwand in seinem Büro und kehrte mit einem Stuhl, einem Block und einem Stift wieder. »Hier. Der Schreibtisch kommt später.«

Heather winkte wild, dass sie den Block und den Stift benötigte. »Aha. Die falschen Tassen. Das tut mir leid. Ich werde gleich einmal nachschauen. Haben Sie die Bestellnummer für mich?«

Sie schrieb die Informationen auf und versprach, dass jemand zurückrufen würde. Nachdem sie aufgelegt hatte, versuchte sie, ihrer Mutter die Informationen zu geben.

»Auf keinen Fall«, erklärte Amber. »Ich werde mich nicht mit übellaunigen Kunden herumschlagen. Ich nehme gerne die Anrufe für *CK Industries* an, aber um die Beschwerden muss sich jemand anders kümmern. Das ist nicht mein Ding. Außerdem brauche ich einen Schreibtisch.«

»Die kommen doch«, stieß Sophie zwischen zusammengebissenen Zähnen aus. »Kannst du bis dahin nicht mit dem leben, was da ist?«

Amber hob abwehrend die Hände. »Na, du hast ja vielleicht eine Laune. Ich wusste nicht, dass es so schwierig ist, mit dir zu arbeiten. Nun bin ich mir nicht sicher, ob das hier für mich das Richtige ist.«

Bear rollte den Schreibtischstuhl in das leere Büro. »Bitte versuch es«, sagte er.

Sophie schnappte sich den Zettel von Heather. »Ich überprüfe das.«

Bear nahm ihr den Zettel weg. »Nein, du führst die Bewerbungsgespräche und ich kümmere mich um das hier.«

»Aber …«

Er zeigte auf die Laderampe, wo die Leute warteten. »Sophie, stell endlich ein paar Leute ein.«

»Das mache ich doch.«

Doch bevor sie sich den wartenden Bewerbern zuwenden konnte, fuhr ein Tieflader auf den Parkplatz. Sophie grinste Bear an.

»Da ist er in all seiner Pracht.«

»Was ist das?«, wollte Amber wissen.

»Ein Gabelstapler. Ich bin verliebt.«

Bear schaute zwischen dem Truck und ihr hin und her. »Lass mich raten. Du kannst einen Gabelstapler fahren.«

»Natürlich. Bear, es gibt keine Position in meiner Firma, die ich nicht ausfüllen kann.«

»Da bin ich mir sicher«, sagte er kopfschüttelnd.

»Bei dir klingt das so, als wäre das was Schlechtes.«

Erneut schüttelte er den Kopf, dann zeigte er auf die wartenden Bewerber. »Besorg mir Hilfe.«

»Du bist so herrisch.«

Aber sie sagte es mit einem Lächeln. Sie hatte einen neuen Gabelstapler. Es würde ein guter Tag werden.

Kristine fuhr zu dem privaten Flugplatz, der direkt hinter der Brücke zum Festland lag. Ihr zweiter Teilzeitjob war das Catering für die Privatjets, die diesen kleinen Flughafen ansteuerten. Abgesehen von Bruno gab es nur eine Handvoll Flüge pro Jahr, aber Bruno kam mindestens einmal im Monat. Ein paar Tage vor jedem Flug rief der Pilot Kristine an und ließ sie wissen, was Bruno wollte. Kristine lieferte das Essen und stellte es der Firma, die den Jet leaste, in Rechnung.

Sie verfügte nicht über eine entsprechende Kochausbildung, aber eine Freundin von ihr hatte ihr vor ein paar Jahren von dem

Job erzählt, und Kristine hatte sich beworben. Zu dem Vorstellungsgespräch hatte sie eine Auswahl an Mittagessen mitbringen sollen und sich für diverse kleine Sandwiches mit Putenbrust und Brie entschieden, dazu das berühmte Hühnchencurry ihrer Mutter. Des Weiteren hatte sie Brombeer-Brownies und ein paar Flaschen des einheimischen Weins mitgebracht, und nach drei Bissen war sie engagiert worden.

Das Catering an sich interessierte Kristine nicht sonderlich, aber die Gewinnspanne pro Essen betrug dreihundert Prozent. Außerdem hatte sie ein unbegrenztes Budget zur Verfügung. Es machte Spaß, alle paar Monate nach Seattle zu fahren und exotische Zutaten zu kaufen, um ihre einheimischen Vorräte zu ergänzen.

Bruno Provencio war Weinhändler. Er kam in diese Gegend, um Geschäfte mit den Winzern zu machen. Zumindest glaubte Kristine, dass er das tat. Er war ein wenig vage gewesen, und sie hatte sich nicht getraut, nach Einzelheiten zu fragen. Sonst hätte sie womöglich wie das Landei geklungen, das sie war. Bruno war nur unwesentlich größer als sie, sah aber sehr gut aus und war stets makellos gekleidet. Seine Anzüge kosteten vermutlich mehr als ihre monatlichen Kreditraten für Haus und Auto zusammen. Und er war nett. Wann immer er einflog, fragte er nach ihrer Familie und machte ihr Komplimente über die letzte Mahlzeit. Ja, sie war eine glücklich verheiratete Frau, aber ab und zu war es nett, mit einem attraktiven Mann Zeit zu verbringen, der in einem Privatjet flog und ebenso selbstverständlich über Wein und Reisen nach Italien oder Frankreich sprach, wie sie darüber, in den Supermarkt zu gehen.

Ein paar Minuten, bevor der Jet landen sollte, kam sie am Flughafen an und parkte ihren Wagen. Der Tag war bewölkt, aber sie glaubte nicht, dass es regnen würde. Während sie in der Stille ihres Wagens saß, dachte sie an Ruths Worte – dass die Bäckerei im Ort zu mieten war.

Oh, wie sehr sie verlockt war. Die alte Bäckerei zu mieten

würde bedeuten, dass sie echte Öfen und Rührmaschinen und ausreichend Arbeitsfläche haben würde. Sie könnte tagsüber backen und müsste sich keine Gedanken darüber machen, wo sie die Sachen lagerte, sobald sie fertig waren. Sie könnte ihre hektische Backnacht vor dem Wochenende aufgeben und anfangen, ihre Kekse und Brownies zu verschicken. Die Weinkellereien baten mit jeder Bestellung um mehr, aber Zeit und Platz begrenzten ihre Kapazitäten. Körperlich würde sie es nicht schaffen, zwei Nächte hintereinander durchzuarbeiten. Und tagsüber in ihrer Küche zu backen war ein Problem. Allein alles aufzubauen dauerte eine Stunde, und dann musste sie danach alles wieder wegpacken, um das Abendessen vorzubereiten. Ein eigener Platz für diese Tätigkeiten wäre sehr sinnvoll.

Am liebsten hätte sie auf der Stelle ihren Businessplan herausgeholt und die Zahlen noch einmal durchgerechnet. Sie wusste, wie viel sie bräuchte, um die Dinge zum Laufen zu bringen, sie wusste auch, welche Geräte sie gerne hätte. Sie ging sogar regelmäßig ins Internet, um zu gucken, welche gebrauchten Geräte im Großraum Seattle gerade angeboten wurden. Aber zuerst musste sie mit Jaxsen über die Anfangsfinanzierung sprechen, und dafür musste sie wissen, wie hoch die Miete war. Vorausgesetzt, ihr Mann ließ es überhaupt zu, dass sie ihren Traum verwirklichte.

Nein, *zulassen* war das falsche Wort, korrigierte sie sich. Sie brauchte seine Erlaubnis nicht. Immerhin war sie eine Erwachsene, die tun konnte, was sie wollte. Es war nur … Nun ja, sie wollte, dass er sich mit ihr freute. Und dass er verstand, dass sie manchmal mehr sein musste als nur seine Frau und die Mutter der Jungs. Manchmal wollte sie einfach Kristine Fielding sein, Geschäftsinhaberin.

Sie hörte das Dröhnen eines näher kommenden Jets und stieg aus. Vom Rücksitz nahm sie eine Tüte mit eingepackten Keksen und eine Einkaufstasche, die alles enthielt, was man für eine gehobene Schinken- und Käseplatte benötigte, einschließlich

Crackern und einem kleinen Behälter mit Hühnchensalat aus dem *Blackberry Island Inn*. Bruno hatte zwar nie gesagt, dass das sein Lieblingssalat war, aber sie wusste es trotzdem.

Mit den Taschen in der Hand beobachtete sie, wie der Privatjet landete. Er war wesentlich kleiner als ein normales Flugzeug und bot Platz für acht Personen. Außerdem gab es an Bord ein überraschend schönes Badezimmer. Alles war unglaublich luxuriös, vor allem das butterweiche Leder der Sitze.

Die Tür des Flugzeugs ging auf und Bruno trat heraus. Sein Blick glitt suchend über den Flugplatz, bis er sie entdeckte und lächelnd auf sie zukam.

»Kristine. Wie schön, dich zu sehen.« Er griff nach ihrer Hand und zog Kristine danach an sich, um sie auf beide Wangen zu küssen. »Du bist immer pünktlich. Das weiß ich sehr zu schätzen.«

Sie wollte gerade sagen, dass es keine große Sache war – auf der Insel lag alles nah beieinander und sie musste nur über die Brücke fahren, um den Flugplatz zu erreichen –, doch stattdessen nickte sie nur. Manchmal war weniger mehr.

»Ich habe dir Kekse mitgebracht«, erwiderte sie und hielt ihm die Tüte hin. »Sechs Dutzend, wie bestellt.«

»Vielen Dank.« Er schaute in die Tüte. »Meine jüngste Schwester heiratet und hat mich angefleht, Kekse für die Geschenktüten mitzubringen, die ihre Freundinnen bekommen, wenn sie zum Junggesellinnenabschied nach Las Vegas fliegen.« Er verzog das Gesicht. »Ich kann nur hoffen, dass sie wieder heil zu Hause ankommen.« Dann zeigte er auf den Jet. »Wollen wir? Ich bin mir sicher, dass du gleich wieder losmusst, um dich um deine … wie nennst du es noch … zu kümmern?«

»Meine fünfzigtausend Erledigungen?«, erwiderte sie lachend. »Heute habe ich tatsächlich mal nicht so viel auf dem Zettel, was wirklich ungewöhnlich ist.«

Gemeinsam gingen sie zum Jet und stiegen die Gangway hinauf.

Das Interieur war ganz in Creme und einem Karamellton gehalten. Selbst im Stehen hatte Kristine nach oben noch einige Zentimeter Platz. Während Bruno die Kekse in einem Schrank verstaute, räumte sie das Geschirr und Essen vom Frühstück weg und stellte dann eine Schinken-Käse-Platte zusammen, bevor sie das Tablett mit Klarsichtfolie abdeckte und es in den überraschend großen Kühlschrank stellte. Auf einem zweiten kleineren Teller arrangierte sie das geschnittene Obst, das ebenfalls in den Kühlschrank kam. Dann zeigte sie Bruno den Behälter mit dem Hühnchensalat.

»Vergiss den nicht«, ermahnte sie ihn. »Ich weiß, wie sehr du ihn liebst.«

»Das stimmt.«

Sie standen relativ nah beieinander. Seine Haare waren schwarz, die Augen etwas dunkler als die Ledersitze. Er roch gut, nach einer teuren Seife und einem Hauch von Aftershave. Oft erwähnte Bruno eine seiner drei Schwestern, seinen Bruder oder seine Eltern. Aber von einer Frau oder Freundin sprach er nie. Kristine war nicht sicher, was das zu bedeuten hatte. War er Single aus Leidenschaft? Mochte er keine Frauen? Oder – und das war die wahrscheinlichste Antwort – ging es sie einfach nichts an?

Als er um sie herum griff, streifte sein Unterarm ihre Rippen. Er nahm einen Kaffeebecher in die Hand und wedelte damit vor ihrem Gesicht herum.

»Bis zu meinem ersten Termin bleibt mir noch eine Stunde«, sagte er leichthin. »Hast du Zeit für einen Kaffee?«

»Das wäre nett«, murmelte sie. »Danke.«

Auch wenn sie nicht wirklich einen Kaffee trinken wollte, hatte sie sehr viel Lust, sich einmal in einen der gemütlich aussehenden Sitze zu setzen. Nur für ein paar Minuten. Sie würde ihre Augen schließen und so tun, als würde sie ständig luxuriös durch die Gegend jetten.

Sie unterdrückte ein Lachen, als sie nach der Kaffeekanne griff und ihnen je einen Becher einschenkte.

»Milch oder Zucker?«, fragte sie.

»Nein danke.«

Sie gab Milch in ihren Becher und setzte sich dann Bruno gegenüber.

Der Sitz war noch bequemer, als sie gedacht hatte. An den Lehnen gab es unzählige Knöpfe, und sie achtete darauf, keinen davon zu berühren, als sie mit den Fingern über die Verzierung aus Walnussholz strich.

»Wie viele Weingüter besuchst du heute?«, fragte sie.

»Nur eins. Ich habe einen speziellen Kunden, der darauf besteht, der Erste zu sein, wenn es um neue Weine geht. Also werde ich den Wein probieren und wenn er so ist, wie er sein soll, schließe ich einen Exklusivvertrag mit dem Weingut.« Er hielt inne. »Nächsten Monat fliege ich zum Einkaufen nach Italien und Frankreich.«

»Im Privatjet?«, fragte sie, bevor sie sich zurückhalten konnte.

»Ja«, bestätigte er leise lachend. Seine warmen Augen waren auf ihr Gesicht gerichtet. »Bist du mal in Europa gewesen?«

»Ich? Schön wär's, aber nein. Jaxsen und ich habe darüber gesprochen, aber mit drei Kindern ist das ein Ding der Unmöglichkeit.« Was mehr oder weniger stimmte. Eine solche Reise konnten sie sich nicht leisten. Und selbst wenn sie genügend Geld hätten, würde Jaxsen vermutlich lieber an einen exotischen Ort zum Rafting fahren oder in Costa Rica surfen. Er war nicht wirklich der Typ für Ferien in Europa.

»Vielleicht, wenn sie älter sind«, schlug Bruno vor.

»Ja, vielleicht.«

»Wie schlägt sich Tommy beim Wäschewaschen?«

Über den Rand ihres Bechers hinweg sah sie ihn an. »Wieso erinnerst du dich daran?« Sie lachte. »Er macht das wirklich gut. Mit JJ war es ein Albtraum, aber Tommy ist ein entspannterer Typ. Ich bin mir nicht sicher, wie Grant reagieren wird. Vermutlich rettet mich bei ihm, dass seine älteren Brüder es schon machen und er es deshalb auch tun will.«

»Sie klingen wirklich wie ganz wunderbare Jungs.«

»Das sind sie für mich auch, und das ist das Einzige, was zählt, oder?«

Bruno hielt ihren Blick fest. Die Eindringlichkeit darin kam unerwartet und war ein wenig verwirrend. Kristine spürte, dass sie rot wurde.

»Ich, äh, sollte mich wieder auf den Weg machen«, sagte sie und stand auf, um ihren Becher in die kleine Spülküche zu bringen. Dort wusch sie ihn ab und stellte ihn auf das Abtropfgitter. Als sie damit fertig war, ging sie zur Tür und trat in den kühlen, bewölkten Morgen hinaus. Bruno folgte ihr.

Am Ende der Gangway drehte sie sich zu ihm um. »Deine Leute sollen Bescheid sagen, wenn du das nächste Mal hier bist. Dann backe ich mehr Kekse.«

Er lachte. »Das wäre schön.«

»Viel Spaß in Europa.«

»Danke.« Er hielt kurz inne. »Du solltest irgendwann mal mitkommen.«

Auch wenn sie wusste, dass das nur nett gemeint war, konnte sie nicht anders, als über seinen Vorschlag zu lachen. »Wir wissen beide, dass es dazu niemals kommen wird. Meine Familie würde nicht überleben, wenn ich nicht da bin.« In einem Privatjet nach Frankreich und Italien düsen. Klar. Warum nicht?

Immer noch lachend verabschiedete sie sich und kehrte zu ihrem Wagen zurück. Als ob. Sicher, ein Privatjet war nett, aber wenn sie alle Vorsicht in den Wind schlagen und etwas vollkommen Untypisches tun wollte, würde sie lieber ihren eigenen Laden eröffnen und Kekse und Brownies verkaufen. Das Jetsetting überließ sie gerne den Kardashians. Tagträume von Abkühlwagen und Industrieöfen fand sie wesentlich befriedigender.

6. KAPITEL

»Aufstehen!«

Sophie lag auf dem Rücken und versuchte verzweifelt, das »Ich könnte wieder einschlafen«-Gefühl beizubehalten.

»Ich habe die ganze Woche hart gearbeitet«, murmelte sie und zog sich die Decke über den Kopf. Dann nahm sie das Handy in die andere Hand. »Sonntag ist der einzige Tag, an dem ich mir erlaube, auszuschlafen. Du liebst mich. Meinst du nicht, ich hätte es verdient, im Bett zu bleiben?«

»Ich denke, du brauchst etwas anderes als Schlaf und Arbeit.« Kristine klang eher amüsiert als genervt. »Du hast mich letzte Woche schon im Stich gelassen. Das passiert nicht noch einmal. Schlepp deinen Hintern aus dem Bett, zieh dir eine Yogahose an und sei in dreißig Minuten fertig. Entweder ich komme, um dich zum Tai-Chi mitzunehmen, oder ich komme mit drei Jungs, die gerade viel zu viel Sirup auf ihren Pfannkuchen hatten. Du kannst atmen und dich entspannen oder ihrem Herumtoben zuhören. Deine Entscheidung.«

»Seit wann bist du so herrisch?«

»Seit damals, als ich drei Kinder unter fünf Jahren hatte.«

»Was habe ich zu der Zeit gemacht?«

»Ein Imperium aufgebaut.«

»Ach, stimmt ja.« Sophie setzte sich auf. »Kannst du mir wenigstens einen Kaffee mitbringen?«

»Lass mich raten. Du hast deine Kaffeemaschine noch nicht ausgepackt und auch nichts zu essen im Haus.«

Sophie dachte an die Kartons, die noch in ihrer Garage standen. »Das wollte ich eigentlich heute tun, aber jetzt muss ich zu diesem blöden Tai-Chi. Was ist das überhaupt? So was wie Yoga?«

»Das hast du mich schon mal gefragt. Nein, es ist nicht wie Yoga. Es geht darum, seine Balance und seine Mitte zu finden. Und zu atmen.«

Sophie lachte. »Also nichts, worin ich gut wäre.«

»Ganz genau. Das ist der Punkt. Tick, tick, tick, die Uhr läuft.«

Damit legte Kristine auf.

Sophie warf das Handy aufs Bett und streckte sich. Wenn sie Sport machen würde, hatte es keinen Sinn, vorher zu duschen. Sie stand auf und wühlte in ihrer Kommode. Wenigstens hatte sie es geschafft, ihre Klamotten auszupacken. Die Sachen für die Küche waren ihr weniger wichtig erschienen. Normalerweise holte sie sich auf dem Weg in die Firma irgendwo etwas zum Frühstücken. Doch sie musste wirklich überlegen, wie sie was zu essen ins Haus bekam. Und ihre Kaffeemaschine auspacken, wenn schon sonst nichts.

Eine Viertelstunde später hatte sie Leggins, ein langärmliges T-Shirt und ein übergroßes Sweatshirt mit dem *CK*-Logo angezogen und überlegte, ob sie ihre Kaffeemaschine suchen sollte, als es klingelte.

»Du bist früh dran«, sagte sie zu ihrer Cousine, als diese eintrat.

»Du brauchst Zeit, um den hier zu trinken.«

Sophie nahm ihr den Thermobecher ab und lächelte. »Du hast mich gerettet. Warum bist du so nett?« In Erwartung eines warmen, perfekten Kaffees trank sie einen Schluck, fühlte aber nur etwas Kaltes, Dickflüssiges und Ekliges auf der Zunge. Sie schaffte es, es herunterzuschlucken, bevor sie ihre Cousine böse anfunkelte.

»Was ist das? Mein Gott, das ist ja ekelhaft. Was ist das für ein Geschmack? Brennnesseln und Salzlake? Igitt.«

Kristine verdrehte die Augen. »Ernsthaft? Das ist ein Proteinshake mit Vanille- und Brombeeraroma. Seit wann bist du so eine Drama-Queen?«

Proteinshake? Sophie musste an sich halten, um nicht zu würgen. »Seit du angefangen hast, mich zu vergiften. Reicht es nicht, dass du die perfekte Mutter bist? Musst du jetzt auch noch ein Gesundheitsfreak sein? Du bist nicht länger meine Lieblingscousine.«

Kristine hob eine Augenbraue. »Ach wirklich? Du magst Amber also lieber als mich?«

Sophie trank noch einen Schluck von dem grauenhaften Shake. »Okay, nein, aber wenn ich eine dritte Cousine hätte, würde ich die definitiv lieber mögen als dich.«

»Du lügst. Und nun trink aus.«

»Ich hätte lieber einen Kaffee.«

»Da bin ich mir sicher. Den kannst du nach der Stunde haben.«

»Und eine Zimtrolle.«

Sophie trank den Becher aus und ging dann ins Bad, um sich erneut die Zähne zu putzen, denn auf keinen Fall wollte sie den Rest des Morgens mit diesem ekligen Geschmack im Mund verbringen. Als sie fertig war, nahm sie ihre Handtasche und folgte Kristine nach draußen.

»Wo findet dieser Kurs statt?«, wollte sie wissen.

»Unten am Wasser.«

»Das ist ja draußen? Warum?«

»Weil es schön ist?«

»Wir leben im Pazifischen Nordwesten, wo es achtzig Prozent der Zeit kalt und regnerisch ist. Willst du mir etwa sagen, dass du Tai-Chi auch bei Kälte und Regen draußen machst?«

»Das zentriert den Geist.«

»Und verursacht Lungenentzündungen.« Die ganze Sache gefiel Sophie von Sekunde zu Sekunde weniger. »Ich nehme meinen Wagen.«

»Damit du mittendrin abhauen kannst?«

»Habe ich das gesagt?«

»Das musstest du nicht.«

»Du glaubst wohl auch, alles zu wissen, was?«

Kristine lächelte. »Stimmt. Weil ich alles weiß.«

Gemeinsam fuhren sie zum Park am Strand. Trotz der frühen Stunde und des Proteinshake-Nachgeschmacks genoss Sophie den Ausblick über die Küste. Sie konnte die Halbinsel auf der anderen Seite der Bucht sehen und eine Fähre, die auf dem Weg von Bainbridge nach Seattle war. Als sie den Park erreichten, war sie beinahe fröhlich.

Sie parkte neben Kristine und staunte über die Menge an Autos, die da standen. Offensichtlich war der Wahnsinn ansteckend. Als sie ausstieg und sich umschaute, fiel ihr auf, dass es einer dieser seltenen Frühlingsvormittage war, an denen das Wasser in der Bucht ganz still dalag und sich kein Lüftchen rührte. Es waren vermutlich nur um die acht Grad, trotzdem war es wunderschön.

Sie schaute noch einmal zum Wasser, zu der Insel, die sich im Osten erhob, den träge kreisenden Seemöwen und den Kranichen in der Ferne.

»Das ist nett«, sagte sie. »Sehr beruhigend.«

»Siehst du?« Kristine nickte in Richtung eines sich nähernden Pick-ups. »Und es wird noch besser.«

Erst wusste Sophie nicht, was sie meinte, doch dann hielt der Pick-up an und der Fahrer stieg aus. Er war einfach umwerfend. Dunkelblonde, lockige Haare, stechend blaue Augen und ein Körper, der einfach perfekt war. Sophie spürte, dass ihr der Mund offen stehen blieb, und es machte ihr nicht mal was aus.

»Hab ich dir doch gesagt«, flüsterte Kristine im Vorbeigehen. »Und gern geschehen.«

Sophie beeilte sich, zu ihr aufzuschließen. »Also geht es gar nicht um körperliche Betätigung, sondern um die Show. Warum hast du das nicht gleich gesagt?«

»Weil du mir nicht geglaubt hättest.«

»Aber jetzt glaube ich dir, Schwester. Und wie ich dir glaube. Wie heißt er noch mal?«

Kristine seufzte. »Du hörst mir wirklich nicht zu, wenn ich mit dir rede, oder? Er heißt Dugan. Nach allem, was ich weiß, ist er Single. Nur für den Fall, dass dich das interessiert.«

»Könnte sein.«

Aber als alle sich für die Stunde in Reihen aufstellten, stellte Sophie fest, dass sie nicht die Einzige war, der ihr gottgleicher Trainer ins Auge gefallen war. Ehrlich gesagt hatten sich nur Frauen versammelt, und die meisten von ihnen beäugten Dugan mit unverhohlenem Hunger. Verdammt. Sie hasste es, Teil einer Gruppe zu sein.

»Guten Morgen«, sagte Dugan mit leiser, sexy Stimme.

»Guten Morgen«, erwiderten die Frauen.

Er führte sie durch verschiedene Atemübungen, dann ging er zu Tai-Chi über, wie Sophie vermutete, aber ehrlich gesagt war es für sie nur Herumwedeln mit den Armen und ungelenkes Verlagern des Gewichts zu kontrollierten Atemzügen.

»Wir holen das Meer zu uns heran«, sagte er und zog die Arme an sich. »Und wir schieben es von uns weg.«

»Weiß er, dass das Meer das von ganz allein macht?«, flüsterte Sophie ihrer Cousine zu. »Das nennt sich Gezeiten.«

»Pst. Konzentrier dich.«

Sophie bemühte sich. Sie atmete, wenn er es sagte, bewegte ihre Arme und versuchte, den Schritten zu folgen. Es war nur alles so langsam und bedeutungsvoll. In der Zeit hätte sie ein gutes Dutzend Kartons auspacken können. Und ihren neuen Gabelstapler ausprobieren. Und Bestellungen überprüfen und wer weiß was noch. Langsam, langsam, langsam.

Als sie spürte, dass sie unruhig wurde, richtete sie ihre Aufmerksamkeit wieder auf Dugan. Er ist wirklich attraktiv, dachte sie. Um solche Arme und Schultern zu kriegen, trainierte er bestimmt viel. Angesichts der Tatsache, dass Gott in gleichem Maße gab und nahm, konnte sie nur vermuten, dass er den IQ eines Baumstumpfes hatte. Doch das war in Ordnung. Manchmal war Attraktivität mehr als genug.

Das Meer wurde noch ein wenig mehr hin und her geschoben. Sophie verlor den Faden und blieb einfach bewegungslos auf ihrem Platz stehen. Dugan schaute sie an und hielt ihren Blick mit seinen blauen Augen fest.

Sie hatte sich schon vorher Männer angeschaut. Sie war sogar mal verheiratet gewesen. Aber irgendetwas an Dugans Blick war anders. Intensiver. Oder fesselnder. Vielleicht war er aber auch nur kurzsichtig und sah sie verschwommen. Aber egal, wie – sie spürte die Aufmerksamkeit bis in ihre Zehen. Hitze stieg in ihr auf, und sie verspürte mit einem Mal den Drang, zu ihm zu gehen und ihn zu küssen. Gleich hier, mitten im Tai-Chi-Kurs.

Doch sie tat es nicht, und dann drehte er sich weg, und sie stand am Sonntagmorgen am Strand, obwohl sie hätte ausschlafen können.

Als die Stunde zu Ende war, fuhren einige der Frauen sofort weg, aber eine ganze Menge versammelte sich um Dugan. Er sprach mit jeder, lächelte und lachte, blieb aber sowohl körperlich als auch emotional auf Distanz. Nach allem, was Sophie sagen konnte, hatte er nichts mit irgendeiner der Frauen auf Blackberry Island am Laufen. Zumindest nicht mit einer, die zu seinem Kurs kam.

Kristine wartete, bis alle weg waren, bevor sie zu ihm ging.

»Gute Stunde«, sagte sie.

»Danke. Du bist in ausgezeichneter Form. Was für eine schöne Entwicklung.«

»Es geht einzig um Fokus, Balance und Atmung.«

»Ganz genau.«

Kristine deutete auf Sophie. »Das ist meine Cousine.«

Dugan sah sie an. »Die geheimnisvolle Sophie Lane.« Er streckte ihr die Hand hin. »Kristine spricht viel von dir. Es ist schön, dich kennenzulernen.«

»Und es ist schön, kennengelernt zu werden.« Sophie legte ihre Hand in seine und war erfreut, richtig viel Knistern zu spüren. O ja, der Funke war übergesprungen. Zumindest, was sie betraf.

Im Moment war ihr Leben das reinste Chaos. Sie versuchte, *CK Industries* wiederaufzubauen. Sie vermisste ihre Katze. Und auch wenn sie nicht nach L. A. zurückwollte, fühlte sie sich auf Blackberry Island noch nicht wieder zu Hause. Sie war müde und überwältigt und stand irgendwie neben sich. Insofern war es eine nette Ablenkung, sich von einem Mann faszinieren zu lassen, den sie gerade erst getroffen hatte.

Er lächelte sie an. Es war ein schönes Lächeln – nein, ein großartiges, bei dem sie sich besonders fühlte.

»Wie hat dir die Stunde gefallen?«

»Ich habe darin überhaupt keinen Sinn gesehen. Was hat es mit dem ganzen Hin-und-Her-Geschiebe des Meers auf sich? Wer hat sich die Bewegungen ausgedacht, und warum werden sie in dieser Reihenfolge ausgeführt? Ich bin mir nicht sicher, dass ich Gleichgewicht in meinem Leben mehr brauche als zehn vertrauenswürdige Mitarbeiter und eine gute Tasse Kaffee am Morgen. Außerdem, warum ist das alles so langsam? Ich glaube, ich könnte mich damit anfreunden, wenn es nur ein wenig schneller wäre.«

Kristine schaute sie bei diesem Ausbruch entsetzt an, aber Dugan lachte nur.

»Mir gefällt, dass du kein Blatt vor den Mund nimmst«, sagte er. »In den meisten Dingen irrst du dich. Aber es ist gut, eine Meinung zu haben.«

»Ich irre mich nicht.«

»Solange du beide Seiten sehen kannst, ist alles gut.«

»Das kann ich«, versicherte sie ihm lächelnd. »Selbst wenn der andere sich irrt.«

»Dann sonnst du dich in seinem Irrtum?«

»O ja.«

»Die Lady hat also gerne recht.«

»Das hat die Lady.«

Er sah sie an. »Und sie übernimmt gerne die Kontrolle.«

»War das eine Frage oder eine Aussage?«

»Definitiv keine Frage.«

Sie war nicht ganz sicher, worüber sie gerade sprachen, aber die Unterhaltung gefiel ihr.

Kristine schaute zwischen ihnen hin und her. »Okay. Ich muss nach Hause. Habt noch viel Spaß, ihr zwei.«

Sophie warf ihrer Cousine einen Blick zu. Kristine formte stumm die Worte: »Ruf mich nachher an!«

Sie wollte erwidern, dass es nichts zu erzählen geben würde. Leider wusste sie nicht, wie sie das tun sollte, ohne komisch zu wirken.

Als Kristine bei ihrem Wagen angekommen war, drehte Sophie sich wieder zu Dugan um. »Ich sollte auch los.«

»Wie wäre es mit einem Brunch?«

Sie warf einen Blick auf ihr wenig modisches Outfit, dann sah sie ihn an. »Wir sind nicht wirklich für einen Brunch angezogen.«

»Dann sollten wir was anderes machen.«

Das erregte ihre Aufmerksamkeit. Sie überlegte, ihn zu fragen, ob er damit meinte, was sie glaubte. Aber irgendwie wäre das albern. Natürlich meinte er das. »Mit wie vielen deiner Schülerinnen hast du schon geschlafen?«

»Dich eingeschlossen?«

Sie nickte.

»Mit einer.«

Auch wenn ihr die Zahl gefiel, war sie nicht sicher, ob sie ihm glaubte. »Also ist das hier nicht deine übliche Masche, um Frauen aufzureißen?«

Er ließ ein weiteres umwerfendes Lächeln aufblitzen. »Ich brauche keine Masche, Sophie. Und ja, ich sage die Wahrheit. Ich habe viele Fehler, aber zu lügen gehört nicht dazu.«

Sie trat näher und legte eine Hand an seinen Oberarm. Ja, er war wirklich groß und stark, was ihr ziemlich gut gefiel.

Dann stellte sie sich auf die Zehenspitzen und presste ihre Lippen auf seine.

Sein Mund war fest und warm. Er ließ sie die ganze Arbeit machen, was ihr auch gefiel. Ihr Körper reagierte sofort. Hitze flammte auf, Verlangen schien sie zu verschlingen, und sie wollte sich auf sehr unschickliche Art an ihm reiben.

Und das alles ohne Zunge, dachte sie und zog sich zurück.

»Ich bin noch dabei, einzuziehen, deshalb herrscht in meinem Haus das reinste Chaos. Ich schlage vor, wir gehen zu dir.« Nicht nur, weil sie vorzog, diejenige zu sein, die einfach gehen konnte, sondern weil sie auch testen wollte, ob bei ihm zu Hause jemand auf ihn wartete.

»Meinetwegen«, sagte er.

»Du bist Single, oder?«, fragte sie auf dem Weg zum Parkplatz. »Also das hat Kristine zumindest gesagt.«

»Ja, in meinem Leben gibt es niemanden.«

»Weil es dir so lieber ist?«

»Im Moment schon.«

»Willst du mich gar nicht fragen, ob ich Single bin?«

Er hielt ihr die Wagentür auf. »Das weiß ich bereits.«

»Oh.«

War das gut oder gruselig? Bevor sie sich entscheiden konnte, schlang er einen Arm um ihre Taille und zog sie an sich. Sie spürte seine steinharten Muskeln. Dann senkte er den Kopf und küsste sie. So richtig. Mit allem.

Er ließ sich Zeit, neckte sie, forderte sie heraus, erregte sie. Die Hände auf seine Schultern gelegt, lehnte sie sich an ihn. Als er über ihre Unterlippe strich, öffnete sie sich ihm. Bei der ersten Berührung seiner Zunge begann sie, innerlich zu schmelzen. Der Hunger loderte heiß und hell in ihr, und es dauerte nur wenige Sekunden, bis sie vollkommen atemlos war.

Das ist so viel besser als Dating, dachte sie und wünschte, sie wären bereits in seinem Bett und er in ihr. Das wäre zeitlich gesehen viel effektiver.

Gleichzeitig zogen sie sich zurück. Er sah so erregt aus, wie sie sich fühlte.

»Hast du Kondome?«, fragte sie.

»Nicht hier.«

Sie lachte. »Ich meine, bei dir zu Hause.«

»Ja.«

»Dann lass uns fahren.«

Dreißig Minuten später lag Sophie auf dem Rücken und versuchte, ihren Atem zu beruhigen. Sie hatte auf einen halbwegs vernünftigen, von einem Mann ausgelösten Orgasmus gehofft, und Dugan hatte mehr als das geliefert. Offensichtlich verstand er die weibliche Anatomie, wusste, wofür eine Klitoris gut war, und hatte nicht von ihr erwartet, innerhalb von zwei Minuten allein durch Penetration zu kommen. Was bei einem Mann alles ausgezeichnete Eigenschaften waren.

»Du beurteilst mich.« Dugan drehte sich auf die Seite und legte seine große Hand auf ihren Bauch. »Ich kann hören, wie die Rädchen in deinem Kopf sich drehen.«

»Ich weiß es sehr zu schätzen, dass du mich zuerst kommen lassen wolltest.«

»Das kam mir nur höflich vor.«

Seine dunkelblauen Augen wurden von blonden, dichten Wimpern umrahmt. Sein Kiefer war wie gemeißelt. Ja, dieser Mann sah unglaublich gut aus, und seine Fähigkeiten im Bett waren noch besser als sein Aussehen.

»Nicht alle Männer sind höflich«, erwiderte sie.

»Ja, das habe ich gehört. Aber ich habe es nie verstanden. Es bringt doch Spaß, meine Partnerin glücklich zu machen.«

»Das sehe ich genauso.«

»Wie ist es, nach so vielen Jahren zurück zu sein?«

Sie blinzelte ihn an. »Was?«

»Zurück auf der Insel. Du bist hier aufgewachsen, dann weggezogen, hast eine Firma aufgebaut und nun bist du zurück.

Ich kann mir vorstellen, dass das einerseits gut und andererseits etwas verwirrend ist.«

Sie setzte sich auf und zog die Decke bis zum Hals. »Jetzt machst du mir Angst.«

Er setzte sich ebenfalls auf, allerdings ohne sich zu bedecken. Und auch wenn Sophie den Anblick zu schätzen wusste, wollte sie sich nicht ablenken lassen.

»Du musst keine Angst haben.« Er lächelte. »Kristine spricht ab und zu von dir. Das ist schön. Ihr beide habt eine enge Verbindung.«

»Wir gehören zur selben Familie.« Sie musterte ihn und versuchte herauszufinden, worauf er hinauswollte.

Als könne er ihre Gedanken lesen, grinste er. »Ich will nichts, Sophie. Keine Panik. Wie gesagt, ich habe von dir gehört und finde dich interessant.« Er zog eine Augenbraue in die Höhe. »Es ist schön, wenn die Realität dem Hype entspricht.«

Okay, das Kompliment konnte sie annehmen, und der Sex war auch super gewesen. Trotzdem: Wer war dieser Mann? Innerlich fluchte sie, denn diese Frage hätte sie besser vorher stellen sollen.

»Willst du was frühstücken?«, fragte er.

Und da war er. Der unangenehme Teil danach. »Nein danke.« Sie lächelte ihn an. »Es war umwerfend und genau das, was ich gebraucht habe. Aber die Sache ist die: Ich bin nicht gut, was Beziehungen angeht. Ich war mal verheiratet, und das ist schiefgelaufen. Mich interessiert nur meine Arbeit, und jetzt noch mehr, weil ich gerade mit dem gesamten Unternehmen umgezogen bin und versuche, alles neu aufzubauen.«

Sie hielt inne und überlegte, ob sie erklären sollte, was genau sie tat, fand dann aber, dass es nicht wichtig war.

»Das, was gerade passiert ist, war super. Aber ich werde nicht zum Frühstück bleiben. Nachdem das geklärt ist: Wenn du in der Zukunft für weitere Begegnungen dieser Art offen bist, bin ich dein Mädchen.«

Dugans Miene war unlesbar. »Du weißt genau, was du willst.«

»Stimmt. So läuft das bei mir.«

»Damit komme ich klar.«

Sie stieg aus dem Bett und suchte ihre Sachen zusammen. Nachdem sie angezogen war, schaute sie sich im Zimmer um.

Es war groß und hatte eine umwerfende Aussicht auf den Puget Sound. Die Einrichtung bestand aus dem Bett, in dem sie gerade gewesen waren, und einem gemauerten Kamin. Außerdem gab es eine Tür, die zu einem Badezimmer führte, das riesig zu sein schien.

Die Möbel waren von guter Qualität. Das hier ist keine typische Junggesellenbude, dachte sie und erinnerte sich daran, dass der Weg von der Haustür zum Schlafzimmer ziemlich lang gewesen war. Nicht, dass sie groß auf ihre Umgebung geachtet hatte. Dazu war sie zu sehr damit beschäftigt gewesen, Dugan zu küssen und von ihm geküsst zu werden.

Als er sie jetzt zur Eingangstür begleitete, sah sie, dass der Rest des Hauses genauso schick war wie das Schlafzimmer. Der Parkettfußboden glänzte, und von beinahe jedem Zimmer, an dem sie vorbeikamen, schaute man auf die Bucht hinaus. Sie erhaschte einen Blick auf eine Profiküche mit endlosen Arbeitsflächen und ein Wohnzimmer, das beinahe so groß war wie ihr gesamtes Haus. Ja, dieses Haus musste ein Vermögen gekostet haben.

Verwundert warf sie ihm einen Blick zu. »Machst du noch was anderes, als Tai-Chi-Kurse am Strand zu geben?«

»Ich unterrichte ein wenig. Wie man ein ausbalanciertes Leben führt und so.«

Sie bezweifelte, dass man damit viel Geld verdienen konnte. Also musste er aus einer wohlhabenden Familie stammen oder geerbt haben. Sie dachte an ihren Ex und fragte sich, ob Dugan wohl auch wie Mark eine erfolgreiche Frau geheiratet und diese bei der Scheidung dann abgezockt hatte. Dieser Gedanke dimmte ihr postorgasmisches Glühen ein wenig, also schob sie ihn schnell beiseite.

An der Haustür blieben sie stehen. Dugan lächelte sie an, was sofort wieder ein Kribbeln in ihren unteren Regionen auslöste. Er war wirklich gut.

»Willst du meine Nummer?«, fragte er.

Nach kurzer Suche entdeckte sie ihre Handtasche auf dem Boden, wo sie sie beim Eintreten hatte fallen lassen, holte ihr Handy heraus und reichte es ihm, damit er seine Daten eingeben konnte.

»Willst du meine auch?«, fragte sie.

»Du rufst mich an. Ich denke, damit fühlst du dich wohler. Außerdem bin ich immer da.« Er reichte ihr das Handy, beugte sich vor und gab ihr einen Kuss. »Danke für einen sehr schönen Morgen, Sophie Lane.«

Sie erwiderte den Kuss. Es gefiel ihr, dass sie schon wusste, wie sich seine Lippen auf ihren anfühlten und was sie in ihr auslösen würden.

»Danke«, sagte sie und sah ihm in die Augen. Mein Gott, er sah aber auch gut aus. »Oh, warte, ich kenne deinen Nachnamen gar nicht.«

Er griff an ihr vorbei zur Tür und öffnete sie. »Das ist eher was fürs zweite Date, findest du nicht?«

Sie lachte. »Ich weiß nicht. Immerhin hatten wir schon Sex.«

»Ja, aber das waren nur unsere Körper. Du bist jemand, der das Vergnügen von der Person abkoppeln kann. Zu wissen, wer ich bin, ist etwas anderes. Und für dich ist es noch zu früh.«

Wie bitte? Sie blinzelte, aber bevor sie noch eine Frage formulieren oder entscheiden konnte, ob er sie gerade beleidigt hatte, stand sie schon auf seiner Veranda und die Tür fiel hinter ihr ins Schloss.

Was zum Teufel …? Kurz überlegte sie zu klingeln und ihm zu sagen, dass er nicht so mit ihr reden und sich nicht so benehmen durfte. Doch so richtig wusste sie nicht, was genau er falsch gemacht hatte. Oder ob überhaupt.

Na gut. Wie auch immer. Sie hatte großartigen Sex gehabt und konnte jetzt mit ihrem Leben weitermachen. Dugan. Schmugan. Sie hatte eine Firma zu leiten.

7. KAPITEL

Heather loggte sich im Intranet des Community Colleges ein und klickte auf den Link, um ihre Noten einzusehen. Auch wenn sie sicher war, dass ihre Abschlussprüfungen gut gelaufen waren, war sie froh, neben jedem Kurs eine Eins zu sehen. Harte Arbeit zahlt sich aus, dachte sie beim Ausloggen. Zumindest waren ihre Noten okay. Hoffentlich würde sie über den Sommer genügend Geld sparen können, um aufs College zurückzukehren. Je nachdem wie es mit der Arbeit bei Sophie lief, könnte sie vielleicht ihren Wochenendjob aufgeben oder sogar ihre Frühschicht im Restaurant des *Blackberry Island Inn*. Wenn sie sich mit nur einem Job über Wasser halten könnte, wäre es möglich, pro Quartal drei Kurse zu belegen und damit schnell auf ein anderes College für ein vierjähriges Folgestudium zu wechseln.

Bevor das passieren konnte, musste sie sich natürlich noch für ein Hauptfach entscheiden. Im Moment schwebte ihr Grafikdesign vor, aber auch wenn es dafür viele offene Stellen gab, wurden doch immer Erfahrungen vorausgesetzt. Es gab eine große Anzahl von Praktikumsplätzen, aber die waren nicht für Studenten. Sie hatte auch überlegt, stattdessen Marketing zu studieren und Grafikdesign als Nebenfach zu nehmen, aber das würde ihre Studienzeit noch mal verlängern. Im Moment zahlte sie nicht allzu hohe Studiengebühren, aber auf einem anderen College würden die Preise in die Höhe schießen. Trotzdem wäre es das wert, sagte sie sich.

Nachdem sie sich mit einem Blick über die Schulter vergewissert hatte, dass ihre Zimmertür geschlossen war, gab sie die Internetadresse der Stadt Boise in Idaho ein. Wie immer machte es sie glücklich, einfach nur die Bilder anzuschauen. Zu Highschool-Zeiten war sie mal mit Gina und Daphne dort gewesen, und einfach alles an der Stadt hatte ihr gefallen. Seitdem konnte sie nicht aufhören, darüber nachzudenken, wie es wohl wäre, dort zu leben.

Boise war weit genug weg, um sich von ihrer Mutter zu lösen, aber noch nah genug, dass sie mit dem Auto innerhalb von acht oder neun Stunden wieder hier wäre. Das ist machbar, dachte sie und wechselte zur Webseite der Boise State University. Dort wurde Marketing sowohl als Haupt- als auch als Nebenfach angeboten. Und das Grafikdesign-Programm war einfach unglaublich. Vielleicht könnte sie einen MBA in Grafikdesign mit Nebenfach Marketing machen. Wenn sie ein Jahr in Boise lebte, würde sie sich außerdem für ein staatliches Stipendium qualifizieren.

Das hätte ich tun sollen, während ich die Chance dazu hatte. Sechstausend Dollar waren ausreichend gewesen. Sie hätte ihrer Mutter nur sagen müssen, dass sie ging, und es dann auch tun. Doch so leicht das klang, sie hatte es nicht über sich gebracht. Und jetzt, ohne jegliche Ersparnisse, fing sie wieder ganz von vorne an.

Zumindest habe ich einen guten Job, dachte sie und tippte ClandestineKitty.com ein. Als das Logo erschien, lächelte sie. Sie liebte die Schlichtheit, den zum C geschwungenen Katzenschwanz und das große K als Gegengewicht.

Sophie hat ihr Leben im Griff, dachte Heather. Sie würde nie zulassen, dass jemand anderes ihre Zukunft bestimmte. Sie hatte eine Firma von null aufgebaut, die mit jedem Tag weiterwuchs. Tja, dachte Heather. Vermutlich sollte sie Sophie beobachten und herausfinden, wie es ihr gelang, immer so selbstsicher zu sein.

Sie schloss die Webseite und rief ihr Lieblingsgrafikprogramm auf. Dann öffnete sie das CK-Logo, das sie vor ein paar Tagen eingescannt hatte. Sie hatte ein paar Ideen, wie man es auf personalisierten Produkten einsetzen konnte. Bei *CK Industries* gab es Becher und T-Shirts, die aber eher generisch waren. Was wäre, wenn ein Kunde zum Beispiel das Logo mit einem Foto der eigenen Katze kombinieren wollte?

Sie wählte ein paar Stockfotos von Katzen aus und zog sie auf das Bild eines Bechers. Dann fügte sie das CK-Logo hinzu und fing an, damit herumzuspielen. Doch schon bald wurde ihr klar, dass das Foto zu detailliert war, um auf einen Becher gedruckt zu werden. Sie rief ihr Programm zum Erstellen von Quiltmustern auf und fügte das Foto und das Logo ein. Besser, dachte sie. Es bedurfte einiger Modifikationen, damit es funktionierte, aber es war möglich. Als ihr Handy klingelte, ging sie sofort ran, ohne einen Blick auf das Display zu werfen.

»Hallo?«

»Ist das meine liebste Enkeltochter?«

»Grandma!« Heather speicherte ihre Arbeit, schloss das Programm und wandte sich vom Computer ab. »Wie geht es dir? Wie ist das Wetter? Hier ist es ganz gut. Kalt, aber ohne den typischen Frühlingsregen.«

»Hier ist es perfekt. Jeden Tag Sonnenschein, und langsam wird es warm. Ich werde auf meine alten Tage noch zu einer Eidechse, weil ich die Hitze so liebe. Wie hast du in deinen Prüfungen abgeschnitten?«

Heather grinste. »Überall Einsen.«

»Ich bin stolz auf dich. Welche Kurse belegst du im Frühjahr?«

Unbehaglich verlagerte Heather ihr Gewicht. »Äh, gar keine. Ich will ein wenig Geld sparen, deshalb arbeite ich Vollzeit für Sophie.«

»Das verstehe ich nicht. Du hattest doch schon was gespart.«

Heather wusste nicht, wie sie das erklären sollte. Natürlich würde ihre Großmutter, also Ambers Mutter, das Problem am ehesten verstehen. Aber Heather hatte trotzdem das Gefühl, ihrer Mutter gegenüber illoyal zu sein, wenn sie erzählen würde, was passiert war.

»Nein«, stöhnte ihre Großmutter. »Was hat sie dieses Mal gemacht?«

Heather seufzte. »Sie brauchte das Geld für eine Anzahlung auf ein Auto. Ihres hat bei einem Unfall einen Totalschaden erlitten.«

»Lass mich raten. Sie hatte nicht genügend eigene Ersparnisse.«

Heather dachte an die tausend Dollar, von denen ihre Mutter behauptet hatte, sie zu besitzen, die sie aber nicht hatte anrühren wollen.

»War es wirklich ein Totalschaden?«, wollte ihre Großmutter wissen.

»Ja. Ich habe selbst mit der Versicherung gesprochen. Sie haben ihr einen Scheck geschickt.«

»Also hatte sie dieses Geld und noch dazu deines. Das müsste doch für ein Auto gereicht haben, ohne einen weiteren Kredit aufzunehmen. Ist sie immer noch krankgeschrieben?«

»Weißt du, Grandma, du könntest sie anrufen und selbst fragen.«

»Ja, das könnte ich, aber ich spreche lieber mit dir. Da weiß ich, dass ich vernünftige Antworten bekomme.«

»Ich glaube, ihre Krankschreibung läuft ab. Danach wird sie bei Sophie in der Telefonzentrale arbeiten.«

»Mal sehen, wie lange es dauert, bis sie das auch vermasselt. Ist sie bei dem Unfall überhaupt verletzt worden?« Ihre Großmutter atmete hörbar aus. »Egal. Das ist keine faire Frage, und außerdem kann ich sie mir selbst beantworten. Selbst wenn sie verletzt worden ist, hat sie die Situation ausgenutzt, das wissen wir beide. Wirklich, ich verstehe diese Frau einfach nicht. Ich weiß, dass ich zum Teil dafür verantwortlich bin, aber ich habe wirklich keine Ahnung, was ich falsch gemacht habe. Wenigstens ist aus dir was Großartiges geworden.«

Heather lächelte. »Danke, Grandma. Ich finde dich auch ziemlich super.«

»Im Moment vielleicht, aber das wird sich ändern. Es tut mir leid, dir das antun zu müssen, aber ich habe, glaube ich, keine andere Wahl.«

Heather hatte keine Ahnung, was ihre Großmutter ihr gleich sagen würde, spürte aber, wie sich ein Klumpen in ihrem Magen bildete. Was auch immer es war, es würden keine guten Neuigkeiten sein.

»Ich verkaufe das Haus.«

Dieser Satz ergab keinen Sinn. Das Haus verk…

»Das Haus, in dem wir wohnen?«, fragte sie und klang vermutlich genauso verwirrt, wie sie sich fühlte. »Dieses Haus?«

»Ja. Es tut mir leid, meine Liebe, aber ich kann nicht anders.«

Nein! Heather gelang es, den Schrei zu unterdrücken. Wenn sie dieses Haus verkaufte, was würde dann passieren? Wo würden sie hinziehen? Sie hatte ihr gesamtes Leben hier verbracht, genau wie Amber. Sie waren beide hier aufgewachsen. Es war ihr Zuhause.

Mehr noch, dachte Heather und versuchte, weiterzuatmen. Es war ihr Sicherheitsnetz. Sie wohnten hier quasi mietfrei und mussten nur für die Versicherung, die Steuern und die Nebenkosten aufkommen. Kosten für den Erhalt des Hauses entstanden kaum, weil Amber nichts davon hielt, Sachen zu reparieren. Deshalb bezahlten sie hier wesentlich weniger, als es für die Insel üblich war. Genauer gesagt, Heather bezahlte weniger. Amber bezahlte ab und zu Lebensmittel sowie ihr Benzin und die Wartungskosten für ihr Auto, aber alles andere blieb an Heather hängen.

Ohne das Haus hatten sie kein Zuhause mehr.

»Warum, Grandma?«

»Ich werde nicht jünger, und ich möchte das Geld vom Hausverkauf nutzen. Immerhin gehört es mir. Was deine Mutter natürlich nicht so sehen wird, da bin ich mir sicher. Amber ist achtunddreißig Jahre alt und hat nicht ein einziges Mal die Verantwortung für ihr Handeln übernommen. Ganz zu schweigen davon, dass sie sich nie selbst um sich gekümmert hat. Sie ist immer verhätschelt worden. Ich weiß nicht, wie sie das macht, wie sie alles immer so dreht, dass es die Schuld von jemand anderem ist. Sie ist ein professionelles Opfer, und da mache ich nicht mehr mit. Sie hat es mit mir gemacht, sie hat es mit deinem Stiefvater gemacht. Er war ein guter Mann, aber in der Sekunde, in der sie geheiratet haben, hat sie ihren Job aufgegeben, sich auf ihren Hintern gesetzt und sich geweigert, irgendetwas zu tun. Kein Wunder, dass er sie verlassen hat. Und nun hängst du fest. Das Haus gehört mir, und ich möchte es verkaufen.«

Ihre Stimme wurde sanfter. »Es tut mir leid, dass ich dir das antue, Heather. Du bist ein gutes Mädchen, und ich liebe dich sehr. Ich mache mir Sorgen um dich. Du musst Rückgrat entwickeln und dich aus der Situation lösen. Du hast Ersparnisse. Geh einfach.«

»Ich hatte Ersparnisse«, flüsterte Heather, während sie sich fragte, wie sie das alles regeln sollte. Ein neues Haus zu finden würde ein Albtraum sein. Das Leben auf der Insel war günstiger als in Seattle, aber trotzdem. Die Miete würde wesentlich höher sein als das, was sie hier bezahlten.

»Ach stimmt, das Auto. Wenn du da nicht wegkommst, wird sie dir jegliche Lebensenergie aussaugen. Sie wird dich bis zu ihrem Todestag ausnutzen. Ja, sie ist meine Tochter, und vermutlich sollte ich nicht so über sie reden. Aber wir wissen beide, dass es stimmt. Also verkaufe ich das Haus. In ein paar Tagen wird sich ein Makler bei euch melden, um den Prozess mit euch abzusprechen. Ich werde ein wenig Geld reinstecken mussen, um alles hübsch herzurichten. Bis ein Käufer gefunden ist, müsst ihr nicht ausziehen, aber du sollst wissen, dass das auf euch zukommt.«

Heather kämpfte gegen die Tränen an. »Ich verstehe«, sagte sie. Es war das gute Recht ihrer Großmutter, haben zu wollen, was ihr gehörte. Und doch … Für sie war es eine Katastrophe.

»Ich versuche jetzt, deine Mutter anzurufen, damit du es ihr nicht sagen musst. So bin ich die Böse, und nicht du. Ich hoffe, du verstehst irgendwann, warum ich das tun muss. Wir sprechen uns bald wieder.«

»Ja. Bis dann, Grandma.«

Sie beendete den Anruf und legte ihr Handy auf den Schreibtisch. Die Panik packte sie so fest, dass sie nicht atmen konnte. Sie würden das Haus verlieren. Sie konnten nirgendwohin. Sie würde eine Wohnung mieten müssen, was bedeutete, einen Mietvertrag auf ihren Namen einzugehen, denn Amber würde die Verantwortung auf keinen Fall übernehmen. Damit wäre sie juristisch an die Wohnung und die Insel und ihre Mutter gebunden – und das vermutlich für immer.

Kristine bezahlte die letzte Rechnung, schloss die Webseite der Bank und öffnete Excel. Die Idee, die alte Bäckerei zu mieten, ging ihr einfach nicht aus dem Kopf. Das wäre die perfekte Lösung. Und sie war ziemlich sicher, dass sie alles organisiert bekommen würde, bevor die Hauptsaison begann.

Immer noch spielte sie mit den Zahlen. Zuerst mal musste sie all ihren Mut zusammennehmen, um den Besitzer anzurufen und einen Besichtigungstermin zu vereinbaren. Dann konnte sie anfangen, zu überschlagen, welche Umbauten erforderlich wären, und sich ein Angebot machen lassen. Mit diesen Zahlen und den Informationen über die Miete könnte sie ihren Businessplan vervollständigen und entscheiden, ob sie mit Jaxsen über diese Möglichkeit sprechen wollte.

Er wird sich nicht sonderlich darüber freuen, dachte sie traurig. Jedes Mal, wenn sie mit ihm darüber sprach, dass sie gerne einen Laden aufmachen würde, anstatt von zu Hause aus zu arbeiten, hatte er Dutzende Gegenargumente. Beim ersten Mal hatte er ihr gesagt, dass die Jungs noch zu klein wären. Beim zweiten Mal hatten sie gerade das Dach an ihrem Haus erneuern müssen, was sie finanziell zurückgeworfen hatte. Sie wusste nicht, was er jetzt sagen würde, war aber entschlossen, dieses Mal nicht nachzugeben.

Also vielleicht.

Die Unentschlossenheit nervte sie. Entweder sie glaubte daran und machte sich an die Arbeit, oder sie hörte auf, »Was wäre wenn« zu spielen. Die Kinder waren älter, die alte Bäckerei hatte Potenzial, und wenn sie es jetzt nicht tat, würde sie es niemals tun. Diese Erkenntnis war zwar nicht angenehm, aber sie war wahr.

Als sie im Flur Schritte hörte, schloss sie ihre Tabelle schnell. Jaxsen kam ins Schlafzimmer und setzte sich auf die Bettkante.

»Die Jungs gucken immer noch ihren Film«, sagte er, ohne sie wirklich anzusehen.

Kristine unterdrückte ein Seufzen und fragte sich, was ihm gerade durch den Kopf ging. Wollte er einen neueren Truck? Noch ein Quad? Skier waren es nicht, denn die Saison war vorbei. Und auf keinen Fall würde sie einen Jetski für Grant kaufen. Dazu war er noch viel zu jung.

»Die Jungs und ich haben über die Pläne für den Sommer gesprochen«, fuhr er fort. »Wir wollen wandern und zelten.«

»Das klingt gut.«

Jetzt endlich sah er ihr in die Augen. »Aber die Jungs sind zu groß für das Zelt. JJ ist größer als du, und Tommy steht ihm nicht mehr viel nach.«

Ihr wurde das Herz schwer, als sie erkannte, in welche Richtung diese Unterhaltung steuerte. »Nein, Jaxsen.«

Er ignorierte das. »Wir sollten einen Zeltanhänger kaufen.«

Sie dachte an die ganzen Sportsachen, die im Garten herumlagen, und an die Campingausrüstung, die die halbe Garage füllte. »Haben wir nicht schon genug?«

»Ich würde das meiste von dem, was wir haben, loswerden.« Vor Vorfreude sprach er immer schneller. »Komm schon, Kristine. Das wäre super. Ich habe im Internet genau den richtigen Anhänger gefunden. Er ist perfekt. Er hat alles, was man braucht, sogar eine Duschvorrichtung.«

Sie war nicht sicher, ob sie wissen wollte, wie viel das kosten würde.

»Es wäre für die Familie«, erklärte er. »Etwas, das wir gemeinsam tun können und woran die Jungs sich für den Rest ihres Lebens erinnern.«

Und da war sie wieder – die Nummer mit den Schuldgefühlen. Denn wenn Jaxsen sagte, dass etwas »für die Familie« war, handelte es sich zumeist um etwas für ihn und die Jungs. Sie sollte zustimmen, weil es vier gegen einen waren. Wenn das nicht funktionierte, holte er die »Die Jungs werden sich für immer daran erinnern«-Karte raus. Dass er das jetzt gleich zu Anfang getan hatte, war ein Alarmsignal dafür, dass weitere schlechte Nachrichten folgen würden.

»Und?«, fragte sie.

»Er kostet nur zwanzigtausend Dollar.«

»Zwanzigtausend?« Sie musste sich anstrengen, damit ihr Unterkiefer nicht auf die Erde knallte. »Machst du Witze? Woher sollen wir so viel Geld nehmen?«

»Zehntausend können wir von der Hypothek nehmen. Die haben wir noch nicht angerührt.«

Damit hatte er recht. Vor sieben Jahren hatten seine Eltern darauf bestanden, dass sie eine Hypothek auf ihr Haus aufnahmen. Die Preise in der Gegend stiegen langsam an, und die beiden hatten ihnen versichert, dass es immer gut war, einen Puffer für Notfälle zu haben. Sie waren dem Rat gefolgt und hatten bisher zweimal auf das Geld zurückgreifen müssen. Kristine hatte immer sichergestellt, dass sie es so schnell wie möglich zurückbezahlten. Sie wollte nicht, dass diese Zahlungen Teil ihres regulären Budgets wurden. Und nun wollte Jaxsen das Geld nutzen, um einen Zeltanhänger zu kaufen.

»Und den Rest willst du finanzieren?«, fragte sie. Wie hoch wären da wohl die monatlichen Raten? Und dazu die Rückzahlung der Hypothek. Das wäre ein ganz schön heftiger Einschlag in ihrem monatlichen Budget. Mit ihrem Cashflow allein würden sie das nicht auffangen können.

»Da ist noch das Geld von deiner Großmutter.«

Anfangs verstand sie nicht, was er damit sagen wollte, doch sobald es ihr dämmerte, erhob sie sich und funkelte ihn wütend an.

»Nein«, sagte sie energisch.

»Du bist so verdammt unvernünftig.«

»Ach ja? Das Geld hat mir meine Großmutter hinterlassen. Es gehört mir, und du wirst es nicht für einen Zeltanhänger ausgeben.«

»Warum nicht? Warum behältst du es? Warum bist du so egoistisch? Wir sind verheiratet. Das Geld sollte für die Familie sein.«

Das war nicht ihr erster Streit über dieses Erbe und vermutlich auch nicht der letzte. Von dem Augenblick an, in dem Jaxsen herausgefunden hatte, dass ihre Großmutter mütterlicherseits ihr zehntausend Dollar vermacht hatte, hatte es ihn in den Fingern gejuckt, es auszugeben. Egal, wie oft sie ihm erklärte, dass es für sie etwas Besonderes war und sie es für etwas Bedeutungsvolles ausgeben wollte, für etwas, das ihr Leben wirklich veränderte, er beharrte immer darauf, dass es nicht *ihr* gehörte, sondern *ihnen*.

»Warum stört es dich so sehr, dass ich dieses Geld habe?«, fragte sie. »Warum darf ich nicht etwas Eigenes haben? Warum willst du mir das wegnehmen?«

»Ich nehme es dir nicht weg. Wir sind eine Familie. Wir arbeiten zusammen. Aber du musst was ganz allein für dich haben. Das ist nicht richtig.«

Während er sprach, stand er auf. Er sah genauso sauer aus, wie sie war. Sie dachte daran, ihn darauf hinzuweisen, dass das Geld juristisch gesehen allein ihr gehörte. Solange es sich auf einem separaten Konto befand, gehörte es nicht zum gemeinsamen

Besitz. Jaxsen war nicht glücklich gewesen, als er das herausgefunden hatte.

»Jaxsen, ich werde dieses Geld nicht für einen Zeltanhänger ausgeben. Wenn du über eine Finanzierung reden willst, werden wir diese Unterhaltung wohl führen müssen. Doch ich bin nicht der Meinung, dass wir uns das leisten können, das sage ich dir gleich.«

»Aber das könnten wir, wenn du nur ein wenig Geld zuschießen würdest. Warum ist das unvernünftig? Ich arbeite hart und komme hier für alles auf. Ich enthalte dir nicht einen Teil meines Gehalts vor, Kristine. Ich gebe jeden Penny an die Familie. Ich bitte ja nur darum, dass du das Gleiche tust.«

»Das tue ich. Alle Gewinne aus meinen Verkäufen fließen in unseren Haushalt. Und genauso ist es mit dem Geld, das ich im Sommer verdiene. Jeder Cent geht auf unser Konto, und das weißt du. Also tu nicht so, als wäre es anders.«

»Du gibst einen Großteil dessen, was du mit deinen Keksen verdienst, für Zutaten aus. Und du hast dir letztes Jahr eine neue Rührmaschine gekauft.«

Die unterschwellige Anklage machte sie wütend. »Die alte war kaputt. Wie soll ich ohne einen Mixer Kekse machen? Das ist ein Geschäft. Natürlich fallen da Ausgaben an.«

Sie schüttelte den Kopf. »Weißt du, was ich nicht verstehe? Du hast nicht gewollt, dass ich eine Arbeit annehme. Du hast gesagt, ich müsse für die Jungs hier sein. Also habe ich mir etwas überlegt, was ich von zu Hause aus tun kann. Etwas, das unseren Ablauf nicht stört. Und nun kämpfst du dagegen an. Gleichzeitig beschwerst du dich darüber, dass ich kein Geld nach Hause bringe. Ich kann einfach nicht gewinnen.«

Nur zu gern hätte sie noch mehr gesagt, wusste aber, dass das keinen Sinn hatte. Sie hatte keine Ahnung, ob er es wirklich nicht verstand oder ob er nicht verstehen wollte.

Sie wartete, ob er noch etwas sagen würde, doch er drehte sich nur schweigend um. Also ging sie los, um nach den Jungs zu gucken. Als alle im Bett waren, zog sie sich in den Keller zurück. Das Sofa hier war bequem genug. Nicht, dass sie viel Schlaf kriegen würde, dazu war sie zu aufgewühlt.

Jaxsen war ein toller Mann und ein guter Vater. Er liebte seine Familie, kümmerte sich um die Kinder. Er betrog sie nicht, und wenn er mit seinen Freunden abhing, war es immer bei irgendeinem von ihnen zu Hause, wo sie im schlimmsten Fall eine dritte Runde Bier tranken und dabei die Spieler im Fernseher anbrüllten.

Aber es gab Seiten an ihm, die sie nicht verstand. Er konnte so unvernünftig sein, vor allem, wenn es um ihre Arbeit und ihr Erbe ging. Egal, wie sehr sie sich darum bemühte, dass er auch ihre Seite sah, er weigerte sich, es zu verstehen. Und er überließ es immer ihr, einen Kompromiss zu finden. Doch sie war nicht sicher, ob sie zu diesem Thema noch irgendetwas anzubieten hatte.

Als sie sich eine Decke und ein Kissen aus dem Schrank im Keller holte, dachte sie an die alte Bäckerei und fragte sich, wie viele seiner Adern wohl platzen würden, wenn sie mit ihm darüber reden wollte. Das würde unschön werden. Und was genau bedeutete das? Dass sie es nicht versuchen sollte? Dass sie sich mit dem beschränkten Leben zufriedengeben musste, das er ihr zugestand? Das wollte sie aber nicht, und ihr Bauchgefühl sagte ihr, dass Jaxsen das für sie auch nicht wollte. Und doch benahm er sich so, und sie wusste wirklich nicht, wie sie ihn dazu bringen konnte, sich zu ändern – oder wie sie sich dazu bringen sollte, es zu akzeptieren. Erwartete er wirklich von ihr, so zu tun, als wollte sie nicht mehr als das, was sie hatte? Sie liebte ihre Familie mehr als alles auf der Welt, aber das reichte ihr nicht mehr.

8. KAPITEL

»Sophie Lane?«

»Ja.« Sophie schaltete ihr Handy auf Lautsprecher, damit sie reden und gleichzeitig damit fortfahren konnte, die Büromaterialien in ihren Schreibtisch einzusortieren. Die Möbel waren zwar schon vor ein paar Tagen geliefert worden, aber sie hatte noch keine Zeit gefunden, sich in ihrem Büro einzurichten.

Den größten Raum hatte sie zum Konferenzraum gemacht. Da fehlten zwar noch Tisch und Stühle, aber die würden kommen. Im Moment fanden ihre Meetings im Stehen statt. Nach und nach würde alles besser organisiert sein, aber bis dahin mussten sie so klarkommen.

»Hier ist Jessica aus dem Tierheim. Ich rufe Sie wegen Ihres Antrags an, die Kurzzeitpflege für eine trächtige Katze zu übernehmen.«

»Oh, ja. Hi.« Sophie hörte auf, Stifte und Büroklammern einzusortieren, und starrte ihr Handy an. »Meine Cousine hat mir von Ihrem Verein erzählt.« Vor ein paar Abenden war Sophie aus einer Laune heraus auf die Webseite gegangen und hatte das Onlineformular ausgefüllt. »Ich habe meine Katze vor Kurzem verloren. Sie war beinahe achtzehn Jahre bei mir.« Ihre Kehle schnürte sich zu. »CK war ein großartiges Mädchen, und ich vermisse sie sehr. Ich bin noch nicht bereit, eine neue Katze zu mir zu nehmen, aber ich möchte gerne etwas tun, wissen Sie? Ich brauche eine Katze in meinem Leben.«

»Das klingt, als wäre eine Kurzzeitpflege die perfekte Lösung«, sagte Jessica.

»Ich hatte noch nie zuvor eine trächtige Katze. Deshalb hätte ich gerne eine erfahrene Mutter, die weiß, was sie tut.«

»Von denen haben wir genug. Sie wissen aber, dass Sie die Kätzchen nach der Geburt so lange behalten müssen, bis sie alt genug sind, um vermittelt zu werden?«

»Ja, das kriege ich hin. Ich weiß auch, dass sie sozialisiert werden müssen.«

»Gut. Wir würden uns wirklich freuen, wenn Sie uns unterstützen. Es ist gerade Wurfsaison, und wir haben im Tierheim einfach nicht genügend Platz für all die trächtigen Katzen, die zu uns gebracht werden. Wohnen Sie in einem Haus oder in einer Wohnung?«

»Ich wohne zur Miete in einem Haus. Mit dem Vermieter habe ich das schon geklärt. Es gibt auch ein freies Zimmer.« Sie zögerte. »Ich würde das wirklich gerne machen.«

»Ausgezeichnet. Wir melden uns in ein paar Tagen, um Sie wissen zu lassen, wann Sie mit der zukünftigen Mama rechnen können.«

»Ich freue mich darauf.«

Nachdem sie aufgelegt hatte, dachte Sophie kurz an den Geburtsprozess bei Katzen, beschloss dann aber schnell, dass es besser wäre, erst in Panik zu geraten, wenn es so weit war. Im Moment hatte sie zu wenig freie Zeit, um sich über etwas Sorgen zu machen, das nicht unmittelbar bevorstand.

Sie räumte die restlichen Sachen ein, überprüfte, dass die Telefonleitung funktionierte, und überlegte, ob sie die Daten von ihrem Laptop auf ihren neuen Computer übertragen sollte. Dann beschloss sie aber, dass das noch Zeit hatte.

Also stand sie auf und verließ ihr Büro, wobei sie unerwarteterweise mit Dugan zusammenstieß. Er stand im Flur und sah in seiner Jeans und dem dunkelblauen Pullover unglaublich sexy aus. Die feinen Maschen des Pullovers verrieten ihr, dass er nicht billig gewesen war, und sie hätte wetten können, dass er sich ganz weich anfühlte. Gerade wollte sie die Hand ausstrecken, um es zu überprüfen, als ihr die offensichtliche Frage einfiel.

»Was machst du hier?«

Dugan schenkte ihr ein träges Grinsen. »Dir auch ein fröhliches Hallo.«

»Hallo. Was machst du hier?«

»Ich wollte nur mal gucken, was hier so abgeht. Auf der Insel wird kaum über etwas anderes gesprochen als darüber, was du machst.«

Sie war nicht sicher, was das zu bedeuten hatte. War er neugierig oder bedürftig? Ersteres wäre akzeptabel, Letzteres verursachte ihr eine Gänsehaut. Und das lag nicht an seinem sexy Seifenduft und seinem traumhaften Aussehen – wobei Letzteres einen eigenen Kalender verdient hätte.

»Kein Tai-Chi heute früh?«, fragte sie.

»Nur im Privaten.«

Das war eine ganz normale Antwort, aber warum klang sie dann so suggestiv?

»Möchtest du eine Führung?«, bot sie an.

»Sehr gern.«

»Okay, aber es gibt nicht viel zu sehen.« Sie drehte sich einmal im Kreis und fing an, auf Dinge zu zeigen. »Das sind die Büros. Meins, das für die Office-Managerin, außerdem für Marketing, Verkauf und Buchhaltung.«

»Die sind ja alle noch leer. Läuft eine Firma mit Angestellten nicht besser?«

»Die Buchhalter fangen Montag an. Für die anderen Stellen habe ich noch niemanden eingestellt. Die Leute von der Personalvermittlung waren nicht die richtigen. Außerdem ist die Arbeit in den Büros nicht halb so wichtig wie die im Lager.«

»Aber wenn du kein Verkaufsteam hast, hast du auch keine Bestellungen, die im Lager zusammengestellt werden können.«

Sie tätschelte seinen Arm. »Beinahe alle Bestellungen kommen über unsere Webseite.«

»Das verstehe ich, aber wo sind deine Leute fürs digitale Marketing? Du musst doch gezielte Onlinewerbung betreiben.

Da kannst du nicht ständig die vier gleichen Anzeigenmotive nehmen.«

Sie schaute ihn an und fragte sich, ob hinter diesen wundervollen blauen Augen womöglich ein kluges Gehirn steckte. »Woher weißt du das?«

»Ich höre so dies und das.«

»Okay, ich habe einen Großteil der Werbung ausgelagert. Das ist billiger und effizienter.«

»Aber deine Firma ist groß genug, um das inhouse zu machen. Dann hättest du auch die totale Kontrolle. Im Moment fährst du mehr eine ›Alle kriegen das Gleiche‹-Strategie.«

»Die Firma, die für mich arbeitet, ist wirklich gut.« Der Drang, ihm zu sagen, dass er sich seinen hübschen Kopf darüber nicht zerbrechen sollte, war beinahe übermächtig. »Was die Leitung des Verkaufs angeht, da habe ich jemanden im Auge. Ich hoffe, dass ich sie in den nächsten Wochen für ein Gespräch herlocken kann. Aber jetzt lass uns das Herz des Ganzen anschauen.«

Sie betraten das Lager. Am Morgen war eine Lieferung gekommen, sodass jetzt überall mit Kartons beladene Paletten herumstanden. Einer von Bears Jungs war dabei, sie mit dem Gabelstapler zu verteilen. Dugan ließ seinen Blick über die langen Regalreihen und die große Versandstation gleiten.

Dann zeigte er auf ein riesiges Post-it an der Wand von Bears Büro. »Was ist das?«

»Ich hinterlasse ihm ab und zu Nachrichten.«

Sein Blick schoss zwischen ihr und dem Post-it hin und her. »Lass mich raten – du arbeitest länger als alle anderen und hinterlässt dann diese Zettel, damit sie sie am nächsten Morgen finden.«

Sie war nicht sicher, warum, aber irgendwie verspürte sie den Drang, sich zu verteidigen. »Ich sehe, was verändert werden muss, oder schlage Lösungen für ein Problem vor. Ich benutze immer dieselbe Farbe für die Notizen, damit meine Leute wissen, dass sie von mir sind.«

»Und du glaubst nicht, dass die Größe das schon verrät?«

»Ich habe gerne ausreichend Platz, um zu sagen, was ich sagen will.«

»Das sehe ich.«

Er ging zu den Regalen, die mit Produkten gefüllt waren. Es gab Katzenstreu, alle möglichen Futtersorten – Dosenfutter, Trockenfutter, Gefriergetrocknetes. Dazu Leckerchen, alle möglichen Spielzeuge, Kissen, Körbchen, Kratzbäume, Halsbänder, Leinen und Kleidung.

»Bist du auch im stationären Handel vertreten?«, fragte er.

»Ja, in einigen großen Ketten.«

»Du kaufst also existierende Produkte und vertreibst sie unter deinem Logo weiter.« Er zeigte auf das Dosenfutter. »Das ist das Rezept von einem anderen Hersteller.«

»Ja. Wir haben ein paar Dinge, die wir selbst entwickelt haben, aber das ist unglaublich teuer. Heutzutage gibt es so viel hochwertiges Futter auf dem Markt, dass ich keinen Sinn darin sehe, ein eigenes herzustellen.«

»Da stimme ich dir zu. Einige Produkte haben keine ausreichenden Unterscheidungsmerkmale, um die Kosten für Forschung und Entwicklung zu rechtfertigen. Aber warum bietest du keine eigenen Spielzeuge oder Katzenkörbchen an?«

Er klang überhaupt nicht wie ein Tai-Chi-Lehrer. »Hast du einen betriebswirtschaftlichen Hintergrund oder so?«

»Ein wenig«, erwiderte er schulterzuckend. »Aber hauptsächlich schnappe ich hier und da Sachen auf.«

Reiche Familie, dachte sie. Auch wenn Dugan sich offenbar entschieden hatte, keiner traditionellen Arbeit nachzugehen, hatte er in seinem Leben Dinge gehört. Vielleicht beim Abendessen mit der Familie. Oder er hatte BWL studiert.

»Ich habe es mit eigenen Sachen versucht«, erklärte sie. »Wir haben sieben eigene Stoffe für Katzenkissen. Einige mit dem CK-Logo und andere, die hübscher sind als das, was man zu dem Preis sonst auf dem Markt findet. Ich würde gerne weitere einzigartige Produkte anbieten, aber es ist ziemlich nervig, mit Kreativen zusammenzuarbeiten.«

»Wenn du in die hochwertigen Boutiquen willst, brauchst du ein paar außergewöhnliche Sachen, denn an dem, was du derzeit hast, sind die nicht interessiert.«

Das wusste sie bereits, und sie arbeitete an einer Lösung, aber woher wusste *er* das? »Hast du Recherchen bezüglich meiner Firma betrieben?«

»Ein wenig.« Er grinste. »Ich bin echt gut im Recherchieren.«

Also checkte er sie aus. Warum? Um herauszufinden, wie viel sie wert war? Was war, falls er doch kein Geld geerbt hatte? Was, wenn er es nichts ahnenden Frauen klaute, mit denen er schlief?

Er musterte sie. »Was auch immer du gerade denkst – hör auf damit.«

»Woher weißt du, dass ich überhaupt etwas denke?«

»Erst warst du defensiv und dann auf einmal panisch. Das musst du nicht sein. Ich bin nicht darauf aus, dir wehzutun, Sophie.«

»Dafür kennst du mich auch noch gar nicht gut genug. Außerdem bin ich durchaus in der Lage, auf mich aufzupassen.«

»Daran habe ich keinen Zweifel.« Er sah sich um. »Du brauchst einen Marketingdirektor. Ich kenne da vielleicht jemanden.«

Am liebsten hätte sie die Augen verdreht. »Ach ja? Ein Schüler von dir?«

»Ein Freund. Elliot Young. Er war mal Senior Vice President bei *Procter & Gamble*, also gehe ich davon aus, dass er sich auskennt.«

P&G? Der Vizepräsident? Mit einem Mal wirkte ihr Tag viel heller. »Wohnt er hier in der Gegend?«

Dugan nickte. »Er ist vor ungefähr einem Jahr hierhergezogen, als seine Mutter krank wurde. Nachdem sie gestorben war, hat er beschlossen, nicht in sein altes Leben zurückzukehren.

Er hat sich in Seattle umgeschaut, aber nicht den richtigen Job gefunden. Ich glaube, er wäre interessiert.« Er senkte die Stimme. »Soll ich ihm deine Nummer geben?«

»Und meine Visitenkarte. Ich würde mich sehr gern mit ihm unterhalten.« Sie dachte daran, wie sie und Dugan sich kennengelernt hatten. »Er wird doch aber kein Tai-Chi im Büro machen, oder?«

»Vermutlich nicht, aber du solltest ihn vorsichtshalber danach fragen.« Während er sprach, zuckte es um seine Lippen, als würde sie ihn amüsieren.

»Das ist eine ernsthafte Frage.«

»Wenn du meinst.«

Jetzt verdrehte sie doch die Augen. »Bitte, halte mir keine Vorträge über Zen oder so. Das ist einfach nicht mein Ding.«

»Was ist denn dein Ding?«

»Das hier. *CK Industries*. Arbeiten.«

»Was ist mit spielen?«

Sie sah ihn an. »Frage oder Einladung?«

»Was wäre dir lieber?«

»Ich arbeite gerade.«

»Dann war es eine Frage.«

Sie dachte über die Antwort nach. »Ich weiß, Work-Life-Balance ist wichtig, aber das ist meine Firma auch. Ich gebe gerne zu, dass ich ambitioniert bin. *CK Industries* hat seine Verkäufe in den ersten fünf Jahren jedes Jahr verdoppelt, und seitdem haben wir selbst in unserem schlechtesten Jahr um zehn Prozent zugelegt. Es gibt noch so viele Märkte zu erobern, und ich freue mich auf die Dinge, die in Zukunft passieren werden. Das finde ich spannender als alles andere.«

Es kam ihr vor, als versuchte er, auf den Grund ihrer Seele zu schauen. »Was ist, wenn du nach Hause kommst? Willst du nicht noch mehr?«

»Du meinst, einen Mann? Ich weiß nicht. Ich war mal verheiratet. Das ist nicht gut ausgegangen, und sobald wir geschieden waren, habe ich ihn nicht ein einziges Mal vermisst. So was will ich nicht noch mal durchmachen.«

»Man muss nicht heiraten, um Teil von etwas zu sein.«

»Du wärst überrascht, wie viele Männer das nicht glauben.«

»Was ist mit Kindern?«, wollte er wissen.

»Die mag ich sehr. Aus der Ferne. Ich habe nie eigene haben wollen.« Sie winkte ab. »Das hier ist mein Baby. Das hier ist mein Vermächtnis, und – bitte – sag nicht, dass ich nicht weiß, was mir entgeht.«

»Sophie, du hast aus dem Nichts ein sehr erfolgreiches Unternehmen aufgebaut. Du bist alt genug, um zu wissen, was wichtig ist. Wenn du keine Kinder haben willst, ist das allein deine Entscheidung.«

»Deine Akzeptanz macht mich misstrauisch. Die meisten Männer wollen mich überzeugen, dass ich mich unerfüllt fühle, wenn ich keine Kinder habe.«

»Darauf bin ich nicht aus. Ich frage mich nur, ob du glücklich bist.«

»Wer ist denn schon glücklich? Und was ist das überhaupt? Das ist wieder so ein Zen-Ding, oder? Darüber hatten wir doch schon geredet.«

»Das stimmt. Tut mir leid. Okay, wie wäre es damit: Komm um sieben zu mir. Wir essen zusammen zu Abend, und danach erschüttere ich deine Welt auf eine Weise, die wirklich wichtig ist.«

Der Vorschlag gefiel ihr. »Du redest über Sex, oder? Denn ich bin nicht sonderlich daran interessiert, mir deine Sammlung an mundgeblasenen Schnapsgläsern anzugucken.«

»Ich habe keine mundgeblasenen Schnapsgläser, und ja, es geht um Sex.«

»Das ist eine ziemlich unverblümte Einladung.«

»Ich dachte, du weißt es zu schätzen, wenn ich direkt auf den Punkt komme. Weil es Zeit spart und so.«

»Stimmt. Verrätst du mir jetzt deinen Nachnamen?«

»Nach dem Sex«, versprach er lächelnd. »Dann hast du was, worauf du dich freuen kannst.«

»Nimm's nicht persönlich, aber ich freue mich mehr auf den Orgasmus.«

»Auch gut.«

An ihrem fünften Tag bei *CK Industries* war Heather in die Warenkontrolle versetzt worden, wo sie gelernt hatte, wie man überprüfte, ob die Lieferung auch der tatsächlichen Bestellung entsprach. Sie genoss die Gelegenheit, etwas Neues zu lernen, und fand alle Produkte von CK interessant. Jetzt schaute sie sich ihre selbst erstellten Kombinationen mit dem CK-Logo und den Katzenfotos an und fragte sich, ob das eine Expansionsmöglichkeit für Sophie wäre.

Sie wählte ein Bild aus und importierte es in ihr Quiltmuster-Programm, wo sie es stark vergrößerte.

Der Transfer macht definitiv Probleme, dachte sie. Das Programm legte ein Gitterraster über das Bild und wies jedem der Quadranten einen Farbwert zu. Die Größe des Rasters, und damit die Größe der Quilt-Quadrate, konnte variiert werden. Je kleiner das Raster, desto detaillierter das Muster und desto komplizierter der Quilt.

Ein schlichtes Design in einen Quilt umzuwandeln war relativ leicht, doch bei komplexen Originalmustern stieß man schnell an seine Grenzen, weil man zu viele Quadrate benötigte. Heather sah, dass sie noch einige Arbeit an den Schattierungen würde leisten müssen, damit die Katze erkennbar wurde. Außerdem musste der Quilt später genäht werden. Kundenspezifische Quilts anzubieten war zwar möglich, aber sie wusste, dass die Kosten hoch und für die meisten Leute nicht zu bezahlen waren. Doch ein Set zum Selbstnähen anzubieten wäre durchaus machbar. Dann musste man nur die richtige Anzahl an Stoffquadraten in den verschiedenen Farben haben, um sie zusammenzustellen. Das wäre immer noch teuer, aber nicht horrend.

Das glaubte sie zumindest. Heather hatte keine Erfahrungen damit, Quilt-Sets zusammenzustellen. Sie hatte das Programm bisher nur genutzt, um ein paar Muster zu entwerfen, weil sie gerne quiltete. Früher, als sie noch jünger gewesen war, hatte sie das immer mit ihrer Mutter zusammen gemacht. Sie hatten Stoffreste benutzt und daraus etwas Schönes hergestellt. Sie konnte sich nicht erinnern, wann sie damit aufgehört hatten. Heutzutage hatte Heather neben der Arbeit kaum Zeit, um etwas Schönes zu machen. Aber eines Tages, dachte sie sehnsüchtig. Eines Tages hätte sie einen Quilting-Raum mit Kisten voller wunderschöner Stoffreste. Und einen Hund. Sie lachte leise und machte sich eine mentale Notiz, das mit dem Hund Sophie gegenüber nicht zu erwähnen. Das würde die Besitzerin von *Clandestine Kitty* sicher nicht gutheißen.

9. KAPITEL

Kristine warf dem davonfahrenden Wagen Kusshände nach. »Bye! Ich werde euch vermissen!«

Alle drei Jungen hatten die Arme aus dem Fenster gestreckt und winkten ihr zu. Von Jaxsen sah sie nichts. Sie sprachen nicht viel miteinander. Was angesichts ihres letzten Streits keine große Überraschung war. Vor zwei Tagen hatte er sie gefragt, ob sie damit fertig sei, egoistisch zu sein. Sie hatte erwidert, dass er ein Idiot wäre. Und das war's gewesen.

Wenn sie wieder zu Hause sind, wird alles besser, sagte sie sich. Eine Woche war eine lange Zeit. Sie würden einander vermissen, und das würde die Situation positiv verändern. Wobei keiner von uns bereit zu sein scheint, in diesem Fall nachzugeben, dachte sie, als sie zu ihrem Wagen eilte und dann ans Wasser fuhr. Sie würde nicht zulassen, dass Jaxsen ihr Erbe für einen Zeltanhänger verschleuderte, und er schien nicht verstehen zu wollen, warum sie das Geld für sich behielt. Aber um das Problem würde sie sich ein anderes Mal kümmern.

Am entfernten Ende des Parkplatzes fand sie eine Lücke und parkte ein. Der *Water's Edge Park* hatte einen Ausblick über die Blackberry Bay. Im Jachthafen ankerten Dutzende Boote, und noch mehr waren gerade auf dem Wasser.

Es war ein wunderschöner Samstagmorgen, und sobald die Weinverkostungen begannen, gab es immer einen regelrechten Ansturm von Kunden. Normalerweise würde sie selbst hinter ihrem Stand stehen, aber da sie die Jungs hatte verabschieden wollen, hatte sie Amber gebeten, ihr zu helfen. Heather wäre ihr zwar lieber gewesen, aber die arbeitete im Weingut und hatte keine Zeit gehabt.

»Na endlich«, begrüßte Amber sie, als sie Kristine sah. »Hier war echt viel los. Das hast du mir vorher nicht gesagt. Außerdem funktioniert das Kartenlesegerät nicht richtig.«

Kristine warf einen Blick auf das kleine Gerät, das an ein Handy angeschlossen war, und sah, dass das Display aus war. Als sie auf den Knopf zum Einschalten drückte, passierte nichts. Also drückte sie einen Knopf am Handy und das Telefon erwachte zum Leben. »Amber, das Handy muss angeschaltet sein.«

»Das hast du mir nicht gesagt.«

Kristine presste die Lippen zusammen und befahl sich, nicht darauf einzugehen. Es war die Energie nicht wert. Trotzdem konnte sie sich nicht verkneifen zu sagen: »Die meisten Geräte müssen eingeschaltet werden, damit sie funktionieren.«

Amber seufzte. »Bin ich jetzt hier fertig?«

»Das bist du. Vielen Dank für deine Hilfe.«

Amber streckte eine Hand aus. »Ich war zwei Stunden hier. Aber ich musste von meinem Haus aus hierherfahren, also solltest du mich für drei Stunden bezahlen.«

Kristine wusste, dass Amber vermutlich Kekse im Wert von einem Stundenlohn gegessen hatte, aber auch das war kein Thema, bei dem sie gewinnen konnte. Also reichte sie ihr fünfundvierzig Dollar.

Amber steckte das Geld in ihre Hosentasche. »Willst du mir gar keine Kekse mitgeben?«

»Hast du nicht schon welche gegessen?«

»Na gut. Behalte deine blöden Kekse. Mein Gott, du kannst ja nicht mal einen abgeben. Die bestehen nicht aus Gold, weißt du?«

Diese Litanei war Kristine vertraut. Sie wartete sie ab, denn sie wusste, irgendwann würde Amber sich beruhigen. Doch bevor es so weit war, hielt ein Wagen an und ein Paar stieg aus. Die beiden kamen auf den Keksstand zu.

»Da sind Sie ja!«, rief die Frau lachend. »Wir haben schon den ganzen Morgen nach Ihnen Ausschau gehalten. Jemand meinte, Sie wären beim Inn, aber das waren Sie nicht, und Ralph und ich wollten die Insel nicht ohne ihre Kekse verlassen.«

»Ja, hier bin ich«, erwiderte Kristine fröhlich.

Der Mann zog sein Portemonnaie aus der Hosentasche. »Ich wünschte, Sie würden die Kekse auch verschicken. Das würde mein Leben leichter machen.«

»Ich arbeite daran«, versprach Kristine und hoffte, dass das nicht nur ein Wunschtraum war.

»Ich gehe«, verkündete Amber.

»Danke noch mal.« Kristine ignorierte den scharfen Blick ihrer Cousine und wandte sich wieder ihren Kunden zu. »Wonach steht Ihnen heute der Sinn?«

Sie verkaufte ihnen drei Dutzend Kekse und brauchte danach nur eine Stunde, um den Rest ihrer Vorräte an den Mann zu bringen. Um elf Uhr war ihr Anhänger leer. Sie hängte ihn an ihren SUV und fuhr zum Haus zurück. Dort beschäftigte sie sich eine gute Stunde damit, ihre Tiefkühltruhe im Keller umzuräumen, um den freien Platz zu maximieren. Das war dringend nötig, auch wenn sie zusätzlich Ruths Kühltruhe benutzen durfte. Kristine hatte vor, am nächsten Morgen gleich als Erstes in den Supermarkt zu fahren, um ihre Vorräte aufzufüllen. Dann würde das große Frühlingsbacken beginnen. Aber zuerst …

Um genau zwölf Uhr dreißig parkte sie vor der ehemaligen *Blackberry Island Bakery*. Das große Schaufenster war dreckig, aber das war leicht zu lösen. Ihr gefiel, dass der Laden in einer geschäftigen Gegend lag. Es gab ausreichend Parkplätze und viel Laufkundschaft. Auf der gegenüberliegenden Straßenseite fanden sich zwei Verkostungsräume von Weingütern aus der Umgebung und um die Ecke ein paar Frühstückslokale. Was die Lage anging, war der Laden einfach perfekt.

Ein Wagen parkte hinter ihr, und eine gut gekleidete Frau stieg aus. Stacey Creasey kümmerte sich um die meisten gewerblichen Vermietungen auf der Insel.

»Ich war überrascht, von dir zu hören«, sagte sie zur Begrüßung. »Sprengen deine Verkäufe langsam die Kapazitäten?«

Kristine nickte. »Ich verkaufe an die Winzer für ihre Verkostungsräume, und dazu kommt noch der mobile Verkaufsstand. Das wird alles ein wenig viel für meine Küche.«

Stacey nickte. »Das kann ich mir vorstellen. Komm, gehen wir hinein und schauen uns alles an.«

Sie schloss die Eingangstür auf und trat dann einen Schritt zurück, um Kristine den Vortritt zu lassen. Kristines Magen zog sich zusammen, allerdings konnte sie nicht sagen, ob vor Aufregung oder Panik. Ich schaue mich doch nur mal ganz unverbindlich um, sagte sie sich. Dann trat sie über die Schwelle.

Das große Schaufenster ließ viel Licht herein. Es gab einen großen offenen Bereich, in dem Tische und Stühle standen. Quer durch den Raum zog sich ein Verkaufstresen, und dahinter lag die Backstube.

Als Kristine alles musterte, fiel ihr auf, dass sie gar nicht wusste, worauf sie eigentlich achten sollte. Vermutlich auf die Quadratmeter. Reichten die für ihre Zwecke? Und welche Renovierungsarbeiten waren nötig? Sie wollte einen Glastresen mit Auslage und vielleicht ein paar Bistrotische mit Hockern, aber als sie ihr Businessmodell erstellt hatte, hatte sie sich immer vorgestellt, dass die Kunden kamen, etwas kauften und wieder gingen. Diesen ganzen Platz hier vorne benötigte sie nicht. Einen Tresen hingegen schon, und vielleicht würde der vorhandene gehen, wenn man ihn weiter vorne im Raum aufstellte.

Sie ging in die Backstube. Die großen Industrieöfen standen noch an ihrem Platz. Dazu gab es meterlange Arbeitsflächen und viel Stauraum. Sie hätte ausreichend Raum zum Backen und um eine Versandstation aufzubauen. Der vorherige Besitzer hatte die Originalbackstube nicht groß verändert. Es gab eine Lücke, wo mal ein Herd gestanden hatte, und einen riesigen Kühlschrank.

»Funktionieren die Geräte noch?«, fragte sie Stacey.

»Davon gehe ich aus. Wenn du Interesse hast, spreche ich gerne mit dem Vermieter, um sicherzugehen.«

Kristine nickte, holte ihr Handy heraus und fing an, Fotos zu machen. Sie hatte auch einen Zollstock, Stift und Zettel mitgebracht, um sich die Maße zu notieren. Wenn die Öfen funktionierten, müsste sie keine neuen kaufen, was eine große Ersparnis wäre. Die bestehenden Arbeitsplatten, Regale und den Kühlschrank könnte sie benutzen. Sie bräuchte lediglich einen Herd, und da wusste sie von mehreren gebrauchten, die im Großraum Seattle angeboten wurden.

Weiter hinten sah sie ein kleines Büro und zwei Toiletten, die sie ebenfalls fotografierte. Dann kehrte sie in den vorderen Bereich zurück. Hier würden die größten Umbauten stattfinden müssen: den Fußboden austauschen, alles streichen, den Tresen nach vorne versetzen und die Auslage aufbauen. Auch davon hatte sie ein paar gebrauchte gesehen, von denen sie noch mal überprüfen müsste, ob sie hier hineinpassten. Gute Qualität aus zweiter Hand wäre ihr am liebsten, denn sie würde mit einem sehr kleinen Budget arbeiten müssen.

»Was hält Jaxsen von all dem?«, fragte Stacey. »Freut er sich darüber?«

Das ist die negative Seite des Insellebens, dachte Kristine. Alle wussten alles über alle. »Wir sind noch dabei, die Zahlen durchzugehen«, erwiderte sie, was beinahe der Wahrheit entsprach. Sie rechnete, und er hatte keine Ahnung von ihren Plänen. Ein paarmal hatte sie zwar erwähnt, dass die Bäckerei zur Vermietung stand, aber sie hatte nicht den Eindruck gehabt, dass er sie ernst genommen hatte.

»Wie hoch ist die Miete?«, traute sie sich endlich zu fragen, wobei sie mental die Daumen drückte, dass sie nicht zu hoch war.

»Es gibt eine Dreijahres- und eine Fünfjahresmiete«, erklärte Stacey und zog ein Blatt aus ihrer Tasche, das sie Kristine reichte. »Für deine Ausrüstungen wärst du natürlich selbst verantwortlich. Außerdem muss eine ausreichende Versicherung nachgewiesen werden. Das hier ist eine Liste von allem, was in der Miete eingeschlossen ist.«

Kristine überlegte, was sie noch fragen sollte. »Was ist mit Parkplätzen?«

»Du hast drei hinter dem Haus.«

Das notierte sie sich, dann sagte sie so locker, wie sie nur konnte: »Das hier wäre mein Laden. Ich würde im Mietvertrag stehen.«

Stacey nickte. »Davon bin ich ausgegangen. Jaxsen hat mit seiner Arbeit sicher genug zu tun.«

Also würde er den Mietvertrag nicht mit unterschreiben müssen. Das war eine Erleichterung. Nicht, dass sie wirklich damit gerechnet hatte, dass heutzutage noch der Ehemann involviert werden musste, aber trotzdem ... Es war gut, das zu wissen.

Sie schaute sich noch ein letztes Mal um. »Danke, dass du dir die Zeit genommen hast, mir alles zu zeigen. Ich werde jetzt noch mal alles durchrechnen und mit meinem Budget abgleichen und mich dann bei dir melden.«

»Gern. Du sollst wissen, dass es derzeit sechs Interessenten für den Laden gibt, aber du weißt ja, wie es hier auf der Insel läuft. Wir überstürzen nichts.«

Gemeinsam gingen sie nach draußen. Kristine bedankte sich noch einmal und zog sich in ihren Wagen zurück, wo sie lange sitzen blieb, während die Möglichkeiten durch ihren Kopf wirbelten.

Könnte sie das schaffen? War sie gewillt, das Risiko einzugehen? Ein eigener Laden war immer ihr Traum gewesen, und etwas Besseres als den hier würde sie auf der Insel nicht finden. Die Höhe der Miete ließ sie schwer schlucken, aber da konnte man nichts machen.

Nachdem sie eine ganze Weile so dagesessen hatte, beschloss sie, das zu tun, was sie gesagt hatte: die Zahlen durchzurechnen.

Dann würde sie Jerry anrufen, den Bauunternehmer, mit dem sie schon mal zusammengearbeitet hatte, und sich von ihm ein Angebot erstellen lassen. Außerdem würde sie ein wenig recherchieren, wie man Kekse und Brownies am besten verschickte. Es gab bestimmt ein YouTube-Video darüber, und auf der Internetseite der Post musste es Informationen über die Versandpreise geben. Sobald sie alle Informationen zusammenhatte, konnte sie eine fundierte Entscheidung treffen. Was Jaxsen und seine Meinung zu all dem anging … Nun, damit würde sie sich beschäftigen, wenn es so weit war. Vielleicht würde er sie überraschen. Vielleicht würde er sich freuen und anbieten, ihr zu helfen. Vermutlich wird es unsere Ehe aber auf eine Weise auf die Probe stellen wie niemals zuvor, dachte sie auf dem Weg nach Hause.

Heather starrte wie betäubt die Rechnung fürs Kabelfernsehen an und ermahnte sich, nicht in Panik zu verfallen. Es war eigentlich immer der gleiche Betrag, doch diesen Monat war die Rechnung beinahe hundert Dollar höher. Sie schaute noch mal die Abrechnung vom Vormonat an und sah, dass sie wie immer bezahlt worden war. Was war also passiert? Sie hatte keine Information über eine Preiserhöhung bekommen – und selbst wenn, so hoch konnte die doch nicht ausfallen?

Sie klickte auf den Link für weitere Details und ging die Rechnung Seite für Seite durch. Auf der dritten Seite sah sie, was die zusätzlichen Kosten verursacht hatte. Ihre Verwunderung schlug in Wut um, und so schnappte sie sich ihren Laptop und ging ins Wohnzimmer.

Es war früh am Abend, und ihre Mutter saß wie üblich auf dem Sofa und schaute fern. Auf ihrem Schoß lag eine aufgeschlagene Zeitschrift, doch Amber hatte die Aufmerksamkeit auf die Reality-TV-Show gerichtet, die gerade lief. Denn es war nicht so, als würde Amber abends irgendetwas tun. Sie bezahlte weder Rechnungen noch machte sie die Wäsche oder putzte.

Nein, sie entspannte sich nach einem anstrengenden Tag, wie sie sagte. Wen interessierte es schon, dass ihre Tochter Vollzeit bei *CK* arbeitete, an den Wochenenden bei den Weinverkostungen aushalf und an drei oder vier Abenden in der Woche babysittete? Amber auf jeden Fall nicht.

»Mom, wir müssen reden«, sagte Heather und schaltete den Fernseher auf stumm.

Ihre Mutter sah sie böse an. »Ich habe das gerade geguckt. Kann es nicht bis zur Werbung warten?«

Heather setzte sich ihr gegenüber. »Ich habe gerade die Rechnung fürs Kabelfernsehen bekommen.«

»Und?« Amber sah sie ausdruckslos an.

»Sie ist um hundert Dollar höher als sonst. Einhundert Dollar, und alles nur für Pay-per-View-Filme. Wie viele davon hast du dir angeguckt?«

Ihre Mutter versteifte sich. »Das war ich nicht.«

»Natürlich warst du das. Ich war es jedenfalls nicht, denn ich arbeite rund um die Uhr.«

»Tja, was hast du erwartet? Ich war krankgeschrieben. Ich war verletzt. Ich musste mich irgendwie ablenken.« Tränen stiegen ihr in die Augen. »Ich hatte solche Schmerzen. Ich kann nicht fassen, dass du mir so einen kleinen Trost missgönnst.«

»Mom, wir haben vierhundert Sender. Wir haben alle Premiumkanäle, weil du darauf bestanden hast. Willst du mir ernsthaft sagen, dass du da keinen einzigen Film gefunden hast? Wir reden hier von einhundert Dollar. So viel habe ich nicht extra. Erst das Auto und jetzt das? Ich kann das nicht.«

»Fängst du wieder mit dem Auto an? Willst du etwa, dass ich überall zu Fuß hingehe? Du willst, dass ich leide, oder? Es gefällt dir, wenn ich Schmerzen habe und hier im Haus gefangen bin.«

Heather erinnerte sich an den Zeitpunkt, als sie beinahe acht Jahre alt gewesen war und ihre Mutter einen Mann kennengelernt hatte. George war lustig und nett und ein wirklich guter

Kerl gewesen. Und was für sie am wichtigsten gewesen war: Er hatte sich darauf gefreut, ihr Stiefvater zu werden. Er hatte Dinge mit ihr unternehmen wollen wie reiten zu gehen, und einmal waren sie zum Angeln gefahren. George hatte nie viel geredet, aber er war eine warme und tröstliche Präsenz in ihrem Leben gewesen.

Doch es hatte nicht gehalten. Sobald Amber verheiratet gewesen war, hatte sie ihren Job gekündigt. Sie war zu Hause geblieben und hatte wer weiß was gemacht. George hatte gearbeitet und Heather war in die Schule gegangen. Nach den Streitereien, die Heather mit angehört hatte, hatte George sich darüber beschwert, dass er Amber nicht geheiratet hatte, um sich um sie zu kümmern, während sie gar nichts tat. Amber hatte ihn als unverschämt und gemein bezeichnet. Von da an war es mit der Beziehung bergab gegangen, und ein Jahr nach der Hochzeit war George gegangen.

Nun dachte Heather an ihn und hoffte, dass er ein glückliches Leben hatte – wo auch immer er jetzt war. Amber hatte sich im Nachhinein nur über ihn beschwert, aber Heather hatte ihn vermisst. Als sie ihre Mutter nun musterte, wusste sie, dass sich nichts verändert hatte. Amber würde nie für irgendetwas die Verantwortung übernehmen, denn sie glaubte, dass die ganze Welt ihr etwas schuldig war. Das waren keine Neuigkeiten. Das Problem war, Heather konnte den Gedanken nicht abschütteln, dass sie sich um ihre Mutter kümmern musste. Sie glaubte, dass Amber es ohne sie nicht schaffen würde.

Das Gefühl, in der Falle zu sitzen, gepaart mit dem Mangel an Ideen, wie sie sich daraus befreien sollte, machte sie unvorsichtiger als sonst.

»Zwischen dem Wunsch, dich leiden zu sehen, und der Bitte, dass du respektierst, dass ich für alles in diesem Haus aufkomme, liegt ein ganzer Ozean. Alles hängt an mir. Ich bin zwanzig, Mom, und ich halte uns finanziell über Wasser, seitdem ich sechzehn bin.«

Sie spürte, dass es egal war. Diesen Kampf würde sie nicht gewinnen. »Ich habe das Geld nicht«, sagte sie erschöpft. »Ich habe keine Ersparnisse mehr.«

»Das wirfst du mir ständig vor.«

»Warum trägst du dann nichts zu unserem Haushalt bei? Was ist übrigens mit den tausend Dollar, die du noch hast?«

»Na fein«, gab Amber zickig zurück und ging zu ihrer Handtasche, um ihr Portemonnaie herauszuholen. »Du willst mein Geld? Dann nimm es.« Sie warf zwei Zwanzig-Dollar-Scheine auf den Boden. »Vielleicht sollten wir anfangen, aufzuschreiben, was ich esse. Ich hatte heute Morgen Butter auf meinem Toast, Heather. Willst du dafür einen Vierteldollar extra haben?«

»Mom, sei nicht so. Das hilft nicht. Ich versuche doch nur zu erklären, dass ich das nicht mehr allein schaffe.«

Die Miene ihrer Mutter verhärtete sich. »Heather, du kannst gerne jederzeit gehen, wenn es dir hier nicht gefällt. Ich halte dich nicht zurück.«

Heather sah sie an, dann zur Haustür. Als ob, dachte sie. »Du hast keine Ahnung, wie sehr ich mir wünsche, dass das wahr wäre, Mom«, sagte sie dann.

»Hier sind die relevanten Informationen«, sagte die nette Dame im Tierheim. »Die Notfallnummer des Tierarztes und die unserer Mitarbeiter während der regulären Öffnungszeiten. Sobald die Kätzchen geboren sind, wird eine unserer Mitarbeiterinnen vorbeikommen, um sicherzugehen, dass alles in Ordnung ist. Wir haben für Sie Futter und Katzenstreu und eine Katze, die schon mehrmals geworfen hat und damit eine sehr erfahrene Mutter ist.«

Das ist alles Kristines Schuld, dachte Sophie und versuchte, eher interessiert auszusehen und nicht so panisch, wie sie sich fühlte. Eine Kurzzeitpflege zu übernehmen, um eine Katze im Leben zu haben, ohne sich emotional zu verpflichten, hatte so vernünftig geklungen. Ja, sogar leicht. Aber nun, wo sie sich der Realität eines Katzenwurfs bei sich zu Hause gegenübersah, war sie nicht sicher, ob sie das konnte. Für die eigentliche Geburt war sie zwar nicht verantwortlich, aber was war, wenn etwas schieflief?

»Es wird alles gut«, versicherte ihr die Frau.

Sophie nickte, denn sich zu einem Ball zusammenzurollen und zu wimmern stand niemandem gut. Außerdem war da noch eine weitere Familie, die eine Katze aufnehmen wollte, und alle lauschten aufmerksam und wirkten total ruhig.

»Wollen wir jetzt die Katzenmamas kennenlernen?«, fragte die Dame vom Tierheim.

»Wir können es kaum erwarten«, erwiderte die Frau von der anderen Pflegestelle. »Das wird so ein schönes Erlebnis für uns und unsere Kinder. Den Kreislauf des Lebens hautnah miterleben.«

Auch das klang so rational und normal. Sophie war hin- und hergerissen, denn ihre einzige Erfahrung mit der Entstehung neuen Lebens bestand darin, dass sich Schimmel auf dem zu lange im Kühlschrank liegenden Käse gebildet hatte.

Die Tierheimmitarbeiterin ließ sie kurz allein. Die andere Familie unterhielt sich, während Sophie den Drang unterdrückte, rastlos auf und ab zu tigern oder wegzulaufen. Doch bevor sie zur Tür flüchten konnte, kehrte die Tierheimdame mit zwei Transportboxen in den Händen zurück.

»Da sind sie.«

Eine der Boxen stellte sie vor Sophie, die andere übergab sie der Familie. Sophie warf einen Blick durch die Gittertür und sah eine kurzhaarige weiße Katze mit gelben Augen. Die Spitze des einen Ohres fehlte, und an der Wange hatte sie eine Narbe. Das Tier wirkte müde und übellaunig und schaute Sophie mit einer Mischung aus Müdigkeit und Hoffnungslosigkeit an.

Sophie nahm die Papiere zur Hand und suchte nach dem Namen der Katze.

»Lily?«, murmelte sie. »Hi. Ich bin Sophie. Du wirst eine Weile bei mir wohnen.«

Die Papiere in der einen, die Transportbox in der anderen Hand ging sie zur Tür. Eine Mitarbeiterin des Tierheims folgte ihr und half ihr, das Futter und die Katzenstreu ins Auto zu laden. Sobald die Türen geschlossen und der Motor angelassen war, begann Lily, ohrenbetäubend zu schreien.

»Ich weiß, meine Kleine«, beschwichtigte Sophie sie über das laute Kreischen hinweg. »Es ist beängstigend, in einer Transportbox zu sitzen. Und nicht zu wissen, was passiert, macht es noch schlimmer. Aber ich werde mich gut um dich kümmern.«

Lily war von ihren Worten unbeeindruckt und heulte die gesamte halbstündige Fahrt zu Sophies Haus. Dort angekommen, trug Sophie die Katze zuerst herein, bevor sie die anderen Sachen auslud. Schnell füllte sie frische Katzenstreu in das Katzenklo, das sie am Vortag besorgt hatte, schloss dann die Zimmertür und öffnete die Transportbox.

Lily zog sich fauchend in die letzte Ecke der Box zurück.

»Wirklich?« Sophie setzte sich im Schneidersitz auf den Boden. »Was ist damit, dass ich das alles nur für dich mache?«

Das Zimmer war nicht riesig, hatte aber große Fenster, durch die viel Licht hereinkam – zumindest an einem sonnigen Tag. Die Fensterbank war so breit, dass Lily bequem darauf sitzen und hinausschauen konnte. Dugan war vor ein paar Tagen vorbeigekommen, um Sophie beim Ausräumen des Zimmers zu helfen. Sie hatten auch Sex gehabt, aber der eigentliche Zweck seines Besuchs war gewesen, das Zimmer katzenfertig zu machen. Nachdem sie das Bett, die Kommode und die Nachttische entfernt hatten, hatten sie einen gemütlichen Sessel hineingestellt, den Sophie in einem Laden für gebrauchte Möbel erstanden hatte, sodass die Mama einen Rückzugsort hatte. Außerdem gab es einen neuen Kratzbaum, einen Futterautomaten und – ganz wichtig – einen auf der Seite liegenden, stabilen Karton.

Sophie hatte im Internet recherchiert und den Karton mit einer dicken Schicht Zeitungspapier sowie saugfähigen Unterlagen ausgelegt. Darüber lagen mehrere Decken und alte Handtücher, die sie ebenfalls im Gebrauchtwarenladen gekauft hatte. Sobald die Kätzchen auf der Welt waren, würde sie den Karton aufrecht hinstellen und an einer Seite ein Stück abschneiden, sodass Lily leicht herausspringen konnte, die Kätzchen aber nicht.

»Ich habe Spielzeug für dich, aber dafür ist es vermutlich noch zu früh. Hast du gesehen, dass ich dein Katzenklo in den Wandschrank gestellt habe? Dugan hat die Tür herausgenommen, damit sie nicht aus Versehen zufällt. Ich glaube, du wirst Dugan mögen. Was für ein interessanter Mann. Er unterrichtet Tai-Chi, was echt seltsam ist, das kann ich dir sagen. Und er hat Geld, so viel ist sicher. Ich glaube, er hat geerbt oder so.« Sie senkte die Stimme. »Nur so zwischen uns, er ist hübscher, als er klug ist. Aber er versucht, mir mit der Firma zu helfen, was ich zu schätzen weiß.« Sie überlegte kurz. »Okay, nicht wirklich, aber er bemüht sich. Er hat mir den Namen von einem Marketingtypen genannt, mit dem ich mich heute Nachmittag treffen werde. Ich hoffe, er nimmt den Job an.«

Lily kroch zögerlich aus der Box. Sophie blieb ganz still sitzen, denn sie wusste, dass die Katze den ersten Schritt machen musste.

»Ich hatte schon mal eine Katze«, sagte sie. »Nur damit du das weißt. CK habe ich bekommen, als sie noch ganz klein war.« Ihre Kehle wurde eng. »Ich habe sie sehr geliebt. Sie ist gestorben, was wirklich traurig war.«

Vorsichtig näherte Lily sich und schnüffelte an ihr, dann fing die Katze an, das Zimmer zu erkunden.

»Ich habe sie kastrieren lassen, sodass sie niemals Junge bekommen hat. Außerdem war sie eine Wohnungskatze. Du bist also meine erste trächtige Katzenmutter. Ich hoffe wirklich, du weißt, was du tust, denn ich habe keine Ahnung und gestehe nur zu gern ein, dass ich total nervös bin. Außerdem bin ich nicht gerade der fürsorgliche Typ. Das wäre ich gern.« Sie hielt inne. »Okay, vielleicht auch nicht, aber ich glaube, die Welt erwartet es von mir, weil ich eine Frau bin.«

Lily beschnüffelte die Wurfbox, ging aber nicht hinein. Den Wassernapf und das Katzenklo ignorierte sie ebenfalls. Nachdem sie auf die Fensterbank gesprungen war, sah sie Sophie an.

»Neue Beziehungen sind schwer«, erklärte Sophie ihr. »Das verstehe ich. Es ist nicht leicht, Menschen zu vertrauen. Meine Mom hat mir immer geraten, vorsichtig zu sein, weil die Menschen mir das Herz brechen würden, und sie hatte recht.« Wieder hielt sie inne, weil sie nicht wusste, was sie noch sagen sollte. »Ich war mal verheiratet. Das ist nicht gut gegangen. Wir haben uns auf dem College kennengelernt, aber wir waren zu jung und wollten unterschiedliche Dinge im Leben.«

Mark hatte ihren Ehrgeiz nicht verstanden, und sie war nicht bereit gewesen, sich zu ändern, nur um ihn glücklich zu machen.

»Weißt du, Arbeit ist einfach sicherer«, fuhr sie fort. »Ich liebe meinen Job, und ich bin gut darin. Und ich muss mir nie Sorgen machen, dass sie mich im Stich lässt. Ich kann mich in ihr verlieren und glücklich sein. Mit Menschen umzugehen ist wesentlich komplizierter, und darin bin ich nicht gut.«

Lily sah sie unverwandt an. Sophie wollte sich ihr gerade nähern, als draußen ein Auto vorbeifuhr. Blitzschnell sprang Lily von der Fensterbank und verschwand in ihrer Box. Sophie beugte sich vor und hakte die Tür der Box ein, damit sie offen blieb und Lily nicht gefangen war. Dann stand sie auf.

»Ich gehe jetzt zur Arbeit. Später komme ich nach dir sehen. Ich hoffe, du kannst dich entspannen und fühlst dich hier sicher. Über Geburten bei Katzen weiß ich vielleicht nichts, aber ich bin eine gute Katzenmutter und verspreche dir, mich um dich zu kümmern.« Sie atmete tief durch. »Ich weiß, wie es ist, allein zu sein, Lily. Aber das bist du nicht mehr. Ich bin für dich da.«

10. KAPITEL

Im Büro wurde Sophie schnell von all dem eingeholt, was sie verpasst hatte, während sie im Tierheim gewesen war und Lily bei der Eingewöhnung geholfen hatte. Bear stellte ihr ein paar weitere Leute vor, die er fürs Lager eingestellt hatte, und erinnerte sie daran, dass alles leichter gehen würde, wenn sie endlich mehr Personal fürs Büro einstellte.

»Heute habe ich ein Bewerbungsgespräch für die Position als Marketingleiter.«

»Super. Was ist mit einem Office Manager?« Er schaute sich um und senkte die Stimme. »Und ich bin mir nicht sicher, ob Amber am Telefon die Richtige ist. Sie scheint nicht rangehen zu wollen, wenn es klingelt.«

Sophie stöhnte. »Ich habe befürchtet, dass es mit ihr schwierig wird.« Nein, dachte sie. Sie hatte es nicht befürchtet, sie hatte es *gewusst.* Aber da sie Amber den Job gegeben hatte, war es allein ihre Schuld.

»Danke, dass du mir das sagst. Ich werde ein Auge auf sie haben.«

»Neben den siebenundvierzig anderen Aufgaben, die du übernimmst?«

Bevor ihr dazu eine Antwort einfiel, betrat ein großer, distinguiert aussehender Mann das Lagerhaus. Er hatte dunkle Haut, dunkelbraune Augen, und seine Haare waren an den Schläfen schon leicht ergraut. Sein Anzug sah maßgeschneidert aus, und seine Schuhe waren wesentlich schicker als ihre.

»Ich glaube, mein Halb-drei-Termin ist da«, sagte sie.

»Versuch bitte, ihn nicht zu verschrecken.«

»So etwas tue ich nicht.«

»Na klar tust du das.«

Sophie ignorierte ihn und ging auf den Mann im Anzug zu. »Elliot Young? Ich bin Sophie Lane.«

Er schüttelte ihr die Hand. »Schön, Sie kennenzulernen, Sophie Lane.« Er sah sich um. »Hier ist also die Action?«

Etwas in seinem Ton ließ sie sich fragen, ob er das ernst oder sarkastisch meinte.

»Sie haben in kurzer Zeit ganz schön viel auf die Beine gestellt«, fügte er an.

»Ja. In Kalifornien ist alles durch ein Feuer zerstört worden. Ich hatte also keine große Wahl. Wollen wir in mein Büro gehen?«

Sobald er vor ihrem Schreibtisch Platz genommen hatte, schloss sie die Tür und setzte sich. Dann öffnete sie die Mappe, die sie am Abend zuvor vorbereitet hatte. Sie hatte den Lebenslauf und ein paar Interviews ausgedruckt, die sie im Internet gefunden hatte, aber bevor sie die erste Frage stellen konnte, ergriff er schon das Wort.

»Im Grunde genommen ist Ihr Geschäftsmodell wie die Hausmarke eines Supermarkts«, erklärte er. »Sie kaufen bei großen Herstellern ein, verpacken das Produkt neu und verkaufen es als Ihres.«

»Ganz so ist es nicht.« Sie bemühte sich, nicht defensiv zu klingen, auch wenn sie sich genauso fühlte. »Wir verkaufen an einen etwas hochwertigeren Markt.«

Sein Blick war ganz ruhig. »Sie *wollen* an einen hochwertigeren Markt verkaufen. Aber noch haben Sie das nicht erreicht, oder? Ihr Onlineauftritt ist ganz in Ordnung, aber Ihr Marketing weist Lücken auf. Wenn ich raten sollte, würde ich sagen, dass Sie Ihr digitales Marketing derzeit ausgelagert haben.«

Elliot setzte eine Lesebrille auf und holte einen Block aus seiner Aktentasche. »Ich habe mir die Freiheit genommen, ein wenig zu recherchieren. Ich hoffe, das macht Ihnen nichts aus.«

»Natürlich nicht.«

Er überflog kurz seine Notizen, dann sagte er: »Ich verstehe, was Sie vorhaben, aber Sie verfehlen Ihr Ziel. Sie verkaufen gut an die größeren Einzelhändler, aber es entgeht Ihnen eine beträchtliche Zahl an Läden im Premium-Segment. Sie sind nicht günstig genug, um mit den Hausmarken mithalten zu können, und nicht exklusiv genug, um höhere Preise und somit höhere Gewinnmargen zu rechtfertigen. Sie sind weder Fisch noch Fleisch.«

Er blätterte um. »Die Webseite funktioniert. Das ist schon mal was. Aber ihr fehlt der Fokus. Sie haben sich noch nicht entschieden, wie Ihre perfekte Kundin aussieht, und somit verkaufen Sie auch nicht an sie.« Über den Rand seiner Brille hinweg sah er sie an. »Sie sollten eine Marktforschungsagentur beauftragen, die Ihnen konstant Feedback aus Fokusgruppen gibt. Das Katzenbett, das eine Katzenbesitzerin heute haben will, ist nicht das gleiche wie das, was sie in sechs Monaten haben will. Was ist mit Farbbranding?«

Sophie blinzelte. »Wie bitte?«

»Wohnen und Einrichten ist immer ein heißes Thema, aber im Moment besonders. Die Farben verändern sich ständig. Warum verkaufen Sie keine hochwertigen, katzenbezogenen Dekoartikel in den aktuellen Modefarben? Wenn Ihr Angebot mit den aktuellen Trends mithält, wird ein bedeutender Prozentsatz Ihrer Kunden etwas Neues haben wollen, sobald der Trend sich ändert.«

Er setzte die Brille ab. »Wer arbeitet bei Ihnen im Vertrieb?«

Sophie hing immer noch an der Idee von Katzenbetten als Hausdeko fest. »Äh, im Moment habe ich niemanden. Ich führe mit mehreren Leuten Gespräche und habe auch eine Wunschkandidatin – Maggie Heredia. Ich arbeite gerade daran, einen Termin mit ihr zu vereinbaren.«

Elliot sah sie mitleidig an. »Sie sollten vorsichtshalber einen Ersatzkandidaten haben.« Mit einer Hand wies er auf die leeren Büros. »Ich bin mir nicht sicher, ob das hier ihr Stil ist.«

Sophie holte tief Luft. »Das ist eine einmalige Gelegenheit.«

»Das könnte es sein.« Er sah sich noch mal um. »Mit ein wenig Arbeit.«

»Sie wissen, dass es bei mir ein Feuer gegeben hat, oder? Die gesamte Firma ist bis auf die Grundmauern niedergebrannt. Niemand, der dort für mich gearbeitet hat, wollte mit hierhinziehen, also bin ich allein gekommen. Die Firma läuft hier noch nicht einmal einen Monat. Wenn Sie mich fragen, grenzt das alles stark an ein Wunder.«

»Sie verteidigen sich.« Elliot klang eher fasziniert als verurteilend. »Das hätte ich nicht erwartet. Haben Sie sonst noch irgendwelche Fragen an mich?«

»Wie bitte?«

»Für das Bewerbungsgespräch. Was wollten Sie mich fragen?« Er nickte zu der Mappe, die vor ihr lag. »Meinen Lebenslauf haben Sie ja bereits. Hier sind noch ein paar zusätzliche Referenzen.« Er reichte ihr ein Blatt Papier.

Sophie warf einen Blick auf die Namen und sah, dass sich darunter drei Vorstandsvorsitzende von Fortune-500-Unternehmen befanden.

»Sie machen sich über mich lustig, oder?«, fragte sie, wohl wissend, dass er das nicht tat.

Elliot lächelte nur.

Während sie über das nachdachte, was er gesagt hatte – und wie richtig er damit lag –, wurde ihr bewusst, dass sie, egal, wie viele Stunden sie arbeitete, es allein niemals schaffen würde.

»Ich würde Ihnen den Job gern anbieten.«

»Ausgezeichnet. Stellen Sie mir bis morgen ein Angebot zusammen. Ich fange in der Zwischenzeit schon mal an.« Er schaute wieder zu den leeren Büros. »Ich schätze, ich habe die freie Auswahl?«

»Was auch immer Sie glücklich macht.«

»Ich sehe sie mir mal an. Außerdem möchte ich gerne meine eigenen Mitarbeiter anstellen.«

»Sie wollen Mitarbeiter?«

Er überlegte kurz. »Für den Anfang zwei. Es könnte eine Weile dauern, die richtigen Leute zu finden, aber sobald ich mein Team zusammenhabe, werden wir Sie in Erstaunen versetzen.«

Sie hing noch an dem Wort *Team* fest.

»Sie wissen aber schon, dass es sich um ein eher kleines Unternehmen handelt, oder? Brauchen Sie da wirklich ein ganzes Team?«

Ohne zu blinzeln, sah er sie an. »Wollen *Sie* meinen Job machen, oder soll ich das tun?«

»Muss ich mich entscheiden?«

Er erwiderte nichts.

»Na gut. Es ist Ihr Job.«

Er lächelte. »Das ist vermutlich für alle das Beste.«

»Wir hätten uns was zu essen holen können«, sagte Sophie im Plauderton, als sie in ihrem Häuschen am Küchentisch saß.

»Ich dachte, du bist Take-away leid.«

»Das ist zwar sehr rücksichtsvoll von dir, aber bist du es nicht leid, zu kochen?«

Kristine schüttelte den Kopf. »Ich bin seit einer Woche allein und habe nicht ein einziges Mal für mich gekocht.« Sie hatte Unmengen an Keksen und Brownies gebacken, aber das war etwas anderes.

Sie warf einen schnellen Blick zum Lachs, der in der Pfanne brutzelte. Weniger als eine Minute, dachte sie und beobachtete, wie die Farbe des Fischs sich an den Seiten veränderte. Dann gab sie frische Engelshaarnudeln in den Topf mit Wasser, das sie gerade zum Kochen gebracht hatte. Nachdem sie einmal kurz umgerührt hatte, drehte sie den Fisch um, sodass die Haut oben war, rührte noch einmal die Nudeln um und sah dann ihre Cousine an.

»Du könntest schon mal den Wein einschenken.«

»Ist das die höfliche Art zu sagen, ich soll mich nützlich machen?«

»Stimmt. Außerdem überlasse ich dir danach den Abwasch.«

»Das ist nur fair.«

Ungefähr dreißig Sekunden, bevor der Fisch fertig war, schaltete Kristine den Herd aus. Nachdem sie die Nudeln abgegossen hatte, gab sie sie in eine vorgeheizte Pfanne und verrührte sie mit selbst gemachtem Pesto. Sie verteilte den Lachs auf zwei Tellern, gab ein wenig frischen Dill darüber, wirbelte die Pasta ein paarmal in der Pfanne herum, füllte sie in eine mitgebrachte Servierschüssel und stellte alles auf den Tisch.

Als sie einander gegenübersaßen, hob Sophie ihr Glas.

»Dich zum Essen einzuladen war die beste Entscheidung des heutigen Tages.«

Sophie wickelte mit der Gabel ein paar Nudeln auf und nahm einen Bissen. Stöhnend schloss sie die Augen. »Du bist die verdammt beste Köchin, die ich kenne.«

»Danke. Probier mal den Fisch. Der ist auch sehr lecker.«

»Und du bist so bescheiden.«

»Ich weiß eben, wie man Lachs in der Pfanne brät. Auf Dinge, die ich gut kann, darf ich stolz sein.«

»Da hast du recht. Sorry.«

Aus dem Flur erklang ein Miauen. Kurz darauf stolzierte eine sehr schwangere weiße Katze in die Küche, schnüffelte ein wenig und miaute noch einmal.

»Da weiß noch jemand deine Kochkünste zu schätzen.« Sophie stand auf und nahm einen kleinen Teller aus dem Regal.

»Lily«, sagte Kristine leise. »Sieh mal einer an. Du bist aus deiner Box rausgekommen.«

»So langsam fühlt sie sich im Haus wohl. Ich würde sie nicht gerade freundlich nennen, aber sie faucht zumindest nicht mehr.« Sophie gab ein kleines Stück Lachs auf den Teller und stellte ihn auf den Boden.

»Sie ist riesig«, sagte Kristine. »Es kann nicht mehr lang dauern, bis die Kleinen kommen.«

»Ich weiß, und das versetzt mich total in Panik. Ich bin noch nicht so weit.«

»Was musst du denn dabei tun?«

»Ich weiß es nicht. Vermutlich nichts, aber was, wenn doch? Was ist, wenn sie gewisse Erwartungen hat?«

»Sie lässt sich nicht mal von dir streicheln. Welche Erwartungen sollte sie da haben?«

Lily fraß den Lachs auf, leckte sich übers Maul und fing dann an, sich an Sophies Beinen zu reiben. Ein beeindruckendes Schnurren hallte durch die Küche.

»Sieh dir das an«, sagte Kristine mit Blick auf die Katze. »Du hast sie mit Lachs für dich gewonnen. Sie ist also bestechlich.«

Sophie streichelte die Katze leicht, und Lily drückte sich gegen ihre Finger. »Das mag ich an Katzen.«

Nachdem sie fertig gegessen hatten, nahmen sie die Weinflasche mit ins Wohnzimmer und setzten sich aufs Sofa.

»Nimmst du dir ein paar Tage frei?« Kristine musterte die dunklen Schatten unter Sophies Augen. »Du siehst müde aus.«

»Ich arbeite im Moment viel, aber das wird sich bald erledigt haben. Wenn alles läuft, kann ich mich entspannen.«

»Süße, ich kenne dich schon mein ganzes Leben und würde dich nie als entspannt bezeichnen.«

»Na gut. Ich werde meine Arbeit von sieben Tagen in der Woche auf sechs herunterschrauben.«

Kristine überlegte zu erwähnen, dass sie klang wie Heather. Das allerdings würde umgehend zu einer Diskussion über Amber führen, und darauf hatte sie überhaupt keine Lust. Dann schalt sie sich, weil sie so eine schlechte Cousine war.

»Du hast das alles so schnell wiederaufgebaut«, sagte sie stattdessen. »Das ist wirklich beeindruckend.«

»Danke. Es hat geholfen, dass ich gut versichert war. Zumindest fehlt es mir nicht an Geld.«

Lily gesellte sich zu ihnen. Sie sprang auf einen der Sessel und fing an, sich zu putzen. Kristine schaute sich im Wohnzimmer um.

»Dieses Häuschen ist wirklich nett. Was meinst du, wie lange du hierbleiben wirst?«

»Ich habe keine Ahnung. Irgendwann werde ich mir was kaufen wollen, aber das hat keine Eile.«

Etwas kaufen? Kristine versuchte, das Konzept zu begreifen.

»Was ist?«, fragte Sophie. »Du siehst schockiert aus.«

»Nein. Eher überrascht. Du willst dir einfach ein Haus oder eine Wohnung kaufen?«

»Ja. Warum auch nicht? In Valencia hatte ich auch eine Wohnung.«

»Es ist nur ... Einfach so locker zu sagen, dass du dir was für dich allein kaufen willst ...«

Sophie lachte. »Ich warte nicht auf einen Mann, wenn du das meinst. Ich bin nicht wie du, Kristine, und das weißt du. Ich liebe *CK Industries*, und das reicht mir völlig.«

»Also ist Dugan nicht ...?«

Sophie hob abwehrend beide Hände. »Auszeit. Ich kenne Dugan wie lange? Drei Wochen? Er spielt bei meinen Entscheidungen keine Rolle.«

»Aber du schläfst mit ihm.«

»Na und? Sex zu haben ist noch keine Beziehung.«

»Du siehst dich also nicht als jemanden an, der eine Beziehung hat?«

»Guter Gott, nein. Ich meine, er ist super. Lustig und sexy.« Sie runzelte die Stirn. »Wie viel habt ihr beide über mich geredet?«

»Ein bisschen.« Kristine grinste. »Ich habe aber nur nette Sachen gesagt. Und als ihn das fasziniert hat, habe ich mehr erzählt. Warum fragst du?«

»Du hast versucht, uns zu verkuppeln.«

»Ein wenig. Deshalb will ich ja auch, dass es mehr als nur Sex ist.«

»Nicht jeder will sich verlieben und heiraten.«

Kristine überlegte, darauf hinzuweisen, dass Sophie genau das schon mal getan hatte. Doch Mark war nicht der Richtige und ihre Ehe nie glücklich gewesen. Dugan hingegen könnte womöglich mehr Erfolg haben, Sophies Herz zu erobern.

»Du brauchst jemanden, Soph. Ich mache mir Sorgen, dass du für immer allein bleibst.«

»Ich bin gern allein.«

»Du hast Angst.«

»Und du nervst.«

Sie lachten beide.

Sophie nahm ihr Weinglas in die Hand. »Also, was hast du während der letzten Woche so gemacht? Du hattest das ganze Haus für dich – und wo wir vorhin über Leute sprachen, die sich nicht entspannen können ... Hast du es überhaupt versucht?«

»Na klar.«

Sophie lachte schnaubend. »Willst du das noch mal probieren?«

»Ich habe viel gebacken, habe die Teppiche und Dachrinnen reinigen lassen und mein Auto zur Inspektion gebracht. Und ich habe ein wenig Frühjahrsputz gemacht.«

Sophie verdrehte die Augen. »Ich liebe und bewundere dich, und ich könnte niemals du sein. Du bist so perfekt.«

Das zu hören freute Kristine, aber sie wusste, dass es nicht stimmte. »Ich habe genauso meine Fehler wie jeder andere auch.«

Sophie schüttelte den Kopf. »Auf keinen Fall. Du bist eine tolle Mutter und großartige Ehefrau. Und du kannst kochen. Du warst schon so, als wir noch jünger waren. Du hast dich an die Regeln gehalten und kaum jemals Ärger gemacht.« Sie trank ihr Glas in einem Zug aus. »Mein Gott, du hast dich für den Mann aufgespart, den du liebst. Ich habe meine Jungfräulichkeit dem ersten Typen geschenkt, der sie haben wollte, nachdem mir Mom ohnehin ständig unterstellt hat, ich hätte schon Sex gehabt.«

Kristine blieb der Mund offen stehen. »Das hast du nicht gemacht. Komm schon, Sophie, das hättest du mir erzählt.«

Sophie verlagerte das Gewicht und wirkte schuldbewusster, als Kristine sie je gesehen hatte. »Du hast recht. Sorry. Also, du freust dich sicher darauf, die Kinder bald wieder bei dir zu haben, oder?«

Bei Kristine läuteten alle Alarmglocken. Irgendetwas stimmte nicht. »Was verheimlichst du mir?«

»Nichts.«

»Sophie, ich bitte dich. Geht es um den Kerl? Ist er dir peinlich?« Jetzt, wo sie so darüber nachdachte, fiel ihr auf, dass sie und Sophie nie über Sophies erstes Mal gesprochen hatten. Was seltsam war. Sie sprachen immer über alles.

Ihre sonst so unerschütterliche Cousine errötete. »Ich will nicht darüber reden. Es gibt einen Grund, warum ich nie darüber gesprochen habe.«

»Du bist doch nicht vergewaltigt worden, oder? Bitte, sag mir, dass es nicht das war.«

»Das war es nicht, ich schwöre. Es waren ein paar echt lahme Sekunden auf der Rückbank eines Pick-ups. Ich war jung und dumm, und er war …« Sie seufzte. »Lass uns das Thema wechseln.«

Kristine verstand es nicht. »Was verheimlichst du mir?«

»Nichts.«

»Was?«

Sophie funkelte sie an. »Hör auf, mich zu fragen.«

»Sophie Jean Lane, du sagst es mir jetzt auf der Stelle.«

»Es war Jaxsen.« Sophie stöhnte. »Tut mir leid. Das war lange, bevor ihr zwei zusammengekommen seid. Monate vorher. Ich wollte es dir erzählen, aber es war mir peinlich, dass ich so dumm war. Dann seid ihr beide zusammengekommen und es fühlte sich irgendwie komisch an, darüber zu reden. Irgendwann habe ich es dann einfach vergessen. Es tut mir leid, dass es passiert ist. Glaub mir.«

»Oh.«

Mehr brachte sie nicht heraus. Eine einzige Silbe. Denn nichts von dem, was Sophie gesagt hatte, ergab irgendeinen Sinn. Sie musste von jemand anderem reden. Jaxsen hatte nicht mit Sophie geschlafen. Das wusste sie, weil er ihr gesagt hatte, mit ihr wäre es das erste Mal gewesen.

Noch immer konnte sie sich genau an jedes Detail dieser ersten Zeit mit Jaxsen erinnern. Über zwei Monate hatte sie sich geweigert, aufs Ganze zu gehen, weil sie nicht eine weitere seiner Eroberungen hatte sein wollen. Schlussendlich hatte er zugegeben, dass die Geschichten über ihn übertrieben waren. Sie würden ihr erstes Mal gemeinsam erleben. Er hatte ihr in die Augen geschaut und ihr gesagt, dass er sie liebe und immer lieben würde. Das war der Moment gewesen, in dem sie gewusst hatte, dass er der eine war. Sie würden heiraten und bis an ihr Lebensende glücklich miteinander sein. Und sie hatte recht behalten – zumindest hatte sie das bis jetzt gedacht.

»Also warst du seine Erste«, flüsterte sie.

»Was? Nein. Nicht mal ansatzweise.« Entsetzt schlug Sophie sich die Hand vor den Mund. »Tut mir leid. Das hätte ich nicht sagen sollen.«

Kristine fühlte sich, als würde sich ihr Geist vom Körper lösen. Nur so konnte sie diesen Augenblick überleben. »Die Gerüchte über ihn stimmten also?«

Sophie ließ sich mit dem Gesicht nach unten aufs Sofa fallen. »Bitte, frag mich das nicht.«

Mehr musste Kristine nicht hören. In ihren Ohren war ein Rauschen, und ihr Magen zog sich so heftig zusammen, dass sie fürchtete, ihr Essen gleich wieder von sich zu geben.

Jaxsen hatte sie angelogen. Er hatte *gelogen.* Sie hatte geglaubt, ihr erstes Mal hätte eine große Bedeutung für sie beide gehabt. Sie hatte diesem Mann ihre Jungfräulichkeit geschenkt und ihr Herz, aber für ihn war sie einfach nur eine weitere Kerbe im Bettpfosten gewesen. Es war alles eine Lüge.

»Es tut mir leid.« Sophie richtete sich auf und sah wirklich elendig aus. »So unglaublich leid.«

»Ist schon okay.«

»Nein, ist es nicht.«

Kristine sah ihre Cousine an. »Du hattest recht. Jaxsen und ich waren noch gar nicht zusammen, als es passiert ist.«

»Ich weiß, aber trotzdem. Es fühlt sich komisch an. Ich liebe dich. Ich bin ein schrecklicher Mensch, und es tut mir wahnsinnig leid.«

Doch es war nicht Sophie, die ihr das Herz gebrochen und ihr Vertrauen missbraucht hatte. Sophie hatte nichts falsch gemacht.

»Es ist schon gut«, log sie. »Das schwöre ich.« Lüge Nummer zwei. Mit Sicherheit würde sie in die Hölle kommen.

Ein paar Minuten gelang es ihr noch, an der Unterhaltung teilzunehmen, dann sagte sie, dass sie nach Hause müsse. Sobald sie dort angekommen war, ging sie ins Schlafzimmer und setzte sich aufs Bett. Ihre rationale Seite sagte ihr, dass es keine große Sache war. Es war Jahre her, und sie und Jaxsen hatten eine starke, glückliche Beziehung. Aber ihr Herz fühlte sich betrogen und zersplittert an. Wenn er wegen dieser Sache gelogen hatte, was stimmte dann noch alles nicht?

11. KAPITEL

Am frühen Sonntagnachmittag kamen die Jungs und Jaxsen zurück. Kristine hatte in der Nacht zuvor nicht gut geschlafen. Nach dem Aufwachen hatte sie gesehen, dass sie drei Nachrichten von Sophie hatte, in denen sie sich entschuldigte. Also hatte sie ihre Cousine angerufen und ihr versichert, dass alles gut war, dann hatte sie den Rest des Vormittags damit verbracht, sich abwechselnd darauf zu freuen, dass ihre Söhne zurückkamen, und sich davor zu fürchten, mit Jaxsen zu sprechen. Was sollte sie nur sagen? Sollte sie so tun, als wäre nichts passiert? Als wüsste sie von nichts? Sollte sie ihn darauf ansprechen? Es gab keine richtige Antwort darauf, und als sie den Wagen vorfahren hörte, war sie immer noch unentschlossen.

Die Jungs stiegen aus und rannten auf das Haus zu.

»Mom! Mom!«

Alle drei stürmten in die Küche und kamen mit ausgestreckten Armen auf sie zu.

Lachend umarmte sie alle. Obwohl sie dreckig waren und stanken, hätte sie nicht glücklicher sein können, sie zu sehen. Sie klammerten sich an ihr fest, als wollten sie sie nie wieder loslassen. Selbst JJ, der sich sonst immer zurückzog, wenn sie versuchte, ihn zu umarmen.

»Wie war es?«, fragte sie.

»Super.«

»Wir waren angeln, und Tommy ist aus dem Boot gefallen.«

»Bin ich gar nicht.«

»Bist du doch.«

»JJ und ich haben gekämpft, und er hat mich geschubst.«

»Hab ich gar nicht.«

Jaxsen kam in die Küche und ließ mehrere Taschen auf den Boden fallen. »Ich glaube, jetzt bin ich mit Mom dran. Warum bringt ihr eure Taschen nicht in die Waschküche und leert sie dort aus, bevor ihr mir helft, den Rest der Sachen aus dem Auto zu holen?«

Die Jungs grummelten ein wenig, ließen ihre Mutter dann aber los und taten, wie ihnen geheißen. Grant hielt sich am längsten an Kristine fest. Sie strich ihm die zu langen Haare aus den Augen.

»Heute Abend gibt es Lasagne«, sagte sie zu ihm.

Er grinste. »Danke, Mom.«

»Gern geschehen.«

Sie wollte nicht, dass er ging, denn dann würde sie mit Jaxsen allein zurückbleiben. Aber sie konnte ihn auch nicht für immer festhalten. Grant schnappte sich eine Tasche und ging zur Waschküche, und Kristine sah sich gezwungen, Jaxsen anzuschauen.

Sie atmete tief ein und wappnete sich gegen die Gefühle von Verrat und Schmerz, doch bevor sie entscheiden konnte, was genau sie fühlte, zog er sie an sich und küsste sie.

»Hey, meine Schöne. Hast du uns vermisst?«

»Natürlich.«

»Wir hatten eine tolle Zeit.« Seine Hand wanderte zu ihrem Po, den er drückte, während er seinen Schritt an ihr rieb. »Mit dir wäre es noch besser gewesen.«

»Nein danke. Das ist nicht so mein Ding.«

Lachend ließ er sie los. »Du bist so ein Inselmädchen.«

Diese Neckerei war vertraut, was normalerweise Glücksgefühle in ihr weckte, weil sie sich so gut kannten und so eng verbunden waren. Aber heute nicht.

Die Jungs kamen aus der Waschküche. Kristine holte eine kleine Dose vom Tresen und nahm den Deckel ab. Jeder Junge zog eine kleine Holzscheibe mit einer Nummer darauf.

»Sieben«, verkündete Grant grinsend.

»Fünf.« Tommy hielt seine hoch.

JJ verzog das Gesicht. »Eins.«

»Ha!« Tommy ließ die Scheibe wieder in die Dose fallen. »Sag Bescheid, wenn du fertig bist.«

JJ ging in Richtung Treppe.

»Nicht so schnell, junger Mann«, rief Kristine ihm hinterher. »Schuhe in der Waschküche ausziehen, Klamotten im Flur. Und zwar alles. Zieh dir was Sauberes an.«

Normalerweise hätte JJ sich beschwert, dass er dann mehr Wäsche waschen musste. Aber nach einem Ausflug wie diesem kümmerte Kristine sich um die schmutzige Wäsche der Jungs. Wenn sie zelten oder in einer Hütte gewesen waren, stellte sie gerne sicher, dass alles gründlich gewaschen wurde. Außerdem neigte sie nicht dazu, die Maschine zu überfüllen. Und da solche Trips nur ein paarmal im Jahr stattfanden, war es für sie nicht so schlimm. Ab und zu mochte sie es, diese Aufgabe für die drei zu übernehmen.

Als JJ loszog, um seine Schuhe auszuziehen, rannten die anderen Jungen nach oben. Die Holzscheiben hatten bestimmt, in welcher Reihenfolge sie duschen würden. Während JJ im Badezimmer war, durften Tommy und Grant auf ihren Handys spielen. Jaxsen hatte nicht viele Regeln, aber eine davon war, dass seine Söhne keine Handys auf derartige Ausflüge mitnehmen durften. Wenn sie eine Nachricht an ihre Mutter schicken wollten, konnten sie sein Handy benutzen. Jetzt mussten die Jungs sich erst einmal schlaumachen, was während ihrer Abwesenheit so los gewesen war.

Als sie wieder allein waren, lächelte Jaxsen sie an. »Ich muss auch duschen. Willst du mitkommen?«

Wie alles in ihrem Leben folgte auch die Rückkehr von den Ausflügen einem vertrauten Muster. Erst fanden sich alle wieder zu Hause ein, dann feierten sie und Jaxsen das Wiedersehen mit einem Quickie. Später am Abend würden sie sich noch einmal lieben, allerdings wesentlich langsamer. Danach würde er sie in den Armen halten, bis er eingeschlafen war. Sie blieb meist noch länger wach und dachte darüber nach, wie viel Glück sie hatte und wie sehr sie ihn liebte.

Das würde heute allerdings nicht passieren.

Sie wusste immer noch nicht, wie sie das, was sie erfahren hatte, ansprechen sollte. Es war Jahre her, und sie waren jetzt ganz andere Menschen – sie hatten Kinder und ein gemeinsames Leben. Sie sollte es einfach auf sich beruhen lassen. Doch das konnte sie nicht, und als sie es versuchte, zog sich ihre Kehle zusammen und ihr Magen brannte und …

»Kristine, was ist los?«, fragte er. »Geht es dir nicht gut?«

»Doch, mir geht es prima.« Sie merkte, dass sie die Geschichte nicht einfach vergessen konnte. Sie würde etwas sagen müssen. Etwas wie … »Du hast mit Sophie geschlafen.«

»Wie bitte?« Das war mehr ein Aufschrei. Er starrte sie an. »Wovon redest du da? Ich habe weder mit Sophie noch mit sonst jemandem geschlafen. Wie kommst du darauf?«

»Du hast damals auf der Highschool mit ihr geschlafen. Du hast mir erzählt, du hättest noch nie Sex gehabt und ich wäre deine Erste, aber das war gelogen. Und es gab nicht nur sie. Offensichtlich warst du mit jeder im Bett.«

Sie wartete darauf, dass er sich zurückziehen, sich entschuldigen und sie um Vergebung bitten würde. Womit sie nicht gerechnet hatte, war, dass er anfing, laut zu lachen.

»Machst du Witze?«, fragte er. »Auf der Highschool? Komm schon, Kristine, ist das dein Ernst?«

»Mein voller Ernst. Du hast mich angelogen.«

Er warf die Hände in die Luft. »Natürlich habe ich dich angelogen. Ich war ein Siebzehnjähriger, der bis über beide Ohren in dich verliebt war. Außerdem wollte ich Sex mit dir haben. Damals haben die Hormone in mir getobt und du warst das unglaublichste Mädchen, das ich je getroffen hatte. Ich hätte alles getan, um mit dir zu schlafen.«

Diese Worte bewirkten nicht, dass sie sich besser fühlte. »Also hast du gelogen.«

»Na klar. Komm schon. Das kann dich doch jetzt nicht mehr aufregen. Wir waren damals noch Kinder.«

»Ich habe mich für meine wahre Liebe aufgespart«, rief sie ihm in Erinnerung. »Meine Jungfräulichkeit aufzugeben war für mich eine große Sache. Es war bedeutend.«

Er runzelte die Stirn. »Das wusste ich, Kristine. Ich war in dich verliebt. Wir haben unser gemeinsames Leben geplant. Um Himmels willen, wir haben geheiratet. Wo ist dein verdammtes Problem?«

»Du hast mich angelogen.«

»Würdest du bitte aufhören, das zu wiederholen? Wieso ist das jetzt noch wichtig? Wir haben Kinder und ein großartiges Leben. Was ist passiert, dass du dich so benimmst?«

»Nichts ist passiert«, erklärte sie ihm, wütend, dass er ihre Seite nicht sehen wollte. »Es musste nichts passieren, Jaxsen. Ich habe einfach nur herausgefunden, dass du mich damals hereingelegt hast. Nachdem du zu dem Zeitpunkt bereits mit der Hälfte deiner Mitschülerinnen geschlafen hattest, verstehe ich, dass es für dich nicht wichtig war. Aber für mich war es das, und deine Lüge verändert, wie ich unsere Vergangenheit sehe. Ich habe dir mein Herz geschenkt, und du warst nur daran interessiert, mich ins Bett zu kriegen.«

Er starrte sie an. »Du bist wirklich aufgebracht.«

»Das merkst du erst jetzt?«

»Und du benimmst dich verrückt. Hast du deine Tage oder so?«

»Das sind nicht die Hormone, sondern ich habe gerade herausgefunden, dass du mich belogen hast.«

»Hör endlich auf, das zu sagen!«, brüllte er.

»Was soll ich denn stattdessen sagen?«

Er sah sie einen Moment wütend an, dann wandte er sich ab. »Nichts«, murmelte er auf dem Weg aus der Küche. »Sag einfach gar nichts.«

Der Morgen fing damit an, dass jemand eine Palette Katzenstreu mit einem Cutter öffnete und dabei ein halbes Dutzend Beutel aufschnitt. Die Streu verteilte sich auf dem Boden des Lagers und verursachte ein Chaos, das eigentlich kein Problem hätte sein sollen. Allerdings waren die neuen Industriestaubsauger noch nicht geliefert worden und es gab nur zwei Besen. Sophie hatte beinahe eine halbe Stunde versucht, die Streu aufzufegen, und erst aufgehört, als Bear sie verscheucht hatte.

»Hast du nichts Besseres zu tun?«, hatte er sie leicht genervt gefragt. »Hör auf, dich um jede Einzelheit selbst zu kümmern. Ich mach das schon.«

»Und was ist mit dem Trottel, der das Problem verursacht hat?«

Bear schüttelte den Kopf. »Darüber rede ich mit dir nicht, Sophie. Das hier ist meine Abteilung. Die manage ich.«

Sie gab ihm den Besen und ging zu den Waschräumen, um sich die Hände zu waschen, bevor sie sich zu ihrem Büro aufmachte. Beinahe wäre sie umgedreht, als sie drei gut gekleidete Frauen darin warten sah.

Wer waren sie? Und – noch viel wichtiger – wer hatte sie hereingelassen? Sie war nicht in der Stimmung, freundlich zu sein. Trotz Kristines Beteuerung, dass zwischen ihnen alles in Ordnung war, fühlte Sophie sich immer noch schlecht. Sie hätte das mit Jaxsen nicht sagen sollen.

»Kann ich Ihnen helfen?«, fragte sie vom Flur aus.

Alle drei drehten sich zu ihr um. Die Kleinste von ihnen – eine Brünette Mitte dreißig – lächelte. »Guten Morgen. Ich bin Cathy vom *Marysville Women's Shelter*, dem Frauenhaus. Wir hatten gehofft, mit Ihnen sprechen und Sie überzeugen zu können, uns zu unterstützen.«

Geld. Sie wollten Geld. Bestimmt für einen sehr guten Zweck, aber mit so etwas wollte sie sich heute nicht befassen. Oder überhaupt.

»Wenn wir ein paar Minuten Ihrer Zeit in Anspruch nehmen dürften«, sagte Cathy.

Sophie unterdrückte ein Stöhnen. »Ich habe im Moment viel zu tun. Wenn Sie einen Termin ausmachen, wäre es für mich leichter.«

Die Frauen wirkten verwirrt. »Aber wir haben doch einen Termin ausgemacht.«

»Mit wem? Ich habe keine Sekretärin.« Sie hörte ein Telefon klingeln und wartete darauf, dass jemand ranging.

»Ich bin mir nicht sicher«, gestand Cathy. »Aber wir haben vorher angerufen.«

Das Telefon klingelte weiter.

»Entschuldigen Sie mich bitte.« Sophie eilte zum Empfangsbüro, wo Amber auf ihrem Computer Solitär spielte.

»Das Telefon«, sagte Sophie, begleitet von einem scharfen Blick.

Amber sah sie an. »Ich habe gerade Pause. Es ist nicht meine Schuld, dass du keine Vertretung für mich hast. Oder soll ich einfach durcharbeiten? Das ist übrigens illegal. Ich kenne meine Rechte.«

Das Klingeln verstummte. Der Anrufer hatte aufgegeben.

Amber lächelte. »Siehst du? Problem gelöst.«

Unter Mühen schluckte Sophie den Schrei runter, der in ihrer Kehle aufstieg, und kehrte zu den drei Frauen zurück, die noch immer in ihrem Büro warteten.

»Das ist gerade kein guter Zeitpunkt«, stieß sie zwischen zusammengebissenen Zähnen aus. »Es tut mir leid, dass Sie extra hierhergekommen sind, aber ich kann mich im Moment nicht um Sie kümmern.«

»Dann melden wir uns wieder«, versicherte Cathy und verließ mit ihren Begleiterinnen das Büro.

Sophie sah ihnen hinterher, bevor sie zu Amber zurückkehrte. »Bitte sag jemandem Bescheid, wenn du Pause machst, damit das Telefon weiter besetzt ist.«

»Okay.«

Die Antwort beruhigt mich nicht gerade, dachte sie grimmig und ging ins Lager. Als sie den großen Raum betrat, sah sie, dass die Versandtische in neuer Formation aufgestellt worden waren.

»Was machst du da?«, fragte sie Bear. »Wieso hast du hier umgebaut?«

»So ist es effizienter. Darüber haben wir doch gesprochen.« Er geleitete sie in sein Büro. »Sophie, du musst mir mehr Raum geben. Das meine ich ernst.«

»Aber die Versandstation? Das ist meine Lieblingsabteilung.«

»Alles ist deine Lieblingsabteilung. Du bist nicht engagiert, du bist besessen. Du lässt die großen Dinge schleifen, um Briefklammern zu zählen.«

Bevor sie widersprechen konnte, tauchte Amber auf. »Da ist eine Dame für das Bewerbungsgespräch zur Office-Managerin. Ich habe sie in dein Büro geführt.«

»Dafür habe ich jetzt keine Zeit. Mach einen neuen Termin aus.«

»Du hast den Termin bereits zweimal verschoben«, erklärte Amber ihr. »Sie schien davon ziemlich genervt zu sein.«

Bear sah sie durchdringend an. »Du brauchst eine Office-Managerin. Und eine Assistentin. Und eine Buchhalterin und Gott weiß, was sonst noch alles. Konzentrier dich, Sophie.«

»Ich bin konzentriert.«

Das war sie – jede Sekunde eines jeden Tages. Es war einfach zu viel zu tun. Sie versuchte, ganz allein von null auf hundert zu kommen, und immer, wenn sich alles in die richtige Richtung zu entwickeln schien, kam irgendein Idiot und schnitt ein Dutzend Säcke Katzenstreu mit dem Cutter auf.

»Du musst dich um das Bewerbungsgespräch kümmern. Ich kümmere mich um alles im Lager.«

Sie sah Bear an und nickte. Er war ein guter Kerl. Langsam begann sie, ihm zu vertrauen – was für sie nicht leicht war. Sie wusste, er machte seinen Job.

»Na gut. Ich spreche mit ihr. Aber es wird mir nicht gefallen.«

Bear seufzte. »Wir sind alle so stolz auf dich.«

Dreißig Minuten später war sie wieder in Bears Büro.

»Wie ist es gelaufen?«, fragte er.

»Sie hat mich nicht beeindruckt.«

»Hast du es sie denn versuchen lassen?«

»Sie war nicht die Richtige. Außerdem ist das nicht der Punkt. Du musst eine Aufgabe für Amber finden.«

»Ich dachte, sie bedient das Telefon.«

»Sie sitzt am Schreibtisch, aber sie tut nichts.«

Bear zog eine Augenbraue in die Höhe. »Dann schmeiß sie raus.«

»Das kann ich nicht.«

»Dann lass es mich machen.«

»Nein. Ich sage nicht, dass ich niemanden rausschmeißen *kann*, denn das kann ich. Es gefällt mir zwar nicht, aber ich kann es. Amber gehört aber zur Familie. Sie ist meine Cousine.«

Bears Miene verfinsterte sich. »Stell niemals jemanden aus der Familie ein.«

»Zu spät. Wie auch immer, sie braucht einen anderen Job. Und dann brauche ich jemanden, der ans Telefon geht. Ich bin es so leid, Leute anzustellen.«

»Wenn du eine Office-Managerin hättest, könnte die das für dich übernehmen. Du bist zu kurzsichtig, Sophie.«

Sie wusste, dass er recht hatte, aber es war so viel zu erledigen. So viel, was außer Kontrolle zu sein schien. »Lass mich darüber nachdenken.«

Nachdem sie sein Büro verlassen hatte, machte sie einen Rundgang durchs Lager. Die Ware zu sehen, die nur darauf wartete, an Kunden verschickt zu werden, hob wie immer ihre Laune. Als sie um eine Ecke bog, sah sie, dass Heather ein Dosenset fotografierte. Sie maß gerade die größte Dose ab, machte sich eine Notiz und schoss dann weitere Fotos.

»Was machst du da?«, fragte Sophie schrill. »Was ist hier los? Bestiehlst du mich etwa, um die Sachen auf E-Bay zu verkaufen?«

Heather drehte sich mit weit aufgerissenen Augen zu ihr um. »Sophie, nein. Das ist es nicht.«

»Ich habe dir vertraut und dir einen guten Job gegeben. Wie kannst du mir das antun?«

Sie spürte, dass sich die Mitarbeiter versammelten, spürte, wie Bear von hinten an sie herantrat.

»Was ist hier los?«, fragte er mit leiser Stimme.

Tränen stiegen Heather in die Augen. »Es ist nicht das, was du denkst. Ich stehle nicht, Sophie. Bitte, lass es mich erklären.«

Heather zitterte so sehr, dass sie fürchtete, sich jeden Moment übergeben zu müssen. Alle starrten sie an, als wäre sie eine Kriminelle. Aber die Enttäuschung und der Schmerz in Sophies Miene waren das Schlimmste.

»Mein Computer ist in meinem Spind«, brachte sie unter Tränen hervor. »Ich kann dir zeigen, was ich mache.«

Sophie wirkte nicht überzeugt, nickte aber. »Dann lass mal sehen, was du so treibst.«

Heather ging voran in den Pausenraum und öffnete ihren Spind. Dann stellte sie ihren Laptop auf den Tisch, fuhr ihn hoch und öffnete den CK-Ordner.

Nachdem sie sich die Tränen abgewischt hatte, nickte sie zu dem Stuhl neben sich. »Es ist besser zu sehen, wenn du dich setzt.«

Sophie sah sie lange an, bevor sie Platz nahm.

»Ich quilte gern«, fing Heather an und wünschte, ihre Hände würden aufhören zu zittern. »Meine Mom hat es mir gezeigt, als ich noch klein war. Wir haben einfache Quilts genäht, die man an einem Tag schaffen kann. Nach einer Weile wollte ich etwas kompliziertere Muster ausprobieren. Ich habe ein kostenloses Programm gefunden, mit dem man Fotos oder Designs in individuelle Quadrate zum Quilten verwandeln kann. Es ist nicht sonderlich ausgefeilt, aber ich spiele gerne damit herum.«

Sie rief das erste CK-Quiltmuster auf. »Ich habe mich gefragt, ob man aus dem Logo einen schönen Quilt machen kann. Es ist charmant und sieht hübsch aus. Aber dann habe ich überlegt, warum jemand einen Quilt mit einem Firmenlogo machen sollte. Das ist nicht besonders spannend. Also dachte ich, wie es wäre, Quilts zu personalisieren.«

Sie klickte auf die Datei mit dem Katzenfoto über dem CK-Logo. »Dann habe ich das hier gemacht. Da ich keine professionelle Ausbildung habe, musste ich ein wenig herumprobieren, um die richtigen Proportionen auszutüfteln.«

Sie wandte sich an Sophie. »Ich dachte, dass die Kunden womöglich ein paar besondere Sachen haben wollen. Vielleicht Dosen mit dem Bild ihrer Katze darauf oder so. Ich habe unsere Dosen abgemessen, um ein paar Vorschläge auszuarbeiten. Ich habe nicht gestohlen.«

Sophie wirkte schon weit weniger ernst. »Wie würde das mit den Quilts funktionieren?«, fragte sie. »Die Leute würden einen mit dem Bild ihrer Katze darauf kaufen?«

»Das wäre eine Möglichkeit. Aber ein handgenähter Quilt wäre ziemlich teuer, weil da Hunderte Stunden Arbeit drinstecken. Deshalb dachte ich, wir könnten ein Set zum Selbstnähen anbieten. Sie schicken uns ihr Foto und wir schicken das Muster samt Stoffen zurück. Das Gleiche geht natürlich auch mit Stickbildern. Und dazu die personalisierten Dosen.« Sie schluckte. »Ich habe wirklich nichts geklaut, Sophie, das schwöre ich. Ich wollte nur ein paar Ideen sammeln, die ich dir vorstellen kann. Sie sind nur noch nicht fertig.«

Sophie stöhnte, dann umarmte sie Heather. »Es tut mir leid«, sagte sie und hielt sie einen Moment fest. »Ich war so gemein zu dir. Und dabei sind deine Ideen fabelhaft. Es ist unglaublich: Du arbeitest jede Sekunde eines jeden Tages und trotzdem versuchst du, Ideen für das Wachstum der Firma zu entwickeln.«

Heather entspannte sich langsam. »Ich hätte dir vermutlich sagen sollen, was ich vorhabe.«

Sophie wischte ihren Kommentar beiseite. »Ist schon gut. Ich verstehe, dass du es erst richtig hinkriegen wolltest, bevor du es mir zeigst. Ich habe total überreagiert. Im Moment habe ich so viel auf dem Zettel, dass ich manchmal nicht weiß, wo mir der Kopf steht. Aber deine Ideen sind genial. Deine Zeit ist im Lager total verschwendet. Ich möchte, dass du morgen bei Elliot im Marketing anfängst. Er braucht Leute, und du bist klug, talentiert und arbeitest hart.«

Heather konnte es nicht glauben. »Im Marketing? Aber ich habe überhaupt keine entsprechende Ausbildung.«

»Du lernst bei der Arbeit. Deine Ideen sind toll. So etwas brauchen wir. Ich sage Elliot, dass er dich morgen erwarten soll.« Lächelnd stand sie auf. »Du hast mir den Tag gerettet, Heather. Vielen Dank.«

Heather war nicht sicher, was sie von der plötzlichen Wendung der Ereignisse halten sollte. Nachdem sie ihren Laptop wieder in den Spind gestellt hatte, drehte sie sich um und sah ihre Mutter an der Tür zum Pausenraum stehen. Amber sah nicht glücklich aus.

»Ich fasse es nicht, dass du einfach so befördert worden bist.«

»Du hast zugehört?«

»Natürlich habe ich zugehört. Sophie war sauer, und ich war sicher, dass sie dich feuert. Und was wäre dann aus uns geworden? Ich wollte ihr sagen, dass sie das nicht machen kann. Aber wie immer laufen die Dinge für dich, ohne dass du was dafür tun musst.«

»Mom, ich habe stundenlang an diesen Entwürfen gearbeitet.«

»Wie auch immer. Ich werde mit Sophie reden. Es ist nicht richtig, dass sie mich so schlecht behandelt. Ich werde ihr sagen, dass ich auf einem besseren Job und einer Gehaltserhöhung bestehe. Sie ist so arrogant, seitdem sie diese blöde Firma hat.«

Ihre Mutter redete noch weiter, doch Heather hörte nicht mehr zu. Stattdessen dachte sie an ihren neuen Job im Marketing. Natürlich hatte sie Elliot schon gesehen und wusste, wer er war. Von ihm konnte sie eine Menge lernen. Sie schwor sich, dass sie extra früh kommen und spät gehen und dazwischen alles tun würde, was sie nur konnte, um ihn zu beeindrucken. Das hier war eine Gelegenheit, wie man sie nur einmal im Leben bekam. Und sie war entschlossen, sie zu nutzen.

12. KAPITEL

Nach der Arbeit zwang Sophie sich, in den Supermarkt zu fahren. Sie hatte nichts zu essen im Haus und ertrug den Gedanken an eine weitere Pizza vom Lieferservice nicht. Also kaufte sie ein paar Fertiggerichte, ein Brathähnchen und einige Salate von der Salatbar. Sie nahm auch ein paar Eier und Kaffee fürs Frühstück mit. Obwohl sie vermutlich weniger Kaffee trinken sollte, so schlecht, wie sie in letzter Zeit schlief. Wobei das nicht nur am Koffein lag. Letzte Nacht waren es ihre Schuldgefühle Kristine gegenüber gewesen, aber meistens hielten sie die Gedanken an ihre Firma wach.

Mit jedem Tag fiel sie weiter zurück, das wusste sie. Wie Bear ihr immer wieder sagte: Sie konnte nicht alles allein machen. Aber sie war auch nicht gewillt, sich helfen zu lassen. Wenn sie so weitermachte, würde die Firma in ernsthafte Schwierigkeiten geraten. Doch das zu wissen und etwas dagegen zu unternehmen waren zwei verschiedene Paar Schuhe.

Während sie anfing, die Lebensmittel zu Hause auszupacken, rief sie nach Lily. »Hey, meine Schöne. Wie geht es dir heute? Es tut mir leid, dass ich so spät dran bin. Du hast bestimmt Hunger.«

Doch anstatt in die Küche zu stürmen und ihr Futter zu verlangen, war von Lily nichts zu sehen. Schnell ging Sophie den Flur hinunter, wobei sie weiter nach der Katze rief.

»Lily? Geht es dir gut?«

Sie betrat das Zimmer, das sie für Lily zurechtgemacht hatte, und schaltete das Licht ein. Lily lag in der Wurfkiste; vier kleine Kätzchen an ihrer Seite.

»Du hast deine Babys bekommen.« Sophie eilte zu ihr und

ließ sich auf die Knie sinken. »Ah, mein kleines Mädchen, du warst ganz allein. Das tut mir so leid. Ich wollte doch da sein, um dir zu helfen.«

Lily musterte sie stumm. Sophie wusste nicht, ob die Katze sie gerade verurteilte oder ihr mitteilen wollte, dass sie das allein ganz gut hinbekommen hatte. Wie auch immer – es war passiert. Und es sah aus, als wäre alles gut gegangen.

Sophie setzte sich hin und streckte ihre Hand aus, um die Katze zu streicheln, ohne ihr das Gefühl zu geben, dass sie eine Bedrohung für die Babys darstellte. Lily drückte sich gegen ihre Fingerspitzen und schnurrte laut, was Sophie ein Lächeln entlockte.

»Du bist so eine tolle Mom. Sieh dich nur an. Irgendwann werden wir das hier alles sauber machen müssen, aber im Moment …«

Ihr Blick fiel auf etwas in der Ecke des Kartons. Etwas, das nicht richtig aussah und am Morgen noch nicht da gewesen war. Eiseskälte erfasste Sophie, als sie erkannte, dass es sich um einen kleinen Körper handelte.

»Nein«, hauchte sie. »Bitte nicht.«

Angst packte sie, und Tränen rannen ihr über die Wangen. Sie wollte sich abwenden, wusste aber, dass sie nachschauen musste, ob das Kätzchen wirklich tot war. Nur konnte sie sich nicht vorstellen, das zu tun. Die Erinnerung daran, wie CK in ihren Armen gestorben war, zerrte an ihrem Herz und machte es ihr schwer zu atmen.

»O Lily«, flüsterte sie. »War es schlimm?«

Die Katze schloss nur schnurrend die Augen.

Ohne sich wirklich bewusst zu sein, was sie da tat, holte Sophie ihr Handy heraus. Doch als sie den Anruf tätigen wollte, wusste sie nicht, mit wem sie reden sollte. Normalerweise war Kristine immer die Erste, die sie anrief, aber im Moment war es zwischen ihnen komisch. Amber war total nutzlos, und Heather war zu jung. Wen gab es noch?

Sie zögerte nur eine Sekunde, bevor sie durch ihre Kontakte scrollte und dann eine Nummer wählte.

»Hey«, antwortete Dugan fröhlich. »Ich habe gerade an dich gedacht.«

»Kannst du herkommen?«, fragte sie, ohne sich die Mühe zu machen, das Zittern in ihrer Stimme zu verbergen. »Bitte?«

»Sophie, was ist los?«

»Lily hat ihre Babys bekommen, und ich glaube, eines davon ist gestorben. Ich kann damit nicht umgehen. Ich weiß, ich sollte stark sein, das ist der Kreislauf des Lebens und so. Aber ich kann einfach nicht.«

»Ich bin sofort da.«

»Beeil dich.«

Sophie blieb, wo sie war, zu verängstigt, um das einsame Kätzchen auch nur anzuschauen. Und doch konnte sie nicht weggehen. Weinend tätschelte sie Lily und wartete. Es dauerte nicht lange, bis Dugan hereinkam.

Sie zeigte auf den kleinen Körper in dem Karton. »Ich glaube, es ist tot.«

Er ging neben ihr in die Hocke, gab ihr einen Kuss auf den Scheitel und streckte dann die Hand nach dem Kätzchen aus. Sophie zuckte zusammen und wandte sich ab. Lily schnurrte weiter, als würde sie das, was um sie herum vorging, überhaupt nicht interessieren. Dugan nahm den kleinen Körper und stand auf.

»Sie ist kalt«, sagte er. »Ich schätze, sie ist bei der Geburt gestorben. Hast du das Tierheim angerufen?«

Sie schüttelte den Kopf.

Nachdem er ihr Handy genommen hatte, verschwand er. Sophie blieb bei Lily. Die Kätzchen hatten aufgehört zu saugen und schienen nun zu schlafen. Sanft streichelte Sophie ihre winzigen Körper und war dankbar, ihre Wärme und ihren Herzschlag zu fühlen.

»Ich habe sie angerufen«, sagte Dugan, als er kurz darauf zurückkam. »Sie schicken morgen jemanden her, um die anderen zu untersuchen, sagten aber, dass du dir keine Sorgen machen sollst. So etwas kommt vor.«

»Wo ist das Kätzchen?«

»Ich habe es in mein Auto gebracht, um es bei mir im Garten zu begraben.«

»Danke.«

Er streckte die Hand aus, um Sophie auf die Füße zu ziehen. »Komm, holen wir die Babys raus, um die Wurfkiste zu reinigen. Sie meinten, du solltest Lily etwas Futter anbieten, dir aber keine Gedanken machen, wenn sie in den nächsten Stunden noch nichts fressen will. Ich habe ein großes Handtuch zum Anwärmen in den Trockner gepackt. So wird den Kleinen nicht kalt.«

Etwas Positives tun zu können sorgte dafür, dass Sophie sich ein klein wenig besser fühlte. Sie stellte Lily etwas zu fressen hin, dann half sie Dugan, die Kleinen in das warme Handtuch zu legen, wobei sie aufwachten und protestierend quiekten. Es dauerte nur wenige Minuten, die Wurfkiste sauber zu machen und mit frischen Handtüchern auszulegen. Lily fraß ein wenig, ging aufs Katzenklo und kehrte dann zu ihren Babys zurück. Erst leckte sie die Kleinen der Reihe nach ab, dann kuschelte sie sich an sie. Innerhalb weniger Minuten war die gesamte Familie eingeschlafen.

Sophie und Dugan zogen sich in die Küche zurück, wo er eine Flasche Wein aufmachte. Sie sah, dass die Einkäufe weggeräumt worden waren, und hatte keine Ahnung, wann er das gemacht hatte.

Sobald sie ihr Weinglas in der Hand hatte, setzte er sich ihr gegenüber an den Küchentisch.

»Das war schwer für dich«, sagte er im Plauderton.

Sie seufzte. »Ist das deine Art, zu fragen, ob ich durchgedreht bin?«

»Das kam unerwartet. Ich kann mir vorstellen, dass es dich traurig gemacht hat.«

»Babys sollten nicht sterben.«

Sein Blick war ganz ruhig. »Du hast in deinem Leben viele Verluste erlitten.«

»Frage oder Feststellung?«

Anstatt zu antworten, streckte er die Hand über den Tisch aus und ergriff ihre. »Ich bin froh, dass ich helfen konnte.«

Wieder stiegen ihr die Tränen in die Augen. »Ich auch. Ich weiß, es ist albern, aber es hat mich getroffen. Vermutlich, weil ich meine Katze vor nicht allzu langer Zeit verloren habe. CK war seit dem ersten Collegejahr bei mir. Sie ist der Grund, warum ich diese Firma gegründet habe. Wir haben alles zusammen durchgemacht, und ich konnte mir nicht vorstellen, sie jemals zu verlieren. Und dann ist es doch passiert.«

»Hast du dich deshalb für eine Kurzzeitpflege angeboten? Weil du für eine eigene Katze noch nicht wieder bereit bist?«

Sie nickte. »Das war ein Vorschlag von Kristine. Ich dachte, es wäre gut, ein weiteres schlagendes Herz im Haus zu haben. Aber ich habe nicht damit gerechnet, dass eines der Kätzchen stirbt.«

»Leben dein Vater und deine Mutter noch?«

Der Themenwechsel überraschte sie. »Meine Mutter ist gestorben, als ich noch ein Teenager war. Das war wirklich schlimm. Sie starb bei einem Autounfall, sodass es keine Vorwarnung gab. Mein Vater hatte uns ein paar Jahre zuvor verlassen. Mom hat ihr ganzes Leben lang hart gearbeitet. Sie war die einzige Apothekerin auf der Insel. Mein Vater hat immer nach dem nächsten großen Deal Ausschau gehalten, den er aber nie gefunden hat. Er ist von einem Plan zum nächsten gedriftet, bis er eines Tages aus unserem Leben verschwunden ist. Damals dachte ich, er hätte meine Mom verlassen, aber nicht mich. Doch nach ihrem Tod wollte er nicht, dass ich zu ihm ziehe.«

Sie schloss die Augen, als die Erinnerungen auf sie einstürmten.

»Also hast du deine Eltern gleichzeitig verloren«, sagte Dugan leise.

Sie nickte. »Seit Moms Tod haben mein Vater und ich nur zweimal miteinander gesprochen. Das letzte Mal vor zehn Jahren.«

»Bist du in eine Pflegefamilie gekommen?«

»Was? Nein. Ich bin zu Kristine und ihrer Familie gezogen. Sie haben alles getan, damit ich mich willkommen fühlte, aber es war trotzdem schwer. Ich habe meine Mom jeden einzelnen Tag vermisst. Da ich ein Teenager war, haben wir uns vor ihrem Tod ständig gestritten. Sie hatte Angst, dass ich nichts aus mir machen würde. Nach ihrem Tod habe ich alles getan, damit sie stolz auf mich wäre, auch wenn sie natürlich nicht mitbekommt, was ich tue.«

»Das kannst du nicht wissen.«

Sie sah ihn an. »Bitte werde jetzt nicht metaphysisch.«

»Das würde ich dir niemals antun. Ich weise lediglich darauf hin, dass du keine Ahnung hast, was nach dem Tod kommt. Es könnte nichts sein, es könnte komplett anders sein als alles, was man uns erzählt. Vielleicht weiß sie, was du tust, und ist stolz und glücklich.«

Sophie wünschte, das wäre wahr. »Was ist mit deiner Familie?«

Er zuckte mit den Schultern. »Ich bin so normal, dass es schon langweilig ist. Mittleres von drei Kindern, an der Ostküste aufgewachsen. Ich habe zwei Schwestern.«

»Du bist der einzige Junge. Das macht bestimmt einen Unterschied.«

Er grinste. »So sagt man mir ständig. Meine Eltern sind noch verheiratet, und ich fliege ungefähr einmal im Jahr nach Hause.«

»Wie bist du auf Blackberry Island gelandet?«

Seine Augen funkelten amüsiert. »Ich war auf einer spirituellen Reise und habe meinen Weg hierher gefunden.«

»Hast du das Haus, in dem du wohnst, geerbt?«

»Nein. Das habe ich gekauft.«

Er hielt inne, als wartete er, ob sie noch mehr fragen würde.

Unter normalen Umständen hätte sie das Thema weiterverfolgt, aber heute war sie dafür zu traurig.

»Erzähl mir, wie es nach deinem Collegeabschluss mit *CK Industries* weitergegangen ist. Ist das Unternehmen zu schnell gewachsen?«

Eine weitere Wende in ihrer Unterhaltung. Sophie dachte über die Antwort nach. »Nein, am zu schnellen Wachstum hat es nicht gelegen. Es war eher so, dass ich die Dinge nicht so kontrollieren konnte, wie ich es gern wollte. Ich habe viele dumme Entscheidungen getroffen, was meine Angestellten anging.«

»Wie meinst du das?«

»Sie waren gut darin, sich zu verkaufen, und ich habe ihnen geglaubt. Deshalb hatte ich am Ende viele Leute, die weder die Erfahrung noch die Fähigkeiten hatten, die ich benötigte.«

»Hast du sie gefeuert oder mit der Enttäuschung gelebt?«

Eine tiefsinnige Frage, die sie nicht beantworten wollte.

»Beides«, gab sie schließlich zu. »Leute zu entlassen ist schwer. Ich bin darin besser geworden, aber ich mag es nicht. Manchmal ist es leichter, einfach alles selbst zu machen.«

»Aber das kannst du nicht«, sagte er sanft. »Das verstehst du doch, Sophie, oder?«

»Ich kann sehr viel. Niemand kennt das Unternehmen besser als ich.«

»Das stimmt. Aber auch dir steht nur begrenzte Zeit zur Verfügung. Ich bin sicher, dass du alle Arbeiten besser machen kannst als die Leute, die du angestellt hast. Aber es gibt zu viele Stellen bei CK, und die kannst du nicht alle besetzen. Vertraust du dir? Denkst du, du kannst die richtigen Leute einstellen?«

»Ich weiß es nicht. Vielleicht. Manchmal.«

»Also nein.«

»Bear ist super. Amber, meine Cousine, ist eine Katastrophe, aber das wusste ich vorher.«

»Und trotzdem hast du sie eingestellt.«

»Sie gehört zur Familie.«

»Tut mir leid. Natürlich hast du ihr einen Job gegeben. Du willst Menschen, die du kennst. Selbst wenn sie schrecklich ist, ist sie vertraut. Du kannst mit dem, was sie anstellt, zurechtkommen, weil es dir bekannt ist. Wenn doch nur jeder CK so sehr lieben würde wie du. Aber du sorgst dich, dass sie es nicht tun. Und auch wenn du verstehst, dass einige Leute einfach nur einen guten Arbeitsplatz wollen, willst du das nicht akzeptieren.«

»Ich bin mir nicht sicher, dass ich mich mit der Richtung wohlfühle, die diese Unterhaltung eingeschlagen hat«, erwiderte sie steif, während sie sich fragte, wie zum Teufel er das alles herausgefunden hatte. Er war doch einfach nur irgendein Tai-Chi-Typ. Vielleicht hatte er einen Abschluss in Psychologie oder so. Egal wie, sie war von seinen Einsichten überrascht, und was er über sie sagte, war ihr unangenehm.

Dugan stand auf und zog sie auf die Füße, um ihr einen Kuss zu geben.

»Arme Sophie«, sagte er leise. »Jetzt weißt du nicht, was du von mir halten sollst. Das ist in Ordnung. Wenn du den Drang zu fliehen verspürst, denk daran, dass der Sex wirklich gut ist und es albern wäre, den aufzugeben. Außerdem ist es gut, einen Freund zu haben, der nicht zur Familie gehört. Ich weiß, du vertraust mir noch nicht. Aber ich hoffe, du erkennst irgendwann, dass ich auf deiner Seite bin.«

Sie funkelte ihn an. »Du triffst da ganz schön viele Annahmen.«

»Ich weiß.« Erneut küsste er sie. »Also, wie lautet das Urteil? Darf ich bleiben oder schmeißt du mich raus?«

Sie dachte daran, wie verstört sie immer noch war. Auch wenn es mit Dugan nicht ganz einfach war, war es besser, als allein zu sein.

»Du kannst bleiben«, erklärte sie. »Aber nur, wenn du uns was zu essen holst.«

Er lächelte. »Erledigt.«

In der Nacht, bevor sie in ihrem neuen Job anfing, war Heather so aufgeregt und nervös, dass sie kaum schlafen konnte. Die Gelegenheit war großartig, und sie wollte es gut machen.

Ihre erste Sorge galt dem, was sie anziehen sollte. Für ihren Job im Lager hatten Jeans und Sweatshirt gereicht, aber im Marketing zu arbeiten war etwas anderes. Sie wollte professionell wirken, und da war ihre Auswahl beschränkt. Ihre Situation wurde noch dadurch verkompliziert, dass es draußen in Strömen regnete. Auf keinen Fall konnte sie eine schicke Hose oder ein Kleid mit ihrem einzigen Paar Pumps anziehen und im Regen den ganzen Weg mit dem Fahrrad fahren. Also würde sie ihr Auto nehmen müssen.

Nach langem Überlegen entschied sie sich für ein Kleid und nahm sich dann ein wenig Zeit, sich zu schminken. Weil sie zu aufgeregt war, um zu frühstücken, fuhr sie früh zu CK, wo sie ihren Wagen abstellte und schnell durch den Regen nach drinnen lief. Bear war bereits in seinem Büro. Als er sie sah, grinste er und reckte den Daumen in die Höhe. Das machte Heather Mut, und so ging sie erhobenen Hauptes durch das Lager in Richtung Büros.

Elliot hatte das Büro ganz hinten für sich in Anspruch genommen. Es war groß, hatte ein Fenster, einen riesigen Schreibtisch sowie einen Tisch und vier Stühle in der Ecke. Sophie hatte ihr nicht gesagt, wann sie anfangen sollte, also hatte Heather geplant, extra früh da zu sein. Doch genau wie Bear war Elliot schon da.

Nachdem sie einmal tief durchgeatmet hatte, klopfte sie an die offene Tür.

»Guten Morgen.«

Elliot, ein großer Mann mit einer leicht einschüchternden Ausstrahlung, nahm seine Brille ab und sah sie an.

»Heather, richtig? Sophie hat erwähnt, dass sie dich in meine Abteilung versetzt hat.«

Sein Ton war neutral, also war sie nicht sicher, ob er sich darüber freute oder nicht.

»Ist das für Sie in Ordnung?«, fragte sie.

»Das werden wir sehen, oder? Ich habe mein Team noch nicht zusammen, aber es kommen in der nächsten Woche ein paar Leute zu Vorstellungsgesprächen. Ich schätze, wir werden einfach sehen müssen, wie wir miteinander klarkommen.«

Er deutete auf einen Stuhl vor seinem Schreibtisch. Als Heather sich gesetzt hatte, legte er los.

»Soweit ich weiß, lagert Sophie viele Arbeiten aus, vor allem das Online-Marketing und den Kundenservice. Leute für die Bestellannahme zu engagieren ist eine Sache, aber Werbung eine ganz andere. Die sollte auf das Unternehmen zugeschnitten sein und nachverfolgt werden. Sophie und ich arbeiten noch daran, unsere Differenzen diesbezüglich auszuräumen.«

Heather fragte sich, ob sie sich wohl Notizen machen sollte. Sie wusste weder, wie ihre Jobbeschreibung lautete, noch was Elliot von ihr erwartete.

»Wir sollten damit anfangen, unsere Kunden ein bisschen besser kennenzulernen«, fuhr er fort. »Wer sind die typischen Kunden von CK? Wir sind uns relativ sicher, dass sie weiblich sind, aber ich möchte gerne mehr herausfinden. Ich habe ein paar Ideen, die ich Sophie präsentieren will, und dazu brauche ich die entsprechenden Zahlen. Zieh doch bitte die demografischen Berichte der letzten zwei, nein, drei Jahre, damit wir gucken können, ob es irgendwelche Veränderungen gegeben hat. Ich möchte mir die Anzahl an Katzen pro Haushalt anschauen und dazu Bildung sowie Einkommensniveau der Katzenbesitzer. Außerdem benötige ich die Gesamtzahl aller Haushalte, in denen Katzen leben. Ich erinnere mich, irgendwo gelesen zu haben, dass es in unserem Land mehr Katzen als Hunde gibt. Stimmt das? Wie sehen die demografischen Daten von Katzenbesitzern aus, und inwieweit korrelieren diese Daten mit denen der CK-Kunden?«

Er hielt inne, bevor er ihr ein kleines Lächeln schenkte. »Das sollte dich für heute und morgen beschäftigt halten. Sobald du die Berichte fertig hast, gehen wir sie gemeinsam durch und machen dann von da aus weiter.«

Heather schluckte. Berichte? Was bedeutete das? »Äh, wie lang sollen diese Berichte sein?«

Er runzelte die Stirn. »So lang wie nötig. Heather, das hier ist keine Collegearbeit, sondern die reale Welt.«

»Wo soll ich denn arbeiten?«, fragte sie.

Er zeigte auf die leeren Büros um sie herum. »Such dir eines mit einem Computer. Hast du das Internetpasswort?«

Sie nickte.

Er hielt ihr einen Zettel hin. »Das zweite Passwort brauchst du, um an die firmeninternen Daten zu kommen. Ich gehe davon aus, dass du weißt, dass du nichts von dem, was du in Erfahrung bringst, mit irgendjemand anderem außer Sophie und mir teilst?«

»Ja.«

Zumindest wusste sie es jetzt.

Schnell entschied sich Heather für das kleinste Büro – nicht nur, weil es bescheiden war, sondern auch, weil es am weitesten von Elliot entfernt lag. Der Mann machte ihr Angst.

Nachdem sie den Computer hochgefahren hatte, loggte sie sich ein und ging ins Internet, wo sie die demografischen Informationen zusammensuchte und einen Bericht erstellte. Sie lud Statistiken zu Katzenbesitzern herunter und machte sich Notizen. Um zwei Uhr fühlte sie sich sicher genug, um in die Firmendatenbank zu gehen und die Informationen herauszusuchen, um die Elliot sie gebeten hatte.

Das Problem war nur: Als sie die gesicherten Informationen vor sich sah, hatte sie keine Ahnung, was sie bedeuteten. Es gab Hunderte Seiten mit Rohdaten, mathematischen Formeln und Grafiken, und auch wenn sie die letzten zwei Jahre fand, schien das drittletzte Jahr zu fehlen.

Um fünf Uhr war sie erschöpft, hungrig und hatte pochende Kopfschmerzen. Sie schloss die Notizen in ihrem Schreibtisch ein und schwor sich, der Sache am nächsten Morgen auf den Grund zu gehen.

Als sie zu Hause ankam, war das Haus leer. Heather bereitete sich ein schnelles Abendessen zu und ging dann in ihr Zimmer, wo sie sich über Marketingberichte schlaumachte, bis die Worte vor ihren Augen verschwammen.

Am Mittwochvormittag betrat Heather mit zwei Berichten in der Hand Elliots Büro. Sie legte beide auf seinen Schreibtisch.

Er ließ den Blick zwischen ihr und den Berichten wechseln, dann nickte er in Richtung des Stuhls. »Setz dich.«

Sie setzte sich und bemerkte, dass sie so sehr zitterte, dass ihre Knie wippten. Schnell presste sie beide Hände auf die Oberschenkel und hoffte, dass Elliot es nicht bemerkte.

Er blätterte durch die Seiten mit den Ergebnissen über die CK-Kunden. Heather hatte Charts und Grafiken eingefügt, die sie zum Großteil selbst erstellt hatte. Sie hatte keine Ahnung, was er wollte, also wusste sie auch nicht, ob sie es ansatzweise richtig gemacht hatte. Aber sie hatte hart gearbeitet und hoffte, dass er …

Er warf die Seiten auf den Tisch, ließ seine Brille danebenfallen und sah sie an.

»Wer bist du?«

Die Frage überraschte sie. »Sie meinen, wie ich heiße?« Wusste er das nicht? Oder hatte er es schon wieder vergessen?

Elliot seufzte schwer. »Nein, nicht wie du heißt. *Wer* bist du? Warum hast du diesen Job? In was für einer Beziehung stehst du zu Sophie?«

»Ich, äh, bin die Tochter ihrer Cousine. Ich kenne sie schon mein ganzes Leben.« Sie spürte, dass sie rot wurde. »Ich habe an ein paar Marketingideen für die Firma gearbeitet. Also hauptsächlich daran, wie man Katzenfotos auf unsere Produkte bringen kann.«

Während sie sprach, merkte sie, wie dumm das klang. »Sophie hat meine Arbeiten gesehen und fand sie gut.«

Elliot massierte sich den Nasenrücken. »Du hast Katzenbilder auf Handtücher gelegt und arbeitest jetzt im Marketing?«

Die Hitze in ihren Wangen verstärkte sich. »Es waren nicht nur Handtücher«, flüsterte sie. »Es gab auch ein Dosenset, und ich habe ein Quiltmuster entworfen.«

»Na dann.« Er musterte sie. »Hast du irgendwelche Erfahrungen oder Ausbildungen in diesem Bereich? Ein Studium, ein Praktikum, irgendetwas?«

Heather schüttelte den Kopf.

»Ich hätte zur P&G zurückgehen sollen«, murmelte er.

»Es tut mir leid«, platzte es aus Heather heraus. »Ich kann die Berichte überarbeiten. Wenn Sie mir sagen, was genau Sie brauchen, schaffe ich das.«

Sein dunkler Blick ruhte auf ihrem Gesicht. »Das ist das Problem, Heather. Ich habe dir gesagt, was ich will. So nützt du mir nichts. Ich habe keine Zeit, dich in die Grundzüge deines Jobs einzuweisen.«

»Bitte«, flehte sie und wusste, dass sie verzweifelt klang. Doch das war ihr egal. »Bitte geben Sie mir noch eine Chance. Ich arbeite wirklich hart. Ich komme früher und bleibe länger. Ich hole Ihnen Kaffee und tue alles, was Sie mir sagen. Ich bin verlässlich und lerne schnell. Bis ich im Lager angefangen habe, hatte ich drei Jobs. Vier, wenn man das Babysitten mitzählt. Aber ich habe meinen Job als Kellnerin aufgegeben, um hier Vollzeit zu arbeiten. Mein Nachfolger im Lager ist bereits eingestellt. Ich darf diesen Job nicht verlieren. Bitte! Ich habe keinerlei Ersparnisse und muss mich um meine Mom kümmern, weil sie sich nicht selbst um sich kümmert. Ich hänge fest und habe Angst. Meine Großmutter verkauft unser Haus, und wir können nirgendwohin, und das hier ist eine so großartige Gelegenheit für mich. Ich will Grafikdesign und Marketing studieren, und ich gehe aufs Community College. Also das habe ich zumindest bis zu dem Unfall gemacht, aber ich kehre im Herbst zurück. Das meine ich ernst. Ich werde zurückgehen und es schaffen. Ich will nur wirklich nicht, dass Sie mich feuern.«

In dem Versuch, ihren eigenen Redestrom aufzuhalten, presste Heather die Lippen zusammen. Dieser emotionale Ausbruch würde ihr vermutlich nicht helfen, aber nun konnte sie die Worte nicht mehr zurücknehmen.

Elliot musterte sie sehr lang. Dann warf er die Berichte in den Abfalleimer neben seinem Schreibtisch, holte einen Block heraus und fing an zu sprechen, während er schrieb.

»Alter, Geschlecht, durchschnittliches Einkommen, Anzahl an Katzen, akademische Ausbildung, Beruf.« Er sah sie an. »Vollzeit oder Teilzeit. Such alle Informationen zusammen, die wir über die CK-Kunden haben. Erstelle ein Chart mit dem Jahr oben und den Charakteristiken an der Seite. Was haben wir für dieses Jahr, letztes Jahr und die beiden vorletzten Jahre. Also insgesamt vier Jahre. Du kannst weitere Kategorien hinzufügen, die dir sinnvoll erscheinen. Dann mach das Gleiche für den durchschnittlichen Katzenhaushalt im Land. Erstell daraus ein zweites Chart. Das sollte nicht mehr als zwei Stunden dauern. Komm dann mit den Informationen zu mir zurück.«

»Ist es das, was Sie anfangs wollten?«, fragte sie.

»Nein, aber für den Moment reicht es. Kriegst du das hin?«

»Ja.«

Er gab ihr den Block und zeigte auf die Tür.

Heather wollte ihm sagen, dass sie ihr Bestes geben würde. Oder salutieren oder so, aber dann stand sie doch einfach nur auf und eilte aus dem Raum. Ihr war eine zweite Chance gegeben worden, und sie würde es nicht vermasseln.

13. KAPITEL

Zu Hause lief es immer noch nicht besser. Jaxsen weigerte sich zuzugeben, dass er etwas falsch gemacht hatte. Er hatte klargestellt, dass er ihre Reaktion für übertrieben hielt. Kristine fand, dass er ihren Schmerz und das Gefühl von Verrat einfach abtat. Niemals würde er einsehen, dass seine Lüge alles verändert hatte. Sie hatte sich für ihre wahre Liebe aufgespart, und er hatte sie belogen.

Während sie zum Flughafen fuhr, um Bruno weitere drei Dutzend Kekse zu bringen, musste sie sich eingestehen, dass sie und Jaxsen feststeckten. Wenn Geschichte dazu verdammt war, sich zu wiederholen – oder wie auch immer das Sprichwort lautete –, würde sie diejenige sein, die schlussendlich nachgab. Sie würde sagen, dass alles gut wäre, dass sie es verstand. Und er würde sagen, dass er sie liebte. Und danach würde alles weitergehen wie vorher. Vielleicht war das der vernünftigste Weg, doch zum ersten Mal in ihrem Leben wollte sie nicht vernünftig sein. Er hatte gelogen. Teenager oder nicht. Er hatte ihre Gefühle verletzt, ihre Reaktion abgetan, und wieder einmal wurde von ihr erwartet, es zum Wohl ihrer Ehe einfach hinzunehmen.

Wann muss er mal etwas hinnehmen?, schäumte sie innerlich, als sie auf den Flugplatz bog. Wann tat er mal etwas, das er nicht tun wollte? Jaxsen half im Haus, aber nur mit den Dingen, die er gerne tat. Er machte die Jungs bettfertig, las ihnen aber nicht vor, weil »alle ihre Bücher langweilig sind«, wie er ihr ein dutzend Mal erzählt hatte. Er half weder beim Putzen der Küche noch der Badezimmer. Er räumte auch nicht auf, aber er saugte Staub, weil er das gerne machte. Er lebte sein Leben, indem er tat, was er wollte und wann er wollte, und der Rest war ihm egal.

Als sie ihren Wagen abstellte, hatte sie sich so in Rage gedacht, dass nun eine Energie in ihr tobte, von der sie nicht wusste, wohin damit. Zum Glück landete Brunos Jet in diesem Moment und lenkte sie ab.

Sie nahm die eingepackten Kekse und die Sandwiches mit Hühnchensalat, die sie auf dem Weg besorgt hatte, und ging auf den Jet zu. Die Tür ging auf, die Gangway wurde ausgefahren, und dann kam Bruno schon auf sie zu.

»Danke, dass du so kurzfristig kommen konntest«, sagte er lächelnd. »Ich habe erst in letzter Minute erfahren, dass ich hier stoppe, bevor ich weiterfliege. Und brauchte dringend noch ein paar Kekse.«

»Da sind sie schon.« Sie hielt ihm die Tüte hin. »Ich habe dir auch ein paar Sandwiches mitgebracht, falls du Hunger hast.«

»Wie fürsorglich von dir.« Er zeigte auf das Flugzeug. »Hast du ein paar Minuten?«

Ihr gingen all die Sachen durch den Kopf, die sie zu Hause noch zu tun hatte. Sie sollte wirklich nicht … Aber sie tat es trotzdem. Denn ihr Mann benahm sich wie ein Idiot und wenn ihr Verhalten jetzt ein wenig trotzig war, tja, dann war es eben so.

»Die habe ich tatsächlich«, sagte sie.

Er ließ ihr den Vortritt. Drinnen legte sie die Sandwiches auf den kleinen Tresen und stellte die Tüte auf einen der Sitze. Erst da fiel ihr die Flasche Champagner auf, die in einem Eiskühler stand.

Die Enttäuschung traf sie hart. Verdammt. Er hatte seine Freundin oder so mitgebracht. So viel zu ein paar Minuten flirten und ein wenig »Was wäre wenn« von ihrer Seite.

Bruno griff nach der Flasche. »Ist das zu vermessen von mir? Ich dachte, wir könnten auf meine anstehende Reise anstoßen.«

Also wollte er mit ihr trinken. »Es ist gerade mal ein Uhr mittags.«

Er lächelte. »Stimmt.«

Sie schaute sich in dem luxuriösen Jet um, sah dann die Flasche an und dachte: Warum nicht?

»Klar«, sagte sie und setzte sich. »Das wäre nett.«

»Ausgezeichnet.« Er nahm die Flasche aus dem Kühler. »Mein Großvater hat mir immer erzählt, dass die meisten Leute Champagnerflaschen falsch öffnen. Sie glauben, es ginge um das Ploppen des Korkens. Aber wenn das Geräusch richtig laut zu hören ist und der Champagner überläuft, verliert man viel von dem Prickeln, das ihn so besonders macht. Manchmal ist leiser besser.«

Geschickt löste er die Folie und den Draht, ohne ihn abzumachen, dann presste er einen Daumen auf den Korken und drehte die Flasche mit der anderen Hand, bis der Korken sich löste.

»Das war quasi nicht zu hören«, sagte sie beeindruckt.

Er zwinkerte ihr zu. »Jahrelange Übung.«

Bevor er sich ihr gegenübersetzte, schenkte er ihnen beiden ein Glas ein.

Sie stießen miteinander an, dann fragte sie: »Wann fliegst du?«

»Morgen. Heute Abend fliege ich zurück und morgen geht es in einen Flieger nach Paris.«

»Einen Flieger?« Sie tat schockiert. »Du fliegst Linie?«

»Ich weiß … Aber dieser Jet braucht eine Wartung.«

»Du musst am Boden zerstört sein.«

Er grinste. »Ich werde meinen Schmerz wie ein Mann ertragen.«

»Du hast wirklich ein unglaubliches Leben«, sprach sie ihre Gedanken laut aus. »Es ist so anders als meins, dass ich es mir nicht einmal vorstellen kann. Ich bin Hausfrau und Mutter von drei Söhnen. Ich bringe dir Essen und backe Kuchen und Brownies, die ich verkaufe. Jeden Donnerstag bleibe ich die ganze Nacht auf, um zu backen, damit ich am Wochenende, wenn die Touristen kommen, frische Kekse habe.«

»Warum backst du nicht tagsüber?«

Das war eine ausgezeichnete Frage. »Es ist kompliziert. Wenn die Kinder morgens aus dem Haus sind und ich alles aufgebaut habe, ist der halbe Vormittag rum. Um drei Uhr muss aber bereits alles wieder aufgeräumt sein, damit ich das Abendessen vorbereiten kann.«

Bruno sagte nichts, aber das musste er auch nicht. Wie lächerlich. Sie musste Ordnung geschaffen haben, bevor die Kinder aus der Schule kamen? Warum? Den Jungs war es egal. Wann hatte sie diese Regel aufgestellt? Warum war sie davon ausgegangen, dass alle anderen wichtiger waren als …

»Kristine?«

»Was? Oh, tut mir leid.« Sie konzentrierte sich wieder auf Bruno. »Ich habe nur nachgedacht.« Sie seufzte. »Ich würde sehr gerne mal nach Frankreich und Italien reisen.«

Sein Blick hatte plötzlich etwas Durchdringendes. »Das meinst du nicht ernst.«

»Doch, das tue ich. Eine kleine Flucht aus meinem Leben klingt im Moment genau richtig.«

»Schwierigkeiten zu Hause?«, fragte er mit sanfter Stimme.

»Ja. Jaxsen benimmt sich unmöglich, und das frustriert mich. Die Jungs sind super. Ich meine, sie sind Jungs, aber ich liebe sie. Es ist nur … Manchmal wünsche ich mir, ich hätte andere Entscheidungen getroffen.«

An das Leben mit einem Privatjet könnte ich mich so was von gewöhnen, dachte sie. Einem attraktiven Mann gegenüberzusitzen, der wusste, wie man eine Champagnerflasche öffnete …

»Du würdest gar nichts ändern«, erklärte er ihr. »Und das kann ich beweisen.«

Bevor sie wusste, wovon er da sprach, beugte er sich vor und küsste sie.

Es war kein richtiger Kuss – seine Lippen berührten ihre kaum, aber trotzdem. Er war nicht Jaxsen, und er hatte sie auf den Mund geküsst.

Ehe sie herausfinden konnte, was sie fühlte oder was das bedeutete, zog er sich zurück.

»Du bist geschockt.«

»Überrascht«, korrigierte sie und berührte ihre Lippen mit einem Finger. »Du hast mich geküsst.«

»Das habe ich.«

»Warum?«

»Aus vielen Gründen, aber hauptsächlich, weil ich es wollte.«

Er hatte sie küssen wollen? Warum? Sie war nicht glamourös, nichts Besonderes. Nicht mal ansatzweise glich sie den Frauen, die er bestimmt in seinem Leben hatte.

»Ich weiß nicht, was ich sagen soll«, gab sie zu. Noch immer gelang es ihr nicht zu bestimmen, was sie fühlte.

»*Fahr zur Hölle* oder *Küss mich noch mal* sind die wahrscheinlichsten Optionen.«

Er beobachtete sie genau, als wartete er darauf, wie die Sache weitergehen würde. Sie sah keinen Grund, ihm zu sagen, er solle zur Hölle fahren. Was einen erneuten Kuss anging, nun, sie wusste, dass sie das auch nicht wollte.

Also stellte sie ihr Glas ab. »Ich sollte gehen.«

»Natürlich.«

Er begleitete sie aus dem Flugzeug. Unten angekommen nahm er ihre Hand.

»Ich werde ein paar Wochen unterwegs sein«, sagte er.

»Lass mich wissen, wenn du zurückkommst.«

»Das mache ich.« Lächelnd ließ er ihre Hand los. »Auf Wiedersehen, Kristine.«

»Auf Wiedersehen.«

Auf dem Weg zu ihrem Auto versuchte sie, ihr Gedankenchaos zu ordnen: Bruno hatte sie geküsst. Sie hatte keine Ahnung, warum er das getan hatte oder was er von ihr wollte, aber er hatte sie geküsst. Auf den Mund.

Sie saß in ihrem Auto und starrte blicklos hinaus. Vielleicht war sie verrückt, aber sie hatte das Gefühl gehabt, dass Bruno sie noch einmal geküsst hätte, wenn sie ihn darum gebeten hätte. Und was dann? Wäre es noch weitergegangen? Wollte er eine Affäre mit ihr?

Noch nie hatte sie sich so etwas gefragt. Es schien ihr so absurd, dass sie beinahe laut aufgelacht hätte. Eine Affäre? Mit ihm?

Sie dachte daran, wie Jaxsen sich in der vergangenen Woche verhalten hatte, und spielte für eine Sekunde mit dem Gedanken, es ihm heimzuzahlen. Nur wollte sie nicht mit Bruno schlafen. Ja, sie war geschmeichelt und überrascht. Ein klein wenig hatte sein Angebot sie auch in Versuchung geführt, aber in Wahrheit war sie keine Frau, die außerhalb ihrer Ehe nach emotionalen Bindungen suchte. Sie wollte keinen anderen Mann und keine andere Beziehung. Sie wollte … Sie wollte …

»Ich will die Bäckerei eröffnen«, sagte sie laut und packte das Lenkrad mit beiden Händen. »Ich will einen Beruf, der mich glücklich macht. Ich will den Laden mieten und im Leben vorankommen.«

Von neuer Entschlossenheit erfüllt fuhr sie heim. Ich werde es tun, sagte sie sich. Sie würde einen Plan erstellen und Jaxsen sagen, dass es an der Zeit für sie war, etwas zu verändern. Die Kinder waren alt genug, und die Bäckerei war perfekt. Wenn nicht jetzt, wann dann? Sie war die Ausreden und das Bedauern leid. Es war an der Zeit, ihre Träume zu verwirklichen.

Sophie lag neben der Wurfkiste mit den Kätzchen auf dem Boden. Lily nahm gerade eine Auszeit und lag auf der Fensterbank in der Sonne. In der Mittagspause war Sophie nach Hause gefahren, um nach ihrer kleinen Familie zu schauen, wie sie es beinahe jeden zweiten Tag tat.

Rein rational wusste sie, dass es Lily und den Babys gut ging – das, was bei der Geburt passiert war, war ein normaler Vorgang –, trotzdem konnte sie nicht aufhören, sich zu sorgen.

Es klopfte an der Haustür. Bevor sie rufen konnte, dass offen war, hörte sie Schritte im Haus.

»Ich bin hier hinten!«, rief sie.

Dugan tauchte auf. In der Hand hielt er eine große braune Papiertüte. Er hatte angeboten, etwas zum Mittagessen zu besorgen, und sie hatte ihn eingeladen, zu ihr nach Hause zu kommen.

Wie immer war sie fasziniert davon, wie gut er aussah. Die dunkelblauen Augen, die wie gemeißelten Gesichtszüge, die breiten Schultern. Der Mann gefiel ihr wirklich. Und wenn sie die Energie hätte aufbringen können, hätte sie nach dem Mittagessen einen Quickie vorgeschlagen. Sie war um fünf Uhr im Büro gewesen und nun kurz vorm Verhungern.

»Was ist?« Er streckte ihr die Hand hin, um ihr aufzuhelfen.

»Ich habe gerade gedacht, dass ich lieber was essen als Sex haben will. Was sagt das über mich aus?«

»Dass du lange nichts gegessen hast. Du arbeitest hundert Stunden in der Woche, schläfst kaum und wirst eines Tages zusammenbrechen. Sex ist toll, aber manchmal braucht man auch ein Sandwich.«

Sie setzte sich an den Küchentisch und überlegte, dass er vermutlich recht hatte. Also, was das Essen anging, nicht den Zusammenbruch.

»Ich bin ziemlich widerstandsfähig«, sagte sie und nahm das angebotene Sandwich an.

»Jeder hat einen Punkt, an dem es zu viel wird.«

»Warum bist du so negativ?«

»Ich bin realistisch. Das ist ein Unterschied.«

Sie verdrehte die Augen und aß einen Bissen. Während sie kaute, öffnete sie eine Dose Wasser und trank einen Schluck.

»Du gibst mir ständig Ratschläge, auch bezüglich meiner Firma. Warum?«

»Ich mag dich.« Er schenkte ihr ein träges Lächeln. »Außerdem kann ich nicht anders.«

»Du solltest es gut sein lassen. Bei mir ist alles in Ordnung.«

»Hast du schon eine Office-Managerin eingestellt?«

»Nein. Es gibt keine guten Bewerber.«

»Es fällt mir schwer, das zu glauben. Hast du dir ihre Lebensläufe wirklich angeguckt und Gespräche mit ihnen geführt? Oder warst du dabei mit den Gedanken ganz woanders?«

Woher wusste er das? Es war, als könnte er in ihren Kopf gucken, was ihr überhaupt nicht gefiel.

»Ich habe keine Ahnung, wovon du redest«, beschied sie ihm und aß noch einen Bissen von ihrem Sandwich.

»Lügnerin«, sagte er leise. »Die Personalvermittlung schickt dir nur qualifizierte Leute. Schau dir die Lebensläufe noch einmal an und stell dann einen von ihnen ein.«

»Jemand Schlechtes ist schlimmer als keiner.«

»Normalerweise würde ich dir zustimmen, aber in deinem Fall ist jeder besser als keiner. Ein Office-Manager kümmert sich darum, dass die anderen Stellen besetzt werden. Und auch wenn ich dir dafür Beifall zolle, dass du *CK Industries* aus dem Nichts aufgebaut hast, bist du nicht gerade ein Vorbild für gutes Management.«

Sie knüllte ihre Serviette zusammen und warf sie nach ihm. »Das darfst du nicht sagen.«

»Trotz aller gegenteiligen Beweise? Akzeptier es einfach, Sophie. Du arbeitest hart, und du bist klug. Aber um ein Unternehmen zu führen, braucht es mehr. Du hast keine Superkräfte. Es wäre besser für alle Beteiligten, wenn du aufhören würdest, so zu tun, als hättest du sie.«

Sie wusste, dass er recht hatte. Also, vielleicht. »Ich mochte dich lieber, als ich noch dachte, du hättest nur ein hübsches Gesicht.«

Er grinste. »Da bin ich mir sicher.«

Heather sagte sich, dass es keinen Grund gab, nervös zu sein. Sie hatte die Arbeit getan, kannte die Zahlen, alles war gut. Aber noch während sie die nächste Folie ihrer PowerPoint-Präsentation aufrief, spürte sie, dass ihre Kehle sich zusammenzog und es ihr schwerfiel zu sprechen.

Den Großteil der Woche hatte sie damit verbracht, alles richtig zu machen. Elliot hatte sie gebeten, den Plan fürs Onlinemarketing darauf runterzubrechen, wie viele statische Anzeigen und wie viele Videos es gab und wo sie jeweils geschaltet wurden. Sie wusste, dass er versuchte, Sophie dazu zu bringen, die Werbeabteilung ins Haus zu holen, anstatt sie auszulagern, und ihr Bericht würde ein Teil seines Pitches sein.

Bis tief in die Nacht hatte Heather Informationen gesammelt und Charts und Grafiken auseinandergenommen. Sie kannte die Klickraten von jeder Anzeige aus den letzten sechs Monaten und hatte angefangen, von Katzenspielzeug und Katzenfutter mit CK-Logo zu träumen. Dass sie Elliot beeindrucken würde, war nicht sonderlich wahrscheinlich. Aber wenn sie ihm zeigte, dass sie ihm zumindest ein wenig helfen konnte, hoffte sie, dass er sie in ihrer bisherigen Position behalten würde.

»Wie ihr seht, sind Videos erfolgreicher als statische Anzeigen«, sagte sie und betete, dass die anderen das Zittern in ihrer Stimme nicht hörten. »Wenn wir die Videos nach Interaktionshäufigkeit auflisten, funktionieren die mit echten Katzen wesentlich besser als die mit Zeichentrickkatzen.«

Sie wechselte zur nächsten Folie. »Für Videos mit echten Katzen entstehen jedoch wesentlich höhere Kosten, weil ihre Herstellung länger dauert.«

Sophie nickte. »Katzen sind nicht gerade bekannt dafür, kooperativ zu sein. Gibt es Informationen bezüglich Videos mit Katzen im Vergleich zu Kätzchen? Ich bin mir sicher, dass es ein Video gab, in dem einfach nur ein paar spielende Kätzchen gezeigt wurden, dazu eine Stimme aus dem Off, die unser Angebot vorträgt. Wie wäre es mit so etwas? Wir könnten ein Kamerateam holen, das die Kätzchen filmt, und das Material dann nutzen, um was auch immer zu verkaufen. Alle lieben Katzenbabys.«

Elliot machte sich eine Notiz. »Lass uns darüber sprechen, wenn wir mit der Präsentation durch sind.«

»Aber Katzenbabys, Elliot.«

»Aber Informationen, Sophie.«

Sie seufzte. »Na gut.«

»Wir sind beinahe fertig«, warf Heather schnell ein. »Nur noch zwei weitere Folien.«

Diese ging sie schneller durch, als ihr lieb war, aber sie spürte, dass Sophie langsam ungeduldig wurde. Die Präsentation umfasste sechzig Folien. War das zu viel? War sie zu sehr ins Detail gegangen? Sie wollte gerade fragen, als Sophie aufsprang.

»Das war super«, sagte sie und lächelte Heather an. »Ich bin sehr beeindruckt, was du da zusammengestellt hast.«

»Danke.« Heather schaute zu Elliot, doch dessen Miene war wie immer undurchdringlich. Ihr Chef war niemals gemein oder kurz angebunden, aber er war auch nicht gerade warm und fürsorglich. Sie machte sich ständig Sorgen, dass sie ihn enttäuschte.

Sophie winkte noch einmal fröhlich, bevor sie Elliots Büro verließ. Heather schaute ihr nach, dann sah sie wieder ihren Boss an.

»Was habe ich falsch gemacht?«, fragte sie zögerlicher, als ihr lieb war.

»Du musst deine Präsentationen an deine Zuhörer anpassen. Natürlich sollst du deine Informationen teilen, aber gleichzeitig musst du dir bewusst sein, mit wem du es zu tun hast. Sophie will alles wissen, was bei CK los ist, aber ihre Zeit ist begrenzt und sie denkt ständig an zehn Dinge auf einmal.«

»Zu viele Details und zu viele Folien?«

Elliot nickte und schaute dann auf seine Uhr. »Mach Mittagspause«, sagte er. »Danach kannst du anfangen, die Anzeigen zu katalogisieren, die in den nächsten dreißig Tagen rausgehen sollen. Ich will sie noch mal sehen, bevor wir das endgültige Okay geben. Ich glaube immer noch, dass wir es besser machen können.«

Heather überlegte, ihm zu sagen, dass sie keine Mittagspause bräuchte und durcharbeiten könnte, allerdings hatte sie Hunger und war müde. Die langen Abende machten sich langsam bemerkbar.

Also sammelte sie ihre Notizen zu der Präsentation zusammen, schnappte sich ihren Laptop und brachte alles in ihr Büro, bevor sie in den Pausenraum ging. Auf halbem Weg zum Kühlschrank sah sie, dass ihre Mutter an einem der Tische saß.

Obwohl sie zusammen wohnten und arbeiteten, hatten sie einander in letzter Zeit nur selten gesehen. Daher hatte Heather keine Ahnung, in welcher Stimmung ihre Mutter sich befand.

Zum Glück schenkte Amber ihr ein Lächeln. »Da bist du ja. Ich hatte mich schon gefragt, ob du wohl weggezogen bist. Hat Sophie es dir schon erzählt? Ich bin jetzt im Versand. Die Arbeit ist wirklich interessant. Was für seltsame Dinge die Leute kaufen … Es gibt eine Decke, die siebenundfünfzig Dollar kostet. Ist das zu fassen? Wer bezahlt denn so viel für eine einfache Decke?«

Heather holte ihr Mittagessen aus dem Kühlschrank. Eigentlich hatte sie in ihrem Büro essen wollen, aber da sie nicht wusste, wie sie das ihrer Mutter sagen sollte, setzte sie sich zu ihr an den Tisch.

»Die ist sehr groß und hat ein spezielles Muster«, erklärte sie Amber. »Außerdem ist das CK-Logo in den Stoff gewebt.«

»Trotzdem. Das ist eine lächerliche Summe, wenn du mich fragst. Viele der Produkte sind unglaublich teuer. Ich würde meinen, dass die Kunden sie gerne irgendwo günstiger finden würden.«

Zuerst achtete Heather nicht auf das, was ihre Mutter gesagt hatte, und biss von ihrem Sandwich ab. Doch dann sackten die Worte und nahmen eine ganz andere Bedeutung an.

Ihre Mutter würde doch nicht … Sie konnte doch nicht …

Nein, sagte sie sich. Auf keinen Fall würde ihre Mutter Sophie bestehlen und die Sachen dann im Internet verkaufen.

Selbst Amber würde nicht so weit gehen. Sie war zwar faul, aber Heather glaubte nicht, dass sie so unehrlich war.

Darüber denkst du besser nicht nach, ermahnte sie sich.

»Ich bin froh, dass dir der neue Job gefällt«, sagte sie. »Das Lager ist eine tolle Abteilung. Bear kennt sich wirklich aus.«

Amber seufzte. »Er versteht zwar die Bedeutung des Wortes *Pause* nicht, aber ich arbeite daran, sie ihm beizubringen.«

Das läuft vermutlich nicht allzu gut, dachte Heather. »Ich bin froh, dass Sophie mit ihrer Firma hierhergezogen ist und wir beide einen Job bei ihr bekommen haben.«

»Natürlich haben wir das. Wir sind ihre Familie. Sie hat die Verpflichtung, uns einen Job zu geben. Sie sollte uns allerdings mehr bezahlen, wenn du mich fragst.«

»Mom, so funktioniert das nicht.«

»Das sollte es aber.«

Heather aß noch einen Bissen. Sie wollte sich nicht wieder streiten. Es gab wichtigere Dinge, um die sie sich zu kümmern hatten. Wie zum Beispiel die Tatsache, dass sie sich nach einer Wohnung umsehen mussten.

»Wenigstens haben wir beide Arbeit«, sagte sie. »So können wir für eine Wohnung sparen. Der Umzug wird teuer werden.«

»Heather, sei nicht albern. Wir werden nicht umziehen. Meine Mutter hat nur einen ihrer Anfälle. Das geht vorüber. Vertrau mir. Ich weiß, wovon ich rede.«

»Aber Mom, sie hat gesagt …«

Amber verdrehte die Augen. »Hör auf. Alles wird gut. Du wirst schon sehen.«

14. KAPITEL

Tina Castillo wirkte effizient. Sie war von mittlerer Größe, mit braunem Haar sowie braunen Augen und strahlte Selbstsicherheit und Vernunft aus. Ihr Lebenslauf war beeindruckend. An allzu viele Einzelheiten aus dem Vorstellungsgespräch konnte Sophie sich hinterher nicht erinnern. Aber es hatte keine Alarmsignale gegeben, was ein Pluspunkt war.

Weil sie wusste, dass sie wirklich einen Office-Manager benötigte, hatte sie Bear eine Liste mit ihren drei Top-Kandidaten gegeben und ihn gebeten, sie für ein Abschlussgespräch einzuladen. Dann konnte er sich die raussuchen, die er für am besten geeignet hielt.

Er war ihrer Bitte mit alarmierender Geschwindigkeit nachgekommen. Keine vierundzwanzig Stunden später war Tina eingestellt, und heute war offensichtlich ihr erster Tag.

»Ich bin mir nicht sicher, was Bear Ihnen über die momentanen Umstände erzählt hat«, setzte Sophie an und wünschte, sie könnte sich wenigstens *ein bisschen* an das Vorstellungsgespräch erinnern. Sie hatte keine Ahnung, worüber sie gesprochen hatten, was ein wenig peinlich war. Und dumm.

»Ich weiß von dem Feuer und dem Umzug«, erklärte Tina. »Das Unternehmen wächst, aber Sie haben nicht genügend Leute. Anstatt sich um die Leitung der Firma zu kümmern, verbringen Sie Ihre Tage damit, überall kleine Brandherde zu löschen.«

Leitung? Sophie wusste, dass sie das Sagen hatte, hätte sich aber nie selbst als Führungsperson bezeichnet. Was Teil des Problems ist, dachte sie und war über diese Erkenntnis wenig erfreut.

»Ich kann helfen«, sagte Tina und schob sich die Brille auf der Nase hoch. »Sobald ich mein Team zusammenhabe, läuft hier alles wie am Schnürchen. Ich verfüge über viel Erfahrung. Meine Aufgabe ist es, mich um alles zu kümmern, sodass Sie sich ganz darauf konzentrieren können, *CK Industries* weiter voranzubringen. Ich kann mir vorstellen, dass Ihr Fünfjahresplan genau wie alles andere vom Feuer zerstört wurde. Sie brauchen Zeit, um ihn neu zu entwickeln.«

Fünfjahresplan? Sophie versuchte, nicht zusammenzuzucken. Sie war nie ein großer Freund von solchen Plänen gewesen. Sie vertraute ihrem Bauchgefühl, das sie bisher noch nie im Stich gelassen hatte.

»Wie gesagt, ich möchte mich um die Details kümmern«, fuhr Tina fort. »Ich habe sehr viel Erfahrung im Projektmanagement. Die kann ich hier gut einsetzen.« Sie hielt kurz inne. »Hätten Sie gerne eine Assistentin?«

Sophie zögerte. »Ich bin mir nicht sicher. Ich hatte vorher schon welche, aber das hat nie funktioniert.«

»Das dachte ich mir.«

Sophie wartete, aber Tina schien nicht gewillt zu sein, das weiter auszuführen. Was bedeutete das? Hatte Tina mit Bear über sie gesprochen? Und falls ja, was hatten sie gesagt?

»Sie brauchen jemanden, der sich um Ihre Termine und den Kleinkram kümmert.« Tina nickte, während sie sprach. »Warum stelle ich nicht jemanden an? Und anstatt an Sie zu melden, wird er oder sie mir berichten? Ich verteile die Aufgaben, und Sie können alle Probleme mit mir besprechen.« Sie lächelte. »Dann übernehme ich die Rolle der Bösen.«

»Für uns beide?«

»Gut möglich.«

»Sieht so aus, als hätten wir einen Plan.« Sophie war nicht sicher, ob ihr dieser Plan gefiel. Doch sie hatte keinen besseren. Irgendwie wurde sie das Gefühl nicht los, gegängelt zu werden – was ihr nicht im Mindesten passte.

Sie schickte Tina weg, damit die sich einrichten konnte, und ging ins Lager. Vielleicht konnte sie ein paar Stunden lang Bestellungen verpacken. Das hob ihre Laune immer.

Kaum hatte sie einen Schritt ins Versandzentrum gemacht, als Bear neben ihr auftauchte.

»Hast du mit Tina gesprochen?«, fragte er. »Ich mag sie. Sie weiß Bescheid. Versuch bitte, sie nicht zu mikromanagen. Zumindest in der ersten Woche nicht.«

»Ich mikromanage niemanden.«

»Aha. Lass sie sich erst einmal einleben und die restlichen Mitarbeiter einstellen. Das wäre für uns alle gut.« Bear zeigte zu den Büros. »Gehörst du nicht da drüben hin?«

»Ich dachte, ich helfe eine Weile beim Verpacken.«

Bear stellte sich vor sie. »Nein.«

Durch zusammengekniffene Augen sah sie ihn an. »Wie bitte?«

»Ich sagte Nein. Meine Abteilung, meine Regeln. In den ersten Wochen habe ich dich machen lassen, was du wolltest, weil ich wusste, dass du noch mit den Nachwirkungen des Brandes kämpfst. Aber damit ist jetzt Schluss. Das hier ist meine Abteilung. Entweder du lässt sie mich so führen, wie ich es für richtig halte, oder du schmeißt mich raus. Einen Mittelweg gibt es nicht.«

Aber ich brauche das jetzt. Diese Worte sprach sie natürlich nicht laut aus. Wie um alles in der Welt sollte sie sagen, dass die monotone Arbeit, Produkte in einen Karton zu packen, sie beruhigte? Dass sie es liebte, die ganzen schönen CK-Sachen anzufassen und zu wissen, dass sie zu einer glücklichen Katze in Minnesota oder Florida geschickt wurden?

Bear drehte sie herum und versetzte ihr einen kleinen Schubs. »Du hast ein hübsches Büro. Benutze es.«

»Du bist nicht mein Boss«, grummelte sie, machte sich aber auf den Weg.

»Das ist ein Gerücht.«

Sie hatte es kaum bis zum Flur geschafft, als Elliot sie einholte.

»Wir müssen reden.«

Hmpf. Es war wohl einer dieser Tage.

»Klar. Gehen wir in mein Büro.«

Das war in der Nähe, und falls Bear nach ihr schaute, sähe sie beschäftigt aus.

Sie wartete, bis Elliot sich ihr gegenüber hingesetzt hatte, bevor sie fragte: »Was gibt's?«

»Es geht um Heather.« Er sah sie grimmig an. »Was hast du dir dabei gedacht? Sie kann den ihr übertragenen Job nicht machen. Sie hat keinerlei Ausbildung in dem Bereich. Für eine Aufgabe, die in wenigen Stunden erledigt sein sollte, benötigt sie mehrere Tage. Ja, sie arbeitet hart, das gebe ich zu. Sie ist entschlossen und klug, und eines Tages wird sie die Welt im Sturm erobern, aber sie gehört nicht ins Marketing.«

»Aber sie hatte so tolle Ideen für unsere Produkte!«

»Meine Tante Ida hat lauter tolle Ideen. Das bedeutet aber nicht, dass ich sie einstelle. Sophie, ich habe keine Ahnung, was mit dir los ist, aber so kann man kein Unternehmen führen. Deine Entscheidung, Heather den Job zu geben, war impulsiv. Du hast sie mir aufgedrückt, ohne vorher mit mir darüber zu sprechen, und jetzt haben wir ein Problem. Ich dachte, dir liegt was an Heather. Daher verstehe ich dein Verhalten ehrlich gesagt nicht.«

»Was? Natürlich liegt mir was an Heather. Ich kenne sie schon ihr ganzes Leben. Sie gehört zur Familie, und ich liebe sie.«

»Warum tust du ihr das dann an?«

»Ich wollte helfen. Ich wollte etwas Besseres für sie.« Es gefiel ihr überhaupt nicht, wie diese Unterhaltung lief. »Ich habe etwas Gutes getan. In diesem Job verdient man mehr als im Versand, und du hast gesagt, dass sie talentiert ist. Kannst du ihr das, was sie wissen muss, nicht beibringen?«

»Das hier ist kein Fortbildungszentrum. Ich versuche, den Marketingplan für CK in den Griff zu kriegen.«

Elliot lehnte sich in seinem Stuhl zurück und musterte Sophie. »Du bist das wandelnde Chaos, oder? Du verbringst deine Tage damit, alle Aufgaben zu erledigen, nur nicht deine eigenen. Und sobald irgendetwas verheißungsvoll glänzt, läufst du ihm sofort hinterher, egal, ob es für das Unternehmen sinnvoll ist oder nicht.«

Seine Worte waren wie eine Ohrfeige. Die Demütigung brannte heiß in Sophie, und sie hatte keine Ahnung, was sie erwidern sollte.

»Ich werde Heather nicht rausschmeißen«, erklärte er, offenbar ohne sich bewusst zu sein, dass sie wenige Sekunden von einem emotionalen Zusammenbruch entfernt war. »Den Fehler hast du begangen, nicht sie. Ich werde eine Aufgabe für sie finden, der sie gewachsen ist. In der Zwischenzeit heuere bitte keine weiteren Leute für mich an. Ich arbeite selbst an einer Lösung für das Problem.«

Er hielt kurz inne. »Sophie, ich weiß, du meinst es gut, aber du musst nachdenken, bevor du handelst. Du tust weder Heather noch sonst jemandem einen Gefallen, wenn du ihnen eine Aufgabe überträgst, die sie nicht handeln können. Das wird für niemanden gut enden, und alle werden sich dumm vorkommen. Wie läuft es mit der Suche nach einem Verkaufsleiter?«

»Ich gucke noch.«

»Bis du jemanden angestellt hat, werde ich ein paar rudimentäre Verkaufsberichte zusammenstellen. Dann können wir uns über Zahlen und Zielvorgaben unterhalten. Gibt es sonst noch was?«

Sie schüttelte den Kopf, und Elliot stand auf und verließ ihr Büro.

Sophie schaute ihm nach und bemühte sich, nicht vollständig die Kontrolle zu verlieren. Ein Teil von ihr wollte ihm nachlaufen und ihn darauf hinweisen, dass das hier *ihre* Firma war und sie tun konnte, was sie wollte. Nur war sie nicht sicher, ob das klug wäre. Elliot war nicht gemein gewesen, sondern nur ehrlich. Und was noch wichtiger war: Sie hatte das Gefühl, dass er mit allem recht hatte. Auch mit seiner Einschätzung von ihr.

Kissen flogen durch das Zimmer.

»Hey!«, rief JJ. »Nimm das zurück.«

»Tu ich nicht!«, brüllte Grant zurück. »Du hast mit einem Mädchen geredet. Das hab ich gesehen. Du bist ganz rot geworden. JJ hat eine Freundin.« Den letzten Satz sang er fröhlich vor sich hin.

Kristine, die im Flur stand und schamlos lauschte, wusste, dass jetzt der Zeitpunkt gekommen war, um einzugreifen. Oder zumindest abzulenken. In einer Stunde sollten die Jungs ins Bett, und wenn die Emotionen jetzt außer Kontrolle gerieten, würde das für alle ein harter Abend werden.

Sie betrat das Zimmer in dem Moment, in dem ein Kissen in Richtung Tür flog. Kristine fing es auf und lächelte ihre Söhne an.

»Ich freue mich, zu sehen, dass ihr für eine Kissenschlacht noch nicht zu alt seid«, sagte sie, als wüsste sie nicht, dass hier mehr los war.

»Mom, JJ hat mit einem Mädchen geredet«, fing Grant an.

JJ stürzte sich auf seinen Bruder, doch Kristine packte ihn am Kragen und hielt ihn zurück.

»Ich glaube, wir reden alle mit Mädchen«, sagte sie ruhig. »Und mit Jungs. Manchmal rede ich beim Backen sogar mit meinen Keksen. Zu kommunizieren ist immer gut. Also, wer ist bereit für eine Geschichte? Ich glaube, wir wollten mit Buch drei anfangen, und wir alle wissen, dass das mein Lieblingsbuch ist.«

Gemeinsam mit den Jungs las sie die Harry-Potter-Serie. Die Filme hatten sie schon gesehen, und Kristine hatte ihnen auch die Bücher schon vorgelesen, aber im Moment versuchte sie etwas Neues. Angefangen mit dem ersten Buch, las jeder ihrer Söhne vor dem Zubettgehen ein Kapitel laut vor. Grant konnte endlich gut genug lesen, um mitzumachen. Jaxsen hingegen war kein großer Leser, also nahm er nie teil.

Was wenig überraschend ist, dachte sie, während sie *Harry Potter und der Gefangene von Askaban* aus dem Regal zog.

Gerade noch rechtzeitig schaffte sie es, ihre Gedanken zu zügeln, die wieder den vertrauten Weg einschlagen wollten – dass Jaxsen nur tat, worauf er Lust hatte. Während die Jungs sich die Zähne putzten und ihre Schlafanzüge anzogen, ging sie in ihr Schlafzimmer und machte es sich mit dem Buch in der Hand auf dem großen Bett bequem.

Inzwischen lief es mit Jaxsen und ihr wieder besser, worüber sie sich eigentlich freuen sollte. Der Grund dafür war, dass sie die Sache mit dem ersten Mal hatte gut sein lassen, denn sie wusste, sie brauchte ihre emotionale Energie für das, was sie mit der Bäckerei vorhatte.

Ihr Businessplan nahm immer mehr Form an, daneben hatte sie einen Plan für ihre Arbeitszeiten ausgearbeitet. Sie hatte sogar schon mit ihrer Schwiegermutter darüber gesprochen, ob die ihr mit den Jungs ein wenig mehr unter die Arme greifen konnte.

Ab und zu dachte sie an den Kuss mit Bruno. Ohne Zweifel fiel der in die Kategorie: »Dinge, die man nicht tun sollte«, und dennoch bedauerte sie ihn nicht. Der kurze Moment der Nähe hatte ihr Klarheit verschafft, was ihre Wünsche im Leben anging – und ein anderer Mann gehörte nicht dazu. Nicht einmal einer mit einem Privatjet. Sie wollte ihren Ehemann und ihre Söhne, und sie wollte ihren eigenen Kekstraum. Das war doch sicher nicht zu viel verlangt?

»Ich bin fertig!«, rief Grant und sprang mit einem Satz aufs Bett, wo er sich sofort an seine Mutter kuschelte.

Tommy und JJ gesellten sich zu ihnen. Tommy lehnte sich an Kristines andere Seite, während JJ sich am Fußende ausstreckte.

Zufriedenheit erfüllte sie. Das hier ist richtig, dachte sie. Das hier machte sie glücklich. Und es würde nur noch besser werden.

»Ich glaube, ich bin dran«, sagte sie und schlug das Buch auf.

»Stimmt.« Tommy gähnte. »Ich mag es am liebsten, wenn du uns vorliest.«

»Ich auch«, stimmte Grant zu, und JJ nickte.

»Danke. Ich höre euch allen gerne zu, deshalb ist es gut, wenn wir uns abwechseln. Okay. Ein neues Abenteuer für unseren Helden Harry.« Sie blätterte zur ersten Seite und fing an, vorzulesen.

Der Frühling im Pazifischen Nordwesten konnte kalt und trüb sein, aber ab und zu gab es einen perfekten Tag. Am Sonntagnachmittag saß Heather am Strand in der Nähe des Parks und genoss die Sonne und die gut zwanzig Grad. Die Halbinsel hob sich scharf gegen das Wasser und den tiefblauen Himmel ab. Wellen plätscherten leise ans Ufer. Es gab ein paar Touristen, aber nicht so viele, dass sie stören würden.

Gina lag neben ihr, Baby Noah vor sich. Der kleine Junge ließ seinen gelben Spielzeuglaster auf der Decke vor- und zurückfahren, wobei er Brummgeräusche von sich gab, bevor er ihn krachend mit einem großen grünen Hasen kollidieren ließ. Daphne, fürs Wochenende von der Universität in Washington zurück, lag ausgestreckt auf einem Handtuch. Sie trug Shorts und ein Bikinitop und schwor, dass sie spüren konnte, wie sie braun wurde.

»Ich glaube nicht, dass man vor Mai braun wird«, erklärte Gina ihr. »Dazu sind wir zu weit im Norden.«

»Es ist mir egal, was die Wissenschaft sagt«, erwiderte Daphne lachend. »Ich zwinge meine Haut mit Gedankenkraft dazu.«

»Solange das College deinen Geist öffnet«, zog Heather sie auf.

Sie genoss den freien Nachmittag, weit weg von ihren verschiedenen Jobs. Dass sie mit ihren Freundinnen Zeit verbrachte, kam inzwischen nicht mehr so oft vor, und sie war entschlossen, jede Sekunde auszukosten.

Daphnes Handy klingelte. Ohne die Augen zu öffnen, drückte sie einen Knopf und ließ die Mailbox rangehen.

»Männerprobleme?«, fragte Gina neckend.

»Jupp. Die Sache ist beendet, aber er will weiter darüber reden.«

»Ein Mann, der kommunizieren will«, sagte Heather lachend. »Kein Wunder, dass du nicht mit ihm zusammen sein willst. Das ist ein echter Albtraum.«

Daphne rümpfte die Nase. »Es geht nicht ums Reden. Wir sind einfach zu verschieden. Ich bin genauso für Umweltschutz wie jeder andere auch, aber Donnie will eine Petition starten, die Studenten in den Wohnheimen das Duschen nur einmal pro Woche erlaubt.« Sie öffnete die Augen und sah ihre Freundinnen an. »Um Wasser zu sparen.«

»Okay, das ist ein echter Dealbreaker«, bestätigte Gina. »Aber ich dachte, du gehst mit Russell?«

»Das war letzte Woche«, warf Heather im Flüsterton ein. »Und davor war es Kanye.«

Daphne grinste. »Du weißt Bescheid. Ich halte mir eben gerne alle Optionen offen.«

Was echt nach Spaß klingt, dachte Heather und wünschte, sie hätte auch zur University of Washington gehen und Vollzeit studieren können. Eines Tages, versprach sie sich. Sie sparte so schnell, wie sie nur konnte. Sobald sie die Wohnsituation geklärt hatten, würde sie sich eine Frist setzen, wann sie Blackberry Island verlassen konnte. Nach Boise zu ziehen ergab immer noch am meisten Sinn. Es war wesentlich billiger als Seattle, und so weit von ihrer Mutter entfernt zu sein klang einfach himmlisch.

»Wie läuft es mit der Arbeit für deine Tante?«, wollte Daphne wissen. »Meine Mom hat mir erzählt, dass die Leute über die

Neueröffnung von *CK Industries* hier auf der Insel ganz begeistert sind. Die Jobs da sollen wirklich gut sein.«

»Ich liebe es. Ich arbeite im Marketing und lerne unglaublich viel.« Sie war immer noch nicht sicher, was Elliot von ihr hielt, aber bisher hatte er sie in seiner Abteilung behalten, und sie strengte sich an, um sich zu beweisen.

»Ich frage mich, ob es da einen Teilzeitjob gibt«, überlegte Gina zögerlich. »Nicht, dass ich wüsste, was ich in der Zeit mit Noah machen sollte.« Sie berührte den Kopf ihres Sohnes. »Meine Eltern arbeiten beide und meine Schwiegereltern wohnen zu weit weg, um jeden Tag helfen zu können.«

Heather wusste, dass es sinnlos war, Gina zu raten, dass sie einen Babysitter engagieren oder Noah in die Krippe geben sollte. Denn das würde beinahe so viel kosten, wie Gina verdienen konnte.

Daphne setzte sich auf. »Themenwechsel. Wir müssen einen Kurztrip planen. Der Sommer ist nicht mehr weit. Wenn wir zusammen was unternehmen wollen, müssen wir uns jetzt für etwas entscheiden.«

»Ein Kurztrip?«, fragte Gina zweifelnd. »Ich glaube nicht, dass ich das mit Noah kann.«

»Na klar kannst du.« Daphne reckte einen Finger in die Luft. »Ruf deine Schwiegereltern an und mach was mit ihnen aus. Auf dem Weg aus der Stadt raus können wir Noah bei ihnen absetzen.« Sie hielt einen zweiten Finger hoch. »Sag jetzt nicht, dass Quinn ohne dich nicht überlebt. Deinem Mann wird es gut gehen. Besser noch, er wird dich vermissen. Wäre das nicht toll?«

Sie wandte sich an Heather. »Ich dachte an Cannon Beach. Wir könnten uns dort ein Häuschen mieten, nur wir drei. Nicht direkt am Strand, aber in der Nähe. Kommt schon. Sagt Ja. Das wird super.«

Das wäre es, dachte Heather sehnsüchtig. Einfach mal wegkommen, Zeit mit ihren Freundinnen verbringen, so wie damals zu Schulzeiten.

»Ich muss arbeiten.« Und eine Wohnung suchen und andere Träume, die mit einem Kurztrip nicht ein Einklang zu bringen waren.

»Ich kann Noah nicht über Nacht allein lassen«, sagte Gina. »Das wäre zu schwer.«

»Ernsthaft?« Daphne starrte sie beide an. »Das sind eure Antworten? Wisst ihr eigentlich noch, dass ihr erst zwanzig seid? Kommt schon. Wir haben noch unser ganzes Leben, um erwachsen zu sein und das Richtige zu tun. Lasst uns ein wenig Spaß haben.«

Gina verspannte sich. »Ich bin verheiratet und habe ein Kind. Da habe ich eine gewisse Verantwortung.«

Daphne schnappte sich ihr T-Shirt und zog es an. »Ich verstehe das nicht«, sagte sie, während sie aufstand. »Wann habt ihr beide beschlossen, unsere Freundschaft aufzugeben? Ich sehe ein, dass ihr gewisse Verpflichtungen habt. Ich verstehe, dass nicht jeder jemanden hat, der ihm das Studium bezahlt. Aber das bedeutet doch nicht, dass jede Sekunde Plackerei sein muss.« Sie beugte sich vor und nahm ihre Tasche in die Hand. »Ruft mich an, wenn ihr wieder bereit seid, Spaß zu haben.«

»Daphne, sei doch nicht so«, sagte Heather. »Bitte. Wir sind Freundinnen. Ich weiß, es ist jetzt anders, aber deswegen muss sich doch zwischen uns nichts ändern. Wir können immer noch Spaß zusammen haben.«

»Indem wir was tun?«

»Zusammen abhängen.« Sie deutete zum Strand. »Es ist ein wunderschöner Tag, und wir haben uns seit einer Ewigkeit nicht mehr gesehen. Das mit der Reise tut mir leid, aber das sollte nicht zwischen uns stehen.«

Daphne zögerte, dann nickte sie. »Okay. Du hast recht. Es tut mir leid. Ich habe überreagiert. Ich hole mir eine Limo. Wollt ihr auch was?«

»Danke, ich nicht«, sagte Gina.

»Ich nehme auch eine.«

Daphne machte sich auf zum Kiosk im Park. Als sie außer Hörweite war, lehnte Gina sich zu Heather.

»Sie ist wirklich kindisch.«

Heather dachte an Daphnes Vorschlag, ein paar Tage wegzufahren. Das war keine besonders merkwürdige Idee. Im Gegenteil, eine Hütte in Cannon Beach war nicht einmal teuer. Sie könnten Spaß haben und es wäre nett, ein paar Tage rauszukommen. Nur war es leider nicht möglich.

»Ich bin mir nicht sicher, ob sie kindisch oder nicht eher normal ist«, gab Heather zu. »Wir sind gerade mal zwanzig, Gina. Vielleicht sind wir diejenigen, die ungewöhnlich sind, und nicht sie.«

15. KAPITEL

Sophie konnte sich nicht erinnern, sich jemals zuvor auf ein Bewerbungsgespräch vorbereitet zu haben. Als sie mit CK angefangen hatte, hatte sie Leute eingestellt, die sie kannte. Wenn neue Mitarbeiter benötigt wurden, hatte sie im Internet Anzeigen geschaltet. Irgendwann hatte sie angefangen, Personalvermittlungen und Apps zu nutzen. Aber dieses Mal war es etwas anderes.

Das erste Mal hatte sie auf einer Konferenz von Maggie Heredia gehört. Einer von Sophies Wettbewerbern hatte mit seinem zweistelligen Umsatzplus geprahlt. Damals, als CK quasi wie von selbst gewachsen war, war sie von dieser Zahl nicht sonderlich beeindruckt gewesen. In den letzten Jahren jedoch, nachdem sie mit der Firma alle einfachen Märkte erobert hatte, hatte Sophie sich an den Namen erinnert und angefangen, Maggies Karriereweg online zu verfolgen.

Sie wusste, dass Maggie Heredia verheiratet war und zwei Kinder hatte. Derzeit lebte sie mit ihrer Familie in Denver, und ihr Mann arbeitete von zu Hause aus. Was gute Nachrichten waren, denn das bedeutete, dass ein Umzug nach Blackberry Island für ihn keine große Sache wäre. Die Kinder waren da schon etwas problematischer, aber Sophie hatte Informationen über die örtlichen Schulen eingeholt und erfreut festgestellt, dass die Grundschule der Insel zu den Top-Fünf-Schulen des Staates gehörte. Die Highschool auf dem Festland war genauso gut angesehen.

All diese Informationen hatte sie in einer bunten Mappe zusammengestellt. Außerdem hatte sie sich bemüht herauszufinden, was Maggie derzeit verdiente, und die Summe um zwanzig Prozent erhöht. Dazu hatte sie ein Umzugspaket zusammengestellt sowie die nötigen Details zur Kranken- und Rentenversicherung. Dann hatte sie Dutzende Artikel darüber gelesen, wie man Bewerbungsgespräche mit Führungspersonal führte, sich extra Mühe mit ihren Haaren und ihrem Make-up gegeben und sogar ein Kostüm angezogen. Lächerlich, das wusste sie, aber verzweifelte Zeiten, verzweifelte Maßnahmen …

Während sie nun auf Maggie wartete, tigerte Sophie durchs Lager, wobei ihre High Heels bei jedem Schritt klapperten.

Bear beobachtete sie ein paar Minuten, bevor er sich zu ihr gesellte.

»Nervös?«

»Ist das so offensichtlich?«

»Ja.«

»Ich will diese Frau einstellen. Sie ist super im Verkauf, und sie hat mit dem Lieferanten gearbeitet, den ich seit drei Jahren umwerbe. Das ist so frustrierend. Seine Produkte landen in den Läden. Ich habe auch Produkte. Warum ist das so schwer?«

»Ihm gefällt dein Angebot nicht.«

Sie blieb stehen und stemmte die Hände in die Hüften. »Das weißt du nicht.«

»Natürlich weiß ich das. Warum sonst würde er dich nicht aufnehmen? Offensichtlich glaubt er, dass er mit deinen Waren kein Geld verdienen kann. Was ist seine Zielgruppe?«

»Hochwertige Boutiquen für Katzenbedarf.«

Bear zuckte zusammen. »Ich vermisse es wirklich, im Obstgroßhandel zu arbeiten.«

»Katzen sind ein Multi-Millionen-Dollar-Geschäft.«

»Obst auch.«

Sie spürte, wie sie sich entspannte. Lächelnd sagte sie: »Du bist ein seltsamer alter Mann.«

»Das ist für keinen von uns etwas Neues.« Er nickte in Richtung der offenen Tore zum Lager. »Da ist gerade ein Mietwagen vorgefahren. Du solltest nach vorne gehen, um deine Bewerberin in Empfang zu nehmen.«

Sophie presste sich eine Hand auf den Magen. »Alles wird gut. Sag mir, dass alles gut wird.«

»Du tust, was du immer tust, Sophie. Du bist eine Naturgewalt, und daran lässt sich nichts ändern.«

Sie war nicht sicher, ob das die Bestätigung war, nach der sie gesucht hatte, aber für mehr blieb keine Zeit. Schnell eilte sie nach vorn, wo Tina gerade Maggie Heredia begrüßte.

Diese war ungefähr in Sophies Alter – vielleicht ein oder zwei Jahre älter. Sie war groß, schlank, blond und strahlte freundliches Selbstbewusstsein aus. Alles in allem wirkte sie wie jemand, neben dem man auf einer Veranstaltung, auf der man niemanden kannte, gerne sitzen würde.

Lächelnd streckte Maggie ihre Hand aus. »Die berühmt-berüchtigte Sophie Lane. Endlich lernen wir uns kennen.«

»Willkommen auf Blackberry Island. Wie war Ihr Flug?«

»Gut. Denver ist ja nicht so weit weg. Im Gegensatz zu meinen Trips an die Ostküste, die mich immer einen ganzen Tag kosten.«

Sie schüttelten einander die Hand, und Tina deutete den Flur hinunter.

»Ich habe den Konferenzraum vorbereitet. Bitte sag Bescheid, wenn du noch was brauchst, Sophie.«

Sophie ging voran in den Raum, der vor drei Tagen noch ein leeres Büro gewesen war. Dank Tina waren der Tisch und die passenden Stühle gestern Vormittag geliefert worden. Es gab zwei Wände mit Whiteboards und einen Bildschirm für digitale Präsentationen.

Als sie den Raum betrat, sah Sophie, dass Tina Kaffee, Muffins und eine Karaffe mit Wasser bereitgestellt hatte. Diese Frau ist erschreckend effizient, dachte sie lächelnd. Sie durfte nicht vergessen, sich nachher bei ihr zu bedanken.

Sophie setzte sich ans Kopfende des Tischs, Maggie nahm den Stuhl zu ihrer Rechten.

»Danke, dass Sie den ganzen Weg hierhergekommen sind«,

fing Sophie an. »Ich weiß, Sie sind in Ihrer momentanen Position glücklich, aber ich hoffe trotzdem, dass Sie nach unserem Gespräch wenigstens in Betracht ziehen werden, zu *CK Industries* zu kommen.«

Maggie lehnte sich auf ihrem Stuhl zurück. »Ich habe einiges zu Ihrem Unternehmen recherchiert. Sie haben mit ein paar Katzenvideos angefangen und daraus ein Imperium erschaffen. Das ist beeindruckend.«

Sophie nahm das Kompliment dankend an. »Das richtige Timing hat eine große Rolle gespielt. Als ich anfing, CK-Videos im Internet zu posten, war YouTube noch neu und virales Marketing war noch nicht Mainstream. Meine damaligen Bemühungen würden heute nur leises Hintergrundgemurmel erzeugen.«

»Das stimmt, aber Sie wussten genug, um aus dem, was Sie hatten, Kapital zu schlagen. Viele Leute hätten sich diese Gelegenheit entgehen lassen.« Maggie ließ ihren Blick durch den Raum schweifen. »Das vorausgeschickt, möchte ich sagen, dass Sie heutzutage viele Gelegenheiten verpassen. Ich schätze, Ihnen gehen langsam die leicht erreichbaren Kunden aus, und jetzt kämpfen Sie darum, das Wachstum der Firma beizubehalten. In einem so vollen Markt hat CK Probleme, sich von den Wettbewerbern abzugrenzen.«

Jetzt schaute sie Sophie an und lächelte. »Warum sollte man ein CK-Produkt kaufen, wenn man für den gleichen Preis oder billiger eines von Martha Stewart kaufen kann? Die ist immerhin die Ikone der amerikanischen Hausfrau. In den großen Läden für Tierbedarf konkurrieren Sie mit Hunderten von anderen Marken, aber in die Boutiquen kommen Sie nicht herein. Die Boutiquebesitzer würden Ihre Produkte nicht mit der Kneifzange anrühren.«

Sophies Brustkorb zog sich zusammen. Maggies Einschätzung war zugleich hart und akkurat, und beides gefiel ihr nicht.

»Ich habe versucht, in die Boutiquen zu kommen, bekomme aber keine Termine bei den Lieferanten.«

»Ich weiß. Das liegt daran, dass Sie nichts Interessantes anzubieten haben. Katzenstreu kann man beinahe überall kaufen. Auf diese Weise werden die Leute keinen Gewinn machen.«

»Aber Katzenstreu bezahlt meine Rechnungen.«

»Nicht alle. Sie sind offensichtlich sehr kreativ. Warum haben Sie keine Produkte, die einzigartig sind?«

»Das habe ich versucht.« Mehr als einmal, dachte Sophie grimmig. »Mit den sogenannten Kreativen zu arbeiten ist kein Vergnügen. Sie sind anstrengend, teuer und unzuverlässig.«

»Dann haben Sie mit den falschen Kreativen gesprochen.«

Mit einem Mal erinnerte Sophie sich an die Artikel, die sie über das Führen von Vorstellungsgesprächen gelesen hatte. Sie sollte diejenige sein, die die Unterhaltung führte, die Fragen stellte und sich die Antworten anhörte. Irgendwie war es mit Maggie genau andersherum.

»Ich möchte CK auf die nächste Ebene heben«, sagte sie. »Und der Verkauf ist nicht meine Stärke.«

»Ich bin sicher, dass Sie Vorstellungen davon haben, wie der Verkauf laufen soll.« Maggie lächelte. »Bis hierhin sind Sie auch ohne Verkaufsleitung gekommen.«

»Ich bin bereit, das zu ändern. Sie hätten die komplette Kontrolle.« Sophie entschied, dass ihr die blöden Artikel egal waren. Sie wollte Maggie und war entschlossen, sie zu kriegen. »Ich weiß, dass Sie Familie haben. Ich bin hier aufgewachsen, und es ist ein wundervoller Ort für Kinder. Die Immobilienpreise liegen in einem vernünftigen Rahmen, und ich bin gewillt, ein großzügiges Umzugspaket anzubieten.«

Maggie nahm sich einen Kaffee. »Okay. Erzählen Sie mir von der Insel.«

Seit dem »Ich habe mit Jaxsen geschlafen«-Geständnis hatte Kristine ihre Cousine nicht mehr gesehen. Allerdings hatten sie und Sophie regelmäßig telefoniert und gechattet. Doch Kristines Sorge, dass sie sich bei ihrem ersten Treffen unbehaglich fühlen könnte, verschwand sofort, als sie Sophie in ihrem Büro bei CK sah. Ihre Cousine kam schnurstracks auf sie zu und umarmte sie fest.

»Ich hab dich so lieb«, murmelte Sophie. »Danke, dass du vorbeigekommen bist.«

Kristine erwiderte die Umarmung und lachte. »Ich habe doch um das Treffen gebeten.«

»Trotzdem, du bist hier und manchmal ist das genug. Es war eine harte Woche.« Sophie ging voran in ihr Büro, wo sie sich setzten. »Also, was gibt's?«

Kristine streckte ihr eine Mappe hin. Selbst wenn Sophie die Idee blöd findet, ist das eine wertvolle Information, sagte sie sich. Denn die Meinung ihrer Cousine war ihr wichtig. Sophie würde ihr niemals wehtun oder gemein zu ihr sein. Also musste sie darauf vertrauen, dass sie mit dem, was sie gleich hören würde, umgehen konnte.

»Das ist ein Businessplan, um die *Blackberry Island Bakery* wiederzueröffnen«, erklärte sie. »Ich möchte dort Kekse und Brownies backen. Ich will weiterhin an die Weingüter verkaufen, aber auch im Laden. Außerdem möchte ich meine Kekse per Post verschicken. Ich habe die entsprechenden Kosten und Einnahmen zusammengestellt.«

Sophie lächelte. »Wow, du bist ja richtig unternehmerisch.«

»Das hoffe ich. Und nur, um das klarzumachen, ich bin nicht hier, weil ich dich um Geld bitten will. Ich finanziere mich selbst. Ich möchte das Erbe meiner Großmutter einsetzen, dazu fünfzehntausend Dollar von unserer Hypothek.« Sie zeigte auf die Mappe. »Die Rückzahlung dafür habe ich ebenfalls eingerechnet.«

Darauf würde Jaxsen auch bestehen, dachte sie. Vorausgesetzt, er stimmte dem Plan überhaupt zu.

Nun mal nicht das Pferd von hinten aufzäumen, ermahnte sie sich. Zuerst einmal brauchte sie Sophies Einschätzung ihres Plans. Immerhin hatte ihre Cousine *CK Industries* von null aufgebaut. Wenn sie fand, dass es ein guter Plan war, würde Kristine mit Jaxsen reden. Sagen zu können, dass Sophie es für eine durchführbare Idee hielt, würde dabei sicher helfen.

»Es wäre super, wenn du dir den Businessplan anschauen und mir sagen könntest, ob er vernünftig aussieht oder ob ich irgendetwas Wichtiges vergessen habe.«

Sophie schlug die Mappe auf und blätterte durch die Seiten. »Ich kann das gleich lesen, wenn du so lange warten willst?«

»Das wäre mir lieb.«

»Dann hol dir einen Kaffee und komm in zwanzig Minuten wieder.«

Kristine nickte und ging auf den Flur hinaus. Leise zog sie die Tür hinter sich zu. Schnell schaute sie auf die Uhr, um sich die Zeit zu merken, dann ging sie in Richtung Pausenraum.

Sie kam an mehreren Büros vorbei und sah, dass mehr Leute hier arbeiteten als bei ihrem letzten Besuch. Als sie Heather erblickte, die mit ernster Miene an ihrem Computer saß und etwas tippte, lächelte sie. Eines Tages würde Heather die Welt erobern – vorausgesetzt, sie würde je von der Insel und Amber wegkommen.

Ihr fiel ein, dass sie nichts mehr bezüglich des Hausverkaufs gehört hatte. Vielleicht hatte Tante Sonia ihre Meinung geändert.

Als sie in Richtung Lager ging, sah sie, dass gerade ein großer LKW vorgefahren war und die Arbeiter wie fleißige Bienen ausschwärmten, um ihn abzuladen. Ein Gabelstapler fuhr in Plastikfolie eingeschweißte Paletten herum, während in der Versandabteilung drei Leute damit beschäftigt waren, Pakete zu packen.

Zwanzig Minuten schaute sie dem bunten Treiben zu, dann kehrte sie zu Sophies Büro zurück. Ihre Cousine wartete schon an der Tür und zog sie zu ihrem Stuhl.

»Warum hast du mir nie erzählt, dass du so klug bist?«, fragte Sophie, während sie sich grinsend setzte. »Dein Plan ist super.

Du hast an alles gedacht. Du weißt sogar über Versicherungen und die notwendigen Inspektionen Bescheid. Wie lange arbeitest du schon daran?«

»Eine Weile. Glaubst du wirklich, dass es so gehen kann?«

»Es ist brillant. Du hast Reserven für den Fall, dass die Renovierungskosten das Angebot übersteigen. Dein Cashflow ist eher konservativ gerechnet. Ich leite CK, seit ich auf dem College war, und ich glaube nicht, dass ich einen so umfassenden Businessplan zusammenstellen könnte. Du bist bereit. Tu es. Wirklich. Du musst das machen.«

Kristine lächelte. »Danke. Das bedeutet mir sehr viel.«

Mehr als sehr viel. Sie fühlte sich leichter und glücklicher und mächtiger.

»Was ist der nächste Schritt?«, wollte Sophie wissen. »Den Mietvertrag unterschreiben? Du solltest dir den Laden sichern, bevor es ein anderer tut.«

»Ich muss erst mal mit Jaxsen reden.«

Sophie verdrehte die Augen. »Aus diesem Grund habe ich nie wieder geheiratet. Ich will nicht, dass sich irgendein Mann zwischen mich und das, was ich will, stellt.«

»Irgendwie bezweifle ich, dass das passieren würde, selbst wenn du verheiratet wärst.«

»Da hast du vermutlich recht. Wie auch immer, sprich mit Jaxsen. Er ist ein guter Kerl und wird bestimmt einverstanden sein. Du hast das Ganze haargenau durchdacht, Kristine. Zu mir kommen ständig Leute mit verrückten Ideen. Die meisten davon sind eine Katastrophe. Aber deine Idee ist fabelhaft. Du solltest stolz auf dich sein.«

»Danke.« Kristine nahm die Mappe wieder an sich. Sie freute sich. Und sie war eingeschüchtert und aufgeregt. Und stand ein wenig unter Schock.

»Du wirkst überrascht«, sagte Sophie. »Ich finde ja auch, dass meine Meinung wichtig ist, aber du treibst es ein wenig zu weit.«

Kristine lachte. »Das ist es nicht, auch wenn ich es wirklich zu schätzen weiß, dass du mir deine Meinung gesagt hast. Ich habe nur gerade festgestellt, dass ich nun keine Ausreden mehr habe. Ich muss das jetzt machen.«

»Du musst oder du willst?«

Kurz überlegte Kristine, dann lachte sie. »Ich muss, ich will, ich brauche es. Es ist an der Zeit, und ich werde es tun.«

Das Letzte, was Sophie jetzt gebrauchen konnte, war noch mehr Verantwortung, aber das Flehen in Jessicas Stimme war schwer zu ignorieren.

»Ich weiß, um was ich Sie da bitte«, sagte die ehrenamtliche Helferin des Tierheims. »Aber ich bin gewillt, Sie anzuflehen, wenn es sein muss.«

»Das müssen Sie nicht.«

Sophie dachte an das dritte Schlafzimmer in ihrem Haus. Dort standen noch alle Möbel drin, und sie war nicht sicher, wann sie Zeit haben würde, sie auszuräumen.

»Ich bringe sie und alles, was sie braucht, zu Ihnen. Wir platzen hier aus allen Nähten. Es ist ein echter Notfall.«

Sophie nickte, bevor sie sprach. »Okay. Sie können sie vorbeibringen. Wie heißt sie?«

»Mrs. Bennet. Aus …«

»Ich weiß, woher der Name kommt. Hoffentlich werden die Kätzchen alle Mädchen. Ich will wirklich keinen Kater Mr. Darcy nennen müssen.«

Sie kamen überein, dass Jessica um fünf vorbeischauen würde.

Sophie war ein paar Minuten früher zu Hause. Seit der Geburt konnte Lily frei im Haus herumlaufen, aber wenn eine neue trächtige Katze einzog, würde sie eingesperrt werden müssen. Sophie begrüßte sie und erzählte ihr von der neuen Mitbewohnerin.

»Das Tierheim ist voll«, sagte sie, während sie die Matratze aus dem Zimmer zerrte und im Flur an die Wand lehnte.

»Sie brauchen noch eine Pflegestelle, also habe ich Ja gesagt. Ich hoffe, es macht dir nichts aus, das Haus zu teilen.«

Lily rieb sich an ihren Beinen und schnurrte. Sophie nahm das als Zustimmung. »Ich habe ihr gesagt, dass das mein absolutes Limit ist. Zwei ausgewachsene Katzen und ihre Kleinen sind mehr als genug. Außerdem will ich die Geduld meines Vermieters nicht auf die Probe stellen.«

Sie ließ das Bett, wo es war, und deckte es mit ein paar Laken ab, dann öffnete sie die Tür des Einbauschranks für das Katzenklo und holte einen großen Karton herein, ähnlich dem, den sie als Wurfkiste für Lily benutzt hatte.

Pünktlich auf die Minute klingelte es an der Tür.

Lily verschwand in ihrem Zimmer. Sophie schloss die Tür hinter ihr, bevor sie Jessica hereinließ. Die Tierheimmitarbeiterin hatte in einer Hand eine große Transportbox und in der anderen ein leeres Katzenklo.

»Ich kann Ihnen gar nicht genug danken«, sagte sie beim Eintreten. »Heute sind drei weitere trächtige Katzen abgegeben worden, und wir haben keinen Platz für sie. Mrs. Bennet ist bereits vom Tierarzt untersucht worden. Sie ist schon ziemlich weit, die Geburt sollte in den nächsten paar Tagen stattfinden.«

Sophie hatte auf ein wenig mehr Zeit gehofft, damit sie einander kennenlernen konnten, aber daran ließ sich nichts ändern.

Gemeinsam brachten sie alle Sachen ins Haus. Sobald das Katzenklo gefüllt war und Futter und Wasser bereitstanden, bedankte Jessica sich noch einmal und eilte dann hinaus zu ihrem Wagen. Sophie setzte sich auf den Boden und öffnete die Tür der Transportbox.

»Hallo, Mrs. Bennet. Ich bin Sophie. Bei mir wohnt noch eine andere Katze, Lily, aber die wirst du später kennenlernen.«

Mrs. Bennets Antwort bestand in einem lauten, unglücklichen Miauen. Sie blieb in ihrer Ecke der Box und fauchte.

»Ist schon gut«, erklärte Sophie ihr. »An deiner Stelle hätte ich auch Angst. Ich lass dich jetzt allein, damit du dich einleben kannst.«

Mit einem alten Handtuch klemmte sie die Tür der Transportbox fest, sodass sie nicht zufallen konnte, dann verließ sie das Zimmer und schloss die Tür leise hinter sich. Danach schaute sie nach Lily, die sie aus großen Augen musterte.

»Ja, das war eine andere Katze. Sie wohnt jetzt hier und ist darüber nicht sonderlich glücklich.«

Ein weiterer Schrei hallte durchs Haus. Lily schaute in die Richtung, aus der das Geräusch gekommen war, bevor sie zu ihren Babys eilte. Sie sprang in die Kiste und schien einmal durchzuzählen. Dann legte sie sich so hin, dass sie die Kleinen säugen konnte.

Sophie stellte Lily ihr Fressen hin, bevor sie sich selbst ein Fertiggericht aufwärmte. Beim Essen ging sie die Ausgaben der letzten sechs Wochen durch und zuckte zusammen, als sie die Kosten für die Regale, Schreibtische und alles andere sah, das sie brauchte, um die Firma zum Laufen zu bringen. Sicher, das wurde alles von der Zahlung der Versicherung gedeckt, trotzdem widerstrebte ihr die Vorstellung, so viel Geld für Einbauten und Möbel auszugeben.

Gegen sieben Uhr schaute sie noch einmal nach ihrem neuen Gast. Mrs. Bennet hatte sich in den großen Karton verzogen, den Sophie in die Ecke gestellt hatte. Drei winzige Kätzchen drängten sich an sie, und als Sophie neben der Kiste auf die Knie ging, wurde gerade ein viertes geboren.

Sofort machte Mrs. Bennet sich an die Arbeit und leckte alle ihre Babys ab, bis diese ein kleines Quieken von sich gaben. Sophies Brust zog sich zusammen, als sie sah, wie die Katzenmama die Kleinen mit der Nase zu ihrem Bauch stupste, wo sie anfingen zu trinken.

»Du musst schon in den Wehen gewesen sein, als Jessica dich hergebracht hat«, flüsterte Sophie. »Es tut mir leid, dass du das durchmachen musstest. Aber hier bist du sicher. Ich kümmere mich um dich und deine Babys, bis sie alt genug sind, um vermittelt zu werden.«

Sie hatte keine Ahnung, wann Mrs. Bennet mit der Geburt fertig sein würde oder wie sie ihr helfen konnte. Also holte sie ihr Handy heraus und las im Internet ein paar Artikel. Sie dachte an das »Geburtsset«, das sie in der Garage gelassen hatte. Aber irgendwie wirkte es nicht so, als könnte sie etwas tun.

Ungefähr eine halbe Stunde später erblickte ein weiteres Kätzchen das Licht der Welt. Sophie wartete angespannt, bis sie das leise Quieken vernahm, das verkündete, dass das Kleine am Leben war. Mrs. Bennet schien sich zu entspannen, ganz so, als wäre sie für die Nacht fertig. Sophie wartete noch eine halbe Stunde, bevor sie nachschaute, ob irgendwo in der Kiste ein totes Kätzchen lag. Doch zum Glück hatten dieses Mal alle die Geburt überlebt.

Gegen halb neun stand Mrs. Bennet auf, um aufs Katzenklo zu gehen und ein wenig Wasser zu trinken. Sophie zog sich Einweghandschuhe an und bettete die Kätzchen auf ein warmes Handtuch, um dann die Wurfkiste zu säubern. Gerade hatte sie frische Handtücher ausgelegt und war dabei, die Kleinen zurückzulegen, als Mrs. Bennet aufhörte zu fressen und Sophie anschaute.

»Das hast du super gemacht«, erklärte Sophie ihr. »Du bist eine tolle Mama.« Sie streckte die Hand aus, um die Katze zu streicheln, und war überrascht, dass Mrs. Bennet sich an sie lehnte und anfing zu schnurren.

Kurz darauf kehrte die Katze zu ihrer Familie zurück, und Sophie stand auf und verließ das Zimmer.

»Ich schaue in ein paar Stunden noch mal nach dir«, versprach sie.

Sie schloss die Tür, dann ließ sie Lily raus, die sofort an der Tür zum neuen Katzenzimmer schnüffelte. Sophie überließ sie ihren Erkundigungen, ging unter die Dusche und war um halb zehn im Bett.

Zweimal schaute sie in der Nacht nach Mrs. Bennet, bevor sie um vier Uhr endgültig aufstand. Sie fütterte beide Katzenmütter, reinigte die Katzenklos, zog sich dann an und war um kurz vor fünf Uhr im Büro. Um sechs hatte sie ihre großen Post-it-Zettel überall verteilt und war bereits dabei, eine Lieferung auszupacken, die am Abend zuvor angekommen war. Denn es gab immer etwas zu tun, oder?

16. KAPITEL

Heather hasste sich dafür, dass sie in die Garage ging, aber sie musste es einfach tun. Auch wenn sie sich sagte, dass Amber nicht Sachen aus dem Lager von CK entwenden und im Internet verkaufen würde, schob sie Kartons hin und her und suchte auf Regalen und hinter alten Fahrrädern.

Über die Jahre hatte sich die Garage in eine riesige Rumpelkammer verwandelt. Wenn sie nicht wussten, wo sie etwas unterbringen sollten, kam es hierhin. Weihnachtsdekorationen standen neben einem kaputten Toaster, der schon längst hätte entsorgt werden müssen.

Heather ging die wahrscheinlichsten Verstecke durch, wohl wissend, dass ihre Mutter sich nicht mehr Arbeit als unbedingt nötig machen würde. Sie fand nichts – was zugleich gut und schlecht war. Vielleicht bedeutete es ja, dass Amber ihre Cousine nicht bestahl – was eigentlich ein Grund zur Freude für Heather sein sollte. Ihre Sorge war jedoch, dass Amber besser darin war, ihr Verbrechen zu verbergen, als Heather dachte. Oder dass sie eine schlechte Tochter war, weil sie überhaupt in Erwägung zog, dass ihre Mutter stehlen könnte.

Sie kehrte ins Haus zurück. Für den Moment würde sie davon ausgehen, dass Amber niemanden beklaute. Was bedeutete, dass sie selbst ein schrecklicher Mensch war. Allerdings war es leichter, diese Schuldgefühle zu ertragen, als irgendwelche kriminellen Tendenzen ihrer Mutter. Ehrlich gesagt hätte sie nicht gewusst, wie sie damit umgehen sollte, wenn sie wirklich Beweise dafür gefunden hätte, dass Amber CK beklaute.

Als sie die Küche betrat, wartete ihre Mutter dort schon auf sie. Die Schuldgefühle flammten auf und ließen Heather stottern, während sie sich hektisch eine Ausrede dafür überlegte, wieso sie gerade in der Garage gewesen war.

»Ich habe mal in die Garage geschaut«, stammelte sie schließlich. »Für den Fall, dass das Haus verkauft wird. Wir müssen es leer übergeben. Das wird nicht leicht. Ich frage mich, ob wir einen Garagenverkauf organisieren sollten.«

Amber winkte ab. »Meine Mutter wird das Haus nicht verkaufen. Komm, sieh dir an, was ich gemacht habe. Du bist nicht die einzige Kreative in der Familie. Im Gegenteil, deine Talente hast du von mir. Gott weiß, dass dein leiblicher Vater ein Versager war.«

Sie öffnete die Tür zu ihrem kleinen Bastelzimmer. »Guck!«

Der Raum war eine Mischung aus großem Schrank und kleinem Zimmer. Vor Jahren hatte Heathers Stiefvater lange Arbeitsflächen und Regale angebracht. Es gab Kisten mit Garnen und Stoffen, Schubladen mit allen möglichen Kurzwaren und gutes Licht.

Als Heather noch klein gewesen war, hatten ihre Mutter und sie oft gemeinsam etwas gebastelt. Amber hatte ihr das Stricken, Häkeln und Quilten beigebracht. Zusammen waren sie auf Flohmärkte und Garagenverkäufe gegangen, um nach günstigen Lampen zu schauen, die sie reparieren und hübsch machen konnten, oder nach anderen Gegenständen, die nur einen frischen Anstrich brauchten, um wieder benutzbar zu sein.

Irgendwie ist das alles verloren gegangen, dachte Heather. Vermutlich war das nach der Scheidung losgegangen. Amber war verbittert und wütend gewesen, woraufhin dann irgendwann die Nähe zwischen ihnen und der Spaß verflogen waren.

Amber zeigte auf mehrere Kissen auf dem langen Tisch. »Siehst du, was ich gemacht habe? Ich habe das CK-Logo auf einen USB-Stick heruntergeladen und bin damit in den Handarbeitsladen auf dem Festland gefahren. Da haben sie es mir auf Stoff gedruckt. Das ist wirklich leicht und billig. Daraus habe ich Kissen genäht.« Sie lächelte. »Morgen werde ich mit Sophie darüber reden. Die werden sich gut verkaufen, meinst du nicht? Die Farben sind so schön und bunt.«

Heather starrte die Kissen an. Sie hatten einen Durchmesser von ungefähr fünfundvierzig Zentimetern und waren aus schlichtem Musselinstoff, auf dem in der Mitte das CK-Logo prangte. Es gab einen ganzen Regenbogen an Farben, und die Kissen sahen gut aus. Es war nur … Wer wollte Kissen mit dem CK-Logo im Haus haben?

»Ich denke, dafür sollte sie fünfzig Dollar nehmen«, erklärte Amber fröhlich. »Und ich kriege davon mindestens die Hälfte.«

»Die Hälfte?«

»Es ist schließlich meine Idee.«

»Ja, aber die Kissen müssen gefertigt werden. Sophies Gewinn pro Kissen wird keine fünfundzwanzig Dollar betragen.«

»Ach, wir finden schon eine Lösung. Das wird eine Gelddruckmaschine.« Sie legte einen Arm um Heather. »Wo deine Großmutter so egoistisch ist und Sophie uns wie Angestellte behandelt, müssen wir sicherstellen, dass wir uns um uns selbst kümmern. Es wird keiner zu unserer Rettung eilen, Heather. Das darfst du nie vergessen.«

So richtig der Ratschlag auch war, lag doch eine gewisse Ironie darin, dass er ausgerechnet von ihrer Mutter kam.

»Ich wünschte, du würdest jemanden mit Geld heiraten«, sagte Amber und ging zum Tisch, um eines der Kissen in die Hand zu nehmen und zu bewundern. »Ich meine, reiche Typen gibt es auf der Insel doch genug. Dugan zum Beispiel. Aber der ist zu alt für dich.«

»Und er ist mit Sophie zusammen.«

Amber wischte den Einwand beiseite. »Du bist jünger. Das wirkt immer. Außerdem bist du auf der Highschool doch mal mit diesem Jungen ausgegangen, dessen Eltern ein Supermarkt gehört. Das bedeutet zwar nicht, dass sie wirklich reich sind, aber trotzdem. Vielleicht könntest du wieder mit ihm zusammenkommen.«

»Er ist auf dem College.«

»Dann schick ihm eine Nachricht. Ernsthaft, Heather, du musst dich schon ein wenig bemühen. Bevor ich wusste, was für ein Versager dein Stiefvater ist, habe ich mich angestrengt, um ihn für mich zu gewinnen. Okay, später hat sich das als reine Zeitverschwendung herausgestellt, aber Fakt ist, es hat funktioniert. Das solltest du dir hinter die Ohren schreiben.«

Andächtig strich Amber über das Kissen. »Selbst zehn Dollar pro Kissen würden sich summieren. Wenn wir, ich weiß nicht, fünfhundert in der Woche verkaufen? Tausend?« Sie lachte. »Dann könnte ich meiner Mutter sagen, sie soll sich ihr Haus sonstwohin schieben, und mir etwas richtig Schönes suchen. Und ein neues Auto kaufen.«

»Du hast gerade erst ein neues Auto gekauft.« Heather ermahnte sich, nicht daran zu denken, dass dieser Kauf ihre Ersparnisse komplett aufgefressen hatte.

»Nein«, korrigierte Amber sie. »Ich habe mir ein gebrauchtes Auto gekauft. Ich hatte nie einen Neuwagen. Aber ich hätte gerne mal einen. Ich werde morgen mit Sophie reden.« Ihr Lächeln schwand und ihre Augen wurden schmal. »Das ist meine Idee, Heather. Nicht deine. Ich werde davon profitieren, nicht du.«

Die Ungerechtigkeit des Kommentars traf Heather wie eine Ohrfeige. Sie trat einen Schritt zurück und öffnete den Mund, schloss ihn aber gleich wieder. Sie sollte nicht überrascht sein, aber sie war es. Und zwar schmerzhaft.

»Das tust du immer, Mom«, stieß sie schließlich verbittert aus. »Du profitierst immer.«

Aus Dugans Wohnzimmerfenster auf die Bucht hinauszuschauen half nicht, Sophies Laune zu verbessern – genauso wenig wie die Tatsache, dass sie neun bezaubernde Katzenbabys bei sich zu Hause hatte. Selbst die Steigerung der Verkäufe in der letzten Woche um zehn Prozent – die sie vermutlich Elliots gezielten Marketingmaßnahmen verdankte – beruhigte sie nicht.

»Ich fasse es nicht!«, stieß sie zum achten Mal aus und wandte sich zu Dugan um. »Ich hasse sie. Ich hasse sie!«

Dugan saß entspannt auf einem der Hocker an der großen Kücheninsel und trank einen Schluck von dem Bier, das er bei ihrer Ankunft geöffnet hatte. Sophies Getränk – von dem sie nicht mal mehr wusste, was es war – stand ihm gegenüber. Vermutlich sollte sie hinübergehen und es einfach austrinken, egal, was es war. Das könnte helfen. Oder sie könnte etwas aus dem Fenster werfen.

»Ich war perfekt«, sagte sie mit etwas lauterer Stimme. »Habe ich dir das schon gesagt?«

»Das hast du.«

»Ich habe ihr von den verdammten Schulen erzählt. Ich habe ihr ein Umzugspaket angeboten.« Sie ging auf ihn zu. »Ich habe ihr verfügbare Häuser gezeigt. Ich habe ihr gesagt, dass sie freie Hand in ihrer Abteilung hätte.« Nun stemmte sie die Hände in die Hüften. »Ich habe der Zicke freie Hand gelassen, und sie hat den Job nicht angenommen.«

Um Dugans Augen bildeten sich leichte Fältchen, als versuchte er, nicht zu lächeln.

»Was ist?«, fragte sie. »Findest du das lustig? Das ist es nämlich nicht. Es war schrecklich. Ich hasse sie.«

»Dann ist es ja gut, dass sie nicht für dich arbeiten wird. Es ist schwer, Mitarbeiter zu haben, die man hasst.«

Wütend funkelte sie ihn an. »Das ist nicht hilfreich.«

»Du willst ja auch keine Hilfe. Du willst sauer sein und einen Grund finden, der nichts mit dem zu tun hat, was wirklich passiert ist. Du willst ihr die Schuld geben und dann so weitermachen wie bisher – einschließlich der gelegentlichen Pausen, um dich zu fragen, warum du und deine Firma feststecken.«

»Du irrst dich aber gewaltig«, fauchte sie. »Das ist nicht wahr. Allerdings ist es wirklich ihre Schuld, dass sie sich diese einmalige Gelegenheit hat entgehen lassen.«

»Das hat sie.« Er trank noch einen Schluck.

Sophie tigerte zum Fenster und wieder zurück und blieb vor Dugan stehen. Seine »Ich weiß was, was du nicht weißt«-Haltung war so nervtötend. Und wieso hatte sie überhaupt mal gedacht, dass er attraktiv war? Denn das war er nicht. Er war ein scheinheiliger Eso-Typ, der Yoga machte. Oder Tai-Chi. Na super.

»Du weißt gar nichts«, sagte sie und ging auf die andere Seite der Kücheninsel, um ihren Drink in die Hand zu nehmen.

»Das mag sein.« Er setzte sich so hin, dass er sie anschauen konnte. »Aber eines weiß ich: Maggie Heredia hat im Internet ein paar Minuten über dich und deine Firma recherchiert. Sie hat viele Posts von ehemaligen Angestellten gelesen, die meinten, dass es ein Albtraum wäre, für dich zu arbeiten. Laut ihren Aussagen besteht deine Vorstellung von Zusammenarbeit darin, dass man dir sagt, wie toll du bist. Gute Menschen müssen herausgefordert werden. Hervorragende Menschen wollen die Welt verändern. Du willst, dass außer dir keiner irgendetwas davon tut.«

»Ach bitte.« Sie verdrehte die Augen. »Das ist totaler Unsinn.«

»Hast du dich je selbst gegoogelt?«

»Nein. Warum sollte ich? Und wann hätte ich dazu überhaupt Zeit?«

»Die solltest du dir mal nehmen.« Er stellte sein Bier ab und beugte sich mit mitfühlender Miene vor. »Ich finde dich wirklich bezaubernd, aber das geht nicht jedem so. Willst du wissen, was das eigentliche Problem ist?«

Nein danke, das wollte sie nicht. Es gab kein eigentliches Problem. Es gab nur eine dumme Verkaufsperson, die eine einmalige Gelegenheit nicht erkannte, selbst wenn sie ihr in den Arsch biss. Doch irgendwie bekam Sophie diese Worte nicht über die Lippen. Obwohl sie es nicht wollte, murmelte sie: »Und was ist das?«

»Du bist ein Kontrollfreak mit einem Gottkomplex. Du stellst nicht die richtigen Leute für die Jobs ein, damit du sie konstant korrigieren kannst. Das füttert dann den Mythos an, dass du eine Art Genie bist und der Rest der Welt gerade so überlebt.«

Er zuckte mit den Schultern. »Am Anfang hattest du Glück. Du hast kluge Entscheidungen getroffen. Aber jetzt ist die Firma gerade so groß, dass du nicht mehr alles kontrollieren kannst. Schlimmer noch, um so zu wachsen, wie es dir vorschwebt, wirst du noch mehr Kontrolle abgeben müssen. Und der Gedanke daran lässt dich nachts nicht mehr schlafen. Wenn du nicht die Kontrolle hast, gehört CK dann wirklich dir? *Das* ist das Maggie-Problem. Du willst sie, weil du weißt, dass sie die Beste ist, aber da du du bist, kannst du sie unmöglich für dich arbeiten lassen. Selbst wenn du sie bekommen würdest, würdest du es innerhalb eines Monats vermasseln. Du kannst einfach nicht anders.«

Sophie spürte, dass ihr der Mund offen stehen blieb. Seine Worte trafen sie, enthüllten ihre größten Ängste, sodass sie mit einem Mal das Gefühl hatte, nackt vor ihm zu stehen. Sie wollte weglaufen, wollte schreien, aber sie konnte nur dastehen und darauf warten, dass die Erde sich auftat und sie verschluckte.

»Bear mag dich«, fuhr er fort, ohne ihr eine Pause zu gönnen oder sie allein zu lassen, damit sie einen Gegenangriff planen konnte. »Deswegen wird er vermutlich um die sechs Monate bleiben. Aber dann ist er auch weg. Was echt schade ist. Ich bezweifle, dass du jemanden findest, der besser ist als er. Und schon gar nicht auf dieser Insel.«

Er richtete sich auf. »Wenn du mehr willst, umgib dich mit den Besten und sieh dann zu, dass du ihnen aus dem Weg gehst. Das ist mein Rat. Der übrigens kostenlos ist.«

»Kostenlos?«, kreischte sie. Sie fühlte sich in die Defensive gedrängt und es war ihr egal, dass er das merkte. »Kostenlos?

Wen interessiert das schon? Was weißt du denn über mich oder meine Firma oder sonst irgendwas? Du bist ein Niemand. Du weißt gar nichts. Du wohnst in diesem großen Haus und tust, als wärst du wer weiß was, aber das bist du nicht. Du unterrichtest verfickt noch mal Yoga. Du bist nichts.«

Sie war nicht sicher, wann sie angefangen hatte, zu weinen, aber mit einem Mal waren da Tränen und sie konnte nicht atmen und alles tat ihr weh.

»Du hast nicht das Recht, so mit mir zu reden«, erklärte sie, während sie ihre Handtasche einsammelte und in Richtung Tür lief. »Du hast mir gar nichts zu sagen.«

Er fing sie ab, bevor sie ihr Auto erreichte. Seine starken Arme umfingen sie. Sie wirbelte zu ihm herum und wollte sich befreien, doch er ließ sie nicht los.

»Ich versuche nicht, dir wehzutun«, sagte er. »Ich versuche, zu dir durchzudringen, damit ich dir helfen kann. Weißt du, wie frustrierend es ist, mit anzusehen, was du alles falsch machst, und zu wissen, dass du nicht zuhörst? Verdammt, Sophie, ich versuche, dir zu zeigen, wie du aufhören kannst, dir ständig selbst in den Fuß zu schießen.«

»Ach bitte. Du? Mir helfen? Meine Probleme lassen sich nicht mit dem *Herabschauenden Hund* lösen, Dugan. Wir müssen uns nicht den gleichen Herausforderungen im Leben stellen. Du hast keine Ahnung, was ich jeden Tag zu tun habe. Und du willst mir helfen? Nein danke.«

»Hör auf, bevor du alles kaputt machst«, erklärte er.

Sie schaute ihn an und sah, dass seine gute Laune schon lange verflogen war. So richtig wusste sie nicht zu deuten, was sie in seinen Augen sah, aber es war dunkel und wütend. Vielleicht hatte sie ihn verletzt, aber sie war nicht sicher, ob sie das interessierte. Nicht jetzt, wo sie sich so entblößt fühlte.

»Du glaubst, du weißt alles«, stieß er grimmig aus. »Aber rate mal, Sophie. Du weißt gar nichts. Ich habe noch einen Rat für dich, den du sicherlich nicht annehmen wirst. Bevor du nächstes

Mal glaubst, jemanden genau zu kennen, solltest du vielleicht ein wenig im Internet recherchieren.«

Recherchieren? »Und zwar was genau?«

Er ließ sie los und ging zum Haus zurück. »Such nach mir. Dugan Phillips. Dann können wir reden.«

Die Haustür fiel ins Schloss, und Sophie blieb allein und weinend an ihrem Auto zurück.

Er ist nicht wichtig, sagte sie sich, als sie einstieg und den Motor startete. Sie hasste Maggie und sie hasste ihn, und vielleicht hasste sie alle anderen auch. Die Welt war dumm. Vor allem Dugan. Arsch. Er war ein schleimiger Mistkerl und sie wollte ihn nie wiedersehen.

»Sophie!« Heather trat einen Schritt zurück und ließ sie eintreten, wobei sie sich bemühte, sich ihre Überraschung nicht anmerken zu lassen. »Wusste ich, dass du vorbeikommen wolltest?«

Sophie umarmte sie und ging dann durch ins Wohnzimmer. »Deine Mom hat mich gebeten, auf dem Heimweg vorbeizuschauen. Hast du das nicht gewusst?«

»Nein.« Amber hatte nichts gesagt, was wirklich ungewöhnlich war. Immerhin gehörte Sophie zur Familie, da war es seltsam, dass sie selbst während des Abendessens nichts erwähnt hatte.

»Ich hole sie«, sagte Heather. »Kann ich dir etwas anbieten? Eine Cola light oder so?« Denn abgesehen von Wasser gab es nichts anderes. Gut, einen Kaffee, aber kurz vor acht Uhr abends schien das keine gute Idee zu sein.

»Nein danke.«

Heather zögerte. Sophie wirkte so still. Und blass. Sie wollte fragen, ob alles in Ordnung war, war sich aber nicht sicher, ob das angebracht wäre. Bevor sie sich entscheiden konnte, sah sie ihre Mutter mit einem Stapel CK-Kissen auf dem Arm in Richtung Wohnzimmer marschieren.

»Ist sie da? Gut. Ich wollte ihr die Kissen zeigen. Je mehr ich darüber nachdenke, desto überzeugter bin ich, dass sie das große Geld einbringen werden.«

Bei dem Gedanken zuckte Heather zusammen. Sie arbeitete inzwischen lange genug mit Elliot zusammen, um zu wissen, dass Marketing und Verkauf nicht so einfach waren, wie es aussah. Etwas anzubieten bedeutete nicht automatisch, dass die Leute es auch kauften. Die Kunden waren wählerisch – vor allem, wenn es um Dinge ging, die nicht lebensnotwendig waren. Geld auszugeben, um den Kindern Milch zu kaufen? Kein Problem. Fünfzig Dollar für ein Kissen mit dem Logo einer Firma berappen? Eher unwahrscheinlich.

»Man muss die Initiative ergreifen«, erklärte ihre Mutter ihr. »Man kann nicht darauf warten, dass jemand vorbeikommt und sich um alles kümmert.«

Heather starrte sie aus aufgerissenen Augen an. Was sollte sie dazu sagen? »Ach was«, schien am angemessensten, war aber keine wirklich gute Idee.

Sophie hatte es sich auf einem der Polstersessel gemütlich gemacht. Erst jetzt fiel Heather auf, dass der Sessel nicht mehr ganz so gut gepolstert aussah wie noch vor ein paar Jahren. Im Gegenteil, er wirkte klumpig und abgewohnt. Wie der Rest ihrer Möbel. Aber sie zu ersetzen hatte keine Priorität. Immerhin stand noch ein Umzug im Raum – zumindest hatte sie bisher nichts Gegenteiliges gehört. Allerdings war auch noch kein Makler vorbeigekommen, sodass sie sich langsam fragte, ob ihre Mutter wohl recht hatte und ihre Grandma nach Wochen des Schweigens ihre Meinung geändert hatte und das Haus nicht mehr verkaufen wollte.

Amber legte die Kissen auf dem Couchtisch aus. »Die habe ich gemacht«, verkündete sie. »Sind die nicht schön? All die verschiedenen Farben. Ich habe keinen teuren Stoff genommen, weil das hier nur Muster sind und ich sie vom eigenen Geld bezahlt habe. Für deine Firma wirst du was wirklich Hübsches haben wollen, das aber auch haltbar ist. Aber das zu finden überlasse ich dir.«

Sophie wirkte verwirrt. »Was zu finden?«

»Den Stoff, um diese Kissen herzustellen. Es ist meine Idee, also bekomme ich natürlich einen Teil des Gewinns. Ich dachte an fünfzig Prozent, aber darüber lässt sich verhandeln.«

Sophie schaute zwischen den Kissen und ihrer Cousine hin und her. »Du willst, dass ich die verkaufe?«

»Nicht diese. Die gehören mir.« Amber lächelte. »Wenn du mir die Ausgaben für das Material und meine Zeit erstatten willst, sage ich natürlich nicht Nein. Dann kannst du sie haben.«

Sophie runzelte die Stirn. »Wir haben schon versucht, Kissen mit dem CK-Logo zu verkaufen, die liefen aber nicht gut. Am Ende mussten wir sie als Geschenk den Bestellungen beilegen. Was wirklich schade ist. Ich hatte sie auch für eine gute Idee gehalten, aber die Kunden haben das anders gesehen.«

Ambers Schultern sackten herunter. »Aber ich habe die selbst gemacht. Ich habe das Material und alles gekauft. Du musst sie deinen Kunden verkaufen. Vielleicht hast du es vorher falsch gemacht. Vielleicht laufen sie jetzt besser.«

»Kissen verkaufen sich nicht. Die meisten Leute haben dort, wo sie sich den ganzen Tag aufhalten, keine Zierkissen. Und wenn doch, dann keine mit einem Firmenlogo.« Sie hielt inne. »Wir haben eine Decke, die ganz gut läuft. Haushaltstextilien könnten auch interessant sein. Das haben wir noch nicht ausprobiert.«

»Das ist auch meine Idee«, sagte Amber schnell. »Die kannst du nicht haben.«

»Mom!«

Amber winkte sie ab. »Unterbrich mich nicht. Ich meine es ernst, Sophie. Das mit den Haushaltstextilien ist meine Idee. Glaub ja nicht, dass du die klauen kannst, ohne mich dafür zu bezahlen.«

Sophie wirkte eher verwirrt als verärgert. »Du weißt aber schon, dass eine Idee so lange bedeutungslos ist, bis man sie auf den Markt gebracht hat? Da gibt es zum Beispiel die Marktforschungs- und Marketingkosten. Man muss einen Lieferanten finden, Muster bestellen. Das kann Monate dauern. Und am Ende wird das Produkt vielleicht von niemandem gekauft.« Sie wandte sich an Heather. »Glaubst du, dass ich mich zu sehr in die Firma einbringe?«

Heather hatte es sich auf dem Fußboden bequem gemacht. Jetzt wünschte sie, sie würde neben ihrer Mutter auf dem Sofa sitzen, denn dann wäre es leichter, aufzustehen und zu fliehen.

»Ich weiß nicht, was du damit meinst«, gab sie zu. Aber die Frage gefiel ihr überhaupt nicht.

»Dugan sagt …«, setzte Sophie an und presste dann die Lippen zusammen. »Ach, ist nicht wichtig.«

»Da hast du recht«, bestätigte Amber. »Wir reden hier gerade über meine Ideen und wie viel ich dafür kriege.«

»Zu den Kissen sage ich Nein, und das mit den Haushaltstextilien war nicht deine Idee. Oder zumindest nicht exklusiv deine. Ich habe Meetingprotokolle von vor drei Jahren, in denen das Thema auftaucht. Tut mir leid, Amber.«

Amber stiegen die Tränen in die Augen. »Warum benimmst du dich so? Warum bist du so gemein?«

»Ich bin nicht gemein. Ich sage dir nur, dass ich … Warum weinst du?«

»Weil du alles hast und ich nichts. Es hätte ich sein können, weißt du?« Amber wischte sich mit dem Handrücken über die Wangen. »Wenn ich nicht schwanger geworden wäre, wäre ich aufs College gegangen. Ich hätte eine Katze gefunden und CK würde mir gehören.«

»Ob du aufs College gegangen bist oder nicht, hat nichts mit dem zu tun, was in meinem Leben passiert ist«, erklärte Sophie ihr sanft. »Wir sind vier Jahre auseinander. Damals war noch nicht mal CKs Mutter geboren.«

»Dann hätte ich eben eine andere Katze gefunden.« Amber funkelte sie an. »Ich verstehe nicht, warum du glaubst, du kannst einfach herkommen und vor uns mit deinem Erfolg prahlen. Niemand ist davon beeindruckt, Sophie. Du glaubst, du weißt mehr als alle anderen, aber das tust du nicht.«

Heather wartete darauf, dass Sophie sauer werden würde oder zurückschlug, aber sie schien einfach nur in sich zusammenzusacken.

»Das denkt ihr also?« Sie schaute von Amber zu Heather.

»Nein«, warf Heather schnell ein. »Sophie, du bist unglaublich. Du hast CK von null aufgebaut. Sieh dir nur an, wo du jetzt bist, und das hast du alles allein geschafft. Du bist ein echtes Vorbild.«

»Schleimer«, murmelte Amber.

»Ich schleime nicht.« Heather wandte sich wieder an Sophie. »Das habe ich ernst gemeint. Ich bewundere dich so sehr.«

»So toll ist sie gar nicht.« Amber wedelte mit einer Hand. »Sie hat niemanden in ihrem Leben.«

»Das geht uns allen so.«

»Oh, ich könnte jemanden haben, wenn ich wollte.« Amber klang lächerlich selbstbewusst. »Ich bin nur im Moment nicht an Männern interessiert. Dafür ist in meinem Leben zu viel los.«

»Sophie hat Dugan.«

»Du schlägst dich immer auf die Seite der anderen, Heather. Du bist wirklich eine erbärmliche Tochter, weißt du das?« Amber wandte sich an Sophie. »Du solltest dieses Haus kaufen, dann würdest du dich besser fühlen.«

Ihre Cousine riss die Augen auf. »Was?«

»Du solltest es meiner Mutter abkaufen. Ich glaube nicht, dass sie es verkaufen will, aber wenn doch, solltest du es kaufen und mir schenken. Damit ich ein eigenes Zuhause habe. Du kannst es dir leisten, und wir gehören immerhin zur Familie. Ich meine, das bist du mir schuldig, nachdem du mir die Idee mit den Heimtextilien geklaut hast. Außerdem ist es deine Schuld, dass meine Mutter das Haus verkaufen will.«

»Mom!«

Sophie richtete sich auf. »Du bist verrückt. Es ist nicht meine Schuld. Nichts von all dem ist meine Schuld. Ich reiße mir jeden Tag den Arsch auf, und ständig bekomme ich nur zu hören, was ich alles falsch mache. Tja, das könnt ihr ab jetzt vergessen.«

Sie sprang auf und rannte aus dem Haus. Heather erhob sich langsam und schaute ihr fassungslos hinterher.

»Ich habe keine Ahnung, was das sollte«, merkte Amber an. »Aber wenn du mich fragst, steht sie kurz davor durchzudrehen.« Sie lächelte Heather an. »Hast du gesehen, wie ich das Thema angesprochen habe? Wenn man etwas haben will, muss man darum bitten. Sophie wird das Haus für uns kaufen. Du wirst schon sehen.«

»Ach Mom.«

»Nichts da ›ach Mom‹. Ich weiß genau, was ich tue. Du könntest von mir eine Menge lernen.«

Sie redete immer noch, als Heather schon den Flur hinunter zu ihrem Zimmer ging. Irgendetwas stimmte mit Sophie nicht, so viel stand fest. Aber was? Und sollte sie deswegen etwas unternehmen oder sich lieber raushalten?

Weil sie darauf keine Antwort hatte, schob sie die Frage beiseite, öffnete ihren Laptop und ging auf die Webseite von Boise, wo sie anfing, nach Wohnungen zu suchen.

17. KAPITEL

Kristine hatte lange mit sich gerungen, ob sie ihr Material ausdrucken und auf große Pappen kleben sollte, war aber nicht sicher, ob bunte Tortendiagramme ihr helfen würden. Jaxsen würde sie entweder unterstützen oder nicht.

Aber sie hatte eines seiner Lieblingsessen zubereitet – einen Schweinekotelett-Auflauf – und dafür gesorgt, auf dem aktuellen Stand der Basketballsaison zu sein, um beim Abendessen eine freundliche und lockere Atmosphäre zu schaffen. Nachdem die Jungs ihr geholfen hatten, die Küche aufzuräumen, zog sie sich in den Keller zurück, um alles vorzubereiten.

Grant ging hinauf in sein Zimmer, aber JJ und Tommy begleiteten sie nach unten. Sie warfen sich auf die große Couch und schauten zu, wie sie ihre Unterlagen auf dem Tisch davor ordnete.

»Du wirst das super machen, Mom«, sagte Tommy. »Wenn die Bäckerei eröffnet ist, helfe ich dir an den Wochenenden. Dann kann ich schon mal anfangen, auf ein Auto zu sparen.«

Kristine lächelte ihn an. »Danke für das Angebot, aber du bist noch Jahre davon entfernt, Auto fahren zu dürfen.«

»Die Zeit vergeht schnell. Einmal blinzeln und fünfzig Jahre sind vorbei.«

Sie lachte. »Wo hast du das denn gelesen?«

»In einem Buch. Die Lehrer lassen uns immer noch Bücher lesen, wusstest du das?«

»Ja, davon hatte ich gehört. Bist du sehr entsetzt?«

»Wir könnten sie in der Bücherei runterladen, aber sie wollen, dass wir echte Bücher lesen, die man mit sich rumtragen muss. Genau wie die Romane, die du abends im Bett liest. Das ist so primitiv.«

JJ legte sich so hin, dass er an die Decke starren konnte, und reckte die Beine in die Luft.

»Ich dachte, Frauen sollten keine eigenen Firmen haben«, verkündete er sachlich.

Kristine starrte ihn an. »Wovon redest du da? Sieh dir doch nur Sophie an. Sie ist unglaublich erfolgreich. Natürlich können Frauen eigene Firmen haben. Das sollten sie sogar. Jeder und jede hat die Chance verdient, den eigenen Traum zu verfolgen.«

Wo um alles in der Welt hatte JJ diese absurden Gedanken aufgeschnappt? Bevor sie fragen konnte, sah sie, dass Tommy seinem Bruder den Ellbogen in die Rippen stieß, um ihn zum Schweigen zu bringen.

Sofort trat ein schuldbewusster Ausdruck in JJs Gesicht. »Du hast recht, Mom. Das wird super.«

Pünktlich auf die Minute betrat Jaxsen den Raum. Als die Jungs ihn sahen, liefen sie in den Flur hinaus.

»Wir sind in unseren Zimmern!«, rief Tommy. »Ganz weit weg.«

Jaxsen gesellte sich zu Kristine aufs Sofa und sah sie fragend an. »Wissen die beiden, worum es bei diesem Treffen geht? Denn ich weiß es nicht. Du warst sehr geheimnisvoll, als du mich darum gebeten hast.«

Vor Nervosität war ihr ein wenig übel, doch das ignorierte sie. Sie würde jetzt mit Jaxsen einfach eine Unterhaltung über etwas führen, das ihr wichtig war. Er war ihr Mann, und er liebte sie – natürlich würde er sie unterstützen. Sie würden seine Sorgen besprechen und ruhig und liebevoll miteinander umgehen, dessen war sie sicher.

Also beinahe.

Jaxsen warf einen Blick auf die Mappen, die auf dem Couchtisch lagen, und sah dann Kristine an. Ein träges, sexy Lächeln umspielte seine Mundwinkel.

»Ich verstehe.« Er nickte. »Du bist entschlossen, das Mädchen zu kriegen, das du immer haben wolltest. Wir waren uns zwar einig, dass bei drei Kindern Schluss ist, aber du willst es noch ein viertes Mal versuchen. Ich bin dabei, wenn du glaubst, dass wir das finanziell hinbekommen. Aber ich muss dich warnen – ich bin mir nicht sicher, ob ich Mädchensperma habe, also gehst du da ein gewisses Risiko ein.«

»Wie bitte? Noch ein Kind? Bist du verrückt? Seit Grants Geburt flehe ich dich an, eine Vasektomie vornehmen zu lassen. Irgendwann will ich die Pille absetzen. Mein Gott … ein weiteres Baby. Nein danke.«

Jaxsen setzte sich ein wenig aufrechter hin. »Du musst nicht gleich so gemein sein. Ich dachte, du magst Kinder.«

»Das tue ich auch. Und wir haben drei. Das reicht.« Sie hob abwehrend eine Hand und senkte bewusst die Stimme, um, wie sie hoffte, wärmer, freundlicher und nicht ganz so entsetzt zu klingen. »Jaxsen, ich wollte mit dir darüber reden, die Bäckerei im Ort zu mieten.«

Sie reichte ihm eine der Mappen. »Ich arbeite schon eine ganze Weile an meinem Businessplan. Als der Laden angeboten wurde, habe ich ihn mir angeschaut, und wie erhofft, ist er perfekt.«

»Wovon redest du da?«

»Von der Bäckerei. Der *Blackberry Island Bakery*. Sie steht zur Vermietung, und ich will sie mieten, um mit meinem Geschäft dort einzuziehen.«

Er runzelte die Stirn. »Du backst ein paar Kekse und verkaufst sie an den Wochenenden. Das ist kein Geschäft, das ist ein Hobby.« Ohne die Mappe auch nur aufzuschlagen, warf er sie auf den Tisch. »Das ist verrückt, Kristine. Du hast keine Ahnung, wovon du da redest.«

Seine sofortige Ablehnung schockierte sie. »Jaxsen, natürlich weiß ich, wovon ich rede. Ich habe Vorlesungen auf dem Community College belegt. Ich arbeite seit über zwei Jahren an meinem Businessplan. Ich bin die Zahlen mit Sophie durchgegangen, und sie ist ganz meiner Meinung: Das hier ist eine solide Geschäftsidee.«

Er verdrehte die Augen. »Oh, klar, wenn Sophie sagt, dass es in Ordnung ist, wie könnte ich da widersprechen?«

Sie schob ihm die Mappe zu. »Jaxsen, bitte. Ich möchte das machen. Es ist mein Traum, und zwar schon seit langer Zeit. Im Moment bin ich stark eingeschränkt, weil ich hier zu Hause weder ausreichend Zeit noch Raum habe. Aber wenn ich eigene Räumlichkeiten hätte, könnte ich Zeiten festlegen, in denen ich arbeite. Ich könnte meine Kekse per Post verschicken und wirklich etwas aufbauen. Ich habe die Zahlen mehrmals durchgerechnet, und selbst nach allen Ausgaben könnte ich mir ein echtes Gehalt zahlen.«

»Was ist mit den Kindern? Wärst du überhaupt mal zu Hause?«

»Öfter als du«, gab sie bissig zurück.

Ein Muskel an seinem Kiefer zuckte. »Ich arbeite, Kristine. Ich ernähre diese Familie. Dein Job ist es, zu Hause zu sein und dich um die Kinder zu kümmern.«

»Die brauchen mich nicht jede Sekunde eines jeden Tages. JJ ist vierzehn. In zwei Jahren kann er Auto fahren. Ich brauche mehr als putzen und bügeln. Ich brauche etwas, das mich erfüllt.«

»Die meisten Frauen finden Erfüllung in ihrer Familie.«

»Ehrlich gesagt tun sie das nicht, Jaxsen, und das weißt du. Was ist hier los? Warum willst du mir nicht zuhören?« Der Frust wuchs immer mehr, bis sie fürchtete, gleich in Tränen auszubrechen. »Ich habe unzählige Stunden Arbeit in meinen Plan gesteckt, und du willst ihn dir nicht mal ansehen.«

Er warf einen kurzen Blick zu der Mappe, bevor er wieder sie anschaute. »Was passiert, wenn es nicht klappt? Was passiert, wenn wir die nächsten drei Jahre Miete für einen Laden zahlen müssen, nur weil du es nicht geschafft hast? Solche Schulden könnten unser Untergang sein.«

Es war unschön, dass er sofort von ihrem möglichen Scheitern sprach. Zugleich wusste sie, dass es eine legitime Frage war.

»Dann suche ich mir einen Job als Verkäuferin«, erklärte sie. »Das gleicht es dann wieder aus, und ich hätte nur meine Zeit verloren.«

Ein misstrauischer Ausdruck trat in seine Augen. »Du hast es schon getan, oder? Du hast den Laden bereits gemietet und sprichst erst jetzt mit mir.«

»Was? Nein! Wie kannst du nur so was von mir denken? Du bist unfair. Ich verstehe das nicht. Seit Jahren verkaufe ich erfolgreich Kekse und Brownies. Jedes einzelne Wochenende bin ich spätestens zur Mittagszeit ausverkauft. Ich bin verantwortungsbewusst, ich arbeite hart und ich habe meine Hausaufgaben gemacht. Warum siehst du nicht, dass ich eine Chance verdient habe, etwas zu tun, auf das ich stolz sein kann? Etwas, das ich selbst erschaffen habe?«

»Etwas, das wichtiger ist als dein Mann und deine Kinder?«, fragte er scharf zurück. »Wann haben wir aufgehört, genug für dich zu sein?«

»Wieso drehst du mir ständig die Worte im Mund herum? Ich liebe meine Familie. Ich bitte nur um die Chance, meinen Traum zu verwirklichen. Warum verstehst du das nicht?«

Er nahm die Mappe und schlug sie auf. So schnell, wie er die Seiten überflog, war Kristine nicht sicher, ob er sie überhaupt las. Dann zog er ein Blatt heraus und wedelte damit vor ihrem Gesicht herum.

»Woher nimmst du das Geld für all das? Das sind Tausende von Dollar.«

Sie ignorierte die Wut in seiner Stimme und zog ein anderes Blatt heraus. »Das steht alles hier. Die Kosten für den Umbau, für die Ausstattung und die Vorräte.« Sie zögerte. »Das sind ungefähr fünfundzwanzigtausend Dollar.«

Nicht viel mehr als ein Zeltanhänger, doch diese Bemerkung verkniff sie sich.

»Ich schätze, das willst du von unserer Hypothek nehmen. Also würden wir ein Risiko eingehen. Was, wenn es einen Notfall gibt oder …« Sein Blick glitt über die Seite, dann warf er sie beiseite und funkelte Kristine an.

»Du willst das Geld deiner Großmutter in den Laden stecken? Hast du es deswegen gehortet? Das hätte ich mir denken können. Du bist so verdammt egoistisch, Kristine.«

Sie sprang auf die Füße und sah ihn wütend an. »Nein«, sagte sie laut und ballte die Hände zu Fäusten. »Nein, das akzeptiere ich nicht. Du irrst dich. Und zwar komplett. Ich habe dich immer unterstützt, Jaxsen. Was immer du wolltest, ich habe dafür gesorgt, dass du es bekommst. Was immer dir wichtig war, war auch mir wichtig. Aber umgekehrt war es nie so, oder? Du hast nicht ein einziges Mal mich oder meine Träume unterstützt. Nicht mal bei etwas so Lächerlichem wie meinem Auto. Ich wollte einen Subaru, aber du wolltest davon nichts wissen und hast darauf bestanden, dass ich einen SUV kaufe. Ich wollte keinen SUV, doch dir war es wichtig, also habe ich nachgegeben.«

Er stand ebenfalls auf. »Das ist nicht fair. Du hast gesagt, es ist dir egal.«

»Ich habe zwei Wochen gekämpft, bevor ich aufgegeben habe. Warum musstest du dich in dieses Thema so einbringen? Es ging um mein Auto, nicht deins. Ich sage dir ja auch nicht, was du fahren sollst.«

»Dann kaufen wir dir eben einen verdammten Subaru.«

»Darum geht es doch gar nicht!«, brüllte sie. »Es geht darum, dass alles immer nach deiner Schnauze gehen muss und ich und meine Gefühle dir vollkommen egal sind. Du unterstützt mich nicht.«

»Das tue ich. Ich sage nichts dazu, dass du jeden verdammten Donnerstag die ganze Nacht aufbleibst, damit du deine blöden Kekse backen und sie für einen Nickel das Stück verkaufen kannst. Es ist mir egal, dass ich eine Industrieknetmaschine und Backbleche und was auch immer kaufen musste und dass du jeden Samstagvormittag weg bist, um deine verdammten Kekse zu verkaufen. Was hast du letztes Jahr nach Abzug der Kosten verdient? Zehntausend Dollar.« Er wedelte mit der Hand durch die Luft. »Alles, wofür das gut war, ist, dass wir jetzt in eine höhere Steuerklasse gerutscht sind und das Geld für die Steuern draufgeht.«

Die Schläge kamen so schnell und hart, dass Kristine nicht wusste, wie sie sich vor ihnen schützen sollte. »Das stimmt nicht«, erwiderte sie laut. »Wir sind in der niedrigsten Steuerklasse. Und außerdem geht es hier gar nicht um die Steuern.«

Sie drehte sich um und ging zum anderen Ende des Zimmers. »Ich bin so eine Idiotin. Ich habe dir zugehört und immer getan, was du gesagt hast. Ich habe mein Leben in deinen Dienst gestellt, Jaxsen, und dir ist es vollkommen egal, was ich will. *Ich* bin dir vollkommen egal. Darauf läuft es schlussendlich hinaus. Du sagst, die Quads oder der Zeltanhänger sind für die Familie, und dass ich ein schlechter Mensch bin, weil ich das nicht einsehe. Aber es ist nicht für die Familie. Es ist für dich. Du hast Glück, dass die Jungs mit den gleichen Sachen spielen wollen wie du, aber selbst wenn nicht, würdest du diesen ganzen Mist weiterhin kaufen.«

»Weil es mein Geld ist!«, brüllte er. »Ich verdiene es, während du hier zu Hause auf deinem Hintern sitzt.«

Die Worte hallten durch den Keller. Kristine spürte, wie ihr alles Blut aus dem Gesicht wich, und sie fragte sich, ob sie wohl gleich umkippen würde. Das war sie noch nie, und sie wusste nicht, wie sich das anfühlte. Aber es konnte auf keinen Fall schlimmer sein als das Loch, das sich gerade in ihrem Inneren auftat.

»Es tut mir leid«, sagte er schnell und machte einen Schritt auf sie zu. »Es tut mir wirklich leid, Kristine. Das hätte ich nicht sagen sollen. Das war falsch von mir.«

»Das war es, aber es war auch das, was du denkst. Ich schätze, jede Hausfrau und Mutter kämpft mit dieser Frage: Was denkt er wirklich? Jetzt weiß ich es wenigstens.«

Sie ging zum Couchtisch und sammelte die Mappen ein. Wie einen Schild drückte sie sie gegen ihre Brust, bevor sie sich zu ihm umdrehte. »Ich werde die Bäckerei eröffnen, Jaxsen. Es ist das Richtige, und es ist fair. Und du hast keinen Grund, irgendetwas anderes zu tun, als mich zu unterstützen.«

»Das ist eine dumme Idee.«

»Dumm oder nicht, ich tue es. Entweder du hilfst mir dabei, oder du gehst mir aus dem Weg.«

Sehr lange musterte er sie. »So weit ist es zwischen uns also gekommen?«

»Ich schätze schon.«

Er ging in Richtung Treppe, wo er sich noch einmal zu ihr umdrehte. »Du stellst mich vor eine Wahl. Damit wäre ich an deiner Stelle vorsichtig. Es könnte sein, dass dir das Ergebnis nicht gefällt.«

Die folgenden zwei Tage schäumte Sophie innerlich weiter über den Streit mit Dugan. Nein, es war kein Streit gewesen. Dazu wäre eine Bindung nötig, die zwischen ihnen einfach nicht bestand. Er hatte gewisse Dinge gesagt, und jetzt redeten sie nicht mehr miteinander. Das war keine große Sache.

Positiv war, dass die Kleinen von Mrs. Bennet wohlauf waren und die beiden Katzendamen sich angefreundet hatten. Vielleicht würde Sophie heute Abend die Zimmertüren offen lassen, damit die Katzenmütter zusammen sein konnten, wenn sie wollten.

Sie wusste nicht, warum Maggie sich so dumm verhalten hatte, aber das hatte sie nun mal. *CK Industries* war eine tolle Firma. Wenn Maggie das nicht sah, hatte sie offensichtlich keinen Weitblick und gehörte nicht hierher, trotz allem, was Dugan gesagt hatte.

Er lag so was von falsch, dass ihr die Worte dafür fehlten. Vierfach falsch mit Sahne und Kirschen obendrauf. Er lag so falsch …

Sie öffnete den Internetbrowser und gab seinen Namen ein. Sofort tauchte eine Liste an Einträgen auf. Sophie fing oben an und war darauf vorbereitet, sich durch eine ganze Horde an Dugan Phillips zu wühlen, bis sie den gesuchten fand, doch gleich der erste Eintrag handelte von Phillips Consulting.

Danach folgten Artikel in allen wichtigen Zeitungen – von der *New York Times* bis zum *Wall Street Journal*. Eine Schlagzeile ließ ihr Herz besonders laut klopfen: *Software-Genie spendet Millionen*. Wie bitte? Nein. Er war kein Software-Typ. Das konnte nicht sein. Er lebte auf Blackberry Island und gab am Strand Tai-Chi-Unterricht. Ja, sein Haus war wirklich schick, aber der Mann trug Jogginghosen.

Sie klickte ein paar der Artikel an, und ihr Verdruss wuchs mit jedem Wort, das sie las.

Kurz nachdem sein Geschäftspartner Eric Lui unerwartet an einem Herzinfarkt gestorben ist, verkündete Software-Entwickler Dugan Phillips, dass er die Firma verkaufen wird. Der Pressemitteilung ist zu entnehmen, dass die Hälfte des Gewinns an Luis Familie geht. Phillips selbst will den Großteil seines Vermögens spenden und »dann weitersehen«.

Der Artikel war vor vier Jahren erschienen.

Sophie versuchte, zu verstehen, was sie da las. Von der Software, die Dugan und Eric entwickelt hatten, hatte sie schon gehört. Sie war nicht in der Liga von *Windows*, hatte aber dennoch den Markt verändert. Und er hatte Millionen verschenkt?

Ein Klick auf einen weiteren Link brachte sie zu seiner Consulting-Webseite, und während die Startseite lud, fing Sophie an, sich innerlich zu winden. Das auf dem Bild war eindeutig Dugan. Er trug Anzug und Krawatte, aber er war es. Seine Firma bot verschiedene Beratungsleistungen an. Dugan selbst arbeitete nicht mit Klienten, gab aber ein paarmal im Jahr Seminare – die pro Person mehrere Tausend Dollar kosteten. Selbst wenn nur zweihundert Leute daran teilnahmen, waren das Einnahmen von über einer Million Dollar für drei Tage Arbeit.

Auch wenn sie die Dinge, die sie zu ihm gesagt hatte, lieber vergessen hätte, hallten die Worte durch ihren Kopf und wurden immer lauter. O Gott. Sie war so dumm gewesen. Sie hatte Annahmen getroffen und sich nie die Mühe gemacht, diese zu hinterfragen. Dugan war ein erfolgreicher Geschäftsmann, der ihr seinen Rat angeboten hatte, und sie hatte ihn abblitzen lassen. Schlimmer noch, egal, wer er war, sie hatte sich herablassend, unhöflich und einfach nur schrecklich benommen.

Sophie schaltete den Computer aus und lehnte sich auf ihrem Stuhl zurück. Das kommt davon, wenn man mit einem Mann schläft, den man nicht kennt, dachte sie. Sie musste wirklich anfangen, vorher besser zu recherchieren.

Und was nun? Vermutlich schuldete sie ihm eine Entschuldigung. Zu sagen, dass es ihr leidtat, und zuzugeben, dass sie sich vermutlich geirrt hatte, gehörte nicht zu ihren Stärken. Und dann müsste sie noch mal genauer über seine Ratschläge nachdenken, verdammt. Denn angesichts seines beruflichen Hintergrunds hatte er vermutlich recht mit dem, was er gesagt hatte.

Während sie weiter über diese neuen Erkenntnisse nachgrübelte, fuhr sie nach Hause. Dabei versuchte sie, sich daran zu erinnern, ob sie außer Katzenfutter noch irgendetwas zu essen im Haus hatte. Sie musste wirklich anfangen, regelmäßig in den Supermarkt zu fahren, oder sich einen Händler suchen, der lieferte. Oder eine Haushälterin einstellen, was angesichts ihres kleinen Häuschens irgendwie albern war. All diese Überlegungen sollten sie davon ablenken, wie dumm sie war. Sie war sich ihrer Sache, was Dugan anging, so sicher gewesen. Das hatte sie selbstgerecht und zickig werden lassen. O Gott, wie sie es hasste, sich zu irren.

Kaum hatte sie ihren Wagen auf der Einfahrt abgestellt, als auch schon ein weiteres Auto neben ihr hielt. Ohne hinzusehen wusste sie, dass es sich um einen BMW aus der neuesten Baureihe handelte und der Mann, der hinter dem Lenkrad saß, Millionen Dollar für wohltätige Zwecke gespendet hatte.

Er stieg aus, kam um ihr Auto herum und öffnete die Fahrertür.

»Geh weg«, sagte sie, jedoch ohne allzu großen Nachdruck.

»Weil?«

»Ach bitte.« Sie nahm ihre Tasche vom Beifahrersitz und stieg aus. Dann funkelte sie ihn wütend an. »Du weißt, dass ich dich gegoogelt habe. Du weißt, dass ich jetzt weiß, wer du bist. Du bist nur hier, um über mich zu lachen.«

Er lächelte sie an. »Vielleicht ein bisschen.«

Als er sich vorbeugte, wie um sie zu küssen, machte Sophie einen Satz zurück. »Tu das nicht. Wir können uns jetzt nicht küssen.«

»Weil es sieben Uhr an einem Donnerstagabend ist?«

»Nein. Weil du *du* bist. Davor warst du einfach nur ein attraktiver Tai-Chi-Typ, der mir gefallen hat.«

»Du hast vergessen zu sagen, dass ich auch gut im Bett bin.«

»Das ist nicht lustig.«

»Finde ich schon.« Er legte einen Arm um sie. »Sophie, Sophie, Sophie. Es ist schwer, selbstgefällig zu sein, wenn man herausfindet, dass der Rest der Welt genauso klug ist wie man selbst.«

Sie schüttelte seinen Arm ab. »Ich war nicht selbstgefällig.«

»O doch.«

Kurz schaute sie zu Boden, dann wieder zu ihm. »Stimmt. Und es tut mir leid. Ich habe viele Dinge zu wissen geglaubt, die nicht stimmen. Ich habe mich geirrt.«

»Danke.«

Sie seufzte. »Es war einfach leichter für mich, als ich dich in eine Schublade stecken konnte. Ich dachte, ich wüsste, wer du bist. Jetzt weiß ich gar nichts mehr.«

»Das ist ein wenig zu hart. Ein paar Dinge weißt du schon. Du weißt zum Beispiel, wie man die beste Kandidatin für den Posten der Vertriebsleitung vergrault.«

»Haha.«

»Ich habe dir doch gesagt, dass ich lustig bin.« Er öffnete die hintere Tür seines Wagens und holte eine große Tüte heraus. »Ich habe was zum Abendessen mitgebracht.«

Sofort stieg ihre Laune. »Wirklich?«

»Ich wusste, dass du nicht zu mir kommen würdest, und ich habe angefangen, dich zu vermissen.«

Tief atmete sie den Duft von frisch gebratenem Hähnchen ein. Sofort knurrte ihr Magen. Doch bevor sie nachgeben konnte, mussten ein paar Regeln aufgestellt werden.

»Du weißt, dass ich nicht mehr mit dir schlafen kann.«

»Ja, die Botschaft ist angekommen.«

»Ich habe vor, dich wegen meiner Firma zu löchern.«

»Davon bin ich ausgegangen.«

»Aber wir können immer noch Freunde sein.«

Wieder legte er einen Arm um sie und führte sie in Richtung Haus. »Bei dem Gedanken schlägt mein Herz gleich schneller.«

»Na, wer von uns ist jetzt selbstgefällig?«

Nach ihrem Streit mit Jaxsen schlief Kristine im Keller. Die Stille im Raum war beruhigend und das große Sofa mehr als bequem. In den nächsten Tagen gingen sie und Jaxsen einander so weit wie möglich aus dem Weg. An einem Abend arbeitete er lang, am anderen traf er sich mit seinen Freunden. Am dritten Abend ging er mit den Jungs essen und dann ins Kino. Am vierten Abend packte er in einer finalen Geste des Trotzes eine Tasche und zog zu seinen Eltern – das hatte er schon zuvor ein paarmal getan, wenn sie sich gestritten hatten. So war Jaxsen eben. Wieso sollte man eine vernünftige Unterhaltung unter Erwachsenen führen, wenn man auch weglaufen konnte?

Kristine wusste, dass er glaubte, sie damit zu bestrafen. Aber da sie so wütend war, war sie dankbar, sich nicht mit ihm herumschlagen zu müssen. Seine Respektlosigkeit ihr gegenüber ließ den Zorn hell und heiß in ihr brennen. Sie dachte an all die Dinge, die sie für ihn getan, an alles, was sie für ihn aufgegeben hatte. Die Jobs, die sie hatte annehmen wollen, die er ihr aber ausgeredet hatte, weil er der Meinung gewesen war, sie sollte bei den Jungs zu Hause bleiben. Und dann besaß er die Frechheit, sich zu beschweren, dass sie kein Geld verdiente?

Oh, wie sie ihn bestrafen wollte. Sie wollte ihm so richtig wehtun. Nur wusste sie nicht, wie sie das anstellen konnte, ohne das Gesetz zu brechen. Kurz überlegte sie, die Reifen seines Quads zu zerstechen, aber das würde nur zu weiteren unnötigen Kosten führen. Außerdem war es kindisch, und sie wollte gerne die moralisch Überlegene sein.

Am fünften Tag war sie immer noch genervt, aber auch frustriert. Da Jaxsen nicht da war, konnten sie nicht miteinander reden. Und auch wenn sie keinerlei Interesse daran hatte, seine Neandertalereinstellung zu diskutieren, wollte sie mit der Bäckerei vorankommen. Doch dazu brauchte sie die fünfzehntausend Dollar von ihrer Hypothek, und aus ihr selbst unerklärlichen Gründen konnte sie das Geld nicht einfach nehmen, ohne vorher mit Jaxsen gesprochen zu haben.

Nicht, dass sie es nicht versucht hätte. Sie hatte sich in ihr Konto eingeloggt und die Überweisung gestartet. Dazu musste man nur ein paar Links drücken. Doch am Ende hatte sie die Transaktion abgebrochen. Nun kam sie sich unendlich dumm vor. Auf der einen Seite konnte sie nicht ihr gemeinsames Geld nehmen, ohne es ihm zu sagen. Auf der anderen Seite wusste sie, dass er dagegen stimmen würde. Die Lage erschien ihr aussichtslos. Kristine war gewillt, ihrem Mann zu trotzen, aber sie traute sich nicht, so etwas Großes hinter seinem Rücken zu machen.

Ihren Frust ließ sie an den Badezimmern aus, die sie gründlich putzte. Dann backte sie Kekse und packte weder den Mixer noch die Backbleche wieder weg. Sie erledigte alle ihre Einkäufe und hörte immer noch nichts von Jaxsen. Gerade wollte sie einknicken und ihm eine Nachricht schicken, als Ruth vorbeikam.

Ihre Schwiegermutter betrat das Haus wie immer durch die Hintertür und rief laut: »Ich bin's!«

Kristine schaute von den Zwiebeln auf, die sie fürs Abendessen schnitt, und lächelte. »Dich habe ich ja schon lange nicht mehr gesehen.«

Ruth schaute schuldbewusst drein. »Ich war nicht sicher, ob es in Ordnung ist, vorbeizukommen.«

»Natürlich ist es das, Ruth. Du und ich haben keinen Streit. Zumindest glaube ich das.«

»Natürlich nicht. Jaxsen kann so stur sein.«

»Wem sagst du das.«

Wenn Ruth nicht Ruth wäre, hätte Kristine sich Sorgen gemacht, dass ihre Schwiegermutter vorbeigekommen war, um sie zu bitten, Jaxsens Wünschen nachzukommen. Doch Ruth war eine unglaublich faire Frau, die sich schon bei vielen Problemen auf Kristines Seite geschlagen hatte. Sie liebte ihren Sohn, aber auch ihre Enkel und ihre Schwiegertochter. Obwohl Ruth in einer anderen Zeit und mit anderen Lebenszielen aufgewachsen war, hatte sie immer beide Seiten der Medaille sehen können. Kristine hatte keinen Anlass zu glauben, dass sich das geändert hatte.

Ruth schenkte sich einen Kaffee aus der Kaffeekanne ein und setzte sich an die Kücheninsel. »Er sagt, dass du unvernünftig bist und er dir eine Lektion erteilen will. Er kommt später vorbei, um ein paar Dinge zu holen. Er meinte, er wird erst zurückkehren, wenn du dich bei ihm entschuldigst. Und dass er keine Probleme damit hat, solange bei uns im Keller zu wohnen.«

Das überraschte Kristine. Ruhig legte sie das Messer ab, mit dem sie die Zwiebeln geschnitten hatte, und wusch sich die Hände, bevor sie sich neben ihre Schwiegermutter setzte.

Dass Jaxsen schmollte, war nichts Neues. Das tat er oft, wenn er seinen Willen nicht bekam. Aber er war nie mehr als ein paar Tage weggeblieben. Und welche Lektion wollte er ihr erteilen? Was hatte sie denn falsch gemacht? Einen Traum gehabt, der sich um andere Dinge drehte als nur darum, seine Wäsche zu waschen?

»Paul meint, er kann so lange bei uns bleiben, wie er mag«, fuhr Ruth fort und sah Kristine an. »Es tut mir leid, aber er steht auf Jaxsens Seite. Er findet deine Idee, einen Laden zu eröffnen, lächerlich und ermutigt Jaxsen, standfest zu bleiben.«

Das war zwar nicht überraschend, versetzte ihr aber trotzdem einen kleinen Stich. »Und was denkst du?«

»Du zuerst«, ermutigte Ruth sie mit weicher Stimme.

Kristine versuchte, Worte zu finden, um ihre Gefühle zu beschreiben. Natürlich war sie verletzt und wütend. Außerdem kam sie sich verraten vor. Und sie hatte ein klein wenig Angst. Würde die Verwirklichung ihres Traums sie die Ehe kosten? War Jaxsen gewillt, es so weit zu treiben?

»Ich denke, er irrt sich«, fing sie schließlich an und kämpfte darum, stark zu bleiben. »Das ist keine impulsive Entscheidung von mir. Ich habe das gründlich durchdacht und habe einen Plan. Wir sind seit sechzehn Jahren verheiratet, und ich habe ihn immer unterstützt. Nun bitte ich um das Gleiche, doch er will es mir nicht gewähren.«

Sie atmete tief ein. »Er hat schreckliche Dinge zu mir gesagt, Ruth. Er hat abgetan, was ich tue und was für ein Leben ich führe. Er hat versucht, mir das Gefühl zu geben, klein und unwichtig zu sein. Ich weiß, dass er sich über das Erbe meiner Großmutter ärgert, aber ich weiß nicht, warum. Es ist kein Vermögen, und doch tut er so, als würde ich ihm das Essen aus dem Mund stehlen oder so. Ich möchte doch nur etwas Eigenes haben. Ich möchte die Chance haben, meine Träume zu verwirklichen. Ist das so falsch? Sollte er das nach sechzehn Jahren Ehe und drei Kindern nicht auch für mich wollen?«

Energisch straffte sie die Schultern. »Das nehme ich zurück. Das war keine Frage, sondern eine Aussage: Ja, er sollte das für mich wollen. Er sollte wollen, dass ich glücklich bin. Und es spricht definitiv nicht für ihn, dass er in dem Moment, wo ich das erste Mal für mich einstehe, nach Hause läuft wie ein kleiner Junge.« Sie hielt kurz inne. »Das ist nicht persönlich gemeint.«

»Das habe ich auch nicht so aufgefasst.«

»Also?«, fragte Kristine. »Was denkst du? Bin ich ein schrecklicher Mensch?«

Ruth musterte sie und schüttelte dann langsam den Kopf. »Du musst das tun. Du musst entschlossen sein. Wenn du es nicht bist, wenn du nachgibst, wirst du nicht nur deinen Traum verlieren, sondern auch einen Teil von dir selbst. Für den Rest eures gemeinsamen Lebens wird er wissen, dass er dich unterdrücken kann, und am Ende wird das eure Ehe zerstören. Ich liebe Jaxsen. Er ist mein einziges Kind, und ich würde tausendmal für ihn sterben. Aber er irrt sich. Und Paul auch.«

Sie zog einen Umschlag aus ihrer Handtasche. »Ich wollte nie etwas anderes als das, was ich habe. Das bedauere ich jetzt. Meinen Weg kann ich nicht mehr ändern, aber ich kann dir auf deinem helfen.«

Kristine nahm den Umschlag entgegen, den ihre Schwiegermutter ihr reichte. Nachdem sie ihn geöffnet hatte, starrte sie fassungslos auf den Scheck über fünfzehntausend Dollar.

»Das geht nicht«, hauchte sie. »Weiß Paul davon?«

»Nein. Also musst du sofort zur Bank gehen und ihn einlösen, bevor er ihn stoppen kann.«

Kristine ließ den Scheck auf die Kücheninsel fallen. »Ruth, das geht nicht. Ich will mich nicht zwischen dich und Paul stellen. Er wird sauer sein.«

»Soll er doch. Er braucht einen Weckruf, und das ist der beste Weg, um ihn daran zu erinnern, dass er trotz allem, was er denkt, nicht mein Boss ist.« Sie lächelte. »Kristine, ich möchte das gerne tun. Ich bewundere dich und glaube an das, was du vorhast. Tu mir den Gefallen und nimm das Geld an. Miete den Laden. Sei erfolgreich. Das wird eine wichtige Lektion für die Männer in unserem Leben sein.«

Kristine zögerte. Sie wollte keine Probleme machen, aber Ruth war so beharrlich. Und der Scheck bedeutete, dass sie nicht auf die Hypothek zurückgreifen musste und somit eine Sorge los wäre.

»Bist du sicher?«, hakte sie noch einmal nach.

»Das bin ich. Tu es für mich. Bitte. Und für dich.«

Andächtig nahm Kristine den Scheck in die Hand. »Das werde ich«, versprach sie. »Und zwar gleich jetzt.«

18. KAPITEL

Im Staat Washington gab es zwar auch ein paar Berge, aber verglichen mit den Bergketten rund um Denver waren sie doch eher erbärmlich. Konzentrier dich auf das Fahren, ermahnte Sophie sich. Die Berge konnte sie später noch bewundern, nachdem sie erledigt hatte, wozu sie hierhergekommen war.

In einem Anfall, der natürlich absolut nichts mit Dugans Aussagen zu tun hatte, hatte sie den Entschluss getroffen, noch einmal Maggie Heredia zu treffen. Sie wollte versuchen, Maggie davon zu überzeugen, den Job anzunehmen. Aus diesem Grund hatte sie angerufen und einen Termin vereinbart, wobei sie versprochen hatte, nicht mehr als dreißig Minuten von Maggies Zeit in Anspruch zu nehmen und zu ihr nach Denver zu fliegen, damit Maggie keinerlei Unannehmlichkeiten hatte.

»Es ist Ihr Geld«, hatte Maggie geantwortet. »Ich werde nicht für Sie arbeiten.«

»Dann wird unser Treffen ein großer Schub für Ihr Ego sein und nicht mehr.«

»Ich brauche kein größeres Ego.«

»Aber Sie treffen sich trotzdem mit mir.«

»Wenn Sie hier auftauchen, klar.«

Sophie hatte den Flieger um halb sieben Uhr morgens genommen. Der Rückflug lag später am Nachmittag, sodass sie ausreichend Zeit hatte, zu Maggies Haus zu fahren, sie davon zu überzeugen, das Jobangebot doch anzunehmen, und wieder zum Flughafen zurückzukehren.

Maggie und ihre Familie wohnten in einem hübschen Vorort von Denver. Die Luft war frisch und klar, und als Sophie vor dem zweigeschossigen Haus parkte, hielt sie einen Moment inne, um die Berge zu bewundern, die das Tal umgaben. Denver lag ungefähr eine Meile über dem Meeresspiegel, und die Berge erhoben sich weit darüber. Manchmal, wenn sie sich die Mühe machte, darauf zu achten, fand Sophie die Natur ziemlich beeindruckend.

Maggie öffnete die Haustür, bevor Sophie klopfen konnte. Die beiden Frauen schauten einander an.

»Wie gesagt«, sagte Maggie statt einer Begrüßung. »Sie verschwenden Ihre Zeit.«

»Und doch waren Sie bereit, mich zu treffen.«

»Ich stehe nun mal auf aussichtslose Fälle.«

Maggie ging voran in ein Büro im Erdgeschoss und schloss die Doppeltür hinter sich.

»Wo ist Ihre Familie?«, wollte Sophie wissen, als sie sich auf den Stuhl vor dem großen Schreibtisch setzte.

»Außer Haus.«

»Also werde ich sie nicht kennenlernen.«

»Nein.«

Das war eindeutig. In schlichtem Pullover und Jeans wirkte Maggie sehr entspannt. Sophie hatte keine Ahnung, was sie dachte, und fragte sich, ob ihr Besuch vielleicht wirklich reine Zeitverschwendung war.

Nein, sagte sie sich. Wenn sie etwas wollte, tat sie alles, was dafür nötig war, um es zu bekommen. Ab und zu vermasselte sie es zwar, aber das lag nie daran, dass sie sich nicht genügend anstrengte.

»*CK Industries* braucht Sie«, fing sie an. »Und ich brauche Sie auch. Wie Sie vielleicht bemerkt oder gehört haben, habe ich ein paar Schwierigkeiten, was meinen Managementstil angeht.«

Maggies Miene blieb neutral.

»Ich kann mich ein wenig zu sehr in die Prozesse einbringen«, fuhr Sophie fort. »Das liegt daran, dass ich meine Firma liebe. Als die ersten Videos durch die Decke gegangen sind, konnte ich es nicht fassen. Sofort habe ich das Potenzial gesehen, aber alle haben mir gesagt, es wäre albern zu glauben, dass ein paar Videos über meine Katze irgendetwas bewegen könnten.«

»Wie viele dieser Schwarzmaler waren Männer?«, fragte Maggie.

»Viele.«

»Wem erzählen Sie das.«

Von diesem Kommentar ermutigt, fuhr Sophie fort: »Ich habe etwas Gutes aufgebaut, aber allein komme ich nicht weiter. Ich brauche Hilfe.«

»Schwester, Sie brauchen viel Hilfe, und so, wie Sie sich benehmen, werden Sie die nicht kriegen. Sie wissen nicht alles, aber Sie glauben, dass Sie die Einzige sind, die Informationen, Erfahrungen oder Ehrgeiz hat.«

Hatte sie sich mit Dugan unterhalten? »Ich will nicht so sein.«

»Ob Sie es wollen oder nicht, ist egal. Am Ende zählt nur, was Sie tun. Haben Sie gelesen, was Ihre ehemaligen Angestellten im Internet über Sie geschrieben haben?«

Sophie versuchte, nicht zusammenzuzucken. »Ja, in den letzten Tagen habe ich diesbezüglich ein wenig recherchiert.« Es gab einen roten Faden, der sich durch alle Kommentare zog: In beinahe allen wurde sie als Zicke bezeichnet. Manchmal auch als erstklassige Zicke, was nicht wirklich wie ein Kompliment klang.

»Ich bin ein Kontrollfreak.«

»Sie sind wesentlich mehr als das.« Maggie beugte sich zu ihr vor. »Ich gebe zu, was Sie bei CK tun, gefällt mir, und ich sehe großes Potenzial. Sie benötigen dringend exklusive Produkte, die Ihre Kunden von den Füßen hauen und in ihnen den Wunsch wecken, sie sofort zu kaufen, egal, wie teuer sie sind. Sie müssen *der* Ansprechpartner für die ganzen verrückten Katzenladys da draußen sein. Viele von ihnen haben Geld.«

»Ja, das muss ich alles, und Sie sind die Person, die ich dafür brauche.«

»Ich glaube nicht, dass ich für Sie arbeiten kann. Sie würden mir so auf die Nerven gehen, dass ich etwas tun könnte, was ich später bedauere.«

»Ich würde Ihnen freie Hand lassen.«

Maggie hob die Augenbrauen. »Das glaubt keiner auch nur für eine Sekunde.«

»Ich würde mich wirklich bemühen. Mir ist sehr daran gelegen, dass es funktioniert. Ich möchte Ihre Kontakte und Erfahrung. Ich möchte, dass CK wächst. Ich will spezielle Produkte haben, für die meine Kunden die Marke noch mehr lieben.«

Maggie wirkte nicht überzeugt.

»Verkaufen Sie Ihr Haus nicht«, sagte Sophie aus einem Impuls heraus. »Behalten Sie es. Ich miete Ihnen ein Haus auf Blackberry Island. Ich bezahle den Umzug für Ihre Familie. Wenn es nicht funktioniert, können Sie hierher zurückkommen und es ist kein Schaden entstanden.«

»Außer, dass ich dann keinen Job mehr habe«, erwiderte Maggie trocken.

»Ich verspreche Ihnen eine Abfindung in Höhe von sechs Monatsgehältern.«

»Bekomme ich auch ein Pony?«

»Wollen Sie denn eins?«

»Guter Gott, nein.« Maggie seufzte. »Sie meinen das wirklich ernst.«

»Sogar das mit dem Pony.«

»Sie sollten nicht alle Karten gleich auf den Tisch legen«, riet Maggie ihr. »Das schränkt Ihren Verhandlungsspielraum ein.«

»Ich will nicht verhandeln. Ich will, dass Sie für mich arbeiten. Ich glaube, wir wären ein großartiges Team.«

Maggie atmete tief ein. »Ich suche das Haus aus, aber Sie bezahlen die Miete.«

Erleichterung flutete Sophie, gefolgt von Hoffnung und Vorfreude. »Abgemacht.«

Maggie stöhnte. »Ich hoffe wirklich, dass ich das nicht bereuen werde.«

»Das werden Sie nicht.« Sophie streckte ihr die Hand hin. »Willkommen in der CK-Familie.«

Maggie schlug ein. »Versuchen Sie bitte, nicht so nervtötend zu sein, dass ich Sie töten muss.«

Sophie grinste. »Wir werden wunderbar miteinander klarkommen.«

Heather gefiel es, für Elliot zu arbeiten. Er war klug, kannte sich aus und war – obwohl sie ihn sicherlich regelmäßig enttäuschte – immer geduldig und freundlich. Sie gab stets ihr Bestes und machte auch zahlreiche Überstunden, um ihm zu geben, was er wollte. Aber es gab Tage, an denen er mit ihrer Arbeit nicht glücklich war, egal, wie sehr sie sich bemühte.

Gerade überflog er einen Bericht, den sie für ihn verfasst hatte, und legte ihn dann auf den Schreibtisch. Seine ernste Miene verriet ihr, dass sie mal wieder versagt hatte. Der Stolz, den sie auf ihre Arbeit empfand, schwand, bis sie sich fragte, was sie dieses Mal falsch gemacht hatte. Sie wusste, dass die Zahlen richtig waren – sie hatte sie zweimal überprüft. Außerdem hatte sie alle Informationen eingeholt, um die er gebeten hatte. Sie hatte sogar Hintergrundmaterial besorgt und war bis beinahe Mitternacht in ihrem Büro geblieben, um alles richtig zu machen.

»Erzähl mir von deiner Mutter«, bat Elliot unerwartet.

»Von meiner Mutter?«

»Als du angefangen hast, für mich zu arbeiten, hast du gesagt, ich soll dich nicht rausschmeißen, weil du bereits deinen Job als Kellnerin gekündigt hast und dich um deine Mutter kümmern musst.«

Heather wünschte, sie könnte unter den Schreibtisch kriechen und verschwinden. »Sie ist, äh, meine Mom.«

»Sehr hilfreich.«

»Ich weiß nicht, was Sie wissen wollen.«

»Wie alt bist du? Zwanzig? Einundzwanzig? Sie muss also Anfang vierzig sein. Warum kümmerst du dich um sie? Ist sie krank?«

»Nein.« Heather zögerte. »Meine Mutter ist direkt nach der Highschool schwanger geworden. Der Kerl war lange weg, bevor sie überhaupt von der Schwangerschaft wusste.« Sie machte sich nicht die Mühe, etwas über den Rodeo-Cowboy zu erzählen, denn dann würde die Geschichte noch erbärmlicher klingen. »Sie musste ihre Träume von einem Studium und alle Chancen auf eine gute Zukunft meinetwegen aufgeben.«

»Und jetzt kümmerst du dich um sie?«

»Es ist kompliziert.«

»Das sind die meisten Familien.« Er sah sie lange an. »Ich weiß einfach nicht, ob du wirklich mehr willst, als du hast, oder ob das nur leeres Gerede ist.«

»Ich will mehr«, beharrte sie. »Sie haben gesehen, wie hart ich arbeite. Bis zum letzten Quartal bin ich aufs Community College gegangen.« Kein Grund, zu sagen, warum ich damit aufgehört habe, dachte sie grimmig. »Ich werde im Herbst zurückgehen. Und ich möchte die Insel verlassen und mein eigenes Leben anfangen.«

»Ich würde dir wirklich gerne glauben.« Er lehnte sich in seinem Stuhl zurück. »Du bist wie ungeformter Ton – nutzlos.«

Heather spürte, wie ihre Augen brannten. Sie wollte gegen diese unfaire Einschätzung protestieren, war aber nicht sicher, was sie zu ihrer Verteidigung vorbringen konnte.

»Du bist klug«, fuhr er fort. »Du strengst dich an. Du wirkst auch motiviert. Aber du kannst die Arbeit nicht einmal ansatzweise. Was ist mit dem College?«

»Ich habe kein Geld.«

Er winkte ab. »Das ist das geringste Problem. Es gibt Zuschüsse und Stipendien. Hast du dich dafür mal beworben? Hast du recherchiert, was für dich infrage kommt?«

Peinlich berührt schüttelte sie den Kopf. »Ich dachte, ich könnte nicht aufs College gehen.«

»Wenn du keinen Plan machst, behältst du damit auch recht. Informiere dich über die verschiedenen Colleges. Wenn dir Marketing gefällt, finde die zehn besten Colleges im Land und fang dort an. Die University of Michigan in Ann Arbor ist dabei, genauso wie die University of Pennsylvania. Guck, was es für finanzielle Hilfen gibt. Wie viel kostet das Studium? Für welchen Zuschuss kannst du dich bewerben?« Sein Blick schien sich in ihren zu bohren. »Und bitte mich um ein Empfehlungsschreiben.«

»Das würden Sie für mich tun?«

»Nur, wenn du deinen Teil der Arbeit erledigst. Ich wiederhole noch mal, was ich vorhin gesagt habe: Ich weiß nicht, warum du hier festhängst. Liegt es daran, dass du Angst hast, deine Mutter allein zu lassen, oder bist du einer dieser Menschen, die nur darüber reden, wie alles hätte sein können, und die immer eine Ausrede haben, warum es nicht so ist?«

Er beschreibt Amber, dachte sie unbehaglich. Er fragte sich, ob sie so war wie ihre Mutter.

»Ich dachte, das Community College wäre meine einzige Option«, gestand sie. »Ich habe nicht geglaubt, dass ich es irgendwo anders schaffen kann.«

»Dann fordere ich dich heraus, anders zu denken. Es ist dein Leben, Heather. Du bist jung und gesund. Wenn du etwas verändern willst, ist jetzt der Zeitpunkt gekommen. Aber niemand kann das für dich übernehmen. Du musst gewillt sein, dich selbst zu motivieren. Du musst für dich entscheiden, was wichtig ist, und dann bereit sein, dafür zu arbeiten.« Er zuckte mit den Schultern. »Oder du kannst da bleiben, wo du bist. Sophie mag dich sehr. Wenn das mit dir in meiner Abteilung nicht funktioniert, wird sie sicher einen anderen Arbeitsplatz für dich finden. Du kannst so weitermachen wie bisher – mit deiner Mutter zusammenleben, dich um sie kümmern und dich ständig fragen, was wohl passiert wäre, wenn du den ersten Schritt gewagt hättest.«

»Das will ich nicht«, flüsterte sie.

»Dann beweise es mir.«

Lily und Mrs. Bennet hatten die Entscheidung getroffen, ihre Kleinen gemeinsam aufzuziehen. Mrs. Bennet hatte ihre Babys in das Katzenzimmer gebracht, wie Sophie es bei sich nannte, und jetzt teilten die beiden Katzenmütter die Aufgaben – zu kuscheln und auf die Kleinen aufzupassen – untereinander auf. Die älteren Kätzchen – Clover, Daffodil, Petunia und Marigold – fingen langsam an, auf Erkundungstour zu gehen. Sophie versuchte, jeden Abend eine Stunde mit ihnen zu verbringen und jedem Kätzchen gleich viel Zeit zu widmen. Sobald sie ein wenig älter waren, würden Heather und die Söhne von Kristine vorbeikommen, damit die Kleinen sich auch an andere Menschen gewöhnten.

Immer noch von einem Hochgefühl erfüllt, weil es ihr gelungen war, Maggie zu überzeugen, sagte Sophie sich, dass sie eigentlich feiern sollte. Doch sie wusste nicht so recht, wie. Allein essen zu gehen war kein wirklicher Spaß, und als sie Kristine angerufen hatte, war ihre Cousine abgelenkt gewesen und hatte gesagt, dass sie viel zu tun hätte. Heather war zwar auch lustig, aber so viel jünger, und außerdem hatte sie ihre eigenen Freundinnen. Und Amber … äh, nein.

Sophie starrte ihr Handy an. Es gab eine offensichtliche Lösung, die ihr aus einem unerfindlichen Grund jedoch widerstrebte. Sie mochte Dugan. Sie genoss seine Gesellschaft, ihre Unterhaltungen und natürlich den Sex. Den sie jetzt allerdings nicht mehr haben konnten.

Das ist vermutlich das Problem, dachte sie. Nicht der mangelnde Sex, sondern dass zwischen ihnen jetzt alles anders war.

Trotzdem scrollte sie zu seiner Nummer und wählte. Als er dranging, sagte sie: »Warum musstest du eine Milliarde Dollar für wohltätige Zwecke spenden?«

»Es war keine Milliarde.«

»Aber nah dran. Das hat alles verändert.«

»Wäre es besser gewesen, wenn ich das Geld behalten hätte?«

»Nein.«

»Siehst du. Deshalb habe ich es weggegeben. Es ist zu viel Geld für eine Person allein. Wenn ich es hätte, hätte es keinen Zweck. Mir geht es gut. Das Geld ist besser eingesetzt, wenn es anderen Menschen helfen kann.«

Wie verdammt altruistisch, dachte sie gleichzeitig genervt und beeindruckt.

»Du bist aus Denver zurück«, sagte er. »Wie ist es gelaufen?«

»Maggie fängt in zwei Wochen an.«

»Beeindruckend.«

»Ja, so bin ich.«

Er lachte. »Ich fehle dir.«

Sein leiser, sexy Tonfall verursachte ihr eine Gänsehaut. »Überhaupt nicht.«

»Lügnerin. Ich bin gleich da.« Damit legte er auf, bevor sie noch etwas sagen konnte.

Kurz blieb sie sitzen, dann stand sie auf und überlegte, was sie tun sollte. Duschen? Umziehen? Eine Flasche Wein rausholen?

Die letzte Idee war die einzige, die Sinn ergab, also tat sie das und nahm dann zwei Gläser aus dem Schrank. Kaum hatte sie alles auf den Couchtisch gestellt, als es auch schon an der Haustür klopfte.

»Du hast mir auch gefehlt«, sagte Dugan beim Eintreten und zog sie an sich.

»Wer hat gesagt, dass du mir gefehlt hast?«

Er lächelte, bevor er sie küsste.

Das Gefühl seiner Lippen auf ihrem Mund war genau das, was sie gebraucht hatte. Jede Zelle ihres Körpers erinnerte sich daran, wie toll es vorher zwischen ihnen gewesen war und wie spektakulär es jetzt sein könnte. Sie sollte etwas tun … Vielleicht etwas Subtiles, wie ihr T-Shirt ausziehen und ihn in ihr Schlafzimmer führen. Nur …

»Ich kann das nicht«, sagte sie und trat einen Schritt zurück.

Er sah sie eher neugierig als enttäuscht an. »Okay. Warum nicht?«

»Ich kenne dich nicht.«

»Vorher hast du mich auch nicht gekannt.«

Sie ging zum Sofa und deutete auf die Weinflasche. »Das war anders.«

»Ah, ich verstehe.« Er öffnete die Flasche. »Vorher wolltest du mich nicht kennen. Du hast gedacht, ich wäre einfach nur ein knackiger Hintern.«

Sein humorvoller Tonfall sorgte dafür, dass sie sich nicht beleidigt fühlte. »Das ist sehr hart ausgedrückt. Ich mochte dich.«

»Aber du *kanntest* mich nicht.«

»Bist du schon immer so nervtötend gewesen?«

»Ja.«

Er schenkte ihnen Wein ein. Dann setzten sie sich an entgegengesetzte Enden des Sofas und schauten einander an. Mrs. Bennet kam aus dem Katzenzimmer hereingeschlendert.

Als sie aufs Sofa sprang, hielt Dugan ihr die Finger hin, damit sie daran schnüffeln konnte. Sofort legte sie sich auf seinen Schoß und begann zu schnurren. Sophie verstand dieses Bedürfnis. Sie hätte das Gleiche getan, wenn sie gekonnt hätte.

»Jetzt ist es anders«, sagte sie und beobachtete fasziniert, wie seine große, starke Hand die Katze streichelte.

»Das hast du schon gesagt.«

»Du bist anders.«

»Das bin ich nicht, aber deine Wahrnehmung von mir ist eine andere. Weil du jetzt etwas über meine Vergangenheit weißt. Jetzt bin ich nicht nur ein echter Mensch, sondern einer aus deiner Gesellschaftsschicht, und das verwirrt dich.«

Trotz all seiner körperlichen Vorzüge musste sie zugeben, dass es ihr nicht gefiel, wie viel geerdeter und feinfühliger er war als sie. Sollte in einer Beziehung nicht die Frau die emotional Erwachsenere sein? Hieß es nicht immer, Männer wären quasi wie Pflanzen? Dugan sollte auch pflanzenähnlicher sein. Das würde es für sie wesentlich einfacher machen.

»Erzähl mir, wer du vorher warst«, bat sie.

»Du hast nichts darüber gelesen?«

»Doch, aber ein kurzer Artikel verrät mir nicht wirklich etwas über dich.«

Einen Moment lang erwartete sie, von ihm eine scherzhafte Antwort zu bekommen, wie dass sie dann bestimmt mit ihm schlafen wollte, wenn sie es wusste. Doch er zuckte nur mit den Schultern. »Ich bin nicht sicher, was du wissen willst. Wie du hatte ich auf dem College eine Superidee. Ich habe mit einem Freund zusammengearbeitet. Eric war so klug, dass er den Leuten Angst gemacht hat, aber ich habe ihn verstanden. Wir waren ein gutes Team und haben eine Businesssoftware entwickelt, die sich nicht allzu schlecht verkauft hat.«

Sie dachte an das, was sie gelesen hatte. »Ich bin mir sicher, der Ausdruck *nicht allzu schlecht* ist untertrieben.«

»Okay, wir haben es richtig gerockt«, gab er grinsend zu. Dann wurde er wieder ernst. »Das ist lange her. Es gab so viel Geld und so viele Gelegenheiten. Wir haben darauf geachtet, Arbeit und Freizeit so zu trennen, dass das Unternehmen nicht darunter litt und wir trotzdem noch genügend Zeit hatten, das gute Leben zu genießen. Wir haben Spitzenleute engagiert und ihnen vertraut.« Er sah sie an. »Das war nicht persönlich gemeint.«

»Das habe ich auch nicht so verstanden.« Natürlich hatte sie das, aber sie wollte hören, wie die Geschichte weiterging. »Und dann?«

»Dann wurde die Software immer beliebter. Wir hatten Verträge mit der Regierung und ausländischen Unternehmen, und alle haben bei uns gekauft. Wir haben immer weniger auf das Geschäft geachtet und immer härter gefeiert und ein tolles Leben gelebt.« Er stellte sein Weinglas ab. »Und dann ist Eric eines Tages vor meinen Augen tot umgefallen.«

Sophie starrte ihn fassungslos an. »Wie bitte? Ich habe gelesen, dass er gestorben ist, aber in dem Artikel stand nichts davon, dass … Das tut mir so leid.«

»Danke.« Er konzentrierte sich auf Mrs. Bennet und kraulte sie hinter den Ohren. »Er hatte sich auf Drogen eingelassen. Davon habe ich nichts gewusst. Dann hat er einen Herzinfarkt bekommen. Das war ein verdammt lauter Weckruf. Ich habe mir mein Leben angeschaut und herauszufinden versucht, was zum Teufel ich da gemacht habe. Das Unternehmen brauchte mich nicht mehr, und wenn ich so weitergemacht hätte, wäre ich wie Eric geendet. Also habe ich aufgehört.«

»Du hast nicht aufgehört. Du hast die Firma verkauft.«

»Das ist das Gleiche. Ich habe dem Ganzen den Rücken gekehrt.«

Und beinahe eine Milliarde Dollar an Wohltätigkeitsvereine gespendet, dachte sie, immer noch überwältigt von der Summe.

»Ich wollte herausfinden, was ich mit meinem Leben anstellen soll.« Er sah sie an. »Ich habe die Welt bereist, von verschiedenen Lehrern gelernt. Eine Weile war ich sogar Veganer.«

»Aber du liebst ein gutes Steak.«

»Stimmt. Vegan zu leben passte nicht zu mir. Am Ende habe ich bei einem alten Mann in China Tai-Chi gelernt. Ich bin beinahe ein ganzes Jahr bei ihm geblieben, und als ich in die Staaten zurückgeflogen bin, habe ich mich hier niedergelassen. Mit meiner neuen Firma tue ich das, was ich liebe, aber in wesentlich kleinerem Ausmaß.«

Die Seminare, dachte sie. »Warum unterrichtest du? Das Geld brauchst du doch nicht, oder?«

»Nein. Ich unterrichte, weil es mir gefällt. Ich möchte mein Wissen weitergeben. Es fühlt sich einfach richtig an. Aber das ist nur ein Teil meiner Persönlichkeit. Im Leben geht es um die richtige Balance.«

Für dich vielleicht, dachte sie und hoffte, dass er ihr Unbehagen nicht bemerkte. Sie war nicht glücklich darüber, dass er so viel erfolgreicher und geerdeter war als sie. Das war ihr mit den Männern in ihrem Leben bisher noch nie passiert. Immer war sie der Star gewesen. Sie war diejenige gewesen, die Geld und eine Karriere hatte und deren Zeit knapp bemessen war.

Sie war immer die Wichtige gewesen.

Dieser unerwartete Gedanke überraschte sie. Die Wichtige? Das war nicht gut. In einer Beziehung sollten zwei Menschen zusammen sein, die gleichberechtigt waren. Vielleicht verfügten sie nicht über die gleichen Talente und Fähigkeiten, aber sie brachten beide etwas mit an den Tisch, wie man so sagte.

»Was geht dir gerade durch den Kopf?«, fragte er.

»Dass mein Exmann überhaupt nicht so ist wie ich.« Was nett ausgedrückt war. »Er wollte am Community College Geschichte unterrichten.«

Dugan zog die Augenbrauen in die Höhe. »Interessant. Sein mangelnder Ehrgeiz hat dich bestimmt kribbelig gemacht. Kein Wunder, dass du mit ihm nicht glücklich geworden bist.«

»Er mit mir auch nicht. Was ihn allerdings nicht davon abgehalten hat, fünfzig Prozent von *CK Industries* haben zu wollen.«

Sie hörte die Verbitterung in ihrer Stimme und sagte sich, dass sie irgendwann darüber hinwegkommen musste. »Ich vermisse ihn nicht, aber ich nehme es ihm übel, dass er meinen Kontostand so dezimiert hat.« Sie seufzte. »Ich verstehe das Konzept der Zugewinngemeinschaft, aber in meinem Fall war das echt ätzend.«

»Soziologisch betrachtet erwarten wir, dass der Mann das Geld nach Hause bringt. Als Gesellschaft akzeptieren, ja, erwarten wir, dass die Frau nach einer Scheidung einen Teil des Geldes des Mannes bekommt. Wenn es andersherum abläuft, fühlt es sich irgendwie nicht richtig an.«

Sie funkelte ihn an. »Hör mir auf mit deinen Selbstverwirklichungstheorien. Ich rede nicht davon, dass es gesellschaftlich unangenehm gewesen ist, sondern dass ich wütend war, weil der Mann, für den ich jeden Cent seiner Studiengebühren bezahlt habe, mir am Ende fünfzig Prozent meines Unternehmens weggenommen hat. Ein Unternehmen, für dessen Erfolg ich mir den Hintern aufgerissen habe.«

Dugan grinste. »Sophie, du bist unwiderstehlich.«

»Glaub ja nicht, dass du mich überreden kannst, nicht mehr sauer auf Mark zu sein.«

»Das würde ich niemals wagen.«

»Warst du mal verheiratet?«

»Kurz. Wir waren jung. Ich hatte gerade mein Unternehmen gegründet. Es hat nicht funktioniert, aber keiner von uns hatte Schuld daran. Wir sind immer noch befreundet.«

»Du bist mit deiner Exfrau befreundet?«

»Sprichst du etwa nicht mehr mit Mark?«

»Guter Gott, nein. Was hätte das für einen Sinn? Ihn zu heiraten war ein Fehler.« Bei dem Gedanken erschauderte sie. »Freunde? Du bist ein Freak.«

Er lachte leise. »Wenn ich die Gelegenheit bekomme, stelle ich dich meiner Ex vor. Du könntest sie interessant finden.«

»Nein danke.«

»Ich würde Mark gerne kennenlernen.«

»Nur zu. Er wohnt in Lubbock, wo er am Community College amerikanische Geschichte unterrichtet.«

»Also hat er seinen Traum verwirklicht.«

»Und eine großzügige Abfindung nach der Scheidung bekommen. Er lebt auf großem Fuß.« Sie hob abwehrend eine Hand. »Ich missgönne ihm nicht, dass er ein gutes Leben führt.«

»Ich weiß. Es ist nur, dass er das auf deine Kosten tut. Wie viele haben das Gleiche getan?«

Sie zog die Füße unter. »Meine Mitbewohnerin auf dem College. Wir haben uns ein Zimmer im Studentenwohnheim geteilt, als ich die winzige CK halb verhungert auf der Straße gefunden habe.«

»Ich kenne die Geschichte. Im Gegensatz zu dir recherchiere ich gründlich.«

»Du bist ein besserer Mensch. Bla, bla, bla.« Aber in ihren Worten steckte nicht viel Energie. Aus irgendeinem unerfindlichen Grund war sie wegen Dugans »Work-Life-Balance« nicht mehr sauer. Vielleicht lag es am Wein. Vielleicht auch an der Erkenntnis, dass sie einfach verschieden waren. Und wenn er ein klein wenig besser war als sie, würde sie damit klarkommen müssen.

»Wie auch immer. Fawn hat mir am Anfang mit den Videos geholfen. Aber als es mit der Firma langsam losging, hatte sie kein Interesse mehr. Zum Zeitpunkt unseres Abschlusses hatte sie gar nichts mehr mit der Firma zu tun, aber sie war am Anfang dabei gewesen, also wollte sie, als unsere Wege sich trennten, ein Stück vom Kuchen abhaben.«

Bei der Erinnerung seufzte sie. »Wir haben uns geeinigt. Mein Anwalt hat mir gesagt, vor Gericht zu gehen wäre Geldverschwendung, weil ich verlieren würde. Also musste ich den Rest des Geldes, das meine Mom mir hinterlassen hatte, nehmen, um sie auszuzahlen. Die blöde Kuh.«

Sie schniefte. »Also meine Mitbewohnerin, nicht meine Mom. Meine Mom war super.« Sie sah Dugan an. »Ich war ein rebellischer Teenager, der wollte, dass sie verstand, wie erwachsen ich war.«

Ihre Augen brannten. »Als sie dann bei einem Autounfall starb, habe ich erkannt, dass ich überhaupt nicht erwachsen war.«

Dugan setzte Mrs. Bennet auf den Boden, rutschte an Sophie heran und zog sie in seine Arme.

»Das tut mir leid«, sagte er und hielt sie ganz fest.

»Danke. Es ist lange her, aber sie fehlt mir noch immer.«

»Sie wäre sehr stolz auf dich.«

»Das hoffe ich. Sie hat immer gesagt, wie wichtig es ist, hart zu arbeiten. Ich wünschte, sie wüsste, dass ich diese Lektion gelernt habe. Ich wünschte, ich könnte sie noch ein einziges Mal sehen.«

Gefühle, die sie jahrelang unterdrückt hatte, stiegen in ihr auf und schnürten ihr die Kehle zu. Ihre Augen wurden feucht. Schnell versuchte sie, sich abzulenken, indem sie sich auf Dugan konzentrierte. Er war so warm und roch so gut. Ein wenig nach Mann, ein wenig nach Seife, ein wenig nach Weichspüler.

»Wäschst du deine Wäsche selbst oder hast du eine Haushälterin oder so?«, fragte sie.

Er richtete sich so weit auf, dass er sie anschauen konnte. »Was ist das denn für eine Frage?«

»Das ging mir nur gerade durch den Kopf.«

»Ich wasche meine Sachen selbst.«

»Aber du hast eine Putzfrau.«

»Ja. Einmal in der Woche.«

Diese Unterhaltung über Alltägliches verschaffte ihr ausreichend emotionale Distanz, um sich wieder unter Kontrolle zu bekommen.

»Du bist so ein typischer Kerl.«

»Weil du noch nie eine Putzfrau hattest?«

»Natürlich hatte ich die. Aber das ist etwas anderes.«

Grinsend zog er sie wieder an sich. »Du erstaunst mich immer wieder.«

»Ich weiß.«

Er lachte. »Ach Sophie. Du bist das Chaos auf zwei Beinen, aber ich kann nicht aufhören, an dich zu denken. Okay, lass uns heute ein Problem lösen.«

»Ich habe keine Probleme.«

Die Antwort kam automatisch und stimmte nicht im Geringsten, aber Sophie würde sie trotzdem nicht zurücknehmen.

»Die Leute versuchen, dich auszunutzen«, fuhr er fort, als hätte er ihre letzte Aussage nicht gehört. »Lass uns daran arbeiten. Wir überlegen, wie viel du jedes Jahr spenden willst, und teilen das auf die Quartale auf. Das ist dann die Summe, die du spenden kannst. Sobald die weg ist, kannst du erst im nächsten Quartal wieder etwas geben. Am besten überlegst du dir im Vorhinein, welche Organisationen du auf jeden Fall unterstützen willst.«

Er sah Mrs. Bennet an. »Für den Anfang vermutlich irgendwas mit Katzen. Dazu vielleicht ein örtliches Frauenhaus. Behalte ein wenig zurück für den Moment, wenn die Schulkinder kommen, um Geschenkpapier zu verkaufen. Ansonsten sollen die Organisationen, die sich bei dir melden, einen Vorschlag unterbreiten. Deine neue Office-Managerin kann dann ...«

»Tina«, sagte sie.

»Okay, sag Tina, dass es ihre Aufgabe ist, sich die Bitten anzuhören, einen Bericht zu schreiben und dir alles auf einmal in einem Meeting vorzustellen, damit du eine Entscheidung treffen kannst.«

Sie rückte von ihm ab. »Wow. Das ist eine echt gute Idee.«

»Von denen habe ich Tausende.«

»Ich hätte nie daran gedacht, die Wohltätigkeitsarbeit zu delegieren.«

»Du denkst überhaupt nie daran, irgendetwas zu delegieren.«

Den Einwand ignorierte sie. »Ich werde gleich morgen früh mit ihr sprechen.«

»Ausgezeichnet. Wirst du wirklich nicht mit mir schlafen?«

»Das geht nicht. Ich weiß zu viel.«

»Ja, das habe ich vermutet. Wollen wir stattdessen gemeinsam zu Abend essen?«

Sie lächelte. »Gern. Aber du bist der Reiche von uns, also bezahlst du.«

19. KAPITEL

Kristine hatte überlegt, wie sie sich die Wahrheit eingestehen sollte. Doch obwohl sie den Großteil der Nacht wach gelegen hatte, war ihr keine einzige Erklärung eingefallen, die nicht schrecklich klang. Jaxsen meinte es ernst damit, dass er bei seinen Eltern bleiben würde, bis sie – wie er es ausdrückte – zu Verstand gekommen war. Ihr Ehemann wollte sie brechen.

In den ersten paar Tagen hatte sie akzeptiert, dass Jaxsen sauer auf sie war und sie bestrafen wollte. Die Kinder hatten sich keine großen Gedanken über seine Abwesenheit gemacht, da es nicht das erste Mal war, dass er sich schmollend zu seinen Eltern zurückzog. Also hatte Kristine einfach mit ihrem Leben weitergemacht wie vorher, entschlossen, den längeren Atem zu haben. Sie hatte den Scheck von Ruth eingelöst und sich mit Stacey getroffen, um sich den Laden noch einmal anzuschauen, aber mehr hatte sie noch nicht getan. Sie wollte wirklich gerne mit Jaxsen reden, bevor sie den Mietvertrag unterschrieb. Nein, sie wollte, dass er zugab, sich geirrt zu haben, und dass er sie unterstützte. Nur schien es dazu nicht zu kommen.

Weil sie wusste, dass sie mit jemandem reden musste, dem sie vertraute, schickte sie Sophie eine Nachricht und sagte ihr, dass sie ein Problem hatte. Sophie antwortete sofort, dass sie auf dem Weg sei. Was Kristine die Tränen in die Augen trieb, gegen die sie immer noch ankämpfte, als ihre Cousine acht Minuten später vor der Haustür stand.

»Was ist los?«, fragte Sophie und packte Kristine an den Schultern. »Sag es mir und ich richte es. Bist du krank? Oder einer der Jungs? Brauchst du eine meiner Nieren?«

Kristine fing an zu lachen. »Nein, keine Niere.«

Sophie schaute sie an. »Warum weinst du dann? Erzähl es mir.«

Kristine ging voran in die Küche. Dort schenkte sie ihnen je einen Becher Kaffee ein und deutete auf die Hocker an der Kücheninsel.

»Jaxsen ist zu seinen Eltern gezogen.«

Sophie, die sich kaum gesetzt hatte, sprang wieder auf. »Wie bitte? Der Arsch. Betrügt er dich? Dann lasse ich ihn zusammenschlagen. Ich wette, Bear kennt jemanden, der ihm eine ordentliche Tracht Prügel versetzen kann. Mal sehen, wie gern die jungen Dinger ihn noch mögen, wenn er zwei gebrochene Beine und Narben im Gesicht hat.«

Kristine klopfte auf den Hocker. »Auch wenn ich dich sehr gernhabe, er betrügt mich nicht. Er ist ein Arsch, aber es gibt keine andere Frau.«

Sophie setzte sich wieder. »Soll ich anfangen, ihn zu hassen?«

»Ja, bitte.«

»Erledigt. Also, was hat dein wieseliger Ehemann getan, das dich zum Weinen bringt?«

»Erinnerst du dich an den Businessplan, den ich dir gezeigt habe?«

»Natürlich. Der war brillant. Du machst das doch, oder? Also, du mietest den Laden und eröffnest die Bäckerei?« Sie riss die Augen auf. »Sagt Jaxsen, dass du das nicht darfst?«

Kristines Schultern sackten herunter. »Er ist etwas schwierig, was diese Sache angeht.«

Sie erzählte Sophie von dem Streit, Jaxsens Auszug, Ruths Scheck und davon, dass sie einfach nur wollte, dass ihr Ehemann sie verstand.

»Jetzt fühle ich mich gefangen«, gestand sie. »Er hat das schon öfter gemacht – zu seinen Eltern zu ziehen, um mich zu bestrafen. Aber dieses Mal ist es anders. Er will, dass ich nachgebe, aber das werde ich nicht. Er fehlt mir, aber ich werde nicht diejenige sein, die zu ihm geht, um mit ihm zu reden.«

»Natürlich nicht. Ich kann nicht glauben, dass er all diesen Mist über dich gesagt hat. Du wolltest immer schon mehr, und er hat sich dir immer schon in den Weg gestellt.« Sie drückte Kristines Arm. »Du hast das alles allein durchgemacht, ohne mir etwas zu sagen? Ich habe gemerkt, dass du abgelenkt warst, aber ich wusste nicht, warum. Du hättest früher mit mir reden sollen. Ich wäre für dich da gewesen.«

Kristine senkte den Kopf. »Was er gesagt hat, war mir so peinlich. Außerdem dachte ich, dass er nach wenigen Tagen zurück sein würde. Als ich merkte, dass es nicht so war, wusste ich nicht, was ich tun sollte.« Erneut stiegen ihr Tränen in die Augen. »Er war so schrecklich. Ist er schon immer so gewesen, und es ist mir nur nicht aufgefallen?«

»Jaxsen ist ein altmodischer Mann«, erklärte Sophie. »Außerdem ziemlich egoistisch. Du kümmerst dich gut um ihn und die Jungs. Bei dir sieht das so mühelos aus, dass er nicht versteht, wie viel Zeit dafür draufgeht. Ich bin mir sicher, dass er genauso traurig ist wie du, aber er versucht, das auszusitzen.«

»Das glaube ich auch. Und was bedeutet das? Erwartet er, dass ich nachgebe? Die Bäckerei ist mein Traum, Sophie. Darf ich den nicht haben?« Sie biss sich auf die Unterlippe, bevor sie ihre größte Angst aussprach. »Wird es darauf hinauslaufen, ob ich meine Ehe behalte oder beruflich das tue, was ich möchte? Ist es ein Entweder-oder?«

»Nein«, widersprach Sophie entschieden. »Jaxsen benimmt sich gerade wie ein Vollidiot, aber er liebt dich. Er kriegt sich wieder ein.«

»Glaubst du das wirklich?«

»Ja. Und wenn nicht, sprechen wir mal mit Bear. Ein paar gebrochene Knochen werden ihn schon demütig machen.«

»Ich glaube, dieser gewalttätige Zug an dir ist neu.«

Sophie ließ ein Grinsen aufblitzen. »Nö. Den hatte ich schon immer. Ich habe ihn nur versteckt, bis es einen Notfall gibt.« Ihr Humor schwand. »Ich kann nicht fassen, dass er sich so benimmt, aber du musst standhaft bleiben. Was du willst, ist nicht falsch. Du möchtest nur eine Chance auf das haben, was du schon lange planst.« Sie hielt den Blick ihrer Cousine fest. »Die Betonung liegt auf *planst*. Es ist kein Traum, sondern ein gut durchdachter Businessplan, der erfolgreich sein wird. Von Jaxsen brauchst du nicht mehr als ein wenig Unterstützung. Du bist immer für ihn da gewesen. Jetzt ist er dran, für dich da zu sein. Du bist die Mutter seiner Kinder und die Frau, mit der er angeblich den Rest seines Lebens verbringen will. Er muss sich endlich ein paar Eier wachsen lassen und sich so benehmen, als wäre ihm das alles wichtig.«

Diese aufmunternden Worte waren alles, was Kristine hören musste. Harte Worte, mit Liebe gesprochen.

»Ich hätte nie gedacht, dass er mich mal so behandelt«, gestand sie.

»Ich auch nicht. Selbst wenn ihr beide wieder zusammenkommt, wird es schwer für mich sein, ihm bei der ersten Begegnung nicht heftig gegen den Arm zu boxen.«

»Solange es nicht die Eier sind. Ich hätte gerne weiter Sex mit ihm.«

»Okay. Ich hau ihm auf den Arm und lasse es damit gut sein.« Sophie nahm ihren Kaffee zur Hand. »Also, wie kann ich dir helfen? Soll ich mal mit ihm reden?«

»Nein. Er soll es allein rausfinden. Ich möchte, dass er nach Hause kommt.«

Sie wollte, dass er verstand, warum ihr seine Unterstützung so wichtig war.

Sie sah Sophie an. »Was ist, wenn das nie passiert? Was, wenn er es nicht versteht? Was ist, wenn ich mich wirklich zwischen meinem Geschäft und meiner Ehe entscheiden muss?«

»So weit wird es nicht kommen.«

»Und wenn doch?«

Sophie seufzte. »Ich weiß es nicht. Du bist die Einzige, die diese Frage beantworten kann. Ein Teil von mir würde gerne sagen, wenn Jaxsen dich wirklich wegen dieser Sache verlässt, gibt es in eurer Ehe größere Probleme, als wir gedacht haben.«

Das wollte Kristine zwar nicht hören, aber es entsprach der Wahrheit.

»Willst du mit einem Therapeuten reden?«, fragte Sophie.

»Nein. Noch nicht. Jaxsen wird zurückkommen.« Das sagte sie so entschlossen, als wäre sie sich sicher. Doch das war sie nicht.

»Heather Sitterly?«

Heather starrte die gut angezogene, dunkelhaarige Frau an, die auf der Veranda vor ihrem Haus stand. Es war kurz nach sieben Uhr abends.

»Ja. Wie kann ich Ihnen helfen?«

Die Frau reicht ihr eine Visitenkarte. »Ich bin Stacey Creasey. Ich habe gestern mit Ihrer Mutter telefoniert.«

Als Heather sie weiter ausdruckslos ansah, ergänzte Stacey: »Ich bin die Maklerin, die ihre Großmutter angeheuert hat, um das Haus zu verkaufen.« Sie runzelte die Stirn. »Ich habe wirklich gestern mit Amber gesprochen.«

Was Mom geflissentlich nicht erwähnt hat, dachte Heather und trat automatisch einen Schritt zurück, um die Frau einzulassen.

Seitdem ihre Großmutter verkündet hatte, dass sie das Haus verkaufen wollte, war so viel Zeit vergangen, dass Heather die drohende Katastrophe aus ihren Gedanken verbannt hatte. Sie hatte geglaubt, dass es vielleicht doch nicht so weit kommen würde. Aber offensichtlich hatte sie sich da geirrt.

»Wer ist das?«, rief Amber aus der Küche.

»Die von Grandma beauftragte Maklerin. Du hast gar nicht erwähnt, dass sie angerufen hat.«

Amber kam ins Wohnzimmer. »Ich dachte nicht, dass sie es ernst meint.« Sie funkelte Stacey an. »Warum sind Sie hier?«

Stacey schien völlig ungerührt von Ambers Feindseligkeit. »Ihre Mutter möchte, dass ich die Verkaufsunterlagen für das Haus erstelle. Wie ich Ihnen gestern schon gesagt habe, möchte ich mich gerne umschauen, um zu sehen, in welchem Zustand sich das Objekt befindet. Ich habe ein Budget, um es ein wenig aufzuhübschen. Sobald ich alles gesehen habe, werde ich auflisten, was ich gerne machen lassen möchte und in welchem Zeitraum.« Sie lächelte. »Sie beide erhalten natürlich eine Kopie. Haben Sie vor, während der Angebotszeit hier wohnen zu bleiben?«

Heather stockte der Atem. Es passierte wirklich – sie würden ihr Zuhause verlieren. Und es gab nichts, was sie dagegen unternehmen konnte.

Sie hatte über ihr Gespräch mit Elliot nachgedacht und angefangen, Stipendien und Zuschüsse für ein Studium zu recherchieren. Es gab mehr Förderungsmöglichkeiten, als sie erwartet hatte. Sie wollte so gerne wegziehen, aber wenn sie aus ihrem Haus geworfen würden, wo sollten sie dann hin? Wie konnte sie Amber helfen, eine Wohnung auf der Insel zu finden, ohne selbst dort festzusitzen?

Erst jetzt fiel ihr auf, dass Stacey sie ansah, als würde sie auf eine Antwort warten.

»Wie bitte? Oh, ja, wir werden bis zum Verkauf hier wohnen bleiben«, stieß sie hervor.

»Ich verstehe. Das ist natürlich nicht ideal, aber wir kriegen das schon hin. Wenn Sie mir jetzt das Haus zeigen mögen?«

Heather wartete darauf, dass Amber die Führung übernahm, aber die verschränkte nur die Arme vor der Brust. Heather seufzte.

»Das hier ist das Wohnzimmer«, sagte sie und fragte sich, ob sie wohl so geschockt aussah, wie sie sich fühlte. »Die Küche ist hier entlang.«

Sie ging darauf zu, aber Amber stand im Weg und rührte sich nicht. Heather sah sie an. »Bitte, Mom.«

Amber trat zur Seite.

In der Küche herrschte das reinste Chaos. Das Geschirr stapelte sich in der Spüle und der Boden war schmutzig. Heather hatte keine Zeit gehabt, Ordnung zu schaffen, weil sie so viel gearbeitet hatte. Als sie sich nun umschaute, sah sie, was Stacey sehen musste – alte, verblichene Tapeten. Ein zerkratzter und abgenutzter Herd, Post, die sich auf dem Tisch stapelte.

Stacey nickte und ging dann zur Waschküche, die sich an die Küche anschloss. Heather zuckte zusammen, als sie an den Berg Wäsche dachte, der dort auf dem Boden lag. Amber wusch immer erst, wenn sie musste, und hatte sich schon seit Wochen nicht mehr darum gekümmert.

»Die Schlafzimmer sind hier entlang«, sagte Heather und deutete den Flur hinunter.

Das Bastelzimmer war eine Katastrophe, überall lagen Garnrollen und Stoffe durcheinander und die Kistenstapel neigten sich bedrohlich. Als Nächstes kam das Badezimmer, das Heather benutzte. Es war alt, aber sauber. Genauso wie ihr Zimmer. Sie räumte immer alles sofort weg und machte jeden Morgen ihr Bett.

In Ambers Zimmer lagen Klamotten auf dem Boden, das Bett war ungemacht und auf dem Nachttisch stapelten sich die Bücher. In dem kleinen angrenzenden Badezimmer flog alles durcheinander, und das Waschbecken und die Toilette mussten mal wieder ordentlich geschrubbt werden.

Stacey nahm alles schweigend in sich auf. Am Ende kehrten sie ins Wohnzimmer zurück.

»Ich schicke einen Gärtner vorbei, der ein wenig Ordnung im Vorgarten schafft. Es braucht nicht viel, damit es wieder nett aussieht. Was das Haus angeht …« Sie schaute sich um. »Nun, wie schon gesagt, ich schicke eine Liste und einen Zeitplan. Bis dahin wäre es nett, wenn Sie ein wenig aufräumen und das Haus einem gründlichen Frühjahrsputz unterziehen würden.«

Ambers Miene verzog sich vor Ärger. »Sie können mir nicht sagen, was ich in meinem eigenen Haus zu tun habe. Ich glaube, es ist besser, wenn Sie jetzt gehen.«

Stacey blieb unerschütterlich. »Ms. Sitterly, laut Unterlagen gehört das Haus Ihrer Mutter und nicht Ihnen. Meine Aufgabe besteht darin, das Objekt mit dem mir zur Verfügung stehenden Budget in den bestmöglichen Zustand zu versetzen. Und genau das habe ich vor. Ihre Mutter sagte, Sie dürfen gerne bis zum Abschluss des Kaufvertrags hier wohnen bleiben, aber wenn Sie nicht mit mir kooperieren, habe ich keine andere Wahl, als eine Zwangsräumung anordnen zu lassen.«

Heathers Welt stürzte in sich zusammen. Zwangsräumung? Würde ihre Großmutter das wirklich tun? Ambers Gesicht lief tiefrot an.

»Glauben Sie ja nicht, Sie könnten mir drohen und kämen damit durch.« Sie marschierte zur Haustür und öffnete sie. »Raus jetzt, oder ich rufe die Polizei.«

Stacey schenkte ihr ein neutrales Lächeln. »Natürlich. Ich melde mich. Genau wie Ihre Mutter.«

Damit ging sie.

Amber hatte kaum die Tür hinter ihr zugeschlagen, als sie auch schon mit ihrer Litanei loslegte.

»Was für eine Schlampe. Wir wissen nicht mal, ob sie wirklich engagiert worden ist. Das könnte alles ein großer Betrug sein. Ich rufe jetzt sofort deine Großmutter an und geige ihr die Meinung. Wie kann sie es wagen, uns so etwas anzutun? Ich fasse es nicht, dass diese Frau uns gedroht hat. Ich werde darauf bestehen, dass deine Großmutter uns dieses Haus überschreibt. Das ist nur fair. Ich sollte sie verklagen. Ja, vielleicht ist das die bessere Idee. Ich könnte einen Anwalt anrufen und …«

»Mom, hör auf!« Heather versuchte, ihre Atmung zu kontrollieren. Doch die Panik, die in ihr aufstieg, wurde immer größer, bis sie Schwierigkeiten hatte, überhaupt noch einen klaren Gedanken zu fassen. Wenn sie nur tief Luft holen könnte.

»Was ist?« Amber verdrehte die Augen. »Lass mich raten. Du schlägst dich mal wieder auf alle möglichen Seiten, nur nicht auf meine. Das tust du immer. Du bist genau wie deine Großmutter.«

»Das hoffe ich doch«, sagte Heather mit ungewöhnlich lauter Stimme. »Ich hoffe, dass ich so bin wie sie oder Sophie oder Kristine. Ich hoffe, ich bin alles, nur nicht so wie du.«

Sie schnappte nach Luft und spürte, wie sie am ganzen Körper zu zittern begann. Was würde aus ihnen werden? Wo sollten sie hingehen? Wie sollte sie es über sich bringen, ihre Mutter irgendwo unterzubringen und dann wegzuziehen?

»Du undankbare Göre.« Amber funkelte sie böse an. »Wie kannst du es wagen.«

»Ich wage es, weil du das immer tust. Du gibst allen die Schuld, nur nicht dir. Du übernimmst nie die Verantwortung für irgendetwas. Warum musst du dir die Dinge nicht verdienen wie der Rest der Welt? Was lässt dich glauben, dass du so viel mehr wert bist? Warum kannst du dich nicht selbst um dich kümmern? Warum ist es immer mein Job oder der von Grandma oder von Sophie, aber niemals deiner? Du beschwerst dich über dein Leben, aber was ist mit meinem? Was ist damit, dass du mich hier gefangen hältst? Ich will mich nicht länger um dich kümmern!«

Die letzten Sätze schrie sie förmlich. Das Zittern wurde schlimmer. Heather wusste nicht, ob sie ohnmächtig werden würde oder sich übergeben müsste. Egal wie, sie musste hier raus. Schnell lief sie zur Tür und auf die kleine Veranda hinaus, dann eilte sie zu ihrem Fahrrad.

Ich will überall leben, nur nicht hier, sagte sie sich, als sie in die Pedale trat. Überall, nur nicht hier.

Es war weit nach acht, als Sophie sich endlich an ihren Schreibtisch setzte, um ein paar E-Mails auszusortieren. Sie war müde, aber glücklich. Maggie und ihre Familie waren auf Blackberry

Island angekommen, und sie würde am Montag mit der Arbeit beginnen. Elliot hatte einen Spezialisten für digitales Marketing angeheuert, der mehr verdiente, als erlaubt sein sollte, aber auch schon unglaubliche Veränderungen an ihrem Marketingplan vorgenommen hatte. Die Verkäufe stiegen, das Lager lief rund und …

Sie sah eine E-Mail von Bear. Der Lagerleiter schickte nur selten E-Mails – er war eher der Typ, der in ihr Büro kam und sich persönlich beschwerte. Noch bevor sie die Nachricht öffnete, spürte sie ein ungutes Gefühl in sich aufsteigen.

»Aber es läuft doch gerade so gut«, murmelte sie, als sie die kurze Nachricht las.

Ich dachte, das solltest du
wissen. Minute 18:07.

Sie klickte auf den Link, der sie zu den Videoaufzeichnungen der Sicherheitskameras von *CK Industries* brachte. Die frisch installierte Kamera zeigte den rückwärtigen Teil des Lagers. Sie ging zu Minute 18:06 und startete. Um Punkt 18:07 kam Amber ins Bild. Sie schaute mehrmals über die Schulter, bevor sie sich ein paar Katzenbetten und zwei Dosensets griff. Dann eilte sie zu einer Seitentür, schloss sie auf und legte die Gegenstände draußen ab, bevor sie die Tür wieder schloss und das Sichtfeld der Kamera verließ.

»Verdammt, Amber.«

Sophie schloss das E-Mail-Programm und loggte sich ins Sicherheitssystem ein. Dort ging sie zu den Aufzeichnungen der Außenaufnahmen. Sie sah den Haupteingang, die Laderampe und die Rückseite des Gebäudes. Aber die Seitentür tauchte nirgendwo auf. Sie hatten einen blinden Fleck.

Also öffnete sie das E-Mail-Programm wieder und schickte Tina eine Nachricht, dass die Sicherheitsfirma so schnell wie möglich ihren Vertreter herschicken sollte, um den blinden Fleck auszumerzen und zu gucken, ob es noch weitere gab. Danach antwortete sie Bear, dass sie mit Amber reden würde, er aber bitte das Schloss an der Seitentür austauschen und sichergehen sollte, dass der Schlüssel besser geschützt war. Erst dann schaltete sie den Computer aus und ging hinaus zu ihrem Wagen.

Zu Hause angekommen ging sie direkt ins Katzenzimmer und streckte sich auf dem Boden aus. Lily und Mrs. Bennet kamen sofort zu ihr, um sie zu begrüßen. Lilys Kätzchen waren beinahe vier Wochen alt, und auch wenn sie neugierig auf Sophie waren, waren sie noch zu jung, um sie wirklich interessant zu finden.

»Na, wie war euer Tag?«, fragte sie und streichelte die Katzen. »Meiner war bis vor einer Stunde super. Meine Cousine Amber beklaut mich. Sie redet immer davon, dass wir eine Familie sind, und dann das. Was hat das zu bedeuten?«

Die Antwort wusste sie bereits. Amber war, wer sie immer gewesen war – ein professionelles Opfer. Wenn Sophie sie darauf ansprechen würde, würde sie nur sagen, dass sie sich lediglich um sich selbst gekümmert hatte, weil Sophie das nicht tat.

Unter anderen Umständen hätte Sophie sie sofort gefeuert, aber Amber war ihre Cousine. Außerdem musste sie an Heather denken. Wenn sie Amber entließ, würde das auch Auswirkungen auf Heather haben, und das wollte Sophie nicht.

Sie seufzte. »Werdet im nächsten Leben bloß keine Menschen«, erklärte sie den Katzen. »Das wirkt vielleicht ganz cool, ist es aber nicht.«

Sie setzte sich auf und zog Lily auf ihren Schoß. Das konstante Schnurren war tröstlich. Leider lieferte es keine Antwort darauf, was sie wegen Amber unternehmen sollte. Doch es war besser als gar nichts.

Kristine kam um kurz nach zwei nach Hause. Da Jaxsen weg war und die Jungs die Hälfte der Zeit bei ihren Großeltern verbrachten, gab es für sie nicht viel zu tun, deshalb hatte sie angefangen, von zehn bis zwei in einer Weinverkostung zu arbeiten. Sie hatte vor, jeden Penny für die Bäckerei zu sparen.

Die Arbeit war leicht – sie musste nur mit den Touristen über die verschiedenen Weine reden und sie probieren lassen. Das gefiel ihr, und sie sagte sich, dass sie schon vor Jahren hätte anfangen sollen, in Teilzeit zu arbeiten. Dann wäre Jaxsen eben sauer gewesen, na und? Sie hatte ein eigenes Leben verdient.

Mutige Worte, dachte sie, als sie die Zutaten für die Carnitas herausholte, die es zum Abendessen geben sollte. Vor allem wenn sie daran dachte, wie sehr sie Jaxsen inzwischen vermisste.

Er war seit über einer Woche weg, und sie hatte keinen Ton von ihm gehört. Am Freitag war sein Gehalt wie gewohnt auf ihrem gemeinsamen Konto eingegangen – sie war sich nicht sicher gewesen, ob das passieren würde. Aber das Geld war noch da, also hatte sie am Vorabend wie üblich Rechnungen bezahlt. Die einzige Abhebung waren hundert Dollar an einem Geldautomaten gewesen. Ohne Zweifel als Taschengeld, dachte sie. Diese Summe hob er jeden Monat um diese Zeit ab. Was auch immer er vorhatte, sie finanziell zu zerstören schien nicht dazuzugehören.

Wenn er nur nach Hause kommen würde, dachte sie und suchte die Chilis heraus, die sie brauchte. Sie wollte, dass er zur Hintertür hereinkam und ihr sagte, dass es ihm leidtat. Dass er nach Hause kommen wollte. Das wäre …

Mit einem Mal ging die Hintertür auf und Jaxsen betrat die Küche. Kristine war so überrascht, dass sie das Messer fallen ließ. Es fiel klappernd auf die Arbeitsfläche und hätte ihr beinahe in den Unterarm geschnitten. Sie sprang zurück und starrte ihren Ehemann an.

Er sah gut aus – groß, mit breiten Schultern. Er hielt sich fit. Sein Bauch war flach, die Hüften schmal. Er trug ein kariertes Hemd, das er in die Jeans gesteckt hatte. Seine Haare waren zu lang, aber selbst das war irgendwie sexy.

Erleichterung und ein Anflug von Hoffnung machten sich in ihr breit. Er wollte reden. Sie würden eine Lösung finden und …

»Bist du bereit aufzugeben?«

So viel dazu, eine Lösung zu finden, dachte sie grimmig.

»Das ist dein erster Satz?«, fragte sie. »Wirklich? Keine Begrüßung, kein ›Du hast mir gefehlt?‹, sondern nur eine sarkastische Herausforderung?«

»Das war nicht sarkastisch, sondern eine ernst gemeinte Frage. Bist du mit deinem lächerlichen Spiel fertig?«

Sie verlagerte ihr Gewicht und verteilte es gleichmäßig auf beide Füße. Dann atmete sie tief durch und weitete ihren Brustkorb. Ihre Antwort sollte aus einem geerdeten Zustand kommen, sie wollte zentriert sein und in sich ruhen.

»Es tut mir leid, dass du die Träume, die ich für mich habe, als Spiel empfindest. Ich bedauere das wirklich sehr, aber werde mich nicht dafür entschuldigen. Ich will das, Jaxsen. Ich will die Bäckerei eröffnen und meine Kekse und Brownies verkaufen. Ich will hart arbeiten und wenn nötig lange aufbleiben, weil die Idee mich mit Leben füllt. Ich will die Firma wachsen lassen, weil mich das persönlich erfüllt und zugleich gut für die Familie ist. Nicht nur, weil ich damit Geld verdiene, sondern auch, weil es eine gute Lektion für die Jungs ist. Ich liebe dich, und ich liebe sie, aber das reicht nicht. Ich brauche mehr. Ich muss Ziele haben und das Gefühl, auf etwas hinzuarbeiten. Ich muss wissen, dass ich etwas bewegen kann.«

Um seinen Mund zuckte es abschätzig. »Mit Keksen?«

»Mit einer Firma.«

»Also heißt das Nein.«

Ihr Herz schrie vor Schmerz auf. »Ich habe dich immer unterstützt. Jetzt ist es an dir, mich zu unterstützen.«

Er sah sie sehr lange an, dann schüttelte er langsam den Kopf. »Das wird nicht passieren.«

Damit drehte er sich um und ging.

Kristine blieb, wo sie war, bis sie ihn wegfahren hörte. Dann sackte sie zu Boden. Sie presste ihren Rücken gegen den Küchenschrank und zog die Knie an die Brust. Es war kein leises, dezentes Weinen, sondern ihr Körper wurde von Schluchzern geschüttelt, die tief in ihrer zerrütteten Seele aufstiegen und sie mit einem Gefühl der Leere zurückließen, von dem Kristine fürchtete, es würde nie wieder vergehen.

20. KAPITEL

Sophie überlegte ein paar Tage, was sie in Bezug auf Amber unternehmen sollte. Sich zu sagen, dass sie nie wieder ein Familienmitglied einstellen würde, war zwar klug, aber im Moment nicht wirklich hilfreich. Sie wollte Amber nicht feuern; sie wollte nur, dass ihre Cousine ihren Job machte und sie nicht beklaute.

Am Ende rief sie Amber in ihr Büro, und als sie saß, drehte Sophie den Laptop zu ihr herum und startete das Video der Überwachungskamera.

Amber schaute es sich schweigend an. Als sie aus dem Bild verschwand, drehte Sophie den Computer wieder herum, klappte ihn zu und starrte ihre Cousine an.

»Ist es nicht illegal, Leute auszuspionieren?«, fragte Amber. »Du verletzt meine Privatsphäre. Das ist nicht richtig.«

Sophie atmete tief durch. Diesen Köder würde sie nicht schlucken. »Die Sache ist die: Wir haben das Schloss an der Seitentür ausgetauscht und weitere Kameras installiert, sodass es keine blinden Flecke mehr gibt. Des Weiteren werde ich in Zukunft unangekündigt Kontrollen der Spinde durchführen lassen. Die anderen Mitarbeiter werden das über eine E-Mail erfahren, die ich später noch rumschicke. Ich weiß nicht, wie viel du geklaut hast, aber ich weiß, was du an jenem Nachmittag mitgenommen hast.«

Sie schaute auf einen Zettel, der vor ihr lag. »Zwei Katzenbetten und zwei Dosensets. Die werde ich dir von deinem nächsten Gehalt abziehen.«

Amber starrte sie an. »Das kannst du nicht machen. Du kannst mir nicht mein Geld wegnehmen. Das ist falsch.«

»Mutig«, murmelte Sophie. »Und typisch.« Sie funkelte ihre Cousine an. »Du hast folgende Möglichkeiten, Amber: Entweder du akzeptierst deine Strafe und versprichst, nie wieder auch nur eine Büroklammer zu stehlen. Oder du kannst dich aufplustern und mich beschimpfen. Wenn du dich für Letzteres entscheidest, zwingst du mich, ein Mitarbeitermeeting einzuberufen, auf dem ich das Video allen vorspiele. Nachdem ich dich öffentlich gedemütigt habe, werde ich dich rausschmeißen und Anzeige erstatten. Dazwischen gibt es nichts.«

Sie hoffte wirklich, dass Amber sich für die erste Option entschied, denn sie war nicht sicher, ob sie die zweite würde durchziehen können.

Ambers Kinn zitterte. »Warum bist du so grausam zu mir? Du bist meine Cousine.«

»Warum hast du mich beklaut? Du bist meine Cousine.«

Wie auf Kommando flossen die Tränen. »Du weißt nicht, wie das für mich ist. Meine eigene Mutter schmeißt mich aus meinem Haus. Hast du das gewusst? Sie will es verkaufen und das ganze Geld für sich behalten. Ich kann nirgendwohin. Was soll ich denn tun? Was ist mit der armen Heather? Ich bin alles, was sie hat, aber es ist so schwer, auf mich allein gestellt zu sein. Und nun werde ich bald auch noch obdachlos sein.«

Ihre Schultern zuckten, als sie immer heftiger weinte. Sophie sah, dass sie sich ernsthaft Sorgen machte.

»Es ist so schrecklich«, fuhr Amber fort. »Ich habe keine Ersparnisse und wir sind immer pleite. Du weißt nicht, wie es ist, allein ein Kind aufzuziehen. Die ganze Verantwortung und die Sorgen. Außerdem konnte ich nie mein eigenes Leben leben. Ich war immer gefangen. Ich wollte weg, ich wollte erfolgreich sein, aber die Chance hatte ich nicht.«

Sophie ermahnte sich, ihr die Show nicht abzukaufen. Ein paar von Ambers Beschwerden waren zwar legitim, aber die meisten ihrer Probleme waren auf ihr eigenes Verhalten zurückzuführen.

»Ich habe die Sachen nur genommen, um ein wenig Geld dazuzuverdienen, damit wir umziehen können. Es tut mir leid. Ich werde das nie wieder tun. Ich wusste einfach nicht, was ich sonst machen sollte.«

Nachdem sie das erhoffte Versprechen bekommen hatte, entspannte Sophie sich ein wenig – auch wenn sie dem Braten noch nicht ganz traute.

»Das Haus gehört deiner Mutter«, sagte sie sanft. »Sicherlich braucht sie das Geld für ihre Rente.«

»Und was ist mit mir? Mit Heather?«

»Habt ihr schon angefangen, nach einer Wohnung zu suchen?«

Amber hob den Kopf. »Das war mein ganzes Leben lang mein Zuhause. Wie soll ich da ausziehen?«

Von allen Dingen, die Amber gesagt hatte, konnte Sophie das am leichtesten glauben. »Ich bin mir sicher, dass das schwer ist.«

»Du hast ja keine Ahnung. Es tut weh. Und es ist traurig. Ich habe nie viel vom Leben verlangt – ich wollte mich einfach nur sicher fühlen, verstehst du? Ich weiß, ich beschwere mich viel, aber es ist wirklich schwer, immer allein zu sein.«

Das konnte Sophie nachvollziehen. Sie wollte sich zwar nicht mit Amber verbünden, aber vielleicht steckte unter all den Ansprüchen doch eine menschliche Seele.

»Ich glaube nicht, dass deine Mutter ihre Meinung ändern wird«, sagte sie und riet sich gleichzeitig, sich nicht zu sehr darauf einzulassen. Wobei – eigentlich hatte sie keine andere Wahl. Aber im nächsten Leben … ja, da würde sie mit Sicherheit ein harter Hund werden. »Such dir eine schöne Wohnung. Ich stelle dir gern ein Empfehlungsschreiben aus, wenn du eins brauchst.«

Bei diesen Worten erhellte sich Ambers Miene. »Wirst du den Mietvertrag mit unterzeichnen?«

Und damit die finanzielle Verantwortung übernehmen? »Nein.«

»Ach komm schon, Sophie. Ich kann mir allein keine Wohnung leisten. Willst du wirklich, dass alle Verantwortung auf Heather lastet? Sie ist noch so jung. Hat sie es nicht verdient, sich eine eigene Zukunft aufzubauen? Sie schaut zu dir auf, weißt du? Sie bewundert dich. Warum willst du sie im Stich lassen?«

Sophie spürte, wie sie in Ambers Opferwelt hineingezogen wurde. »Heather ist nicht meine Tochter, Amber, sondern deine.«

»Aber du liebst sie und willst nur das Beste für sie.«

»Finde eine Wohnung, dann reden wir.«

Amber sprang auf. »Ich fange gleich dieses Wochenende an zu suchen. Das Haus ist so klein und alt. Es wird nett sein, in etwas Neuerem zu wohnen. Vielleicht mit Blick auf die Bucht.«

Mit einem letzten Winken eilte sie aus dem Büro. Sophie verschränkte die Arme auf dem Tisch und legte ihren Kopf darauf. Wann genau war nur alles so außer Kontrolle geraten?

Ihr Handy piepte und erinnerte sie daran, dass sie ein weiteres Meeting hatte. Sie steckte es in ihre Tasche und ging zum Konferenzraum, wo Elliot und Maggie bereits warteten.

Nachdem Sophie sich gesetzt hatte, tippe Maggie etwas in ihren Computer und startete eine PowerPoint-Präsentation. Der Bildschirm an der Wand zeigte das CK-Logo.

Maggie sah Elliot an und nickte.

»Wir sind hier, um darüber zu reden, wie wir die Marke CK stärken können«, fing er an. »Unsere Produkte werden bereits über die großen Ketten und unsere Internetseite verkauft. Uns fehlt allerdings noch ein Zugang zu den hochwertigen Boutiquen. Wir wollen die wohlhabenden Katzenliebhaber finden und dafür sorgen, dass sie sich in unsere Marke verlieben. Dazu brauchen wir andere Vertriebswege. Wir haben uns drei Vertriebspartner ausgeguckt.«

Die nächste Folie erschien und Sophie las die drei Firmennamen.

»Die sind nach Präferenz geordnet«, erklärte Maggie. »Die erste Firma ist mein Favorit. Sie nehmen nur qualitativ hochwertige und einzigartige Produkte in ihr Sortiment auf. Ich schlage vor, dass wir unsere Präsentation auf zwei Produkte beschränken.«

»Zwei?« Sophie rümpfte die Nase. »Warum stellen wir nicht mehrere Ideen vor, damit sie auswählen können?«

»Weil zu viele Produkte den Eindruck vermitteln, dass wir ein Großhandel sind, der nur auf den schnellen Verkauf aus ist.«

»Na gut. Welche Produkte schweben euch vor?«

Maggie rief die nächste Folie auf.

Sophie sah das Bild eines Kratzbaums, der aussah wie ein echter Baum und verschiedene Ebenen hatte. Das knorrige Holz war so fein geschmirgelt worden, dass es glänzte. Das Sisalseil um den Fuß sah hochwertig aus, und die Plattformen waren mit einem braunen Berberteppich gepolstert. Für den Größenvergleich saß unten am Baum eine Katze. Sophie schätzte, dass der Kratzbaum mindestens einen Meter fünfzig hoch war.

»Der ist wunderschön«, sagte sie und überlegte, dass er sehr gut in ihrem Katzenzimmer aussehen würde. Lily und Mrs. Bennet würden ihn lieben.

»Der Künstler kann den Baum in verschiedenen Größen herstellen. Außerdem können einige Elemente individuell geändert werden, wie zum Beispiel der Teppich. Das Holz ist nicht lackiert, sodass die Farbe nicht verändert werden kann, aber es ist nicht giftig und wird von einem indigenen Stamm im Regenwald vom Amazonas hergestellt.«

Sophie drehte sich zu ihr um. »Du machst Witze.«

»Nein. Die Bäume sind außerdem aus nachhaltigem Anbau. Wir versuchen, alle Knöpfe zu drücken.«

»Wie sieht der Preis aus?«, fragte Sophie. »Und wie lange dauert es, die Dinger geliefert zu bekommen?«

Elliot schaute in seine Notizen. »Wir denken an drei- bis vierhundert Dollar für die kleineren Kratzbäume und bis zu zweitausend für die großen. Ein paar mit den Standardoptionen könnten wir auf Lager haben, um sie sofort ausliefern zu können, aber wenn die Kundin etwas Maßgefertigtes haben möchte, beträgt die Lieferzeit ungefähr drei Monate.«

»Das ist doch lächerlich.«

»Nein, das ist exklusiv.«

»Ich würde nicht drei Monate auf einen Kratzbaum warten«, grummelte Sophie.

»Bist du sicher?«, fragte Maggie. »Nicht mal für deine geliebte Katze?«

Sophie dachte, dass sie für CK alles getan hätte. Die süße Katze war beinahe sechzehn Jahre lang ihre konstante Begleiterin gewesen – das war Sophies komplettes Erwachsenenleben.

»Okay, vielleicht, aber da bin ich die Ausnahme.«

»Glücklicherweise stimmt das nicht«, widersprach Elliot ihr. »Also sind wir uns einig, was den Kratzbaum angeht?«

Maggie sah sie erwartungsvoll an. Sophie nickte zögerlich; sie hasste es, sich dazu verpflichten zu müssen. Gleichzeitig war ihr klar, dass es nicht anders ging.

»Und was ist das zweite Produkt?«, wollte sie wissen.

»Da haben wir ein paar zur Auswahl. Das erste ist das Quilt-Set.« Maggie rief die nächste Folie auf.

Sophie schaute sich das Bild der Katze an. Die hübsche Ragdoll hatte die Färbung einer Siamkatze und große blaue Augen. Die nächste Folie zeigte das Muster für den Quilt und die letzte Folie das fertige Produkt, das dem Foto überraschend ähnlich sah.

»Hat jemand den Quilt genäht?«, fragte Sophie.

»Beinahe.« Elliot schaute erneut in seine Notizen. »Wir haben eine örtliche Quilterin gebeten, das Muster auf die Schnelle zusammenzunähen. Wenn man ihn genau anschaut, sieht man, dass er noch nicht fertig ist, aber wir waren eher an Geschwindigkeit als an Qualität interessiert. Die unvernähten Ecken haben wir im Bild wegretuschiert. Wenn wir uns für dieses Produkt entscheiden, lassen wir ihn von der Quilterin fertigstellen.«

Sie gingen weiter zu maßgefertigten »Katzenhäusern« für draußen, zu Hängematten und Katzentreppen im Art-decó-Stil, die an der Wand befestigt werden konnten.

»Das sind alles gute Ideen«, setzte Sophie an.

Maggie seufzte. »Nein. Einfach nein. Wir entscheiden uns für eine, und das ist es dann.«

Sophie schaute auf die Folie, auf der alle vier Produkte zu sehen waren. »Den Quilt«, entschied sie seufzend.

»Das sehe ich auch so«, pflichtete Elliot ihr bei und sah Maggie an.

»Den Quilt.« Sie machte sich eine Notiz. »Es wird ein paar Wochen dauern, bis der Quilt ganz fertig ist. Ich rufe die Dame gleich heute an und sage ihr Bescheid. In der Zwischenzeit mache ich einen Termin mit dem ersten Vertriebspartner aus.«

»Bei dem Treffen möchte ich dabei sein«, sagte Sophie.

Elliot und Maggie tauschten einen Blick. Was sollte das? Hatten sie eine telepathische Verbindung?

Elliot sprach als Erster. »Das ist vermutlich nicht die beste Idee.«

»Ist mir egal.« Sophie lächelte beide an. »Meine Firma, meine Regeln.« Sie hob eine Hand. »Ich werde mich nicht einmischen. Ich will nur dabei sein.«

Maggie seufzte. »Warum weiß ich nur, dass man dir nicht trauen kann?«

Sophie lächelte. »Ich habe keine Ahnung. Aber es wird super. Du wirst sehen.«

Heather hatte ihre Mutter seit beinahe einer Woche nicht gesehen. Sie war nicht sicher, wer wem aus dem Weg ging, aber die dringend benötigte Pause hatte eine Erleichterung dargestellt – bis Heather angefangen hatte, sich schuldig zu fühlen.

Nach ihrer Schicht in der Weinkellerei kam sie nach Hause und sah, dass der Vorgarten so gut aussah wie seit Jahren nicht mehr. Die Beete waren von Unkraut befreit und neu bepflanzt worden und der Weg zur Haustür und die Veranda strahlten nach einer Behandlung mit dem Hochdruckreiniger.

Sie öffnete die Garage und stellte ihr Fahrrad hinein, dann ging sie in Richtung Haus. Ihre Mutter wartete in der Küche.

Heather erstarrte und wusste nicht, ob sie Amber begrüßen oder einfach an ihr vorbeigehen sollte. Bevor sie sich entscheiden konnte, schaute ihre Mutter auf und lächelte sie an.

»Oh, gut, du bist zu Hause. Ich habe heute Morgen das Bastelzimmer ausgeräumt. Wir müssen alles durchgehen und gucken, was wir behalten und was wir weggeben wollen. Ich bin mir ziemlich sicher, dass ich diese Läufer nie zu Ende knüpfen werde. Was habe ich mir nur dabei gedacht?«

Sie klang beinahe fröhlich. Der Kontrast zwischen der glücklichen, lächelnden Amber und der Frau, mit der Heather normalerweise zusammenlebte, war verblüffend.

»Außerdem habe ich im Internet schon mal nach Wohnungen gesucht«, fuhr Amber fort. »Da gibt es durchaus einige Möglichkeiten. Ich dachte, wir können sie uns zusammen angucken. Für alle brauchen wir eine Vorauszahlung von zwei Monatsmieten sowie die Kaution. Ich habe tausend Dollar auf dem Sparbuch, dazu kommt das, was du hast.«

Ambers gute Laune schwand sichtlich. »Ich werde deiner Großmutter sagen, dass sie uns finanziell unter die Arme greifen muss. Immerhin ist sie diejenige, die uns auf die Straße setzt. Man würde doch meinen, dass sie sich dafür schämt, der Grund für die Obdachlosigkeit ihrer Tochter und Enkelin zu sein, aber sie war schon immer egoistisch.«

Heathers Anspannung ließ ein wenig nach. Das klang schon mehr nach der Amber, die sie kannte.

»Wo liegen die Wohnungen denn?«, fragte sie, um ihre Mutter abzulenken.

»Eine liegt in der Nähe der Einkaufsstraße. Das könnte ganz bequem sein, so nah an allem zu wohnen. Und eine ist draußen beim Kranich-Biotop. Die klingt auch nett und hat einen Blick über die Bucht.«

»Können wir uns das denn leisten?«

Amber lächelte. »Das werden wir herausfinden müssen.«

Schnell brachte Heather den Rucksack in ihr Zimmer und ging dann mit ihrer Mutter zusammen zum Auto.

»Danke, dass du das tust, Mom«, sagte sie auf der Fahrt zur ersten Wohnung. »Ich dachte, Grandma hätte ihre Meinung geändert. Erst als die Maklerin aufgetaucht ist, wurde mir klar, dass sie das mit dem Hausverkauf durchzieht.«

»Was total albern ist. Vielleicht verliert sie langsam den Verstand. Ich frage mich, ob ich zu ihr nach Arizona fliegen und mit ihr zum Arzt gehen soll. Wenn sie senil ist, könnte ich sie einweisen und mich als ihre Vermögensverwalterin eintragen lassen.«

Bei der Vorstellung klang ihre Mutter viel zu fröhlich, wie Heather fand, die von diesem Argument abgestoßen war.

»Für mich klingt Grandma komplett normal.«

Amber verdrehte die Augen. »Was weißt du schon darüber? Oh, ist das das Gebäude? Das gefällt mir von außen gar nicht.«

Heather schaute zu dem dreistöckigen Haus. Es hatte mehrere Wohnungen, eine kleine Rasenfläche und ausreichend Parkplätze. Der Anstrich war frisch und das Dach sah neu aus.

»Ich finde es nett«, sagte sie. »Komm, gehen wir rein.«

Seufzend parkte Amber den Wagen. »Das ist viel zu nah an einer belebten Straße. Außerdem sind alle Geschäfte nur wenige Meter entfernt.«

»Du hast doch gesagt, dass es gut sein könnte, alles in der Nähe zu haben.«

»Aber nicht so nah.«

Sie gingen zum Büro der Hausverwaltung, wo eine Frau ihnen auf einem Plan des Geländes zeigte, wo die freie Wohnung zu finden war.

»Das ist eine bezaubernde Eckwohnung mit vielen Fenstern.«

Sie zählte die Ausstattung des Gebäudes auf, darunter Grillplätze, ein Fitnessstudio und ein Gemeinschaftsraum.

»Das sind alles Extras, die wir bezahlen müssen, obwohl wir sie nicht wirklich brauchen«, grummelte Amber auf dem Weg über das Grundstück.

Die Verwalterin schloss die Wohnungstür auf, die sich zu einem überraschend großen Wohnzimmer öffnete. Es gab eine Essecke und eine gut ausgestattete Küche. Die Wände waren frisch in einem blassen Cremeton gestrichen, der gut zu dem hellbeigen Teppich passte. Neben der Küche gab es ein kleines Gästebad mit Waschmaschine und Trockner.

Jedes der Schlafzimmer hatte ein angrenzendes Bad und ein großes Fenster. Das für Heather gedachte Zimmer hatte ungefähr die gleiche Größe wie das zu Hause, aber das Badezimmer war wesentlich neuer. Ambers Raum war kleiner, worauf sie natürlich sofort hinwies.

»Das Zimmer ist winzig«, beschwerte sie sich. »Und der Einbauschrank hat viel zu wenig Platz.«

Die Verwalterin lächelte angespannt. »Ich warte draußen, während Sie beide sich besprechen.«

Eilig verließ sie den Raum und ließ Heather und Amber allein zurück.

»Mom, das ist eine echt nette Wohnung.«

»Wie kannst du das sagen? Hier ist überhaupt kein Platz zum Atmen. Sie ist dunkel und alt und schrecklich.«

»Aber jedes Zimmer hat riesige Fenster. Alles ist frisch gestrichen, und die Einbauten sind alle zwanzig Jahre jünger als die, die wir jetzt haben. Die Miete liegt in einem vernünftigen Rahmen, und die Läden und Restaurants sind in Laufweite. Das ist doch super.«

»Hier ziehe ich nicht ein.«

Heathers Herz wurde schwer. »Etwas Besseres werden wir kaum finden.«

»Wir werden ja sehen«, sagte Amber und verließ den Raum.

Heather folgte ihr etwas langsamer. War die Wohnung perfekt? Nein. Aber sie war hübsch, und sie konnte sie sich leisten. Oder besser gesagt, sie konnte sich die Miete leisten, und das war doch alles, was zählte, oder?

Als sie nach draußen kam, war ihre Mutter verschwunden. Heather bedankte sich bei der Verwalterin und sagte, dass sie sich melden würden.

»Es tut mir leid, dass Ihre Mutter mit der Wohnung nicht glücklich war«, sagte die Frau. »Wir haben sehr viele Interessenten für das Objekt. Ich rechne damit, dass es in den nächsten Tagen vermietet wird. Wenn Sie eine Anzahlung hinterlassen wollen, kann ich es für Sie zurückhalten. Ansonsten wird es weg sein.«

Heather wünschte, sie könnte einfach den Mietvertrag unterschreiben und gut. Doch sie wollte nicht die komplette Verantwortung allein tragen.

»Ich verstehe. Ich hoffe, dass ich mich bald bei Ihnen melden kann.«

Die nächste Wohnung lag an der südöstlichen Ecke der Insel, direkt neben dem Schutzgebiet der Kraniche. Sie war neuer als die vorherige und das Gebäude hatte eine wunderschöne Eingangshalle.

Die Managerin zählte ebenfalls alle Ausstattungsmerkmale auf, darunter einen Privatstrand von gut dreißig Metern.

»Oh, das klingt nett«, sagte Amber fröhlich. »Und es gibt ein Fitnessstudio. Wir könnten beide anfangen, Sport zu machen.«

Heather wollte darauf hinweisen, dass es in dem letzten Gebäude auch ein Fitnessstudio gegeben hatte, aber warum? Sie nahm das Informationsblatt entgegen und wäre fast ohnmächtig geworden, als sie die Miete für die Zweizimmerwohnung sah. Sie betrug beinahe das Doppelte von der vorherigen.

»Mom, das können wir uns nicht leisten«, flüsterte sie.

Amber winkte ab. »Wenn sie uns gefällt, finden wir einen Weg. Komm, schauen wir sie uns an.«

Mit dem Fahrstuhl fuhren sie in den zweiten Stock, wo die Wohnung lag. Sie war groß, hell, mit gewölbten Decken und einem Kamin. Eine gläserne Schiebetür führte auf einen Balkon hinaus, von dem aus man über die Bucht bis zum Festland gucken konnte.

Beinahe genauso beeindruckend war die hochwertige Küche mit Edelstahlarmaturen und Arbeitsflächen aus Quarzstein. Es gab ausreichend Stauraum und eine kleine Waschküche hinter der Küche.

Die beiden Zimmer langen am Ende eines Flurs. Sogar das kleinere der beiden besaß einen begehbaren Kleiderschrank und ein dazugehöriges Bad. Das andere Zimmer war größer, mit Balkon und einem wunderschönen, modernen Badezimmer.

»Ich liebe es«, hauchte Amber. »Ich liebe alles daran.«

Die Verwalterin lächelte. »Ausgezeichnet. Sollen wir dann die Papiere ausfüllen?«

»Ja, unbedingt.«

Heather packte ihre Mutter am Arm. »Einen Moment.« Sie wandte sich an die Verwalterin. »Wir müssen zuerst reden.«

»Okay. Ich warte draußen.«

Amber trat zurück und funkelte Heather an. »Was stimmt nicht mit dir? Warum müssen wir reden? Mir gefällt diese Wohnung. Wenn wir schon umziehen müssen, will ich hierhin.«

»Das können wir uns nicht leisten, Mom. Diese Wohnung kostet fast das Doppelte von der anderen. Und das ist beinahe so viel, wie ich im Monat verdiene.«

»Und?«

»Ich kann es mir nicht leisten! Selbst wenn du gewillt wärst, die Hälfte der Miete zu übernehmen, hätten wir kaum genug für Lebensmittel und Sonstiges. Wir könnten nichts sparen oder für Versicherungen zurücklegen. Es ist einfach zu teuer. Wir müssen realistisch sein.«

»Du bist schrecklich! Gib es zu, du bist erst glücklich, wenn ich in einem Zelt am Straßenrand wohne. Du steckst mit deiner Großmutter unter einer Decke, oder? Vermutlich gibt sie dir einen Teil des Gelds vom Hausverkauf ab und du behältst es für dich.«

Getroffen von der Anschuldigung wich Heather einen Schritt zurück. »Mom, nein! Wie kannst du so was überhaupt denken? Das ist so gemein.« Sie ging in Richtung Tür und drehte sich dann noch einmal um. »Ich kann mir das hier nicht leisten. Ich kann einfach nicht. Ich habe nicht genügend Geld. Ich werde den Mietvertrag nicht unterschreiben. Wenn du ihn willst, unterschreib ihn selbst, aber ich tue es nicht.«

Sie flüchtete in den Flur hinaus, ging an der Verwalterin vorbei und nahm die Treppe nach unten. Sobald sie in der Lobby stand, fiel ihr ein, dass es von hier zu weit war, um zu Fuß nach Hause zu gehen, was bedeutete, dass sie mal wieder festsaß.

21. KAPITEL

»Stimmt ja gar nicht!«

»Du bist ein Arschloch, JJ. Gib es einfach zu.«

Das Gebrüll war verstörend genug, aber es war die Ausdrucksweise, die Kristine zwei Stufen auf einmal nehmen ließ, während sie die Treppe hinaufeilte. Oben angekommen, sah sie JJ und Tommy einander gegenüberstehen. Wenn sie Kater gewesen wären, hätten sie das Nackenfell gesträubt.

»Wollt ihr darüber reden?«, fragte sie um einen leichten Tonfall bemüht.

Tommy funkelte seinen Bruder an. »Erzähl es ihr, JJ. Sag ihr, was du wirklich denkst.«

JJ murmelte etwas Unverständliches, bevor er Kristine böse ansah. »Das ist alles deine Schuld, Mom. Du bist der Grund, warum Dad ausgezogen ist. Warum musst du diesen Laden aufmachen? Warum kannst du nicht einfach nur unsere Mom sein? Wenn du tust, was Dad sagt, kommt er nach Hause und wir können wieder eine Familie sein.«

Seine Worte waren wie ein Faustschlag in den Magen. Sie wollte ihn ohrfeigen und gleichzeitig in Tränen ausbrechen. Beides wäre im Moment jedoch nicht sonderlich hilfreich. JJ hatte ausgesprochen, was er wirklich dachte – ihn dafür zu bestrafen wäre falsch. Sie teilte seine Einschätzung der Situation nicht. Aber sie musste der Wahrheit ins Auge sehen: Seine Sichtweise beruhte auch darauf, was er von ihr gelernt hatte.

Bleib im Kopf und geh nicht in die Gefühle, ermahnte sie sich. Das hier könnte ein lehrreicher Moment für sie alle werden, wenn sie sich unter Kontrolle behielt und die Unterhaltung leitete. Keine leichte Aufgabe, angesichts der Tatsache, dass sie am liebsten geschrien und JJ mitsamt seinem Vater verflucht hätte, weil die beiden so unglaublich falschlagen.

Ruhig ging sie zu der Bank an der Treppe und setzte sich. Die Jungen schauten erst einander, dann sie an. Tommy setzte sich auf den Boden, während JJ einen sehnsüchtigen Blick in Richtung seines Zimmers warf. Aber Flucht war keine Option.

Nach einer gefühlten Minute seufzte er schwer und ließ sich ebenfalls auf dem Teppich nieder. Er schmollte zwar weiter, verschwand aber wenigstens nicht.

»Es tut mir leid, dass euer Dad nicht da ist«, sagte sie, wobei sie sich um einen leichten Tonfall bemühte. »Ich weiß, das ist schwer für euch. Er ist ein toller Vater, und ihr habt ihn gern hier.«

Sie starrten sie an.

»Dann sag ihm, er soll zurückkommen«, erklärte JJ. »Sag ihm, dass es dir leidtut und du den Laden nicht aufmachst.«

Sie nickte langsam. »Okay. Mein Leben ist also nicht wichtig?«

JJ verdrehte die Augen. »Du bist unsere Mom. Dich um uns zu kümmern ist deine Aufgabe.«

»Demnach muss ich mein Leben für euch opfern?«

»Nein. Aber das ist dein Job. Dad bringt das Geld nach Hause und du kümmerst dich um uns. So soll das eigentlich sein.«

»Und wenn ich damit nicht glücklich bin?«, hakte sie sanft nach. »Wenn ich mehr will? Wenn ich traurig bin und wünschte, die Dinge könnten anders sein?«

»Das kannst du machen, wenn wir auf dem College sind.«

»Das bedeutet bei Grant noch acht Jahre.« Sie hielt inne und überlegte, wie sie fortfahren sollte. »Acht Jahre sind eine lange Zeit. Die Bäckerei steht aber jetzt gerade zur Vermietung. Acht Jahre. Du bist vierzehn, JJ. Du möchtest mit sechzehn ein Auto haben, richtig? Was wäre, wenn ich dich bitte, acht Jahre damit zu warten, bis du zweiundzwanzig bist, weil das für mich besser wäre?«

JJ riss den Kopf hoch. »Mom, das ist nicht fair.«

»Warum? Es sind doch nur acht Jahre. Und es ist ja nicht so, als bräuchtest du ein Auto. Du kannst mich bitten, dich zu fahren, oder einen deiner Freunde. Ein Auto ist nicht so überlebenswichtig wie Essen oder Luft zum Atmen. Es ist einfach nur etwas, das du haben willst. Ist es nicht ziemlich egoistisch, sich das zu wünschen?«

Er riss die Augen auf. »Du bist gemein, so etwas überhaupt zu sagen.«

»Ach ja? Weil ich nur daran denke, was für mich das Beste ist, anstatt daran, was für dich das Beste ist? Weil ich sage, dass das, was ich will, das Wichtigste ist? Weil ich nicht versuche, deine Seite der Angelegenheit zu sehen?«

Er errötete. »Du meinst, so verhalte ich mich gerade.«

Und dein Vater, fügte sie in Gedanken hinzu, sprach es aber nicht laut aus.

Tommy schaute zwischen ihr und JJ hin und her, sagte aber nichts.

»Ich habe dich und deine Brüder immer unterstützt. Ich habe euch mit der Schule geholfen, lustige Aktivitäten für den Sommer geplant und war auf jede nur denkbare Weise für euch da. Aber das ist keine Einbahnstraße, JJ. Du bist vierzehn. Es ist an der Zeit zu verstehen, dass du nicht der Mittelpunkt des Universums bist. Andere Menschen haben auch Gefühle, Hoffnungen und Träume. Und zu einer Familie zu gehören bedeutet, dass jeder eine Stimme hat. Alle dürfen Träume haben. Nicht nur du.«

Er senkte den Kopf. »Dad hat gesagt …« Mit Tränen in den Augen schaute er zu ihr auf. »Mom, irrt Dad sich?« Die Aussicht schien ihn zu verstören.

»Ich glaube ja. Ich glaube, er hat vergessen, dass wir ein Team sind und ich auch mal aus diesen vier Wänden rausmuss. Ich glaube, er hat noch nicht mitbekommen, wie unabhängig seine Söhne geworden sind, und dass es niemandem schadet, wenn ich tagsüber nicht zu Hause bin.«

Das war so neutral ausgedrückt, wie sie es unter diesen Umständen konnte. Sie war gewillt, die Jungs nicht in diesen Konflikt hineinzuziehen, aber mehr konnte sie nicht tun.

»Willst du die Bäckerei wirklich eröffnen?«, fragte JJ.

Tommy ließ sich rücklings auf den Boden fallen. »Natürlich will sie das. Was glaubst du, wovon sie die letzten zwei Jahre geredet hat? Sie bleibt die ganze Nacht auf, um zu backen. Du schläfst um zehn Uhr ein, egal, was passiert. Versuch mal, die ganze Nacht wach zu bleiben und Hausaufgaben zu machen. Mal sehen, wie du dich dann fühlst.«

Kristine bereitete sich darauf vor, den aufflammenden Streit zu schlichten, aber JJ überraschte sie. Er schlang die Arme um sie und vergrub sein Gesicht in ihrem Schoß.

»Es tut mir leid, Mom. Es tut mir wirklich leid.«

Sie strich ihm über die Haare. »Danke für dein Verständnis«, sagte sie. »Ich liebe euch und euren Dad. Ich bin so stolz auf meine Familie. Natürlich werde ich immer für euch da sein, aber ich brauche auch etwas anderes. Ich brauche die Möglichkeit, meine Träume zu verwirklichen.«

Er hob den Kopf und wischte sich die Tränen ab. »Okay. Dann will ich helfen. Ich kann im Laden arbeiten oder nach der Schule mit dir backen oder so.«

Sie lächelte. »Danke. Lass uns darüber reden, wenn ich die Bäckerei wirklich habe.«

Schniefend rappelte er sich auf. Er sah zugleich erleichtert und schockiert aus. Kristine fragte sich, ob dies der Moment war, in dem Jaxsen in den Augen seines Sohns aufgehört hatte, perfekt zu sein. JJ hatte seinem Vater immer am nächsten gestanden. Und auch wenn sie das nicht ändern wollte, konnte ein wenig Realismus nicht schaden.

JJ verschwand in seinem Zimmer. Kristine schaute Tommy an.

»Alles okay?«

Er grinste. »Mom, ich bin der Mittlere. Ich bin perfekt.«

Lachend stand sie auf, zog ihn auf die Füße und umarmte ihn.

Dann schaute sie nach Grant. Ihr Jüngster war im Keller und baute ein großes Schloss aus Lego. Als er sie sah, lächelte er.

»Na, wie läuft's?«

»Wir expandieren.« Er zeigte auf die kleineren Nebengebäude. »Das Schloss braucht eine Stadt. Es gibt sogar eine Bäckerei.«

»Wirklich?«

»Hm, hm. Das hat die Königin so beschlossen.«

Sie beugte sich vor und gab ihm einen Kuss auf den Scheitel. »Es ist schön, Königin zu sein.«

Lachend wandte er sich wieder seinem Lego zu.

Kristine ging zu ihrem Schreibtisch und setzte sich. Sie war nicht sicher, ob ihr Sohn diesen Mist über die Rolle einer Frau von allein aufgeschnappt hatte oder ob Jaxsen zusätzlich versucht hatte, JJ zu beeinflussen. Wie auch immer, sie würde sich von jetzt an bemühen, ein besseres Vorbild zu sein. Worte waren das eine, aber Taten waren wesentlich wirkungsvoller, wenn es darum ging, seinen Kindern eine Lehre zu erteilen.

Ihr Blick fiel auf die dicke Mappe voller Angebote, Businesspläne und Notizen zu gebrauchten Geräten. Jaxsen zeigte keinerlei Anzeichen dafür, dass er seine Meinung zu ihren Plänen ändern würde. Sie wollte sich zwar nicht zwischen ihm und ihren Träumen entscheiden müssen, aber es fühlte sich so an, als wäre er genau darauf aus. Wenn jemand sie jetzt nach dem Stand ihrer Ehe befragt hätte, hätte sie ehrlich gesagt keine Ahnung gehabt, was sie antworten sollte.

Die fünfzehntausend Dollar, die Ruth ihr gegeben hatte, kamen ihr in den Kopf. Eine passiv-aggressive Reaktion ihrer Schwiegermutter gegenüber dem eigenen Mann und ein großzügiges Zeichen der Unterstützung. Die Frage war nur, dachte

Kristine, ob ich auch so werden will. Wollte sie den Rest ihrer Ehe hinter Jaxsens Rücken handeln müssen?

Vielleicht war das nicht die richtige Frage. Vielleicht ging es mehr um sie. Wo wollte sie in zehn Jahren sein? Oder, um JJs Zahl zu nehmen, in acht? Wollte sie die Tage zählen, bis Grant aufs College ging oder eine Ausbildung anfing? Wollte sie darauf hoffen, dass dann irgendein passender Laden zur Miete angeboten wurde und sie mit ihrer Firma loslegen konnte? Sie wäre dann zweiundvierzig. Nicht alt, aber auch nicht mehr so jung wie jetzt.

Seit sechzehn Jahren war sie mit Jaxsen verheiratet, und sie konnte aufrichtig behaupten, sich in all der Zeit niemals an erste Stelle gesetzt zu haben. Sie hatte ihr Leben in den Dienst ihrer Familie gestellt, und obwohl sie nichts davon bereute, wusste sie, dass sie jetzt an einem Scheideweg stand.

»Es ist nicht mal ein besonders großer Traum«, flüsterte sie. Aber es war ihrer.

Sie vermisste Jaxsen und wollte, dass er nach Hause kam. Aber nicht, wenn das bedeutete, dass sie die Bäckerei aufgeben musste. Das würde den Jungs eine falsche Botschaft übermitteln und – schlimmer noch – Jaxsen auch. Außerdem: Wenn sie das täte, was würde sie der Welt dann über ihren Wert sagen? Über den Wert ihrer Hoffnungen und Pläne und, ja, auch Träume?

Sie holte ihr Handy aus der Tasche und schickte eine kurze Nachricht an die Maklerin.

Ich bin so weit, den Mietvertrag zu unterschreiben. Bitte setz ihn auf und schick ihn mir, damit ich noch einmal drüberschauen kann und wir dann loslegen können.

Bevor sie ihre Entscheidung infrage stellen konnte, drückte sie auf »absenden«. Dann schickte sie Jerry, dem Bauunternehmer, ebenfalls eine Nachricht. Als das erledigt war, ging sie hinauf in die Küche und schaute nach, was sich so in der Kühltruhe befand. Sobald sie die Bäckerei eröffnet hatte, würde sie sehr viel zu tun haben. Da war es besser, jetzt, wo sie noch Zeit hatte, ein paar Mahlzeiten vorzubereiten und einzufrieren.

Was Jaxsen anging ... Tja, sie wusste nicht, wie es weitergehen würde, aber sie war es leid, darauf zu warten, dass er ihr seine Erlaubnis gab. Das hier war ihr Leben, und zum ersten Mal nahm sie die Zügel selbst in die Hand und bewegte sich in die Richtung, in die sie sich bewegen wollte. Das mochte Konsequenzen haben, und später würde sie vielleicht auch das eine oder andere bedauern. Aber was auch immer passierte – es würde auf keinen Fall so schmerzhaft sein wie zu wissen, dass sie die Chance gehabt hatte und zu ängstlich gewesen war, um sie zu ergreifen.

Die Verkäufe stiegen. Sophie ging die Zahlen noch einmal durch und verglich sie mit dem gleichen Monat im Vorjahr. Ja, Elliots Bericht war korrekt. Die Verkaufszahlen waren um zwanzig Prozent gestiegen, was enorm war. Natürlich war sie nicht erfreut, dass sie sich geirrt und er recht behalten hatte, was das digitale Marketing anging, aber mit dem Unbehagen darüber konnte sie leben.

Es geht nicht nur ums Geld, dachte sie, während sie schnell eine Grafik erstellte, damit sie die bezaubernde Aufwärtskurve sehen konnte. Sie spielte mit ein paar Farben für die beiden Monate herum und fand schließlich die ansprechendste Kombination.

»Es geht nicht nur ums Geld«, wiederholte sie laut. »Es geht ums Gewinnen. Ha!«

Sie gönnte sich eine Sekunde, um den Anblick zu genießen, dann löschte sie die Grafik und schickte Elliot eine kurze

E-Mail, um ihm zu den Verkaufserfolgen zu gratulieren. Er war wirklich ein guter Fund. Vermutlich sollte sie Dugan danken, dass er ihn ihr empfohlen hatte.

Aber an Dugan wollte sie nicht denken. Klar, sie wusste seine Einsichten inzwischen zu schätzen. Aber wenn sie ehrlich war, hatte ihr die Sache besser gefallen, als er noch irgendein Yoga-Typ gewesen war, der ein tolles Haus und einen fragwürdigen Hintergrund hatte. Okay, *er* hatte ihr nicht besser gefallen, aber damals hatte sie gewusst, wie sie mit ihm umgehen musste. Sie hatte das Sagen darüber gehabt, was zwischen ihnen beiden passierte. Das war vielleicht nicht die beste Kombination, aber ihr gefiel es.

Arbeiten, ermahnte sie sich. Über Dugan konnte sie später nachdenken. Schnell ging sie den Rest ihrer E-Mails durch. Das war nicht ihre Lieblingsbeschäftigung, aber die Alternative bestand darin, Bear mit einer großen Lieferung zu helfen, und er war immer so empfindlich, wenn sie ihm zur Hand ging.

Kurz bevor sie fertig war, kam Amber in ihr Büro.

»Hi«, sagte Sophie. »Haben wir einen Termin?«

»Nein.« Amber setzte sich ihr gegenüber. »Ich brauche eine Gehaltserhöhung. Und zwar eine große.«

Die Frau hat Eier in der Größe von Kokosnüssen, dachte Sophie und lehnte sich auf ihrem Stuhl zurück. »Nein.«

Amber zog eine Augenbraue in die Höhe. »Du hast mich gar nicht gefragt, warum.«

»Weil es mir egal ist. Du bist eine fürchterliche Angestellte. Du bist faul, ineffizient und hast mich bis vor Kurzem beklaut.«

Ihre Cousine funkelte sie an. »Damit habe ich aufgehört. Du solltest netter zu mir sein.«

»Weil du jetzt nicht mehr klaust?«

»Weil ich nach Wohnungen gesucht und eine gefunden habe, die mir gefällt, die ich mir aber nicht leisten kann.« Sie seufzte schwer. »Selbst mit Heathers Gehalt nicht. Also brauche ich eine fette Gehaltserhöhung.«

Amber war schon immer das professionelle Opfer der Familie gewesen, aber das hier war selbst für sie beeindruckend.

»Du weißt, dass das mit der Arbeit so nicht funktioniert, oder? Man bekommt eine Gehaltserhöhung nicht, weil man Geld braucht, sondern weil man gute Arbeit leistet.«

»Ich dachte, du willst, dass Heather die Chance bekommt, von hier wegzuziehen. Ich dachte, dir liegt etwas an ihr. Aber wenn ich mir allein keine Wohnung leisten kann, wie soll das dann klappen?«

»Ach, ich weiß nicht. Vielleicht, indem du zum ersten Mal in deinem Leben Verantwortung übernimmst?«

»Du gehörst zur Familie. Du musst dich um mich kümmern.«

»Technisch gesehen muss ich das nicht.«

Ambers gute Laune schwand. »Ich will diese Wohnung. Entweder du hilfst mir, oder ich zwinge Heather dazu, sie auf ihren Namen zu mieten.«

Sophie fluchte. »Das würdest du deinem eigenen Kind antun, nur um dich an mir zu rächen?«

»Ach bitte. Ich tue das, damit ich die Wohnung kriege. Es geht nicht immer um dich, Sophie. Also, wenn du mir nicht hilfst, ist es deine Schuld. Heathers Name wird auf dem Mietvertrag stehen, und wir alle wissen, dass ich nicht sonderlich zuverlässig bin, was regelmäßige Zahlungen angeht.«

Was bisher ein Spiel gewesen war, wurde nun ernst. »Das würdest du deiner Tochter antun?«, wiederholte Sophie ungläubig.

»Es ist nicht meine Schuld, dass du so niedrige Gehälter zahlst. Außerdem habe ich Heather gerne bei mir. Sie kümmert sich gut um mich. Du bist diejenige, die will, dass sie wegzieht. Wenn es nach mir ginge, würde sie hier auf der Insel bleiben. Das musste ich schließlich auch. Wäre ich nicht schwanger geworden, wer weiß, wo ich jetzt leben würde. Aber ich sitze hier fest, und nun tut sie das auch. Das ist nur fair.«

Sophie wusste nicht, was real war und was Teil von Ambers Spiel. Aber sie wusste, dass einer Erpressung nachzugeben eine ganz schlechte Idee war.

»Viel Spaß damit«, sagte sie. »Es gibt keine Gehaltserhöhung.«

Für einen Moment starrte Amber sie an, bevor sie aufstand und zur Tür ging. »Okay. Ich werde dafür sorgen, dass Heather davon erfährt. Oh, und falls du dich gefragt hast: Dugan hat eine neue Freundin. Sie ist gerade bei ihm eingezogen. Da solltest du vielleicht mal nachforschen.«

Heather hörte aufmerksam zu, als Elliot seine Marketingphilosophie erklärte. Ab und zu – meistens am Spätnachmittag – fing er an, über die Unternehmen und die verschiedenen Kampagnen zu sprechen, an denen er mitgewirkt hatte. Er erklärte die verschiedenen Optionen und warum er sich für welche entschieden hatte, berichtete von den Kampagnen, die erfolgreich gewesen, und von denen, die spektakulär gescheitert waren.

Letzte Woche hatte er eine Stunde über die »New Coke« gesprochen, die *Coca-Cola* 1985 auf den Markt gebracht hatte – ein Projekt, das ein kompletter Misserfolg geworden war. Elliot zuzuhören war, wie eine Meisterklasse in Marketing und Verkauf zu besuchen.

»Warum sollten sich die Kunden für CK und nicht für einen anderen Anbieter entscheiden?«, fragte er. »Es gibt genügend Wettbewerber mit ähnlichen Produkten zu ungefähr gleichem Preis.«

»Weil bei CK alles besser ist«, antwortete sie automatisch und zog die Füße unter.

Sie saß in dem großen Stuhl vor seinem Schreibtisch. Es war schon nach sechs und im Gebäude herrschte Stille.

Elliot sah sie mitleidig an. »Ah, wie du diese Plattitüde liebst. Definiere *besser*.«

»Äh, es ist mit dem CK-Logo versehen und …« Sie merkte, dass sie keine Antwort auf diese Frage hatte.

»Das ist genau mein Punkt. Die Abgrenzung zur Konkurrenz ist etwas Reales, Heather. Warum dieser Stift und nicht der, der danebenliegt? Warum *Dunkin' Donut* und nicht *Krispy Kreme*? Dafür muss es einen Grund geben. Dieser Grund kann durchaus ein Gefühl sein, aber er muss existieren. Wir wollen diesen Grund herausfinden. Also fangen wir damit an, so viel wie möglich über unsere existierenden und potenziellen Kunden in Erfahrung zu bringen. Wer sind die Henrys?«

Sie hatte keine Ahnung, worüber er sprach, und versuchte panisch, sich daran zu erinnern, ob es eine bekannte Marketingfirma, eine reiche Familie oder ein Unternehmen mit dem Namen gab.

»High-earning, not rich yet«, klärte er sie auf. »Millenials mit Geld, die noch nicht reich sind. In unserer Welt wollen wir die *Henrys* mit Katzen.«

»Weil sie das Einkommen haben und noch dabei sind, sich ihren Lebensstil zuzulegen. Wenn wir die davon überzeugen können, dass CK die beste Marke für ihre Katzen ist, werden sie alles Mögliche bei uns kaufen.«

»Ganz genau. Wir bieten ihnen Qualität, Service und Prestige. Unter den richtigen Umständen ist der Preis dann nicht mehr so wichtig.«

»Sie wissen wirklich alles.«

Er lächelte. »Ich wünschte, das wäre wahr, aber das ist es nicht. Ich habe eine gute Ausbildung und jahrelange Erfahrung.« Sein Blick schärfte sich. »Hast du einen Freund?«

Die Frage überraschte sie. »Nein«, sagte sie und fragte sich, warum er das wissen wollte. Aus eigenem Interesse wohl kaum. Sie liebte es, mit ihm zu arbeiten. Elliot war klug und freundlich, aber auch wenn er sehr attraktiv war, musste er schon über fünfzig sein, und sie war nicht auf diese Weise an ihm …

»Guter Gott, ich will dich nicht auf ein Date einladen.« Er massierte sich die Schläfen. »Kinder machen nur Probleme.«

»Ich bin kein Kind.«

»Im übertragenen Sinne, Heather. Ich habe dich nur gefragt, weil ein Freund dich an die Insel binden würde.«

»Ein Freund kann einen auch schwängern«, platzte es unbedacht aus ihr heraus. Auf Elliots fragenden Blick hin ergänzte sie: »Meine Mom ist mit achtzehn schwanger geworden. Mein Dad war ein Rodeo-Cowboy auf der Durchreise. Ich habe keine Ahnung, wer er ist. Sie haben ein gemeinsames Wochenende verbracht, und dann war er weg. Ich kam neun Monate später zur Welt.«

»Das tut mir leid.«

»Dass ich geboren wurde?«

Er lächelte. »Natürlich nicht. Aber dass du deinen Vater nie kennengelernt hast. Nach allem, was du mir erzählt hast, hat deine Mutter eine schwierige Situation noch schlimmer gemacht.«

»Ja, das ist eine Gabe«, erwiderte sie leichthin und dachte an das Fiasko mit der Wohnungssuche. »Ich war immer zurückhaltend Jungs gegenüber. Ich habe Angst, was passieren kann.«

»Du weißt aber schon, dass es Verhütungsmittel gibt, oder?«

Sie errötete. »Ja. Aber es geht nicht nur darum, dass ich schwanger werden könnte. Ich will mich nicht fesseln lassen.«

»Und doch unternimmst du nichts, um wegzuziehen. Warum nicht?«

»Ich weiß es nicht. Ich kann nicht einfach gehen. Ohne mich schafft meine Mom das nicht. Als ich angefangen habe, für Sie zu arbeiten, habe ich nicht gelogen. Ich bezahle alles bei uns zu Hause, und zwar schon, seitdem ich sechzehn bin. Meine Mutter ist von mir abhängig.«

»Und du lässt das zu.«

»Das ist nicht fair. Sie wissen nicht, wie das ist. Und Sie wissen nicht, wie sie ist.«

»Das stimmt.« Er sah sie an. »Aber ich weiß, dass Leute, die andere Menschen ausnutzen, das so lange tun, bis sie gezwungen werden, damit aufzuhören. Wenn du darauf wartest, dass ihr die Erleuchtung kommt und sie ihr Verhalten ändert, wirst du darüber alt und grau. Das ist, wie eine streunende Katze zu füttern: Solange es was zu fressen gibt, wird sie wiederkommen. Du spielst das Spiel nach ihren Regeln. Vielleicht ist es an der Zeit, ein paar eigene Regeln aufzustellen.«

»Das waren aber ganz schön viele durcheinandergewürfelte Metaphern.«

Er lachte leise. »Stimmt. Dafür entschuldige ich mich. Aber die Wahrheit bleibt die Wahrheit. Deine Mutter behandelt dich so, weil du es zulässt. Solange sie nicht muss, wird sie nicht die Verantwortung für ihr Leben übernehmen. Und solange du dich um sie kümmerst, hat sie keinen Grund, sich zu ändern.«

»Ich kann nicht einfach gehen.«

Sein Lächeln schwand. »Wenn das stimmt, hängst du hier für immer fest, Heather. Denn wenn du mehr sein willst, musst du gehen. Aber ich bin sicher, dass du das weißt.«

Sie wollte ihm sagen, dass er sich irrte. Doch so sehr seine Worte auch schmerzten, sie wusste, dass sie der Wahrheit entsprachen.

»Ich will kein schlechter Mensch sein.«

»Das bist du auch nicht. Bist du je mit einem Flugzeug geflogen?«

»Was? Ja, einmal, als Kind. Da war ich mit Tante Kristine und ihrer Familie in Disneyland.« Amber war wütend gewesen, weil sie nicht eingeladen gewesen war, und hatte monatelang gegen diese Ungerechtigkeit gewettert.

»Die Flugbegleiter sagen einem immer, wenn es einen Druckabfall in der Kabine gibt, soll man zuerst die eigene Sauerstoffmaske aufsetzen, bevor man einem anderen hilft. Du kannst niemandem helfen, wenn du tot bist.«

»Das ist aber krass ausgedrückt.«

Er zuckte mit den Schultern. »Vielleicht, aber es stimmt. Rette dich zuerst selbst. Sobald du einen Collegeabschluss und einen gut bezahlten Job hast, bist du in der Position, deiner Mutter zu helfen. Im Moment ertrinkst du gerade und merkst es noch nicht einmal.«

22. KAPITEL

Sophie war sich zu neunzig Prozent sicher, dass Amber sie mit der Geschichte, dass eine Frau bei Dugan eingezogen war, nur hatte aufbringen wollen. Okay, zu achtzig Prozent, aber das waren starke achtzig Prozent. Denn das konnte einfach nicht sein. Sie und Dugan sahen einander regelmäßig, und er war nicht der Typ, der Frauen betrog.

Oder doch? Was wusste sie denn eigentlich über ihn? Bis vor ein paar Wochen hatte sie keine Ahnung von seiner Vergangenheit gehabt. Sie hatte gedacht, er wäre einfach ein Mann, der auf Ruhe und so Sachen stand. Sie hatten zweimal Sex gehabt, bevor sie überhaupt seinen Nachnamen erfahren hatte. Gut, man könnte sagen, dass sie nicht wirklich zusammen gewesen waren. Zudem hatte sie sich ab dem Moment, in dem sie herausgefunden hatte, wer er war, geweigert, weiterhin mit ihm zu schlafen. Das entsprach nicht wirklich der Definition einer Beziehung.

Daher hätte es ihr folglich auch egal sein sollen, was er mit einer anderen hatte. Ehrlich, wieso dachte sie überhaupt darüber nach? Es interessierte sie nicht. Kein Stück. Wenn sie ihn am Sonntagmorgen bei ihrer Tai-Chi-Stunde sähe, würde sie ihn ganz lässig nebenbei fragen. Oder auch nicht. Denn es war ihr ja egal.

Diese Logik hielt bis ungefähr halb vier am nächsten Nachmittag, als Sophie die Ungewissheit nicht mehr ertrug. Sie verließ die Firma und fuhr zu Dugans Haus, wo sie – angetrieben von rechtschaffener Empörung – zur Tür marschierte und klingelte.

Eine Frau öffnete. Eine wunderschöne Frau mit perfekten Gesichtszügen, langen, dunklen Haaren und großen Augen, deren Grün an frisches Frühlingslaub erinnerte. Sie hatte an den richtigen Stellen Kurven, dazu lange Beine und ein Lächeln, das ein ganzes Dorf erhellen könnte.

»Hi«, sagte die Frau fröhlich. »Kann ich Ihnen helfen?«

Sophie fand sich eigentlich ganz hübsch. Nicht übermäßig schön, aber es reichte. Sie und die Frau vor ihr teilten die gleichen grundsätzlichen Körperteile, die Männer attraktiv fanden – Brüste, einen knackigen Hintern, ein Gesicht. Aber irgendwie war es, als gehörten sie unterschiedlichen Spezies an. Und Sophie hatte das dumpfe Gefühl, dass ihr Ast am Familienstammbaum dieser Spezies nicht der beste war.

»Ich, äh, ich dachte …« Reiß dich zusammen, ermahnte sie sich. »Ich würde gerne mit Dugan sprechen.«

Das Lächeln wurde breiter. »Oh, sicher. Kommen Sie herein. Ich bin übrigens Judy.«

»Ich bin Sophie.«

Judy? Judy! Sollte sie nicht eher Elektra oder Sasha oder Andromeda heißen?

Judy trat beiseite, um Sophie hereinzulassen, und drehte sich dann um. »Dugan, Honey, du hast Besuch.«

Dugan erwiderte etwas, das Sophie nicht verstand. Judy deutete in Richtung Wohnzimmer. »Er ist gleich da. Setzen Sie sich doch. Ich muss zurück in die Küche.« Sie hielt ihre mehlbestäubten Hände hoch. »Ich backe gerade Brot.«

»Natürlich tun Sie das.«

Judy lächelte noch einmal, bevor sie verschwand. Sophie musterte ihre enge Jeans, die straffen Oberschenkel und den Po, der tatsächlich aussah wie ein auf dem Kopf stehendes Herz. Dann fragte sie sich, ob es wohl zu spät war, um zu flüchten. Allerdings hatte sie Judy ihren Namen verraten, also würde Dugan erfahren, dass sie hier gewesen war. Wenn sie jetzt weglief, könnte er sich denken, dass sein Gast sie eingeschüchtert hatte.

Dugan kam aus dem Büro auf sie zu. Zumindest glaubte sie, dass es sein Büro war. Denn um ehrlich zu sein, kannte sie in dem Haus nicht mehr als die Küche und das Schlafzimmer. Die anderen Räume waren ihr nicht so wichtig erschienen. Jetzt fragte sie sich, ob sie wohl ein wenig mehr Interesse an ihm und seinem Leben hätte zeigen sollen. Hatte er sich deshalb mit Judy eingelassen?

Sophie war nicht in ihn verliebt, aber sie mochte ihn und hatte angenommen, er würde sie auch mögen. Und deshalb: Was zum Teufel war hier los?

Als Dugan näher kam, versuchte sie, ihre Laune von verblüfft zu genervt zu wechseln. Wut ist Macht, rief sie sich in Erinnerung. Wut war gut. Wut und Rachedurst würden sie durch diese Situation hindurchtragen.

»Hi«, sagte er und blieb vor ihr stehen, um ihr einen Kuss zu geben.

»Denk nicht mal daran«, fauchte sie. »Du hast eine Frau in deinem Haus.«

Ein wissender Zug legte sich über seine Miene. »Ah, deshalb bist du also vorbeigekommen. Es sind keine achtundvierzig Stunden vergangen. Das Netzwerk auf der Insel ist wirklich beeindruckend.«

»Ich habe gestern davon erfahren.«

»Und du hast so lange gewartet, um vorbeizukommen?« Er schenkte ihr ein schiefes Lächeln. »Es ist nicht, was du denkst.«

»Es wohnt also keine unglaublich attraktive Frau bei dir? Wann ist das passiert? Ich dachte, zwischen uns wäre was.«

»Willst du dich setzen?«, fragte er.

»Nein. Ich will mich nicht setzen. Ich will wissen, was es mit Andromeda auf sich hat.«

»Mit wem?«

Sie funkelte ihn an. »Mit Judy. Ist das überhaupt ihr Name? Wer nennt sein Kind Judy?«

»Das ist ein Familienname.«

»Wie auch immer. Du schläfst mit ihr. Dabei hatten wir beide was miteinander.«

»Du hast gesagt, das mit uns ist vorbei.«

»Was? Nein, das habe ich nicht gesagt. Ich habe gesagt, ich kann nicht mehr mit dir schlafen, weil du bist, wer du bist. Das ist etwas anderes.«

Er erwiderte nichts.

»Was ist?«, fragte sie. »Bist du sauer, weil wir keinen Sex mehr haben?« Sie senkte die Stimme. »Es ist nicht so, dass ich nicht will. Ich kann einfach nicht. Es ist zu komisch. Du weißt zu viel, und das macht mich unentspannt.«

»Bist du unentspannt, weil ich nicht jemand bin, den du herumschubsen kannst? Oder hast du Angst, dass ich klüger sein könnte als du?«

»Du bist nicht klüger.«

Er zog eine Augenbraue in die Höhe.

Sophie atmete tief ein. »Wir könnten gleich klug sein«, gab sie widerwillig zu.

»Aber ich bin erfolgreicher.«

»Sei nicht so selbstgefällig. Du unterrichtest Tai-Chi.«

»Ich habe Milliarden.«

»Die du verschenkt hast. Ich weiß nicht, was du noch übrig hast, aber im Zweifel ist es nicht mehr viel.«

»Ich bekomme Tantiemen von der Software.«

»Du schläfst mit Judy!«

»Nein, tue ich nicht.«

»Ach bitte, sie ist in deinem Haus.«

»Sie ist meine Exfrau.«

Sophie öffnete den Mund und schloss ihn wieder.

»Heilige Scheiße. Machst du Witze? Du warst mit ihr verheiratet?«

»Für eine Weile, ja. Es hat nicht funktioniert. Sie ist jetzt mit einem anderen verheiratet. Ungefähr einmal im Jahr kommt sie her, um mich zu besuchen. Dann lässt sie sich darüber aus, dass ihr Mann sie in den Wahnsinn treibt, trinkt Champagner und fliegt nach ein paar Tagen wieder heim. Das ist keine große

Sache.« Er legte die Hände auf ihre Schultern. »Ich schwöre, wir sind nur Freunde. Ich schlafe nicht mit ihr.«

Sophie schüttelte seine Hände ab. »Das gefällt mir nicht«, gab sie zu. »Das gefällt mir gar nicht.« Was ihre Art war, zu sagen, dass sie nicht sicher war, ob sie ihm glaubte.

»Wie sehr magst du es nicht?«

»Sehr.«

»Okay. Ich buche ihr ein Zimmer im *Blackberry Island Inn*. Sie zieht noch heute um.«

»Was? Du schmeißt sie raus? Sie ist gerade dabei, Brot zu backen.« Sophie hatte keine Ahnung, was dazu alles nötig war, aber sie war sich ziemlich sicher, dass man diesen Brotbackprozess nicht einfach mittendrin unterbrechen konnte.

»Ich will nicht, dass du dich aufregst.«

Was er sagte, ergab überhaupt keinen Sinn. »Du musst doch wissen, dass es ein Problem darstellen würde, wenn du sie hierher einlädst.«

»Nicht wirklich.« Sein Humor kehrte zurück. »Du bist nicht gerade konventionell, Sophie. Nach allem, was ich weiß, hätte es dich völlig kaltlassen können.«

»Dass du eine Frau im Haus hast?«

Er zuckte mit den Schultern.

»Natürlich stört mich das. Aber ich kann trotzdem nicht mit dir schlafen.«

Er grinste. »Ich weiß. Ist okay. Das wird schon noch. Es ist nur eine Frage der Zeit, bis deine niederen Instinkte deinen Widerstand überwinden, der aus Konkurrenzdenken entstanden ist.«

Der Kommentar gefiel ihr nicht, also ignorierte sie ihn. »Warum interessiert es dich, was ich denke? Warum sagst du mir nicht, ich soll mich verziehen?«

»Dich verziehen?« Er lachte leise. »Ich glaube, das habe ich noch nie gesagt.«

»Aber du verstehst, was ich meine.«

»Ja.« Er kam näher und legte seine Hände wieder auf ihre Schultern. Als er sich dieses Mal vorbeugte, um sie zu küssen, ließ sie es zu. Ihre Lippen berührten sich.

Er richtete sich auf und sagte: »Ich bin verrückt nach dir. Hast du das noch nicht mitbekommen?«

Verrückt nach ihr? Was sollte das überhaupt bedeuten? »Ich, äh, weiß sehr zu schätzen, dass du ihr ein Zimmer im Hotel buchst. Danke.«

»Gern geschehen. Sonst noch was?«

»Nicht wirklich.«

Seine Augen funkelten humorvoll auf. »Du gehst jetzt, oder?«

Sie nickte. »Ich sollte nach Hause fahren und nach den Kätzchen schauen.«

Nun wurde er ernst. »Eines Tages wirst du aufhören, vor mir davonzulaufen. Ich bin hier, wenn das passiert.«

Noch mehr Worte, die keinen Sinn ergeben, dachte sie und eilte zur Haustür. Nein, sie lief nicht davon. Sie nutzte ihre Zeit einfach nur effizient. Die Kätzchen brauchten sie.

Einen Drei-Jahres-Mietvertrag für die Bäckerei zu unterschreiben ging wesentlich schneller, als Kristine gedacht hatte. Sie überreichte den Scheck für die Kaution, nahm die Schlüssel entgegen, und das war's.

Stacey hatte während des kurzen Treffens fröhlich mit ihr geplaudert, als würde so etwas täglich passieren. Nun ja, für sie als Maklerin traf das vermutlich zu. Aber Kristine hatte die ganze Zeit darauf gewartet, dass jemand ins Büro stürmen und von ihr wissen wollen würde, ob ihr Mann eigentlich wusste, was sie hier tat.

Am Ende war das Ganze aber ziemlich unspektakulär verlaufen. Zwanzig Minuten später öffnete sie schon die Tür zu der einstigen *Blackberry Island Bakery* und trat ein.

Da sie erst vor etwas weniger als einer Woche hier gewesen

war, gab es keine großen Überraschungen. Die Auslage befand sich noch genau da, wo sie vorher gewesen war, und der Fußboden musste immer noch genauso dringend ausgetauscht werden. Und auch im hinteren Bereich sah alles noch so aus wie zuvor.

Kristine drehte sich einmal langsam im Kreis und versuchte, das alles in sich aufzunehmen. Sie hatte es getan. Sie hatte den Mietvertrag unterschrieben, und nun gehörte dieser Laden ihr. Mit Jerry, dem Bauunternehmer, hatte sie bereits über die nötigen Umbaumaßnahmen gesprochen. Er würde die Arbeiten immer mal wieder zwischen seine aktuellen Projekte einschieben. Auf diese Weise würde es ungefähr einen Monat dauern. Damit blieb Kristine ausreichend Zeit, um Knetmaschinen, Backbleche und andere Dinge zu kaufen und sich ein Datum für die große Neueröffnung zu überlegen.

Ihre Vorfreude wurde allerdings von einem Gefühl des Verlustes getrübt. Sie wollte Jaxsen hier bei sich haben. Den Jungs hatte sie versprochen, später mit ihnen hierherzufahren, damit sie sich alles anschauen konnten. Auch wenn die drei sich für sie freuten – sogar JJ –, war es nicht das Gleiche, wie Jaxsen bei sich zu haben. Er war ihr Mann. Hätte er diesen Moment nicht mit ihr teilen sollen?

Hatte sie das Richtige getan? Vielleicht hätte sie warten und …

»Nein«, sagte sie laut und entschieden. »Das hier ist genau der Platz, an dem ich jetzt sein soll.«

Sie sah sich den Rest des Gebäudes an. Das Lager braucht ein paar Regale, uberlegte sie. Schränke wären netter, aber Regale wesentlich billiger.

»Kristine, Honey, wo bist du?«

Die vertraute Stimme überraschte sie. »Sophie?«

Schnell lief sie nach vorn, wo ihre Cousine mit einer Einkaufstasche in der Hand an der Tür stand.

»Du hast es gemacht!«, rief Sophie. »Ich bin so stolz auf

dich.« Sie holte eine Flasche Champagner aus der Tasche und hielt sie hoch. »Das feiern wir.«

Kristine zog eine Augenbraue in die Höhe. »Um elf Uhr morgens?«

»Na und? Wenn etwas Schönes passiert, wird gefeiert, egal, wie spät es ist.«

Sophie stellte die Flasche auf den Tresen und holte aus der Tasche zwei Gläser sowie zwei Einmachgläser mit etwas, das wie Kuchen aussah.

»Cupcakes«, sagte sie und schob Kristine einen zu. »Die habe ich im Internet bestellt. Ich dachte, die könntest du auch anbieten. Aber vielleicht auch nicht. Wie auch immer, wir brauchen was als Begleitung zu unserem Champagner.«

Nachdem sie den Korken hatte ploppen lassen, schenkte sie ihnen beiden ein. Sie setzten sich auf die zurückgelassenen Stühle, und Sophie hob ihr Glas.

»Hast du eine GmbH gegründet?«, fragte sie.

Kristine grinste. »Ja.« Bevor sie den Mietvertrag unterschrieben hatte, hatte sie noch eine Gesellschaft mit beschränkter Haftung gegründet. »Und ich habe auch schon meine Steuernummer.«

»Und Versicherung?«

»Ja, Sophie. Ich habe eine Versicherung, einen Bauunternehmer, den Mietvertrag und drei sehr aufgeregte Jungs.«

Sophie grinste. »Herzlichen Glückwunsch. Auf meine Cousine, den Businessmogul. Möge dein Erfolg deine wildesten Träume übertreffen.«

»Danke.«

Sie stießen miteinander an.

Kristine trank einen Schluck. »Woher wusstest du, dass ich den Mietvertrag heute unterschrieben habe?«

»Ich habe Stacey gebeten, mir Bescheid zu sagen, wenn es so weit ist. Ich wusste, dass du direkt danach hierherkommen würdest, also stand ich schon parat.«

»Du hast mit dem Champagner und den Cupcakes auf mich gewartet?«

»Sobald ich wusste, wann du den Termin hast, habe ich mich vorbereitet.« Sophie lächelte sie an. »Das ist so großartig. Hast du Angst?«

»Ein wenig. Es ist ein großer Schritt.«

»Aber du bist bereit. Du hast dich seit Jahren auf diesen Moment vorbereitet, und das meine ich wörtlich. Du hast an alles gedacht.«

An alles, außer daran, dass sie den Schritt ohne die Unterstützung von Jaxsen würde tun müssen.

»Ich muss noch viel lernen. Meinst du, wir könnten uns mal über Versandmöglichkeiten und so unterhalten? Ich habe zwar viel recherchiert, aber das ist nicht das Gleiche wie mit jemandem zu reden, der einen Großteil seines Geschäfts per Versandhandel betreibt.«

»Natürlich. Du kannst auch mit Bear reden. Er hat ein paar Veränderungen in unserer Versandabteilung vorgenommen. Er behauptet, so wäre es effizienter.«

Kristine lächelte. »Du klingst nicht überzeugt.«

»Oh, er hat recht. Aber Veränderungen sind schwer zu akzeptieren, selbst wenn sie zum Guten sind.«

Kristine wusste, dass Sophie über *CK Industries* sprach, fragte sich aber, ob in ihren Worten eine verborgene Botschaft für sie mitschwang.

»Jaxsen ist immer noch weg«, gab sie zu.

»Dummer Mann.« Sophie berührte ihren Arm. »Geht es dir gut?«

»Nein, aber ich komme klar. Ich weiß nicht, warum er so stur ist. Ich meine, ich will ja nicht das Haus abbrennen und uns alle zwingen, in einem Zelt zu leben. Ich will nur einen Laden aufmachen und etwas tun, was mich glücklich macht. Wieso ist das so falsch?«

»Du weißt, dass es das nicht ist und dass ich dich zu hundert Prozent unterstütze.«

»Und warum tut mein Mann das nicht?«

»Hast du ihn mal gefragt?«

»Ich habe es versucht. Er sagt immer nur, ich sei egoistisch und würde nicht an die Familie denken.« Sie umklammerte ihr Glas. »Ich kenne niemanden, der sich so benimmt wie er. Diese Seite an ihm verstehe ich überhaupt nicht. Er war schon immer ein wenig egozentrisch, aber nicht auf so destruktive Weise. Vermutlich trage ich eine gewisse Mitschuld, weil ich bisher immer nachgegeben habe. Vielleicht hätte ich schon früher mal für mich eintreten sollen.«

»Fang nicht an, dir die Schuld zu geben. Du bist hier nicht die Böse. Die meisten Leute reden nur darüber, was sie gerne tun würden, machen aber nie den ersten Schritt. Sieh dir nur Amber an.«

Kristine dachte an ihre Cousine. »Bitte vergleich mich nicht mit ihr. Hat sie dir von der Wohnung erzählt, die sie mieten will? Die klingt wunderschön, aber unglaublich teuer.«

»Ja, das hat sie erwähnt.« Sophie schenkte ihnen nach. »Was ich sagen wollte, ist, dass sie immer nur redet. ›Ich hätte aufs College gehen können.‹ Ach bitte. Nein, das hätte sie nicht. Denn selbst wenn sie nicht schwanger geworden wäre, hätte sie tausend Ausreden gehabt. Du bist ganz anders. Du hast die Arbeit geleistet und jetzt wirst du noch härter arbeiten.« Sophie hob ihr Glas. »Du bist meine Heldin.«

Kristine wusste, dass Sophie nur nett sein wollte, aber dennoch taten ihr die Worte gut.

»Du bist auch meine Heldin. Außerdem bist du jetzt offiziell eine verrückte Katzenlady, und ich glaube, das macht dich ein bisschen weniger einschüchternd.«

»Ich bin nicht einschüchternd. Und ich bin keine verrückte Katzenlady.«

»Du hast im Moment was – zehn Katzen?«

»Eigentlich elf, aber bis auf zwei sind es alles Babys, und wenn sie alt genug sind, werden sie vermittelt.«

»Was ist mit Lily und Mrs. Bennet?« Kristine grinste. »Sophie, wirst du die Katzenmamas behalten?«

»Vielleicht. Ich weiß es nicht. Die beiden mögen einander wirklich. Es wäre schön, wenn sie nicht getrennt würden, so kurz nachdem sie sich miteinander angefreundet haben. Es sind gute Katzen. Sie müssten kastriert werden, aber das könnte man am gleichen Tag machen, sodass sie sich gemeinsam erholen können. Ich denke darüber nach.«

»CK würde das verstehen. Sie würde sicher wollen, dass du eine Katze im Leben hast. Einen Hund fände sie schlimm, aber das mit den Katzen versteht sie.«

Sophie nickte langsam. »Sie fehlt mir.«

»Natürlich tut sie das. Aber das bedeutet nicht, dass du nie wieder eine Katze haben kannst.«

»Die endgültige Entscheidung ist noch nicht gefallen, doch ich neige dazu, sie zu behalten.«

»Das freut mich für dich. Und bitte, ruf die Jungs an, damit sie Zeit mit den Kleinen verbringen. Das fänden sie toll, und für die Sozialisierung der Kätzchen wäre es auch gut.«

»Das tue ich.« Sophie reichte ihr eines der Einmachgläser. »Probier mal und sag mir, was du denkst. Wenn sie so gut sind, wie die Rezensionen sagen, solltest du versuchen, so etwas auch herzustellen.«

»Du denkst schon über die Erweiterung meiner Angebotspalette nach?«

»Ich führe dich auf die Straße des Erfolgs, Kleine.« Sie gab Kristine einen Löffel. »Wir werden beide Mogulinnen sein.«

Kristine sagte sich, dass sie für die Unterstützung dankbar sein sollte. Auch ohne Jaxsen machte sie das hier nicht allein. Sie hatte ihre Familie und Freunde und Menschen, die für sie da sein würden. Seltsam allerdings, dass das den winzigen Knoten der Angst, der sich in ihrem Herzen eingenistet hatte, nicht lösen konnte.

Heather stellte die drei Kisten auf die Werkbank in der Garage. Sie erinnerte sich noch daran, wie ihr Stiefvater diese Werkbank gebaut hatte. Er hatte seine viel benutzten Werkzeuge darüber aufgehängt und sich dann darangemacht, alles zu reparieren, was im Haus kaputt war.

George war so ein guter Mann, dachte sie und erinnerte sich an die Geduld, die er ihr gegenüber immer gezeigt hatte. Er hatte sich gefreut, Stiefvater zu sein, und mit ihr über all die Dinge gesprochen, die sie gemeinsam unternehmen würden.

Doch er war nicht geblieben. Heathers Freude war immer weiter verblasst, je öfter sie den zunehmenden Streitereien hatte zuhören müssen. Sie wusste noch, wie sie ihre Mutter angefleht hatte, sich einen Teilzeitjob zu suchen, um finanziell auch etwas beizutragen. Aber Amber hatte sich geweigert, irgendetwas zu tun, und irgendwann war George ausgezogen. Heather war sich ziemlich sicher, dass sie ihn mehr vermisst hatte als Amber.

Jetzt berührte sie die Werkbank und hoffte, dass die neuen Bewohner des Hauses – wer auch immer sie sein mochten – die stabile Oberfläche und den Stauraum darunter zu schätzen wissen würden. Dann schob sie die Erinnerungen an George beiseite und öffnete die erste Kiste.

Sie war voller alter Spielzeuge und Bücher. Heather war nicht sicher, warum sie die aufbewahrt hatte. Mit ihrer Barbiepuppe oder *My Little Pony* würde sie sicherlich nicht noch mal spielen. Schnell ging sie alles durch und behielt nur ein paar Bücher aus sentimentalen Gründen. Alles andere legte sie auf den Spendenstapel an der Wand.

Zwei Stunden später hatte sie alle ihre Sachen sortiert und mit dem restlichen Kram angefangen. Da waren kaputte Toaster, nicht zueinander passende Teller, alte Handtücher, ein Plattenspieler und ein Stapel Platten.

Sie sortierte, so gut sie konnte, und verteilte alles auf den »Spendenstapel«, den »Wegwerfstapel« und den »Noch zu entscheiden«-Stapel. Die LPs könnten vielleicht einen gewissen

Wert haben. Auf der Insel gab es einen Antiquitätenladen namens *Blackberry Preserves.* Nachdem sie mit ihrer Mutter gesprochen hatte, würde Heather mal dort vorbeifahren und fragen, ob sie die Platten kaufen wollten.

Gegen elf Uhr morgens kam Amber hereingeschlendert.

»Was machst du hier?«

»Ich räume die Garage aus. Darüber haben wir doch gestern beim Abendessen gesprochen.«

»Ich dachte nicht, dass du das ernst meinst.«

»Jemand muss es ja machen.« Heather bemühte sich um einen neutralen Ton, doch als der Blick ihrer Mutter bohrend wurde, wusste sie, dass es ihr nicht gelungen war.

»Was soll das heißen?«

»Nichts, Mom. Ich möchte ein paar Dinge zu *Blackberry Preserves* bringen und gucken, ob wir sie verkaufen können. Sobald ich alles sortiert habe, musst du mir sagen, was du behalten willst.«

Amber schaute sich um. »Das ist alles Müll. Davon interessiert mich nichts.«

Heather wusste, dass das eine Falle war. Wenn sie wirklich alles wegschmeißen würde, würde sie sich noch monatelang anhören müssen, dass »Schätze« einfach sorglos weggeworfen worden waren.

»Ich sage dir Bescheid, wenn ich so weit bin, dann kannst du noch mal gucken.«

»Na gut. Wie du meinst. Wir müssen den Mietvertrag für die Wohnung unterschreiben.«

Das Thema hatte ich absichtlich vermieden, dachte Heather grimmig.

»Die mit dem Ausblick?«, fragte sie in der Hoffnung, sich zu irren.

»Die ist so schön. Du musst zugeben, dass sie wesentlich hübscher ist als das hier. Wir werden es lieben, dort zu wohnen.«

»Aber wir können es uns nicht leisten.«

»Sophie gibt mir eine Gehaltserhöhung. Das wird helfen.«

»Warum sollte Sophie dir eine Gehaltserhöhung geben?«

»Weil ich sie verdiene. Ich bin eine ausgezeichnete Mitarbeiterin. Außerdem habe ich mit ihr über die Wohnung gesprochen, und sie will uns unterstützen. Das hat sie mir gesagt.«

Heather hatte keine Ahnung, wie die Unterhaltung wirklich abgelaufen war, aber darauf würde sie jetzt nicht eingehen. Ja, die Wohnung war schön, aber das Geld dafür konnten sie auf keinen Fall auftreiben, selbst wenn ihre Mutter eine Gehaltserhöhung bekäme. Außerdem konnte man nie wissen, wie lange Amber den Job behalten würde. Sie war berüchtigt dafür, ohne Vorwarnung zu kündigen.

Noch mehr Sorgen bereitete Heather etwas anderes: Wenn es ihr gelingen sollte, die Insel zu verlassen, konnte sie auf keinen Fall genügend Geld verdienen, um sich und ihre Mutter finanziell über Wasser zu halten – schon gar nicht in der hochpreisigen Wohnung.

»Ich kann nicht«, sagte sie und wappnete sich gegen den Wutausbruch, der unweigerlich folgen würde. »Ich kann diesen Mietvertrag nicht unterschreiben.«

Die Miene ihrer Mutter verfinsterte sich. »Was hast du gesagt?«

»Die Wohnung ist zu teuer. So eine große Belastung werde ich nicht auf mich nehmen.«

»Du kannst nicht Nein sagen. Du undankbare Göre. Du weißt, dass ich die Wohnung allein nicht bekomme. Das machst du absichtlich. Du willst mich bestrafen. Wie kannst du nur?« Inzwischen kreischte Amber und zitterte am ganzen Körper. »Ich fasse es nicht, dass du dich so benimmst. Das werde ich dir nie vergeben, Heather. Hörst du? Niemals.«

Damit stürmte sie aus der Garage und ins Haus. Die Tür fiel krachend hinter ihr zu. Heather hatte ihrer Mutter noch nie etwas verweigert. Sie gab immer nach. Nur konnte sie das dieses Mal nicht. Es ging um zu viel Geld, das sie nicht hatte.

»Ich setze zuerst meine eigene Sauerstoffmaske auf«, flüsterte sie und bemühte sich, den Drang, sich zu übergeben, zu unterdrücken. »Ich schütze mich selbst. Das darf ich. Alles wird gut.«

Das war zwar gelogen, aber sie würde die Worte für den unwahrscheinlichen Fall wiederholen, dass sie eines Tages zutreffen würden.

23. KAPITEL

In Sophie tobten so viele Gefühle, und sie wusste nicht, wohin damit. Über zwei Stunden lang hatte sie mit den Kätzchen gespielt und erst aufgehört, als die vor Erschöpfung fast zusammengebrochen waren. Sie hatte ihr Haus geputzt und die Mutterkatzen gebürstet und im Supermarkt eingekauft. Inzwischen war es drei Uhr am Sonntagnachmittag und sie hatte immer noch zu viel Energie, um sich hinzusetzen und zu lesen oder einen Film anzuschauen.

Das sind die Momente, in denen es gut ist, jemand zu sein, der joggen geht, dachte sie. Aber so jemand war sie nicht. Und da die Sache mit Dugan immer noch irgendwie komisch war, war sie am Morgen nicht zu seiner Klasse gegangen. Was keinen Sinn ergab – der Mann hatte alles getan, was er versprochen hatte. Er hatte Judy im *Blackberry Island Inn* einquartiert. Wo war also das Problem?

Auf diese Frage gab es keine Antwort, also tat sie das Einzige, das Sinn ergab. Sie fuhr in ihre Firma. Nachdem sie die Alarmanlage deaktiviert hatte, streifte sie zwischen den Regalreihen entlang und blickte finster auf die Veränderungen, die Bear vorgenommen hatte. Bei den großen Türen sah sie mehrere Paletten mit Artikeln, die vermutlich spät am Freitag angeliefert worden waren. Sofort hob sich ihre Laune. Zumindest hatte sie nun etwas zu tun, das sie körperlich ausreichend auslaugen würde, um das Summen in ihrem Kopf zu ignorieren.

Mit dem Gabelstapler verteilte sie die Paletten, dann nahm sie die Schutzfolie ab und fing an, die Produkte einzuscannen. Dabei überlegte sie, warum Dugan so zuvorkommend gewesen war. Denn das war besser, als weiter über seinen Satz »Ich bin verrückt nach dir« nachzudenken. Das konnte nicht sein. Sie war grimmig und stur und weigerte sich im Moment, mit ihm zu schlafen. Auf keinen Fall konnte er sie weiterhin mögen.

Doch sich vorzustellen, dass er sie nicht mehr mochte, machte auch keinen Spaß. Vielleicht wäre es besser, wenn sie einen Begriff für das fände, was sie miteinander hatten. Eine Beziehung im traditionellen Sinne war es nicht. So etwas konnte sie auch gar nicht. Mit Mark hatte sie es probiert. Das hatte damit geendet, dass sie ihm eine lächerlich hohe Abfindung zahlen musste, obwohl Mark für die Firma nie einen Handschlag getan hatte.

So etwas wollte sie nicht noch einmal erleben. Sie wollte sich nicht sieben Tage die Woche den Hintern aufreißen, nur damit ein Mann ihr am Ende die Hälfte wegnahm. Sie wollte nicht die Einzige mit Ambitionen sein. Sie wollte …

Ich habe keine Ahnung, was ich will, gestand sie sich ein. Sie mochte Dugan. Es war lustig, mit ihm zusammen zu sein, und er war tiefsinnig, was ein wenig Furcht einflößend, aber auch irgendwie gut war. Sie selbst hatte eher die Tiefsinnigkeit von Schmirgelpapier. Wenn Dugan nur nicht so … geerdet wäre. Das mochte sie an ihm nicht. Was auch keinen Sinn ergab. Wenn sie seine Tiefsinnigkeit mochte, sollte sie dann nicht auch mögen, dass er sein Leben so im Griff hatte?

Vielleicht lag es daran, dass sie das Gleiche nicht über sich behaupten konnte. Sie hatte überhaupt keine Work-Life-Balance. Allerdings glaubte sie auch nicht, dass diese Balance und großer Erfolg zusammenpassten. Nicht, dass sie großen Erfolg gehabt hätte, aber sie machte ihre Arbeit gut, und das bedeutete nun mal, viele Stunden in ihrer Firma zu verbringen. Wieso durfte das jemand verurteilen, wenn es sie glücklich machte? Blöde Richter über die Work-Life-Balance.

Sie schüttelte den Kopf und konzentrierte sich wieder auf das Manövrieren der Paletten. Dieser Ausflug ins Lager hatte nicht den üblichen beruhigenden Effekt auf sie. Womöglich hätte sie besser Kristine besuchen sollen, allerdings hatte ihre Cousine gesagt, dass sie das Wochenende in der Bäckerei verbringen würde. Warum irgendjemand vor einer Renovierung Wände und Böden schrubben wollte, war ihr zwar ein Rätsel, aber so war Kristine eben. Und auch wenn Sophie nach Ablenkung suchte, hatte sie keine Lust, sich in einen Großputz hineinziehen zu lassen. Inventar in den Computer einzuspeisen war da wesentlich befriedigender.

Heather war auch eine Option, nur sollte die lieber mit Freundinnen ihres Alters abhängen und nicht mit ihrer Tante. Womit nur noch Amber blieb, und die war ein absolutes No-Go. Dabei fiel Sophie ein, dass sie noch überlegen musste, was sie bezüglich der Wohnung unternehmen sollte. War sie gewillt, den Mietvertrag mit zu unterschreiben, damit Heather das nicht tun musste? Falls ja, standen die Chancen gut, dass Amber einfach aufhören würde, Miete zu bezahlen. Vorausgesetzt, sie hatte überhaupt so viel Geld, um damit anzufangen. Sophie wollte nicht, dass Heather hier weiter festsaß, aber sollte Amber sich nicht um ihre Tochter kümmern?

Die offensichtliche Lösung ist, neue Freundschaften zu schließen, dachte sie und belud einen Handkarren mit Dosenfutter. Dann hätte sie eine größere Gruppe, aus der sie wählen konnte, wenn sie den Drang verspürte, mit einem anderen Menschen zusammen zu sein. Allerdings war sie nicht sonderlich gut darin, Freunde zu finden. Sie hatte immer so viel zu tun und …

»Was glaubst du, was du da machst?«

Die laute Frage erschreckte sie so sehr, dass ihr der Karton mit den Dosen aus der Hand fiel und beinahe auf ihren Fuß geknallt wäre. Sie sprang zurück und wirbelte herum. Bear stand bei den Paletten, die Hände in die Hüften gestemmt, die Augen leicht zugekniffen.

Sophie presste sich eine Hand auf die Brust. »Du hast mich erschreckt«, keuchte sie. »Schleich dich nicht so an.«

»Du hast meine Frage nicht beantwortet.«

»Was für eine Frage? Ach so, ich räume die Lieferung ein.«

Seine leicht feindselige Miene änderte sich nicht.

»Was ist?« Sie ließ die Arme sinken. »Ich stand irgendwie neben mir, und im Lager zu arbeiten entspannt mich. Ich mache nichts Böses.« Sie widerstand dem Drang, die Augen zu verdrehen. »Ich folge dem Protokoll.«

»Nein, das tust du nicht.«

»Natürlich!«

Bear funkelte sie böse an. »Wir hatten eine Abmachung, Sophie. Du hältst dich aus meiner Abteilung raus. Du hast gesagt, du würdest aufhören, dich überall einzumischen. Du kannst nicht einfach an einem Sonntagnachmittag hier auftauchen und dein Ding durchziehen. So funktioniert das nicht.«

Da hatte er nicht unrecht. Gerne hätte sie erwidert, dass es ihre Firma war und sie verdammt noch mal tun konnte, was sie wollte, nur hatte sie Bear tatsächlich versprochen, sich nicht weiter einzumischen. Was sie aber nur zugeben würde, wenn sie musste.

»Woher weißt du überhaupt, dass ich hier bin?«

»Seitdem wir die Veränderungen an der Alarmanlage vorgenommen haben, werde ich informiert, sobald jemand außerhalb der Geschäftszeiten die Firma betritt. Daraufhin habe ich mich in die Kameras geschaltet und gesehen, dass du in meiner Abteilung rummachst.«

Er kümmert sich um die Sicherheit der Firma, dachte sie. Das war wirklich nett.

»Sophie, du musst damit aufhören. Für mich ist es nicht fair, und für dich ist es nicht gesund.«

Sie ließ den Kopf hängen. »Ich wusste nicht, was ich sonst tun soll.«

»Kannst du nicht shoppen gehen wie andere Frauen? Oder dir die Haare machen? Die Mariners spielen gerade. Sieh dir das Spiel an. Mach was. Irgendwas.«

Er hat recht, sagte sie sich. Sie hatte ihm ein Versprechen gegeben, und er machte seinen Job gut. Und sie hatte wirklich kein Recht, ihm reinzupfuschen.

Also hob sie den Karton mit dem Katzenfutter auf und legte ihn in den Wagen, dann loggte sie sich aus dem Computer aus und schaltete ihn ab.

»Diese Palette ist schon komplett eingescannt«, sagte sie. »Die anderen nicht. Du hast recht. Ich hätte nicht anfangen dürfen, hier herumzuwerkeln. Das hatte ich dir versprochen. Es tut mir leid, dass du an einem Sonntag hierherkommen musstest.«

Nicht wirklich überzeugt schaute er sie an. »Und?«

»Das ist alles. Ich gehe jetzt.«

»Bist du sicher?«

»Ja. Ich habe zwar gesagt, dass es nicht wieder vorkommt, aber vermutlich wird es das doch.«

»Aber du gehst jetzt?«

»Wir können gerne zusammen rausgehen, wenn du magst.«

»Ha. Ab und zu gibt es doch noch Wunder. Wer hätte das gedacht?«

Kristine saß Bear gegenüber und war nervös, aufgeregt und bereit, jedes Fitzelchen an Informationen aufzusaugen, das er mit ihr teilen würde.

»Danke noch mal, dass Sie sich mit mir treffen«, sagte sie. »Ich weiß, dass Sie viel zu tun haben.«

»Ihr Timing ist ausgezeichnet«, versicherte Bear ihr. »Im Moment habe ich ein gutes Gefühl, was Sophie angeht. Und das überträgt sich auf ihre Cousine.«

Kristine lachte. »Okay, ich habe keine Ahnung, was das bedeutet, aber ich nehme das mal so hin. Wie ich am Telefon schon erklärt habe, eröffne ich im Ort einen Backshop. Ich werde Kekse und Brownies verkaufen. Bisher hatte ich einen mobilen Stand am Strand und war auch in den Weinkellereien vertreten. Meine Kunden haben ihre Bestellungen also immer bei mir abgeholt. Jetzt würde ich ihnen gerne anbieten, die Produkte liefern zu lassen. Und dazu hätte ich gerne Ihren Rat.«

Bear nickte. »Ja, der Markt für Lieferservices ist groß. Bevor ich hier gearbeitet habe, habe ich ein großes Obstlager in Yakima geleitet. Das ist etwas anders als Kekse und Brownies.«

»Das stimmt.«

Er drehte sich herum und nahm einen kleinen Karton von einem Regal, den er ihr reichte. Der Karton war weiß, ungefähr dreizehn Zentimeter im Quadrat und trug das CK-Logo.

»Machen Sie den mal auf«, sagte Bear.

Kristine tat es und sah einen Becher darin liegen. Was jedoch wirklich ihre Aufmerksamkeit erregte, war der Karton selbst. Er war so geformt, dass er den Becher ohne zusätzliches Füllmaterial gut schützte.

»Das ist clever«, sagte sie.

»Und es funktioniert. Die Kunden bekommen einen heilen Becher und wir sparen Zeit beim Verpacken. Die Kartons kosten das Doppelte von einem Standardkarton, aber ich habe das mal durchgerechnet und sie sind es wert. Niemand will einen kaputten Becher bekommen und sich dann mit der Rücksendung und allem rumschlagen. Kekse sind etwas anders, die schmecken zerbrochen noch genauso gut.«

»Aber sie sehen nicht so hübsch aus, und meine Kunden würden sich nicht sonderlich freuen, wenn sie jedes Mal Bruch geliefert bekommen.« Sie dachte an die YouTube-Videos über das Verschicken von Keksen, die sie sich angeschaut hatte. »Sie meinen, ich sollte lieber anfangs etwas mehr investieren, um sicherzugehen, dass meine Produkte so beim Konsumenten ankommen wie gedacht.«

»Ganz genau. Sie werden die verschiedenen Methoden testen müssen. Werfen Sie die Kartons ein paarmal durch die Gegend, um zu sehen, was passiert.«

»Ich wollte eigentlich die Karton-in-Karton-Methode nutzen, die ich im Internet gesehen habe. Aber die vorher zu testen ist eine gute Idee. Ich habe drei Söhne. Die helfen mir beim Haltbarkeitstest sicher gern.«

Er zeigte ihr, wie die Katzenbetten verpackt wurden. Sie alle steckten in Kartons mit dem CK-Logo. »Wenn es eine Maßanfertigung ist, packen wir sie in Seidenpapier. Das ist teurer, aber besondere Produkte sollten auch so behandelt werden. Sie könnten nach schönen Papiertüten oder Ähnlichem Ausschau halten, für die Ihre Kunden extra bezahlen. Außerdem müssen Sie anfangen, Ihre Mailingliste aufzubauen.«

»Ich weiß. Ich wünschte, ich hätte im letzten Jahr schon Namen und E-Mail-Adressen gesammelt, aber das habe ich nicht. Also fange ich ganz vorne an.«

»Sie können auch eine echte Mailingliste aufbauen. Also per Brief. Das ist zwar nicht billig, weil Sie dann was drucken lassen müssen, aber das könnte es wert sein. Legen Sie einen Rabattcoupon dazu und drücken Sie die Daumen. Wenn Sie die richtige Adressliste für Ihre Zielgruppe kaufen, sollten Sie vernünftige Ergebnisse erzielen. Darüber sollten Sie aber vielleicht besser mit Elliot sprechen.«

»Elliot?«

»Das ist unser Marketingmann, und dieses Thema fällt eher in sein Gebiet.« Er zögerte. »Die Adressliste der CK-Kunden wird Sophie nicht rausrücken, nur, damit Sie das wissen.«

»Darum würde ich Sie niemals bitten.«

»Nun ja, Katzenmenschen mögen vermutlich Kekse.«

»Ja, aber das hier ist Sophies Unternehmen. Ich muss meinen eigenen Weg finden.«

Er erklärte ihr noch die verschiedenen Programme für das Erstellen von Adressaufklebern und nahm sie dann mit ins Lager, wo er ihr zeigte, wie bei CK die Bestellungen verpackt wurden. Eine Stunde später bedankte sie sich bei ihm und ging.

Sobald sie im Auto saß, machte sie sich Notizen, solange sie die Informationen noch frisch im Kopf hatte. Auf jeden Fall wollte sie Sophie fragen, ob diese einen Termin mit Elliot ausmachen konnte. Als sie fertig war, steckte sie ihren Block in die Handtasche und warf einen Blick auf die Uhr. Wunderbar, sie würde pünktlich da sein, um die Jungs von der Schule abzuholen.

Auf dem Weg dorthin dachte sie darüber nach, wie gut der Tag gelaufen war. Am Morgen hatte sie ein Treffen mit den Besitzern des *Blackberry Island Inn* gehabt. Michelle und Carly hatten sich über ihren neuen Laden gefreut, und die Kostproben hatten ihnen gefallen. Sie hatten sich bereit erklärt, die Kekse in ihrem Souvenirladen zu verkaufen. Sollte das gut laufen, wollten sie die Kekse ihren Gästen gerne am Nachmittag zum Tee in der Lobby anbieten. Dafür drückte Kristine jetzt schon die Daumen.

Es läuft an, dachte sie glücklich. Jerry würde bald mit dem Umbau beginnen. Bis dahin hatte sie aber noch ausreichend zu tun. Bear hatte ihr viel Stoff zum Nachdenken mitgegeben. Eine Adressliste zu kaufen machte ihr Angst, aber sie würde einfach die Zahlen durchgehen und gucken, ob es sich rechnete.

Die einzige dunkle Wolke an ihrem ansonsten sonnigen Himmel war immer noch Jaxsen. Wobei er mehr ein Sturm als eine Wolke war. Seitdem er bei ihr gewesen war, um sie zu fragen, ob sie »bereit war aufzugeben«, hatte sie kein Wort mehr von ihm gehört.

Die Jungs wussten, dass sie den Laden gemietet hatte, also nahm sie an, dass sie es ihm erzählt hatten. War er immer noch verärgert oder verstand er endlich, was sie tat und warum? Würden sie je darüber reden?

Sie wusste, dass sie das mussten. Sie konnten einander nicht bis in alle Ewigkeit ignorieren. Aber er wartete darauf, dass sie einknickte, und sie wartete darauf, dass er ein wenig Verständnis zeigte. Wer zuerst nachgeben würde? Sie hatte keine Ahnung.

Vielleicht sollte sie sich einen Therapeuten suchen und darüber reden. Da würde sie womöglich Hilfe erhalten, um besser entscheiden zu können, was sie als Nächstes tun sollte.

Vor der Schule sah sie JJ und Tommy schon auf den Wagen zulaufen und entriegelte die Türen.

»Wie war der Unterricht?«, fragte sie und umarmte die beiden beim Einsteigen.

»Gut«, sagte Tommy. »Fahren wir jetzt in den Laden?«

»Ja, aber zuerst müssen wir euren Bruder abholen.«

JJ schnallte sich an. »Ich habe Dad erzählt, was wir heute machen, und ihm gesagt, er soll doch auch vorbeikommen. Aber er meinte, er könne sich nicht freinehmen.«

Und da ist sie, dachte sie. Die Bestätigung, dass Jaxsen wusste, dass sie ihren Plan weiterverfolgt hatte. »Es ist Frühlingsende«, sagte sie mit bewusst neutraler Stimme. »Da haben die Straßenarbeiter besonders viel zu tun.«

Das war die erwachsene Reaktion. Auch wenn Jaxsen sich leicht ein paar Stunden hätte freinehmen können, wenn er wirklich gewollt hätte.

Sie fuhr zur Grundschule und holte Grant ab, dann ging es weiter zu ihrem neuen Laden.

Sobald sie aufgeschlossen hatte, zeigte sie ihren Söhnen, wie alles werden sollte, wo der Tresen hinsollte und wo sie die neuen Knetmaschinen hinstellen würde, die sie bereits gekauft hatte.

»Ich will dir helfen«, sagte Tommy. »Kann ich hier arbeiten?«

»Ich glaube, dazu bist du noch ein wenig zu jung.«

»Aber ich kann schon die Wäsche machen.«

Sie zerzauste ihm die Haare. »Ja, das kannst du, aber ich fürchte, die Regierung findet, dass du noch nicht alt genug bist, um einen Job anzunehmen. Aber du kannst mir zu Hause helfen, wenn du willst, und mir hier ab und zu Gesellschaft leisten.«

»Ich auch?«, fragte Grant.

»Natürlich. Ehrlich gesagt könnt ihr gleich heute Abend anfangen. Ich werde ein paar Kekse verpacken, als würde ich sie an einen Kunden schicken, und dann müsst ihr drei den Karton durch die Gegend werfen, damit ich gucken kann, ob die Kekse kaputtgehen oder nicht.«

JJ grinste. »Dabei helfe ich gern. Außerdem kannst du mich in echt anheuern, Mom.«

»Du bist erst vierzehn.«

»Ich weiß, aber ich habe im Internet nachgeschaut. Weil ich zur Familie gehöre und es deine Firma ist, kannst du mich anstellen. Ich darf nur eine bestimmte Anzahl von Stunden arbeiten und du musst meine Personalunterlagen drei Jahre aufbewahren, aber das ist alles.«

»Du willst einen Job?«

»Na klar, Mom. In zwei Jahren bin ich sechzehn. Grandma und Grandpa kaufen mir zwar ein Auto, aber was ist mit Benzin und Versicherung und Reparaturen? Dabei muss ich helfen. Also will ich anfangen zu sparen.«

Er sah so ernst aus, während er sprach. So erwachsen.

»Ist es für dich in Ordnung, dass ich diesen Laden aufmache?«

JJ zögerte. »Ich wünschte, Dad wäre damit einverstanden, aber ich verstehe, warum du das tun willst.«

»Außerdem bekommst du einen Job.«

Er grinste. »Ein Gewinn für alle.«

Sie umarmte ihn. »Ich danke dir für deine Unterstützung. Und darüber, ob du für mich arbeiten kannst, reden wir, wenn alles läuft.« Sie war sich sicher, dass sie seine Hilfe gebrauchen konnte, selbst wenn es nur an ein paar Nachmittagen in der Woche war.

»Ich kann es nicht erwarten, vierzehn zu sein«, grummelte Tommy.

»Ich auch nicht«, warf Grant ein.

Meine Jungs, dachte sie, und Liebe flutete ihr Herz. Sie waren süß und lieb, und sie würde für sie durchs Feuer gehen. Wenn Jaxsen doch nur hier wäre, um diesen Moment mit ihr zu teilen.

Aber das war er nicht, und sie wusste nicht, ob er es je sein würde. Mit einem Mal kam ihr der Gedanke, dass sie vielleicht gerade ihre Zukunft sah – eine alleinerziehende Mutter, die ein Unternehmen gründete und alles allein stemmte. Das wollte sie nicht. Sie wollte ihre Ehe und ihren Mann, aber den Laden wollte sie auch. Und im Moment schien alles zu haben nicht möglich zu sein. Da Aufgeben keine Option war, würde sie Vertrauen in sich und die Zukunft haben müssen, auch wenn es im Moment nicht viel gab, auf das sie vertrauen konnte.

Sophie saß im Schneidersitz auf dem Fußboden mitten im Wohnzimmer. Sie hatte sich eine Meditations-App heruntergeladen und lauschte der sanften Stimme des Sprechers, der sie anwies, durch die Nase ein- und durch den Mund auszuatmen. Was vollkommen unnatürlich war und sich seltsam anfühlte.

Das Läuten der Türglocke rettete sie aus dem Albtraum, sich zentrieren zu müssen. Schnell rappelte sie sich auf und sah Jaxsen auf ihrer Veranda stehen.

Ihre Erleichterung wich Genervtheit. Sie dachte an Kristines Sorgen und Tränen und fragte sich, wie hart sie ihren Schwiegercousin wohl schlagen durfte.

»Benimmst du dich immer noch arschig?«, fragte sie geradeheraus.

Er drängte sich an ihr vorbei ins Haus. »Du könntest auch mit ›Hi‹ anfangen.«

»Hi. Benimmst du dich immer noch arschig?«

Er sah sie finster an. »Nein. Ich bin hier der Geschädigte, Soph. Ich war es nicht, der Familiengeld genommen hat, um damit eine Firma zu gründen, die aller Voraussicht nach scheitern wird. Ich bin nicht derjenige, der meinen Kindern gemeinsame Zeit wegnimmt, um …«

»Hör bitte auf, so einen Unsinn zu reden, Jaxsen. Du bist derjenige, der ohne ein Wort gegangen ist. Schlimmer noch, du wohnst bei deinen Eltern im Keller. Das ist einfach jämmerlich.«

»Du stehst in dieser Sache nicht auf meiner Seite?«

»Nein. Natürlich nicht. Wenn Kristine jemanden ermordet hätte, würde ich ihr helfen, die Leiche zu vergraben. Mich auf deine Seite schlagen? Ich bitte dich.«

»Aber wir sind eine Familie. Und ich habe in dieser Angelegenheit recht.«

Sophie fragte sich, ob sie eine Schaufel oder Ähnliches in ihrer Garage hatte. Jaxsen brauchte definitiv eine gute Tracht Prügel. Jemand musste ihm ein wenig Verstand einbläuen. Aber Gewalt war nicht wirklich ihre Sache, und auch wenn Jaxsen sich arschig benahm, würde Kristine es vermutlich nicht schätzen, wenn sie ihn verstümmelte.

»Deine Dummheit macht mich müde«, murmelte sie und bedeutete ihm, ihr zu folgen. »Komm.«

Sie ging in die Küche und zeigte auf einen der Stühle. Nachdem sie eine Flasche Tequila und zwei Schnapsgläser auf den Tisch gestellt hatte, holte sie Salz, schnitt eine Zitrone in Scheiben und setzte sich zu ihm. Der Tequila war von ausgezeichneter Qualität, sodass man mit Salz und Zitrone seinen guten Geschmack zerstörte. Aber, hey, das war nun mal die Tradition.

»Du bist der Dümmste der Dummen«, sagte sie und schenkte ihnen ein.

»Bin ich nicht. Ich will, dass sie aufhört mit dem, was sie da macht.« Er trank den Tequila, streute sich dann ein wenig Salz auf den Handrücken und leckte es ab, bevor er in den Zitronenschnitz biss.

»Damit sie was tun kann? Zu Hause rumsitzen und auf dich warten? Die Jungs werden immer größer. Kristine braucht etwas anderes in ihrem Leben, und das weißt du auch. Ihre Geschäftsidee ist solide, die Investitionskosten sind gering und die Chancen auf einen Erfolg stehen ausgezeichnet. Was ist also dein Problem?«

Er wich ihrem Blick aus. »Es gefällt mir einfach nicht.«

»Ja, das habe ich schon mitbekommen. Aber was genau? Komm schon, Jaxsen. Erzähl mir, was wirklich los ist. Möchtest du ernsthaft ein Mann sein, der das Bedürfnis hat, seine Frau in einen Käfig zu sperren?«

Sie trank den Tequila. Die Flüssigkeit brannte in ihrer Kehle. Auch sie ließ Salz und Zitrone folgen, um dann weiterhin Jaxsen finster anzusehen.

»Du gehst die ganze Sache vollkommen falsch an«, fuhr sie fort, als er nichts sagte. »Kristine ist eine fabelhafte Mutter und eine großartige Ehefrau. Sie behandelt dich wesentlich besser, als du es verdient hast. Aber du hast sie einfach verlassen.«

Seine Miene drückte noch ein wenig mehr Sturheit aus, was kaum zu glauben war. Ehrlich, er war so nervtötend. Sophie merkte, dass sie nicht zu ihm durchdrang, also probierte sie es mit einer anderen Taktik.

»Erinnerst du dich noch, als wir auf der Highschool waren?«, fragte sie. »Wie gefrustet du da mit deinen Eltern warst? Dir hat es nicht gefallen, wie dein Vater deine Mutter behandelt hat, und du hast auch nicht verstanden, warum sie sich das gefallen lassen hat. Du wolltest, dass sie für sich einsteht. Du wolltest, dass dein Vater sich daran erinnerte, in welchem Jahrhundert wir leben.«

»Das ist etwas anderes.«

»Inwiefern?«

Er trank noch einen Kurzen. »Das ist es einfach.«

»Jaxsen! Komm schon. Ich meine das ernst.« Sie streckte die Hand aus und berührte ihn am Arm. »Du liebst sie. Das weiß ich.«

»Sie zu lieben ist nicht das Problem. Natürlich liebe ich sie. Aber sie kann das nicht machen.«

»Du weißt, dass es zu spät ist, oder? Sie hat den Mietvertrag bereits unterschrieben.«

»Ja, das haben die Jungs mir erzählt.« Sein Blick wurde eisig. »Aber das ist nicht mein Problem. Sie wird einen Weg finden müssen, da wieder rauszukommen.«

»Meine Güte. Wer bist du? Verstehst du, dass du sie bittest, sich zwischen dir und einem Traum, den sie schon seit Jahren hat, zu entscheiden? Du sagst ihr quasi, wenn sie mit dir verheiratet sein will, muss sie jede Art von persönlicher Weiterentwicklung dafür opfern. Du sagst ihr, dass du alle Entscheidungen in ihrem Leben treffen wirst und ihr nicht vertraust. Dass sie nie bekommen wird, was sie will. Was kommt als Nächstes? Wirst du sie im Haus einsperren? Anfangen, sie zu schlagen? Fühlst du dich dann wie ein Mann?«

Er zuckte zusammen. »Das ist nicht fair. Ich würde sie niemals schlagen.«

»Missbrauch kommt in verschiedenen Gestalten daher, Jaxsen. Darüber solltest du mal nachdenken.« Sie stand auf. »Ich dachte wirklich, dass ich dich kenne. Ich dachte, du hättest nur Angst vor … was weiß ich. Aber ich dachte auch, dass du dich wieder fängst. Ich habe Kristine gesagt, dass du es wert bist, an dir und eurer Ehe festzuhalten. Aber ich habe mich geirrt. Du bist es nicht wert, und bei Gott, ohne dich ist sie besser dran.«

Alle Farbe wich aus seinem Gesicht. »Denkst du das wirklich?«

»Im Moment ja.«

Er stand auf und sah sie böse an. »Du verstehst gar nichts.«

»Und du auch nicht. Aber es gibt einen Unterschied zwischen uns: Du wirst Kristine wegen dem, was du nicht verstehst, verlieren.«

Er öffnete den Mund, schloss ihn wieder und verließ ohne ein weiteres Wort das Haus.

24. KAPITEL

Heather versuchte, sich davon zu überzeugen, dass sie nicht sterben würde. Was auch immer sie gegessen hatte, würde seinen Weg durch ihren Körper nehmen, aber bis dahin war sie nicht sicher, wie oft sie sich noch würde übergeben können.

Das Gefühl, dass etwas nicht stimmte, war so plötzlich gekommen, dass sie es kaum rechtzeitig in die Waschräume in der Firma geschafft hatte, bevor sie sich die Seele aus dem Leib gekotzt hatte. Elliot war an ihr vorbeigekommen, als sie aus dem Bad gestolpert war, nur um sofort wieder umzudrehen und sich noch einmal zu übergeben. Als sie es endlich geschafft hatte, wieder aufzustehen und ein paar Schritte zum Waschbecken zu machen, um sich etwas Wasser ins Gesicht zu spritzen, wartete Tina, die Office Managerin, schon auf sie.

»Ich habe deine Handtasche bereits geholt«, sagte sie fürsorglich. »Dein Fahrrad lässt du hier, ich fahre dich nach Hause. Du gehörst ins Bett. Hast du so was wie Ginger Ale zu Hause, um deinen Magen zu beruhigen? Salzcracker würden auch helfen.«

Heather nickte. Sie war sicher, dass sie irgendein süßes Getränk mit Kohlensäure zu Hause hatte. Und Cracker. Wobei sie sich im Moment nicht vorstellen konnte, jemals wieder etwas zu essen oder zu trinken. Sie wollte sich einfach nur hinlegen, und wenn jetzt der Zeitpunkt gekommen war, diese Erde zu verlassen, würde sie keinen großen Widerstand leisten.

Tina stützte sie auf dem Weg zum Auto und stellte dann einen kleinen Plastikeimer zwischen ihre Füße. »Nur für den Fall. Mach dir keine Sorgen, dass ich mich ekeln könnte. Ich habe Kinder und somit schon alles gesehen.«

»Danke«, stieß Heather aus und ließ das Fenster herunter, damit die kühle Morgenluft über ihr Gesicht streichen konnte.

»Du siehst schrecklich aus.«

»Das ist gut. Genauso fühle ich mich nämlich.« Die Mischung aus Magenkrämpfen und genereller Zittrigkeit ließ sie wünschen, sie läge schon in ihrem Bett.

Die Fahrt dauerte keine zehn Minuten. Heather schaffte es, sich kein einziges Mal zu übergeben. Sobald Tina neben einem großen Van auf der Einfahrt angehalten hatte, kletterte Heather mühsam aus dem Wagen.

»Morgen geht es mir besser.«

Tina schüttelte den Kopf. »Unsere Firmenpolitik ist ganz eindeutig: Du darfst erst zur Arbeit zurückkehren, wenn du vierundzwanzig Stunden ohne Fieber oder Erbrechen überstanden hast. Zwing mich nicht dazu, meine strenge Stimme einzusetzen. Das würde dir nicht gefallen.«

Heather fühlte sich so schlecht, dass sie nicht mal lächeln konnte. Stattdessen winkte sie halbherzig und schleppte sich zur Haustür.

Erst als sie dort stand, fragte sie sich, wem der Van auf der Einfahrt gehörte. Ihre Mutter fuhr einen Subaru und war bei der Arbeit.

Das Bad, dachte sie stöhnend, als ihr Magen sich erneut schmerzhaft zusammenzog.

Heute war der Tag, an dem das Bad renoviert wurde. Die Duschwanne wurde einer Schönheitskur unterzogen und der Waschtisch samt Waschbecken wurde ersetzt. In den nächsten Tagen würde sie das Bad ihrer Mutter mitnutzen müssen.

Sie stolperte ins Haus mit dem Gedanken, sich eine Yogahose und ein T-Shirt anzuziehen und dann vielleicht …

Doch was für Pläne sie auch gehabt haben mochte, sie änderten sich auf einen Schlag, als sie sich gezwungen sah, sofort ins Badezimmer zu stürzen. Gerade noch rechtzeitig schaffte sie es, den Toilettendeckel hochzuklappen, bevor sie sich so heftig übergeben musste, dass sie fürchtete, ihre Eingeweide würden mit rauskommen. Nach Atem ringend ließ sie sich danach auf den Boden sinken.

Ein paar Minuten später krabbelte sie zum Waschbecken und zog sich daran hoch. Sie wusch sich das Gesicht mit kaltem Wasser, spülte sich den Mund aus und schaffte es irgendwie, in ihr Zimmer zu kommen, wo sie sich schnell umzog, während Gehämmer und eine fröhliche Unterhaltung zwischen Männern, die sie nicht kannte, die Hintergrundmusik lieferten.

Einer von ihnen kam auf den Flur hinaus. »Wir machen heute das Bad«, sagte er. »Wir haben vorhin mit Ihrer Mutter geredet.«

Heather nickte. »Achten Sie gar nicht auf mich. Ich bin früher zu Hause, weil es mir nicht gut geht. Ich werde Ihnen nicht im Weg sein.«

Sie überlegte, sich etwas zu trinken zu holen, aber die Anstrengung war zu groß. Also ging sie an den Wäscheschrank und nahm eine Decke und ein Kissen heraus, schleppte beides ins Zimmer ihrer Mutter und legte sich dort auf den Boden, um abzuwarten, was als Nächstes passieren würde.

Der Vormittag wich dem Nachmittag. Zweimal noch musste Heather sich übergeben, bevor sie es schaffte, ein wenig Eis und eine Dose Sprite zu sich zu nehmen. Sie nippte vorsichtig daran, um ihr System nicht zu überfordern. Trotz des Hämmerns, des Radios und der redenden Männer gelang es ihr, ein wenig zu schlafen. Als sie am späten Nachmittag aufwachte, fühlte sie sich ein klein wenig besser. Hunger hatte sie immer noch nicht, aber wenigstens hatten die Bauchkrämpfe aufgehört.

Vorsichtig rollte sie sich auf den Rücken und überlegte aufzustehen. Sie könnte sich aufs Sofa setzen und …

Die Tür zum Schlafzimmer ging auf und Amber kam herein. Heather starrte sie überrascht an. Entweder war es später, als sie gedacht hatte, oder ihre Mutter war früher nach Hause gekommen. Noch während sich die Gedanken in ihrem Kopf bildeten, sah Heather, dass ihre Mutter mehrere große Müllsäcke voller Katzenbetten und Spielzeuge und Decken trug – alle mit dem CK-Logo versehen.

Amber starrte sie an. »Was machst du in meinem Zimmer?«

»Ich habe eine Lebensmittelvergiftung, und Tina hat mich nach Hause gefahren. In mein Zimmer konnte ich nicht, weil sie gerade das Bad renovieren.«

»Oh. Das hat mir niemand gesagt.« Ihre Mutter ging um sie herum und stopfte die Tüten in den Schrank, dann schloss sie die Tür. »Wie geht es dir?«

»Besser.« Heather setzte sich auf. »Mom, was ist das alles für Zeug?«

»Was für Zeug?«

»Die Müllsäcke, die du gerade in den Schrank gestopft hast.«

Amber beugte sich vor und berührte Heathers Stirn. »Hast du mal Fieber gemessen?«

»Mom, die Tüten.«

»Da sind keine Tüten.«

Heather stand auf. Der Raum drehte sich ein wenig um sie. »Ich habe sie gesehen.« Die Tüten sind wichtig, dachte sie und versuchte, sich zu konzentrieren. Denn Amber hatte die Sachen auf keinen Fall gekauft. Dazu hatte sie keinen Grund. Was nur eine hässliche Möglichkeit übrig ließ.

»Mom, du beklaust Sophie doch nicht, oder?«

Die Ohrfeige kam aus dem Nichts. Heather stolperte einen Schritt zurück und presste sich eine Hand auf die schmerzende Wange.

»Wie kannst du es wagen«, zischte Amber. »Wie schrecklich von dir. Ich habe die Sachen gekauft und von meinem Geld bezahlt.«

Während sie sprach, reckte sie ihr Kinn. Ihr Blick war stetig. Heather zwang sich, ihr zu glauben. Sie wollte, dass alles gut werden würde, dass ihre Mutter ihre eigene Cousine nicht beklaute. Aber sie kam um die Wahrheit nicht herum.

»Warum?«, fragte sie leise und ließ die Hand sinken. »Wir haben gute Jobs. Wir werden gut bezahlt. Warum tust du so etwas?«

»Sie bezahlt uns nicht genug. Ich will diese Wohnung, und das ist alles deine Schuld. Wenn du den Mietvertrag unterschreiben würdest, wäre alles in Ordnung. Aber du bist so egoistisch. Ich weiß nicht, was ich bei dir falsch gemacht habe.«

Heather wusste, dass in diesen Worten eine Botschaft lag, auf die sie hören sollte, aber sie konnte nicht klar denken. Traurigkeit überwältigte sie, gepaart mit dem Gefühl des Verlustes und dem Wissen, dass sie wirklich in Umständen gefangen war, die sie nicht kontrollieren konnte. Der einzig machbare Plan war, zu flüchten. Aber wohin? Und …

Ihr Magen hob sich, und sie musste ins Bad rennen, um sich erneut zu übergeben. Dieses Mal war das schlimmste. Ihr Magen war leer, aber das schien ihren Körper nicht zu interessieren. Wieder und wieder zogen sich ihre Muskeln zusammen.

Als sie endlich wieder atmen konnte, sank sie auf den Fliesenboden und zog die Knie an die Brust. Kurz darauf spürte sie ein kühles, feuchtes Tuch in ihrem Nacken.

»Versuch, dich zu entspannen«, sagte Amber. »Ich hole dir noch eine Sprite mit Eiswürfeln. Dann sehe ich nach den Arbeitern und finde heraus, wie lange sie noch hier sind. Du musst schlafen. Später mache ich dir ein wenig Hühnersuppe warm. Dann fühlst du dich morgen schon besser.«

»Danke, Mom.«

»Keine Ursache.« Amber gab ihr einen Kuss auf den Scheitel. »Du bist doch mein kleines Mädchen.«

Nachdem Amber gegangen war, lehnte Heather sich gegen den Rand der Badewanne. Was für eine verquere Beziehung wir haben, dachte sie. Es gab keinen Grund zu der Hoffnung, dass sie sich jemals normalisieren würde. Sie dachte an das, was Elliot ihr über die Sauerstoffmaske erzählt hatte. Sie wollte nicht, dass er recht hatte, aber das Schicksal schien sich mit ihm verschworen zu haben, um sie vom Gegenteil zu überzeugen.

Sophie bemühte sich, ruhig stehen zu bleiben, obwohl sie am liebsten einen Freudentanz aufgeführt hätte. Sie waren endlich da!

»Da« war ein Gewerbegebiet in der Nähe des Flughafens O'Hare. In der Ferne sah sie die Skyline von Chicago, und sie hörte den Lärm des nahegelegenen Freeways. Die Büros wirkten unscheinbar. Nichts wies auf die enorme Bedeutung hin, die sie für Sophie hatten. Denn sie und Maggie würden sich gleich mit Bryce Green treffen – einem Lieferanten von hochwertigem Katzenzubehör.

»Hörst du mir zu?«, fragte Maggie ernst und sah sie direkt an. »Du musst gut zuhören.«

Sophie grinste. »Ich weiß. Es ist dein Meeting. Du hast eine Beziehung zu Bryce, nicht ich. Du übernimmst das Reden. Ich bin nur hier, um zuzusehen und zu lernen.«

»Als ob.« Maggie schnaubte. »Du bist hier, weil du mich so sehr angefleht hast, dass es schon peinlich war. Ich habe dich nur mitgenommen, weil du sonst einen anderen Flieger genommen und mich verfolgt hättest. So kann ich wenigstens ein Auge auf dich haben. Und jetzt wiederhole noch mal, was genau du zu Bryce sagen wirst.«

»Hallo. Schön, Sie kennenzulernen.«

»Sonst noch was?«

»Nein. Ich schwöre. Das ist dein Kontakt und deine Show. Du wirst ihm von dem Kratzbaum und den Quilts erzählen. Wir werden ein angenehmes Meeting haben und danach wieder abreisen.«

Ihr Flug zurück nach Seattle ging am späten Nachmittag. Durch den zweistündigen Zeitunterschied würden sie rechtzeitig für ein spätes Abendessen wieder auf Blackberry Island sein.

»Das klingt alles gut«, sagte Maggie langsam. »Warum glaube ich dir nur nicht?«

»Ich habe keine Ahnung.«

Sekunden später kam ein schlanker Mann mit beginnender

Glatze und einem abgetragenen Anzug in den schäbigen Wartebereich. Er lächelte, als er Maggie sah, und umarmte sie, bevor er sie auf beide Wangen küsste.

»Endlich sehe ich dich mal wieder«, sagte er. »Es ist zu lange her. Ich fasse es nicht, dass du die Firma gewechselt hast.«

»Das musste ich.« Maggie lachte. »Bryce, das ist meine neue Chefin. Sophie Lane, darf ich dir Bryce Green vorstellen.«

Sophie schüttelte seine Hand. »Das ist so aufregend. Danke, dass Sie sich Zeit für uns nehmen.« Sie wollte noch hinzufügen, dass sie seit drei Jahren versuchte, ein Treffen mit ihm zu bekommen. Allerdings fing sie gerade noch rechtzeitig Maggies warnenden Blick auf und presste die Lippen zu einem Lächeln zusammen.

»Kommt mit durch«, sagte Bryce und ging voran in sein unordentliches Büro.

Zu ihrem Erstaunen fühlte Sophie sich von der wenig beeindruckenden Umgebung nicht abgestoßen. Bryce setzte sein ganzes Geld dort ein, wo es zählte: im Vertrieb. Er kannte jeden seiner Kunden persönlich. Er verstand, was für sie funktionierte und was nicht. Wenn er den Händlern etwas anbot, wussten sie, dass es erfolgreich war. Seine Aufmerksamkeit zu bekommen war schwierig, und in seine Märkte hineinzukommen ein Traum.

Als sie saßen, schob Maggie einen Stapel Rechnungen beiseite und legte ihr Tablet auf den Tisch.

»Ich weiß, du hast viel zu tun, also komme ich gleich auf den Punkt. CK möchte dir zwei einzigartige Produkte vorstellen.«

Bryce sah skeptisch drein. »Das ist nicht der Markenkern von CK.« Er wandte sich an Sophie. »Sie lieben hohe Durchsätze und billige Waren. Das ist nicht mein Stil.« Abwehrend hob er die Hände. »Bitte nehmen Sie es nicht persönlich.«

Sophies gute Laune schwand. Beleidigte dieser Idiot gerade ihre Firma? Sie wollte schon etwas sagen, als sie erneut einen warnenden Blick von Maggie auffing.

»Neue Firmen müssen verschiedene Dinge ausprobieren, um herauszufinden, was für sie richtig ist«, sagte Maggie leichthin. »Die Marke wird erwachsen, und ich denke, die neue Richtung wird dir gefallen.«

Sie tippte auf ihr Tablet und lud die Bilder von dem Kratzbaum, dann drehte sie das Tablet so, dass Bryce es sehen konnte.

»In echt sind sie noch schöner. Das Holz ist unbehandelt, nicht giftig und aus nachhaltigem Anbau. Die Kratzbäume werden von indigenen Stämmen im Amazonas hergestellt. Es handelt sich um eine Kooperative, die von den Vereinten Nationen unterstützt wird. Die Standardgrößen haben wir auf Lager, dazu gibt es die Möglichkeit, auf Kundenwunsch anzufertigen.«

»Nett.« Bryce scrollte durch die Fotos. »Ich habe in meinem Leben schon viele Kratzbäume gesehen, aber der hier ist ausgezeichnet. Ich bin mir nur nicht sicher, dass ich dafür Platz habe.«

Maggies Lächeln blieb stetig. »Ich denke, du wirst deine Meinung ändern, wenn du ein Muster bekommst. Die meisten Kratzbäume sind traurige kleine Dinger ohne irgendwelche Polsterung auf den einzelnen Plattformen. Dieser hier verfügt über eine Polsterung aus Berberteppich und bietet einen traumhaften Komfort für die Katzen. Du weißt, wie sehr Katzenhalter so etwas lieben.«

»Vielleicht. Was habt ihr noch?«

Sie zeigte ihm die Quilts und erklärte kurz, wie sie gefertigt und als Set zum Selbstnähen verschickt wurden.

»Ein tolles Projekt für Oma und Enkel oder Mutter und Kinder oder für alle, die Handarbeiten lieben. Es ist nicht wie Stricken oder Häkeln, wo man ständig mit der Katze um die Wolle kämpfen muss.«

Bryce lachte leise. »Ja, sie spielen wirklich gerne mit Wolle. Wie lange dauert es, so einen Quilt zusammenzustellen?«

»Das kommt darauf an, wie erfahren die Quilterin ist. Wir können die Stoffe in größeren, schneller zu nähenden Quadraten anbieten oder in kleineren, die mehr Arbeit erfordern.«

»Ich weiß nicht. Ist Quilten denn im Moment ein Thema?«

Maggie lehnte sich auf ihrem Stuhl zurück. »Willst du Zahlen?«

Sophie spürte, wie Bryce' Interesse schwand. Den Kratzbaum fand er nicht einzigartig genug, und jetzt, wo sie die Quiltbilder anschaute, fragte sie sich, warum um alles in der Welt sie das je für eine gute Idee gehalten hatte. Das war es nicht! Es war dumm, und sie würden ihre Chance verlieren, bei Bryce unterzukommen.

»Wir haben auch diese tollen Hängematten«, sagte sie schnell. »Die sind bunt und die Katzen lieben sie. Oder tolle Treppen für Katzen, die man an der Wand befestigen kann. Man kann damit großartige Muster bauen, die zugleich Kunst sind und den Katzen Spaß bringen.«

»Sonst noch was?« Bryce klang ein wenig angestrengt. »Etwas auf dem Markt für hochwertige Katzenstreu?«

Oh, oh. Sophie erkannte dreißig Sekunden zu spät, dass sie gesprochen hatte, obwohl sie es nicht wollte. Bryce beugte sich zu ihr vor.

»Ich bin schon lange in dem Geschäft, Sophie. Lassen Sie mich Ihnen einen guten Rat geben. CK ist mehr eine Marke für die großen Ketten. Sie sollten mit denen sprechen und gucken, ob Sie einen Deal aushandeln können. Ich denke, damit wären Sie glücklicher. Die Läden, an die ich verkaufe, haben eine ganz andere Art, Geschäfte zu betreiben.«

Sophie liebte ihre Großkunden und hätte alles für sie getan. Dennoch wurde sie das Gefühl nicht los, dass dies nicht gerade ein Kompliment von Bryce gewesen war.

»Bryce«, setzte Maggie an.

Er schüttelte den Kopf. »Ich will etwas Exklusives, das weißt du. Ich will etwas Besonderes, Einzigartiges. Das habe ich meinen Kunden versprochen. Sie sind gewillt, für das Beste zu zahlen, aber dann muss es auch das Beste sein und nicht irgendeine Dutzendware. Wenn ihr nicht glaubt, dass eure eigenen Produkte es wert sind, dann kann ich sie nicht verkaufen. Aber es war wirklich gut, dich zu sehen, Maggie.«

Er stand auf und schüttelte ihnen beiden die Hand. »Habt einen guten Rückflug.«

»Aber … Aber …« Sophie funkelte ihn an. »Das war's? Das ist alles, was wir kriegen?«

Maggie packte sie am Arm und zerrte sie aus dem Büro.

»Nicht reden«, zischte sie ihr zu.

»Ich kann reden, wann immer ich will. Es ist meine Firma.«

Als sie den Bürgersteig erreichten, ging Maggie schnurstracks auf den Mietwagen zu. Dort angekommen drehte sie sich um und funkelte Sophie an.

»Ja, es ist deine Firma. Dein Traum. Bla, bla, bla. Ich wusste, dich mitzunehmen ist ein Fehler. Ich wusste, du würdest so reagieren, aber ich habe mich von dir überreden lassen. Was habe ich mir nur dabei gedacht? Du bist unmöglich. Du bist impulsiv, immun gegen gute Ratschläge, und wenn das Konsequenzen hat – und die hat es immer –, bist du überrascht. Warum lernst du nicht daraus? Ja, du hast einen tollen Job gemacht, aber du weißt nicht alles. Und jetzt hast du das wichtigste Meeting, das wir im ganzen Jahr haben werden, vermasselt, weil du einfach nicht den Mund halten konntest.«

Sophie weigerte sich, die Böse zu sein. »Er hat sich unmöglich benommen. Er wollte alles ablehnen.«

»Nein, das wollte er nicht. Das ist einfach seine Art. Bryce war sehr an den Kratzbäumen interessiert und hätte sich vermutlich auch für die Quilts entschieden.«

»Das kannst du nicht wissen.«

»Es ist mein Job, so etwas zu wissen!«, rief Maggie. »Genau dafür hast du mich angestellt. Ich kenne Bryce. Ich arbeite seit beinahe zehn Jahren mit ihm. Er war interessiert. Aber du konntest nicht abwarten. Du konntest mir nicht vertrauen. Du musstest alles allein machen, und jetzt haben wir nichts.«

Sophie starrte sie an, unfähig, das alles aufzunehmen. Sie

hatte es nicht vermasselt. Bryce hatte nichts von ihnen kaufen wollen. Oder? Was war, wenn Maggie recht hatte?

Sophie hatte sie engagiert, um sich um den Verkauf zu kümmern. Sie hatte Maggie angefleht, war zu ihr nach Denver geflogen und hatte ihr den Mond und alle Sterne versprochen, weil Maggie Erfahrung in dem Markt hatte, in den CK unbedingt hineinkommen sollte. Ein Vorhaben, an dem Sophie sich unzählige Male die Zähne ausgebissen hatte.

Sie hatte es ja nicht einmal geschafft, ein Treffen mit Bryce zu bekommen. Nicht ein einziges. Er hatte es nicht mal für nötig befunden, ihre Anrufe zu erwidern. Aber Maggie hatte es geschafft, weil sie wusste, was sie tat. Sie hatte einen Plan gehabt, und der war nun den Bach runter.

Sophie sah sie an. »Ich habe es verbockt.«

»So kann man es auch ausdrücken.«

»Ich habe alles gemacht, von dem du mir gesagt hast, ich solle es nicht tun.«

»Jupp.« Maggie schloss den Wagen auf. »Steig ein. Wir müssen zum Flughafen. Vielleicht bekommen wir einen früheren Flug.«

»Ich habe auf meinen Traum gepinkelt.«

»Und auf meinen. Ich sollte einen Bonus für die Bestellung bekommen. Schätze, jetzt kriegen meine Kinder keine neuen Fahrräder zum Geburtstag.«

Sophie setzte sich auf den Beifahrersitz. Ein grauenhaftes Gefühl breitete sich in ihr aus. »Es war da. Ich hatte es in der Hand, und dann habe ich es zerquetscht.«

»Hm-hm.«

»Das ist alles meine Schuld.«

»Vollkommen. Können wir jetzt bitte aufhören, darüber zu reden?«

Sophie nickte. Sie würde aufhören zu reden. Aber sie würde nicht aufhören nachzudenken. Sie war immer so clever gewesen. Sie hatte CK aus dem Nichts aufgebaut und zu einem Multimillionen-Dollar-Unternehmen gemacht. Sie hatte Dutzende Angestellte und eine großartige Kundenliste, und doch – kaum kam ein kritischer Moment, vermasselte sie es. Es gab niemanden, dem sie die Schuld daran geben konnte. Man hatte sie gewarnt, und sie hatte nicht gehört.

Dieses Mal war sie definitiv nicht die klügste Person im Raum. Dabei brauchte es nicht viel Gehirn, um still zu sein.

War das ihr Ego? Der fehlgeleitete Glaube, dass sie es besser wusste als alle anderen? War sie wirklich so ein Mensch?

Sie hatte es vermasselt – total und komplett vermasselt. Sie war arrogant, gedankenlos und ungeduldig gewesen.

Sie sah Maggie an. »Es tut mir leid.«

Maggie seufzte. »Mir auch.«

25. KAPITEL

Kristine strich mit den Händen über ihre neue Teigknetmaschine und versuchte, nicht zu stöhnen. Sie war so schön – glatte Linien und Chromverzierungen. Groß und mächtig und kaum zerkratzt. Die Schüssel fasste das Vierfache von der Küchenmaschine, die sie zu Hause hatte, und der Motor war so gebaut, dass er mit allem klarkam, was sie ihm vorsetzte. Sie konnte es nicht erwarten, einen Testlauf zu starten.

Jerrys Team hatte hart gearbeitet und bereits den Tresen versetzt sowie den Fußboden herausgerissen. In den nächsten Tagen würden sie nicht kommen, deshalb hatte Kristine beschlossen, die Küche auszuprobieren. Sie hatte alle Zutaten mitgebracht, die sie zum Backen der Kekse benötigte, dazu Backbleche und Abkühlgitter von zu Hause. Die neuen Abkühlgitter waren noch nicht geliefert worden, aber das war in Ordnung, sie käme erst mal mit diesen hier klar.

Das Glück blubberte in ihr hoch, bis ihr beinahe schwindelig wurde. Dieser Augenblick ist magisch, dachte sie. Alles war so, wie sie es erhofft hatte. Jetzt brauchte sie nur noch ein paar Bluetooth-Lautsprecher, die sie an ihr Handy anschließen konnte, um Musik zu hören. Zu Hause würde sie im Internet nachschauen, ob es irgendwo ein Angebot gab. Musik und eine fertig eingerichtete Backstube – und sie konnte loslegen.

Die Traurigkeit pikste ein paar Löcher in ihre Glücksblasen, aber die schob sie schnell beiseite. Ja, alles wäre besser, wenn Jaxsen endlich zur Vernunft käme. Es sah jedoch nicht so aus, als würde das passieren, und sie war es leid, darauf zu warten, dass er in diesem Jahrhundert ankam.

»Hallo?«

Die männliche Stimme ließ sie zusammenzucken. Sofort dachte sie, dass sie die Eingangstür hätte abschließen sollen, und machte sich eine mentale Notiz, sich eine Glocke für die Tür zu kaufen. Nicht, dass sie hier etwas zu befürchten hatte. Auf Blackberry Island passierte niemals etwas Schlimmes – zumindest nicht, was Verbrechen betraf.

Sie trat aus der Küche und erstarrte, als sie Bruno im Verkaufsbereich des Ladens stehen sah. Er lächelte.

»Guten Morgen, Kristine.«

»Hi. Was machst du denn hier? Woher weißt du von dem Laden? Und wie war Italien?«

»Die Cateringfirma hat mir von deinem Brief erzählt, in dem du ihnen mitgeteilt hast, dass du deinen Service für sie einstellst. Ich hatte gehofft, das bedeutet, dass du deinen Laden eröffnet hast.« Er ließ ein schiefes Lächeln aufblitzen. »Und da es nur eine ehemalige Bäckerei auf der Insel gibt, war es nicht schwer, dich zu finden. Ich bin einfach auf gut Glück vorbeigekommen.«

Er sieht gut aus. Besser, als ich ihn in Erinnerung hatte, dachte sie und ließ ihren Blick über seinen stylishen Anzug gleiten.

»Du machst das wirklich«, staunte er.

Sie lächelte. »Das tue ich. Ich bin wahnsinnig aufgeregt. Wie du siehst, haben die Renovierungsarbeiten schon begonnen. Ich habe eine Profiküche und zwei brandneue Industrieknetmaschinen. Ich bin verliebt.«

Er lachte leise. »Das freut mich für dich.« Sein Lächeln schwand. »Auch wenn es mir leidtut, dass ich dich nicht mehr sehen werde.«

»Ich, äh …« Was sollte sie darauf erwidern? War er nur höflich oder steckte mehr dahinter?

Noch während diese Gedanken durch ihren Kopf schossen, verdrehte sie innerlich die Augen. Mehr? Ja, klar. Weil Bruno so unglaublich heiß auf sie war. Sicher, es hatte diesen kleinen Kuss gegeben, aber daran war sie genauso Schuld wie er. Zudem hatte er nicht ein einziges Mal …

»Das Catering hat mir wirklich viel Spaß gemacht«, sagte sie schnell, als ihr einfiel, dass sie sich mitten in einer Unterhaltung befand und so was besser lief, wenn zwei Leute sich daran beteiligten. »Aber hiervon habe ich schon immer geträumt. Ich bin so aufgeregt und kann es nicht erwarten, loszulegen.«

»Ja, ich sehe, wie glücklich du bist.« Er schaute sich um. »Hast du ausreichend Startkapital?«

Sie kam gerade so hin, aber sie wusste, wenn sie ihn ermutigte zu investieren, würde das zu allen möglichen Problemen führen. »Ja, was das angeht, bin ich gut aufgestellt.«

Aus seinen dunklen Augen sah er sie ruhig an. »Du wirst ihn niemals verlassen, oder?«

Ohne nachzudenken, trat sie einen Schritt zurück. »Ich bin mir nicht sicher, was du mich da fragst.«

»Das weißt du sehr gut, und somit habe ich meine Antwort.« Bedauern schlich sich in seine Miene. »Ich wünsche dir nur das Beste, Kristine.«

Damit drehte er sich um und wollte den Laden verlassen.

In dem Moment kam Jaxsen herein. Die beiden Männer schauten einander an. Bevor Jaxsen etwas sagen konnte, ging Bruno an ihm vorbei, stieg in seinen Mietwagen und fuhr davon.

Jaxsen schaute dem Wagen einen Moment hinterher, bevor er sich zu Kristine umdrehte. »Wer war der Kerl in dem Anzug?«

Ich wollte doch einfach nur einen Vormittag lang backen, dachte sie und seufzte innerlich. Sie war beinahe genauso überrascht, Jaxsen zu sehen, wie sie es bei Bruno gewesen war. Auch wenn ihre Reaktion auf Jaxsen wesentlich eindeutiger war – sie war zugleich genervt und erfreut. Eine ziemlich unangenehme Kombination.

»Das war mein Privatjet-Kunde. Ich habe den Cateringjob aufgegeben, und er ist vorbeigekommen, um zu fragen, warum.«

»Du hast den Job aufgegeben, ohne es mir zu sagen?«

»Du warst nicht da. Wir kommunizieren überhaupt nicht miteinander. Wann hätte ich es dir sagen sollen?«

Selbst während sie ihn anzickte, fiel ihr auf, wie gut er aussah. Vielleicht ein wenig müde, aber ansonsten war er der Mann, den sie schon ihr gesamtes Erwachsenenleben kannte und liebte.

Ein Teil von ihr wollte einfach zu ihm gehen und sich an ihn schmiegen. Sie wollte seine starken Arme um sich spüren und wissen, dass alles gut werden würde. Sie wollte ihn bei sich zu Hause haben, wo er hingehörte. Sie wollte wieder eine Familie sein.

Aber sie wusste nicht, ob das noch möglich war. Würde er jemals verstehen, dass sie mehr brauchte und ohne dieses seelenfüllende »mehr« niemals glücklich sein konnte? Sie hatte Angst, dass er sie wieder in eine Ecke drängen und zwingen würde, sich zu entscheiden – auch wenn die Entscheidung längst gefallen war.

»Du hättest mich anrufen können«, sagte er.

Kurz überlegte sie, wovon er redete, bevor es ihr wieder einfiel. »Du bist doch gegangen. Du hast mich ohne ein Wort verlassen. Und du hast keinerlei Interesse an einer echten Unterhaltung bekundet. Also nein, ich habe es dir nicht erzählt.«

Er schob die Hände in die Hosentaschen. »Du fehlst mir.«

Das war zwar kein »Es tut mir leid«, aber immerhin ein Anfang. »Du mir auch.«

Er sah sich um. »Du hast den Mietvertrag tatsächlich ohne mich unterschrieben.«

Sie nickte.

»Wo hast du das Geld her?« Er nickte in Richtung Tür. »Von dem Typen? Schläfst du mit ihm?«

Sein Ton war so sachlich, dass ihr beinahe die Bedeutung seiner Frage entgangen wäre.

»Ob ich mit ihm schlafe? Hast du mich das wirklich gefragt? Nein. Das tue ich nicht. Ich habe Bruno seit meinem letzten Cateringjob nicht mehr gesehen, und das ist Wochen her. Und angesichts dessen, dass ich den Job aufgegeben habe, werde ich ihn auch nicht wiedersehen.«

Kurz dachte sie an den Kuss, beschloss aber, dass der für diese Unterhaltung nicht relevant war. Der Kuss hatte ihr nur gezeigt, dass sie an keinem anderen Mann außer Jaxsen interessiert war.

»Ich will keine Affäre haben«, sagte sie. »Ich möchte meinen Laden eröffnen und hart arbeiten und erfolgreich sein. Ich will mit dir verheiratet sein und unsere Kinder mit dir aufziehen und glücklich sein. Das ist alles.«

Um seinen Mund zuckte es. »Also hast du das Geld von unserer Hypothek genommen, ohne mit mir zu reden? Ich weiß, du hast das Erbe deiner Großmutter eingesetzt, aber für den Rest?«

»Ich würde niemals etwas von unserem Geld nehmen, ohne vorher mit dir darüber zu reden. Das wäre falsch. Ja, ich habe das Erbe meiner Großmutter genommen, und den Rest habe ich von deiner Mutter bekommen.«

Sein Kopf zuckte hoch. »Sie hat dir Geld gegeben?«

»Direkt nachdem du ausgezogen bist. Sie hat mir einen Scheck gegeben und gesagt, sie möchte, dass ich meinen Traum verwirkliche, weil sie diese Chance nie hatte.«

Sie trat einen Schritt auf ihn zu. »Jaxsen, du musst verstehen, wie wichtig das für mich ist. Ich liebe dich, und ich liebe unser gemeinsames Leben, aber das reicht mir nicht. Ich habe sehr lange darüber nachgedacht und denke, dass das hier funktionieren kann.«

»Und wenn ich Nein sage?«

»Bitte tu mir das nicht an. In unserer Ehe habe ich immer alles mitgemacht, was du wolltest – selbst wenn ich nicht einverstanden war. Ich dachte, ich wäre eine gute Partnerin, aber jetzt frage ich mich, ob ich dir damit vielleicht beigebracht habe, mich falsch zu behandeln. Ich mache mir Sorgen, dass du glaubst, du hättest das Sagen und ich müsste dir folgen.«

Sie schaute sich in dem halb fertigen Raum um und dachte an die Teigmaschinen in der Küche und wie aufgeregt sie gewesen war, ihre erste Fuhre Kekse zu backen.

»Ich werde in dieser Sache nicht nachgeben, Jaxsen. Das kann ich nicht. Dieser Firma den Rücken zu kehren würde mich zerstören.«

Wieder zuckte es um seinen Mund. »Alles, nur das nicht, Kristine. Such dir irgendetwas anderes aus. Bitte.«

»Das kann ich nicht.«

»Du willst es nicht. Das ist was anderes.«

»Für mich nicht.«

Sie wartete, hoffte, wünschte, aber es hatte keinen Zweck. Jaxsen schüttelte den Kopf, drehte sich um und verließ ohne ein weiteres Wort den Laden.

Sie sah ihm nach. Wut und Schmerz krallten sich in ihr Herz und drückten zu. Ihre Augen brannten. Vielleicht sollte sie …

»Nein!«, sagte sie energisch. »Nein! Ich gebe nicht nach. Das würde ich immer bereuen.«

Mutige Worte, dachte sie, als sie in die Küche zurückkehrte und sich die Hände wusch, bevor sie die Butter auspackte und in die Rührschüssel gab. Worte, die vielleicht alles waren, was ihr blieb, nachdem sie ihren Ehemann womöglich für immer verloren hatte.

Sophie saß auf der Einfahrt zu Dugans Haus im Wagen. Sie wollte hineingehen und mit ihm reden, nur brachte sie das irgendwie nicht über sich. Demütigung und Scham hatten sie erstarren lassen.

Sie hatte es verbockt. Anders konnte man das, was passiert war, nicht beschreiben. Sie hatte eine perfekte Gelegenheit bekommen und sie im Klo runtergespült.

Sie konnte weder schlafen noch essen noch über irgendetwas anderes als ihr Versagen nachdenken. Jahrelang hatte sie auf diesen Moment gewartet, und am Ende hatte sie die Niederlage mit aller Macht erzwungen.

Dugans Tür ging auf und er trat auf die Veranda. Er kam nicht näher und sagte auch nichts, sondern sah sie nur an, womit sie sich unendlich dumm vorkam. Also stieg sie aus und ging auf ihn zu.

»Du hast davon gehört?«, fragte sie.

»Hmhm.«

Sie fragte sich, ob Elliot es ihm erzählt hatte oder ob er eine Standleitung zur effizienten Tina hatte. Vielleicht war er auch mit Maggie befreundet. Schließlich führte Dugan ein ziemlich undurchsichtiges Leben.

Drinnen ging sie zum Sofa und ließ sich mit dem Gesicht zuerst darauffallen.

»Ich habe es vermasselt«, murmelte sie in die Kissen. »Ich konnte meinen Mund nicht halten. Ich habe weder Maggie noch der Situation vertraut und alles getan, von dem ich geschworen hatte, ich würde es nicht tun. Es war einfach schrecklich.«

Sie wartete, aber Dugan sagte nichts. Also rollte sie sich auf die Seite und sah, dass er sich in einen Sessel gesetzt hatte und wartete.

»Sag was!«

»Wie fühlst du dich?«

Sie setzte sich auf. »Wie ich mich fühle? Das ist alles? Was glaubst du, wie ich mich fühle? Idiotisch. Lächerlich. Wie eine Verliererin.« Sie suchte kurz nach Worten, die nicht so abgenutzt waren. »Ich fühle mich falsch.«

Sie hatte keine Ahnung, was er dachte. Seine Miene konnte sie nicht entziffern, aber er wirkte von ihrem Geständnis nicht sonderlich beeindruckt.

»Hast du mich gehört?«

»Ja.«

»Und?«

»Und was? Du hast was falsch gemacht. Das ist nicht das erste Mal, und es wird auch nicht das letzte Mal gewesen sein.«

Wütend starrte sie ihn an. »Das ist alles? Ich bin hierhergekommen und habe dir meine Seele bloßgelegt, und mehr hast du nicht zu bieten? Du bist doch angeblich so ein toller Geschäftsmann. Da solltest du mir einen konstruktiveren Rat geben.«

»Ah, jetzt willst du auf einmal meinen Rat.«

»Dugan!«

»Sophie!«

Langsam ging er ihr wirklich auf die Nerven. »Warum bist du so?«

»Weil dein Gejammer zwar ganz süß ist, aber auch langweilig. Ja, du hast es verbockt, na und? Wenn du daraus nicht lernst, wieso stört es dich dann überhaupt?«

Sie öffnete den Mund und schloss ihn wieder. »Das war hart«, sagte sie nach einer Weile.

»Das war real. Was willst du?«

»Ich will es nicht vermasselt haben.«

Er seufzte. »Na gut. Erledigt.« Er machte Anstalten aufzustehen.

»Warte! Es tut mir leid. Du willst, dass ich ernst bin. Okay, was will ich?«

Sie wünschte wirklich, sie hätte es nicht verpatzt, aber das war kein realistisches Ziel. Doch wenn sie unrealistisch sein wollte …

»Ich wünschte, ich hätte Mark nicht geheiratet«, sagte sie und überraschte sich selbst damit. »Ich bin mir nicht sicher, ob ich in ihn verliebt war. Ich glaube, selbst damals hatte ich so meine Zweifel, aber die Firma zum Laufen zu kriegen war nicht leicht. Ich war einsam. Mir hat Kristine gefehlt, und vielleicht sogar Amber. Ich habe vorher nie daran gedacht zurückzuziehen, aber falls ja, hätte ich Mark nicht vor lauter Einsamkeit geheiratet.«

»Geht es ums Geld?«

»Dass er eine große Abfindung bekommen hat? Nein, auch wenn mich das immer noch ärgert. Es geht mehr darum, dass ich den Konventionen nachgegeben habe. Ich hätte nicht heiraten müssen. Ich habe keine Kinder. Ich wollte CK leiten und die Firma wachsen lassen. Ich liebe meine Arbeit. Warum sollte ich Kinder brauchen, um erfolgreich zu sein?«

»Die brauchst du nicht.«

Sie sah ihn an. »Willst du Kinder haben?«

»Das habe ich dir doch schon gesagt. Für mich ist es in Ordnung, keine Kinder zu haben.«

»Das glaube ich nicht. Männer wollen ihre DNA weitergeben.«

»Ich gehe auf die vierzig zu. Wenn ich Kinder hätte haben wollen, hätte ich sie schon.«

»Du könntest dir einen Hund zulegen.«

Um seinen Mundwinkel zuckte es. »Das würde dich mit Sicherheit verärgern.«

Sie nickte und lehnte sich auf dem Sofa zurück. »Ich habe es echt vermasselt, Dugan. Maggie hat ihre Aufgabe großartig gemacht, aber ich konnte Bryce einfach nicht verstehen. Deshalb habe ich Panik bekommen. Selbst als ich merkte, dass ich es schlimmer mache, konnte ich nicht aufhören zu reden.«

Er sagte nichts, aber das musste er auch nicht, denn seine Stimme hallte durch ihren Kopf.

»Okay, was habe ich gelernt? Es war ein Fehler, überhaupt zu dem Treffen mitzugehen. Ich habe Maggie gefunden, habe sie angefleht, für mich zu arbeiten, und ich hätte ihr vertrauen sollen.«

Wieder sagte er nichts, aber sie wusste, wie seine nächste Frage lauten würde.

»Okay«, grummelte sie. »Ich hätte wissen müssen, dass ich den Mund nicht halten kann. Ich hätte mit meiner Schwäche offen und ehrlich umgehen sollen.« Sie seufzte. »Ich muss von dieser Erfahrung noch mehr lernen. Ich muss die Dinge gründlicher durchdenken.«

»Ja, aber wirst du das auch tun? Millionen Menschen wissen, was sie tun müssen, aber sie tun es nicht.«

»Ich will mich aber ändern.«

»Und ich will helfen, den Mars zu besiedeln. Das heißt nicht, dass ich es auch tun werde.«

»Wirklich? Den Mars?«

Er lächelte. »Das war nur ein Beispiel.«

»Gut, denn der Mars ist echt weit weg und ich denke, die ersten Menschen, die sie dahinschicken, werden es nicht schaffen.«

Sie stand auf und trat an die großen Fenster, von denen aus man die Bucht überblickte. Das Haus hatte wirklich eine wahnsinnige Aussicht. Wenn es in der Firma ein wenig ruhiger wurde, sollte sie vielleicht auch nach einem Haus am Wasser suchen. Das würde ihr gefallen. Sie könnte einen speziellen Außenbereich für Lily und Mrs. Bennet anfertigen lassen, sodass sie rausgehen konnten und trotzdem in Sicherheit waren.

Die Gefühle, die in ihr aufstiegen, bereiteten ihr Unbehagen. Sich mit ihrem Inneren zu beschäftigen war noch nie ihr Ding gewesen. Zumindest nicht in diesem Maße. Sie brauchte ein Ventil für ihre Emotionen.

Sie drehte sich zu Dugan um. »Komm, lass uns Sex haben.«

»Ich dachte, du schläfst im Moment nicht mit mir.«

»Ich habe meine Meinung geändert.«

Er stand auf und kam auf sie zu. Die Vorfreude verscheuchte wie erhofft alle unangenehmen Gefühle.

Sie trafen sich in der Mitte des Wohnzimmers. Sophie legte ihm die Hände auf die Schultern.

»Irgendwelche Wünsche?«, fragte sie spielerisch. »Ich bin in der Stimmung, ein paar Fantasien zu erfüllen.«

Er packte sie an den Handgelenken und zog ihre Arme herunter. »Heute nicht.«

Anfangs verstand sie nicht, was er sagte, doch dann dämmerte es ihr.

»Du sagst Nein zu Sex mit mir?«

»Ganz genau.«

»Warum?«

»Weil ich nicht nur eine Ablenkung sein will.«

Wow. Die Worte trafen sie hart. Woher wusste er das? War sie so leicht durchschaubar? Und falls ja, seit wann?

»Aber ich will«, sagte sie weinerlich.

»Nicht aus den richtigen Gründen.«

»Warum muss es richtige Gründe geben? Kann es sich nicht einfach gut anfühlen?«

»Nein, nicht mehr.«

Er legte eine Hand an ihren Rücken und führte sie zur Haustür hinaus. Irgendwie hatte sie auf einmal ihre Handtasche in der Hand, und dann fiel die Tür hinter ihr zu. Einfach so.

»Das wirst du bereuen!«, rief sie.

Worauf sie keine Antwort erhielt, was ärgerlich war. Aber noch ärgerlicher war die Erkenntnis, dass *sie* das Ganze noch viel mehr bereuen würde.

26. KAPITEL

Heather war zwar dabei, sich von ihrer Lebensmittelvergiftung zu erholen. Aber die wiedergewonnenen Kräfte halfen ihr nicht dabei, wegen Ambers Diebstählen zu einer Entscheidung zu kommen. Sollte sie ihre Mutter zur Rede stellen? Es Sophie erzählen? Beides? Was ihre Mutter tat, war falsch, aber sie wollte sie nicht hintergehen. Dieses Dilemma sorgte dafür, dass sie sich in ihrer Haut äußerst unwohl fühlte.

Am Samstag nach ihrer Schicht in der Weinkellerei schrieb sie Gina eine Nachricht, um zu fragen, was sie gerade machte. Ihre Freundin lud sie zu sich ein. Der Nachmittag war warm und sonnig, und als sie bei Gina ankam, packten sie Decken und Spielzeug für Noah ein und gingen in den kleinen Garten hinter dem Mietshaus.

Gina hatte Seifenblasen mitgebracht und blies sie in die Luft. Noah kreischte vor Vergnügen und klatschte fröhlich in die Hände, während er ihnen nachlief. Wann immer er eine fing und zerplatzen ließ, lachte er laut auf.

»Die einfachen Freuden des Lebens«, sagte Gina. »Erinnerst du dich noch daran, als wir so waren?«

»Nicht wirklich. Selbst die Highschool kommt mir so vor, als wäre sie Lichtjahre entfernt. Jetzt ist alles so anders.«

»Stimmt. Aber das ist gut, oder?«

Heather nickte, dachte aber, dass das Wort *gut* nicht wirklich den Punkt in ihrem Leben beschrieb, an dem sie sich gerade befand. Anstatt weiter darüber nachzudenken, beobachtete sie jedoch lieber Noah. Er war ein süßer Junge – fröhlich und unbekümmert. Sie wusste, Gina freute sich riesig darüber, Mutter zu sein, aber Heather hatte ehrlich gesagt keine Ahnung, wie sie das machte. Damit ging eine so große Verantwortung einher, so viele Dinge, die bedacht werden mussten. Ein Baby veränderte alles und war wesentlich mehr, als Heather im Moment auf sich nehmen wollte.

Vermutlich würde sie sich eines Tages verlieben und auch eine Familie gründen wollen, aber im Moment kam ihr das eher wie Folter vor.

Sie streckte sich auf der Decke aus und schaute in den Himmel. Das fühlt sich gut an, dachte sie. Einfach mal eine Sekunde entspannen. Glücklich sein, Zeit mit einer Freundin verbringen und sich nicht mit Dingen herumschlagen müssen …

»Können wir mal reden?«, riss Gina sie aus ihren angenehmen Gedanken.

Heather drehte sich auf die Seite und schaute ihre Freundin an. »Was ist?« Sie bemerkte, dass Gina besorgt aussah, und fragte: »Stimmt was nicht?«

Gina wandte den Blick ab. »Ich kann im Herbst nicht mit dir aufs College gehen.«

Heather setzte sich auf. Schuldgefühle stiegen in ihr auf, als ihr bewusst wurde, dass sie diesen Plan mit ihrer Freundin total vergessen hatte. Gemeinsam Vorlesungen besuchen? Heather suchte seit Wochen einen Weg, um die Insel zu verlassen, und hatte ihrer Freundin gegenüber kein Wort davon erwähnt.

»Du bist sauer«, sagte Gina. »Es tut mir leid.«

»Nein, ich bin nicht sauer. So ein Quatsch. Das ist in Ordnung. Aber warum? Ist irgendetwas passiert?«

Gina nickte. »Ich bin wieder schwanger. Das war nicht geplant. Wir wollten noch ein Jahr warten, aber dann … Das bedeutet, wir müssen uns früher ein Haus kaufen. Finanziell wird das ziemlich eng, und ich kann mir die Studiengebühren einfach nicht leisten. Außerdem ist der Stichtag Anfang des Jahres, und mit dem Umzug und allem …« Sie senkte den Kopf. »Es funktioniert einfach nicht.«

Heather rückte an sie heran und zog sie in die Arme. »Ein Baby! Das ist ja großartig. Herzlichen Glückwunsch. Mach dir wegen der Vorlesungen keine Gedanken. Um ehrlich zu sein, habe ich in letzter Zeit kaum daran gedacht, weil so viel los ist.«

Noah kam angerannt und warf sich auf sie beide. Gina zog ihn auf ihren Schoß, und Heather setzte sich im Schneidersitz daneben.

»Danke für dein Verständnis.«

Heather musterte ihre Freundin. »Bist du glücklich?«

»Ja. Überrascht, aber glücklich. Wir wollten immer weitere Kinder haben. Der Zeitpunkt ist nicht ideal, aber das kriegen wir schon hin.«

»Natürlich kriegt ihr das hin.«

Zwei Kinder, bevor sie einundzwanzig wurde? Das war hart, aber Gina hatte Quincy und war nie daran interessiert gewesen, Karriere zu machen. Schon immer war es ihr Ziel gewesen, Mutter zu werden.

Später, als Heather nach Hause radelte, war sie einer Lösung für ihr Problem noch immer nicht näher gekommen. Kurz überlegte sie, gar nicht nach Hause zu fahren. Wobei ... Wenn sie flüchten wollte, sollte sie das besser mit dem Auto tun.

Der Gedanke, mit dem Fahrrad zu fliehen, ließ sie lachen, und immer noch lächelnd bog sie auf ihre Einfahrt ein. Nachdem sie ihr Fahrrad in die Garage gestellt hatte, ging sie in die Küche, wo Amber bereits wartete.

»Wo warst du?«, verlangte sie zu wissen. »Und mit wem warst du zusammen?«

»Ich bin zu Gina gefahren. Warum fragst du?«

»Weil ich weiß, was du denkst. Du wirst mit Sophie reden, oder?«

Heathers gute Laune löste sich in Luft auf. »Wenn du deine Cousine nicht bestehlen würdest, müsstest du dir darüber keine Gedanken machen.«

»Ich stehle nicht!«

»Mom, bitte. Ich habe es gesehen.«

»Du warst krank, und ich habe mich um dich gekümmert.«

»Das macht das, was du getan hast, nicht wieder gut. Nichts von all dem ist in Ordnung. Was ist, wenn du deswegen deinen Job verlierst oder Sophie zur Polizei geht?«

Etwas flackerte in den Augen ihrer Mutter auf. »Das würde Sophie nie tun. Wir sind eine Familie.«

»Das sagst du immer, aber du benimmst dich nicht so. Du nutzt sie aus.«

»Warum auch nicht? Mein ganzes Leben habe ich in diesem alten Haus verbracht, und jetzt setzt meine eigene Mutter mich auf die Straße. Hast du gesehen, wie schick sie alles macht, um es zu verkaufen? Das hat sie nie getan, während ich hier gewohnt habe.«

»Mom, wir haben hier mietfrei gewohnt.«

»Es gab noch genügend andere Rechnungen.«

»Aber das waren nur die Nebenkosten. Es war wesentlich billiger, als selbst etwas zu mieten, das hast du jetzt gesehen.«

Heather fand die Unterhaltung ermüdend – vielleicht, weil sie sie schon ein dutzend Mal geführt hatten, ohne dass sich etwas geändert hätte. Sie befanden sich in einer Argumentationsspirale, in der sie nicht gewinnen konnte. Schlimmer noch, sie war nicht sicher, ob überhaupt irgendwer gewinnen konnte, denn Amber veränderte ständig die Regeln.

Wird es für immer so sein? fragte sie sich. Würde sie dem nie entkommen? Und wie oft hatte sie sich diese Frage schon gestellt? Vielleicht war es an der Zeit, mit dem Reden aufzuhören und endlich etwas zu tun.

»Nichts von all dem wäre passiert, wenn meine Mutter nicht so egoistisch wäre«, sagte Amber. »Das werde ich ihr nie verzeihen.«

»Was wirst du ihr nie verzeihen? Dass sie glaubt, du solltest für dich selbst aufkommen? Du bist beinahe vierzig Jahre alt und hast nie die Verantwortung für irgendetwas übernommen.«

Die Miene ihrer Mutter verfinsterte sich. »Wage es nicht, so mit mir zu reden.«

»Sonst was? Wirst du mich erneut ohrfeigen?«

Heather hatte kein Ziel für diese Unterhaltung, was sie aber nicht aufhielt. Sie war es leid zu hören, dass immer andere an allem schuld waren.

»Wie willst du mich bestrafen, Mom?«, fuhr sie fort. »Du schaffst es allein nicht, und das weißt du. Dein ganzes Leben redest du darüber, was du getan hättest, wenn du nur gekonnt hättest. Wenn du mich nicht gehabt hättest, wenn du nur aufs College gegangen wärst. Aber jedes Mal, wenn sich eine Gelegenheit ergibt, findest du einen Grund, warum es nicht funktioniert. Irgendetwas läuft immer schief, und nie ist es deine Schuld. Du Arme. Keine mietfreie Wohnung mehr, was echt seltsam sein muss, denn du hast in den letzten vier Jahren keinen einzigen Cent für dieses Haus bezahlt.«

»Wie kannst du es wagen! Nimm das sofort zurück und entschuldige dich.«

»Nein.« Heather nahm ihren Frust, die Wut, Enttäuschung und Angst und zog Stärke daraus. »Du interessierst dich nur für dich. Ich weiß nicht, warum mir das vorher nie aufgefallen ist, aber es stimmt. Du würdest ohne zu zögern und mit einem Lächeln die teure Wohnung mieten und mir eine finanzielle Last aufbürden, die ich nicht tragen kann. Du willst, dass ich hierbleibe und genauso werde wie du.«

Während sie sprach, schien ihr Kopf mit einem Mal klar zu werden, als verstünde sie jetzt eine Dynamik, die ihr vorher immer entgangen war.

Sie sah ihre Mutter an. »Du hast Angst, dass ich Erfolg haben könnte. Du hast Angst, dass ich tatsächlich etwas aus mir mache, denn während die meisten Eltern stolz auf ihre Kinder sein wollen, willst du nicht, dass ich dich überflügele. Du bist zufrieden damit, mich auszusaugen, bis nichts mehr übrig ist, und dann wirfst du mich weg.«

»Du bist grausam!«, schrie ihre Mutter. »Du bist undankbar und verwöhnt und gemein. Und du nimmst das jetzt alles sofort zurück oder ich schmeiße dich raus.«

»Mach dir darüber keine Sorgen, Mom. Du musst mich nicht rauswerfen. Ich bin bereit, allein zu leben.«

Mit diesen Worten drehte sie sich um und ging hinaus zur Garage. Ihre Mutter folgte ihr.

»Wenn du jetzt gehst, brauchst du nicht wieder zurückzukommen«, erklärte Amber ihr. »Das meine ich ernst, Heather. Dann bist du für mich gestorben. Hörst du? Du bist für mich gestorben!«

Heather nahm so viele leere Kartons, wie sie tragen konnte, und ging in ihr Zimmer.

»Na gut«, sagte Amber. »Geh nur. Ich werde dich nicht vermissen. Glaub ja nicht, du kannst wieder angekrochen kommen. Wir sind fertig miteinander. Ich gehe jetzt aus, und wenn ich zurückkomme, bist du besser weg. Alles, was sich dann noch in deinem Zimmer befindet, gebe ich fort. Alles. Du bist eine undankbare, verzogene Göre und es tut mir leid, dass du je geboren worden bist.«

Heather stellte die Kisten aufs Bett und schaute sich um. Wenn man es genau betrachtete, hatte sie nicht viel Zeug. Kleidung, die Sachen aus dem Bad, ein paar Erinnerungsstücke und ihren Laptop. Sie war zwanzig Jahre alt und war sich ziemlich sicher, dass alles Wichtige in vielleicht vier Kartons passte.

Amber stand noch eine Minute im Flur, doch als Heather nichts sagte, drehte sie sich um und ging. Sekunden später fiel die Haustür krachend zu. Erst da ließ sich Heather auf das Bett sinken und ließ ihren Tränen freien Lauf.

Sie war nicht sicher, warum sie weinte. Sicher, die Situation war durchaus dazu gemacht, aber sie war nicht sicher, was genau das Fass zum Überlaufen gebracht hatte. Diese Unterhaltung war unausweichlich gewesen.

Wenn sie raten sollte, würde sie sagen, dass sie weinte, weil sie sich nicht mehr selbst anlügen konnte. Ihre Mutter würde nicht plötzlich zu Verstand kommen, und Heather war ziemlich sicher, dass sie nie frei von ihr sein würde. Genauso traurig war die Erkenntnis, dass sie nicht sicher war, ob es zwischen ihnen in den letzten Jahren überhaupt noch Liebe gegeben hatte. Tja, dachte Heather. Außer ihnen beiden gab es keine weitere Familie. Würde sie ohne Amber für immer ganz allein dastehen?

Was für ein dummer Gedanke, schalt sie sich. Sie sollte froh sein, endlich zu entkommen. Und das würde sie auch – nur jetzt noch nicht.

Sie holte ihr Handy heraus und wählte eine Nummer. Sophie ging nach dem ersten Klingeln ran.

»Hey, du. Was gibt's?«

»Mom und ich haben uns gestritten und ich kann hier nicht länger wohnen bleiben. Kann ich für eine Zeit bei dir unterkommen?«

»Ach Heather. Das tut mir leid. Natürlich. Auch wenn ich dich warnen muss, die Kätzchen haben das Entdeckerstadium erreicht, sodass es hier einem Tollhaus gleicht.«

»Tod durch Kätzchen?«, fragte Heather und ihre Stimme brach ein wenig. »Damit komme ich klar.«

»Gut. Denn ich freue mich, eine Mitbewohnerin zu bekommen. Brauchst du Hilfe beim Packen?«

»Nein. Ich bin in ungefähr einer Stunde da.«

»Dann fahre ich gleich nach Hause und richte alles her.« Sophie zögerte. »Alles wird gut, das verspreche ich.«

»Danke. Bis gleich.«

Heather legte auf und griff nach einem Karton. Sie hatte weder eine Idee, wie »gut« aussah, noch wusste sie, wie alles enden würde. Sie wollte hier weg, hatte aber das Gefühl, dass das nicht so leicht sein würde, wie sie gedacht hatte.

Schlimmer noch war die nagende Angst, dass sie mehr von ihrer Mutter in sich hatte, als sie zugeben mochte. Und wenn das stimmte, war wegzuziehen überhaupt eine Option?

»Es tut mir leid«, sagte Jerry. Seine Stimme klang rau, als hätte er eine böse Erkältung. »Ich bin krank und meine Jungs auch. Wir geraten überall in Rückstand.«

Einschließlich hier, dachte Kristine, die mitten in ihrem Laden stand. Wenn die Arbeiten sich verzögerten, musste sie auch ihre Eröffnung nach hinten verschieben.

»Okay«, sagte sie langsam. »Lass mich wissen, wenn ihr weitermachen könnt.«

»Das werde ich. Tut mir echt leid, Kristine.«

Sie legten auf, und Kristine betrat den Bereich, der für den Verkauf gedacht war. Die neuen Tresen und Auslagen waren geliefert, aber noch nicht installiert worden. Der alte Boden war rausgerissen, aber der neue nicht verlegt. Die Wände waren verputzt, aber nicht gestrichen. Die Prüfung durch das Gesundheitsamt konnte sie erst durchführen lassen, wenn alles fertig war. Und vorher konnte sie auch nicht eröffnen.

Jeder Tag, an dem sie noch nicht öffnen konnte, war ein Tag, an dem sie kein Geld verdiente. Ihre Miete hingegen musste sie schon zahlen. Natürlich könnte sie in ihrer Küche backen, aber mit ihrem normalen Ofen würde sie nicht genügend Kekse herstellen können, um die Miete abzudecken.

Das *Blackberry Island Inn* hatte eine Bestellung bei ihr aufgegeben, doch von dem Geld hatte sie die Teigmaschinen bezahlt. Den Boden zu erneuern würde mehr kosten als erwartet, weil es ein paar Reparaturen am Unterboden gegeben hatte. Und auch das Verputzen der Wände war aufwendiger gewesen als gedacht. Das Geld strömte nur so von ihrem Konto, während kaum etwas hineinkam. Was, wenn Jaxsen recht hatte und sie scheitern würde? Das passierte vielen neuen Firmen.

Noch einmal schaute sie sich um und sagte sich, dass sie ihre Zeit zu Hause besser nutzen konnte, denn da konnte sie wenigstens backen. So wie Jerry am Telefon geklungen hatte, würde sie ihn vor nächster Woche nicht zu sehen bekommen.

Eine Katastrophe, auf die sie überhaupt nicht vorbereitet war.

Auf dem Weg zur Tür sah sie, dass Jaxsen gerade vorfuhr. Kurz überlegte sie, durch die Hintertür zu flüchten, sagte sich dann aber, dass das kindisch wäre. Also schloss sie auf und ließ ihn herein.

»Was machst du hier?«, fragte sie. Hatte er von den Verzögerungen gehört und war gekommen, um sich daran zu weiden?

»Jerry hat mir erzählt, dass er krank ist.«

Verdammt. »Warum sprichst du mit meinem Bauunternehmer? Was hast du ihm gesagt? Ist er wirklich krank oder hast du ihn hierzu angestiftet?«

Jaxsen wirkte von der Frage überrascht. »So denkst du also von mir?«

»Ich weiß es nicht. Ich meine, du hast mich bisher nicht gerade unterstützt.«

Es war, als fiele er ein wenig in sich zusammen. »Komm schon, Kristine. So etwas würde ich nicht tun. Ich habe mit ihm gesprochen, weil ich sicherstellen wollte, dass alles ordentlich gemacht wird. Das musst du mir glauben.«

»Warum? Du warst von Anfang an dagegen, dass ich den Laden aufmache. Du wolltest nicht, dass ich eine eigene Firma habe, und ganz sicher wolltest du nicht, dass ich damit Erfolg habe. Das hast du ziemlich klargemacht.«

Er nickte. »Okay, das habe ich verdient. Aber kannst du das für einen Moment vergessen?«

»Warum?«

»Weil ich hier bin, um dir zu helfen. Als Jerry mir gesagt hat, was los ist, wusste ich, dass die Arbeiten bei dir ganz ans Ende seiner Auftragsliste geschoben werden. Es ist nur ein kleiner Job, den er zwischendurch erledigt. Ich habe mir ein paar Tage freigenommen, damit ich die Sache hier ein wenig vorantreiben kann.«

Wenn ihm Flügel gewachsen wären, hätte sie nicht überraschter sein können. Okay, ja, Flügel wären noch etwas schockierender gewesen, aber nicht viel.

»Aber dir gefällt nicht, was ich tue. Warum willst du mir da helfen?«

»Kannst du meine Hilfe nicht einfach annehmen? Bitte?«

Hätte sie die nötige Stärke gehabt, hätte sie ihn geschüttelt und gefragt, wer er war und was er mit ihrem Mann gemacht hatte. Nichts von all dem ergab einen Sinn. Aber er wirkte so ernst – mehr wie der Jaxsen von früher als wie der Mann, der sie verlassen hatte. Und da die Leute nicht gerade Schlange standen, um ihr bei der Renovierung des Ladens zu helfen, würde sie den Mund halten und dankbar sein.

»Danke.«

Er schenkte ihr ein kleines Lächeln. »Gern geschehen. Also, wo sind die Pläne?«

Sie zeigte ihm die rudimentären Skizzen, nach denen Jerry gearbeitet hatte.

»Der Boden kann erst gelegt werden, wenn der Tresen und die Auslagen an ihren Plätzen stehen«, sagte sie. »Außerdem müssen die Wände und Fußbodenleisten sowie die Regale im hinteren Bereich gestrichen werden. Das ist ganz schön viel.«

Er ging zu der Auslage und musterte sie. »Das geht schnell. Dieses Ding und den Tresen schaffe ich heute. Ruf deinen Bodentypen an, er soll uns in seinen Plan aufnehmen. Während wir darauf warten, kann ich schon mal die Wände grundieren.«

»Du willst mir wirklich helfen?«

»Ja.«

Sie schauten einander an. War das ein Friedensangebot? Seine Art zu sagen, dass es ihm leidtat? Sie wollte nicht das Schlimmste annehmen, traute ihm aber auch noch nicht ganz. Doch das hier war Jaxsen – der Mann, den sie liebte. Sie teilten ein Leben … Nun ja, das hatten sie zumindest getan.

»Vermisst du mich überhaupt nicht?«, fragte er leise.

»Was? Natürlich vermisse ich dich. Ich habe dich nicht gebeten zu gehen, und ich wollte es auch nicht. Du warst auf einmal einfach weg. Du bist mein Mann, und ich liebe dich. Ich will, dass das mit uns funktioniert, aber das geht nicht nur nach deinen Regeln. Das habe ich so oft versucht zu erklären. Ich weiß einfach nicht, ob du es wirklich nicht verstehst oder es nicht verstehen willst. Vielleicht ist es auch egal. Tatsache ist: Ich brauche mehr in meinem Leben.«

Als er nichts erwiderte, seufzte sie. »Jaxsen, bitte. Ich möchte doch nur etwas selbst aufbauen. Etwas, worauf ich stolz sein kann, so wie du auf deine Arbeit stolz bist. Ich liebe dich und brauche dich, aber ich brauche es auch, mehr zu sein als Ehefrau und Mutter. Ich muss ich selbst sein.«

Er drehte sich halb weg, dann wirbelte er wieder zu ihr herum. »Ich kann mein Leben nicht damit verbringen, Angst zu haben, dass du mich verlässt.«

Sie war nicht sicher, was sie mehr schockierte – die Worte oder die Art, wie er sie in den stillen Nachmittag rief.

»Wovon redest du da? Warum sollte ich dich verlassen? Jaxsen, was du sagst, ergibt keinen Sinn.«

»Ach komm schon, Kristine. Wir beide wissen, dass du das Geld deiner Großmutter behalten hast, um eines Tages weglaufen zu können.«

Das meinte er ernst. Sie sah es in seinen Augen und der Anspannung in seinen Schultern. Sein Atem ging unregelmäßig. Er fürchtete wirklich, sie würde weglaufen und ihn und die Jungs im Stich lassen.

Am liebsten hätte sie gelacht und ihm gesagt, was für ein Dummkopf er war. Gleichzeitig wollte sie schreien, dass er kein Recht hatte, so von ihr zu denken. Dass sie nie etwas getan hatte, um ihn oder sonst jemanden glauben zu lassen, dass sie ihre Ehe beenden würde. Doch eine winzige Stimme in ihrem Kopf flüsterte, dass sie das nicht tun sollte. Jaxsen machte keine

Witze. Aus Gründen, die sie nicht verstand, dachte er, sie wäre dazu in der Lage, ihn zu verlassen.

»Ich verstehe das nicht«, sagte sie mit bemüht ruhiger Stimme. »Was habe ich getan, das dich auf diesen Gedanken bringt?«

»Du hast das Geld für dich behalten. Du wolltest nicht sagen, warum. Was soll ich denn sonst denken?« Er schaute zur Tür. »War er es? Ist er der Grund, warum du das alles tust? Wirst du mich für ihn verlassen?«

»Jaxsen, ich gehe nirgendwohin. Ich bin hier und versuche, eine Firma aufzubauen. Eine Firma, die es mir erlaubt, etwas zu tun, was ich schon sehr lange tun will, und gleichzeitig mit dir verheiratet zu sein. Hast du deshalb immer versucht, einen Grund zu finden, um das Geld auszugeben?«

Er wandte den Blick ab.

Sie seufzte. »Ich habe das Geld auf dem Extrakonto behalten, weil ich diese Idee schon lange im Kopf habe. Meine Großmutter hat mich immer ermutigt, mein Bestes zu geben. Ich wusste: Falls ich jemals eine Firma gründe, würde Grandma sich beteiligen wollen. Auf gewisse Weise tut sie das jetzt auch – mit dem Geld, das sie mir hinterlassen hat. Außerdem habe ich das Geld als meines betrachtet. Ich habe sonst nichts Eigenes mehr, Jaxsen.«

Er errötete. »Was ich vorhin gesagt habe, tut mir leid. Das mit dem Geld. Ich hätte nicht …« Er schüttelte den Kopf. »Das glaube ich nicht wirklich.«

»Ich möchte dir so gerne glauben.« Sie machte einen Schritt auf ihn zu, blieb dann aber wieder stehen. Es gab immer noch Themen, über die sie reden mussten. Diese Unterhaltung konnten sie nicht einfach auslassen, nur weil sie unangenehm war.

»Ich hoffe, du weißt, dass ich dich jederzeit hätte verlassen können«, erklärte sie. »Wenn ich unglücklich gewesen wäre, hätte ich einfach nur gehen müssen. Dazu brauchte ich das Geld meiner Großmutter nicht. Ich bin geblieben, weil ich bleiben wollte. Ich liebe dich, Jaxsen. Ich liebe unsere Kinder und unser

Leben. Warum hast du nie etwas gesagt? Warum hast du mir nicht erzählt, was dir durch den Kopf geht?«

»Weil es einfacher war, dich glauben zu lassen, dass ich ein egoistischer Arsch bin«, murmelte er.

»Einfacher als was?«

»Als mir einzugestehen, wie viel Angst ich hatte, dich zu verlieren. Ich dachte, wenn du gehen willst, sollte ich dir zuvorkommen, damit ich nicht ständig darauf warten muss.«

Sie war verwirrt. »Aber ich habe nie gesagt, dass es ein Problem zwischen uns gibt. Ich fasse es nicht, dass du geglaubt hast, ich würde dich verlassen, ohne vorher mit dir zu reden. Ohne zu versuchen, die Sache geradezurücken oder dich zu bitten, mit mir zur Paartherapie zu gehen oder so.«

Er verspannte sich. »Wieso sollte ich das nicht denken? Ich bin schließlich auch einfach gegangen.«

Bis zu diesem Moment hatte sie sich ganz gut geschlagen. Sie hatte es geschafft, rational zu bleiben und nicht emotional zu reagieren. Sie hatte zuhören und lernen wollen, um sich dann später mit ihren Gefühlen zu beschäftigen. Doch das zu hören war zu viel.

Tränen stiegen ihr in die Augen und ihr Herz schien sich schmerzhaft zusammenzukrampfen. »Du hast mich verlassen? Du hast *uns* verlassen? Willst du das damit sagen? Wir sind getrennt? Und du hast es mir nicht mal gesagt?«

»Was hast du denn gedacht, was los ist?«

»Ich dachte, du wärst sauer und würdest für eine Weile bei deinen Eltern bleiben. Ich dachte, du würdest schmollend darauf warten, dass ich nachgebe. Du hast nie gesagt, dass du mich endgültig verlassen willst.« Sie trat einen Schritt zurück und versuchte, Luft zu holen. »Das mit uns ist vorbei? Willst du das sagen? Unsere Ehe ist beendet?«

Die Tränen flossen immer schneller und wurden bald von Schluchzern begleitet. Kristine versuchte, sich unter Kontrolle zu bekommen, doch es gelang ihr nicht. Jaxsen streckte die

Hände nach ihr aus, aber sie drehte sich weg, weil sie nicht von ihm berührt werden wollte.

»Kristine, nicht. So ist es nicht. Ich war sauer. Ich hatte Angst und dachte, ich wäre nicht gut genug für dich.«

Sie starrte ihn an. »Ich dachte, du wärst bei deiner Mom. Ich dachte, es wäre wie die Male zuvor. Ich wusste nicht, dass du mich verlassen hattest.«

»Ich habe dich nicht verlassen. Ich stehe hier direkt vor dir.«

»Du hast gesagt …« Sie konnte nicht sprechen, weil ihre Kehle wie zugeschnürt war. Bestimmt würde sie sich gleich übergeben müssen. Die ganze Zeit über hatte sie geglaubt, die Entscheidung läge bei ihr. Dass sie zwischen ihrer Ehe und ihrer Firma wählen müsste. Dabei hatte Jaxsen schon längst eine Entscheidung getroffen, und sie hatte keine Ahnung gehabt.

»Ich habe dich nicht verlassen«, wiederholte er. »So war das nicht.«

Die Worte kommen zu spät, dachte sie immer noch weinend. Sie fühlte zu viel und wusste nicht, wohin damit.

»Ich muss los«, sagte sie und überlegte, wo sie ihre Handtasche hingelegt hatte. Sie erblickte sie auf dem Küchentresen und lief darauf zu. »Ich muss los.«

»Kristine, warte.«

Sie schüttelte den Kopf und eilte an ihm vorbei. Als sie ihren SUV erreichte, glitt sie auf den Fahrersitz und ergab sich den Schluchzern, die sie schüttelten. Sie weinte, bis keine Tränen mehr kamen und sie sich völlig leer fühlte.

Sie hatte angenommen, mit dem Ende ihrer Ehe umgehen zu können. Hochmütigerweise hatte sie sogar geglaubt, sie könne alles Gewohnte einfach hinter sich lassen, wenn sie zu einer Entscheidung gezwungen wurde. Sie musste eine eigenständige Person sein – das war es, was zählte. Jedenfalls hatte sie das geglaubt.

Doch offenbar hatte sie sich die ganze Zeit selbst belogen. Sie war eine Idiotin gewesen, anzunehmen, dass es ihr in ihrem neuen Leben gut gehen würde, wenn sie nicht mit dem Mann zusammen sein konnte, mit dem sie seit so langer Zeit verheiratet war. Er war ihr Herz – und das war er immer gewesen. Ohne ihn war sie nur eine leere Hülle. Jemand, der automatisch tat, was getan werden musste. Er hatte sie verlassen, und sie hatte nichts davon geahnt.

27. KAPITEL

Sophie küsste jedes der kleinen Kätzchen, bevor sie es in die Transportbox setzte. Jessica lächelte sie an.

»Sie haben etwas sehr Gutes getan.«

Sophie nickte und bemühte sich, die Traurigkeit zu unterdrücken. »Ich hätte nicht gedacht, dass sie mir fehlen werden, aber das werden sie.« Jetzt wohnten nur noch die Kätzchen von Mrs. Bennet bei ihr, und in ein paar Wochen wären sie auch weg. Eine Woche später hatte sie einen Termin zur Kastration der beiden Katzenmütter. Danach würden die zwei zurückkommen und bei ihr bleiben.

»Sie könnten nächstes Jahr wieder als Kurzzeitpflege fungieren, wenn Sie mögen«, sagte Jessica.

»Mal sehen, wie es dann läuft. Außerdem muss ich mit den beiden Ladys sprechen und gucken, was sie davon halten.«

Sie begleitete Jessica zur Tür und zog sich dann ins Wohnzimmer zurück, um den Verlust der Kleinen zu verarbeiten. Mrs. Bennet sprang zu ihr aufs Sofa und rieb sich schnurrend an ihr.

»Das Leben geht weiter«, murmelte Sophie und kraulte die Katze unterm Kinn. Sie musste zurück zur Arbeit. Es war erst zehn Uhr morgens, und sie war nur nach Hause gefahren, um die Kätzchen zu übergeben. Es gab also überhaupt keinen Grund hierzubleiben. Doch zum ersten Mal überhaupt verspürte Sophie keinerlei Verlangen, sich wieder in die Arbeit zu stürzen.

Sie war … rastlos. Und unter der Rastlosigkeit lauerte eine Anspannung, die sie sich nicht erklären konnte. Die Geschäfte liefen ausgezeichnet, und ihr ging es gut – zumindest, wenn sie nicht daran dachte, wie sehr sie es in Chicago vermasselt hatte. Heather war vor ein paar Tagen bei ihr eingezogen. Sophie war sich nicht sicher gewesen, ob sie der Typ für eine WG war, aber Heather war eine sehr angenehme Mitbewohnerin. Sie war ruhig, ordentlich und blieb meist für sich. Irgendwann würden sie darüber reden müssen, was mit Amber vorgefallen war. Doch die Entscheidung, wann das sein würde, sollte Heather treffen.

Dugan war ein Problem. Na gut, nicht wirklich ein Problem. Aber er verwirrte sie, und das gefiel ihr nicht. Schlimmer noch, sie vermisste ihn. Jetzt, wo sie keinen Sex mehr hatten, war sie nicht sicher, wie sie diese Beziehung oder ihre Gefühle beschreiben sollte. Sie mochte ihn, aber was hieß das heutzutage? Waren sie ein Paar? Waren sie nur Freunde?

Bevor sie sich zurückhalten konnte, griff sie nach ihrem Handy und schickte ihm eine Nachricht.

Warum lädst du mich nicht
auf eine Verabredung ein?

Es dauerte nur wenige Sekunden, bis die drei pulsierenden Punkte erschienen, die ihr verrieten, dass er antwortete.

Das Gleiche könnte ich dich
fragen.

Das zauberte ihr ein Lächeln ins Gesicht.

Aber du bist der Mann.

Seit wann klammerst du dich
an traditionelle Geschlechter-
rollen?

Das war eine interessante Frage.

Na gut. Wollen wir mal ausgehen?

Klar. Wann und wohin? Da du gefragt hast, gehe ich davon aus, dass du bezahlst?

Werden wir Sex haben?

Also wirklich, Sophie. Wenn du nur flachgelegt werden willst, solltest du wenigstens versuchen, etwas subtiler zu sein. Was ist aus der guten alten Romantik geworden?

Sie lachte in sich hinein.

Sorry. Das nehme ich zurück. Würdest du gerne mit mir zu Abend essen? Bei mir. Ich hole was. Oh, warte. Heather wohnt jetzt hier. Das könnte komisch werden.

Dann bei mir. Ich koche sogar. Aber du solltest mir vermutlich Blumen mitbringen.

Wenn ich das täte, würdest du total ausflippen. Das weißt du selbst.

Finden wir es heraus. Heute Abend?

Ihr Handy klingelte.

»Was für ein ungeduldiger Mann«, murmelte sie, bevor sie einen Blick auf das Display warf und Kristines Nummer sah. Schnell nahm sie den Anruf an. »Hi. Was ist …«

»Sophie? Er hat mich verlassen. Jaxsen hat mich verlassen.«

Sophie verstand sie kaum, so sehr schluchzte ihre Cousine. »Wovon redest du da? Wo bist du?«

»Zu Hause.«

»Bleib, wo du bist. Ich komme sofort.«

Im Auto auf dem Weg zu Kristine rief sie schnell Dugan an.

»Aber wir hatten uns gerade so schön warmgeschrieben«, sagte er lachend. »Ich dachte, jetzt geht es gleich ins Sexting über.«

»Irgendwas ist mit Kristine los. Sie meinte, Jaxsen hätte sie verlassen, aber das kann ich nicht glauben. Ich sage dir Bescheid, was passiert, aber vielleicht kann ich heute Abend nicht kommen.«

»Natürlich. Melde dich.«

»Das mache ich.«

Sie fuhr quer über die Insel und bog schließlich auf Kristines Einfahrt ein. Dann stieg sie aus und rannte ins Haus. Dort fand sie ihre Cousine zusammengerollt auf dem Sofa vor.

Sophie zog sie an sich und hielt sie so fest, wie sie nur konnte. »Fang ganz von vorne an und erzähl mir, was passiert ist.«

Eine Stunde später gelang es Sophie, Kristine in die Küche zu führen, wo sie sich an die Kücheninsel setzten und einen heißen Tee tranken.

»Er hat dich nicht verlassen«, sagte Sophie zum wohl zwanzigsten Mal. »Er ist zu seinen Eltern gezogen. Er hat die Jungs gesehen und sein Leben gelebt. Er hat kein Geld genommen oder sein Gehalt auf ein anderes Konto überweisen lassen. Er hat nicht nach einer Wohnung gesucht. Er hat dich nicht verlassen.«

Kristine schüttelte den Kopf. »Er sagte, er hätte es. Er sagte, er wüsste, dass ich ohne ein Wort gehen könnte, weil er mir das angetan hat.«

»So sind Männer nun mal. Komm schon. Das weißt du. Jaxsen ist super, aber er hat seine Fehler. Dich zu manipulieren ist einer davon. Er will seinen Willen durchsetzen, und das geht er auf eine ziemlich kindische Weise an.«

Wenn das hier vorbei war, würde Sophie jemanden finden, der Jaxsen mal so richtig windelweich prügelte, so viel stand fest. Er hatte die Situation von der ersten Sekunde an ganz schlecht gehandhabt.

»Wo habt ihr beide euch unterhalten?«, wollte sie wissen.

»Was?« Kristine nahm sich ein neues Taschentuch. »Im Laden.«

»Und warum war er da?«

»Er wusste, dass Jerry krank ist und …« Sie putzte sich die Nase. »Dass er mir helfen will, bedeutet gar nichts.«

Sophie zog ihre Augenbrauen in die Höhe. »Also wirklich, Kristine. Wenn ihm nichts mehr an dir liegt, warum würde er dann ein paar Tage freinehmen, um für dich die Renovierung voranzutreiben?«

»Aber er hat mich verlassen.«

»Das hat er nicht. Er hat sich wie ein Idiot benommen, das schon. Aber er ist *dein* Idiot, und nach meinem Verständnis versucht er, es wiedergutzumachen.«

»Das hat er nicht gesagt. Er hat weder gesagt, dass er mich liebt, noch, dass er mich zurückhaben will.«

»Nein, er hat gesagt, er lebt in der Angst, dass du ihn verlassen könntest.«

»Aber das würde ich doch niemals tun.«

»Er hat es aber gedacht.« Sophie hasste es wirklich, sich auf die Seite von einem Mann zu schlagen, aber verzweifelte Zeiten und so. »Lass es uns noch mal anders angehen. Nehmen wir mal an, Jaxsen hat wirklich geglaubt, dass du das Geld deiner Großmutter unter Verschluss hältst, um ihn zu verlassen. Können wir dort anfangen?«

Kristine nickte langsam.

»Wenn er das ernsthaft geglaubt hat, wurde sein schlimmster Albtraum wahr, als du mit einem gut durchdachten Businessplan zu ihm gekommen bist. Was, wenn du das durchziehst? Was, wenn du wirklich erfolgreich bist? Was, wenn du mehr verdienst als er? Es gibt viele Männer, die damit nicht klarkommen. Jaxsen ist ziemlich traditionell. Vielleicht hat er deinen möglichen Erfolg als weitere Bedrohung angesehen. Wenn er geglaubt hat, dich zu verlieren, war die Geschäftsidee nur ein weiterer Beweis für ihn, dass du etwas in dieser Richtung planst. Er hat Angst bekommen und reagiert.«

Sie verschwieg absichtlich die Unterhaltung, die sie mit Jaxsen geführt hatte. Zum einen war diese Unterhaltung nicht gerade gut gelaufen. Und zum anderen hatte er sich wie ein totales Arschloch aufgeführt. Aber vielleicht waren ihre Worte doch zu ihm durchgedrungen. Immerhin war er aufgetaucht, um Kristine zu helfen. Sophie konnte nur hoffen, dass es kein Riesenfehler von ihr war, sich für ihn einzusetzen.

»Er hat nicht reagiert. Er hat mich verlassen.«

»Er ist zu seiner Mutter gezogen. Komm schon, es ist ja nicht so, als ob er da irgendetwas hätte tun können.«

»Ich weiß, was du meinst, und ich verstehe es. Aber ich dachte die ganze Zeit, dass er nur schmollt und versucht, länger durchzuhalten als ich. Ich habe nicht geglaubt, dass es ernst ist.«

»Ihr beide müsst euch mal ernsthaft unterhalten.«

»Ich weiß.« Kristine sah sie an. »Sophie, ich habe solche Angst. Was ist, wenn das hier das Ende ist?«

»Was ist, wenn es das nicht ist? Was ist, wenn ihr beide euch endlich zusammensetzt und über alles redet? Was ist, wenn ihr einander danach besser versteht?«

»Ich glaube nicht, dass wir das können.« Kristine klang verloren und hoffnungslos.

»Na klar könnt ihr das. Und bis es so weit ist, tun wir so, als würden wir uns in diese Richtung bewegen. Wo sind die Schlafsäcke?«

»Was?«

»Wo bewahrst du eure Schlafsäcke auf?«

»In dem großen Schrank im Keller.«

»Super. Ich hole drei Schlafsäcke und Luftmatratzen. Du schickst Ruth eine Nachricht und bittest sie, die Jungs über Nacht zu sich zu nehmen. Dann kommst du mit mir. Wir spielen mit den Katzen und machen eine Pyjamaparty. So wie früher als Kinder. Heather wohnt gerade bei mir und kann auch mitmachen. Wir betrinken uns, und wenn was passiert, kann Heather uns fahren.«

»Ich habe so viel zu tun.«

»Aber nichts, das nicht warten kann. Du kommst mit mir, das ist beschlossen.«

»Aber ich ...«

Sophie warf ihr einen ernsten Blick zu. »Ich mache keine Witze.«

Kristine nickte und holte ihr Handy heraus. Sophie ging nach unten, fand die Schlafsäcke und brachte sie in ihr Auto. Dann schickte sie Dugan eine Nachricht und erklärte, was los war.

Dann ein anderes Mal.

Bist du sauer?

Nein. Du willst mich. Du wirst dich wieder melden.

Lächelnd steckte sie ihr Handy in die Hosentasche und ging wieder hinein, um Kristine zu holen. Später würde sie Jaxsen ordentlich die Leviten lesen und ihm vielleicht einen kräftigen Tritt in den Hintern verpassen. Dummer Mann. Aber Kristine liebte ihn, und trotz allem, was sie gerade dachte, wusste Sophie, dass er seine Frau ebenfalls liebte.

Kristine lief herum wie benebelt. Am vierten Tag wachte sie mit der Erkenntnis auf, dass sie nicht einfach ihr Leben aufgeben konnte. Was auch immer in ihrer Ehe passierte, sie hatte weiterhin Verpflichtungen gegenüber ihren Kindern, ihrem Laden und überhaupt.

Es war gerade einmal sechs Uhr morgens. Sie duschte und ging nach unten, um das Frühstück zu machen. Nachdem die Jungs gegessen hatten, überprüfte sie noch einmal, dass sie alles hatten, was sie für die Schule brauchten, und fuhr sie hin.

Danach fuhr sie weiter zu ihrem Laden und parkte direkt davor. Sie musste Jerry anrufen und fragen, wann es weitergehen würde, denn bisher hatte sie noch nichts von ihm gehört. Die Arbeiten mussten aber erledigt werden, damit sie ihren Laden eröffnen konnte. Außerdem würde sie ein Gespräch mit Jaxsen auf ihre To-do-Liste setzen. Sie mussten sich zusammensetzen und herausfinden, wo sie gerade standen und wie es weitergehen sollte.

Der Gedanke an diese Unterhaltung machte ihr höllische Angst, aber sie wusste, es ging nicht anders. Sie beide hatten einen großen Bogen um die schwierigen Themen gemacht, und das brachte sie nicht weiter. Wenn sie zusammenbleiben wollten, mussten sie es besser machen. Und wenn sie es nicht schafften … Nun, sie konnte nicht darüber nachdenken und gleichzeitig weiteratmen.

Sie schloss die Tür auf und trat ein. Zuerst glaubte sie, am falschen Ort zu sein, weil alles so anders aussah. Der Marmortresen und die Auslagen standen an ihrem neuen Platz. Die Glasregale glänzten, und jemand hatte sogar die hübschen Servierteller arrangiert, die sie bestellt hatte. Die Wände waren in dem von ihr ausgewählten Blassgelb gestrichen, der neue Fußboden schimmerte und es gab Fußleisten und neue, breite Fensterbänke.

Sie lief nach hinten. Die Rollwagen für die Abkühlgitter waren geliefert worden und standen an der Wand. In der Kammer waren alle Regale repariert und frisch gestrichen. Der Laden war fertig – er brauchte nur noch die Waren. Und sie.

Sie holte ihr Handy heraus und rief Jerry an.

»Ich weiß, ich weiß«, sagte er anstelle einer Begrüßung. »Ich hänge immer noch hinterher. Ende nächster Woche sind wir zurück, das schwöre ich. Wir werden das Wochenende durcharbeiten und alles fertig machen.«

»Du warst das gar nicht«, hauchte sie. Eigentlich hatte sie das gewusst, seitdem sie den Laden betreten hatte, aber sie hatte es nicht glauben wollen. Das Band um ihre Brust löste sich, und zum ersten Mal seit Tagen konnte sie wieder frei atmen.

»Was war ich nicht?«

»Die Renovierung. Sie ist fertig. Es ist perfekt. Danke, Jerry.«

Sie legte auf und drehte sich einmal langsam im Kreis. Jaxsen hatte das alles getan. Er hatte sich offensichtlich mehr als nur ein paar Tage freigenommen. Was sie gewusst hätte, wenn sie sich die Mühe gemacht hätte, mal vorbeizuschauen. Er hatte sein Bestes gegeben, weil er wusste, dass es sie glücklich machen würde. Er hatte es getan, weil er ein Mann war und das seine Art auszudrücken, dass ihm noch immer viel an ihr lag.

Erleichterung und Liebe und Hoffnung flammten in ihr auf. Sie griff erneut nach ihrem Handy, doch dann fiel ihr ein, dass er schon bei der Arbeit sein musste. Dort rief sie ihn nur in Notfällen an. Aber eine Textnachricht war in Ordnung.

Ich danke dir.

Sie wollte mehr sagen, aber nicht auf so unpersönliche Weise.

Wann warst du fertig?

Gestern Abend. Gefällt es dir?

Es ist perfekt. Noch besser, als ich es mir vorgestellt hatte.

Das freut mich.

Es gab so viel, was sie noch sagen wollte. So viel, worüber sie sprechen mussten. Er hätte ihr sagen können, dass es ihm leidtat. Er hätte vieles sagen können. Doch das hier war typisch für Jaxsen.

Es gab noch viel zu tun – sowohl im Laden als auch in ihrer Beziehung –, aber plötzlich merkte Kristine, dass das schwere Gewicht nicht länger auf ihrem Herzen lastete.

Sophie schaute auf die Wanduhr und versuchte, ihre Ungeduld zu unterdrücken. Amber kam zu spät zu ihrem Meeting. Sie hätte gerne gesagt, dass ihre Cousine einfach zu viel zu tun hatte, aber sie kannte die Wahrheit: Amber zeigte ihr übliches passiv-aggressives Verhalten, um ihren Willen durchzusetzen. Oder es war eine Vermeidungsstrategie, was auch nicht gut war.

Um sieben Minuten nach zwei betrat Amber schließlich das Büro und setzte sich.

»Das stimmt nicht«, sagte sie und verschränkte die Arme vor der Brust. »Das ist alles gelogen.«

Sophie runzelte die Stirn.

»Was ist gelogen?«

»Ach, nichts. Wie geht es dir?«

Sophie dachte sehnsüchtig an die Tage, in denen Amber tausend Meilen weit weg gewesen war. Das war leichter gewesen.

Nicht, dass sie bedauerte, auf die Insel zurückgekehrt zu sein. Sie mochte es, nah bei Kristine und den Jungs zu sein. Außerdem fühlte sie sich hier wohler als in L. A. Doch Amber war ein Stachel in ihrem Fleisch.

»Ich will mit dir über Heather reden.«

Nein, was sie wirklich wollte, war, mit dem Kopf gegen die Schreibtischplatte zu schlagen, aber das würde wehtun und den Rest ihrer Angestellten womöglich verschrecken.

»Was ist mit ihr?«

Sophie funkelte ihre Cousine an. »Warum ist Heather ausgezogen?« Sie dachte an Ambers Eröffnungsaussage. »Was hast du gemacht?«

»Nichts. Ich habe gar nichts gemacht. Komm schon, Sophie. Du weißt doch, wie Heather ist. Es geht immer nur um sie. Wir müssen uns im Moment um wichtige Dinge kümmern. Zum Beispiel darum, dass meine Mutter uns aus egoistischen Gründen aus dem Haus schmeißt. Hast du eine Ahnung, wie das für mich ist?« Tränen stiegen ihr in die Augen. »Ich habe mein Baby dort aufgezogen. Die süße Heather. Erinnerst du dich noch, wie hübsch sie war? So ein reizendes Baby. Es sind wundervolle Erinnerungen. Und nun werden Heather und ich obdachlos sein. Damit komme ich einfach nicht klar. Ich kann einfach nicht. Ich finde keine gute Wohnung, weil ich nicht genug verdiene, und du willst mir nicht helfen und Heather ist jetzt auch noch weg.«

Die ersten Tränen liefen. Mit Kristines Schmerz hatte Sophie mitfühlen können, doch bei Amber war sie sich da nicht so sicher. Was das mangelnde Geld für eine Wohnung anging, wusste Sophie nicht, was sie davon halten sollte. CK bezahlte seine Angestellten gut und es gab hervorragende Zusatzleistungen. Amber sollte eigentlich in der Lage sein, sich allein eine Wohnung zu leisten. Vielleicht keine besonders luxuriöse, aber …

Stopp! Sie riss sich selbst aus diesen Gedanken. Ambers Probleme waren nicht ihre. Amber war erwachsen und sollte in der

Lage sein, sich um sich selbst zu kümmern. Allerdings gehörte sie auch zur Familie …

Sophie massierte sich die Stirn, weil sie Kopfschmerzen aufkommen spürte.

»Okay.« Sie stand auf. »Gutes Gespräch. Das sollten wir öfter machen.«

Die Tränen versiegten. »Wirst du mir mit einer Wohnung helfen? Allein schaffe ich das nicht. Du solltest mir eine Gehaltserhöhung geben. Oder einen Pauschalbetrag, den ich nach Bedarf verwenden kann. Was soll ich tun? Wo soll ich hin?« Ihre Unterlippe zitterte. »Ich schätze, ich könnte bei dir einziehen, nur mag ich keine Katzen.«

»Du wirst nicht bei mir einziehen«, entgegnete Sophie ausdruckslos. »Geh einfach zurück an die Arbeit, und wir kümmern uns später darum, okay?«

Amber nickte und ging. Sophie sank auf ihren Stuhl und fragte sich, was sie jetzt tun sollte. Wenn sie Amber helfen würde, wäre das sicher nur das erste von tausend Malen. Aber was würde passieren, wenn sie es nicht tat? Familien waren wirklich nicht einfach, so viel stand fest.

Sie schüttelte die emotionalen Nachwirkungen ab und konzentrierte sich wieder auf ihre Arbeit. Der Verkaufsbericht des Vormonats machte sie glücklich, also las sie ihn noch einmal. Als sie damit fertig war, starrte sie ihr Handy an. Anrufen oder nicht – über diese Frage dachte sie schon eine ganze Weile nach. Würde es helfen oder alles nur noch schlimmer machen?

Trotz ihrer Furcht, dass sie gleich jemand anschreien würde, holte sie die Visitenkarte aus der Schreibtischschublade und wählte schnell die Nummer. Bryce Green überraschte sie, indem er nach dem ersten Klingeln ranging.

»Ja?«

»Hi, Bryce, hier ist Sophie Lane von *CK Industries.*«

»Warum?«

Dieses *warum* konnte ein Dutzend Bedeutungen haben, aber Sophie scherte sich um keine davon. Stattdessen atmete sie tief ein und sprang kopfüber ins kalte Wasser.

»Ich wollte mich für mein Verhalten bei unserem Treffen entschuldigen«, sagte sie. »Maggie hatte mir gesagt, dass Sie nur exklusive Produkte haben wollen, an die die Firmen glauben. Wir haben uns mehrere Möglichkeiten angeschaut, bevor wir uns für die beiden besten entschieden haben. Das waren die, die wir Ihnen präsentiert haben. Maggie hatte mir gesagt, ich solle ihr vertrauen und sie reden lassen. Ich wusste, dass sie recht hatte, aber Menschen zu vertrauen zählt nicht gerade zu meinen Stärken.«

Sie hielt inne und sammelte ihre Gedanken. »Das soll nicht heißen, dass ich misstrauisch bin. Es ist eher so: CK ist mein Baby, verstehen Sie? Ich habe die Firma während meiner Collegezeit gegründet. Ich habe nie damit gerechnet, dass etwas daraus wird – ich habe einfach Videos von meiner kleinen Katze gedreht. Aber dann ist die Firma immer mehr gewachsen. Ich hatte ständig das Gefühl, kämpfen zu müssen, um mithalten zu können. Das Gefühl habe ich jetzt seltener – was vermutlich daran liegt, dass ich ein wirklich gutes Team habe. Menschen, denen ich vertraue, dass sie sich gut um ihre Ecke des CK-Universums kümmern.«

Sie nahm das Telefon ans andere Ohr. »Dass Sie eines meiner Produkte vertreiben, ist schon eine ganze Weile ein Traum von mir. Ich habe es nie geschafft, einen Termin bei Ihnen zu bekommen – was Sie vermutlich wissen. Jetzt sehe ich, dass ich alles falsch gemacht habe. Maggie hat mich darauf hingewiesen. Und Dugan Phillips. Kennen Sie ihn? Er hat mir ein paar wirklich gute Ratschläge gegeben.«

Beinahe wäre sie damit herausgeplatzt, dass sie ihre Beziehung zu Dugan verwirrend fand, hielt sich aber gerade noch rechtzeitig zurück.

»Ich versuche, aus meinen Fehlern zu lernen. Ich wollte, dass Sie das wissen, und ich wollte mich bei Ihnen für das Treffen bedanken. Bitte geben Sie nicht Maggie die Schuld an dem, was passiert ist. Das war allein mein Fehler. Ich hätte besser zuhören sollen.« Sie lachte unbehaglich, als ihr bewusst wurde, dass sie schon eine ganze Weile nur noch plapperte. »Und jetzt höre ich auf zu reden; also falls Sie noch in der Leitung sind.«

»Ja, das bin ich.«

»Oh. Super.« Und was nun? Sollte sie sich verabschieden und auflegen? Ihn fragen, wie sein Wochenende gewesen war?

»Sie kann mich anrufen«, sagte er unerwarteterweise. »Nur Maggie. Nicht Sie. Ich will Sie nie wiedersehen. Das ist nicht persönlich gemeint.«

»Okay. Dann sage ich ihr Bescheid, damit sie ein neues Meeting ansetzen kann. Danke, Bryce. Das weiß ich sehr zu schätzen. Wirklich. Sie haben keine Ahnung, wie sehr.«

»Sie sind eine Quasselstrippe, wissen Sie das? Ich lege jetzt auf, Sophie.«

»Gute Idee. Danke für das Gespräch. Haben Sie noch einen schönen …«

Sie hörte das Klicken, als er auflegte. Dann legte sie ebenfalls auf und sprang auf die Füße. »Ich habe es getan! Ich habe es getan! Jippieh!« Sie drehte sich einmal im Kreis und rannte den Flur hinunter in Maggies Büro.

»Ich habe es getan! Ich habe Bryce angerufen!«

Maggie stöhnte. »Nein. Sag mir, dass das ein Scherz ist.«

»Das ist es nicht. Und alles ist gut. Ich habe mich entschuldigt. Er meinte, du könntest ihn anrufen und einen neuen Termin vereinbaren. Ich soll nur einfach nie wieder mit ihm reden. Wir sind zurück im Spiel!«

Maggie sah sie skeptisch an. »Willst du mir damit sagen, dass du mich allein nach Chicago fliegen lässt?«

»Genau das.«

»Aha. Na klar.«

Sophie schüttelte den Kopf. »Das ist kein Witz, Maggie. Das hier ist dein Deal. Ich werde nicht daran teilnehmen. Denn wenn ich es tue, werde ich es nur wieder verbocken. Es ist mir wichtiger, Zugang zu Bryce' Kunden zu haben, als die Kontrolle zu behalten. Ich habe dich engagiert, um das zu erreichen. Jetzt musst du mir beweisen, dass ich mich in dir nicht geirrt habe.«

»Geht es dir gut?«

»Supergut. Los, ruf ihn an und buche einen Flug. Tick, tick, tick. Die Zeit läuft.«

28. KAPITEL

Heather schob das Unausweichliche zwei Wochen auf. Sophie war super und hatte sie nicht ein einziges Mal gefragt, worum es bei dem Streit mit Amber gegangen war. Also hatte Heather das Thema komplett vermieden. In Sophies Gästezimmer hatte sie sich schnell häuslich eingerichtet. Außerdem hatte sie oft lang gearbeitet und so viel Zeit mit Gina verbracht, wie sie konnte. Daphne war am vorherigen Wochenende auf die Insel gekommen, und gemeinsam hatten sie viel Spaß gehabt. Das war eine hervorragende Ablenkung gewesen, aber Heather wusste, dass sie der Sache nicht für immer ausweichen konnte und Sophie die Wahrheit sagen musste.

Ein Teil ihres Widerstrebens war vermutlich der Loyalität ihrer Mutter gegenüber geschuldet. Aber das, was Amber getan hatte, konnte sie weder akzeptieren noch entschuldigen.

Ironischerweise waren sie sich bei der Arbeit ein paarmal über den Weg gelaufen und hatten beide so getan, als wäre nichts gewesen. Das war eine verrückte Situation, die nur in der Opferwelt Sinn ergab, in der ihre Mutter lebte.

Als Heather von der Arbeit nach Hause gekommen war und sich umgezogen hatte, schaute sie nach den Katzen. Lily hatte nach dem Wegzug der Kätzchen ein paar Tage lang verloren gewirkt, sich dann aber schnell wieder erholt. Der Wurf von Mrs. Bennet würde Ende der Woche abgeholt werden.

Heather begrüßte die Katzenfamilie und säuberte die beiden Katzenklos. Dann bereitete sie das Futter zu und wartete darauf, dass Sophie nach Hause kam.

Sie hatte ihr früher am Tag eine Nachricht geschrieben und gefragt, ob sie heute Abend mal reden könnten. Sophie hatte versprochen, auf dem Weg was zu essen zu holen und nicht später als halb sieben daheim zu sein.

Pünktlich auf die Minute kam sie mit einer Tüte vom Chinesen herein. Heather hatte bereits den Tisch gedeckt und eine Flasche Wein aufgemacht. Zwar wurde sie erst in ein paar Monaten einundzwanzig und durfte somit offiziell noch keinen Alkohol trinken, aber Sophie hatte gesagt, dass sie nichts dagegen hätte, wenn Heather ab und zu mal einen Schluck trank. Vorausgesetzt, sie tat es zu Hause und fuhr danach nicht mehr mit dem Auto. Heather hatte das Angebot bisher nie angenommen, fand aber, dass heute der richtige Abend dazu war.

»Vielleicht habe ich es mit der Bestellung ein wenig übertrieben«, gestand Sophie, als sie das Essen aus den Tüten holte und auf den Küchentisch stellte. »Ich konnte mich nicht entscheiden und dachte, wir können die Reste ja morgen zum Mittag essen. Denn am nächsten Tag schmeckt es mindestens genauso gut.«

Heather nickte und fragte sich, ob sie wohl überhaupt einen Bissen herunterbekommen würde. Ihr Magen war wie verknotet. Diese Unterhaltung würde nicht gut verlaufen – sie stand kurz davor, ihre Mutter zu verraten und gleichzeitig Sophie zu gestehen, dass sie ihr etwas verheimlicht hatte.

Sophie setzte sich und bedeutete Heather, ebenfalls Platz zu nehmen. »Du hast dieses Treffen einberufen. Wollen wir mit etwas Small Talk anfangen oder gleich zur Sache kommen?«

»Ich weiß nicht.«

Sophie reichte ihr die dampfenden Wan-Tans. »Okay. Lass dir Zeit.«

Heather stellte den Behälter ab und ließ den Kopf hängen. »Du wirst sauer sein.« Sie schaute auf. »Und das werfe ich dir nicht vor«, fügte sie schnell an. »Du solltest sauer sein. Das habe ich verdient. Ich habe es dir nicht erzählt, und nun wohne ich hier und nutze dich aus und …«

»Du nutzt mich nicht aus«, unterbrach Sophie sie. »Du kümmerst dich um die Katzen, du besorgst Lebensmittel. Du bist eine tolle Mitbewohnerin.«

Spuck es einfach aus und ertrage die Konsequenzen, sagte Heather sich. »Meine Mom beklaut deine Firma. Ich habe sie gesehen, als ich an dem Tag krank zu Hause war. Wir hatten deswegen einen riesigen Streit. Deshalb bin ich ausgezogen.«

Sophie spießte einen Wan-Tan mit der Gabel auf. »Sie beklaut mich immer noch? Wow, sie ist wirklich ausgekocht. Bear wird einen Nervenzusammenbruch bekommen. Er dachte, er hätte ausreichende Vorsichtsmaßnahmen getroffen, damit das nicht mehr passiert. Also wirklich, wir werden noch anfangen müssen, am Ende eines jeden Tages eine Personendurchsuchung durchzuführen, und den Job will keiner übernehmen.«

Heather konnte nicht atmen. Immer noch? Immer noch! »Sie hat dich schon vorher beklaut?«

»Jupp.« Sophie nahm ihr Weinglas in die Hand. »Ich habe sie zur Rede gestellt, ihr mit öffentlicher Demütigung und einer Anzeige gedroht. Ich dachte, ich wäre zu ihr durchgedrungen. Aber ich hätte es besser wissen müssen.« Sie deutete auf das Essen. »Iss, bitte. Ich weiß es sehr zu schätzen, dass du mir das erzählst. Das ist bestimmt nicht leicht für dich. Aber ich kümmere mich darum. Oh, Mist.«

Sie schüttelte den Kopf. »Ich habe vor ein paar Tagen mit ihr gesprochen. Kein Wunder, dass sie die Unterhaltung damit angefangen hat zu sagen, dass das alles nicht stimmt. Sie dachte, du hättest es mir bereits erzählt.«

Heather verstand Sophies Reaktion nicht. »Du bist nicht sauer, weil ich damit so lange gewartet habe?«

»Nein. Sie ist deine Mom. Amber macht es einem nicht leicht. Du hast es mir erzählt, und das ist alles, was zählt.«

Heathers Sorgen lösten sich auf, und mit einem Mal hatte sie einen Bärenhunger. Sie lud sich den Teller voll. »Ich hatte solche Angst.«

»Du darfst niemals Angst vor mir haben. Nichts, was du mir sagst, könnte je dazu führen, dass ich dich nicht mehr liebe. Ich schreie dich vielleicht an, aber ich liebe dich immer noch.«

Heather grinste. »Selbst wenn ich schwanger wäre?«

Sophie blieb der Mund offen stehen. »Guter Gott, sag mir, dass du Witze machst.«

Heather lachte. »Ja, das war ein Scherz. Ich hatte seit einer Ewigkeit keinen Sex mehr. Ich habe zu viel Angst, mich auf einen Kerl einzulassen. Was ist, wenn was passiert und ich hier festsitze? Das will ich nicht.«

»Und was willst du?«

»Aufs College gehen. Eine Zukunft haben.« Da war noch mehr, aber das waren die wichtigsten Elemente.

»Das wird hier auf der Insel nicht passieren.«

Sophie sagte das leichthin, aber Heather verstand die Botschaft – sie wurde auf den Prüfstand gestellt. Waren ihre Pläne echt oder nur das billige Gerede von Amber?

Sie legte ihre Gabel ab. »Ich weiß. Vor einer Weile hat Elliot mit mir über die verschiedenen Colleges gesprochen, die gute Marketingprogramme haben. Denn genau das will ich studieren. Ich habe mich bei einigen beworben und mich auch nach finanziellen Hilfen umgeschaut.« Sie verdrehte die Augen. »Unter anderem für die University of Southern California, wenn du das glauben kannst. Als würde ich da reinkommen. Außerdem ist die superteuer. Aber er hat darauf bestanden. Ich hingegen denke eher an die Boise State.«

Sie wappnete sich gegen Missbilligung oder Gelächter oder einen riesigen Fuß, der von oben auf sie herabsank und ihre Träume zerquetschte.

Doch Sophie nippte nur an ihrem Wein. »Warum Boise State?«

»Das ist nur eine Tagesfahrt mit dem Auto entfernt. Ich bin in der Nähe, aber nicht so nah, dass ich jederzeit zurückkommen kann. Die Uni ist super, und die Stadt einfach bezaubernd.

Außerdem ist es nicht so teuer da. Ich könnte ein Jahr arbeiten, um mich für das staatliche Förderprogramm zu qualifizieren, und dann anfangen zu studieren.«

»Du hast gründlich darüber nachgedacht.«

»Ja. Ich lerne sehr viel von Elliot, und mir gefällt der Gedanke nicht, CK zu verlassen. Aber jetzt, wo Grandma das Haus verkaufen will und meine Mom mich rausgeschmissen hat, ist vielleicht der richtige Zeitpunkt, um zu gehen.«

»Das sehe ich genauso.« Sophies Stimme war ganz sanft. »Heather, ich weiß, dass du Angst hast. Du willst gehen, aber du fühlst dich deswegen schuldig. Die Sache ist die: Es wird niemals einen perfekten Zeitpunkt geben. Du hast jetzt eine Gelegenheit. Wenn du sie nicht ergreifst, wenn du deinen Traum nicht wahr machst, wirst du es für den Rest deines Lebens bereuen. Deine Mutter wird dich wieder in ihre Welt hineinziehen, und du bleibst für immer darin gefangen. Am Ende läuft es darauf hinaus, ob du den Mut hast zu gehen oder nicht.«

»Ich weiß. Ich habe Angst, aber ich will nicht sein wie sie. Ich will nicht gefangen sein und allen anderen die Schuld daran geben, dass ich vom Leben enttäuscht bin.«

Sie wollte wegziehen und erfahren, wie es war, nach ihren eigenen Regeln zu leben.

»Aber?«, hakte Sophie nach.

»Es ist schwer, darüber nachzudenken«, gab sie zu. »Ich war nie allein. Ich habe nie irgendwo anders gelebt als hier. Was ist, wenn ich nicht so klug bin, wie ich denke? Wenn ich keine Freunde finde oder im College nicht mitkomme oder … Was ist, wenn ich scheitere?«

»Erinnerst du dich an deine Quilt-Idee?«

Der Themenwechsel überraschte sie. »Ja.« Was hatte die mit all dem zu tun?

»Wir haben sie dem Zwischenhändler vorgestellt.«

»Hat sie ihm gefallen? Werden wir daran weiterarbeiten? Ich denke, den Kunden wird es gefallen und …«

»Er hat Nein gesagt.«

Heathers Schultern sackten nach unten. »Wirklich? Das tut mir leid, Sophie. Ich dachte, es wäre eine tolle Idee.« Wie hatte sie sich nur so irren können?

»Das lag nicht an der Idee, sondern an mir. Ich habe das Meeting vermasselt. Ich habe alles getan, was Maggie mir verboten hatte. Ich habe einen möglichen großen Erfolg in eine totale Katastrophe verwandelt. Das lag ganz allein an mir. Wir haben die Chance und den Kunden verloren.«

Heather starrte sie fassungslos an. »Aber du bist perfekt. Du weißt alles.«

Sophie grinste. »Wenn das nur wahr wäre. Nein, das bin ich nicht, aber es ist süß von dir, das zu sagen. Heather, du wirst es vermasseln. Du wirst scheitern. Das ist nicht der Punkt. Im Leben geht es darum, es zu versuchen und weiterzumachen. Es geht darum, die Dinge zu tun, die uns Angst einjagen. Es kann funktionieren oder nicht, aber wenigstens tust du was.«

»Was wirst du wegen des Händlers unternehmen?«

»Ich habe ihn angerufen und mich entschuldigt. Er ist gewillt, Maggie noch mal zu sehen, solange ich nicht dabei bin. Also werde ich meiner Vertriebsleiterin vertrauen, dass sie ihren Job macht. Und ich mache meinen und wir sehen, wie es läuft. Was willst du mit deinem Leben anstellen?«

Heather wollte sagen, dass sie erst zwanzig war. Dass sie nur die Insel kannte. Aber sie wusste auch, das waren alles Ausreden – wie eine mangelnde Karriere darauf zu schieben, dass man schwanger geworden war. Sie konnte auf Nummer sicher gehen und sich für immer hier festsetzen. Oder sie könnte aufhören zu träumen, und anfangen, etwas zu machen.

»Ich werde Blackberry Island verlassen.«

»Versprichst du mir das?«

Die Angst reckte ihr Haupt. Es gab Tausende Ungewissheiten und doch wusste Heather, wenn sie jetzt nicht ging, würde sie es niemals tun.

»Ja, Sophie. Ich verspreche es dir.«

»Okay. Dann brauchst du einen Plan. Einen Platz zum Wohnen und einen Job. Setz dir selbst einen Termin und fang an, darauf hinzuarbeiten. Bring deinen Wagen in die Werkstatt und lass ihn gründlich durchchecken. Ich übernehme die Kosten. Dann pack deine Sachen und geh. Bist du immer noch sicher?«

Heather dachte an die unfassbar teure Wohnung, die ihre Mutter mieten wollte. Wenn sie bliebe, würde sie den Mietvertrag unterschreiben, und damit wäre ihr Schicksal besiegelt. Wenn sie bliebe, würde sie zu einer zweiten Amber werden.

»Ich bin sicher. Ich werde noch heute Abend nach einem Zimmer suchen.«

Sophie lächelte. »Bravo! Du hast die richtige Entscheidung getroffen, Heather, dessen bin ich mir sicher.«

»Ich mir auch.«

Am Samstagmorgen musterte Kristine den Stapel an Kartons, der mitten in ihrer glänzenden Küche stand. Die großen Sachen wie Öfen, Kühlschrank und die Abkühlgitter hatte sie zwar schon, aber sie brauchte Unmengen an anderen Dingen, um ihr Geschäft zum Erfolg zu führen. Deshalb hatte sie Backbleche in Industriegröße gekauft, Messbecher, Löffel, Teigschaber und Dutzende anderer Sachen, um ihre Kekse und Brownies zu backen. Dazu kam alles, was sie für den Versand benötigte: Kartons, Seidenpapier, Adressaufkleber, eine Paketwaage und Klebeband. Die Kosten hatten sie beinahe schreiend in die Nacht hinauslaufen lassen, aber sie hatte keine andere Wahl: Wenn sie die Kekse und Brownies nicht backen und verschicken konnte, würde sie nicht sonderlich erfolgreich werden.

Am Montag stand die Inspektion durch das Gesundheitsamt an. Sobald sie diese finale Hürde übersprungen hatte, würde sie die Zutaten bestellen und anfangen zu backen – ein Gedanke, der sowohl aufregend als auch Furcht einflößend war. Ihre Firma existierte wirklich. In wenigen Wochen würden die maßgefertigte Markise und die Fensteraufkleber angebracht werden. Danach würde sie sich ein Datum für die offizielle Eröffnung überlegen. Bis es so weit war, würde sie für die Weinkellereien und das Inn sowie für die paar Kunden backen, die ihre Bestellungen schon aufgegeben hatten. Sie hatte Bears Rat angenommen und sich eine Adressliste gekauft. Mit der Hilfe eines Grafikbüros in Everett hatte sie eine Postkarte mit Coupon entworfen. Die wäre Ende der folgenden Woche fertig und würde dann in die Post gehen. Die Sache war ziemlich teuer gewesen, und eigentlich hatte sie dafür kein Budget gehabt, aber am Ende würde es den Preis wert sein. Das hoffte sie jedenfalls.

Zumindest ihre Webseite war schon fertig. Die war allerdings auch teurer gewesen, als sie eingeplant hatte. Das Geld fließt mir durch die Finger, dachte sie. So war es den ganzen letzten Monat gegangen. Montag oder Dienstag würde sie sich hinsetzen und durchrechnen müssen, wie viel Geld sie schon ausgegeben hatte und wie viel sie noch brauchte. Sie hatte das Gefühl, dass diese Rechnung nicht zu ihren Gunsten ausgehen würde.

»Darüber denken wir heute nicht nach«, sagte sie laut. »Heute geht es darum, Kartons auszupacken. Das ist ein großer Spaß.«

Sie schaute auf die Uhr an der Wand. Die Jungs hatten die Nacht bei Jaxsen verbracht. Er würde sie gegen zehn Uhr vorbeibringen, damit sie ein wenig Zeit zusammen hatten, bevor die drei zu ihren jeweiligen Nachmittagsaktivitäten aufbrachen.

Wenn sie ehrlich war, machte sie die Aussicht, Jaxsen zu sehen, nervös. Was albern war angesichts dessen, wie lang sie schon verheiratet waren, aber so war es nun mal. Sie hatten ab und zu telefoniert – kurze Unterhaltungen, die aber gut gelaufen waren. Er hatte nichts weiter darüber gesagt, dass er sie verlassen wollte, und sie hatte nicht erwähnt, wie sehr sie diese Vorstellung schmerzte. Es war, als fänden sie langsam ihren Weg zurück zueinander. Daran musste sie einfach glauben.

In die Vorfreude darauf mischte sich ein wenig Furcht, was wäre, wenn er sich wieder wie ein Idiot benehmen würde. Hab

Vertrauen, sagte sie sich und holte einen Cutter aus ihrer Einkaufstasche. Jaxsen hatte im Laden unglaubliche Arbeit geleistet. Deshalb *musste* sie einfach Vertrauen haben.

Sie öffnete alle Kartons und packte den Cutter dann wieder weg. Die Jungs würden ihr beim Auspacken helfen, aber auf keinen Fall würde sie dabei eine so scharfe Klinge herumliegen lassen.

Als Erstes packte sie die riesige Kaffeemaschine aus. Sie hatte sich für ein schickes Modell aus glänzendem Chrom entschieden. Das hatte das Budget zwar auch überschritten, aber sie war wunderschön und hatte hervorragende Rezensionen erhalten. Nachdem sie die Maschine auf den Tresen gewuchtet hatte, las sie die Bedienungsanleitung. Sie wusch die verschiedenen Teile heiß aus und setzte sie wieder ein, dann füllte sie den Tank mit Wasser.

»Okay, mein Großer. Lass mich nicht im Stich«, murmelte sie, als sie den Schalter betätigte und wartete.

Das Wasser heizte sich auf, und keine zwei Minuten später hörte sie das fröhliche Gurgeln von heißem Wasser, das in die Edelstahlkanne sprudelte.

Laut der Anleitung würde der Kaffee mindestens vier Stunden heiß bleiben. Sie hatte keine Ahnung, mit wie viel Laufkundschaft sie rechnen konnte oder ob überhaupt irgendjemand Kaffee wollen würde, aber sie wollte ihn anbieten können.

»Mist!«

Schnell griff sie nach dem Block, den sie in ihre Einkaufstasche geworfen hatte, und nahm sich einen Stift. Sie brauchte Kaffeebecher für den Laden und Pappbecher zum Mitnehmen. Dazu Rührstäbchen und Behälter für Milch und Sahne. Außerdem Zucker und Süßungsmittel. Mit dem Café im Ort wollte sie nicht konkurrieren, aber sie konnte auch nicht einfach nur schwarzen Kaffee anbieten.

Sie schrieb alles auf ihre Liste und wartete, bis die Kanne voll war. Dann goss sie das heiße Wasser weg und füllte den Behälter mit dem Kaffeepulver, das sie von zu Hause mitgebracht hatte. Erneut startete sie die Maschine. Dieses Mal gesellte sich zu dem Geräusch der köstliche Duft von frisch gebrühtem Kaffee.

Um zehn war sie bei ihrem zweiten Becher und hatte ziemliche Fortschritte beim Auspacken gemacht. Pünktlich auf die Minute hörte sie die Kinder vor dem Eingang und ging hin, um sie hereinzulassen. Ihr Herz wurde ein wenig schwer, als sie ihre Schwiegermutter hinter ihnen stehen sah und nicht Jaxsen. Warum war er nicht gekommen? Sollte es zwischen ihnen inzwischen nicht besser sein?

Zu viele Fragen und keine Antworten, dachte sie und schob den Gedanken beiseite, um sich auf ihre Kinder zu konzentrieren.

»Wie war eure Nacht?«, fragte sie fröhlich und ließ alle herein.

»Wir sind lange aufgeblieben und haben mit der Xbox gespielt«, erklärte Grant.

»So lange war es auch nicht«, korrigierte Tommy ihn.

Ruth sah sich im Laden um. »O Kristine, das ist ja wunderschön geworden. Ich kann nicht glauben, wie perfekt alles aussieht.«

»Ja, super, oder?«

JJ berührte eine der Wände. »Wir haben Dad nach der Schule beim Streichen geholfen.«

»Das habt ihr ja gar nicht erzählt.«

»Sollte eine Überraschung sein«, sagte Grant stolz. »Gefällt es dir?«

»Ich liebe es. Vielen, vielen Dank.«

Sie war nicht sicher, was sie mit dieser Information anfangen sollte, aber sie wirkte positiv. Wenn Jaxsen doch nur hier wäre.

»Komm, ich führe euch rum«, sagte sie und ging voran. Nachdem sie alles erkundet hatten, ging Ruth, um ihre Besorgungen zu machen. Die Jungs dagegen fingen an, die restlichen Kartons auszupacken.

»Wir werden heute alles wegpacken«, erklärte sie ihnen. »Abwaschen kann ich die ganzen Sachen zu einem späteren Zeitpunkt. Zuerst will ich gucken, wo alles hingehört und ob ich ausreichend Regale habe.«

Nicht, dass sie wusste, was sie tun sollte, wenn nicht.

»Die Backbleche kannst du auf den Abkühlwagen aufbewahren«, schlug JJ vor. »Da sind sie sowieso den Großteil der Zeit. Das spart Platz.«

»Gute Idee.«

Tommy stapelte die Schüsseln. »Mom, wo ist die Spülmaschine?«

»Was?« Mit dem Blick suchte sie die unteren Schränke ab. Da war die große Spüle, Regale und Schränke und der Ofen und …

»Es gibt keine Spülmaschine«, hauchte sie. Wie hatte ihr das entgehen können? Ohne Geschirrspülmaschine würde sie alles von Hand abwaschen müssen. Und das jeden Tag!

Grant grinste JJ an. »Jetzt ist klar, was du tun musst, wenn du hier arbeitest.«

JJ sah sie besorgt an. »Mom, du kaufst dir doch eine Spülmaschine, oder?«

Es gab keine Spülmaschine! Kristine dachte an die Anzahl von Backblechen, die sie jeden Tag benutzen würde. Natürlich konnte sie die mit Backpapier schützen und mehr als einmal benutzen, bevor sie gespült werden mussten. Aber was war mit den Brownieformen und den Schüsseln und Löffeln und allem anderen?

»Ich brauche eine Spülmaschine.« Und zwar eine in Restaurantgröße. Dazu die Anschlüsse und was noch alles dazugehörte. Das würde nicht billig werden.

Sie ging zu ihrer Liste und schrieb die Spülmaschine dazu. Das war ein ganz schön großer Posten für ihr enges Budget.

»Danke, Mom«, sagte JJ dankbar. »Ich helfe aber gerne beim Ein- und Ausräumen.«

Der Rest des Vormittags verging schnell. Kristines Liste wuchs und wuchs, aber zum Glück war alles, was nach der Spülmaschine folgte, relativ günstig. Sobald alle Kartons ausgepackt waren, falteten die Jungs sie zusammen und brachten sie zu ihrem SUV. Wenn sie die drei später abgesetzt hatte, würde sie noch schnell beim Gewerbehof vorbeifahren.

Bevor sie die Tür hinter sich abschloss, schaute sie sich noch einmal um. Ihre Sachen passten perfekt in die Regale. Sie würde den Großteil des folgenden Montags damit verbringen, alles per Hand abzuwaschen, bevor sie es benutzen konnte. Handschuhe, dachte sie düster. Sie würde Handschuhe und ein paar Spülbürsten benötigen.

Sie setzte die Jungs ab, fuhr zum Gewerbehof und dann nach Hause. Als sie auf der Einfahrt stand, starrte sie einen Moment das Haus an, das sie liebte. Zum hundertsten Mal fragte sie sich, warum Jaxsen die Jungs nicht selbst vorbeigebracht hatte. Sie hatten einander nicht mehr gesehen, seitdem er den Laden fertig gemacht hatte. Wollte er ihr eine Botschaft übermitteln?

Sie holte ihr Handy heraus und wählte seine Nummer. Als er ranging, platzte sie heraus: »Ich dachte, du würdest die Jungs heute vorbeibringen.«

Jaxsen zögerte. »Das wollte ich auch, aber ich habe befürchtet, dass ich nur im Weg bin.«

»Wie kommst du denn auf so eine Idee?«

»Als wir uns das letzte Mal getroffen haben, ist das nicht so gut gelaufen.«

»Ich weiß, aber inzwischen hast du den ganzen Laden renoviert. Und Jaxsen, meinst du nicht, dass wir miteinander reden sollten? Oder bist du fertig mit uns?«

Das hatte sie nicht fragen wollen, aber sobald die Worte raus waren, konnte sie sie nicht mehr zurücknehmen. Und egal, wie weh es tun würde, sie musste einfach Gewissheit haben.

»Ich bin nicht fertig mit uns. Und du?«

Erleichterung – süße Erleichterung. »Natürlich nicht. Ich wollte nie, dass du ausziehst. Ich wollte über alles reden. Ich möchte, dass es zwischen uns wieder gut ist.«

»Ich auch.«

Endlich, dachte sie und lehnte ihren Kopf gegen die Fensterscheibe. »Das freut mich.«

»Und was jetzt?«

Das war eine ausgezeichnete Frage. Wie machten sie jetzt weiter? Was war der erste Schritt – und der danach? Sollten sie sich einen Therapeuten suchen oder es auf eigene Faust probieren?

»Willst du heute zum Abendessen kommen?«, fragte sie.

»Sehr gern.«

»Schön.«

»Wenn du JJ abholst, kann ich Tommy und Grant übernehmen«, schlug er vor.

»Perfekt. Dann sehe ich dich später mit den Jungs.«

»Ich freue mich darauf.«

Sie legten auf, und Kristine lief ins Haus. Sie hatte noch tausend Dinge zu erledigen, wie zum Beispiel, sich zu überlegen, was sie zum Abendessen kochen wollte, um dann zum Supermarkt zu fahren. Und aufräumen. Sich umziehen.

Die Vorfreude kehrte zurück. Heute Abend, dachte sie. Heute Abend würden sie und Jaxsen reden und ihre Ehe wieder auf die richtige Spur bringen. Dessen war sie sich sicher.

29. KAPITEL

»Gib's zu«, sagte Dugan und reichte Sophie eine Waffel mit zwei Kugeln Schokoeis. »Du hast Spaß.«

Sie probierte das Eis und schaute über das Wasser.

Es war ein wunderschöner Samstagnachmittag, und sie waren am Strand. Die Sonne schien, es war angenehm warm, und das Plätschern der Wellen vermischte sich mit dem Lachen von spielenden Kindern.

»Ja, es ist ganz nett«, sagte sie und richtete ihre Aufmerksamkeit wieder auf Dugan. Er hatte sie am Morgen angerufen und eingeladen, den Nachmittag mit ihm zu verbringen. Er hatte sie bei CK abgeholt und war mit ihr in den Park am Wasser gefahren. Sophie war überrascht über die vielen Menschen, Imbisswagen und kleinen Stände, an denen Handwerkskunst und Drachen verkauft wurden.

»Es ist ein wenig seltsam«, gestand sie, als sie über die Promenade gingen. »Ich hatte nicht mit so vielen Leuten gerechnet.«

»Es ist Samstag, die Sonne scheint und der Sommer steht vor der Tür.«

»Trotzdem.«

Er blieb stehen und sah sie an. »Sophie, wann hast du das letzte Mal an einem Samstag nicht gearbeitet?«

»Ich weiß nicht. Als ich in L. A. gewohnt habe und hergeflogen bin, war das immer übers Wochenende.«

Ein nachdenklicher Ausdruck stahl sich in seine Augen. »Was ist mit Urlaub?«

»Igitt. Müssen wir darüber reden? Ich hasse Urlaub.«

»Niemand hasst Urlaub.«

»Fahr du mal mit meinem Ex in den Urlaub, dann reden wir weiter. Er hatte sich zum Ziel gesetzt, alle fünfzig Staaten der USA zu besuchen. Und zwar mit dem Auto. Okay, nach Hawaii nicht, aber da sind wir auch nie hingekommen. Wir mussten uns immer die seltsamsten Sachen anschauen. Wie das weltgrößte Wollknäuel. Und Gott verhüte, dass wir uns etwas Cooles ansehen wie den Grand Canyon oder New Orleans. Außerdem war er ein großer Bed-and-Breakfast-Fan. Ich verstehe, dass manche Leute sich mit anderen Reisenden treffen und austauschen wollen, aber bitte nicht morgens beim Frühstück. Warum kann man nicht in einem Hotel wohnen, wo es Zimmerservice gibt und vielleicht sogar ein Spa? Wenn ich mir schon das weltgrößte Wollknäuel ansehen muss, dann will ich danach wenigstens eine Massage haben.«

Er lächelte sie an. »Du hast also keine wirkliche Meinung zum Thema Urlaub.«

»Haha. Ich kann mich eben nicht gut entspannen. Ich arbeite gerne. Okay, vielleicht sollte ich mir dieses Work-Life-Balance-Zeug mal angucken. Aber immerhin versuche ich, am Sonntag nicht zu arbeiten. Das ist doch schon mal was. Und vielleicht könnte ich Urlaub nehmen, wenn es da ein wirklich gutes Hotel gäbe. Und keine Wollknäuel.«

»Was hältst du von Südfrankreich?«

»Das kenne ich nicht. Ist es da schön?«

»Ja, sehr schön. Entspannt und zauberhaft, mit tollem Essen und gutem Wein. Dein Problem mit B&Bs verstehe ich, aber würdest du eine gemietete Villa akzeptieren?«

Eine Villa in Südfrankreich? Dafür würde sie gerne einen Samstag lang darauf verzichten zu arbeiten.

»Wer kocht?«, fragte sie.

Dugan lachte. »Ich.«

»Dann bin ich dabei.«

Wenn sie nach Südfrankreich flögen, könnten sie vielleicht auch wieder anfangen, miteinander zu schlafen. Das fehlte ihr wirklich, und sie wusste einfach nicht, warum Dugan sie so hinhielt. Sie war sich ziemlich sicher, dass es keine andere Frau in seinem Leben gab. Und er hatte gesagt, dass er verrückt nach ihr war. Wo also lag das Problem? Dummer Mann.

Sie gingen weiter.

»Wie geht es Heather?«, fragte er.

»Ich bin mir nicht sicher. In unserem letzten Gespräch hat sie gesagt, dass sie bereit ist, auf eigenen Beinen zu stehen.«

»Du klingst nicht, als würdest du ihr glauben.«

Sophie zuckte mit den Schultern und leckte an ihrem Eis. »Das würde ich gerne, aber ehrlich gesagt bin ich nicht sicher, ob sie das durchzieht. Amber hat so eine Art, die Leute in ihr Leben zu saugen, und vielleicht ist Heather nicht stark genug, um dagegen anzukämpfen.«

»Das glaubst du nicht wirklich.«

»Warum nicht? Bisher ist sie noch nie gegangen. Und sie hat sich mit ihrer Mutter zusammen Wohnungen angeschaut.«

»Sophie, sie ist zwanzig Jahre alt. Sie hat keinen Vater. Du und Kristine, ihr seid ihre einzige Familie, und du hast bisher in Kalifornien gelebt und Kristine hat einen Mann und Kinder. Du machst dir Sorgen, dass Heather nicht stark genug ist, die Frau zu verlassen, die sie aufgezogen hat? Dieselbe Frau, die nicht in der Lage zu sein scheint, sich um sich selbst zu kümmern? Eine erwachsene Vierzigjährige hätte Schwierigkeiten, sich aus so einer Verstrickung zu lösen. Da müssen mehr Schuldgefühle sein, als wir uns vorstellen können. Was ist, wenn sie geht und Amber es wirklich nicht allein schafft? Oder wenn Amber ihr das nie verzeiht? Was passiert, wenn sich alles gegen sie wendet und sie auf einmal ganz allein dasteht? Das ist für eine so junge Frau ganz schön viel.«

Das Eis wurde in ihrem Magen zu Stein. Sophie warf den Rest der Waffel weg und starrte Dugan an. »So habe ich das noch nie betrachtet.«

»Das dachte ich mir.«

Da war etwas in seinem Ton und in seiner Miene. »Verurteilst du mich? Findest du mich egoistisch?«

»Nein, nicht egoistisch. Du hast mit deiner Firma viel um die Ohren.«

»Was soll das heißen? Dass ich mir mehr Zeit für die Familie nehmen sollte?«

Sie presste die Lippen zusammen, denn sie wusste, dass er damit recht hatte. Vielleicht ließ sie sich wirklich zu sehr von ihrer Arbeit vereinnahmen. »Ich möchte ja gerne, aber es ist schwer.«

»Sich die Zeit zu nehmen oder zu wissen, was du tun sollst?«

»Beides. Ich mag Heather. Was meinst du, wie kann ich helfen? Soll ich ihr das Geld geben, damit sie in Boise neu anfangen kann?«

»Heather ist nicht das Problem, sondern Amber. Wenn du ihr hilfst, einen Platz zu finden, kann Heather gehen. Hast du mir nicht gesagt, dass sie gezwungen sind umzuziehen?«

Sophie funkelte ihn wütend an. »Ich weiß, worauf du hinauswillst. Du willst, dass ich Amber eine Wohnung kaufe, damit sie Heather in Ruhe lässt. Du bist ganz schön großzügig mit dem Geld anderer Leute, oder? Das ist echt extrem. Eine Wohnung ... als ob.«

Er aß sein Eis auf und lächelte sie an.

»Was ist?«, forderte sie ihn heraus.

»Ich habe nichts gesagt.«

»Das musstest du auch nicht. Du bist unglaublich leicht durchschaubar. Eine Wohnung. Klar. Warum nicht drei, damit Amber jeden Tag neu entscheiden kann, wo sie wohnen will? Und dazu ein neues Auto. Vielleicht noch eine tropische Insel. Du weißt, dass sie selbst *daran* etwas auszusetzen hätte.« Sie sah ihn weiter böse an. »Was?«

»Puh, so viel Energie. Wovor beschützt du dich?«

Bevor sie reagieren konnte, zog er sie an sich und hielt sie fest, dann gab er ihr einen Kuss auf den Scheitel.

»Sophie, ich weiß, es fühlt sich an, als hätte jeder, den du je geliebt hast, dir das Herz gebrochen. Aber das stimmt nicht. Deine Mom wollte nicht sterben. Mark war ein Idiot, aber das kann man nicht ändern. Du hast jedoch andere Leute im Leben, denen etwas an dir liegt.«

Seine Worte und die Umarmung ließen ihr die Tränen in die Augen steigen. Doch sie blinzelte dieses Zeichen der Schwäche zurück. Dummer Mann. Ihr ging es gut. Sie brauchte ihn nicht.

Allerdings fühlte es sich gut an, so gehalten zu werden. Und wenn sie Probleme hatte, rief sie immer ihn an. Also war *dumm* vielleicht das falsche Wort. Und was das Ihn-Brauchen anging – nun, darüber würde sie nachdenken müssen.

»Du findest wirklich, ich sollte Amber eine Wohnung kaufen?« Ihre Stimme klang gedämpft, weil sie ihren Kopf gegen seine breite Brust presste.

»Das habe ich nicht gesagt.«

»Aber gedacht.«

»Ich weigere mich, wegen meiner Gedanken in Schwierigkeiten zu geraten.«

»Wenn ich ihr eine Wohnung kaufe, wird das nicht gut ausgehen.«

»Das glaube ich gern.«

»Aber es würde viele Probleme lösen.« Sie sah ihm in die Augen. »Habe ich schon mal erwähnt, dass ich deine Tiefsinnigkeit nicht leiden kann?«

»Mehr als einmal.«

»Wirst du je wieder mit mir schlafen? Ich meine, bevor wir nach Südfrankreich fliegen. Ich weiß, da wirst du es tun, denn warum sollten wir sonst überhaupt dorthin reisen?«

Sie rechnete mit einer lustigen Antwort, aber er schwieg mehrere Sekunden.

»Nicht heute«, sagte er dann und gab ihr einen leichten Kuss.

»Das finde ich nervig.«

»Ich weiß.«

»Tust du es deshalb?«

Er lächelte. »Offenbar besteht das Problem eher in dem, was ich nicht tue, als in dem, was ich tue.«

»Ist das ein Test oder so?«

Denn wenn ja, war sie fertig mit ihm. Sie stand nicht auf Tests und Spielchen.

»Nein, das ist kein Test, Sophie.«

»Was ist es dann?«

Erneut küsste er sie. »Ich lasse dir Zeit herauszufinden, was du von mir willst.«

»Abgesehen von Sex?«

»Ja.«

»Warum muss das so kompliziert sein?«

»Das ist nicht mein Ziel, aber ich möchte wissen, wo wir beide stehen. Und im Moment hast du keine Ahnung.«

Sie trat einen Schritt zurück und stemmte die Hände in die Hüften. »Das ist so typisch Mann.«

Er legte einen Arm um ihre Schultern. »Ich weiß. Könnte ich noch nervtötender sein?«

»Nein.«

Sie lachten beide, aber Sophie war ziemlich sicher, dass keiner von ihnen scherzte. Offensichtlich wollte Dugan etwas von ihr, und er war gewillt zu warten, um es zu bekommen. Das Problem war nur: Sie hatte keine Ahnung, was er wollte. Und selbst wenn sie es wüsste, wäre da noch die Frage, ob sie es ihm geben könnte. Was wäre, wenn Dugan mehr brauchte, als sie zu geben imstande war? Was, wenn der Preis, ihn zu behalten, für sie zu hoch war? Was, wenn sie am Ende des Tages nur in ihrer Arbeit gut war?

Bei der Aussicht, Jaxsen zu sehen, musste Kristine erneut ihre Nervosität bekämpfen. Dazu kam die Unsicherheit, wie sie das Abendessen handhaben sollte. Ein Teil von ihr wollte den Tisch im Esszimmer mit dem guten Porzellan decken und alles ganz schick machen. Doch der Rest sagte ihr, dass das keine gute Idee war. Sie hatte Jaxsens Abwesenheit vor den Jungs bisher stets heruntergespielt. Wenn sie nach ihm gefragt hatten, hatte sie nur gesagt, dass sie beide gerade ein paar Probleme hatten und etwas Abstand brauchten, um sie zu lösen. Wenn sie nun seine Anwesenheit beim Abendessen zu etwas Besonderem machte, strafte sie ihre Worte damit Lügen, und sie wollte nicht, dass die Jungs sich Sorgen machten.

Deshalb bat sie schließlich JJ, wie üblich den Tisch in der Küche zu decken, wobei sie nebenbei erwähnte, dass sein Dad ihnen Gesellschaft leisten würde.

JJ nahm die Information ruhig auf, wusch sich die Hände und sagte: »Kann ich morgen zu Brandon gehen? Sein Onkel hat gerade einen Mercedes SLK gekauft und kommt damit vorbei, damit wir ihn gemeinsam polieren können.«

So viel dazu, dass JJ womöglich mit der emotionalen Bedeutung zu kämpfen hatte, dass sein Vater zum ersten Mal seit einem Monat mit ihnen gemeinsam zu Abend essen würde.

»Klar«, erwiderte sie lächelnd. »Wenn ihr damit fertig seid, kannst du mit Brandon hierherkommen und ihr könnt meinen SUV polieren.«

»Mom, das ist nicht das Gleiche. Weißt du überhaupt, was ein SLK ist?«

»Ein teures Auto?«

»Es ist ein Cabriolet, und es hat …«

Sie hob abwehrend eine Hand. »Bitte, erspar mir die Einzelheiten zu Motorleistung, Drehmoment und PS. Ich glaube dir auch so, dass es ein ganz besonderes Auto ist.«

»Du solltest dich mehr für Autos interessieren. Das ist ein spannendes Thema.«

Sie zerzauste ihm die Haare. »Wenn du das sagst.«

JJ seufzte. »Du bist so ein typisches Mädchen.«

»Gut zu wissen.«

Sie sah nach den beiden Hähnchen, die sie in den Ofen getan hatte, und gab junge Kartoffeln dazu. Der Salat war schon fertig und die grünen Bohnen warteten nur darauf, gedünstet zu werden. Beim Hähnchenkauf hatte sie auch Eiscreme mitgenommen. Alles in allem war es ein aufwendigeres Abendessen, als sie es normalerweise an einem geschäftigen Wochentag hatten, aber nicht so aufwendig, dass irgendjemand eine Bemerkung darüber machen würde.

Um Punkt halb sechs hörte sie Jaxsens Truck vorfahren. Sofort spannten sich alle Muskeln in ihrem Körper an und ihr Magen zog sich zusammen. Einfach weiteratmen, sagte sie sich. Der heutige Abend war nichts Besonderes. Sie und Jaxsen brauchten Zeit, um den Weg zueinander zu finden. Das zwischen ihnen konnte nicht mit einem einzigen Abendessen geheilt werden, und sie sollte auf keinen von ihnen solchen Druck ausüben.

Tommy und Grant kamen laut plappernd ins Haus gestürmt und brachten eine ordentliche Portion Chaos mit sich.

»Es gibt eine Baseballliga im Sommer«, sagte Grant. »Ich bin dann alt genug und möchte mitmachen.«

»Mom, ich habe meine Mathehausaufgaben fertig; du musst sie dir noch mal ansehen.« Tommy ließ seinen Rucksack mitten auf den Boden fallen und schnüffelte. »Gibt es Hähnchen?« Er erblickte seinen Bruder. »Bringt Brandons Onkel den SLK wirklich morgen rüber?«

»Ja! Und wir dürfen ihn polieren.«

Tommy drehte sich zu Kristine um. »Mom, kann ich mit JJ zu Brandon gehen und mir das Auto angucken?«

»Rucksack nach oben«, beschied sie ihm. »Dann wascht euch die Hände. Über das Auto reden wir später. Grant, bring mir den Link zu dem Baseball-Camp und ich gucke es mir mit Dad zusammen an.«

Sie schaffte es, sich abzulenken, bis alle drei Jungs die Küche verlassen hatten. Erst dann drehte sie sich zu Jaxsen um.

Er sah aus wie immer: groß und stark mit dunklen Haaren. Doch seine übliche Leichtigkeit fehlte, wodurch Kristine sich gleich besser fühlte. Sie war froh, nicht die Einzige zu sein, die nervös war.

»Hi«, sagte er und hielt ihr eine Flasche Wein hin. »Den habe ich mitgebracht, weil …« Er räusperte sich. »Danke für die Einladung zum Essen.«

Kurz überlegte sie, ihm zu sagen, dass sie das ganze Problem nicht hätten, wenn er nicht ausgezogen wäre. Doch vermutlich würde er daraufhin erwidern, dass er das nur getan hatte, weil er über ihre Firmenpläne unglücklich gewesen war. Dann hätten sie immer noch nicht darüber gesprochen, ob er ihre Ehe wirklich verlassen hatte und was sie tun würde, wenn dem so war. Womit sie letztlich nichts anderes sagen konnte als: »Gern geschehen.«

Sie lächelten einander an.

»Tut mir leid, dass es so komisch ist«, sagte er. »Ich war zu lange weg.«

»Ja, irgendwie schon.« Sie wusste, dass ihnen nicht viel Zeit blieb, bis die Jungs wieder herunterkamen, aber sie musste einfach fragen: »Hast du mich wirklich verlassen, Jaxsen? Hast du uns verlassen?«

»Ich bin zu meinen Eltern in den Keller gezogen. Ich bin nicht mal mit meinen Freunden aus gewesen.«

»Das ist keine Antwort auf meine Frage.«

»Ich war wütend.« Er verzog das Gesicht. »Nein, ich hatte Angst. Verdammt, ich weiß nicht, warum du dich überhaupt mit mir abgibst. Ich liebe dich mehr, als ich je jemanden geliebt habe, aber ich mache es dir nicht leicht. Und doch bist du hier. Warum?«

Sie sah ihn ruhig an. »Das ist auch keine Antwort. Hast du mich verlassen?«

Er ließ den Kopf hängen. »Ja.«

»Warum?«

»Ich wollte, dass du auch Angst hast.« Er sah sie wieder an. »Darauf bin ich nicht stolz, aber es ist die Wahrheit. Ich wollte, dass du so leidest wie ich. Ich wollte, dass du weißt, wie es sich anfühlt.«

Die Worte hätten sie verletzen können, aber seltsamerweise empfand Kristine sie als tröstlich. Jaxsen hatte nicht gehen wollen – er hatte ihr eine Lektion erteilen wollen. Das war zwar nicht gerade eine erwachsene Reaktion auf das, was passiert war, aber es ergab einen gewissen Sinn. Er war verletzt gewesen und aus seiner Sicht hatte sie diesen Schmerz verursacht. Also hatte er sie bestrafen wollen.

»Es tut mir leid«, fuhr er fort. »Das war falsch von mir.«

»Ja, das war es. Ich wünschte, du hättest mir gesagt, was in dir vorging. Ich hätte versuchen können, es dir besser zu erklären. Ich wollte dir nie das Gefühl geben, dass ich dich verlassen werde.«

»Das weiß ich jetzt auch.«

Der leicht trotzige Ton ließ sie lächeln. »Wir sind nicht sonderlich gut darin, oder?«, fragte sie. »Verheiratet zu sein, einander zu unterstützen. Zu kommunizieren. Jaxsen, wir müssen eine Paartherapie machen.«

Er sah ihr in die Augen. »Liebst du mich noch?«

»Natürlich! Ich habe nie aufgehört, dich zu lieben. Die Liebe zu dir ist nicht das Problem. Liebst du mich noch?«

In der Sekunde, die sie auf seine Antwort warten musste, starb sie tausend Tode. Doch als er endlich sprach, war alles wieder gut.

»Ja. Du bist meine Welt.«

»Dann müssen wir diese Sache klären. Wir müssen es in Zukunft besser hinkriegen. Auf keinen Fall sollten wir so weitermachen wie vorher. Ich wusste nicht, warum du gegangen bist. Inzwischen verstehe ich zwar, was in dir vorging, aber es tut mir trotzdem weh, dass du einfach aus unserer Ehe verschwunden bist, ohne mir etwas zu sagen.«

»Ich bin nicht wirklich verschwunden.« Er seufzte. »Aber du hast recht. Wir müssen es besser machen.« Mit einem Mal hellte sich seine Miene auf. »Vielleicht könnten wir uns ein Buch aus der Bücherei leihen oder so?«

Sie sah ihn an. »Nein.«

»Na gut.«

Das Trappeln von Füßen auf der Treppe unterbrach sie. Sekunden später stürmten die Jungs in die Küche und der Augenblick war vorbei. Trotzdem, dachte Kristine, wir haben Fortschritte gemacht. Zumindest verstand sie Jaxsen jetzt ein wenig besser. Und wenn sie sich Hilfe suchten, würden sie einen Weg finden – dessen war sie sich sicher.

Das Dinner war so laut und fröhlich wie immer. Schon seltsam, schoss es Kristine durch den Kopf, wie schnell man in das Vertraute zurückfällt. Während alle durcheinandersprachen, fragte sie sich, was wohl nach dem Essen passieren würde. Würde Jaxsen erwarten, wieder einziehen zu können? War sie dazu schon bereit? Und wenn er fragte und sie Nein sagte, würde er ihre Beweggründe verstehen?

Noch komplizierter war die Frage nach Sex. Wollte er? Wollte sie? Sollten sie? Würde das die Sache besser oder schlimmer machen? Es war ein paar Wochen her, und Jaxsen war ein Mann, der ungern mehrere Tage ohne körperliche Begegnungen ertrug. Kristine machte sich nicht so sehr Sorgen darum, dass er sein Bedürfnis anderswo befriedigte, sondern eher darum, dass sie nicht wusste, ob sie ihm anbieten sollte …

Was anbieten? Wollte sie überhaupt mit ihm ins Bett, während zwischen ihnen alles noch so unsicher war? Sollten sie nicht warten, bis sie besser verstanden, wie es zwischen ihnen lief?

Die Erkenntnis, dass noch immer so viel ungeklärt war, ließ ihr unbehaglich zumute werden, sodass sie nicht weiteressen konnte. Sie machte mit, lachte an den passenden Stellen und versuchte, sich so zu verhalten, als wäre alles normal. Und die Jungs schienen es ihr abzukaufen. Doch sie ertappte Jaxsen dabei, dass er sie anschaute, als spüre er, dass etwas nicht in Ordnung war.

Sobald die Jungs den Tisch abgeräumt und alles in die Spülmaschine gestellt hatten, schickte Jaxsen sie nach unten. Als er endlich mit Kristine allein war, sagte er: »Ich sehe, wie die Rädchen in deinem Kopf sich drehen. Du bist wegen irgendetwas aufgebracht.«

»Nein. Nur verwirrt. Ich bin froh, dass wir ein paar Dinge geklärt haben, aber da ist noch so viel mehr, über das wir reden müssen.«

»Da hast du recht. Wir sollten wirklich einen Therapeuten aufsuchen. Unsere Ehe ist uns wichtig, und wir müssen ein paar neue Fähigkeiten lernen.«

Das war total untypisch für Jaxsen. »Bist du dir sicher?«

»Die Idee gefällt mir nicht sonderlich, aber ich erkenne ihren Sinn.«

»Danke.«

Er streckte die Arme aus, und sie schmiegte sich hinein. Er war so warm und vertraut, und sie hatte das Gefühl vermisst, dass er alles wiedergutmachen würde.

»Wir schaffen das«, sagte er leise und strich ihr über den Rücken. »Ist es in Ordnung, wenn du jemanden für uns suchst? Ich kann das auch machen, aber für mich ist es schwieriger, während der Arbeitszeiten zu telefonieren.«

»Ich fange morgen an zu recherchieren und mache einen Termin aus.«

»Danke.«

Die langsame, stetige Berührung an ihrem Rücken erregte sie. Jaxsen war nicht der Einzige, der eine lange Durststrecke hinter sich hatte. Vielleicht, dachte Kristine, bin ich noch nicht bereit, dass er wieder einzieht und wir so tun, als wäre nichts passiert. Doch sich ein wenig nackt zwischen den Laken zu wälzen war keine so schlechte Idee. Sie könnten …

Er ließ sie los. »Ich sollte dann mal wieder gehen.«

Was? »Du willst schon los?«

Er schenkte ihr ein schiefes Grinsen. »Ich will mein Willkommen nicht überstrapazieren. Danke für das Essen. Es war perfekt.« Er beugte sich vor und gab ihr einen sanften Kuss auf den Mund. »Ich liebe dich.«

»Ich liebe dich auch.«

Die Worte kamen automatisch, denn sie war noch dabei, zu verarbeiten, dass er einfach gehen wollte, ohne zu versuchen, Sex mit ihr zu haben. Was war da los?

Noch während die Frage durch ihren Kopf schoss, erkannte Kristine, dass sie vielleicht ein wenig unfair war. Jaxsen konnte nicht ihre Gedanken lesen, und außerdem hatte er die richtige Entscheidung getroffen. So schnell schon wieder zusammen ins Bett zu gehen würde eine schwierige Situation noch komplizierter machen. Was allerdings nicht bedeutete, dass es ihr gefallen musste.

»Wollen wir morgen zusammen brunchen?«, schlug er vor. »Und danach vielleicht ins Kino?«

Sie musste zwar tausend Dinge erledigen, aber die konnten warten. »Das wäre schön.«

»Ich schicke dir eine Nachricht, dann können wir eine Zeit ausmachen.«

Jaxsen ging nach unten, um sich von den Jungs zu verabschieden. Kristine zog sich ins Wohnzimmer zurück und kuschelte sich in die Sofaecke. Ihr Körper vibrierte noch, aber das würde vergehen. Wichtiger war, dass sie die Entscheidung getroffen hatten, mit ihrer Ehe weiterzumachen und zu lernen, besser miteinander umzugehen. Es würde womöglich eine Weile dauern, sich an einen neuen, verbesserten Jaxsen zu gewöhnen, aber sie hatte das Gefühl, dass es sich am Ende lohnen würde.

Was sie selbst anging – sie war auch nicht ohne Schuld. Für eine Beziehung waren immer zwei Personen verantwortlich. Sie hatte das dumpfe Gefühl, dass ein Therapeut ihr sagen würde, dass es auch für sie an der Zeit war, sich ein wenig anzustrengen.

30. KAPITEL

Seit beinahe einer Woche war Heather hin- und hergerissen zwischen Schuldgefühlen und dem Versprechen von Freiheit. Sie verstand, dass hierzubleiben die leichte Entscheidung war – sie würde so weiterleben wie bisher. Natürlich wäre sie dann weiterhin gefangen, aber das war wenigstens vertraut.

Zu gehen hieß, die Chance auf mehr zu haben. Doch damit ging das Risiko einher, es allein schaffen zu müssen. Sie würde gezwungen sein herauszufinden, ob sie auf dem College erfolgreich sein konnte. Oder in einem Beruf, der ihr Spaß machte. Sie würde eingeschätzt, kritisiert und beurteilt werden von Leuten, die sie weder kannten noch liebten.

In diesem Moment ihres Lebens – das war ihr bewusst – gab es eine Tür, durch die sie hindurchgehen konnte. Oder sie konnte sie für immer schließen. Dazwischen gab es nichts. Nachdem sie mit ihren beiden Alternativen gerungen hatte, kam sie zu dem Schluss, dass sie ihre Chance ergreifen würde, um der Mensch zu werden, der sie so dringend sein wollte.

Sie kleidete sich mit besonderer Sorgfalt für die Arbeit, und sobald sie an ihrem Schreibtisch saß, schickte sie Elliot eine Nachricht und fragte ihn, ob er fünf Minuten Zeit für sie hätte.

Als sie kurz darauf an seine offene Tür klopfte, schaute er lächelnd auf. »Komm rein, Heather.«

Sie trat ein und schloss die Tür hinter sich. Den Block mit ihren wichtigsten Punkten hatte sie in der einen, ein paar Taschentücher in der anderen Hand. Natürlich hoffte sie, nicht weinen zu müssen, aber sie wusste, dass sie durchaus ein wenig emotional werden könnte. Daher war es besser, vorbereitet zu sein.

Sie setzte sich auf die vordere Kante des Besucherstuhls und atmete tief ein. »Ich wollte Ihnen sagen, dass ich heute meine Kündigung einreichen werde.«

Elliots Augen verrieten nichts. »Ich verstehe. Darf ich fragen, warum?«

»Ich muss hier weg. Von der Insel. Es ist kompliziert, aber im Moment habe ich das Gefühl, dass ich mich loseisen kann. Wenn ich jetzt nicht gehe, werde ich es nie tun.«

»Wegen deiner Mutter?«

Sie nickte. »Wir hatten einen heftigen Streit, und sie hat mich vor ein paar Wochen rausgeworfen. Ich bin dann bei Sophie untergekommen. Wenn ich zu meiner Mutter zurückgehe, werde ich einen Mietvertrag für eine Wohnung unterschreiben und danach für immer hier festhängen. Das will ich nicht.« Sie presste die Lippen aufeinander. »Ich weiß, für Sie ergibt das keinen Sinn. Sie wären sicher viel stärker, aber das ist das Beste, was ich tun kann.«

Er lehnte sich in seinem Stuhl zurück. »Du gibst mir mehr Lorbeeren, als ich verdiene. Wenn es um unsere Mütter geht, knicken wir alle ein. Also, wie lautet dein Plan?«

»Ich werde nach Boise ziehen. Dort nehme ich ein paar Jobs an und miete mir irgendwo ein Zimmer, um so viel Geld wie möglich fürs College zu sparen. Wenn ich ein Jahr dort gelebt habe, werde ich mich für die Boise State bewerben. Da gibt es ein gutes Programm, und ich freue mich darauf, es hinzukriegen.«

Sie wollte sagen, dass sie wusste, dass Boise State nicht mit Michigan oder Notre Dame oder einem anderen College auf der Liste mithalten konnte. Aber es war machbar für sie, und das zählte im Moment am meisten. Doch sie schwieg.

Elliot musterte sie. Wie immer trug er einen makellos sitzenden Anzug. Er strahlte Selbstbewusstsein und Kompetenz aus. So wollte sie auch eines Tages sein – ein erfolgreiches Mitglied der Marketingwelt. Sie wollte ihre Arbeit gut machen, ihre Kollegen respektieren und von ihnen respektiert werden.

Finanziellen Erfolg wünschte sie sich natürlich auch, nur war ihr der weniger wichtig, als ihren Weg zu finden.

»Ich gebe zu, ich bin enttäuscht«, sagte Elliot schließlich.

Heather riss die Augen auf. »Warum sagen Sie das? Ich kann nicht hierbleiben. Das geht einfach nicht. Dann wäre ich für immer gefangen.« Sie blinzelte, um die Tränen zurückzuhalten. »Ich weiß, es ist nicht New York oder Chicago, aber …«

Er schenkte ihr ein sanftes Lächeln. »Tut mir leid, das hätte ich nicht sagen sollen. Ich bin nicht enttäuscht, dass du gehst, Heather. Ich werde dich vermissen, aber du hast recht: Du musst hier raus, solange du noch kannst. Was ich meinte, war Folgendes: Ich wünschte, ich hätte meine Informationen früher zusammengehabt, sodass du dich nicht hättest entscheiden müssen.«

Er zog eine dicke Mappe aus der Schreibtischschublade und schob sie ihr hin. »Ich habe gehört, dass Los Angeles um diese Jahreszeit ganz bezaubernd ist.«

Sie schlug die Mappe auf und sah eine schriftliche Zusage für die *University of Southern California.*

»Aber ich habe meine Bewerbung doch erst vor einem Monat weggeschickt. Wie können die mich da jetzt schon angenommen haben?«

»Private Universitäten haben andere Zeitpläne«, erklärte er schulterzuckend. »Du kannst im Herbst anfangen. Für die Zwischenzeit kenne ich eine Professorin, die das Apartment über ihrer Garage an Studenten vermietet. Die derzeitige Mieterin zieht zu ihrem Freund, also ist die Wohnung ab Ende der Woche frei. Dort bist du sicher, und du hast jemanden, der ein Auge auf dich hat. Kelli gehört zum Personal der medizinischen Fakultät und nimmt es mit dem Wohlergehen der Studenten sehr genau.«

Zwar hörte sie seine Worte, aber die ergaben keinen Sinn. Die USC? Das war eine Top-Uni, aber die Kosten waren verboten hoch.

Sie sah ihn an. »Ich weiß nicht, was ich sagen soll.«

»Dann lass mich weiterreden. Du musst dich für alle Stipendien und Förderprogramme bewerben, die es gibt. Ich habe mit ein paar Leuten gesprochen und die Studiengebühren fürs erste Jahr zusammenbekommen, aber danach bist du auf dich allein gestellt. Außerdem habe ich ein paar Möglichkeiten für einen Sommerjob. Während der Semester solltest du nur Teilzeit arbeiten und …«

Heather brach in Tränen aus. Nein, nicht in Tränen. In hässliche, ihren Körper schüttelnde Schluchzer, die ihr den Atem nahmen. Schnell schlug sie die Hände vors Gesicht. Sie konnte das alles nicht aufnehmen. Elliot schwieg und schob ihr eine Box mit Taschentüchern hin.

Heather schnappte sich eine Handvoll und versuchte, sich zusammenzureißen, aber es gelang ihr nicht. Jedes Mal, wenn sie daran dachte, was er für sie getan hatte, fing sie erneut an zu weinen.

Irgendwann konnte sie wieder halbwegs atmen. Sie wischte sich das Gesicht ab und starrte Elliot fassungslos an. »Warum?«

»Weil du hart arbeitest und die Chance verdient hast, etwas aus dir zu machen.«

»Aber es gibt viele Menschen, die so sind wie ich.«

»Die kenne ich aber nicht. Dich hingegen schon.«

Weitere Tränen liefen ihr über die Wangen. »Das kann ich Ihnen nie zurückzahlen.«

»Das sollst du auch gar nicht. Ich möchte, dass du die beste Version von dir wirst, und dann will ich, dass du jemand anderem hilfst. So funktioniert das, Heather. So machen wir die Welt zu einem besseren Ort. Wir helfen einem Menschen nach dem anderen.«

Sie nickte, stand auf und ging um seinen Schreibtisch herum. Elliot erhob sich und sie umarmte ihn.

»Vielen, vielen Dank. Ich werde Sie nicht enttäuschen, das verspreche ich.«

»Ich weiß, meine Kleine, ich weiß. Versprich mir nur, in Kontakt zu bleiben. Ich möchte alles über dein neues Leben hören.«

Sophie funkelte Elliot böse an. »Du lässt mich schlecht dastehen.«

Er schaute von seinem Computer auf. »Ich habe keine Ahnung, wovon du redest.«

»Unsinn. Du hast Heather auf die USC gebracht und bezahlst die Studiengebühren für das erste Jahr. Warum?«

Er neigte den Kopf. »Bist du wirklich wütend oder mehr verärgert?«

Seufzend ließ sie sich auf den Besucherstuhl sinken. »Ich bin nicht wütend. Du tust etwas Gutes. Sie ist so aufgeregt, dass sie förmlich schwebt.«

Heather war in ihr Büro geplatzt, um ihr die guten Neuigkeiten mitzuteilen. Und auch wenn Sophie sich für sie freute, verstörte sie die ganze Sache irgendwie.

»Das hätte ich sein sollen«, murmelte sie.

»Warum bist du es nicht?«

»Ich weiß es nicht. Es fällt mir schwer, anderen Leuten Geld zu geben.« Wofür sie nur zu gern Mark und Fawn die Schuld gegeben hätte. »Meine Mitbewohnerin auf dem College hat mich geschäftlich über den Tisch gezogen, und mein Ex hat mir bei der Scheidung einen ganzen Batzen aus dem Kreuz geleiert. Außerdem bitten mich die Leute ständig um Almosen. Das macht mich nervös, also bin ich vorsichtig.« Es könnte sein, dass sie Amber eine Wohnung kaufen würde – die Entscheidung war noch nicht schlussendlich gefallen. War eine Wohnung beeindruckender als die Studiengebühren für ein Jahr auf der USC? Da war sie nicht sicher. Außerdem war das hier kein Wettbewerb. Oder zumindest sollte es das nicht sein. Verdammt, warum konnte sie nicht normaler sein?

»Du bezahlst deine Angestellten gut«, sagte Elliot und holte sie so in die Unterhaltung zurück.

»Das ist etwas anderes. Dabei geht es um einen Tausch. Sie machen ihre Arbeit, ich bezahle sie. Aber einfach so jemandem Geld zu geben … Das fällt mir schwer.«

»Übung macht den Meister.«

»Sollte ich einen Teil von Heathers Collegegebühren übernehmen?«

»Das wäre eine nette Geste.«

»Was ist, wenn sie nicht gut ist? Was ist, wenn sie nur feiert, Vorlesungen ausfallen lässt und das Studium schließlich aufgibt?«

»Das Essensmarkenargument«, merkte er an. »Viele Leute wollen anderen nur dann helfen, wenn sie sicher sein können, dass die Spende auf eine bestimmte Weise verwendet wird. Du möchtest bestimmen, was mit deiner Spende passiert.«

»Bei dir klingt das, als wäre das was Schlechtes. Aber es ist mein Geld.«

»Nicht, nachdem du es weggegeben hast.«

»Also ist es dir egal, was passiert?«

Er lächelte. »Meine Freude liegt im Geben. Sobald das Geld mein Konto verlassen hat, liegt es nicht mehr an mir. Ich kann die Person oder Organisation, an die ich es gegeben habe, nicht kontrollieren. Das zu versuchen, würde mich nur einschränken.«

»Das ist doch verrückt.«

»Für dich vielleicht. Für mich ist es eine Übung darin loszulassen.«

»Ich glaube nicht, dass ich das in dem Maße kann.«

»Es ist deine Entscheidung.«

Sie seufzte. »Ich will kein schlechter Mensch sein.«

»Das bist du auch nicht.«

»Warum fühle ich mich dann schuldig, weil du das für Heather tust?«

»Weil du das Gleiche hättest tun können, es aber nicht getan hast.«

»Autsch.«

»Ich sage nur, was ich denke. Wenn du hergekommen bist, um dir meine Absolution zu holen, muss ich dich enttäuschen. Du hast dir deinen finanziellen Erfolg verdient. Was du damit tust, ist ganz allein deine Sache. Aber eines weiß ich, Sophie: Manchmal fühlt es sich gut an, das mit jemand anderem zu teilen.«

»Das weiß ich.«

»Dann solltest du es vielleicht auch leben.«

Sie hätte gerne gesagt, dass sie das tat, aber das stimmte nicht. Manchmal hielt sie sich so an allem fest, dass sie fürchtete, unter der Spannung zu zerbrechen. Loszulassen – egal, ob im finanziellen Bereich, in der Liebe oder in einer Beziehung – war einfach zu schwer.

»Ich mag keine Nabelschau«, gestand sie.

»Ich glaube, das wissen wir alle.«

Sie hatte kein Geld mehr. Kristine schaute die Tabelle auf ihrem Laptop an und wusste, dass sie der Wahrheit nicht entkommen konnte. Sie hatte mehr für ihre Webseite und Dinge wie Backbleche und andere Küchenutensilien ausgegeben als geplant.

Die Adressliste zu kaufen war ein typischer Anfängerfehler, dachte sie seufzend. Diese große, ungeplante Ausgabe hätte noch warten können. Leider war sie von der Idee so begeistert gewesen, dass sie einfach gehandelt hatte, ohne erst zu schauen, ob sie auch genügend Geld dafür hatte.

Nun stand nicht nur ihre erste Mietzahlung an, sondern sie musste auch noch die Zutaten kaufen, um ihre Kekse und Brownies zu backen, bevor sie sie verkaufen konnte. Sie hoffte, dass in den nächsten paar Tagen die ersten Bestellungen über ihre Webseite eingehen würden, aber wenn das passierte, würde sie das Verpackungsmaterial, das sie schon gekauft hatte, ziemlich schnell verbrauchen. Das war zwar ein Luxusproblem, aber trotzdem ein Problem. Das Schild, das nächste Woche angebracht werden sollte, war auch noch nicht bezahlt, und sie hatte eigentlich gehofft, eine große Eröffnungsparty geben zu können. Doch im Moment konnte sie sich nicht einmal Pappbecher leisten, um den Kunden einen Schluck Wasser anzubieten.

Kristine konnte nicht fassen, dass ihre Firma noch nicht mal einen ganzen Monat existierte und sie schon zu kämpfen hatte. Dabei war sie so vorsichtig gewesen, was ihren Businessplan anging. Sie hatte ihn wieder und wieder überprüft, und sogar Sophie hatte gesagt, dass die Zahlen gut aussehen. So toll das alles klang, es änderte nichts daran, dass sie dringend Geld benötigte, und zwar viel.

Zehntausend würden für den Anfang reichen. Fünfzehntausend wären besser, weil sie dann einen Puffer für weitere unerwartete Ausgaben hätte. Aber leider hatte sie das Geld nicht einfach irgendwo in der Sofaritze herumliegen.

Natürlich hatte ihr Konto einen Dispo, aber den wollte sie nicht ausreizen. Zwischen Jaxsen und ihr herrschte ein zerbrechlicher Frieden. Das Letzte, was sie wollte, war, weitere Spannungen zwischen ihnen heraufzubeschwören, indem sie das Geld benutzte. Sophie war eine Option. Vielleicht. Wenn sie sie um ein Darlehen bat und nicht um ein Geschenk. Sie könnten einen rechtlich bindenden Vertrag aufsetzen.

Kristine dachte an die gebrauchten SUVs, die sie sich im Internet angeschaut hatte. Wenn sie ihren neuen verkaufte und durch ein älteres Modell ersetzte, könnte sie vielleicht fünftausend Dollar zusammenkriegen. Das reichte aber noch nicht – und Jaxsen würde es auch nicht gefallen.

Genervt schob sie den Laptop weg und legte den Kopf auf die verschränkten Arme. »Ich bin eine Versagerin«, murmelte sie und wünschte, sie hätte besser geplant.

Nach ein paar Minuten ging sie nach oben in die Küche, um sich noch einen Kaffee einzuschenken. Vielleicht würde der Koffeinkick ihr helfen, auf eine brillante Idee zu kommen. Vielleicht ...

Sie hörte einen Wagen und schaute aus dem Fenster. Jaxsen fuhr gerade rückwärts einen Anhänger auf die Einfahrt. Was zum Teufel war da los? Wofür brauchten sie einen Anhänger?

Ihr wurde eiskalt. Wollte er seine Sachen abholen?

Sofort schob sie den Gedanken beiseite. Nein. Sie würde nicht zu irgendwelchen schrecklichen Schlussfolgerungen springen. Sie und Jaxsen trennten sich nicht. Sie hatten gerade darüber gesprochen, wie sie ihre Ehe verbessern konnten. Am Donnerstagabend hatten sie einen Termin bei einem Paartherapeuten. Auf keinen Fall würde er jetzt ausziehen.

Jaxsen kam in die Küche. »Ich dachte, du bist im Laden. Das sollte später eine Überraschung für dich werden.«

»Eine Überraschung?«

Er zuckte mit den Schultern. »Mir ist klar, dass du kein Geld mehr hast. Ich habe noch die Papiere, die du mir gegeben hast, als du über die Gründung der Firma reden wolltest. Dazu kamen weitere Kosten. Zum Beispiel die Spülmaschine und ein paar andere Sachen. Außerdem hat Tommy mir erzählt, dass du eine Adressliste gekauft hast. Damit kenne ich mich zwar nicht aus, aber ich schätze, so etwas ist teuer.«

Sie spürte, dass sie errötete, und unterdrückte den Drang, sich zu verteidigen. Jaxsen war nicht hier, um sie anzugreifen – das musste sie einfach glauben, denn wenn sie es nicht täte, hätten sie beide gar nichts mehr.

»Ich habe ein paar Fehler gemacht. Die Adressliste war teuer. Dazu die Kosten für das Drucken und Verschicken der Postkarten. Du hast recht. Ich habe kein Geld mehr und muss meine Miete zahlen und Zutaten kaufen, damit ich anfangen kann zu backen.«

Er nickte. »Ja, das dachte ich mir. Wie viel brauchst du? Zehntausend?«

»Fünfzehn wären besser.«

»Okay. Da wäre das Geld von der Hypothek, aber ich glaube, da will keiner von uns ran, denn auf die Rückzahlungen können wir im Moment gut verzichten. Aber ohne Geld kannst du nicht anfangen.« Er schenkte ihr ein Lächeln. »Ich will dir helfen.«

Bei diesen Worten entspannte sie sich ein wenig. »Das weiß ich zu schätzen, aber falls du nicht irgendwo Geld versteckt hast, bin ich mir nicht sicher, ob du mir helfen kannst.«

Sie erwartete, dass er lächeln oder einen Witz machen würde, doch stattdessen wandte er den Blick ab, als wollte er etwas vor ihr verbergen.

»Jaxsen?«

Er atmete tief ein und sah sie wieder an. »Das hier macht mir panische Angst, das gebe ich zu. Ich meine, dass du deine eigene Firma hast.«

»Warum macht dir das Angst? Glaubst du, ich werde scheitern und die Familie mit mir in den Abgrund reißen?«

»Nein. Ich wünschte, es wäre so. Wenn du dichtmachen müsstest, wäre das leicht. Wovor ich Angst habe, ist, dass du erfolgreich bist. Dass du viel Geld verdienst und dich mit anderen Unternehmern hier in der Gegend kurzschließt. Dann gehst du auf Versammlungen und hängst mit Leuten ab wie diesem Typen mit dem Privatjet. Du wirst dich verändern, und ich nicht.«

»Aber ich liebe dich, Jaxsen. Ich tue das für mich, aber auch für uns. Das hat nichts damit zu tun, dass ich hier wegwill.«

»Das weiß ich.« Er schüttelte den Kopf. »Okay, ich höre die Worte und versuche, sie zu glauben. Und trotzdem liege ich nachts wach und frage mich, ob ich mit dir mithalten kann. Ich bin keiner dieser befreiten Männer, die gut damit zurechtkommen, wenn ihre Frau mehr verdient als sie. Ich will derjenige sein, der sich um dich kümmert. Wenn du das selbst tun kannst, was bleibt dann für mich?«

Seine wundervollen Worte ließen sie einen Schritt auf ihn zu machen. Sie legte ihre Hände an seine Brust und lächelte ihn an. »Jaxsen, verstehst du das nicht? Ich bin immer geblieben, weil ich es wollte. Ich *musste* nie hier sein. Ich liebe dich. Du bist der

Mann meiner Träume. Ich möchte, dass wir diese Reise zusammen unternehmen. Ich werde dich nicht zurücklassen. Denn wer wäre ich ohne dich?«

Hoffnung flackerte in seinen Augen auf. »Meinst du das ernst?«

»Natürlich.«

Er zog sie an sich und hielt sie so fest, dass sie keine Luft mehr bekam. Aber das war in Ordnung, denn dieser Moment bedeutete mehr als alles andere.

Nach einer Minute ließ er sie los. »Ich habe das Geld, das du brauchst, nachher.«

»Wie bitte?«

»Ich werde ein paar Sachen verkaufen. Einer meiner Kollegen ist an den Quads interessiert. Die Jetskis habe ich auf *Craigslist* annonciert und schon verkauft. Heute Nachmittag treffe ich mich mit den Käufern. Um sechs Uhr heute Abend hast du fünfzehntausend Dollar.«

»Das kannst du nicht machen«, sagte sie. »Nein. Wir nehmen das Geld von der Hypothek.«

Er legte seine Hände auf ihre Schultern. »Die Quads hast du nie wirklich gemocht. Du hast immer Angst gehabt, dass sich einer von uns verletzt. Wir haben immer noch die Skier und Snowboards und die Campingausrüstungen. Zum See fahren wir nur einmal im Sommer. Da ist es sinnvoller, sich für einen oder zwei Tage einen Jetski zu leihen.«

Er sah ihr direkt in die Augen. »Ich möchte das gerne machen. Ich möchte dir zeigen, dass ich meine Worte ernst meine. Dass ich dich liebe und ein Teil von dem hier sein will. Ich bin stolz auf dich, Kristine. Ich möchte auch auf mich selbst stolz sein können. Lass mich das für dich tun. Lass mich dir zeigen, wie sehr ich möchte, dass das mit uns funktioniert.«

Es fiel ihr schwer, all das aufzunehmen, was er sagte. Sie beide würden trotzdem eine Therapie brauchen und neue Wege finden müssen, wenn sie mal nicht einer Meinung waren. Sie würden die Aufgaben innerhalb der Familie neu verteilen müssen, aber im Moment war das hier genug. Jaxsen hätte noch tagelang weitersprechen können, doch nichts hätte ihr deutlicher zeigen können, dass er an sie glaubte, als der Verkauf seiner geliebten Quads.

»Ich liebe dich.« Sie nahm seine Hand und zog ihn in Richtung Treppe.

Er zögerte. »Bist du dir sicher? Meinst du nicht, wir sollten warten, bis wir unseren Termin beim Therapeuten hatten und sicher sind, dass es in Ordnung ist?«

Sie lächelte ihn an. »Du willst bis nach dem Therapeuten warten?«

»Nein, natürlich nicht. Ich versuche nur, ein guter Kerl zu sein. Ich war zu lange ein Idiot.«

Sie trat näher und legte eine Hand auf seinen Schritt. Wie vermutet hatte er bereits eine Erektion.

»Gute Jungs dürfen mit ihrer Frau Liebe machen, Jaxsen. Es ist schon so lange her.«

»Gott sei Dank!« Er packte ihre Hand und zog sie daran die Treppe hinauf.

Kristine hielt mit ihm Schritt. Vor Vorfreude kribbelte ihr gesamter Körper. Im Schlafzimmer angekommen zog er sie an sich und nahm ihr Gesicht in seine Hände.

»Du bist meine Welt«, flüsterte er, bevor er sie küsste.

Und du bist meine, dachte sie und schlang die Arme um seinen Hals. Aber das würde sie ihm später sagen. Im Moment gab es dringendere Dinge, um die sie sich kümmern mussten.

31. KAPITEL

Sophie kämpfte mehrere Tage damit, wie die Situation war und wie sie sie gerne hätte. Sie wollte, dass Heather eine Chance im Leben hatte, unbelastet von Amber, die wie eine Bleikugel an ihrer Fessel hing. Aber sie hasste die Vorstellung, schlechtes Benehmen zu belohnen. Außerdem war da noch das Thema, dass Amber sie weiterhin beklaute. Die neuen Sicherheitsmaßnahmen waren nicht ausreichend. Nach allem, was Sophie wusste, waren sich die anderen Mitarbeiter der Situation bewusst. Aber sie hatten Angst, etwas zu sagen, weil Amber zur Familie gehörte.

Als sie sich bei Dugan darüber beschwerte, wies er sie darauf hin, dass Amber sich niemals ändern würde und dass Akzeptanz zu innerem Frieden führte. Diese Aussage hatte sie so genervt, dass sie beinahe zwei Tage nicht mit ihm gesprochen hatte. Aber nicht mit Dugan zu reden war schlimmer, als sie gedacht hatte, womit sie von sich selbst noch genervter war als von ihm.

»Lächerlicher Mann«, murmelte sie auf dem Weg zu Ambers Haus. Sie hatte ihrer Cousine eine Nachricht geschickt und sie gebeten, um sechs Uhr abfahrbereit zu sein. Amber hatte sich beschwert, dass sie um sechs Uhr normalerweise zu Abend aß, woraufhin sich Sophie mal wieder gefragt hatte, ob nach Hause zu kommen die dümmste Idee ihres bisherigen Lebens gewesen war.

Sie fuhr vor dem Haus ihrer Tante vor. Der Garten sah erstaunlich gut aus – frisch bepflanzte Blumenbeete und ein saftig grüner Rasen. Heather hatte erwähnt, dass auch die Badezimmer renoviert und die Küche ein wenig modernisiert worden waren. Sophie schätzte, dass das Haus bald auf den Markt kommen würde.

Bevor sie aussteigen konnte, kam Amber aus dem Haus und ging auf den Wagen zu. »Lädst du mich zum Essen ein?«, fragte sie, als sie einstieg und sich anschnallte. »Du hast nichts davon gesagt, aber ich habe Hunger.«

Sophie lächelte. »Nein, wir gehen nicht essen. Wann wird das Haus offiziell angeboten?«

Um Ambers Mundwinkel zuckte es. »Nächsten Freitag. Diese Maklerzicke war jeden Tag hier und hat mir gesagt, dass ich noch einen ganzen Haufen Sachen loswerden muss, sonst schickt sie ein Team und lässt das machen. Die hat vielleicht Nerven. Bereitet das Haus vor, als wären wir bei reichen Leuten. Wenn du mich fragst, guckt meine Mutter zu viele Hausrenovierungssendungen.«

»Ich bin sicher, dass sie für das Haus so viel Geld haben möchte, wie sie nur kriegen kann.«

Amber funkelte sie an. »Natürlich will sie das. Und ich soll die Arbeit für sie machen. Typisch. Erst nimmt sie mir das einzige Zuhause, das ich je gekannt habe, und nun erwartet sie noch, dass ich dafür Schweiß vergieße. Als wäre obdachlos zu sein nicht schon genug. Ich habe so viel für sie getan, hab mich um das Haus gekümmert. Eigentlich hätte sie es mir hinterlassen sollen, aber jetzt habe ich nichts. Und was ist mit Heather? Wo soll mein kostbares Mädchen hin? Ich habe so hart für alles gearbeitet, und nun ist es für die Katz.«

Sophie hörte ihrer Litanei mit halbem Ohr zu und fragte sich, wie viel davon Amber tatsächlich glaubte. Wusste sie, dass sie Unsinn redete, oder wurde es dadurch wahr, dass sie es aussprach?

Amber schimpfte während der gesamten Fahrt über die Insel weiter vor sich hin, verstummte aber, als Sophie auf den Parkplatz vor einem Apartmenthaus bog.

Das u-förmige Gebäude lag auf der südöstlichen Seite der Insel. Es gab einen wunderschönen Innenhof, einen kleinen Privatstrand und gekennzeichnete Parkplätze. Sophie hatte schwer geschluckt, als sie den Preis gehört hatte, sich dann aber gesagt, dass es zum Wohle aller wäre. Später würde sie ein paar Kissen gegen die Wand werfen und ein Glas Wein trinken, aber im Moment war sie einfach nur dabei, ein Problem zu lösen.

Ein selbstgefälliger Ausdruck legte sich über Ambers Miene. »Du mietest mir eine Wohnung. Ich wusste, dass du Verstand annehmen würdest, Sophie. Das ist echt super. Heather und ich brauchen ein Zuhause, und das hier sieht ganz nett aus. Seltsam nur, dass dieses Gebäude bei meiner Suche nie aufgetaucht ist. Ist die Wohnung gerade erst frei geworden?«

»So in der Art.«

Sie betraten die großzügige Lobby und fuhren mit dem Fahrstuhl in den dritten Stock. Sophie schloss eine Tür am Ende des Flurs auf und bedeutete Amber einzutreten.

Es handelte sich um eine Eckwohnung mit Blick über die Bucht bis zum Festland. Überall lag Parkettfußboden, und in einer Ecke gab es einen Gaskamin. Darüber hing ein Flachbildfernseher an der Wand, dessen Fernbedienungen nebeneinander auf dem Kaminsims lagen. Die moderne Küche verfügte über einen großen Kühlschrank und einen Gasherd. Außerdem gab es ein Gästebad und eine kleine Waschküche.

Amber ging in Richtung Schlafzimmer, doch Sophie hielt sie zurück.

»Wir müssen reden«, sagte sie.

Amber schaute sie eher misstrauisch als neugierig an.

»Das hier ist keine Mietwohnung, Amber. Ich habe dieses Apartment gekauft. Wenn du meinen Bedingungen zustimmst, überschreibe ich es dir und es gehört dir für den Rest deines Lebens.«

Amber riss die Augen auf, sagte aber nichts.

»Ich werde auch das Wohngeld, die Versicherungen und Steuern für das erste Jahr bezahlen. Danach bist du auf dich allein gestellt.«

Ihre Cousine lächelte. »Sophie, das ist ja wundervoll. Vielen Dank. Ich wusste, du würdest vernünftig sein.«

»Ich bin noch nicht fertig. Hast du in letzter Zeit mit Heather gesprochen?«

Ambers Lächeln schwand. »Was hat sie mit all dem zu tun?«

»Das deute ich als Nein.« Sophie wappnete sich für die kolossale Explosion, die sicher folgen würde. »Heather ist von der USC in Los Angeles angenommen worden. Sie reist in ein paar Tagen ab.«

»Was? Sie reist ab? Was meinst du damit?« Tränen traten ihr in die Augen, und ihre Stimme wurde brüchig. »Aber sie hat nie was gesagt. Sie hat es mir nicht erzählt, dabei bin ich doch ihre Mutter.«

»Ihr redet im Moment nicht miteinander, weil du sie rausgeworfen hast.«

»Nein, das habe ich nicht. Das ist einfach lächerlich.« Sie presste die Lippen zusammen. »Ich fasse es nicht, dass sie die Insel verlässt. Mein kleines Mädchen.«

Die Tränen liefen ihr über die Wangen. Sophie dachte, dass sie vielleicht doch anders hätte anfangen sollen, denn das, was sie als Nächstes sagen würde, war noch härter.

»Du bist gefeuert.«

Amber blieb der Mund offen stehen. »Was hast du gesagt?«

»Du bist gefeuert. Wir haben schon darüber geredet, dass du mich beklaust, und du hast geschworen, dass du es nicht wieder tun würdest. Aber du hast Sachen aus meinem Lager mitgenommen und auf eBay verkauft.«

»Das kannst du nicht wissen.«

Sophie sagte nichts.

»Heather!«, schrie Amber schrill. »Sie hat es dir erzählt, oder? Ich fasse es nicht, dass sie mich so hintergangen hat. Ich werde …«

»Nein«, unterbrach Sophie sie entschieden. »Jetzt kommen wir zu den Bedingungen für diese Wohnung.«

Ihre Cousine funkelte sie böse an. »Du willst sagen, ich muss tun, was du sagst, sonst kriege ich sie nicht?«

»Ja. Genau das will ich sagen. Ich habe dir eine faire Warnung gegeben, was deine Klauerei angeht, Amber. Spätestens jetzt sollte dir also klar sein, dass ich tue, was ich gesagt habe. Die Bedingungen sind einfach: Du wirst dich gleich morgen als Mitarbeiterin von *CK Industries* verabschieden. Da ich eine großzügige Arbeitgeberin bin, werde ich deine Krankenversicherung die nächsten sechs Monate weiterzahlen und dir ein weiteres Monatsgehalt überweisen. Außerdem werde ich keine Anzeige erstatten. Das liegt aber nur daran, dass du zur Familie gehörst.«

Amber verschränkte die Arme vor der Brust. Die Wut schien wellenförmig von ihr abzustrahlen, doch sie sagte nichts. Was vermutlich auch besser ist, dachte Sophie.

»Wenn du deine Tochter das nächste Mal siehst, wirst du ihr zu ihrer Aufnahme auf dem College gratulieren. Du wirst freundlich sein und sie unterstützen. Du wirst ihr sagen, wie sehr du dich über die neue Wohnung freust, und dass du bei CK nie wirklich reingepasst hast. Wenn du ihr ein schlechtes Gewissen machst, weil sie es mir erzählt hat, werde ich die Wohnung sofort wieder zum Verkauf anbieten und du bist auf dich allein gestellt. Wenn du ihr nicht sagst, du freust dich, dass sie aufs College gehen kann, werde ich die Wohnung verkaufen. Doch wenn du es schaffst, diese eine Unterhaltung durchzustehen, ohne deine üblichen Spielchen zu spielen, werde ich dir die Wohnung überschreiben und dir die Schlüssel geben.«

Ihre Cousine starrte sie lange an, bevor sie sich umdrehte und den kurzen Flur zum Schlafzimmer hinunterging. Sophie wusste, was sie dort finden würde: ein riesengroßes Zimmer mit Balkon zur Wasserseite. Außerdem einen begehbaren Kleiderschrank, eine Whirlpoolbadewanne und eine große Dusche.

Ein paar Minuten später kehrte Amber zurück, und Sophie sah sie an.

»Es ist ein wenig klein«, sagte Amber. »Hättest du nicht eine Wohnung mit einem Hobbyraum finden können?« Sie seufzte. »Na ja, ich schätze, ich kriege das trotzdem irgendwie hin.«

Sophie wartete.

»Was?«, wollte Amber wissen. »Du willst, dass ich es sage? Na gut. Ich werde nett zu Heather sein. Ich werde sagen, wie super alles ist, und sie ihres Weges ziehen lassen.«

Sophie wartete weiter.

Amber stieß einen leisen Fluch aus, bevor sie fortfuhr: »Und ich reiche morgen früh meine Kündigung ein.«

»Ausgezeichnet. Heather reist am Samstag ab. Ich sage ihr, dass sie morgen Abend bei dir vorbeischauen soll. Und damit das klar ist: Ich werde danach mit ihr sprechen. Wenn du deinen Teil unserer Abmachung also nicht einhältst, werde ich das auch nicht tun.«

»Du bist schon immer eine Zicke gewesen, Sophie. Nur damit du das weißt.«

»Genau wie du, Amber.«

Die Zeit verging viel zu schnell. Heather hatte eine dreiseitige To-do-Liste und gab ihr Bestes, um alle Punkte abzuhaken. Sie musste noch ein letztes Mal ins Haus zurück, um sicherzugehen, dass sie nichts Wichtiges vergessen hatte. Sie würde nur ein paar grundlegende Dinge nach Kalifornien mitnehmen, und Sophie hatte ihr angeboten, ihre restlichen Sachen in der Garage zu lagern.

Für die USC hatte sie bereits Berge an Formularen ausgefüllt. Da es in einer Vorlesung, die sie gerne besuchen wollte, unerwartet einen freien Platz gegeben hatte, würde sie schon in wenigen Wochen mit dem Sommersemester anfangen können. Einen Job hatte sie auch schon, und sie hatte mit der Professorin gesprochen, die die kleine Wohnung über der Garage vermietete. Nach und nach kam alles zusammen.

Am Dienstagnachmittag machte sie früher Feierabend und fuhr zum Haus. Vielleicht war das feige von ihr, aber sie wollte in ihr Zimmer und wieder weg, bevor ihre Mutter von der Arbeit nach Hause kam. Heather wusste, dass sie Amber vor ihrer Abreise noch einmal sehen musste. Nur war das Treffen mit ihrer Mutter leider nichts, worauf sie sich freute, denn die Unterhaltung würde auf keinen Fall gut ausgehen.

Diese Einsicht machte ihr das Herz schwer. Sie würde Blackberry Island verlassen und wusste nicht, wann sie zurückkehren würde. Im Moment sprachen sie und Amber zwar nicht miteinander, aber sie waren immer noch Mutter und Tochter. Heather wusste, dass sie ihre Mom vermissen würde.

Sie wollte ihr erzählen, dass sie an der USC angenommen worden war und was Elliot getan hatte. Und wie toll alles war. Nur konnte sie das nicht. Nicht nur, weil sie nicht miteinander redeten, sondern … Heather presste die Lippen zusammen, weil sie sich die Wahrheit nicht eingestehen wollte. Ein Teil von ihr wusste, dass Amber sich nicht für sie freuen würde. Sie würde wissen wollen, wann *ihr* mal etwas Gutes passieren würde. Und sie würde nicht davor zurückschrecken, ihren Neid klar zum Ausdruck zu bringen.

Genauso viele Gedanken machte Heather sich darüber, wie ihre Mutter allein überleben sollte. Wie sollte sie es schaffen, allein die Wohnungsmiete und die Rechnungen zu zahlen? Heather hatte versucht, mit Sophie darüber zu reden, doch die hatte ihr nur gesagt, sie solle erst mal mit ihrer Mutter sprechen. Danach würden sie sich um das Problem kümmern. Wenn es keine Lösung gab, würde Heather wohl oder übel …

»Was würde ich dann?«, fragte sie laut. »Hierbleiben müssen?«

Die Antwort darauf kannte sie. Sie würde gehen, weil sie eine einmalige Gelegenheit hatte, ihrem Traum zu folgen, auf eine großartige Universität zu gehen und etwas aus sich zu machen. Wenn sie jetzt nicht ginge, würde sie hier nie wegkommen.

Die Gedanken wirbelten immer noch wild durch ihren Kopf, als sie vor dem Haus vorfuhr. Sie holte die leeren Umzugskisten vom Rücksitz und war schon halb an der Tür, als ihr auffiel, dass der Wagen ihrer Mutter in der Einfahrt parkte.

Ihr Herz wurde schwer. Warum war ihre Mutter nicht bei der Arbeit?

Sie öffnete die Haustür und rief: »Ich bin's.«

»Heather?« Amber kam aus der Küche. »Was machst du hier?«

Wie befürchtet, war das nicht gerade ein warmherziges Willkommen. »Ich wollte nur kurz noch mal meine Sachen durchgehen.« Sie zwang sich zu einem Lächeln und ließ sich schnell eine Lüge einfallen. »Ich bin froh, dass du hier bist, Mom. Ich wollte später noch mal bei dir vorbeischauen, um mit dir zu reden.«

»Ja, klar. Du bist jetzt hier, weil du dachtest, dass ich in der Firma bin. Du hältst dich für so klug, aber ich kenn dich in- und auswendig. Also, wann reist du ab?«

Heather stellte die Kartons ab und starrte ihre Mutter an. »Du weißt davon?«

»Natürlich weiß ich es. Ich bin deine Mutter. In deinem Leben passiert nur wenig, von dem ich nichts erfahre.«

»Ich fahre am Samstag. Ich wollte wirklich noch vorbeikommen und mit dir reden, Mom.« Nur nicht heute Abend, dachte sie. Sie hatte vorgehabt, das so lange wie möglich aufzuschieben.

»Ich verstehe. Du ziehst also einfach so weg. Ohne einen Gedanken daran zu verschwenden, was ich tun soll.«

Heather spürte, wie sich ihre Muskeln verkrampften.

»Du bist schon immer egoistisch gewesen«, fuhr ihre Mutter fort. »Ich bin nicht mal wirklich überrascht. Na gut. Geh nur auf irgendein schickes College und versuch, was aus dir zu machen. Ich hoffe, du weißt diese Chance zu schätzen, die der Rest von uns nicht bekommen hat. Ich habe mein Leben verloren, aber klar, geh nur und lass mich hier allein meine Sachen in einem Einkaufswagen vor mir herschieben. Ich hoffe, das macht dich glücklich.«

Heathers Kehle schnürte sich zu. Sie versuchte, gegen die Schuldgefühle anzukämpfen, aber sie waren zu groß, zu überwältigend.

»W-was wirst du jetzt tun?«, fragte sie leise.

Amber funkelte sie wütend an. »Als ob dich das interessieren würde.«

»Mom, das ist nicht fair. Natürlich interessiert es mich. Aber ich kann nicht hierbleiben, nur weil du nicht aufs College gegangen bist. Das wäre nicht richtig, und das weißt du auch.«

»Sag du mir nicht, was richtig ist. Du hast mir überhaupt nichts zu sagen. Ich hätte es verdient, eine Chance zu bekommen, nicht du. Ich habe ein besseres Leben verdient, aber das werde ich nicht kriegen, oder? Ich hänge hier fest, auf dieser Insel, und muss im Elend leben. Du bist genau wie deine Großmutter. Egoistisch bis ins Mark. Tja, auf Nimmerwiedersehen!«

»So denkst du wirklich? So wenig bedeute ich dir?«

Heather wartete, weil sie wusste, dass die Antwort ihrer Mutter so oder so ausfallen könnte. Kurz wurde Ambers Miene weich. Heather trat einen Schritt auf sie zu, blieb aber sofort stehen, als Amber sprach.

»Nimm mit, wofür du gekommen bist, und dann geh.«

Kurz überlegte Heather, was sich noch in ihrem Zimmer befand, und beschloss dann, dass sie nichts davon brauchte. Sie würde gehen und keinen Blick zurückwerfen.

Entschlossen straffte sie die Schultern. »Ich hatte nie eine Wahl. Ich bin in diese Familie hineingeboren worden und habe das Beste aus einer schwierigen Situation gemacht. Seitdem ich sechzehn bin, habe ich mich um dich gekümmert, und du hast mir nicht ein einziges Mal gedankt. Du hättest dich entscheiden können, deine Situation zu verbessern, aber das hast du nicht getan. Du siehst immer nur die Dunkelheit, nie das Licht, und du kannst die Dinge immer nur aus deiner eigenen Perspektive betrachten. Das einzige Leiden, das dich interessiert, ist dein eigenes. Ich werde am Samstag abreisen, Mom. Fühl dich nicht verpflichtet, mich zu verabschieden. Das hier ist das perfekte Ende.«

Damit drehte sie sich um und verließ das Haus. Sie fuhr direkt zu Sophie und ging hinein. Sophie war nicht da, also schickte sie ihr eine kurze Nachricht. Dann gesellte sie sich zu Lily und Mrs. Bennet, die sich auf dem Sofa aalten, und ließ ihren Tränen freien Lauf. Sie weinte um das, was sie verloren, und um das, was sie nie gehabt hatte.

Nach ein paar Minuten krabbelten beide Katzen auf ihren Schoß und rieben sich an ihr. Ihre warmen, schnurrenden Körper boten Trost und die Gewissheit, dass sie zumindest im Moment nicht allein war.

»Bryce nimmt sowohl den Kratzbaum als auch das Quilt-Set«, sagte Maggie. »Ich hasse es, mich zu wiederholen, Sophie, aber ich habe das Gefühl, dass du mir nicht zuhörst.«

Sophie seufzte. »Ich höre dir zu. Das ist super. Ich freue mich riesig.«

»Das könntest du ruhig ein wenig mehr zeigen. Diese Neuigkeit ist fabelhaft. Wir werden noch vor den Feiertagen in hochpreisigen Boutiquen vertreten sein. Der Markt hat unglaubliche Gewinnspannen, und wir kriegen einen Teil davon ab.«

»Ich freue mich wirklich«, sagte Sophie und versuchte, Enthusiasmus in ihre Stimme zu legen. Sie war glücklich. Sehr sogar. Ihrer Firma ging es gut. Elliots Kampagnen übertrafen alle Erwartungen. Die Pakete verließen im Rekordtempo das Lager. Der Kontostand war überragend. Sie sollte wirklich im siebten Himmel sein. Und das war sie auch. Irgendwie.

»Ich bin aufgewühlt«, gab sie schließlich zu.

Maggie zog eine Augenbraue in die Höhe. »Willst du jetzt über dein Privatleben reden? Denn da mache ich nicht mit. Ist nicht persönlich gemeint.«

Sophie grinste. »Schon verstanden. Danke, dass du deinen Job so großartig erledigst. Ich weiß deine harte Arbeit wirklich zu schätzen. Du machst deinem Ruf alle Ehre.«

»Nun ja, es hat Spaß gebracht.« Maggie schob die Papiere zusammen und sah Sophie dann an. »Wir haben ein Haus gekauft.«

»Wirklich?«

»Die Kinder lieben es hier, und Nelson hat einen tollen Job gefunden. Es war irgendwie das Richtige.« Um ihre Mundwinkel zuckte es. »Ich kann immer noch nicht glauben, dass ich zwei Stunden vom nächsten Flughafen entfernt wohne. Das ist lächerlich. Aber so ist es nun mal.«

Sophie wusste, dass sie sich jegliche Lobhudelei besser ersparte – auf so etwas stand Maggie überhaupt nicht. »Guck dir mal Payne Field in Everett an. Von dort gehen immer mehr kommerzielle Flieger, und es erspart dir die Fahrt nach Seattle. Ach ja, und herzlichen Glückwunsch zum Hauskauf.«

»Danke.«

Maggie drehte sich um und ging. Sophie wandte sich wieder ihrem Computer zu, doch selbst die hübschen Zahlen darin konnten ihre Aufmerksamkeit nicht fesseln.

Sie sagte sich, dass alles gut war. Kristine und Jaxsen hatten ihre Probleme gelöst und waren wieder zusammen. In ein paar Tagen würde Kristines Laden eröffnet werden. Heather fuhr am Samstag nach Kalifornien. Und wo sie gerade an Heather dachte …

Sie verließ ihr Büro und ging den Flur hinunter zur Marketingabteilung. Heather tippte gerade geschäftig auf ihrer Tastatur und schaute immer wieder angestrengt in ihre Notizen.

»Wann ist dein letzter Tag?«, fragte Sophie.

Heather zuckte zusammen und lachte dann auf. »Sorry. Ich habe dich nicht gesehen. Ich versuche, vor dem Ende der Woche noch ein paar Dinge zum Abschluss zu bringen. Ich möchte so viel arbeiten, wie es nur geht. Du weißt schon, wegen des Geldes.«

Was so typisch für Heather ist, dachte Sophie. »Du brauchst ein paar freie Tage, um alles zu organisieren. Ich bezahle dich trotzdem bis zum Ende der Woche.«

»Nein, ich arbeite lieber. Wenn ich zu Hause bin, fange ich nur an, panisch zu werden.«

Sophie nahm sich den einzigen anderen Stuhl im Raum und setzte sich. »Du warst gestern schon im Bett, als ich nach Hause gekommen bin. Wie ist es mit deiner Mom gelaufen?«

Heathers Miene verspannte sich. »Alles gut.«

»Du siehst aber nicht so aus, als wäre alles gut.« Sophies Magen zog sich zusammen. »Hat sie etwas Gemeines gesagt? War sie wenigstens ein bisschen freundlich? War sie traurig, dass du wegziehst?«

»Warum stellst du mir all diese Fragen?«

Zu spät erkannte Sophie, dass sie zu viel preisgegeben hatte. »Äh, nur so. Ich habe mich gefragt, ob deine Mom sich jemals ändern wird.«

»Was hast du gemacht?«

»Ich? Nichts.«

Heather sah sie direkt an. »Sophie, sag es mir. Du weißt, dass ich es sowieso rausfinde.«

Sophie fragte sich, ob sie sich irgendwie aus dieser Situation rausschummeln könnte. Natürlich könnte sie die »Das musst du nicht wissen«-Karte spielen, aber das passte nicht zu der Beziehung, die sie mit Heather hatte. Außerdem hatte Heather recht – irgendwann würde sie es sowieso erfahren.

»Ich möchte, dass du diese Chance ergreifst«, sagte sie also. »Du bist so eine tolle junge Frau und schlägst dich seit deiner Geburt mit deiner Mutter herum. Wenn du nicht gehst, wird sie dir noch den letzten Tropfen Leben aussaugen. Außerdem habe ich dich sehr lieb.«

»Ich habe dich auch lieb. Was hast du getan?«

»Meine kleine Rede zu deinen Ehren hat dich nicht abgelenkt?«

Heather lächelte nicht.

»Okay, gut. Ich habe ihr ein Apartment gekauft. Im ersten Jahr übernehme ich alle Kosten, danach ist sie auf sich gestellt. Aber die Bedingung lautete, dass sie wegen deines Wegzugs nett zu dir sein muss.« Sophie zuckte zusammen, als sie an die Unterhaltung mit ihrer Cousine dachte. »Ich wusste nicht, dass sie das mit deinem Umzug noch nicht erfahren hatte. Das ist nicht so gut gelaufen.«

Heather stand auf, ging um den Schreibtisch herum und umarmte Sophie. »Danke«, flüsterte sie. »Ich zahle dir alles zurück, das schwöre ich.«

»Hey, nichts da. Das war allein meine Entscheidung.« Nun gut, Elliot und Dugan hatten eine große Rolle dabei gespielt, aber das musste jetzt nicht ausgeführt werden. »Wie gesagt. Ich liebe dich. Ich möchte dir helfen wegzukommen, ohne dass du dir Sorgen um deine Mom machen musst.«

Heather richtete sich auf und kehrte zu ihrem Stuhl zurück. Seufzend setzte sie sich. »Du bist so gut zu mir, Sophie. Genau wie Elliot und Kristine.« Sie lächelte. »Mit ihr gehe ich morgen shoppen. Sie meint, ich bräuchte coole Klamotten, wenn ich in L. A. bin.« Sie seufzte. »Alle sind so wundervoll zu mir.«

Und deine Mutter? Ist die auch wundervoll? In diesem Moment wurde Sophie klar, dass sie ihre Antwort schon hatte. Natürlich war Amber nicht freundlich gewesen. Das lag nicht in ihrer Natur. Aber Heather dazu zu zwingen, ihre Mutter zu verraten, würde alles noch schlimmer machen. Das Mädchen hatte genug durchgemacht. Sie bekam ihre Chance, und das sollte reichen. Egal, was passiert war, Sophie wusste, dass sie das Apartment nicht zurücknehmen würde. Nicht Ambers wegen, sondern weil Heather dann für immer hier festhing.

»Was ist, wenn du entdeckt wirst?«, zog sie Heather auf. »Wirst du dich noch an uns erinnern, wenn du erst eine berühmte Schauspielerin bist?«

»Oh, bitte. Das wird nicht passieren.« Ihr Lächeln schwand. »Was meine Mom angeht …«, fing sie an.

Sophie stand auf und ging zur Tür. »Mach dir keine Sorgen, Kleine. Ich weiß, was sie getan hat, aber darüber brauchst du dir nicht den Kopf zu zerbrechen. Ich habe das größere Bild im Auge.« Als sie auf den Flur hinaustreten wollte, wallten die Emotionen in ihr auf. Sie drehte sich noch einmal zu Heather um.

»Was auch immer passiert, ich bin für dich da. Ich bin nur einen Anruf entfernt. Als das CK-Gebäude abgebrannt ist, hat Kristine den nächsten Flug genommen. Ich gebe dir das gleiche Versprechen: Wenn etwas passiert, bin ich in einem Wimpernschlag da. Egal, was es ist.«

Heathers Augen füllten sich mit Tränen. »Ich weiß. Danke.«

Sophie winkte und kehrte in ihr Büro zurück. Dort schaute sie auf ihren Computer und stöhnte. Sie konnte sich einfach nicht konzentrieren. Also nahm sie ihre Tasche und ging schnell bei Tina vorbei, um ihr zu sagen, dass sie ein paar Stunden weg sein würde.

Die Fahrt zu Dugans Haus dauerte nur eine Viertelstunde. Dort angekommen marschierte sie zur Tür – nur um festzustellen, dass sie nicht wusste, was sie sagen sollte.

»Bring mich nach Paris«, war eine Möglichkeit. Allerdings hatten sie bereits über Südfrankreich gesprochen, sodass es ein wenig zu frankreichorientiert wirkte, oder? Vielleicht sollte sie Hongkong als Ziel nennen. Da hatte sie schon immer mal hingewollt.

Nur nicht heute, dachte sie und klingelte. Als er öffnete, verengte sie den Blick. »Was für ein Spiel spielst du? Sind wir ein Paar oder nicht? Was willst du von mir – und warum schläfst du nicht mit mir?«

Er trat beiseite, um sie einzulassen, schloss die Tür aber nicht. Kein sonderlich vielversprechender Anfang.

»Du zuerst«, sagte er mit sanfter Stimme. »Du zuerst, Sophie. Was sollen wir sein? Ein Paar? Freunde mit gewissen Vorzügen? Wo siehst du uns auf kurze und auf lange Sicht? Gibt es überhaupt eine lange Sicht?«

»Ich weiß es nicht. Beziehungen sind nicht so mein Ding.«

Er grinste schief. Dieser Mann, dachte sie und versuchte, sich von seinem guten Aussehen nicht ablenken zu lassen.

»Das habe ich schon am ersten Tag gemerkt«, sagte er. »Aber die Sache ist die: Ich bin nicht bereit, einfach nur bequem zu sein. Ich weiß, du fühlst dich wohl, wenn du das Sagen hast, und das ist für mich in Ordnung – aber nur bis zu einem gewissen Punkt. Ich weiß, du wirst nie etwas Traditionelles wollen. Du bist nicht der Typ, der von einer Hochzeit und Kindern träumt. Damit kann ich umgehen. Doch wenn das mit uns funktionieren soll, musst du Gefühle für mich zulassen.«

Das waren so viel mehr Informationen, als sie haben wollte. Sie hatte gehofft, er würde sagen, dass er nur auf ein Sexangebot von ihr gewartet hatte oder so ähnlich. Warum musste alles immer so gefühlsduselig sein? Es hieß zwar, dass Frauen die emotionalen Wesen waren, aber das war falsch.

»Ich weiß nicht, was das bedeutet.«

»Warum überrascht mich das nicht?« Sanft drehte er sie an den Schultern so herum, dass sie zur Tür schaute. Dann gab er ihr einen kleinen Schubs. Als sie auf der Veranda stand, sprach er erneut.

»Ich will mehr, Sophie. Ich will, dass du zugibst, in mich verliebt zu sein. Mehr nicht. Keine Verpflichtung, kein Versprechen auf immer. Einfach nur, dass du mich liebst. Wenn du das sagen kannst, werde ich dich auf fünfzig verschiedene Arten verführen. Aber bis dahin – nein.«

Lange blieb sie auf der Veranda stehen und starrte den Rasen an. In ihrem Kopf wirbelten die Gedanken herum. Ihn lieben? Ihn lieben!

Sie wirbelte herum und öffnete den Mund, nur um zu bemerken, dass er die Tür bereits wieder geschlossen hatte.

»Das ist alles?«, rief sie. »Klar. Warum nicht. Brauchst du zufällig auch noch eine Niere?« Als wäre ein Liebesgeständnis keine große Sache. Als würde sie überhaupt solche Gefühle für ihn haben. Denn das tat sie nicht. Liebe war schwer. Liebe machte verletzlich. Sie wollte keine Liebe.

»Ich wollte einfach nur flachgelegt werden«, grummelte sie auf dem Weg zu ihrem Wagen. »Ich hasse Männer. Alle.« Liebe. Na klar. Sie war nicht gut in Beziehungen. Wie konnte es sein, dass er das nicht wusste? Abgesehen von ihrer unmittelbaren Familie hatte sie in beinahe jeder Beziehung versagt. Und mit ihrer Familie vermutlich auch, nur konnten die die Beziehung nicht beenden.

Sie stieg ein und schaute noch einmal zum Haus zurück. Wie konnte er so etwas sagen? Ihn lieben. Nein. Das konnte sie nicht. Das tat sie nicht. Und das würde sie nicht. Dessen war sie sich sicher.

32. KAPITEL

Jaxsen legte seinen Löffel ab und schob die Schüssel mit dem Eis von sich. Dann schaute er Kristine eindringlich an.

»Ich höre Folgendes: Du denkst, wir sollten unser Familienbudget noch mal anschauen, um zu gucken, ob wir genügend Geld haben, um den Zeltanhänger zu kaufen, von dem ich mal gesprochen habe.«

Kristine nickte. »Ganz genau das habe ich gesagt.«

Er schaute die ausgedruckte Seite auf dem Tisch an, als könnte die ihm seinen nächsten Satz liefern. »Das irritiert mich. Ich meine, ich spreche natürlich gerne über den Anhänger, aber ich fühle mich auch schuldig, weil wir beim letzten Mal darüber in einen Streit geraten sind.« Er zögerte. »Ich habe versucht, das Geld deiner Großmutter auszugeben. Deswegen fühle ich mich immer noch schlecht.«

Er stieß einen leisen Fluch aus. »Ich fühle, dass mir langsam Brüste wachsen – ehrlich.«

Kristine unterdrückte ein Kichern und schaute auf den Timer. »Nur noch drei Minuten.«

Sie arbeiteten an der Hausaufgabe, die sie nach ihrer ersten Therapiesitzung bekommen hatten. Die Aufgabe bestand darin, etwas zu besprechen, über das sie sich zuvor gestritten hatten. Dabei sollten sie die Methode anwenden, die ihre Therapeutin ihnen beigebracht hatte.

»Ich will nicht, dass du dich schlecht fühlst«, sagte sie und schaute auf ihre eigene Seite. »Ich möchte, dass du gemeinsam mit den Jungs Spaß hast. Das ist mir wichtig. Dann fühle ich mich gut. Ich weiß, du hast versucht, mir Schuldgefühle einzureden, und ich verstehe deine Gründe.

Das Verhalten hat mir nicht gefallen, aber ich trenne es von dir als meinem Ehemann.« Sie hob den Blick. »Ich fühle mich wirklich schrecklich, dass du geglaubt hast, ich würde dich mit dem Geld verlassen wollen, Jaxsen. Das würde ich niemals tun.«

Er nahm ihre Hand und drückte sie leicht. »Das weiß ich jetzt.«

Die Eieruhr klingelte.

»Halleluja!«, sagte er und zog die Schüssel wieder zu sich heran. »Diese Hausaufgabe ist ganz schön schwer.«

»Das stimmt, aber ich bin froh, dass wir sie machen. Ich weiß, diese Herangehensweise ist seltsam, aber es wird mit der Zeit leichter. Und ich glaube, es wird uns helfen, wenn wir mal wieder einen echten Streit haben.«

»Wir werden uns nie wieder streiten, Baby. Das weißt du doch.«

Sie grinste. »Schön wär's.«

Er legte den Kopf schief. »Die Hausaufgabe ist erledigt, die Jungs schlafen bei ihren Freunden, und wir haben den Rest des Abends für uns. Lass uns nach oben gehen und ein wenig Spaß haben.«

Sie lächelte. »Die Idee gefällt mir.«

Er stand auf und kam um den Tisch herum, um Kristine auf die Füße zu ziehen. »Ich höre, dass du Interesse daran hast, mit mir Liebe zu machen.«

»Genau das habe ich gesagt.«

»Ah, so langsam gefällt mir diese Hausaufgabe.« Er führte sie zur Treppe. »Erinnerst du dich noch, als wir in den Flitterwochen gemeinsam in die Badewanne gegangen sind? Du hast vorn gesessen und ich habe allerhand Sachen mit dir angestellt, während du nur zugeschaut hast?«

»Ich erinnere mich an jede Minute jener Nacht.«

»Gut. Dann wollen wir doch mal schauen, ob wir das wiederholen können.«

Bei dem Gedanken überlief sie ein Prickeln. Sie nahm seine Hand und lief die Treppe hinauf.

»Au ja.«

»Ich kann es immer noch nicht glauben, dass du wirklich gehst«, sagte Daphne, als sie half, die Kartons ins Auto zu tragen.

Heather stellte ihren Karton auf dem Rücksitz ab und schob den von Daphne daneben.

»Ich auch nicht.« Heather wusste, sie konnte unmöglich den Überschwang an Gefühlen erklären, der in ihr tobte.

Sie schaute sich in dem ruhigen Viertel um, das sich nicht sehr von dem unterschied, in dem sie aufgewachsen war. Sie kannte jeden Zentimeter der Insel, und trotzdem konnte sie noch nicht richtig begreifen, dass sie in zwei Tagen in ihre eigene Wohnung in Los Angeles ziehen würde. Ein paar Wochen später würden die Vorlesungen an der USC anfangen. Was gleichermaßen toll und Furcht einflößend war.

Daphne hakte sich bei ihr unter. »Ich überlege, meinen Master zu machen. Ich habe keine Ahnung, was ich danach tun will, aber meine Eltern würden sich riesig freuen, wenn ich weiterstudiere. Vor allem mein Dad. Du weißt ja, wie sehr er auf eine gute Ausbildung pocht.«

»Einen MBA?«, fragte Heather. »Oder du könntest Jura studieren.«

Daphne verdrehte die Augen. »Jura? Auf keinen Fall. Aber definitiv einen MBA. Die Sache ist die: Die USC hat eines der besten MBA-Programme des Landes. Ich bin in zwei Jahren fertig, und dann hast du immer noch zwei Jahre vor dir. Ich könnte meinen MBA dort machen, dann können wir uns eine Wohnung teilen und zusammen abhängen.«

In den letzten Wochen hatte Heather einige Hochs und Tiefs durchmachen müssen. Sie wusste, dass sie ein emotionales Wrack war. Also war sie auch nicht überrascht, dass sie sich am liebsten Daphne an den Hals geworfen hätte, um in Tränen auszubrechen.

Doch sie schaffte es, sich zusammenzureißen. »Darauf hättest du Lust?«

»Natürlich! Das wäre ein großer Spaß. Ich mag meine Uni, aber ich bin bereit, etwas Neues auszuprobieren. Außerdem haben wir uns in der dritten Klasse das Versprechen gegeben, aufs gleiche College zu gehen. Das müssen wir noch mal einlösen.«

Daphne umarmte sie. »Du wirst mir so fehlen, aber wegzugehen ist gut für dich. Zwischen dem Sommerkurs und dem Beginn im Herbst ist eine kleine Pause. Ich komme zu dir runter und wir können ein wenig Zeit miteinander verbringen. Außerdem kann ich mir dann mal den Campus anschauen.« Sie grinste. »Meine Eltern lieben es, wenn ich Recherchen betreibe und zeige, wie verantwortungsbewusst ich bin.«

»Danke«, flüsterte Heather. Sie wollte so viel mehr sagen, doch ihr fehlten die Worte. Daphnes Angebot war nicht nur so dahergesagt, das wusste sie. Ihre Freundin war eine Frau, die Pläne auch umsetzte. Wenn sie beschloss, ihren MBA auf der USC zu machen, würde es genauso passieren.

Nachdem alles im Wagen verstaut war, verabschiedeten sie sich endgültig voneinander und Daphne ging. Heather war bereits bei Gina gewesen, deren Bauch von der Schwangerschaft schon deutlich gerundet war. Sie und Quincy waren auf Häusersuche und trieben ihr Leben voran.

Heather ging noch mal hinein, um sicherzustellen, dass sie nichts vergessen hatte. Sophie gesellte sich zu ihr und lehnte sich an den Türrahmen des Gästezimmers.

»Geht es dir gut?«

Heather nickte. »Ich freue mich.«

»Und du hast Angst.«

»Ja, das auch. Das ist alles so schnell gegangen.«

Sophie sah sie an. »Du musst das nicht tun, wenn du nicht willst. Du kannst auch hierbleiben.«

»Nein, das ist keine Option.« Wegzuziehen mochte zwar Furcht einflößend sein, aber auf keinen Fall würde sie hierbleiben.

»Ich wollte nur sichergehen.« Sophie betrat das Zimmer und setzte sich aufs Bett, dann klopfte sie auf den Platz neben sich. Als Heather saß, fuhr Sophie fort: »Ich bin wirklich stolz auf dich. Zu gehen ist nicht leicht, auch wenn es das Richtige ist. Die Beziehung zu deiner Mutter ist kompliziert. Eltern haben einen großen Einfluss auf unser Leben. Sie können alles besser oder aber auch schlechter machen. Oft tun sie beides gleichzeitig.«

Heather nickte. »Sie wird nicht kommen, um mich zu verabschieden.«

»Ist das eine Frage oder eine Aussage?«

Heather dachte an die letzte Unterhaltung, die sie mit ihrer Mutter geführt hatte. Daran, dass Amber ihr immer jegliche Chance und jeden Erfolg missgönnen würde. Sie zweifelte nicht daran, dass Amber sie liebte, aber dieses Gefühl wurde von Ambers eigenen Dämonen überdeckt.

»Eine Aussage«, sagte sie leise.

Sophie legte einen Arm um sie. »Die Sache ist die: Amber verdreht die Realität immer so, dass sie ihren Zwecken dient. Es kann gut sein, dass sie, wenn du über Weihnachten nach Hause kommst, die Geschichte schon wieder umgeschrieben hat. Kristine und ich haben darüber gesprochen, ein paar entsprechende Samen zu säen – du weißt schon, um die Wogen zwischen euch ein wenig zu glätten.«

»Was genau habt ihr vor?«

Sophie grinste. »Wir werden sie bedauern, weil sie dich bestimmt sehr vermisst, und ihr sagen, wie tapfer sie ist, weil sie dich hat gehen lassen. Später werden wir darüber reden, dass sie immer schon wollte, dass du wegziehst und dein eigenes Leben lebst, und wie sehr wir sie dafür bewundern. Vielleicht funktioniert es nicht, aber einen Versuch ist es wert.«

Denn sie lieben sie und wollen das Beste für sie, dachte Heather. »Danke. Aber ihr müsst euch nicht beeilen. Ich weiß noch nicht, ob ich über Weihnachten herkomme. Derzeit habe ich noch keine Ahnung, wie lang die Semesterferien sind, und mit der Gebirgskette zwischen hier und Los Angeles bin ich nicht sicher, ob ich im Winter mit dem Auto fahren will. Außerdem könnte ich in der Zeit nicht arbeiten.«

Sophie zog eine Augenbraue in die Höhe. »Junge Dame, du wirst so was von nach Hause kommen. Ich werde dir ein Ticket schicken, und du wirst deinen Hintern in ein Flugzeug schwingen, ist das klar?«

Heather nickte. »Du bist so gut zu mir, Sophie«, stieß sie mit enger Kehle aus. »Danke. Du warst immer gut zu uns. Du hast meiner Mom eine Wohnung gekauft, und ich weiß, als Kristine und Jaxsen ihr erstes Haus gekauft haben, hast du ihnen mit dem Eigenkapital geholfen. Du bist ein sehr großzügiger Mensch.«

Sophie verlagerte unbehaglich das Gewicht. »Das bin ich nicht. Ich bin schwierig und eigensinnig und gehe im Moment mit einem Mann aus, der mich in den Wahnsinn treibt. Aber ich liebe dich und will, dass du glücklich bist.«

Aus ihrer hinteren Hosentasche zog sie einen Umschlag. »Den hat deine Großmutter geschickt. Ich weiß zufällig, dass dir der Inhalt bei den Studiengebühren helfen soll.«

Heather warf sich Sophie an den Hals und hielt sie ganz fest. »Danke.«

»Gern geschehen. Und jetzt zisch ab. Du hast eine lange Fahrt vor dir. Schick mir eine Nachricht, wenn du im Hotel angekommen bist, okay?«

»Das mache ich. Versprochen.«

Sie standen auf. Heather schaute sich noch ein letztes Mal in dem Zimmer um, bevor sie zur Haustür ging. Auf dem Weg hielt sie kurz inne, um Mrs. Bennet und Lily zu streicheln, dann ging sie zu ihrem Auto.

Als sie auf die Straße einbog, überlegte sie kurz, bei ihrer Mutter vorbeizufahren, aber sie wusste, es hatte keinen Zweck. Amber würde die Geste nicht zu schätzen wissen. Und die Chancen, dass sie *nicht* in eine Unterhaltung hineingezogen würde, die sie beide nur aufregte, standen schlecht. Später wäre noch genügend Zeit zum Reden.

Auf der Hauptstraße fuhr sie in Richtung Osten, bis sie die Brücke erreichte, die die Insel mit dem Festland verband. Nachdem sie die Bucht überquert hatte, nahm sie die Route 15 in Richtung Süden. Gute tausendzweihundert Meilen trennten sie von ihrem Ziel und dem nächsten Kapitel ihres Lebens.

»Alles wird gut«, flüsterte sie, und es war sowohl ein Versprechen als auch eine Ermutigung.

Die Sonne schaute hinter den Wolken hervor. Heather setzte ihre Sonnenbrille auf und lächelte. Sie hatte keine Ahnung, was als Nächstes passieren würde, aber eines wusste sie ganz genau: Sie war entkommen. Sie hatte einen anderen Weg eingeschlagen, und dafür war sie dankbar.

»Es ist perfekt«, verkündete Sophie und richtete ein paar Becher auf dem Regal aus. »Der Laden ist wunderschön.« Sie warf einen Blick über ihre Schulter und grinste. »Was gut ist, denn sonst würde dein neuer Laden sich schlecht fühlen, weil er nicht der hübscheste hier ist. Du strahlst förmlich.«

Kristine saß auf einem Hocker an der Tür und nahm alles in sich auf. Den glänzenden Boden, die frisch gestrichenen Wände, die Auslagen, Kaffeekannen, Becher und Teller, die Tüten und Kartons zum Mitnehmen, die kleinen Bistrotische und Stühle für die Gäste, die ein wenig verweilen wollten.

Der Ofen in der Küche konnte problemlos Dutzende Kekse gleichzeitig backen, und sie hatte schon Brownies auf den Abkühlgittern stehen. Ein großes Banner verkündete die Eröffnung am nächsten Morgen, und es waren bereits zweihundertundzwölf Bestellungen über ihre Webseite eingegangen.

»Ich bin glücklich«, sagte sie schlicht.

»Das sehe ich.« Sophie zog sich einen Hocker heran und setzte sich. »Und zu Hause läuft alles gut?«

Kristine dachte an die Therapiesitzungen und daran, dass Jaxsen sein Bestes gab, um sein Verhalten zu ändern. Sie selbst arbeitete auch daran, aber sie hatte das Gefühl, dass es für sie leichter war, denn sie hatte sich schon immer angepasst.

Trotzdem freute sie sich wahnsinnig über seine Bemühungen. Er half ihr auch mehr mit den Jungs, und gemeinsam hatten sie die Aufgaben im Haushalt für alle neu verteilt. Jaxsen hatte darauf bestanden, einen Reinigungsservice zu beauftragen, der ihr Haus alle zwei Wochen gründlich putzte, damit sie das nicht mehr tun musste. Ruth hatte sie mit der Frage überrascht, ob sie am Wochenende im Laden arbeiten könnte. Ihr Mann Paul war darüber natürlich nicht erfreut, aber er behielt sein Grummeln meistens für sich. Ruth sprach davon, ihr verdientes Geld für einen Wochenendtrip mit ihren beiden besten Freundinnen zu verwenden.

»Es funktioniert«, sagte Kristine glücklich. »Ich arbeite zwar zehn Stunden am Tag, aber ich liebe es. Jaxsen kümmert sich an zwei Abenden in der Woche ums Essen. Meistens besorgt er ein gegrilltes Hähnchen, aber das ist in Ordnung. Tommy hat sich im Internet Kochvideos angeschaut und hat schon einmal ein Chili für uns gemacht.«

»Da hast du vielleicht einen zukünftigen Meisterkoch im Haus«, neckte Sophie sie.

»Ja, vielleicht. Oder zumindest das Versprechen auf eine dankbare Schwiegertochter, wenn sie entdeckt, dass der Mann ihrer Träume kochen kann.« Kristine lächelte ihre Cousine an. »Du hast mit Jaxsen gesprochen, oder?«

Sophie schüttelte den Kopf. »Ich habe keine Ahnung, wovon du redest.«

»Er ist bei dir vorbeigekommen, als wir getrennt waren. Und du hast ihm gesagt, er soll aufhören, ein Arsch zu sein.« Sie lächelte. »Oder etwas in der Art.«

»Das war ich nicht.«

»Auf keinen Fall ist Jaxsen von sich aus zu Verstand gekommen. Ich liebe ihn von ganzem Herzen, aber so ist er einfach nicht. Du musst nichts sagen, aber ich danke dir.«

»Ich habe immer noch keine Ahnung, wovon du redest, aber gern geschehen.«

Kristine lachte. »Du wirst dich nie ändern, oder? Du bist so warmherzig und liebevoll, und doch kannst du weder ein Kompliment noch ein Dankeschön annehmen. Wie kommt das?«

»Ich weiß es nicht.« Sophie ließ die Schultern sacken. »Ich bin einfach nicht wie alle anderen.«

Was für eine interessante neue Richtung in dieser Unterhaltung, dachte Kristine und beugte sich vor. »Was ist los? Ist es Amber? Ich dachte, sie hätte gekündigt.«

»Es geht nicht um Amber. Es geht um mich. Ich bin so weit entfernt von normal, dass es manchmal schwer ist.«

»Soph, ich habe keine Ahnung, was du meinst.«

Sophie stieß ein Knurren aus. »Dugan. Er treibt mich in den Wahnsinn. Wusstest du, dass er nicht mehr mit mir schläft?«

»Was? Das kann nicht sein. Er ist verrückt nach dir. Ich sehe, wie er dich in den Tai-Chi-Stunden immer beobachtet.«

»Nur damit er mich wegen meiner mangelnden Fitness anmaulen kann.«

»Er mault nie. Er betet dich an. Ich glaube, er ist in dich verliebt.«

Sophie verlagerte das Gewicht. »Ich weiß es nicht. Vielleicht. Nein. Ist er nicht. Es ist nur …« Sie öffnete den Mund und schloss ihn wieder. »Als ich herausgefunden habe, wer er ist – also die Sache mit seiner erfolgreichen Firma und allem –, bin ich total ausgeflippt. Ich habe ihm gesagt, ich könnte keinen Sex mehr mit ihm haben, weil das einfach zu komisch wäre.«

»Du machst es mit einem Surfertypen, aber nicht mit einem erfolgreichen Geschäftsmann? Tut mir leid, das sagen zu müssen, aber du bist total verdreht.«

»Ich weiß.« Sie seufzte. »Dann ist mir klar geworden, dass er mit seinen Ratschlägen recht hat, und ich habe angefangen, mich zurückzuhalten und meine Leute ihr Ding machen zu lassen. Und es läuft tatsächlich besser. Ich habe sogar aufgehört, meine Post-it-Zettel zu verteilen.«

»Was für Post-it-Zettel?«

Sophie wischte die Frage weg. »Egal. Was ich sagen will, ist: Mir geht es jetzt gut, aber er benimmt sich schwierig. Er meint, es gibt keinen Sex zwischen uns, bis ich zugebe, in ihn verliebt zu sein.«

Kristine lachte laut auf. Das war zwar nicht gerade eine unterstützende Reaktion, aber sie konnte nicht anders. Die erfolgreiche, hart arbeitende, entschlossene Sophie hatte endlich, endlich ihren Meister gefunden.

»Gut gemacht.«

»Was?« Sophie funkelte sie böse an. »Das ist nicht hilfreich.«

»Nein, aber ehrlich. Ich denke, Dugan ist der erste Mann in deinem Leben, der nicht gewillt ist, deinen Scheiß hinzunehmen.«

»Das ist nicht lustig, sondern sehr ernst.« Sophie schaute aus dem Fenster. »Ich bin nicht wie du. Ich will nicht heiraten und Kinder kriegen.«

»Ich denke, dessen sind wir uns alle bewusst.«

»Aber was ist, wenn ich Dugan haben will und nicht haben kann?«

»Das hat er nicht gesagt. Natürlich kannst du ihn haben. Und er hat dir sogar erklärt, was du dazu tun musst.«

»Ja, super. Ihn lieben. Und dann?«

»Er will dich nicht heiraten.«

Sophie schüttelte den Kopf. »Das sagst du nur, damit ich mich besser fühle. Aber du kannst es nicht wissen. Was ist, wenn ich ihm sage, dass ich ihn liebe, und er mir dann einen Antrag macht?«

»Das wird er nicht. Er kennt dich. Habt ihr je über das Thema Kinder gesprochen?«

»Ich habe ihm gesagt, dass ich keine haben will.«

»Und was hat er darauf erwidert?«

»Dass das für ihn in Ordnung ist.«

Kristine lächelte. »Aber du glaubst ihm nicht.«

»Männer sind bekannt dafür zu lügen.«

»Oh, oh, jetzt suchst du aber nach Ärger. Wovor hast du solche Angst?«

Sobald sie die Frage gestellt hatte, wollte Kristine sie zurücknehmen. Sie wusste genau, was Sophie solche Angst machte. Sophie hatte diese Angst verspürt, seitdem ihre Mutter unerwartet gestorben und ihre Welt zusammengebrochen war. Menschen, die man liebte, brachen einem das Herz – davon war Sophie überzeugt. Kristine wusste, dass sie eine der seltenen Ausnahmen von dieser Regel war.

»Tut mir leid«, sagte sie schnell. »Lass mich das anders formulieren. Dugan wird dir weder dein Geld wegnehmen noch dich anlügen oder verlassen. Ich sage nicht, dass er dir nicht wehtun wird, denn das wird er vermutlich. So etwas passiert nun mal in einer Beziehung. Niemand ist perfekt, und deshalb wird ab und zu jemand verletzt. Aber weißt du was? Man lernt aus seinen Fehlern und macht weiter und es wird besser.«

Sophie wirkte nicht überzeugt. »Ich will ihn nicht lieben.«

»Wirklich?«

»Ich habe Angst davor.«

»Das glaube ich dir.«

»Habe ich schon erwähnt, dass ich nicht so bin wie du?«

»Ja.«

»Normal kann ich einfach nicht.«

»Das verlangt auch keiner von dir.« Kristine hielt kurz inne. »Okay, Bear vermutlich schon, aber ich schätze, dass er die Hoffnung inzwischen aufgegeben hat. Sophie, Dugan ist ein toller Mann. Du wärest dumm, wenn du diese Chance nicht ergreifst. Und auch wenn ich weiß, dass du einige Fehler hast – dumm zu sein gehört nicht dazu.«

»Ich habe solche Angst, dass er mir einen Antrag macht.«

»Und was ist, wenn nicht? Was ist, wenn er dich nur um deinetwillen lieben will?«

»Das ist höchst unwahrscheinlich.«

»O mein Gott, jetzt klingst du wie Amber.«

Sophie zuckte zusammen. »Du bist gemein.«

»Ich sage nur, wie es ist. Lass uns im Oktober, wenn die Kids wieder in der Schule sind, nach L. A. fliegen und ein Wochenende mit Heather verbringen. Du kannst die Flugtickets bezahlen, aber das Hotel teilen wir uns.«

»Das fände ich schön. Ich bezahle auch das Hotel, aber das Essen teilen wir uns.« Sophie zuckte mit den Schultern. »Ich bin ehrlich gesagt ziemlich wohlhabend.«

Kristine lächelte. »Ach ja?«

»Ja. Und in ein paar Jahren wirst du es auch sein.« Ein schelmischer Ausdruck stahl sich in ihr Lächeln. »Und wenn es so weit ist, braucht Amber ein neues Auto. Viel Glück damit.«

Kristine grinste. »Im Gegensatz zu dir habe ich ausreichend Rückgrat, um Nein zu sagen.«

»Ach bitte. Du knickst innerhalb von zwei Sekunden ein. Sie wird damit anfangen, wie sehr ihre Hüfte schmerzt und wie trostlos ihr Leben ist. Dann wirst du das alles ganz traurig finden und dich schuldig fühlen, und ehe du dichs versiehst, steht ihr beim Autohändler und diskutiert, welcher Wagen ihr besser gefällt.«

»Ich hasse es, wenn du recht hast.«

»Dann hasst du oft.«

Wieder lachte Kristine. »Ich habe dich lieb, Sophie Lane.«

Sophie umarmte sie. »Ich dich noch mehr. Danke, dass du meine Familie bist.«

»Immer. Okay, kommen wir zurück zu deiner Verlobungsfeier.«

»Blöde Kuh!«

Kristine lachte aus vollem Hals.

Am Sonntagmorgen stand Sophie früh auf. In der Nacht hatte sie sowieso kaum ein Auge zugetan. Wie auch? Ihr gingen zu viele Sachen durch den Kopf.

Dugan ist so nervtötend, dachte sie missmutig, als sie sich um Lily und Mrs. Bennet kümmerte. Beide Katzen hatten am Montag ihren Termin beim Tierarzt. Nun, nachdem alle Kätzchen weg waren, wollte Sophie sie kastrieren lassen, damit sie ihr glückliches Leben unbeschwert weiterführen konnten.

Während sie ihren Kaffee trank, überlegte sie, dass sie etwas bezüglich ihrer Wohnsituation unternehmen musste. Sie wollte nicht für immer zur Miete wohnen. Das Haus hatte zwar ausreichend Platz, aber sie wollte etwas Dauerhaftes. Außerdem wollte sie einen Außenraum für die Katzen bauen. Etwas Hübsches, mit Pflanzen und verschiedenen Liegeflächen, auf denen sie sicher und behütet die Sonne genießen konnten.

Dugans Haus hat diesen hübschen kleinen Garten an der Seite, dachte sie verträumt. Der wäre …

»Nein!«, sagte sie laut. »Ich werde nicht anfangen, die Möbel in seinem Haus umzustellen.« Sie hasste Frauen, die das taten. Es war sein Haus. Sie schliefen nicht mal zusammen. Wenn sie woanders wohnen wollte, würde sie ein eigenes Haus finden und es kaufen, wie ein normaler Mensch. Sie brauchte keinen Mann, um sich ganz zu fühlen oder ein Dach über dem Kopf zu haben. Was kam als Nächstes? Mit »Er« und »Sie« bestickte Handtücher? Allein der Gedanke ließ sie erschaudern.

Doch jetzt, wo sie angefangen hatte, an Dugan zu denken, konnte sie nicht mehr aufhören, was ihr überhaupt nicht gefiel. Sie duschte und tigerte dann unruhig im Haus auf und ab, wobei sie immer ein Auge auf die Uhr hatte. Die Eröffnung von Kristines Laden begann um elf, und sie wollte pünktlich da sein. Jetzt war es noch nicht mal acht, womit ihr noch ausreichend Zeit blieb. Sie könnte für ein paar Stunden ins Büro fahren oder ihr blödes Problem ein für alle Mal lösen.

Leider hatte sie keine Ahnung, wie. Oder was sie sagen sollte. Er versuchte, ihr seinen Willen aufzuzwingen, und sie sah keinen Grund, so ein Verhalten zu belohnen. Also nein, sie würde nicht zu ihm fahren. Nur … nur …

»Verdammt!«

Sie ging zu ihrem Auto, fuhr über die Insel und parkte vor seinem Haus. Bevor sie sich überlegen konnte, was sie sagen wollte oder ob es vielleicht besser wäre, zum Lagerhaus zu fahren und ein paar Paletten mit dem Gabelstapler zu verschieben, fiel ihr ein Holzrahmen seitlich am Haus auf. Was machte er da? Das Haus war ohnehin schon riesig. Was genau wollte er da noch anbauen?

Ihr wurde eiskalt. Was, wenn es eine Art Spielzimmer für Kinder wurde, so mit Flipperautomat und anderem lauten, nervigen Kram? Was, wenn dort pinkfarbene Einhornmonstrositäten für ein kleines Mädchen einzögen? Was war, wenn Dugan doch Kinder wollte?

Schnell lief sie zur Tür, die in dem Moment aufging, als sie sie erreichte. Dugan stand vor ihr. Er sah gut aus in seiner Jeans und dem schlichten T-Shirt. Seine Miene drückte eher Verwirrung als Überraschung aus.

»Sophie.«

Sie drängte sich an ihm vorbei ins Haus. »Keine Kinder.«

»Das hast du schon erwähnt.«

»Ich meine es ernst. Keine Einhörner, kein Flipper. Das will ich nicht. Ich liebe es, meine Firma zu leiten. Darin bin ich gut. Ich habe kein Verlangen, mich fortzupflanzen.«

»Ich sagte doch, dass ich damit einverstanden bin.«

»Ja, das meinst du jetzt, aber was passiert, wenn deine DNA dich bedrängt, ein Kind zu zeugen? Was dann? Ich mach das nicht, und du wirst mich verlassen und es wird grausam werden, also warum sollen wir es überhaupt versuchen? Wo liegt der Sinn? Es ist der direkte Weg in die Katastrophe. Warum siehst du das nicht?«

»Sonst noch was?«

Er klingt so ruhig, dachte sie und wünschte, sie könnte ihm so in den Magen boxen, dass es wehtat. Vielleicht sollte sie lieber mit dem Gewichtheben anfangen, anstatt diese blöden Tai-Chi-Stunden zu nehmen wie irgendein grasfressender Wiederkäuer.

»Ich will nicht heiraten. Ich bin kein Hochzeitsmensch. Ich weiß, in einer Ehe geht es um mehr als die Hochzeit, aber damit fängt alles an, und das gefällt mir nicht.«

Er lächelte. »Dir ist es egal, ob du heiratest oder nicht. Du hast nur Angst, dass ich dir dein Geld wegnehme. Dein Herz sagt dir, dass ich das nicht tun werde, aber dein Kopf ist sich da nicht so sicher. Außerdem weißt du, dass ich klüger bin als Mark, was dir Angst macht. Ich glaube, ein guter Ehevertrag würde deine Sorgen vertreiben, aber ich kann auch damit leben, nicht zu heiraten.«

Sein Lächeln wurde zärtlicher. »Verstehst du es denn nicht, Sophie? Ich will dir nichts wegnehmen, und ich will dich nicht zu irgendetwas zwingen, was du nicht tun willst. Ich will *dich*, Sophie. Ich will deine Arbeitsbesessenheit, deine Liebe zu Katzen, deine Kratzbürstigkeit und deine riesigen Post-its. Ich will dich darüber grummeln hören, wie sehr du die Welt hasst, während du gleichzeitig Amber eine Wohnung kaufst, damit Heather ihr eigenes Leben anfangen kann.«

»Du hast mir doch gesagt, dass ich das machen soll«, grummelte sie.

»Ja, aber ich habe nicht von einer wunderschönen Wohnung in bester Strandlage gesprochen. Du hättest etwas wesentlich Billigeres kaufen können, aber das hast du nicht getan. Weil du es nicht konntest. Du bist ein guter Mensch.«

»Sag das nicht.«

Er lachte. »Doch, das bist du. Du bist klug und sexy, und jedes Mal, wenn du einen Raum betrittst, schlägt mein Herz schneller.«

»Damit solltest du mal zum Arzt gehen.«

»Ja, vermutlich. Ich liebe dich, Sophie. Ich will dich nicht verändern. Ich will einfach nur mit dir zusammen sein.«

»Was baust du da an deinem Haus an? Du hast gesagt, du willst keine Kinder, warum willst du dann das Haus vergrößern?«

»Das ist der Katzenauslauf, den du irgendwann mal erwähnt hast. Für Mrs. Bennet und Lily und all die anderen Katzen, die du uns ins Haus schleppen wirst.«

»Daran hatte ich gerade heute Morgen gedacht. Du hättest ihn auf die andere Seite des Hauses bauen sollen, dann würde man ihn nicht sofort sehen.«

»Vielleicht, aber diese Seite bekommt mehr Sonne, und das mögen die Katzen.«

Ihre Beine zitterten und sie fürchtete, gleich hier auf dem Parkettboden zusammenzubrechen. Das konnte alles nicht wahr sein.

»Du bist zu perfekt«, flüsterte sie.

»Nein, Sophie. Aber ich bin perfekt für dich. Und das ist das Wichtige. Ich suche dich schon sehr lange, und jetzt, wo ich dich gefunden habe, will ich dich nicht wieder gehen lassen. Aber du musst gewillt sein mitzumachen, sonst hat es keinen Sinn.«

Sei mutig. Die Worte flüsterten durch ihren Kopf. Sie war nicht sicher, woher sie kamen, aber sie wusste, dass sie richtig waren. *Sei mutig. Ergreif die Chance.* Wenn es um ihre Firma ginge, würde sie recherchieren, so viele Informationen wie möglich sammeln und dann ohne einen Blick zurück springen.

Aber Liebe war wesentlich Furcht einflößender. Und sie war nicht gut darin. Das war sie noch nie gewesen. Mit *CK Industries* war sie gut, obwohl Dugan ihr auch da gezeigt hatte, dass sie es besser machen konnte. Nun ja, Dugan und Bear und Maggie und Elliot.

»Ich habe Angst«, gestand sie.

»Ich weiß. Ich auch. Du kannst mir immer noch das Herz brechen.«

»Das will ich aber nicht.«

Er sagte nichts. Vermutlich, weil er schon alles gesagt hatte.

Sophie schluckte. »Ich liebe dich.« Dann räusperte sie sich und sagte es noch einmal. »Ich liebe dich. Sogar sehr. Mehr, als ich je zuvor jemanden geliebt habe, was mir wirklich nicht gefällt. Es macht mir Angst.«

»Mir auch.«

»Okay, wir sind beide verliebt, und wir haben beide Angst. Und nun?«

Er kam näher und berührte sanft ihre Wange. »Wir haben die grundlegenden Regeln festgelegt. Keine Kinder, keine Hochzeit, aber wir sind in einer monogamen Beziehung.«

Sie legte ihre Hände an seine Brust. Er fühlte sich warm, stark und sicher an, und sie brauchte ein wenig Sicherheit in ihrem Leben.

»Das kriege ich hin.«

»Gut.« Er lächelte. »Ich hätte gern, dass du bei mir einziehst, aber wenn du dir lieber ein eigenes Haus kaufen möchtest, kann ich auch zu dir ziehen.«

»Warum sollte ich das tun? Du baust mir einen Katzenauslauf.«

»Äh, Sophie? Der ist nicht für dich.«

Lachend schlang sie die Arme um seinen Hals und hielt sich an ihm fest. »Ich liebe dich, Dugan. Danke, dass du so geduldig mit mir bist.«

»Immer.« Er nahm ihre Hand und ging in Richtung Schlafzimmer. »Wann geht die große Eröffnung los?«

»Um elf.«

»Ausgezeichnet. Das lässt uns ausreichend Zeit.«

Als sie das Schlafzimmer betraten, lächelte Sophie. »Du wirst mir wirklich keinen Antrag machen?«

»Wirklich nicht.«

»Du bist der beste Mann aller Zeiten.«

»Ja, so sagt man.«

Als er die Hände nach ihr ausstreckte, trat sie in seine Umarmung. Denn genau hier gehörte sie hin.

Lesen Sie auch:

Susan Mallery

Die Brombeerschwestern

Roman

Aus dem amerikanischen Englisch von
Christiane Meyer

15,00 € (D) / 15,50 € (AT)
ISBN: 978-3-7499-0361-0

Die Originalausgabe erschien 2021 unter dem Titel
The Stepsisters bei MIRA Books, Toronto.

Deutsche Erstausgabe

1. KAPITEL

»Mom, ich glaube, ich muss mich übergeben.«

Daisy Bosarge spürte die Angst, die jedes Elternteil überfiel, wenn das Kind diese sieben Worte aussprach. Noch besorgniserregender war die Tatsache, dass ihr Sohn bereits mit einem Magen-Darm-Infekt zu Hause im Bett lag.

Sie hätte es eigentlich besser wissen müssen und ihre Tochter heute Morgen gar nicht erst zur Schule gehen lassen dürfen. Doch Krissa hatte gefleht und gebettelt, und da Daisy sowieso schon spät dran gewesen war, war es leichter gewesen, einfach Ja zu sagen. Eine Entscheidung, die ihr nun zum Verhängnis werden würde. Das wurde Daisy klar, als sie, so schnell es der dichte Verkehr zuließ, nach Hause fuhr.

»Nur noch zehn Minuten«, sagte sie und warf ihrer Achtjährigen im Rückspiegel einen Blick zu. »Wir sind in zehn Minuten da.«

»Mir ist schlecht.«

»Ich weiß, Süße. Ich bringe dich sofort nach Hause.«

Sich jetzt auf ihre Tochter zu konzentrieren und ihr gut zuzureden war immer noch besser, als krampfhaft das Unheil verkündende Warnsignal am Armaturenbrett ihres Wagens zu ignorieren, das blinkte, seit Daisy ihre Tochter in der Schule abgeholt hatte. Noch ein Problem, um das sie sich gerade nicht kümmern konnte, weil sie schlicht keine Zeit hatte.

Prioritäten. Zuerst musste sie Krissa nach Hause schaffen und ins Bett stecken, dann nach Ben sehen und danach einen Termin in der Mercedes-Werkstatt machen. Anschließend würde sie …

»Mommy, ich muss *jetzt* spucken!«

Daisy unterdrückte ein Stöhnen. Schnell blickte sie in den Rück- und die Seitenspiegel, ehe sie das Auto vorsichtig an den rechten Fahrbahnrand lenkte und dort hielt.

»Noch eine Sekunde«, murmelte sie, obwohl sie wusste, dass sich das Unvermeidliche durch keine Worte der Welt mehr aufhalten lassen würde.

Im nächsten Moment nahm ihr ohnehin schon *fabelhafter* Tag eine weitere unerfreuliche Wendung, als ihre Tochter sich erbrach. Auf sich selbst, die Rückbank und die Fußmatte. Der Geruch und das Schluchzen, als Krissa in Tränen ausbrach, trafen sie gleichzeitig.

Sie schaltete den Warnblinker ein und rannte vorn um den Wagen herum zur Beifahrerseite, wo sie ihrer Tochter aus dem Auto und auf den Gehweg half. Die anderen Fahrzeuge auf der Straße rasten so dicht an ihnen vorbei, dass Daisy den Luftzug spüren konnte. Sie hielt ihre Tochter sicher im Arm, während sie mit ihr zum Kofferraum ging, wo sie eine Notfalltasche mit einer Rolle Küchenpapier, Feuchttüchern und einem Wechselshirt für beide Kinder deponiert hatte.

Sie wischte das Gesicht ihrer Tochter sauber und griff nach dem Saum des T-Shirts.

»Ich ziehe dir das eben aus«, sagte sie. »Hier ist ein frisches T-Shirt für dich.«

Aber Krissa riss ihr das Shirt aus der Hand und zog es wieder herunter.

»Nein!«, kreischte sie und blickte sich hektisch um. »Hier draußen können die Leute mich doch sehen.«

Wer denn? Krissa war acht Jahre alt, das Auto befand sich zwischen ihnen und dem fließenden Verkehr, und Daisy stand so vor ihrem Kind, dass wirklich niemand etwas erkennen konnte.

»Willst du dich auf dem Beifahrersitz umziehen?«, fragte sie und bemühte sich, vernünftig zu klingen und sich nicht anmerken zu lassen, dass sie kurz davorstand, die Nerven zu verlieren.

»Nein.« Tränen rannen der Kleinen über die erhitzten Wangen. »Mommy, nein!«

Die Kopfschmerzen, die sich gegen Mittag schon angekündigt hatten, wurden schlimmer. Daisy verspürte einen stetig stärker werdenden Druck hinter den Augen. Sie ignorierte den Schmerz und legte ihrer Tochter die Hand auf die Stirn. Das Kind glühte. Bevor sie darüber nachdenken konnte, was sie nun tun sollte, übergab Krissa sich noch einmal. Diesmal landete alles auf Daisys Arbeitskleidung und ihren Schuhen.

Krissa weinte noch heftiger, und in diesem Moment wollte Daisy am liebsten auch in Tränen ausbrechen. Sie hatte einen anstrengenden Arbeitstag gehabt, ihre Kinder waren krank, und sie würde den Gestank des Erbrochenen wohl nie mehr aus ihrem Wagen bekommen. Und weil das anscheinend noch nicht ausreichte, war vor zwei Tagen ihr Ehemann ausgezogen. Um ihnen beiden »Abstand und Zeit zum Nachdenken« zu geben, wie er es genannt hatte.

In der SMS, die er ihr geschickt hatte.

Idiot, dachte sie, und in die vertraute Wut mischte sich ein Anflug von Panik. Obwohl »Arsch« der viel passendere Ausdruck gewesen wäre als »Idiot«. Wie hatte er ihr das nur antun …

Eines nach dem anderen, ermahnte sie sich. Zuerst musste sie Krissa nach Hause bringen, sich dann um das Auto kümmern und danach …

Aus den Augenwinkeln bemerkte sie einen dunkelblauen BMW, der langsamer wurde, als er vorbeifuhr. Sie hätte diesem Gaffer liebend gern irgendein unflätiges Schimpfwort an den Kopf geworfen, aber ihr war klar, dass sie damit kein gutes Vorbild abgeben würde, also zwang sie sich zu einem Lächeln.

»Süße, ich mache kurz die Rückbank sauber, damit du wieder einsteigen kannst. Dann kannst du dich hinten umziehen, und niemand wird dich sehen. Ist das okay?«

Zögerlich nickte Krissa.

Daisy stellte die Kleine neben das Auto, wo sie sie im Blick hatte, und beseitigte das Chaos, so gut sie konnte. Bei den gut und gern siebenundzwanzig Grad, die im Frühling in Los Angeles öfter mal herrschten, fing der Innenraum des Wagens bereits an, sich aufzuheizen. Der Gestank löste bei Daisy Brechreiz aus. Mit Blut kam sie ohne Weiteres zurecht. Bei einer Operation hatte sie überhaupt keine Probleme, doch das hier? Ein Albtraum.

Sie beendete ihre notdürftigen Putzmaßnahmen und redete Krissa gut zu, sich ins Auto zu setzen, als sie wieder den BMW bemerkte, der an ihnen vorbeirollte. Da die Sonne jedoch direkt auf die Seitenscheibe des Wagens fiel, konnte sie nicht erkennen, wer am Steuer saß.

Am besten, sie beachtete den Fahrer nicht weiter. Sie zog ihrer Tochter das Poloshirt der Schuluniform aus und reichte ihr ein T-Shirt mit Elsa, der Eiskönigin. Leider hatte sie für sich selbst keine Wechselkleidung dabei. Daher wischte sie ihre Hose und ihre Schuhe fürs Erste mit Feuchttüchern sauber und wollte Krissa gerade anschnallen, als der BMW hinter ihrem Wagen an der Bordsteinkante hielt.

Daisy versuchte, sich zusammenzureißen und nicht in Panik zu geraten. Hätte sie doch bloß mal einen Kurs in Karate oder einer ähnlich todbringenden Sportart belegt. Oder hätte sie sich wenigstens Pfefferspray besorgt. Ob das in Los Angeles legal war? Bevor sie näher darüber nachdenken konnte, wurde die Fahrertür des BMW geöffnet und eine hochgewachsene, bildschöne blonde Frau stieg aus.

Im Geist ging Daisy alle Schimpfwörter durch, die ihr einfielen, wobei sie sogar noch auf einige interessante Neuschöpfungen kam. Und dann fragte sie sich, wieso der liebe Gott sie zu hassen schien – denn anders ließ sich nicht erklären, warum in diesem Moment ausgerechnet Sage Vitale auf sie zukam. Dabei sah sie so fabelhaft aus, wie nur Sage in Skinny Jeans und einem Top aus weich fließendem Stoff das konnte – sexy und zugleich ätherisch. Ankle Boots mit einem Zehn-Zentimeter-Absatz rundeten den Look ab. Daisy dagegen war seit vier Uhr morgens auf den Beinen, hatte seit mehr als vierundzwanzig Stunden nicht geduscht und … ach ja … die Kotze.

Das Letzte, was sie von Sage gehört hatte, war, dass sie in Italien lebte und mit einem Grafen verheiratet war. Denn so sah Sages Leben aus: Rennfahrer und Grafen, diese wundervolle Figur und die unglaubliche Schönheit, mit der sie gesegnet war. Daisy hingegen war klug und hatte eine sprühende Persönlichkeit. Es war einfach nicht fair.

Neugierig blickte Sage zwischen ihr und ihrer Tochter hin und her. »Daisy? Dachte ich's mir doch, dass du es bist, als ich an euch vorbeigefahren bin. Geht's dir gut?«

Nein. Nein, es ging ihr alles andere als gut. Jeder Idiot konnte das sehen. Ihr Kind hatte ganz offensichtlich einen Magen-Darm-Infekt und sie selbst war von oben bis unten vollgekotzt. Also nein. Es ging ihr *nicht* gut.

»Uns geht es gut«, sagte Daisy und bemühte sich, nicht die Zähne aufeinanderzubeißen. Ihr Zahnarzt hatte sie gewarnt, dass sie, wenn sie nicht endlich lernen würde, sich zu entspannen, nachts eine Aufbissschiene würde tragen müssen, damit sie nicht mehr mit den Zähnen knirschte. Schon jetzt hatte sie das Gefühl, dass ihre Abendroutine einiges an Sex-Appeal vermissen ließ, und sie war sich ziemlich sicher, dass sie keine Aufbissschiene benötigte, um dieses Problem noch zu verschärfen.

»Ihr wirkt aber nicht so, als würde es euch gut gehen«, entgegnete Sage und zog die Nase kraus – anscheinend war ihr der Geruch inzwischen auch aufgefallen.

»Wer bist du?«, wollte Krissa wissen.

»Ich … äh … ich bin …«

»Das ist Sage. Sie ist meine Stiefschwester.« Zumindest war sie früher einmal ihre Stiefschwester gewesen.

Krissa fuhr sich mit dem Handrücken über die Nase, die mit einem Mal lief. »Dann bist du meine Tante?«

»Nein«, erwiderte Daisy sehr entschieden. »Bitte, schnall dich jetzt an, damit wir nach Hause fahren können.«

Ausnahmsweise einmal jammerte Krissa nicht und gab auch keine Widerworte. Stattdessen schnallte sie sich an. Dabei drehte sie den Kopf und ließ Sage nicht aus den Augen. Kurz spielte Daisy mit dem Gedanken, ihre Tochter zu warnen: Denn Sage war wie die Sonne – wenn man sie zu lange ansah, hinterließ das irreparable Schäden.

Später würde sie *vielleicht* darüber nachdenken, welche Laune des Schicksals es war, dass ihre ehemalige Stiefschwester ausgerechnet in dem Moment, der den absoluten Tiefpunkt in ihrem derzeitigen Leben darstellte, an ihr vorbeifahren musste. Wie viele Einwohner hatte L. A.? Acht Millionen? Wie standen da die Chancen für so einen miesen Zufall? Obwohl sie die Vermutung hatte, dass sie gar nicht weit voneinander entfernt lebten. Irgendwie. Aber trotzdem!

Sie zwang sich zu einem ziemlich angestrengten Lächeln. »Danke, dass du angehalten hast. Das war sehr nett von dir.«

»Ich konnte nicht glauben, dass du es bist, die da am Straßenrand steht«, gab Sage zu. »Ich wusste zwar, dass du Kinder hast, doch dich mit deiner Tochter zu sehen … Das ist irgendwie komisch.«

»Man kann ja auch nicht gerade behaupten, dass wir den Kontakt zueinander gesucht und gepflegt hätten«, erwiderte Daisy und ging langsam zur Fahrertür ihres Wagens.

»Stimmt. Genau genommen haben wir uns seit deiner Hochzeit nicht mehr gesehen.«

Daisy starrte ihre Stiefschwester an. *Echt jetzt?* Musste Sage ausgerechnet *dieses* Thema ansprechen? »Ja, seit meiner Hochzeit vor zwölf Jahren, auf der du laut verkünden musstest, dass du immer noch in den Mann verliebt bist, den ich an dem Tag geheiratet habe. Das war einer der schönsten Augenblicke meines Lebens.«

Sage errötete. »*So* war es ja nun auch nicht …«

Oh doch, genau so war es gewesen. Aber Daisy hatte kein gesteigertes Interesse daran, zu bleiben und mit Sage zu plaudern. »Danke noch mal.«

Sie winkte kurz und stieg in ihr Auto.

»Sie ist so hübsch«, sagte Krissa voller Bewunderung. »Mir gefallen ihre Kleider.«

»Das sind doch nur eine Jeanshose und ein Shirt«, zischte Daisy, ehe sie sich diese Bemerkung verkneifen konnte. »Tut mir leid, Krissa. Ich bin müde und bringe dich jetzt nach Hause.«

Im Rückspiegel sah sie, wie Sage in ihren Wagen stieg. Ihre Blicke trafen sich kurz im Spiegel, ehe Daisy sich daranmachte, den Motor zu starten. Sie drückte den Startknopf … aber nichts passierte. Sämtliche Leuchten am Armaturenbrett blinkten – auch das rote Lämpchen, das anzeigte, dass es ein Problem mit dem Motor gab. Doch ebendieser Motor gab keinen Laut von sich.

Mit beiden Händen umklammerte Daisy das Lenkrad und bemühte sich, nicht laut loszuschreien. Sie wollte ihrer Tochter und auch sich selbst keine Angst einjagen, indem sie dem irren Gefühl, das sich in ihr ausbreitete, nachgab. Aber warum musste das alles gerade jetzt passieren?

Jemand klopfte ans Seitenfenster, und sie öffnete es.

»Alles in Ordnung?«, erkundigte sich Sage.

»Nicht so ganz. Der Wagen springt nicht an.«

»Soll ich euch nach Hause bringen?«

Daisy dachte darüber nach, zu entgegnen, dass sie lieber einen *Uber* oder *Lyft* oder so was rufen würde. Doch vermutlich spielte das Schicksal ihr gerade übel mit, und deshalb konnte sie sich auch einfach gleich geschlagen geben. Je eher sie dieser Hölle entfloh, in der sie gerade gefangen zu sein schien, desto schneller wäre es vorbei. Später, wenn die Kinder im Bett wären und sie geduscht hätte, würde sie noch einmal über ihr Leben nachdenken und dann vielleicht herausfinden, an welcher Stelle und zu welchem Zeitpunkt sie es so vermasselt hatte, dass sie es verdiente, derart hart bestraft zu werden. Aber für den Moment sah es so aus: Sie hatte ein krankes Kind und ein kaputtes Auto, und da war jemand, der ihr eine Mitfahrgelegenheit anbot.

»Danke«, presste sie zwischen zusammengebissenen Zähnen hervor und blickte in die wunderschönen grünen Augen der Frau, die sie von allen Menschen auf dieser Welt am meisten hasste. »Das wäre toll.«

»Wie lange kennst du meine Mom schon?«, fragte Krissa, die plötzlich schon wieder viel fitter klang als noch vor fünf Minuten. Noch ein Beweis für Sages unfassbare Macht, dachte Daisy verbittert, als sie ihren Gurt anlegte.

»Seit wir Kinder waren«, antwortete Sage. »Ich glaube, wir waren acht oder neun Jahre alt.«

»Ich bin auch acht!« Krissas Tonfall ließ vermuten, dass da offensichtlich Magie im Spiel sein musste. »Aber ich verstehe das noch immer nicht. Ihr wart Stiefschwestern. Also war Grandpa …«

»… mit Sages Mutter verheiratet«, erklärte Daisy. »Ungefähr sechs Jahre lang. Erinnerst du dich noch an Tante Cassidy?«

»Ich glaube nicht.« Die Kleine klang unsicher. »Ist sie genauso hübsch wie Sage?«

»Ja.« *Unglücklicherweise.* »Cassidy ist unsere Halbschwester. Mein Vater – dein Großvater – ist ihr Vater, und Sages Mutter ist Cassidys Mom. Ich bin mir sicher, dass du Cassidy mindestens schon einmal getroffen hast.«

Sie warf einen Blick über die Schulter und sah, wie Krissa die Nase krauszog und die Stirn runzelte, als versuchte sie, das alles zu begreifen.

»Sie ist deine Tante«, sagte Sage.

»Warum kenne ich sie dann nicht?«

Eine sehr gute Frage, dachte Daisy. Das lag zum einen daran, dass Cassidy nach der Scheidung vor all den Jahren sehr eindeutig klargemacht hatte, dass sie Sage Daisy vorzog und dass sie dann, sobald sie achtzehn Jahre alt geworden war, losgezogen war, um die Welt kennenzulernen. Der Kontakt zu Wallace, ihrem gemeinsamen Vater, war zwar nie abgebrochen, doch mit Daisy hatte sie sich nicht mehr in Verbindung gesetzt.

»Hast du nichts von ihr gehört?«, wollte Sage wissen und bog durch eins der Tore, die die Einfahrt nach Bel Air markierten. »Das überrascht mich.«

Echt? Aber Daisy stellte die Frage nicht laut. Wozu auch? Im Krieg der Schwestern hatte sie immer den Kürzeren gezogen. Als sie selbst noch ein Kind gewesen war, hatte sie nicht verstanden, warum sie und Sage keine Freundinnen hatten sein können. Anders als viele andere Kinder hatte sie sich aufrichtig gefreut, als ihr Vater ihr erzählt hatte, dass er Joanne heiraten und sie dadurch eine Stiefschwester bekommen würde. Sie hatte sich vorgestellt, immer jemanden zum Spielen zu haben, eine Freundin, der sie sich anvertrauen könnte. Sie hatte sich gewünscht, dass sie eine Bindung zueinander aufbauen würden, hatte von einer besten Freundin geträumt und davon, dass sie einander so nahestehen würden, wie sie es schon so oft im Fernsehen gesehen oder in Büchern gelesen hatte.

Doch Sage hatte jeden Versuch der Kontaktaufnahme abgeblockt. Und selbst wenn sie einmal einen Nachmittag lang nett gewesen war, hatte sie Daisy am folgenden Tag sofort wieder die kalte Schulter gezeigt und war distanziert gewesen. In der Schule hatte es ihr großen Spaß bereitet, sich über Daisy lustig zu machen. Sage mochte an ihrer exklusiven Privatschule zwar die »Neue« gewesen sein, aber es war Daisy gewesen, die sich ausgeschlossen gefühlt hatte.

Sage warf einen Blick in den Rückspiegel. »Deine Tante Cassidy ist Reisejournalistin. Sie ist auf der ganzen Welt unterwegs und schreibt über interessante Orte und Menschen. Im Augenblick ist sie in Patagonien und besucht dort eine Gruppe von Frauen, die mit Textilien handeln.«

Aus großen Augen sah Krissa sie an. »Klingt, als wäre sie echt cool.«

»Fast schon eine Heilige«, murmelte Daisy leise, bevor sie auf eine Straße zu ihrer Rechten wies. »Da vorn ist es.«

Sage lächelte. »Ich weiß noch, wo das Haus ist.«

»Ich war mir nicht sicher.«

Es war lange her – mehr als zwanzig Jahre –, seit Wallace und Joanne geschieden worden waren, auch wenn sie sich das Sorgerecht für ihre Tochter geteilt hatten. Cassidy war während ihrer gesamten Highschoolzeit zwischen dem Haus ihrer Mutter und dem ihres Vaters hin- und hergependelt. Vermutlich hatte Sage sie dort mehr als einmal hingebracht oder wieder abgeholt.

Instinktiv zeigte Daisy auf die lange Zufahrt zum Haus. Sage lachte und wiederholte: »Ich weiß, wohin ich muss.«

Daisy fühlte sich dumm – wie immer eigentlich, wenn sie in Sages Nähe war.

»Ich bin erstaunt, dass du in Los Angeles bist«, sagte Daisy – vor allem auch, um sich selbst abzulenken. »Lebst du nicht irgendwo in Italien?«

»In Rom«, erklärte Sage. »Da habe ich gelebt.«

»Du lebst in Rom?« Durch Krissas ungläubigen Tonfall klang es fast so, als hätte Sage ihnen gerade eröffnet, eine Zweitwohnung auf dem Jupiter zu besitzen. »Das ist in Europa.«

»Dort ist es wunderschön.« Sie blickte zu Daisy. »Ich bin vor ein paar Wochen zurückgekommen. Meine Mutter hatte Angst, an Krebs erkrankt zu sein.«

Und von einer Sekunde auf die andere war Daisys Wut verraucht, und sie fühlte sich klein und gemein.

»Das tut mir leid«, sagte sie. »Wenn du eine Empfehlung für einen fähigen Onkologen benötigst, kann ich dir ein paar Namen geben.«

In Sages makellosem Gesicht flackerte etwas auf – allerdings zu kurz, als dass man es hätte benennen können. »Danke. Zum Glück hat sich herausgestellt, dass die Angst unbegründet war.

Es geht ihr wieder gut.« Sie erreichte das Ende der langen Zufahrt und starrte das riesige Haus an. »Es sieht noch immer so aus wie früher.«

Innen hat sich einiges verändert, dachte Daisy. Sie hatten die Küche und das Wohnzimmer renoviert. Das große Elternschlafzimmer und das Bad waren ebenfalls neu gestaltet worden. Das alles war nach Wallace' Auszug passiert, damit Daisy und Jordan sich in dem großen Haus wohlfühlten. Nicht, dass sie Lust verspürte, das mit Sage zu erörtern.

»Die Nachbarschaft hat sich kaum verändert«, meinte Daisy, als Sage anhielt. »Ein paar Häuser sind abgerissen worden, doch im Grunde genommen mögen wir es hier in der Gegend, wenn alles so bleibt, wie es ist.« Sie öffnete ihren Gurt und holte tief Luft. »Danke, dass du angehalten und uns hier vorbeigebracht hast. Das wäre nicht nötig gewesen.«

Sage runzelte die Stirn. »Kein Problem. Ich hatte nicht vor, euch allein an der Straße stehen zu lassen.«

Eine Information, die Daisy überraschte. Noch vor einer halben Stunde hätte sie alles darauf verwettet, dass Sage an ihr vorbeigefahren wäre, ohne sich auch nur noch einmal umzusehen.

Sie half Krissa beim Aussteigen. »Danke noch mal.«

Sage winkte ihnen zu und setzte zurück, während Daisy ihrer Tochter die Treppe zur Haustür hinaufhalf.

Nachdem die Kleine sich nun nicht mehr in Sages exklusivem Dunstkreis befand, schien der Infekt, den sie sich eingefangen hatte, wieder mit voller Wucht durchzuschlagen. Krissa sackte in sich zusammen und klammerte sich an Daisys Taille fest.

»Mir geht's immer noch nicht gut.«

»Ich weiß, Süße. Ich bringe dich jetzt ins Bett.«

Sie wollte gerade ihren Schlüssel hervorkramen, als die Haustür aufging. Esmerelda, die Haushälterin/Nanny/der Klebstoff, der alles bei ihnen zusammenhielt, winkte sie hinein.

»Was ist passiert?« Sie streckte den Arm aus und legte die

Hand auf Krissas Stirn. »Ich wusste, dass du dich bei deinem Bruder anstecken würdest. Du musstest dich übergeben, oder?«

Krissas Augen füllten sich mit Tränen. »Im Auto.«

»Das ist ja nicht so schön.« Esmerelda zog sie in die Arme. »Du arme Kleine. Aber jetzt bist du ja wieder zu Hause, und ich kümmere mich um dich.«

Krissa schmiegte sich an sie und beruhigte sich etwas.

Esmerelda blickte in Richtung der Haustür. »Wo ist Ihr Auto?«

»Steht irgendwo am Straßenrand. Nachdem ich rechts rangefahren war, weil Krissa spucken musste, ist es nicht mehr angesprungen. Ich muss im Autohaus anrufen.«

»Und wer hat Sie nach Hause gebracht?«

»Sage.«

Esmerelda hatte erst lange nach der Scheidung angefangen, für die Familie zu arbeiten, trotzdem verengte sie die braunen Augen zu schmalen Schlitzen und presste die Lippen aufeinander.

»Ihre Stiefschwester?«

Ihr Tonfall ließ keinen Zweifel daran, dass sie Sage ungefähr genauso gut leiden konnte wie ... Kakerlaken.

»Sie hat angehalten, um zu helfen. Unter den Umständen war ich ihr wirklich dankbar.« *Verwirrt, aber dankbar.*

»Mommy, ich ...«

Mehr konnte Krissa nicht sagen, denn sie musste sich erneut übergeben. Esmerelda war geistesgegenwärtig genug, um zur Seite zu springen, und den Marmorfußboden würde man leicht reinigen können. Und so war Daisy ganz zuversichtlich, dass der Tag vielleicht doch noch eine glückliche Wendung nehmen würde.

Sie streckte die Arme nach ihrer Tochter aus. »Ich mache sie kurz sauber und stecke sie ins Bett. Wenn Sie dann bitte ein Glas Ginger Ale nach oben bringen könnten?«

Esmerelda nickte und schrieb bereits einer der Hausangestellten eine Nachricht, damit sie das Malheur im Eingangsbereich beseitigen konnte. Daisy nahm sich vor, den Buchhalter zu bitten, den Angestellten in dieser Woche wegen der Extrawäsche und der Kinder, die sich ständig und überall übergeben mussten, einen kleinen Bonus zu überweisen.

Daisy hatte noch keine zwei Schritte gemacht, als Sheba und Lucky die Treppe heruntergejagt kamen. Schnurstracks stürmten sie auf Krissa zu und schnüffelten aufgeregt an ihr. Lucky sah die Kleine besorgt an, ehe er zu Daisy blickte, um von ihr die Bestätigung zu bekommen, dass tatsächlich etwas nicht stimmte.

»Es geht ihr bald wieder gut«, versicherte Daisy dem gelben Labrador. »Genau wie Ben. Sie hat sich bei ihm angesteckt.«

Als Daisy ihre Tochter gewaschen und ihr ein Nachthemd angezogen hatte, stand Esmerelda bereits in Krissas Zimmer, hatte die Bettdecke zurückgeschlagen und ihr einen Becher mit Ginger Ale auf das Nachttischchen gestellt. Während Daisy ihrer Tochter die Kopfkissen aufschüttelte, sprang Lucky am Fußende auf das Bett, als wollte er die Kleine vor etwaigen Gefahren beschützen.

»Meinst du, du kannst einen Schluck Ginger Ale trinken?«, fragte Daisy ihre Tochter.

Krissa nickte.

Nach ein paar kleinen Schlucken betrachtete Daisy das errötete Gesicht ihres Kindes. Der Infekt schien ungefähr achtundvierzig Stunden zu dauern. Die Kleine würde sich also hoffentlich schon am nächsten Tag deutlich besser fühlen.

Krissa reichte ihrer Mutter den Becher und kuschelte sich in die Kissen. »Ich bin so müde.«

»Ja, das glaube ich.«

Zärtlich strich Daisy der Kleinen die Haare aus der Stirn. Die dunkelbraune Haarfarbe hatte sie von beiden Elternteilen, aber die haselnussbraunen Augen hatte sie von ihrem Vater – genau wie die Form des Gesichts und des Mundes. Sie war so kräftig gebaut wie ihre Mutter, was sie später bestimmt einmal verfluchen würde.

Zumindest war Krissa in der Lage, zu sagen, was ihr fehlte. Daisy erinnerte sich noch gut an das erste Mal, als ihr Sohn krank geworden war. Ben hatte mit vier Monaten Fieber bekommen. Damals war sie total in Panik geraten. Sich einzureden, die Situation einfach durchzustehen und stark zu bleiben, hatte nichts gebracht.

Jordan dagegen hatte die Sache wie ein Profi in die Hand genommen. Er hatte mit einem Kinderarzt telefoniert und ihn um Rat gefragt, hatte Ben dann Paracetamol verabreicht und ihn behutsam mit einem Schwamm abgewaschen. Innerhalb weniger Stunden war das Fieber gesunken, und der Kleine war eingeschlafen.

»Aber ich bin doch Krankenschwester«, hatte sie gesagt und sich unfähig und nutzlos gefühlt. »Ich hätte damit zurechtkommen müssen.«

»Du bist vor allem eine junge Mutter. Es ist ganz normal, in einer solchen Situation in Panik zu geraten. Wenn es wieder passiert, wirst du die Lage im Griff haben.«

Damit hatte er recht gehabt. Als Ben das nächste Mal gefiebert hatte, hatte sie das nicht aus der Bahn geworfen. Das erste Mal war allerdings ein absoluter Albtraum gewesen. Ein Albtraum, den sie ohne ihren Mann an ihrer Seite nicht überstanden hätte. Früher hatten sie alles gemeinsam gemeistert … Wann genau hatte es angefangen, so verdammt schiefzulaufen?

Sie wandte sich der Haushälterin zu.

»Wenn sie das Ginger Ale bei sich behält, können Sie ihr in zwanzig Minuten Paracetamol geben. Das hilft gegen das Fieber.« Sie lächelte Krissa an. »Esmerelda hat das Babyfon schon geholt und aufgestellt. Falls du irgendwas brauchst, ruf einfach, dann kommen wir schnell angerannt.«

Krissa lächelte matt. »Im Haus wird nicht gerannt. So sind die Regeln.«

»Du hast recht. Versuch jetzt zu schlafen, meine Kleine. Ich liebe dich.«

»Ich dich auch, Mommy.«

Daisy und Esmerelda traten in den Flur hinaus.

»Ich bleibe in der Nähe«, versprach Esmerelda. »Zwanzig Minuten und Paracetamol.«

»Danke. Ich sehe noch mal nach Ben.«

Das Zimmer ihres Sohnes war auf der anderen Seite des Korridors. Wie Krissas Zimmer war es ein großer Raum mit riesigen Fenstern und hohen Decken. Das angrenzende Bad war geräumiger als die meisten Hauptbadezimmer in anderen Häusern – das war nun einmal so, wenn man in einem Gebäude lebte, das fast eintausendfünfhundert Quadratmeter maß. Es gab zwar nicht übermäßig viele Zimmer, aber alle waren sehr geräumig.

Ben war noch immer im Bett, saß allerdings aufrecht und las etwas auf seinem Tablet. Sheba lag an ihrem Stammplatz mitten auf dem Bett. Simba, die Katze, hatte sich an ihren Lieblingshund gekuschelt.

Als er seine Mutter sah, lächelte Ben. »Hey, Mom.«

»Selber hey.«

Er war zehn Jahre alt, hatte sandbraunes Haar und die gleichen haselnussbraunen Augen wie seine Schwester. Er war ernster als seine Schwester und hatte schon immer älter und reifer gewirkt, als er es war.

»Deine Schwester ist krank. Du hast wirklich sehr robuste Bazillen, junger Mann.«

Er grinste und beugte den rechten Arm, um seine Muskeln zu präsentieren. »Ich bin superstark.«

»Stimmt.« Sie setzte sich auf die Bettkante und gab ihm einen Kuss auf den Scheitel. »Wie geht's dir?«

»Besser. Ich habe zum Mittagessen Suppe und Toast gegessen. Esmerelda meint, dass ich heute Abend zum Essen nach unten kommen kann.« Er sah seine Mutter an. »Mom, ich möchte meine Hausaufgaben machen. Wenn ich das nicht tue, verliere ich den Anschluss.«

»Ich glaube ja, dass die Chancen, dass du den Anschluss verlierst, sehr gering sind.« Sie warf einen Blick auf die Uhr. »Also gut. Du kannst aufstehen und dich eine Stunde lang an deinen Schreibtisch setzen. Allerdings nur eine Stunde lang. Dann gehst du wieder ins Bett.«

Er grinste und stand auf. Sheba beobachtete genau, was vor sich ging. Als Ben jedoch nur zum Schreibtisch tapste, schloss sie wieder die Augen.

Daisy sah sich im Zimmer um. Als Ben bereit gewesen war, das Kinderzimmer hinter sich zu lassen und ein »Jugendzimmer« zu beziehen, hatte sie den Raum vollkommen umgestalten lassen. Die neutralen, eher maskulinen Farben würden ihn bis zum College begleiten. Das Bett und die Kommoden waren neu. Nur der Kapitänsschreibtisch war alt – geborgen von einem Segelschiff aus dem achtzehnten Jahrhundert. Der Tisch war elegant und hatte gerade genug Kratzer, um interessant zu wirken.

Plötzlich schoss Daisy durch den Kopf, dass es früher einmal Sages Zimmer gewesen war. Sie versuchte, sich ins Gedächtnis zu rufen, wie der Raum damals ausgesehen hatte. Die Möbel waren zierlicher, die Gardinen mit Rüschen besetzt gewesen. Sie erinnerte sich an ein großes Puppenhaus in der Zimmerecke. Ein Puppenhaus, das aus dem Spielzimmer in Sages Zimmer gestellt worden war – etwas, das Daisy ihr immer übel genommen hatte.

Doch ihr Vater hatte ihr erklärt, dass der Umzug für Sage nicht leicht gewesen wäre. Er hatte gesagt, dass sie alles, was sie kannte, hinter sich gelassen hätte, um bei ihnen zu leben. Und dann hatte er noch hinzugefügt, dass es an Daisy läge, ihr das Gefühl zu geben, in ihrem neuen Zuhause willkommen zu sein. Es hatte nicht lange gedauert, bis Daisy begriffen hatte, dass die einzige Person, die nicht mehr in dieses Zuhause gehörte, sie selbst gewesen war.